orte-Bibliothek

Wenn jemand sein Letztes ohnehin für etwas hergibt, was nichts mit ihm zu tun hat, sondern beispielsweise nur den undurchsichtigen Interessen einer Firma dient, warum sollte dieser jemand nicht gleich sein Allerletztes, nämlich sein Leben, ein für alle Male und ganz real derselben Firma opfern, vor allem dann, wenn die Umstände so liegen, dass der Opferung sogar ein „höherer Sinn" abzugewinnen wäre?
Über viele Jahre hin arbeitete Lorenz Lotmar an der Geschichte dieses „utopischen Romans", wie er ihn nannte, und an der Figur des unheimlichen Helden Harry Busner, dem die haarsträubende Aufgabe zufällt, sich für das Wohl seines Konzerns hinrichten zu lassen. Entstanden ist ein grossartiges Psychogramm unserer Zeit, eine atemberaubende Parabel über Opportunismus und Mitmachertum, die, unverwechselbar „lotmarisch", nahtlos übergeht in die Schreckensvision eines neuen Totalitarismus der Angepassten. Und ein kleiner Tip für Lotmar-KennerInnen: Der Roman beinhaltet seitenweise Dialoge ...

Lorenz Lotmar wurde 1945 in der Schweiz (Aarau) geboren. 1980 nahm er sich in München das Leben. Er hinterliess ein umfangreiches Werk. Im orte-Verlag erschienen: „Die Wahrheit des K. Bisst" (1982), „Der Handlinienmann" (1984), „Irgendwie einen Sonntag hinter sich bringen" (1987). Bisher unveröffentlicht sind zahlreiche Manuskripte, darunter Erzählungen, Hörspiele, Gedichte, Theaterfragmente und Notizen.

Lorenz Lotmar

Die Opferung

Ein Roman

Herausgegeben
und mit einem Nachwort versehen von
Dimitris Depountis

orte-Verlag

Herausgeber und Verlag danken der Kulturstiftung Pro Helvetia, dem Migros-Genossenschaftsbund und dem Kanton Aargau für ihre finanzielle Unterstützung.

Copyright 1991 by
orte-Verlag, Zürich
und Zelg-Wolfhalden/AR
Alle Rechte vorbehalten
Lektorat: Werner Bucher, Dimitris Depountis
Umschlaggestaltung: Heinrich Knapp, München
Titelbild: Lorenz Lotmars visuelle Vorlage für die Figur des
Harry Busner (vermutlich einer deutschen Illustrierten entnommen)
Foto des Autors: Susan Abelin
Satz: Irene Bosshart
Layout: Hampi Witmer, CH-8494 Bauma
Druck: Memminger Verlagsanstalt
Printed in Germany
ISBN 3-85830-055-1

Homo homini lupus

1. Teil

SAISONENDE

MITTWOCH, 1.

„Warm geworden!" hörte er eine weibliche Stimme gellen, als er den Platz hinter dem Bahnhof Gausen-Dorf überquerte.

Er wandte sich um, vermochte ausser dem beim Fahrzeug stehenden Omnibuschauffeur aber niemanden zu entdecken.

Bin ich der einzige, der nach Gausen-Kulm reist? dachte er und stiess die Tür des Bergbahnstationshauses auf. In ihrer nun den Platz spiegelnden Scheibe erblickte er die Frau, welche die unnötige Bemerkung über das Wetter gemacht hatte.

Die schwangere Glucke, hätt ich mir ausrechnen können! dachte er.

Sie hatte im selben Abteil wie er gesessen; nun war sie dabei, wie er feststellte, ihrem einen Jungen die Jacke aufzuknöpfen, während der andere zum Bus lief.

Nicht allein deshalb, weil sie sich in keiner Weise darum bemühte, ihren Zustand zu verbergen, hatte er sich während der Fahrt über sie geärgert, sondern auch darum, weil sie sich erfrecht hatte, mit ihren ungezogenen, lauten Bengeln erste Klasse zu fahren, in die solche Leute, wie man gleich erkannte, nicht hingehörten.

Er liess die Tür zurückgleiten und stieg die Stufen zur Bergbahn hoch. An der Wand zu seiner Linken entdeckte er die Wahlplakate: drei der P.f.F., zwei der regierenden Demokraten und eines der Liberalen Partei.

„MIT DER P.f.F. UND NEUEN MENSCHEN IN EINE NEUE ZUKUNFT", las er auf dem einen der Partei für Fortschritt; auf den andern beiden war der Kandidat des Kreises mit dem Präsidentschaftskandidaten Pack abgebildet, und der Slogan unter den Oberkörpern der Männer lautete: „MIT UNS UND DEM FORTSCHRITT IN EINE MENSCHLICHE ZEIT".

Klug gehandelt von der P.f.F., dass sie die Propaganda auf die Regionen abstimmt! überlegte er; denn was für einen Sinn hätte es, hier, wie in Rask, mit der Parole „Auf jeden Tisch: Frühstückseier von der P.f.F." zu werben, hier auf dem Land, wo es vermutlich genug Eier gab?

Keinen, sagte er, hob den Koffer ins Gepäcknetz und setzte sich.

Eine Weile überlegte er, weshalb die P.f.F. den Slogan „FREIHEIT - GLEICHBERECHTIGUNG - WOHLSTAND", den man mit dem Frühstückseierplakat in Rask am häufigsten sah und den er für den zugkräftigsten hielt, hier nicht benutze.

Sie wird es wissen, dachte er.

Der Schaffner öffnete die Tür.

Nach Gausen-Kulm?

Richtig, antwortete er.

Bitte. Der Schaffner gab ihm die Fahrkarte zurück. Sie wissen, dass dieser Kurs heut zum letzten Mal verkehrt?

Nein, erwiderte er.

Doch, versetzte der Schaffner; das heisst, bis Dezember! Die Sommersaison geht zu Ende heut, ohnehin. Mit der Inflation hat das also nichts zu tun!

Er schob die Tür zu, schlenderte die Stufen hinab und rief etwas im Dialekt der Einheimischen. Busner hörte jemanden in Gelächter ausbrechen, den Schaffner in das Lachen einstimmen und sah ihn an seinem Abteil vorbeilaufen.

Mit einem Ruck fuhr die Bahn an.

Er schob sich einen Kaugummi in den Mund, drehte die Hülle zwischen den ersten drei Fingern zu einer Kugel und schnipste sie unter die Bank gegenüber.

Es fiel ihm ein, dass er eben einer jener neuen Menschen sei, von denen die P.f.F. sprach. Er streckte die Beine aus und verschränkte die Arme. „Urlaubsplausch in Gausen", las er auf der Affiche visà-vis, die drei junge, unbeschwerte, winkende Leute in einer sonnigen Winterlandschaft zeigte. Auch er fahre eigentlich in Urlaub, liess er sich durch den Kopf gehen, obwohl man ihn mit einem Sonderauftrag betraut habe. Okay, sagte er sich, wir fahren in Urlaub, während die Kollegen auf der GESELLSCHAFT nun in ihren Zellen sitzen und schuften!

Er blickte hinaus. Die Bergwelt, dachte er, Welt der Berge!

Am Montag war er in beträchtliche Aufregung geraten, als man ihm telefonisch mitgeteilt hatte, Produktionschef Kleidmann wolle ihn sehen. Er hatte den Taschenspiegel aus der Schublade geholt, sein Äusseres geprüft, war aufgestanden und durch den Korridor zum Lift geeilt. Dabei war er mehr und mehr zur Überzeugung gelangt, der Produktionschef lasse ihn in einer erfreulichen Angelegenheit zu sich bitten, ja, er hatte es für naheliegend gehalten, dass Herr Kleidmann ihn wegen des einen zu seiner, Busners, Beförderung noch fehlenden Bonuspunktes zu sprechen wünsche.

Er hatte angeklopft, war ins Vorzimmer des Produktionschefs getreten und hatte der Sekretärin seinen Namen genannt. Diese meldete dann seine Anwesenheit Herrn Kleidmann.

Herr Kleidmann lässt bitten!

Er hatte sich geräuspert und war zielstrebig durch das Vorzimmer ins Büro des Produktionschefs geschritten. Hinter ihm hatte die Sekretärin die Tür geschlossen. Bei dem Geräusch, das dabei entstanden war, hatte Herr Kleidmann kurz vom Schreibtisch aufgeblickt und gerufen, treten Sie näher, nehmen Sie Platz!

Guten Tag, Herr Kleidmann! hatte er gesagt und sich in den Sessel neben dem Schreibtisch gesetzt.

Nach einem Augenblick hatte Herr Kleidmann sich zurückgelehnt, sich ihm mit dem Stuhl zugedreht und festgestellt, Sie also sind Herr Busner.

Jawohl, hatte er entgegnet.

Sie sind mir von Ihrem Abteilungsleiter, Herrn Brühl, empfohlen worden, Sie führen ja die Bonusliste unserer Funktionäre an?

Jawohl, Herr Kleidmann, hatte er erwartungsvoll geantwortet.

Herr Busner, wir haben einen Sonderauftrag für Sie, war der Produktionschef fortgefahren. Unsere Wahl fiel auf Sie, weil Sie a: im laufenden Arbeitsprogramm momentan zu entbehren sind, b: weil Sie nach Herrn Brühls Auskunft als pflichtbewusst, verantwortungsbewusst, zuverlässig gelten!

Danke, Herr Kleidmann, hatte Busner eingeworfen und sich bemüht, seine Enttäuschung darüber, dass es nicht um die Beförderung ging, zu verbergen.

Unser Herr Vizedirektor beabsichtigt, hatte der Produktionschef Busner übertönt, die Büros der Herren Ressortdirektoren mit neuen Barometern auszustatten, da die alten, die zwar als äusserst präzis gelten, aus der Mode gekommen und somit nicht mehr geeignet sind, in einer topen Bürolandschaft ihre Repräsentationspflicht zu erfüllen. Unser Herr Vizedirektor hält nämlich sehr darauf, darf ich Ihnen verraten, dass die Herren Ressortdirektoren sich über das zu erwartende Wetter orientieren können.

Herr Kleidmann hatte eine Schublade seines Schreibtisches aufgezogen, zwei Barometer zum Vorschein gebracht, das eine vor Busner auf den Schreibtisch gelegt und gesagt, hier hätten wir das zu ersetzende, in Holz eingelassene Modell, und hier — Herr Kleidmann hatte ein Barometer mit einem Metallgehäuse vor Busner hingestellt — wäre das neue, zur Diskussion stehende Modell.

Äusserst gefällig, das neue! hatte Busner bemerkt.

Der Herr Vizedirektor hat Geschmack bewiesen, hatte Herr Kleidmann entgegnet, nun ist unser Herr Vizedirektor von kompetenter Seite darauf hingewiesen worden, dass das neue Barometer in einer Höhe von 1500 Metern und mehr unpräzise arbeitet. Darüber möchte er Klarheit gewinnen, bevor er sich zum Kauf entschliesst, denn selbstverständlich gedenkt er nicht, eine Produktion zu erstehen, die unter irgendwelchen Bedingungen versagt ...

Das dürfte klar sein! hatte Busner eingeworfen.

... auch dann nicht, wenn er es diesen Bedingungen gar nicht auszusetzen beabsichtigt, war Herr Kleidmann fortgefahren.

Versteht sich, hatte Busner bemerkt.

Herr Kleidmann hatte mit den Händen über seine Hosenträger gestrichen. Ihr Auftrag, Herr Busner, besteht darin, das Instrument auf seine Tauglichkeit zu prüfen. Sie werden die Anzeigen der beiden Barometer während vierzehn Tagen zweimal täglich, zur selben Uhrzeit ungefähr, vergleichen, morgens und abends jeweils. Stellen Sie fest, ob zwischen den Angaben der Luftdruckmesser eine Differenz besteht und, gegebenenfalls, wieviel Millimeter sie beträgt. Die GESELLSCHAFT hat Ihnen im Kurort Gausen-Kulm, sechzehnhundert Meter über Meer, ein Hotelzimmer bestellt. Sie reisen übermorgen und beginnen am Donnerstag mit den Messungen. Die Fahrkarte, die Reservationsbestätigung des Hotels und die Barometer werden Ihnen morgen übergeben. Wir zweifeln nicht, dass Sie unser in Sie gesetztes Vertrauen rechtfertigen werden, Herr Busner!

Ich werde mich darum bemühen, Herr Kleidmann, hatte er erwidert und war aufgestanden.

Sobald Sie zurück sind, also am Donnerstag, den 16., wollen Sie sich bitte mit dem Resultat der Überprüfung bei mir melden, hatte Herr Kleidmann angeordnet.

Während Busner zur Funktionärsetage hinuntergestiegen war, hatte er sich damit über seine ausgebliebene Beförderung hinweggetröstet, dass er in den kommenden vierzehn Tagen wenigstens nicht für Nahrungsmittel und dergleichen anstehen müsse.

Er sah die von Gausen-Kulm kommende Bergbahn auftauchen, sagte sich, halbe Wegstrecke, fasste den Bahnführer ins Auge, aber dieser beachtete ihn nicht, sondern blickte geradeaus — oder auf das Gleisstück, das vor ihm liegt, fiel Busner ein. Kein Fahrgast, registrierte er, beugte sich vor und betrachtete eine Weile die schneebedeckten Berggipfel.

Der ewige Schnee, dachte er, sich wieder zurücklehnend.

Mit einem scharfen Ruck hielt die Bahn. Während Busner aufstand und den Koffer herunterhob, glitt sie vollends ins Stationshaus. Er schob die Tür zurück und stieg zur Wartehalle hoch. Es überraschte ihn, dass drin kein Mensch zu sehen war, dass kein Portier bereitstand, um ihn zum Hotel zu führen.

Ich werd den Koffer doch nicht hinschleppen müssen! dachte er und stellte ihn ab. Als er sich umdrehte, sah er den Schaffner aus dem Führerstand treten, die vier Stufen zur Wartehalle emporeilen, einen Schlüssel oder etwas Ähnliches aus der Hosentasche holen und auf eine Tür zustreben.

Verzeihung! rief Busner, bevor der Schaffner sie erreichte.

Dieser blieb knapp davor stehen.

Verzeihung! rief Busner, tat einige Schritte auf ihn zu und versetzte, können Sie mir sagen, wie ich zum Hotel „Gausener-Hof" komme?

Immer die Strasse lang, antwortete der Schaffner und wies mit dem Arm zum Fahrkartenschalter.

Busner nickte und wandte sich um. Während er zum Ausgang schritt, hörte er den Schaffner den Schlüssel ins Schloss stecken, ihn umdrehen, die Tür öffnen und wieder schliessen.

Aus dem Stationshaus tretend, befremdete es Busner sehr, den Platz davor völlig ausgestorben und die Fensterläden sämtlicher Häuser, die er zu erblicken vermochte, geschlossen zu sehen. Weil überdies, wie er feststellte, nicht das Geringste zu hören war, fühlte er sich, als er den Platz in der Richtung überquerte, die ihm der Schaffner gewiesen hatte, an eine Wildwestfilm-Stadt erinnert — kurz bevor die Schiesserei losgeht, präzisierte er sich.

Am Gebäude, das den Platz begrenzte, las er „Touristeninformation" und auf dem Schild, das innen an der Glastür hing, „Geschlossen". Er warf einen Blick auf die Plakate in den beiden Schaufenstern und begann die schmale Strasse, die bei der Touristeninformation anfing, hochzugehen.

In einiger Entfernung sah er einen schlacksigen, an die zwei Meter grossen Mann mit langen Schritten daherkommen. Im Mund des Mannes steckte, wie Busner feststellte, während er und der Mann sich einander näherten, eine Tabakspfeife.

Hotel „Gausener-Hof"? stiess der Mann hervor, als er etwa noch fünfzehn Meter von Busner entfernt war.

Richtig, antwortete er.

Geben Sie her, ich bin der Portier! sagte der Mann, riss ihm den Koffer aus der Hand, steckte die Pfeife in die Hosentasche, holte sie aber gleich wieder hervor und klagte, heiss, das Ding, heiss! Bin zu schnell gelaufen! Und doch, Sie sehn, sogar etwas zu spät gekommen!

Halb so schlimm, bemerkte Busner und zog seine Jacke aus.

Eine Affenhitze hatten wir heut! versetzte der Portier.

So?

Aber ja, noch jetzt ist es warm, wie Sie selbst feststellen können! meinte der Portier.

Stimmt, bestätigte Busner.

Für die Jahreszeit! ergänzte der Portier.

Ausgerechnet jetzt wird es schön, fuhr er fort, wo es den ganzen Sommer geregnet hat! Geregnet, geregnet!

Busner stellte fest, dass der Souvenirladen und selbst das angrenzende Friseurgeschäft geschlossen hatten. Wo lassen sich die Leute denn das Haar schneiden? dachte er, während er den Portier sagen hörte, ja, die Saison war schlecht dieses Jahr, ausserordentlich schlecht! Wegen dem Wetter kamen die Ausländer nicht, obwohl wir ein paar Ausländer hatten, und wegen der Inflation kamen unsere Leute nicht. Kein Geld! Und wer welches hat, gibt's nicht aus, sondern wartet bessere Zeiten ab.

Der Portier steckte die Pfeife wieder in die Tasche.

Tatsächlich scheint dieses Gausen völlig ausgestorben zu sein, bemerkte Busner, ist ja alles geschlossen, die Hotels, die Geschäfte ...

Oh ja, ich sagte ja, antwortete der Portier, dafür werden Sie morgen schönes Wetter haben!

Da kann ich mich ja auf was gefasst machen! Gibt es wenigstens eine Discothek hier oder so? versetzte Busner.

Discotheken gibt es schon, entgegnete der Portier, jetzt natürlich geschlossen! Wieso? Glaubten Sie, die hätten geöffnet? Denkste! Ende September wird hier dicht gemacht! Jedes Jahr. Kann passieren, was will! Ende September ist die Sommersaison vorüber, und jetzt haben wir Anfang Oktober! Nach September kommen bestenfalls noch einige Greise rauf. Wegen der Luft. Und die gehn nicht in Discotheken rein, weil Sie fragen wegen den Discotheken. Heuer blieben sogar die Greise aus. Weshalb, hab ich gesagt. Drum ist alles zugesperrt. Einheimische gibt's ja keine. Oder sozusagen keine. Aus Amerika allerdings hätte eine Reisegruppe kommen sollen. Daraus ist nichts geworden, weil der Chauffeur einen Unfall gebaut hat auf der Autobahn und die Amis entweder hinüber sind oder schwerverletzt im Krankenhaus liegen, Beine ab und so; schrecklich! Sie werden schon selbst sehn: Wenn einer im Oktober oder November nicht ausschliesslich wegen der Bergtouren nach Gausen kommt, wird er sich hier arg langweilen! Das dort ist die berühmte Lauenspitze; sind dies Jahr ein halbes Dutzend Leute runtergepurzelt.

Hoffen wir, dass es nicht so arg sein wird! sagte Busner.

Was? fragte der Portier und wechselte den Koffer in die andere Hand.

Eben, mit der Langeweile.

Ach so! Sie werden's ja sehn! Gucken Sie doch: Alles geschlossen! Sie können sich nicht mal was kaufen hier, wenn Sie was brauchen! Das heisst, Sie müssten nach Gausen-Dorf fahren! Da kriegen Sie natürlich alles. Aber vielleicht sind Sie ein

Mensch, der sich selbst unterhält. Ich bin das nicht. Ich reise auch ab, heute!

Sie reisen ab? vergewisserte sich Busner.

Freilich, erwiderte der Portier. Wundern Sie sich nicht darüber, dass ich bloss die halbe Uniform trage? Das rührt daher, dass ich nur noch halb im Dienst bin; heut also bloss für den halben Tag entlohnt werde anstatt für den ganzen. Für den halben Lohn ziehe ich aber nicht die ganze Uniform an, ich denke nicht daran!, sondern bloss die halbe!

Er trage die Uniform höchst ungern, erklärte er. Stets müsse man achtgeben, sie nicht zu beschmutzen. Erstens wegen des Eindrucks bei den Gästen und zweitens, weil sie fremdes Eigentum sei. Während ihm keiner dreinzureden habe, wenn er die eigenen Klamotten beschmutze.

Er blieb stehen, stellte den Koffer ab und sagte, sehn Sie: Hose, Schuhe sind Uniformbestandteile; das Hemd, er klopfte auf seine dünne Brust, ist mein eigenes. Von der Uniform fehlen: Mütze, Jacke, Krawatte!

Er nahm den Koffer auf und setzte sich wieder in Gang.

Ja, Herr, wären Sie nicht angekommen heut, hätt ich bereits gestern abreisen können! Weil der Chef aber selbst den billigsten Gast — ich meine nicht Sie — abholen lässt, bestand er darauf, dass ich auch Sie abhole, und Sie sind der letzte Gast, den wir in dieser Saison erwarten, was nicht heisst, dass kein weiterer Gast mehr eintreffen wird, sondern dass keiner mehr angemeldet ist. Normalerweise fahr ich mit dem Elektromobil zur Station, das heisst, während der Sommersaison; für die Wintersaison haben wir Kutschen mit Pferden, attraktiv, wissen Sie; da ich erraten habe, dass Sie nicht über viel Gepäck verfügen — mit der Zeit kriegt man ein Auge für den mutmasslichen Gepäckumfang des Gastes —, habe ich das Elektromobil bereits gereinigt, geölt und so weiter fürs nächste Jahr; die Wartung des Elektromobils fällt in meinen Aufgabenbereich; gewonnen ist damit ein halber Tag; hätte ich Sie mit dem Elektromobil abgeholt, müsste ich mich jetzt an seine Reinigung und so weiter machen. Um den einen Koffer raufzutragen, brauch ich aber kein Elektromobil!

Werden denn noch irgendwelche unangemeldete Gäste kommen, jüngere Gäste meine ich? fiel Busner ein.

Weiss man nie, antwortete der Portier, holte die Pfeife aus der Tasche, steckte sie mit dem Feuerzeug in Brand, stiess einige Rauchwolken aus, nahm die Pfeife aus dem Mund, versetzte, gesünder als Zigaretten, wissen Sie!, schob sie wieder zwischen die Zähne und sagte, um fertig zu erzählen: Gestern war den ganzen Tag über nichts zu tun. Vorgestern ebenfalls: Nichts zu tun. Das habe ich dazu benutzt, das Elektromobil zu reinigen. Heute: Nichts zu tun, bis eben jetzt, wo ich Sie abholen musste. Nun, den gestrigen Tag entlohnt der Chef nicht; das war so vereinbart! Den heutigen jedoch hätte er voll zu vergüten, vollumfänglich, den ganzen Tag, nicht den halben, das ist Gesetz, denn ich war den ganzen Tag da! Allerdings, das ist richtig, hat er mir den halben Tag freigegeben, aber er weiss genau, dass ich mit einem freien Halbtag nichts anfangen kann! Also nicht ins Dorf fahren kann und um Mittag, wenn der zweite Halbtag beginnt, wieder oben sein kann, und zwar wegen der Verkehrszeiten der Bahn. Um aber bloss eine Stunde im Dorf bleiben zu können, dafür reut mich das Fahrgeld.

Korrektheit sei für ihn, den Portier, nämlich alles, fuhr er fort, während Busner an einem der Holzhäuser, das ebenfalls einen unbewohnten Eindruck machte, ein Schild gewahrte „Zimmer zu vermieten" und sich zurechtlegte, also müsse jemand da sein, jemand sogar, der mit dem Eintreffen Unterkunft suchender Leute rechne. Und seine Korrektheit, sagte der Portier, verbiete ihm, erst mit der Vierzehn-Uhr-Bahn anzukommen, dafür verlange er auch Korrektheit vom Chef; und ebenso wisse der Chef, dass ihm, dem Portier, an einer Wanderung nichts liege, eine Wanderung könnte er ja unternehmen während des freien Halbtags, aber eben: Er brenne darauf, runterzukommen in die Stadt, vier Monate Berge seien genug, nach drei Monaten kotzten einen die Berge an, mit all ihrer Pracht, trotzdem komme er jedes Jahr gerne wieder nach Gausen-Kulm, er habe bereits fünf Saisons hinter sich, so sei der Mensch, das wisse der Alte und nütze es aus...

Noch weit zum Hotel? unterbrach ihn Busner.

Sind gleich da, antwortete er, blieb stehen, klopfte die Pfeife auf dem Schuhabsatz aus, pustete hinein, steckte sie in die Hosentasche, holte Busner ein und meldete, ja, das hat er schlau eingerichtet! Aber bitte: halber Lohn — halber Dienst! Halber

Dienst — halbe Uniform! Das kann er haben, wie er will, meine Koffer stehn bereits in der Gepäckaufbewahrung, in einer Stunde fährt die Bahn, und obwohl ich hier nicht für Brot und so anzustehen brauche wie in Rask, bin ich froh, runterzukommen, in der Stadt hat man dafür seine Freunde wieder; sagen Sie, ist es schlimm mit dem Anstehn?

Im Gegenteil! erwiderte Busner und blickte in das blasse, schmale Gesicht des Portiers, ein bisschen Anstehn tut den Leuten gut! Sind ja selbst schuld, dass sie sich von den Demokraten zwölf Jahre lang an der Nase haben rumführen lassen! Um so sicherer wählen sie jetzt P.f.F.!

Wissen Sie, was meine Meinung ist in der Politik? versetzte der Portier, der kleine Mann ist immer der Dumme!

Nicht wenn er P.f.F. wählt, der kleine Mann! entgegnete Busner.

Sie sind ein Gast, antwortete der Portier, deshalb haben Sie recht. Ich beschäftige mich mit Fragen der Autorität, wissen Sie, ich kenn mich aus auf dem Gebiet, und der Gast hat immer recht gegenüber dem Hotelangestellten! Weshalb? Weil der Hotelangestellte auf das Trinkgeld des Gastes angewiesen ist! Und das heisst, auf das Wohlwollen des Gastes! Will der Angestellte, in unserem Fall der Portier, zu seinem Trinkgeld kommen, hat er sich so zu verhalten, dass der Gast keinen Grund sieht, *sieht*, sage ich, nicht *hat*, mit dem Portier unzufrieden zu sein. Eine einfache Rechnung! Also kann und darf der Hotelangestellte, wenn der Gast in der Nähe ist, sich nicht so benehmen, wie er es vielleicht gerne möchte! Und der Hotelangestellte hat davon auszugehen, dass der Gast stets in der Nähe ist! Auf der Strasse, sagt man, hat jeder dasselbe Recht. Begegnet aber dem Portier auf der Strasse, wo alle dasselbe Recht haben, etwas, das auch nur entfernt wie ein Gast seines Hotels aussieht, muss er unbedingt grüssen! Und zwar als erster grüssen! Es könnte sich ja um einen Gast handeln, an dessen Gesicht der Portier sich nicht mehr erinnert! Oder den er, bei aller Gedächtnisschärfe, nicht wiedererkennt, weil der Gast die Reisekleidung, in der er ankam, mit einer Wanderkleidung vertauscht hat oder dem Schianzug oder irgendeiner Kleidung! Oder der Portier sah den betreffenden Gast gar nicht ankommen, weil der Kollege im Dienst war oder weil der Portier seinen freien Tag hatte! Unterlässt er es also, den Gast zu grüssen, in der Meinung, es handle sich um einen Urlauber eines anderen Hotels! Wenn man die Gäste der Konkurrenz auch noch grüssen müsste ...! Und schon verbucht der Gast einen Minuspunkt für den Portier! In diesem Stadium gibt es für den nur eins, will er sein Trinkgeld nicht riskieren: Wiedergutmachung! Das heisst nicht nur erhöhte Aufmerksamkeit für den betreffenden Gast, sondern auch ...

Halt mal, Sie denken unlogisch! unterbrach Busner. Da Sie der Gast bei seiner Ankunft nicht sah, kann er nicht wissen, dass Sie der Portier sind!

Wie denn? rief der, wie denn, wenn es uns verboten ist, ohne Dienstmütze auszugehn, und auf der Dienstmütze in grossen Buchstaben „Gausener-Hof" steht? Ein Aussenstehender kann sich von all dem gar kein Bild machen, muss ich Ihnen sagen! Beispielsweise gibt es Gäste, die den Angestellten aus Prinzip nie zurückgrüssen! Gleichwohl muss dieser, will er zu seinem Trinkgeld kommen, auch diese Gäste immer wieder grüssen, wenn er sie trifft, unermüdlich; respektvoll grüssen; denn gerade jene Gäste, die nicht gesonnen sind, den Angestellten zurückzugrüssen, gefährden sein Trinkgeld am stärksten, und nicht nur sein Trinkgeld, auch seine Stellung! Sie wissen, was das heisst in der heutigen Zeit! Und jene Gäste sind es auch, die dann mit den Trinkgeldern am Knausrigsten verfahren! Nicht zurückgrüssen gleich knausriges Trinkgeld! Kann man sich merken! Es gibt auch Ausnahmen. - Dort, der grosse Schuppen ist der „Gausener-Hof". Imposant, muss man schon sagen. Gilt nicht zu Unrecht als eines der ersten Häuser im Land.

In einem kleinen Park, etwas erhöht, sah Busner ein stattliches Gebäude mit vier Türmen stehen. So werden wir wenigstens nobel wohnen, dachte er.

Es dürfte klar sein, hörte er seinen Begleiter fortfahren, dass ein Portier das Trinkgeld eines solchen Gastes zurückhaltend entgegennimmt, soweit natürlich nur, wie in dieser Situation Zurückhaltung von seiten des Portiers angemessen ist! Doch kommt der Portier — und das ist ein weiterer Punkt — nicht darum herum, bei der Trinkgeldübergabe seine Hand mit der Hand des Gastes, dem er keinen Gruss wert war, in Berührung zu bringen. Selbst wenn der Gast in den Augen des Portiers der charakterloseste Mensch ist, den man sich vorstellen kann: Er kommt nicht darum herum, der Portier, bei der Trinkgeldübergabe seine Hand mit der Hand des Gastes in Berührung zu bringen! Ja, soll er sich vielleicht Handschuhe anziehen, der Portier? Soll er seine Rocktasche aufhalten und den Gast ersuchen, das Trinkgeld da reinzustecken? Und Gäste, die taktvoll genug sind, dem Portier einen Schein hinzuhalten, das heisst, den Schein so hinzuhalten, dass der Portier ihn aus den Fingern des Gastes lösen kann, ohne mit dessen Hand in Berührung zu kommen, solche Gäste sind selten wie ... wie ein Plein im Roulett. Die Trinkgeldübergabe hat verschämt zu erfolgen. Auch ein ungeschriebenes Gesetz. Das heisst, verschämt benimmt sich dabei eigentlich nur der Gast. Geld ist schmutzig! Merken Sie was? Aber der Verschämung des Gastes hat der Portier sich gefälligst anzupassen. Wegen dieser Verschämung — wir kommen nun darauf zurück — kann der Gast nicht umhin, seine Hand mit der Hand des Trinkgeldempfängers, des Portiers in unserem Fall, in Berührung zu bringen. Und oft kommt es nachher noch zu einem Händedruck! Ein Kellner, nur zum Beispiel, braucht bei der Trinkgeldübergabe seine Hand mit der Hand des Gastes mitnichten in Berührung zu bringen! Der Gast legt das Trinkgeld auf den Tisch, und der Kellner nimmt es vom Tisch, ohne seine Hand der Hand des Gastes auch nur zu nähern! Die Hand eines Portiers hingegen oder eines Zimmermädchens oder so ist der Hand des Gastes ausgeliefert!

Während sie in den Park einbogen und über einen Kiesweg auf das Hotel zugingen, erklärte der Portier, ihm reiche es wieder für eine Weile. In der Stadt werde er erst eine Woche oder zwei Ferien machen, das habe er verdient, dann schön langsam auf Arbeitssuche gehen und Stempelgeld kassieren, und wenn alles gut gehe, komme er Ende Dezember wieder rauf, das müsse noch besprochen werden mit dem Direktor. Jetzt müsse er ihn gleich suchen, um mit ihm abzurechnen, die Sekretärin sei schon weg und der Chef oft nicht zu finden, wenn man was von ihm wolle, aber Julian — er, der Portier, heisse Julian — finde ihn schon! Er hoffe bloss, der Direktor habe Zeit! Selbstverständlich habe der Direktor Zeit, aber wenn er nicht abrechnen wolle, sage er, er habe keine Zeit, und er, der Portier, bekomme die letzte Bahn nicht mehr und müsse morgen fahren. Allerdings könnte er dem Chef in diesem Fall keine Unkorrektheit vorwerfen, denn eigentlich daure sein, des Portiers, Dienst bis um sieben.

Sehn Sie, sagte er, während er mit den Fingern in seinem Bürstenschnitt herumfuhr, Hotelangestellte sind immer irgendwie abhängig, und flüsterte, der Alte werde es noch fertigbringen, ihn wegen der halben Uniform anzuschnauzen, aber dann werde er ihm den Marsch blasen!

Der Portier stiess die Glastür des „Gausener-Hof" auf, sagte bitte! und neigte den Kopf, als Busner an ihm vorüberging. Er betrat eine weite, helle Empfangshalle, in deren linker Hälfte er einen offenen Kamin, mehrere massive Klubsessel und einige Rauchtische gewahrte. Der Portier schritt hinter die Anmeldeschranke rechts von Busner und nahm einen Schlüssel vom Brett.

Da ihm schien, es habe kein Schlüssel gefehlt, fragte er, während er mit dem Portier zum Aufzug ging, weitere Gäste sind keine im Haus zur Zeit?

Freilich! Drei Herrschaften haben wir noch da! antwortete der, presste den Daumen auf den Rufknopf, beliess ihn dort und wandte sein langes Gesicht zum Eingang.

Der Lift ist gekommen! versetzte Busner nach einem Augenblick.

Der Portier zuckte zusammen. Oh, tatsächlich! sagte er.

Während der Fahrt blickte er gedankenverloren zur Decke, derweil Busner dessen üppigen, nun voll zur Geltung kommenden Adamsapfel betrachtete.

Vierter Stock! Da steigen wir aus! meldete der Portier, drückte die Tür auf, ging nach links und sagte, hier entlang bitte! Sie sind der einzige Gast auf der Etage, fuhr er fort, da werden Sie wenigstens Ruhe haben!

Vor der hintersten Tür blieb er stehen, steckte den Schlüssel ins Schloss, drehte ihn um, klinkte die Tür auf, trat zurück und sagte, dieses Zimmer wurde für Sie reserviert, bitte sehr!

Busner sah in einen länglichen, mit Versandhausmöbeln dürftig eingerichteten Raum.

Er ging hinein, wies auf die beiden Betten, die hintereinander an der rechten Wand standen, und sagte, zwei Betten? Wieso stehn in dem Zimmer zwei Betten?

Bis gestern hat der Koch hier gewohnt, entgegnete der Portier und stellte den Koffer neben den Schrank.

Der Koch? wunderte sich Busner, seit wann bringt man Gäste unter, wo der Koch untergebracht war?

Der Portier zog die Schultern hoch: Ihre Firma hat für Sie dieses Zimmer bestellt!

Das muss ein Irrtum sein! erklärte Busner, ich werde mit der GESELLSCHAFT Rücksprache nehmen! Zudem verstehe ich noch immer nicht, weshalb zwei Betten hier stehen; hat der Koch zwei Betten gebraucht?

Der Koch hat nicht zwei Betten gebraucht, das andere Bett war von der Frau des Kochs belegt, versetzte der Portier. Wenn Sie mich fragen — ich finde das Zimmer ganz nett, verglichen mit dem meinen zum Beispiel; Dusche haben Sie auch auf der Etage, den Gang nach rechts, dritthinterste Tür, Toilette gegenüber, ich muss Sie nun aber alleinlassen, weil ich noch abzurechnen habe!

Busner klaubte ein Zweirondostück aus der Jackentasche.

Ihr Trinkgeld! sagte er.

Danke, Herr, versetzte der Portier, zog sich zurück und schloss die Tür leise.

Wie kommt die GESELLSCHAFT dazu, mir ein Angestelltenzimmer zu mieten? sinnierte er, legte die Jacke auf das eine Bett, öffnete den weissen Schrank, aus dem nun ein leichter Mottengeruch drang, blickte hinein, schloss ihn wieder, setzte sich in den Sessel, der zwischen Schrank und dem Waschbecken stand, überlegte sich, ob er im Bett bei der Tür oder in dem beim Fenster schlafen wolle, entschied sich für dasjenige bei der Tür, holte den Koffer, legte ihn auf den Tisch, trat ans Fenster, öffnete es, stützte die Arme auf die Brüstung und beugte sich etwas vor. Unten erblickte er den Park und die schmale Strasse, die er mit dem Portier hochgekommen war. Gegenüber stand ein Hotel, rechts davon eine von einem Bretterzaun umgebene Baustelle mit einem grünen Kran im Hintergrund.

Stillgelegt, dachte er.

Nach einem Augenblick, als er eben darauf kam, dass es ihn deshalb so gespenstisch anmute, weil nirgendwo ein Geräusch zu hören war, sah er im obersten Stockwerk des Hotels gegenüber mit einem Mal ein Fenster sich öffnen. Ein dickliches, brillentragendes Mädchen lehnte sich hinaus und schwenkte ein Staubtuch. Als es die Läden zuzog, entdeckte es ihn. Er hatte den Eindruck, dass es ihm zulächle. Aufs Geratewohl hob er die linke Hand etwas von der Brüstung ab und deutete ein Winken an.

Zuoberst im Koffer lag die Automobilrevue, die er heute morgen als Reiselektüre gekauft, während der Fahrt aber bloss flüchtig durchgeblättert hatte. Er legte sie auf den Tisch, grub nach den Barometern, die sich zwischen den Anzügen befanden, wickelte die Instrumente aus dem Seidenpapier und fragte sich, wo er sie am besten plaziere. Der Tisch, entschied er schliesslich, sei der geeignetste Ort; er hob den Koffer auf das Bett und legte die Barometer links und rechts neben die Revue.

Gestern hatte er auf einem Blatt eine Tabelle angefertigt, in die sich die Luftdruckanzeige der beiden Geräte übersichtlich eintragen liess. Dieses Blatt, das er an einen Karton geheftet hatte, tat er zusammen mit einem Kugelschreiber zu den Barometern. Obwohl er heute keine Überprüfung vorzunehmen brauchte, verglich er ihren Stand. Sie zeigten denselben Luftdruck, 776 Millimeter. Er steckte eine Zigarette in Brand, holte einen Bügel aus dem Schrank, nahm seine Jacke vom Bett, hängte sie an die Tür, schaltete die Deckenbeleuchtung an, nahm den Rasierapparat und den Toilettenbeutel aus dem Koffer, tat beides auf das Glasgestell über dem Waschbecken, knipste die Kugellampe oberhalb des Spiegels an, hängte seine Anzüge in den Schrank, beschloss, Hemden und Leibwäsche im Koffer aufzubewahren, liess den Deckel zufallen, nahm die Zigarette aus dem Mund, schnipste die Asche ins Waschbecken, steckte erstere wieder zwischen die Lippen und hob den Koffer auf den Schrank. So! sagte er, sah sich im Zimmer um, blickte auf die Uhr und nahm sich vor, noch eine halbe Stunde oben zu bleiben, da das Abendessen vor sieben Uhr kaum serviert werde. Er zog die Federdecke über das Fussende, streifte die Schuhe herunter, holte den Aschenbecher vom Tisch, stellte ihn auf die Kommode, drückte die Zigarette aus, legte sich aufs Bett, verschränkte die Arme hinter dem Kopf und blickte zur Decke.

Drei Gäste sind noch da, hat er gesagt, dachte er nach einer Weile. Was das wohl für Gäste sind? Und was versteht der Portier unter alten Leuten? Ist für den Portier eine Frau, die, sagen wir mal, fünfzig ist und wie vierzig aussieht oder fünfunddreissig, knackig und in den besten Jahren, bereits eine alte Frau? Während Harrymann einen solchen Happen keineswegs verachtet? Oh, keineswegs! - Er versuchte das Gefühl herzustellen, das er gestern abend empfand, als Michèle sein Glied in ihren weichen Mund genommen hatte.

Nach zehn Minuten stand er auf, trat ans Waschbecken, warf einen Blick in den Spiegel, schloss den Rasierapparat an, schaltete ihn aus, als die Gesichtshaut glatt war, pinselte die Haare ins Lavabo, entkleidete sich bis auf die Unterhose, drückte vierzig Liegestütze, lockerte die Arme, wusch sich, rieb sich Rasierwasser ein, holte ein frisches Hemd aus dem Koffer, hob ihn wieder auf den Schrank, öffnete diesen, wählte eine Hose und eine dazu passende Jacke, zog beide an, stellte sich vor den Spiegel und kämmte sich.

Eine Weile stand er davor und besah sich seinen schmalen Kopf, die eng anliegenden Ohren, das blonde, kurz und modern geschnittene Haar, die blauen, wachen Augen, die gerade Nase, den dünnen Schnurrbart, den breiten Mund, das energische Kinn.

Da haben wir unseren H. Busner! dachte er, lächelte sich zu und zog die Mundwinkel auseinander, um die Zähne auf ihre Weisse zu prüfen. Die Türklinke schon in der Hand, entdeckte er an der darüber hängenden Jacke seinen P.f.F.-Ansteckknopf mit der Parole „P.f.F. für Lebensqualität". Oh, dachte er, befestigte ihn am Revers, prüfte vor dem Spiegel, ob das Abzeichen wirksam sass, löschte das Licht und sperrte die Zimmertür hinter sich ab.

Als er in der Empfangshalle aus dem Fahrstuhl stieg, sah er hinter der Rezeption eine kleingewachsene, gepflegte Dame stehen, die ihm, kaum hatte sie ihn erblickt, zurief, darf ich einen Augenblick bitten?

Aber sicher! antwortete er und näherte sich eilig.

Herr Busner? fragte die Dame, als er vor ihr stand.

Der bin ich, entgegnete er und legte die rechte, um den Zimmerschlüssel geballte Hand auf die Schranke.

Sie sollten das Anmeldeformular noch ausfüllen, sagte sie, während sie ihm die marmorne Schreibtischunterlage mit den Meldezetteln zuschob.

Selbstverständlich! versetzte er, nahm den Kugelschreiber aus der Halterung und trug seine Personalien in die entsprechenden Rubriken ein.

In Ordnung? fragte er und drehte der Dame die Unterlage zu.

Danke, erwiderte sie. Hier übergebe ich Ihnen den Schlüssel für die Haupteingangstür. Unser Portier ist nämlich schon abgereist, da eine grössere Touristengruppe, derentwegen wir das Hotel noch offengehalten haben, abgesagt hat und es somit für den Portier sowie für das übrige Personal keine Arbeit mehr gibt. Wir sperren die Eingangstür jeweils ab 21 Uhr zu. Ich bitte Sie, darauf bedacht zu sein, sie stets wieder abzuschliessen, wenn Sie nach Haus kehren.

Wird gemacht, Frau Direktor! sagte er und steckte den Schlüssel ein.

Unsere Aperitif-Bar, fuhr sie fort, halten wir während der Sommersaison ohnehin nicht geöffnet; gehen Sie aber beim Haupteingang nach rechts, finden Sie unseren „After-eight-Club", ab 19 Uhr in Betrieb.

Oh, tatsächlich? Das ist ja prima! freute er sich.

Das Abendessen wird zwischen 19 und 20 Uhr, das Frühstück zwischen 7 und 10 und das Mittagessen zwischen 12 und 13.30 aufgetragen, gab die Direktorin ihm bekannt.

Und wo ist der Speisesaal? fragte er.

Nach rechts, zwischen den Vorhängen hindurch. Ich wünsche Ihnen einen guten Appetit.

Schönen Dank, Frau Direktor, versetzte er.

Er betrat einen grossen, nahezu quadratischen Speisesaal.

Noch gar keiner da, dachte er, blieb stehen, überblickte die vielen weissgedeckten Tische und liess die Finger seiner rechten Hand mit dem Zimmerschlüssel spielen. Aha! sagte er sich, als er wahrnahm, dass der Tisch neben ihm für drei Leute vorbereitet war, und tat einige Schritte nach vorn. In der ungefähren Mitte des Saals, direkt unter einem der Kristalleuchter, bemerkte er einen Tisch mit einem Gedeck. Der wird für uns sein, mutmasste er, ging über den dicken Berberteppich darauf zu, zog den breiten, blaugepolsterten Stuhl zurück, setzte sich, legte den Zimmerschlüssel neben das Glas und sah sich um.

Kostbares Zeugs hier, alle Achtung! dachte er, nahm den Suppenlöffel zwischen Zeigefinger und Daumen, suchte nach dem Feingehaltstempel, entdeckte die Gravur „Hotel Gausener-Hof", legte ihn wieder neben den Teller, beschloss, an einem der letzten Tage ein Besteck als Andenken mitgehen zu lassen, holte seinen Schlüsselring aus der einen, den Hotelschlüssel aus der anderen Tasche, steckte diesen an den Ring und lehnte sich zurück.

Nach einer Weile schien ihm, als hörte er irgendwo im Saal eine Uhr ticken; da er nirgendwo eine zu entdecken vermochte, kam er zum Schluss, er bilde sich das Geräusch bloss ein, weil hier Totenstille herrsche.

Hungrig wie ein Pferd bin ich, Mensch, sagte er sich, wo bleiben bloss die drei andern? Bin überhaupt gespannt, wer da antanzen wird!

In seinem Rücken vernahm er einen dumpfen Ton. Er wandte sich um und sah einen mittelgrossen, in einen grauen Anzug gekleideten älteren Herrn mit einem Tablett steif auf ihn zukommen, während die Tür, durch die der Herr eingetreten war, auspendelte. Auf dem Tablett gewahrte er, als der Herr noch vier Tische von ihm entfernt war, eine Suppenschüssel und einen Teller. Der Direktor, dachte er.

Guten Abend, wünschte der Herr und stellte das Tablett auf den Nachbartisch.

Guten Abend! erwiderte Busner, während er die Serviette links von sich hinlegte, um für den Teller Platz zu schaffen.

Sie werden mit mir als Bedienung vorliebnehmen müssen, teilte ihm der Herr mit, füllte den Teller zur Hälfte, fuhr fort, unser Personal ist abgereist, und servierte ihm die Suppe.

Aber bitte, Herr Direktor! entgegnete Busner, während jener einen Teller mit einem Brötchen vor ihn hinstellte.

Ich habe mich doch an den richtigen Tisch gesetzt, wie? fügte er hinzu.

Würden Sie einen andern Platz vorziehen? antwortete der Direktor.

Nein, nein, beeilte sich Busner zu versichern, ich wollte nur wissen, ob ich hier richtig bin!

Was wünschen Sie zu trinken? fragte der Direktor.

Zu trinken — ich denke, ich trinke ein Glas Rotwein!

Der Direktor nannte ihm die Sorten, die im Offenausschank zu haben waren, und entfernte sich, nachdem Busner gewählt hatte.

Er brach das Brötchen.

Noch etwas Suppe? fragte der Direktor, als er mit dem Römer Wein wiederkehrte und ihn vor Busner hinstellte.

Gerne! antwortete er.

Den Zimmerschlüssel bitte ich Sie, ab morgen ans Schlüsselbrett im Empfangsraum zu hängen.

Selbstverständlich, hab ich ganz vergessen! erwiderte Busner.

Kaum hatte der Direktor die leere Schüssel abgetragen, sah Busner drei steinalte, gebeugte Gestalten, auf Gehstöcke gestützt, eintreten. Judenweiber! schoss es ihm durch den Kopf.

Offenen Mundes beobachtete er, wie sie, als schmerzte sie jede Bewegung, die Stühle langsam beidhändig zurückzogen, sich umständlich hinsetzten, die Stöcke unbeholfen zwischen ihren Gesässen und der Stuhllehne durchschoben, dann immer wieder um Zentimeter verrückten und endlich, eine nach der anderen, unbeweglich verharrten.

Sehn sich zum Verwechseln ähnlich, dachte er, sind wohl Schwestern, Drillinge vielleicht.

Der Direktor ging mit einem Tablett an ihm vorüber, trat dicht an den Tisch der Jüdinnen, machte eine kleine Verbeugung, unterhielt sich leise, für Busner unvernehmbar, mit einer von ihnen, schöpfte drei Teller Suppe und kam wieder an ihm vorbei.

Obwohl Busner den Blick des Direktors suchte, sah ihn dieser nicht an.

Die Jüdinnen sassen mit dem Gesicht dicht am Teller da und löffelten, wie er trotz der Entfernung festzustellen vermochte, schlürfend ihre Suppen. Vielleicht sind es keine Jüdinnen, fiel ihm ein; trotz dem Wuschelhaar. Muss sie mir beim Rausgehn aus der Nähe begucken. Reich sind sie, sieht man!

Der Direktor trat wieder an den Tisch, nahm die Suppenschüssel weg, stellte ein Rechaud auf, entfernte sich, kehrte mit einer Platte wieder, servierte ihm Braten und Gemüse, ging zum Tisch der Jüdinnen, sammelte ihre Teller ein und trug sie mit der Suppenschüssel fort.

Schmeckt ausgezeichnet, konstatierte Busner. Hätte mir in Rask so was nicht verschaffen können zur Zeit! Wo der Mann das Fleisch bloss her hat? Wenigstens werden wir in den nächsten vierzehn Tagen also gut verpflegt — und reichlich, wie mir scheint. Lohnende Sache!

Er schabte den letzten Rest aus der Platte. Wieder ging der Direktor mit einem vollen Tablett an ihm vorüber zum Tisch der Alten, blieb auf dem Rückweg stehen und sagte, wünschen Sie Käse oder Früchte als Nachspeise?

Ich denke, ich nehme ein kleines Stück Käse, Herr Direktor, antwortete er, lehnte sich zurück, wickelte einen Zahnstocher aus und begann damit im Mund zu hantieren.

Ihm schien, als er es sich überlegte, dass die Jüdinnen noch keine Notiz von ihm genommen hatten. Er fragte sich, ob sie ihn überhaupt bemerkt hätten oder glaubten, sie seien die einzigen Gäste im Saal, vermochte aber nicht völlig auszuschliessen, dass sie ihn ignorierten. Und wenn schon, die sind ja senil! sagte er sich.

Der Direktor brachte den Käse und fragte, ob das Essen gemundet habe.

Vorzüglich, Herr Direktor! Schon lange nicht mehr so gut getafelt, versicherte er und legte den Zahnstocher in den Aschenbecher.

Die Jüdinnen waren, wie er feststellte, noch immer mit dem Hauptgang beschäftigt. Er beschloss, nachher die Zähne zu putzen und dann, bevor er die Bar aufsuchen würde, sich den andern Teil des Dorfes anzusehen.

Er schob den Teller zur Seite, wischte sich mit der Serviette den Mund ab, faltete sie zusammen, ergriff den Zimmerschlüssel und erhob sich. Die Jüdinnen sahen nicht auf, als er an ihrem Tisch vorüberging, so dass er es unterliess, ihnen, wie er beabsichtigt hatte, guten Abend zu wünschen.

Im Zimmer überlegte er eine Weile, ob er eine seiner sportlichen Krawatten umbinden wolle. Schliesslich entschied er sich, es bleiben zu lassen, stellte sich vor den Spiegel, prüfte seine Erscheinung, löschte das Licht und schloss das Zimmer ab. In der

Empfangshalle befand sich niemand. Er hängte den Schlüssel ans Brett und stiess die Eingangstür auf. Noch richtig warm draussen, dachte er, als er durch den Hotelpark ging und den Tannennadelduft einatmete. Zur Strasse gelangt, schlug er die der Station entgegengesetzte Richtung ein, blieb nach einigen Schritten stehen, stemmte die Hände in die Hüften und horchte. Totenstill ist es, konstatierte er nach einer Weile; kein Geräusch, gar nichts!, absoluter Stillstand des Lebens, könnte man sagen!

Er ging weiter. „Sport-Jucker" las er im Schein einer Strassenlaterne an einem der Häuser, „Ski- und Schlittschuhleasing, Skiservice, Reparaturen". Gegenüber entdeckte er eine kleine Fleischerei. Er wechselte die Strassenseite. Eine grosse, leere Platte war im Schaufenster zu sehen. Während er weiterging, überlegte er, wo die Leute, die zu den Geschäften gehörten, denn bloss seien: die Metzgersleute, der Friseur, der Sportgeschäftsinhaber oder der Fotograf, an dessen Laden er jetzt vorüberspazierte.

Mit einem Mal schien ihm, er sehe aus einem der Häuser weiter vorne Licht durch die Fensterläden schimmern. Sich nähernd, stellte er fest, dass er sich nicht getäuscht hatte: Im ersten Stockwerk einer kleinen Lebensmittelhandlung brannte Licht. Na also! dachte er, blieb stehen, blickte hinauf und horchte, aber es drangen keine Geräusche auf die Strasse.

Im Weitergehen versuchte er sich vorzustellen, wer sich hinter den drei beleuchteten Fenstern aufgehalten hatte. Und weshalb, sagte er sich, sollen wir ausschliessen, dass unter den Leuten eine junge Dame ist, die hier ihren Urlaub verbringt?

Als er bei den letzten Häusern des Dorfes anlangte und eben umkehren wollte, sah er zu seiner Überraschung in einem etwa vierhundert Meter entfernten alleinstehenden Gebäude ebenfalls Licht brennen. Er beschloss zu erkunden, was es damit auf sich habe, und folgte, nun schnelleren Schrittes, der in einem Bogen darauf zuführenden, jetzt aber nicht mehr beleuchteten Strasse. Es wird ein Bauernhof sein, sagte er sich, vielleicht aber auch ein Wirtshaus oder gar ein Hotel! Ein Wirtshaus, dachte er, und alles wäre halb so schlimm! Wo ein Wirtshaus ist, müssen Gäste sein. Zumindest müssen Gäste erwartet werden, wo ein Wirtshaus ist! Seltsam bloss, dass es so abgelegen steht; als ob es nicht mehr zum Dorf gehörte. Er vermochte nun die gelb leuchtende Bierreklame zu erkennen. Ein Wirtshaus, also doch! sagte er sich und verlangsamte das Gehtempo, um nicht erhitzt in der Gaststätte anzukommen, sondern souverän wirkend, wie es der Vorstellung, die er von sich hegte, entsprach.

Er trat in einen hellen, niederen Raum. Etliche Holztische standen darin, und im Hintergrund bemerkte er eine kleine, etwas erhöhte Bühne, darauf einige verhüllte Gegenstände.

Hinter dem Ausschank erhob sich eine brandmagere, ältere Frau, rückte, während Busner dachte, keiner da!, ihre Schürze zurecht und sagte, guten Abend.

Guten Abend, antwortete er, wobei er unter einem der Tische etwas wie einen Hund erblickte, trat hinaus und ging den Weg zurück.

Noch immer brannte Licht im ersten Stock der Lebensmittelhandlung. Als er vor dem „Gausener-Hof" stand, schwankte er einen Augenblick, ob er nun den „After-eight-Club" aufsuchen oder sich zuerst davon überzeugen wolle, dass auf der andern Dorfseite, wie der Portier behauptet hatte, wirklich kein Lokal offen habe.

Er ging bis zur Bahnstation, sah aber in keinem der Häuser Licht und kehrte um.

Als er den Park des „Gausener-Hof" durchquerte, bemerkte er, dass ein zweiter beleuchteter Kiesweg von der Strasse direkt zum Club führte. Er stieg die vier Stufen hinunter, klinkte die schwere Holztür auf und beobachtete, wie der Barmann, der seitlings auf dem vordersten Barhocker sass, von seinem Magazin hochblickte und ihm den Kopf zuwandte. Während Busner gleichmütig zwischen den im Halbdunkel stehenden Tischen durchging, sich der etwas erhellteren Bar näherte und feststellte, dass keine Gäste da seien, erhob sich der Barmann, sagte, guten Abend, und stellte sich hinter die Theke.

'n Abend, erwiderte Busner.

Er schaute sich um. Voll ist es ja nicht gerade bei Ihnen!

Nicht gerade, antwortete der Barmann.

Busner hievte sich auf einen der mittleren Hocker in der Reihe.

Was trinken wir denn? sagte er. Na, geben Sie mir ein Bier; ein gewöhnliches, bitte!

Während er Zigaretten und Feuerzeug vor sich hinlegte, bückte sich der Barmann und entnahm dem Kühlfach die Flasche.

Nichts los, wie? äusserte Busner.

Saisonende, was wollen Sie! entgegnete der Barmann und schenkte ihm ein.

Saisonende, richtig! stimmte Busner bei, blies den Rauch aus und trank.

Sie sind wohl unser Hotelgast? erkundigte sich der Barmann nach einer Weile.

Es sieht so aus, erwiderte Busner.

Ja, da werden Sie eine ruhige Zeit bei uns verbringen!

Sagen Sie, was ich mich frage, griff Busner das Thema auf, wo sind eigentlich die Einheimischen? Die Metzgersleute, der Bäkker, der Fotograf und so?

Im Sommer, informierte ihn der Barmann, hätten die meisten Läden, wenn überhaupt, nur im Juni und im Juli, zwei oder drei auch im August geöffnet; es handle sich bei den Geschäften um Ablagen, deren Besitzer grösstenteils in Gausen-Dorf lebten; die Läden ganzjährig zu betreiben, hätte keinen Sinn, weil erstens im Sommer wenige Gäste zu erwarten seien und zweitens das Dorf bloss etwa fünfzehn Einheimische zähle, alte Leute vorwiegend und Kinder, Selbstversorger in der Regel. Nur die Lebensmittelhandlung gehöre einem Einheimischen, und die habe auch offen, das heisst, man könne da vorübergehen und klingeln, wenn man etwas benötige, viel anderes als Konserven gebe es zwar nicht; im Winter sehe alles ganz anders aus, da wüssten sich die Ladenbesitzer der Kundschaft kaum zu erwehren, es wimmle von Gästen und Angestellten im Dorf, etwa zweihundert Einwohner zähle es dann, besser gesagt, zweihundert Steuerzahler, und dann sei auch etwas los in Gausen, aber im Sommer den „Gausener-Hof" offen zu halten, lohne sich nicht, solange die Strasse nach Gausen-Kulm nicht gebaut werde, lohne es sich nicht, das habe er der Direktion schon oft umsonst beizubringen versucht!

Es soll eine Strasse nach Gausen-Kulm gebaut werden? fragte Busner.

Das Projekt besteht schon lange, antwortete der Barmann, bloss kriegen wir die Baubewilligung nie, immer vertröstet man uns auf später, aber was heisst später? Wenn die Bewilligung noch lange ausbleibt, werden Sie im Sommer bald keine Gäste mehr antreffen oder höchstens ein Dutzend Umweltschützer und Naturfreunde, und das Problem löst sich von selbst, aber das ist nicht der Sinn der Sache!

Sie meinen, wenn es eine Strasse gäbe, kämen mehr Leute rauf? warf Busner ein.

Der Urlauber von heute — und ich meine den anspruchsvollen Urlauber, wie wir ihn hier in Gausen-Kulm haben — will seinen Wagen mitführen! gab der Barmann zur Antwort, das ist eine psychologische Angelegenheit. Erstens will er mit dem Wagen vor dem Hotel vorfahren, denn nach dem Wagen wird er klassifiziert und will er sich klassifizieren lassen, so ist es nun mal, zweitens wünscht er einen möglichst grossen Aktionsradius zu haben; kann ein Kurort dies dem Gast nicht bieten, fährt er woandershin, das weist die Touristenstatistik aus! Im Winter ist es was anderes. Da zieht im Gegenteil ein autofreier Kurort, denn im Winter ist das Autofahren ohnehin unattraktiv, besonders in den Bergen.

Das ist auch meine Erfahrung, stimmte Busner zu.

Dazu bleibt der Schnee länger liegen, fuhr der Barmann fort, und schwärzt sich nicht von den Abgasen. Wir beabsichtigen, das Gute mit dem Nützlichen zu verbinden; einen Kilometer etwa von der Bahnstation entfernt soll ein Parkhaus errichtet und während des Winters im Dorf ein Fahrverbot erlassen werden.

Da schlagen Sie allerdings in der Tat zwei Fliegen mit einer Klappe! versetzte Busner.

Eben, bestätigte der Barmann und schenkte ihm nach.

Eine Weile schwiegen sie.

Ja, das sind Probleme! äusserte schliesslich Busner.

Der Barmann nickte.

Ich meine, ein so grosser Club wie der da, und niemand drin, das ist nicht im Sinn der Sache, oder? fuhr Busner fort.

Nein, das ist nicht der Sinn der Sache, bestätigte der Barmann.

Glauben Sie, dass noch irgend jemand kommt heute? fragte Busner nach einem Augenblick.

Kann man nie wissen, entgegnete der Barmann.

Sind zur Zeit überhaupt irgendwelche interessanten Leute in

Gausen-Kulm, ich meine Leute, die möglicherweise hier mal reinschauen? erkundigte sich Busner.

Da bin ich überfragt, antwortete der Barmann.

Freilich, das können Sie ja auch nicht wissen, räumte Busner ein und entnahm dem Paket eine Zigarette.

Ja, die Zukunft Gausen-Kulms hängt von der Strasse ab, meinte der Barmann; ich wäre in meinem Urlaub auch nicht gern auf eine Bergbahn angewiesen, die zur Zeit noch zwei oder drei Mal täglich verkehrt!

Dürfte klar sein! bekräftigte Busner.

Und auf die obendrein kein Verlass ist! fügte der Barmann hinzu.

Kein Verlass, inwiefern?

Nun, jedes Jahr kommt es mal vor, dass ein Gast zwei, drei Tage auf sein Gepäck warten muss, obwohl es bereits in Gausen-Dorf steht, und es dann, weil die Bergbahnangestellten keine Sorge dazu tragen, erst noch beschädigt eintrifft! Vergangenen Winter hatten wir einen General hier, dessen Schier einfach nicht kamen! Vier Tage lang telefonierte der General an die fünf, sechs Mal täglich nach Gausen-Dorf. Nein, sagt man ihm auf der Bahn, die Schier seien nicht da. Schliesslich wird es ihm zu blöd, er fährt runter nach Gausen-Dorf und stöbert sie dort in einer Ecke des Gepäckraums auf! Und dort hatten sie bereits einige Tage gestanden! Die Geschichte hatte ein übles Nachspiel, aber Sie können sich vorstellen, dass es sich dieser General zwei Mal überlegt, bevor er wieder nach Gausen-Kulm fährt!

Das dürfte klar sein! bestätigte Busner.

So leer wie dies Jahr, das muss ich allerdings sagen, äusserte der Barmann nach einer Weile und streifte die Asche seiner Zigarette ab, war Gausen-Kulm noch nie, daran ist die Inflation schuld nebst dem schlechten Wetter, das wir heuer hatten. Zwar haben wir noch eine Touristengruppe aus Ohio erwartet, Ministerialbeamte mit ihren Familien, sonst hätten wir das Hotel schon geschlossen, aber die haben abgesagt, weil ihr Ministerium, wie unser Direktor vermutet, ins Zwielicht geraten ist und die Klärung des Falles die Anwesenheit der Beamten erfordert.

Da hat mir der Portier eine ganz andere Geschichte erzählt! fiel Busner ein.

Der Portier ist ein Schwätzer! entgegnete der Barmann. Redet unablässig, der Portier! Spinnt sich Geschichten zusammen, die er letzten Endes selber für wahr hält!

So hab ich ihn eingeschätzt! sagte Busner, genau so!

Solche Leute gibt's, fügte er, da der Barmann schwieg, nach einem Augenblick hinzu.

Ja, sagte der Barmann, gab sich einen Ruck, kam hinter der Theke hervor, langte in seine Rocktasche, ging auf die Musikbox zu, warf eine Münze ein, betätigte sechs Mal kurz nacheinander die Tasten, kehrte hinter die Bar zurück, stellte sich wieder vis-à-vis von Busner hin, das Gesicht nun jedoch zum Eingang gewandt, und steckte sich eine neue Zigarette an.

Ja, das gibt's, sagte Busner, doch gingen diese Worte in den grellen Tönen der im selben Augenblick aus den Lautsprechern dreschenden Popmusik unter.

Der Barmann nickte.

Wenn er bloss etwas zurückdrehen würde, dachte Busner, doch der Barmann schien, wie er seinem abwesenden Gesichtsausdruck entnehmen zu können glaubte, nicht daran zu denken.

Später, nachdem die Musikbox verstummt war, bestellte er ein neues Bier.

Was ich noch sagen wollte, begann er, während der Barmann ihm einschenkte, wegen dieser Strasse: Die werden Sie kriegen, wenn die P.f.F. die Wahlen gewinnt! Warten Sie nur ab! Die werden Sie dann urplötzlich kriegen!

Kann sein, meinte der Barmann.

Das steht fest, bekräftigte Busner; Sie sind auch für P.f.F.?

Ich bin da noch unentschieden, antwortete der Barmann.

Aber ein kleines Wahlplakat würde sich in ihrem Club ganz hübsch machen!

Kann sein, erwiderte der Barmann.

Wissen Sie, versetzte Busner nach einer Weile, es gibt gemeinhin mehr vernünftige Menschen als man allgemein annimmt!

Als Keeper, erklärte der Barmann, trifft man allerhand Leute und erfährt oft von ihren intimsten Angelegenheiten. Man lernt, dass man die Menschen nicht überschätzen darf!

Busner fragte ihn, wie er die Erfolgschancen der P.f.F. beurteile, und der Barmann antwortete, er glaube, dass die P.f.F. die Wahlen gewinnen werde, weil die Demokraten die Wirtschaft halt nicht mehr im Griff hätten.

So ist es! bestätigte Busner, die P.f.F. wird die Wahlen mit an Sicherheit grenzender Wahrscheinlichkeit gewinnen und Kattland aus dem Chaos führen! Man muss sagen, dass ein Sieg der P.f.F. im Interesse jedes fortschrittlich gesinnten Menschen liegt! Ist es nicht so?

Weiss nicht, erwiderte der Barmann.

Trotzdem, auf die P.f.F.! sagte Busner und hob sein Glas.

Zum Wohl, versetzte der Barmann.

Zehn Uhr! Glauben Sie, dass heut noch jemand kommt? äusserte Busner nach einer Weile.

Unwahrscheinlich, antwortete der Barmann und begann gedankenverloren mit dem Flaschenöffner auf die Handfläche seiner Linken zu schlagen.

Merkwürdiger Typ, dieser Barmann, dachte Busner. Eine Zeitlang war er versucht zu fragen „Haben Sie Sorgen?", formulierte es dann gedanklich um in „Fehlt Ihnen was?" und versetzte schliesslich spontan, sagen Sie, weshalb serviert eigentlich der Direktor das Essen und nicht Sie?

Wieso soll ich das Essen servieren? gab der Barmann befremdet unter leichtem Kopfschütteln zurück.

Das ist doch Ihr Job! entgegnete Busner.

Mein Job ist die Betreibung der Bar, versicherte der Barmann.

Freilich, lenkte Busner ein, freilich, aber es hinterlässt bei den Gästen meines Erachtens einen vielleicht etwas befremdenden Eindruck, falls ich das so sagen darf, wenn der Direktor das Essen aufträgt und noch ein Barmann im Haus ist, verstehn Sie?

Nun, erwiderte der Barmann, der Direktor hätte ja jemanden vom Servierpersonal dabehalten können!

Richtig! pflichtete Busner bei, diesen Aspekt des Problems habe ich nicht bedacht! Sie haben vollkommen recht, Herr ..., wie heissen Sie eigentlich?

Heinz, stellte sich der Barmann vor.

Und ich heisse Harry, sagte Busner.

Er schenkte sich nach. Wissen Sie, fuhr er fort, ich muss das vielleicht auch noch klarstellen, damit Sie nicht einen falschen

Eindruck bekommen: Von mir aus wäre ich in dieser Jahreszeit nie nach Gausen-Kulm gefahren! Ich pflege meinen Sommerurlaub an der See zu verbringen! In Guana. Aber ich habe hier oben einen Sonderauftrag zu erfüllen. Ich bin GESELLSCHAFTS-Angestellter, und die GES hat mich zu diesem Sonderauftrag delegiert. Deshalb bin ich hier. Trotz dieser Jahreszeit!

Weiss ich, meldete der Barmann.

Ach, das hat sich schon herumgesprochen? fragte Busner.

„Herumgesprochen" ist zuviel gesagt, erwiderte der Barmann.

Man weiss hier einfach davon! verbesserte sich Busner.

Der Barmann machte eine vage Kopfbewegung, ja, vielleicht.

So wird es sein! schloss Busner.

Der Barmann schwieg. Busner leerte sein Glas.

Ja, da werd ich jetzt wohl langsam zu Bett gehn! äusserte er nach einer Weile.

Es befremdete ihn, dass der Barmann diese Mitteilung ebenfalls mit Schweigen quittierte.

Also dann, gute Nacht, Heinz! sagte er und glitt vom Hocker.

Gute Nacht, versetzte der Barmann.

Der Typ ist sauer, weil sein Laden nicht läuft, sagte er sich, während er zwischen den Tischen durchschritt.

Noch richtig warm ist es, stellte er draussen fest. Er blickte zum Himmel. Die Sterne, dachte er, völlig klar. Und dieser Riesenpalast und das Gezirp der Grillen! Wie im Film oder so!

Er schlug den Weg zum Hotel ein, suchte den Schlüssel in der Rocktasche und öffnete die Tür. Im Empfangsraum brannte mattes Licht. Er schloss die Tür, trat hinter die Schranke, nahm seinen Schlüssel vom Brett und betrat den Lift.

Im Zimmer zog er die Jacke aus und hängte sie auf einen Bügel. Von der Toilette zurückgekehrt, stand er eine Weile mit den Händen in den Hosentaschen selbstvergessen vor dem Schrank.

Jetzt möcht ich doch mal wissen, wie die Barometer stehn, fiel ihm schliesslich ein. Er ging zum Tisch und beugte sich über die Instrumente. Kein Unterschied! stellte er fest. Beide zeigen 776 Millimeter. Interessant!

Er öffnete das Fenster und blickte hinaus. So, sagte er sich, jetzt rauchen wir noch eine Zigarette und hinterher legen wir uns schlafen.

DONNERSTAG, 2.

Gewöhnt, werktags um sieben aufzustehn, erwachte er um diese Zeit, wurde sich klar darüber, wo er sich befand, blickte auf die Uhr und beschloss, noch eine Stunde liegenzubleiben. Das zweite Mal weckten ihn Glockenschläge. Was, neun schon? sagte er sich, warf die Decke ab, streckte sich, gähnte, dachte, zu weich das Bett, schwang sich hinaus, ging zum Fenster, öffnete die Jalousien, trat, da ihm eine Hitzewelle entgegenquoll, gleich zurück, schlüpfte in die Unterhose, öffnete die Tür, versuchte sich auf dem Weg zum Klosett vergeblich zu erinnern, bis um welche Zeit das Frühstück serviert werde, und beschloss letztlich, unrasiert und ungewaschen hinzugehen.

Wieder im Zimmer, kämmte er sich, kleidete sich an und warf einen flüchtigen Blick auf die Barometer. Über den Daumen gepeilt derselbe Luftdruck! sagte er.

Aus dem Lift tretend, besann er sich, dass man ihn gebeten hatte, den Zimmerschlüssel ans Brett zu hängen. Wetter wie im Hochsommer! fiel ihm ein, als er kurz durch den Eingang — die Tür stand nun offen — hinaussah.

Während er zum Speisesaal ging, hörte er jemanden lachen. Schon da, die alten Jüdinnen, dachte er und räusperte sich.

Eintretend gewahrte er, dass sich ein vierter Mensch zu ihnen gesellt hatte, ein graziler Mann mit schneeweissem, schulterlangem Haar, der einen Gehstock zwischen den weit vorgestreckten Beinen hielt, Busner aus offenen, tiefliegenden Augen prüfend ansah und kurz nickte, als er den Kopf neigte.

Eingebildeter Affe! dachte er und setzte sich an seinen Tisch, auf dem in einem Korb drei Brötchen und auf einem Teller zwei Portionen Marmelade lagen.

Die Juden hatten ihr Frühstück beendet. Ihm fiel auf, dass die Weiber im Vergleich zu gestern ausserordentlich lebhaft waren: Als ob sie über Nacht aufgetaut sind oder der Alte sie auf Trab gebracht hat! Er überlegte sich, wo dieser gestern gesteckt haben mochte. Schliesslich kam er darauf, dass er, da der Portier von *drei* Gästen gesprochen hatte, die das Hotel noch beherberge, heute morgen angekommen sein musste. Da stand der Alte auch schon auf, die Frauen zogen ihre Stöcke zwischen Gesäss und Stuhllehne beinah schwungvoll hervor, erhoben sich gleichzeitig und schritten aufrecht hinter ihm, die Stöcke kaum gebrauchend, hinaus.

Auf ihrem Tisch sah er einige unangebrochene Semmeln liegen. Mag sein, es sind doch keine Juden, dachte er; was man ihm vorsetzt, isst der Jude auf, und was er nicht aufisst, nimmt er mit.

Guten Morgen, wünschte der Direktor und stellte Kaffee und Butter auf den Tisch.

Morgen, Herr Direktor, antwortete er.

Haben Sie gut geschlafen? erkundigte sich der Direktor.

Danke, Herr Direktor, erwiderte er und fuhr, auf die Brötchen deutend, fort, ich sagte mir gerade, der Bäcker wenigstens ist noch da, nicht wahr?

Nein, entgegnete der Direktor, wir beziehen das Gebäck aus Gausen-Dorf.

Aus Gausen-Dorf, ach so! versetzte Busner; und der Barmann holt es wohl an der Station ab?

Bis gestern hat der Portier es abgeholt, seit heute tue ich es, äusserte der Direktor, bei den letzten Worten auf den Tisch der Juden zugehend.

Ach so! sagte Busner.

Musste wohl! dachte er hinter ihm her, schenkte sich Kaffee ein, öffnete ein Zuckerpaket, nahm sich Butter und Marmelade, brach ein Brötchen entzwei und begann zu essen, während der

Direktor Geschirr und Speiseresten der Juden abtrug.

Auf der Föhre vor dem Fenster sah er eine Amsel von Ast zu Ast hüpfen. Diese Reglosigkeit! dachte er, nachdem der Vogel verschwunden war, und diese Stille! Als steckte dein Kopf in einem Watteballen!

Er versuchte, sich auszurechnen, welcher Funktionär auf der GESELLSCHAFT seine, Busners Statistiken nun führte, kam zum Schluss, dass Abteilungsleiter Brühl die Arbeit wohl auf verschiedene Kollegen aufgeteilt habe, redete sich zu, wie viel besser es ihm hier oben gehe als den Kollegen, die sich mit Essensmarken und so abquälen mussten, leerte den restlichen Kaffee in die Tasse, schob den Teller weg und steckte sich eine Zigarette an. Als er sich zurücklehnte, knackte, kaum wahrnehmbar, der Stuhl. Auf, Harry! sagte er sich.

Während er durch den Korridor zum Lift ging, hörte er von fern die Stimmen des Direktors und der Direktorin. Scheinen sich zu streiten, die Leutchen, dachte er und drückte den Rufknopf.

Er fand sein Zimmer bereits aufgeräumt. Obwohl er die Handtücher kaum benutzt hatte, waren sie ausgewechselt worden. Weil er sich nicht zu entscheiden vermochte, ob er sich erst brausen oder rasieren wolle, stand er eine Zeitlang gedankenverloren vor dem Waschbecken.

Ins Zimmer zurückgekehrt, lockerte er seinen Körper, zog sich an, kämmte sich vor dem Spiegel, drehte sich um, schlug die Hände zusammen, sagte, so, wollen uns an die Arbeit machen!, trat an den Tisch, zog den Stuhl zurück, setzte sich, langte nach den Barometern, legte das neue rechts, das alte links von sich hin, griff nach der Liste und dem daran befestigten Kugelschreiber, trug das Datum, Donnerstag, den 2. Oktober ein, holte das alte Barometer vor seine Augen, sagte 778 Millimeter, notierte die Zahl, schob das Instrument von sich, langte nach dem neuen, sagte 778 Millimeter, schrieb auch diese Ziffern ein, stellte fest, dass beide Barometer also denselben Luftdruck anzeigten, setzte in die Rubrik „Differenz" eine Null und überprüfte alles nochmals, bevor er es auf den alten Platz legte.

Die zweite heut, registrierte er und stellte sich, um zu rauchen, ans Fenster. Donnerstag haben wir, dachte er. Kann sein, dass irgendwelche Feriengäste eingetroffen sind. Oder eintreffen werden. Der alte Jude ist schliesslich auch angekommen, und hat der Portier nicht behauptet, dass es bis jetzt dauernd geregnet hätte und die Gäste deshalb weggeblieben seien? Und der Barmann hat dasselbe gesagt; aber jetzt ist es schön! Wollen wir das Dorf inspizieren?

Aus der Empfangshalle tretend, stellte er fest, dass es draussen heisser war, als er drinnen angenommen hatte. Einen Augenblick war er versucht, die Sonnenbrille im Zimmer zu holen, beschloss dann jedoch, es bleiben zu lassen, und begann, während er durch den Park ging, zu überlegen, ob er die Bahnstation- oder die Wirtshausrichtung einschlagen wolle. Die Zeichen stehn auf Richtung Wirtshaus, entschied er, aus dem Park tretend, und spähte strassauf und strassab. Nirgendwo vermochte er eine Bewegung auszumachen, nirgendwo ein Geräusch, ausser dem Gezirp einer Grille.

Nachdem er ein Stück weit gegangen war, kam er darauf, dass das Dorf tagsüber deshalb einen noch abweisenderen Eindruck mache als nachts, weil nahezu sämtliche Fensterläden geschlossen waren. Als er die Lebensmittelhandlung erblickte, fielen ihm die drei beleuchteten Fenster von gestern ein. Jetzt waren sie zwar zu, aber immerhin hatte man die Jalousien offen gelassen.

Ich will mir was kaufen, dachte er, muss der Sache auf die Spur kommen! „Bitte läuten" stand auf einem braunen Schild an der Tür. Er betätigte die Klingel, hörte eine schrille Glocke gehen und trat etwas zurück. - Keiner da? dachte er nach einer Weile, als niemand öffnete und er im Hausinnern ebensowenig Schritte auszumachen vermochte. Er drückte nochmals auf den Knopf.

Machen vielleicht eine Wanderung, die Leute, fiel ihm ein, nachdem er den Weg fortgesetzt hatte, oder sind runter ins Dorf gefahren oder so.

Später, als er den Berg hochblickte, gewahrte er in ziemlicher Höhe einen grossen Bauernhof und vor dem Hof eine Person, die stets denselben Bewegungsablauf vollzog; er blieb stehen und sah ihr zu. Mist zetteln! sagte er. Eine Weile versuchte er herauszufinden, welchen Geschlechts sie sei, wegen der grossen Entfernung gelang ihm dies nicht. Jedenfalls eher ein Mann als eine Frau, mutmasste er im Weitergehen.

Spazieren wir bis zum Wirtshaus oder kehren wir um? fragte

er stehenbleibend, als er die letzten Häuser des Dorfs erreicht hatte, und antwortete sich, freilich wandern wir zum Wirtshaus! Wie gestern abend beschleunigte er den Schritt. Eine Zeitlang hatte er das Gefühl, die Sonne brenne ein kreisrundes Loch in seine Stirnhaut. Im Näherkommen erblickte er die Fahne Kattlands, die, wie er später gewahrte, an einem vor dem Wirtshaus stehenden Flaggenmast befestigt war. Eingangstür und Fenster desselben waren geöffnet, und vor den beiden letzteren befanden sich zwei sonnenschirmbeschattete Klapptische sowie mehrere Gartenstühle. Soviel er im Vorübergehen vom Weg aus zu sehen vermochte, befand sich niemand in der Gaststube. Weil es ihm zuwider war, gerade jetzt umzukehren, schritt er weiter. Etwa hundert Meter hinter dem Wirtshaus, wo der Asphaltweg aufhörte und in einen Wiesenweg mündete, stand ein hölzerner Wegweiser. „Zum Ende der Welt", las er, dachte, so wie da komme ich mir vor! und machte kehrt. Das Wirtshaus, bemerkte er, daran vorbeigehend, hiess „Alpenblick".

Er beschloss, zur Station zu spazieren, um die bis zum Mittagessen verbleibende Zeit irgendwie herumzubekommen.

Vor dem Park des „Gausener-Hof" sah er vier mächtige Strohhüte tragende Gestalten stehen, die er, sich nähernd, als die Juden identifizierte. Wieder geriet er in das Dilemma, ob er sie grüssen sollte oder nicht, aber sie enthoben ihn der Entscheidung, indem sie, als er noch ausser Rufweite war, in den Park wandelten.

Genauso ausgestorben wie den östlichen Teil des Dorfs fand er den westlichen vor. Am Stationshaus sah er ein altes, schweres, schwarzes Fahrrad lehnen. Er trat darauf zu, sah es sich an, bemerkte, dass es keine Lampe und keinen Kippständer, dafür aber eine neue, silberfarbene Glocke hatte. Während er sie betätigte, rätselte er, wem das Rad wohl gehörte, betrat danach das Stationshaus, stellte sich an das Geländer und blickte den Schienen entlang talwärts. Es fiel ihm ein, dåss er, obwohl er sonst keine Zeitung las, jetzt eine haben möchte, es hier aber keine zu kaufen gab. Er beschloss, den Direktor beim Mittagessen zu fragen, ob im Hotel eine zu haben sei, stiess sich vom Geländer ab und ging den Weg zurück.

Soll ich mich einen Augenblick auf eine Bank setzen? überlegte er, durch den Park gehend, erreichte jedoch die Eingangstür, bevor er sich dazu hätte entschliessen können, und empfand die Kühle in der Empfangshalle als derart wohltuend, dass ihm klar wurde, er werde im Hausinnern bleiben. Nachdem er den Zimmerschlüssel vom Brett genommen hatte und nun auf den Fahrstuhl wartete, hörte er ein Geräusch hinter sich, wandte sich um und beobachtete, dass die Tür hinter der Rezeptionsabschrankung langsam zugedrückt wurde.

Die Sonne hatte heiss in sein Zimmer geschienen. Er schloss die Jalousien, zog das Hemd aus, warf es auf das beim Fenster stehende Bett, knipste das Licht über dem Waschbecken an, nahm, in den Spiegel blickend, wahr, dass seine Gesichtshaut bereits leicht gebräunt sei, drehte das Wasser auf, wartete, bis es kalt kam, trank in schlürfenden Zügen und fuhr sich mit dem feuchten Lappen über Gesicht und Oberkörper.

Zwanzig Minuten bis zum Mittagessen noch, stellte er fest, nachdem er sich getrocknet hatte, und beugte sich über die Barometer.

Keine Differenz, registrierte er.

Schliesslich legte er sich aufs Bett. Direkt über sich gewahrte er einen kleinen, schwarzen Tupfer. Wohl mal eine Fliege gewesen, der der Koch mit einer Patsche oder seinem Pantoffel eins übergezogen hat, mutmasste er.

Wieder kreisten seine Gedanken darum, ob heute neue Gäste einträfen, Gäste, mit denen er etwas anfangen konnte, und überlegte, was er heut abend unternähme, wenn er in Rask und nicht hier wäre.

Nachdem die Kirchglocke Mittag geläutet und er die zwölf Schläge gezählt hatte, stand er gemächlich auf und machte sich vor dem Spiegel zurecht.

Obwohl er früher als die Juden im Speisesaal war, wenn auch bloss einige Augenblicke eher, ging der Direktor an seinem Tisch vorbei, trat an den ihren, begann mit ihnen eine leise Unterhaltung und nickte ihm zu, als er türwärts wieder an ihm vorüberging.

Die Jüdinnen, bemerkte er angeekelt, trugen leichte, ärmellose Kleider, unter denen sich der BH, der ihre schlaffen Brüste hielt, abzeichnete.

Der Direktor erschien mit einem Tablett, stellte ein Melonenstück vor ihn hin und sagte, da es so heiss ist heute, vermuteten wir, Sie würden ein kaltes Entree der Suppe vorziehen.

Bestimmt, Herr Direktor! antwortete er, denn es ist wirklich sehr heiss!

Solches Wetter hätten wir uns während des Sommers gewünscht, was trinken Sie bitte? erwiderte der Direktor.

Ein Bierchen ist wohl das richtige, entgegnete er.

Die Juden, beobachtete er, verstummten, als der Direktor ihnen die Früchte servierte, und nahmen, als er sich entfernt hatte, das Gespräch wieder auf. Eine Zeitlang lauschte er ihnen zu, doch sie sprachen so leise, dass er fast kein Wort verstand. Es fiel ihm ein, dass er noch dreizehn Tage hier oben bleiben müsse; sogleich sagte er sich, dass heute oder morgen, spätestens am Samstag neue Gäste erschienen wegen des schönen Wetters. Stumm servierte ihm der Direktor die Hauptmahlzeit. Endlich erinnerte er sich, was er ihn hatte fragen wollen:

Gibt es eine Zeitung im Hotel, Herr Direktor?

Eine Zeitung? Ich kann veranlassen, dass Sie ab morgen eine Zeitung kriegen, welche möchten Sie haben? fragte der Direktor.

„Die Neue Rasker", wenn das realisierbar ist, antwortete er.

Das wird möglich sein, versetzte der Direktor, ich wünsche Ihnen einen guten Appetit.

Er gewahrte, dass die Jüdinnen nicht einmal die kleinen Portionen auffassen, die der Direktor ihnen vorgesetzt hatte, während der Mann sich ein zweites Mal bediente.

Kaum hatte Busner das Besteck auf den Teller gelegt, standen die vier auf, wobei ihm der Alte, den Stuhl an den Tisch schiebend, einen kurzen Blick zuwarf, und verliessen den Saal.

Der Direktor brachte den Nachtisch und räumte sein Geschirr sowie dasjenige der Juden ab.

Die Zeit, die er, mit dem Eis beschäftigt, allein in dem grossen, totenstillen Speisesaal verbrachte, kam ihm unendlich trostlos vor. Als ihm aus der Achselhöhle ein kalter Schweisstropfen auf die Haut fiel, zuckte er zusammen. Harry, was ist los? fragte er sich, im Essen innehaltend.

Er beschloss, die Sonnenbrille zu holen und im Wirtshaus Kaffee zu trinken.

Hinter der Rezeption sah er die Direktorin stehen und im Telefonbuch blättern. Als sie ihn erblickte, kehrte sie ihm den Rücken zu, holte seinen Zimmerschlüssel vom Brett und legte ihn auf die Schranke.

Vielen Dank, Frau Direktor, sagte er, guten Tag!

Er ergriff den Schlüssel.

Guten Tag, erwiderte die Direktorin, schlug das Teilnehmerverzeichnis zu und notierte etwas auf ein kleines Stück Papier.

Unsere Bar ist geschlossen, nicht wahr? fragte er, um etwas zu sagen.

Ab sieben ist sie geöffnet, gab die Direktorin zurück.

Eben! versetzte er.

Einen Augenblick war er versucht zu fragen, ob neue Gäste eingetroffen seien, doch gelang es ihm, seine Neugierde zu meistern.

Als er im Zimmer stand und sich den Weg vorstellte, den er bei der Hitze zurücklegen musste, um ins Wirtshaus zu gelangen, verspürte er mit einem Mal keine Lust mehr hinzugehen; gegen sechzehn Uhr muss die zweite Messung erfolgen, überlegte er, und jetzt ist es zehn nach eins; nein, ich werde nun die Zähne putzen, werd mich etwas hinlegen und dann beim Wirtshaus reinschauen und um vier Uhr für die Arbeit zurück sein.

Nach längerer Zeit nickte er ein, war aber bald wieder wach.

Als er, nachdem er geduscht hatte, ins Zimmer zurückkehrte und feststellte, dass es einige Minuten vor drei war, sagte er sich, zweckmässiger sei es, erst nach der Überprüfung der Barometer ins Wirtshaus zu gehn, da er um sechzehn Uhr ohnehin zurück sein müsse und demgemäss, wenn er im Wirtshaus oder auf dem Weg dahin eine Bekanntschaft machen sollte, sich verabschieden müsste, bevor es ihm gelingen könnte, ihr Interesse für ihn zu erwecken.

Er öffnete die Fensterläden. Sein Zimmer lag nun im Schatten. Eine Weile blickte er hinaus. Er registrierte, dass die Baustelle rechts vom gegenüberliegenden Hotel tatsächlich stillgelegt war.

Später rückte er den Sessel ans Fenster, zwang sich, während er die Automobilrevue vom Tisch nahm, die Barometer nicht zu beachten, um die Spannung nicht zu schmälern, setzte sich, begann das Journal durchzusehen, blätterte zurück und las einen

Artikel über Formel-1-Rennwagen. Danach warf er das Magazin aufs Bett, legte den Kopf auf die Rückenlehne, die Füsse auf das Gesims und brannte sich eine Zigarette an.

Punkt vier Uhr machte er sich an die Überprüfung der Barometer. In der Rubrik für die Sechzehn-Uhr-Messung notierte er, dass beide Instrumente, wie morgens, 778 Millimeter Luftdruck anzeigten und somit keine Differenz aufwiesen.

Weil er die Jacke nicht mitnehmen wollte, steckte er Zigaretten, Feuerzeug und Geld in die Hosentaschen, schloss die Zimmertür und fuhr hinunter.

Er erreichte die letzten Häuser des Dorfs, ohne dass er eine Änderung irgendwelcher Art ausgemacht hätte. Setze ich mich nun draussen hin oder gehe ich rein? fragte er sich, auf das Wirtshaus zuschreitend. Erst mal einen Blick in die Gaststube werfen, antwortete er, gewahrte im Fenster neben der Tür ein weisses, beschriftetes Kartonschild und blieb davor stehen.

„Es spielt", hiess es darauf, „der international renommierte Paul Helbling, bekannt unter dem Namen Beppo". Im untersten Viertel war ein kleinformatiges Lichtbild angebracht, das einen rotgewandeten, dicklichen, schrägköpfig lächelnden Herrn mit einer grossen Hornbrille hinter einem elektrisch verstärkten Akkordeon zeigte.

Ob der jeweils samstags spielt? überlegte er, als er in die Gaststube trat und feststellte, dass niemand da war und es sich bei den verhüllten Gegenständen auf der Bühne also um die Instrumente des Musikanten handelte. Sich der Tür zuwendend, gewahrte er unter einer der Bänke einen alten, dicken, hechelnden Sennenhund, der ihn schiefgesichtig blinzelnd beäugte. Draussen betätigte er den weissen Klingelknopf, unter dem „Bedienung" stand, rückte sich einen Stuhl zurecht und blickte den grünen Berg gegenüber hoch. Nach einer Weile erschien die magere Alte, die er gestern hinter dem Ausschank hatte stehen sehn.

Grüss Gott, was wünschen Sie bitte? sagte sie und zog den leicht geöffneten Mund breit.

Ein Bier möcht ich haben, antwortete er.

Eine grosse oder eine kleine Flasche? fragte die Alte.

Eine grosse, und kalt bitte, entgegnete er.

Gerne, sagte sie, entfernte sich, kam nach kurzer Zeit zurück, schenkte ihm ein, stellte das Glas nieder und versetzte, zum Wohlsein, Herr!

Sagen Sie, fragte er hinter sich deutend, wann spielt denn Ihr Dingsda, Ihr Musikant?

Ab acht Uhr täglich, ausser Mittwoch, spielt er, erwiderte die Alte, und am Sonntag nachmittag; angefangen hat er diese Woche.

So? Werd heut mal vorbeischauen, sagte er, haben Sie denn jeweils Kundschaft?

's könnt besser stehn mit der Kundschaft, erklärte die Alte, die Inflation halt ... und das kalte Wetter in der letzten Zeit ...

Aber jetzt ist es ja schön! bemerkte er.

Jetzt muss man halt hoffen! meinte die Alte, zuckte die Achseln, zog den Mund zu einem maskenhaften Grinsen breit und begutachtete den Himmel — um zu ermitteln, ob das Wetter sich auch halte, dachte er.

Kaum hatte sie sich entfernt, schleppte sich seitwärts, schrägköpfig der unförmige Köter heran, gab einen trockenen Hustenton von sich und schnupperte an seinem Hosenbein.

Sssssst! zischte er.

Aus kurzsichtigen Augen sah der Hund zu ihm auf, machte kehrt und lahmte in die Gaststube zurück.

Zeit, dass du den Arsch zukneifst, dachte er hinter ihm her, trank, lehnte sich zurück, streckte die Beine aus und zündete eine Zigarette an.

Weisen also keine Differenz auf bis jetzt, die Barometer, fiel ihm ein. Das dürfte Kleidmann, und nicht nur ihn, sondern auch den Vizedirektor persönlich, interessieren.

Eine Weile unterhielt er sich mit der Vorstellung, Kleidmann werde mit ihm den Vizedirektor aufsuchen, damit er, Busner, diesem das Resultat seiner Messungen mündlich bekanntgebe und ihn der Vizedirektor so kennenlerne. Hirngespinst! schloss er, Karriere machen gleich arbeiten!, und wieder kreisten seine Gedanken darum, ob mit der Morgenbahn neue Gäste eingetroffen seien oder ob mit der Abendbahn welche ankämen; denn schliesslich ist der Musikant ja nicht engagiert, um vor leeren Tischen zu spielen, sondern vor vollen, argumentierte er, stand auf, klappte den Schirm zu, setzte sich wieder hin, stellte die Bierflasche in den Tischschatten, schloss die Augen und sonnte das Gesicht.

Als er später in der Gaststube zwei Stimmen hörte, diejenige der Alten und die eines jungen Mädchens, wie er annahm, öffnete er gespannt die Augen und wandte, sich nähernde Schritte ausmachend, das Gesicht zum Eingang. Er sah ein halbwüchsiges, in eine Hausschürze gekleidetes, dickes Mädchen vor die Tür treten, in einen Apfel beissen, die freie Hand in die fette Hüfte stemmen und in die Runde schauen. Mit einer ruckartigen Bewegung drehte es ihm den Kopf zu, blickte ihn durch eine blaue Hornbrille an, sagte, Grüss Gott, machte kehrt und ging in die Gaststube zurück.

'n Abend, erwiderte er, sich erinnernd, dass es jene Kleine war, die gestern aus dem Fenster des gegenüberliegenden Hotels ein Staubtuch ausgeschüttelt hatte. Er schloss die Augen wieder und spreizte die Beine. In dem vor seinen Augen flimmernden Rot sah er die nackte Michèle grossbrüstig auf dem Bett knien und ihr langes, welliges Blondhaar lachend nach hinten streichen. Wieder vernahm er aus dem Hausinnern die Stimmen der Alten und des Mädchens. Gleich darauf wurde in einem der Zimmer über ihm ein Radio angedreht, er erfuhr, kurz bevor es leiser gestellt wurde, dass die Hit-Parade gesendet werde und überlegte, wie der Umstand zu erklären sei, dass er das dicke Mädchen erst im gegenüberliegenden Hotel und nun hier antreffe. Logisch! dachte er, da das Hotel zugesperrt worden ist, hat es sich im Wirtshaus anstellen lassen. Kann aber auch sein, dass es hier wohnt. Möglicherweise ist die alte Ziege ihre Mutter; obwohl sie etwas sehr alt ist dafür. Herrschen merkwürdige Gepflogenheiten in dieser Beziehung bei den Oberländern, Inzest und so.

Er öffnete die Augen wieder, blinzelte, langte nach dem Bier, schenkte sich ein und stellte fest, dass das Wirtshaus nächstens in den Schatten zu liegen komme, weil die Sonne hinter den Bergen verschwinde. Später langte er hinter sich und betätigte den Bedienungsknopf.

Es dauerte eine Weile, bis die Alte erschien.

Bezahlen, sagte er und legte einen Schein auf den Tisch.
Haben Sie nicht kleiner? fragte die Alte.
Hab ich nicht, antwortete er.
Einen Augenblick bitte. Sie nahm das Geld und trat in die Gaststube.
Mit hässlich geröteten Fingern zählte sie ihm das Wechselgeld heraus.
's wird gleich kühl, wenn die Sonne weg ist! Die Alte blieb neben ihm stehen und verschränkte die Arme.
So ist es, sagte er.
Morgen soll's wieder schön werden, fuhr sie fort.
Hoffen wir's! Er erhob sich.
Guten Abend, sagte die Alte und rückte seinen Stuhl zurecht.
Vom Weg aus sah er die Dicke hinter der Gaststätte Wäsche aufhängen.

Er fuhr ins Zimmer, guckte kurz auf die Barometer, stellte fest, dass beide unverändert 778 Millimeter anzeigten und legte sich aufs Bett.

Busner kam gerade recht in den Speisesaal, um den alten Juden schimpfen zu hören, sie ist eine Kanaille!, wobei dieser den versteinerten Schwestern mit dem Zeigefinger vor dem Gesicht herumfuchtelte.

Er warf Busner einen durchdringenden Blick zu, liess den Finger sinken, verstummte und schob die wulstige Unterlippe vor.

Ärger, Alter? dachte er, setzte sich und blickte, mit dem Suppenlöffel spielend, zu den Juden, ob sich dort noch etwas tue, aber die drei Weiber hockten in sich gekehrt da, und der Alte schien seinen Dampf abgelassen zu haben.

Was wünschen Sie zu trinken? fragte der Direktor.

Guten Abend, Herr Direktor, erwiderte er, ich nehme wie gestern ein Glas Rotwein.

Er beobachtete, wie der Direktor die Getränkebestellung der Juden aufnahm, und zog unwillkürlich kurz die Brauen hoch, als er ihn, an seinem Tisch vorübergehend, prüfend anblickte.

Wieder ärgerte er sich über die Schlürfgeräusche, die sie beim Suppeessen von sich gaben. Die können gar keine wirklich feinen Menschen sein, trotz allen Reichtums, fiel ihm ein, denn ein wirklich feiner Mensch schlürft nicht. Somit besteht kein Grund, dass Harry Busner sich neben ihnen etwa minderwertig vorkäme.

Er wischte sich den Mund ab.

Während der Hauptmahlzeit hörte er das Telefon klingeln, hielt mit Kauen inne und horchte angespannt, mit einem Ohr in den Korridor, mit dem andern nach hinten, ob die sich nähernden Schritte des Direktors beziehungsweise der Direktorin auszumachen seien und ob er oder sie ihm mitteilen werde, man wünsche ihn zu sprechen. Entweder sei der Anruf nicht für ihn gewesen, sagte er sich weiter essend, oder er habe sich bloss eingebildet, dass das Telefon läutete; jedenfalls, tröstete er sich, hat auch keiner nach den Juden verlangt.

Er schob den Dessertteller von sich, steckte eine Zigarette in Brand, lehnte sich zurück und dachte, aber heut muss ich mir eine Frau verschaffen!

Dabei könntest du auf Schwierigkeiten stossen hier oben, Harry, sagte es nach einer Weile in ihm. Augenblicklich wies er das zurück und behauptete, es sind neue Gäste eingetroffen! Es müssen neue Gäste eingetroffen sein, und unter den neuen Gästen wird sich was für uns finden! Kopf hoch, H.B.!

Er verlor sich in Gedanken, bis er die Juden ihr Aufstehzeremoniell vollziehen sah. Michèle kommen lassen! schoss ihm durch den Kopf, wenn sich heut oder morgen nichts findet, die Kleine übers Wochenende anreisen lassen!

Er stand auf und holte den Schlüssel vom Brett. In den Spiegel blickend, meinte er, eine zweite Rasur könnte ihm nichts schaden, schlug eine Mücke tot, zog die Läden zu, wusch sich, putzte die Zähne, versetzte einem imaginären Gegner einige Geraden, schlug ihn mit einem Kinnhaken k.o., rieb sich Rasierwasser ein, kämmte sich, zog sich an und stellte fest, dass es gleich acht sei. Die Haupttür war bereits zugesperrt. Er schloss sie auf und von draussen wieder zu. Vielleicht sind Gäste in der Bar. Mal einen Blick reinwerfen. Mit dem Schlüsselbund klimpernd, trat er ein. Der auf demselben Hocker wie gestern sitzende Barmann schaute kurz zu ihm hin, blätterte eine Seite seines Magazins um und sagte, erst als er beinah neben ihm stand und sein Rasierwasser roch, ohne aufzusehen, guten Abend.

'n Abend! antwortete er. Niemand da, wie?

Nein, erwiderte der Barmann und blickte ihn abwartend an.

Na ja, sagte Busner, liess seine Augen von der Bar zur Tanzfläche, von dort zur Bühne, weiter zur Musikbox und wieder zurück schweifen.

Dann werd ich halt mal im Wirtshaus am Dorfende nachsehn. Wussten Sie, dass da geöffnet ist?

Dort ist das ganze Jahr über offen, versetzte der Barmann.

Da spielt jetzt sogar ein Musikant!

Der Barmann nahm das kopfnickend zur Kenntnis.

Ich schau nur mal kurz nach, ob sich dort etwas tut, ich komme wohl gleich wieder hierher, sagte Busner.

Tun Sie das! Und wenn Sie irgendwelche Leute treffen, bringen Sie sie mit! bemerkte der Barmann.

Wird gemacht, versprach er, ist ja viel gemütlicher hier!

Im ersten Stock der Lebensmittelhandlung waren, wie gestern, drei Fenster erhellt. Er blieb stehen und blickte hinauf. Bin ja gespannt, was sich da tut, dachte er, konnte jedoch niemanden sehen oder etwas hören.

Als er die letzten Häuser erreichte, vernahm er leises Dudeln. Er spielt, also sind Leute da! Die aus der Lebensmittelhandlung? Oder neue Urlauber? Bin neugierig, dachte er und beschleunigte den Schritt, verlangsamte ihn wieder, als er die Buchstaben auf der Bierreklame zu lesen vermochte, sagte, schön leger, trat auf die Tür zu und öffnete sie.

Niemand! stellte er fest, als er die leeren Tische in der nur matt erhellten Kneipe erblickte und auf der schmalen, rot beleuchteten Bühne den kleinwüchsigen, zinnoberrotgewandeten Musikanten hinter seinem Akkordeon stehen sah. Wozu spielt der blöde Kerl denn? dachte er, setzte sich nach einigen ungelenken Schritten an den Tisch vor der Musikbox und stützte den Kopf auf.

Der Musikant nickte ihm lächelnd zu.

Kennt der mich? dachte Busner und holte die Zigaretten aus der Tasche. Am Tisch neben dem Ausschank erhob sich die Alte, trat zu ihm, verschränkte aber, anstatt ihn nach seinen Wünschen zu fragen, die Arme, blickte zur Bühne und sagte nach einer Weile, schön spielt er, nicht wahr?

Sicher, antwortete er und sah den verknöcherten Köter seitwärts heranhumpeln.

Ja, sehr schön, nur schad', dass keine Leut' da sind, meinte die Alte, während das Tier an seiner Hose schnupperte und sich danach, vom Geruch offenbar befriedigt, zurückzog.

Vielleicht kommen noch welche! sagte er.

Freilich! Was kriegen Sie bitte?

Ein grosses Bier.

Sie ging zum Ausschank.

Der Musikant, stellte er fest, lächelte unentwegt, während seine Finger in den Knöpfen und Tasten des Instruments herumfuhren. Wieder blieb die Alte neben ihm stehen, als sie ihm eingeschenkt hatte, entfernte sich aber nach einer Weile, ohne etwas gesagt zu haben.

Der Musikant hackte mit dem Fuss auf ein kleines Gerät am Boden, beendigte im selben Augenblick die Melodie, bückte sich hastig seitwärts, brachte ein Glas Bier zum Vorschein, trank in langen, raschen Zügen, stellte es nieder, richtete sich auf, wischte sich über den Mund, kehrte sich nach vorn, spielte einige Töne, legte die Arme über das Akkordeon, verschränkte die Beine, nickte Busner wieder freundlich zu und sagte, guten Abend!

Abend, erwiderte er.

Was darf ich für Sie spielen? fragte der Musikus.

Für mich? erwiderte Busner, ich weiss nicht; ich kenne mich nicht so aus.

Haben Sie keine Lieblingsmelodie? erkundigte sich Herr Helbling.

Nicht eigentlich, antwortete er.

Aber ja! suggerierte Beppo und warf der Alten einen Blick zu.

Nein, wirklich nicht! erwiderte Busner.

Vielleicht fällt Ihnen später was ein, meinte Beppo, lächelte, trat wieder auf das Gerät am Boden und begann eine Melodie zu intonieren, die Busner auch schon gehört hatte. Als er zum Ausschank blickte, sah er die Alte eine Zigarette rauchen. Passt ihr schlecht ins Gesicht, der Glimmstengel, dachte er. Der Musikant spielte eine Melodie nach der andern, ohne je innezuhalten, wobei er es fertigbrachte, sich während des Musizierens nach seinem Bier zu bücken, zu trinken und es wieder hinzustellen.

Dass keine Leute da sind! dachte er. Ober ob in der Bar was los ist? Und wenn ich hingeh, und sie ist leer, dafür beginnt der Laden hier zu laufen, bin ich wieder am Arsch. Wenn aber doch ein Hase drinsitzt und der Barmann ..., aber der Barmann hat eine lange Anlaufzeit. Kein Typ, der überzeugt. Die Tür hinter dem Ausschank öffnete sich. Er sah das dicke Mädchen eintreten, die Tür schliessen, sich auf den Ausschank stützen und dem Musikanten zusehen. Die Queller, die das Ding hat! dachte er. Oder ob es am Licht liegt, dass die auf einmal so grosse Titten hat? Halt, das ist, weil ich sie bis jetzt nur in der Schürze gesehen hab. Die Alte schaute zu ihm hin. Er hob die Bierflasche hoch, sah sie nicken, die Zigarette auf den Aschenbecher legen, aufstehn, der Dicken etwas mitteilen, diese sich bücken, eine Flasche auf den Tresen stellen und sie öffnen.

Kurz nachdem ihm die Alte das Bier gebracht hatte, hörte Beppo auf zu spielen, trat, sein leeres Glas in der rechten Hand, hinter dem Akkordeon hervor, ging zur Theke, reichte der Dicken das Glas, indem er so! in die Stille sagte, zog sich die Hose hoch, lächelte der Alten zu, steckte sich, während die Dicke ihm ein neues Bier einlaufen liess, eine Zigarette in Brand, nahm das volle Glas in Empfang, drehte sich um, lehnte sich an, bemerkte zur Alten, wieder schlecht heute, nicht!, glupschte zu Busner hin, stiess sich von der Theke ab, schlenderte auf seinen Tisch zu, sagte auch zu ihm, so!, setzte das Bier nieder, zog den Stuhl zurück, nahm Platz, richtete die grossen, wasserblauen Augen hinter der massiven Brille auf ihn und fragte, Sie sind hier im Urlaub?

Nicht eigentlich, antwortete Busner und sah Alte sowie Dicke rüberluchsen.

Ach so? entgegnete wissbegierig Herr Helbling.

Ich mach hier oben Messungen für meine Firma.

Aha, aha! tönte es respektvoll aus des Musikanten Mund. Ja, eine vergnügte Zeit werden Sie hier nicht verbringen, meinte er schliesslich, befreite seine Nase für einen Augenblick vom Gewicht der Brille und drehte mit spitzem Zeigefinger und Daumen an seiner schwarzen Fliege.

Arbeit ist Arbeit, entgegnete Busner, obwohl ich natürlich nichts dagegen hätte, wenn etwas mehr los wäre.

Versteht sich! versetzte Beppo.

Für wen haben Sie eigentlich gespielt, bevor ich kam?

Für die Chefin, erwiderte Beppo vernehmlich, eine galante Handbewegung zur Alten hin vollführend, was ihm ein mildes Lächeln von ihr einbrachte. Entschuldigen Sie!

Er erhob sich und schritt auf die Aborttür neben der Bühne zu.

Nein, im Ernst, sagte er, als er zurückkam, die Direktion hier hat mich engagiert, weil im Hotel „Gausener-Hof"..., oh, verzeihen Sie, aber ich sehe, meine Pause ist um. Sie sind, fragte er aufstehend, in einer Stunde noch da? Dann habe ich die nächste Pause und erkläre es Ihnen ...

Er erklomm die Bühne, stellte sich hinter das Akkordeon, drückte an dem an der Wand stehenden Gerät einen Knopf, liess einige Töne zur Decke aufsteigen, hielt inne, blätterte im Buch auf dem Notenständer, stampfte auf das Gerät am Boden und hob an, einen Marsch zu spielen, wobei er mit geschlossenen Lippen abwesend über Busner hinweg ins Leere starrte. Nach einer Weile ging er mit einem Mal in die Knie, als wollte er über das Instrument hinwegspringen, richtete sich mit dem letzten Akkord eines Crescendo schwungvoll auf und verfiel wieder in Apathie.

Ob der Kerl schwul ist? überlegte Busner.

Die Dicke, bemerkte er, hatte sich zur Alten gesetzt, ihr die Seite zugekehrt und betrachtete mit aufgestütztem Kinn den Musikanten.

Als er an der Bühne vorbei zum Klosett ging, nickte ihm Beppo zu.

Wieder am Tisch überlegte er, auf welche Weise der Artist wohl den Tag verbringe, beschloss, ihn danach zu fragen, dachte, sicher ist, dass es ihn anödet, so ins Leere zu spielen, na ja, ist sein Job! Ob Typen wie der auch für die P.f.F. sind? Muss ihn mal ein bisschen bearbeiten, aber jetzt sitzen Gäste in der Bar! Jawohl, es sitzen Gäste in der Bar!

Eine Weile zögerte er, winkte dann der Alten, bezahlte und trank das Bier aus. Als er aufstand, hob der Musikant grüssend den Kopf, liess ihn etliche Sekunden oben und deutete dann eine Verbeugung an. Er verabschiedete sich mit einem Handzeichen.

Auf Wiedersehen, Herr! hörte er türöffnend die Alte rufen, ersparte sich eine Antwort, weil die Möglichkeit bestand, dass ihre Worte in der Musik untergegangen waren.

Vollmond, morgen oder übermorgen, dachte er. Je näher er dem Hotel kam, desto gewisser war er, in der Bar Gäste anzutreffen. Wen wohl? rätselte er. Die hübsche Dame aus dem ersten Stock der Lebensmittelhandlung? Oder Urlauber, die heut im „Gausener-Hof" eingetroffen sind? Wer weiss, vielleicht sind die Amis mit ihren Familien nun doch noch eingelaufen! Aha, in der Lebensmittelhandlung sind die Lichter ausgegangen! Gutes Zeichen! Er stieg die Stufen zur Bar hinunter, öffnete die Tür, nahm die tiefe Stille im Raum auf, vermochte aber nicht zu glauben, dass niemand dasass ausser dem rauchenden Barkeeper.

Sie hatten keine Gäste? sagte er , als er bei ihm stand.

Keine, antwortete der Barmann.

Seltsam! sagte Busner, Platz nehmend, wirklich seltsam!, ich war überzeugt davon, dass jemand hier ist!

Wie war's im „Alpenblick"? erkundigte sich der Barmann.

Auch niemand, sagte er, geben Sie mir einen Weinbrand.

Morgen, liess der Barmann sich vernehmen, nachdem er den Schwenker vor ihn gestellt hatte, ist Freitag. Kann sein, dass wir morgen einige Wochenendgäste haben, die Ferienhausbesitzer nämlich.

Das wäre mal was anderes! versetzte Busner.

Der Barmann lehnte sich neben den Aperitifbuddeln an die Wand, verfolgte eine Weile das Spiel seiner Hände mit dem Flaschenöffner, blickte auf und fragte, sind Sie mit Ihrer Arbeit vorangekommen?

Bin zufrieden, erwiderte Busner.

Sie glauben also, dass morgen eventuell Leute kommen? unterbrach Busner nach einer Weile die Stille.

Das ist wahrscheinlich, entgegnete der Barmann, legte den Flaschenöffner hin und setzte sich seitlich auf die Anrichte.

Lange schwiegen sie.

Mit einem Mal schien ihm, er habe den Barmann schon irgendwo gesehen. Je länger er darüber nachsann, desto sicherer wurde er, dass er ihm schon begegnet war.

Sagen Sie, Heinz, äusserte er schliesslich, ich kenne Sie von

irgendwo, ich täusche mich nicht!
Möglich, erwiderte der Barmann.
Woher bloss, frage ich mich! Haben Sie je in Rask gearbeitet?
Sechs Jahre, im Hotel „Manger", entgegnete der Barmann.
Aha, im „Manger"! Im „Manger" war ich auch schon. Natürlich nicht oft. Ist ja irrsinnig teuer!
Dann wird's von da sein, dass Sie mich kennen.
Es muss! pflichtete Busner bei.
Haben Sie auch schon in Guana gearbeitet? fragte er nach einer Weile.
Ich habe mal eine Saison in Guana gemacht, aber das ist fünfzehn, nein, sechzehn Jahre her, erwiderte der Barmann.
Weil ich dort jeweils meinen Urlaub verbringe, erklärte Busner.
Das sagten Sie bereits, bekam er vom Barmann zu hören, worauf er rief, ach, richtig! Aber hab ich Ihnen nicht schon erzählt, dass ich die Strecke dieses Jahr in fünf Stunden geschafft habe?
In fünf Stunden? Von Rask aus?
Mit einer Freundin *und* Gepäck!
Da werden Sie aber einen schnellen Wagen haben! zweifelte der Barmann.
Hab ich auch! Ich fahr einen 12 SS.
Einen 12 SS? argwöhnte der Barmann.
Warum nicht? erwiderte Busner.
Teuer im Unterhalt! sagte der Barmann.
Kommt drauf an, was man verdient.
Mir jedenfalls wäre er zu teuer, erklärte der Barmann.
Und für welche Interessen man das Geld ausgibt, setzte Busner hinzu. Ich bin ein Autofan, bin unverheiratet — weshalb also nicht einen 12 SS fahren? Geben Sie mir noch einen!
Sind Sie Parteimitglied? fragte der Barmann, auf seinen P.f.F.-Ansteckknopf deutend, nachdem er ihm den Schwenker gefüllt hatte.
Bin ich nicht, antwortete Busner; eigentlich interessiere ich mich nicht für Politik, aber die neue Gesellschaft, die die P.f.F. will, ist nach meinem Sinn, drum trage ich dazu bei, dass sie die Wahlen gewinnt, denn so wie es jetzt ist, kann es nicht weiterge-

hen, erstens wirtschaftlich nicht und zweitens, weil der Mensch keinen Lebenssinn mehr hat. Und genau den gibt ihm die P.f.F.! Das sollte jedem vernünftigen Menschen einleuchten!

Weiss nicht, sagte der Barmann nach längerem Schweigen und nahm sich eine Zigarette.

Oh, das ist schon so! sagte Busner und dachte, der war gar nie im „Manger"! Ist ein Angeber! Blickt nicht durch! Dummkopf! Aber mit Frauen ist wieder nichts.

Ach, ist das widerlich! sagte er, leerte das Glas und bestellte einen neuen Weinbrand.

Was? fragte der Barmann.

Keine Frauen! Ich fürchte bald, dass ich während meiner ganzen Zeit hier keine Frau haben werde! In Sachen Frauen, wissen Sie, bin ich noch leidenschaftlicher als in Sachen Autos!

Er quälte sich ein Lachen ab, als er den abweisenden Gesichtsausdruck des Barmanns gewahrte.

Ja, fuhr er fort, was tu ich denn bloss, wenn ich keine Frau auftreibe?

Wieder lachte er in die Stille.

Dann tun Sie eben nichts, erwiderte der Barmann und drückte die Zigarette aus.

Bring ich nicht fertig, entgegnete Busner, ich bin es gewohnt, mindestens jede zweite Nacht mit 'ner Frau zu schlafen!

Damit dürften Sie hier auf Schwierigkeiten stossen, meinte der Barmann.

Na ja, wollen sehn, antwortete Busner, schlimmstenfalls lass ich meine feste Freundin aus Rask anreisen. Was schuld ich Ihnen?

Bin etwas beschwipst, dachte er, nachdem er aufgestanden war und den Barmann gegrüsst hatte, auf die Tür zugehend.

Draussen blieb er stehen, blickte zum Himmel und atmete einige Male tief ein.

Während er auf das Hotel zuschritt, spielte er mit dem Gedanken, in den „Alpenblick" zurückzukehren und sich die Dicke mit den tollen Brüsten anzukratzen. Unrealistisch, sagte er. Die schläft doch bereits; und selbst wenn sie nicht schläft — bis Wirtshausschluss krieg ich die nicht hin.

FREITAG, 3.

Er verwünschte, keinen Wecker mitgenommen zu haben, als er kurz vor zehn erwachte und sich vor der Wahl sah, entweder ungewaschen zum Frühstück zu gehn oder darauf zu verzichten. Schliesslich schlug er die Decke zurück, sprang aus dem Bett, suchte die Kleider zusammen und kämmte sich.

Brötchen und Marmelade standen noch da, der Tisch der Juden war bereits für den Mittag gedeckt. Werden wieder einen heissen Tag bekommen! dachte er, an seinem Schnurrbart zupfend. Wo bleibt denn der Alte mit dem Kaffee? Freitag haben wir heut.

Nach einer Weile biss er in eine Semmel, erhob sich, schritt in die Empfangshalle, blieb stehn, nahm die lähmende Stille wahr, zögerte, wohin er sich wenden wollte, trat zur Rezeption, betätigte den für den Concierge bestimmten Klingelknopf unter dem Schlüsselbrett, hörte nirgendwo eine Glocke gehn, wandte sich um, sah durch das Fenster den Direktor unter einem Strohhut vorübergehn, stiess in der Eingangstür mit ihm zusammen und sagte, guten Morgen, Herr Direktor, kann ich bitte meinen Kaffee bekommen?

Augenblick, entgegnete der Direktor, streifte seine Stiefelsohlen ab, ging eilig an ihm vorbei zur Treppe und meldete, als er, noch immer in Stiefeln, endlich Butter und Kaffee auftrug, das Frühstück wird bis zehn Uhr serviert, richten Sie sich bitte danach!

Ich hatte mich verschlafen, weil es so still ist, entgegnete Busner in das rechthaberische Gesicht des Direktors.

Während er das zweite Brötchen ass, beschäftigte ihn, ob er bei der Morgenmessung eine Differenz zwischen den Barometern feststellen werde. Denn, um herauszufinden, dass die Dinger nicht voneinander abweichen, legte er sich aus, hätte der Produktionschef nicht mich nach Gausen zu beordern brauchen; ein minderbegabter Funktionär oder ein Sekretär hätten für die Aufgabe genügt!

Er lehnte sich zurück, blickte zum Fenster hinaus und dachte, könnt einer umkommen, in der Stille! Der Barmann hat doch gesagt, wir dürften heut unter Umständen mit Wochenendgästen rechnen. Oder ob ich es selbst in die Hand nehme? Mhm? Doch, nehm's selbst in die Hand! Würd's nicht durchstehn, Wochenende ohne Frau! Will sicher gehn! Lass Ede kommen! Oder die Misch. Absagen kann ich noch immer, wenn sich sonst was tut!

Er angelte nach den Sandalen, drückte die Zigarette aus, sah auf die Uhr, öffnete im Empfangsraum die Telefonzelle, fand aber keinen Münzautomaten, sondern einen Verbindungsapparat vor, vermutete den Direktor draussen, trat ins Freie, sah sich um, dachte, aber wo?, ging schliesslich in die Empfangshalle zurück, betätigte die Conciergeklingel, stellte sich vor die Schranke und legte sich den Satz zurecht, mit dem er den Direktor um die Gesprächsvermittlung ersuchen wolle.

Nachdem er ein zweites Mal geklingelt, der Direktor sich auch daraufhin nicht gezeigt hatte, trat er wieder durch die Tür, zögerte und beschloss, um das Hotel herumzugehen. Auf der Rückseite, hinter dem Gitter des einen Tennisplatzes sah er ihn auf der obersten Stufe einer Bockleiter, mit hochgestrecktem Kopf am Drahtgeflecht hantieren, schritt den Kiesweg hinunter, schlug, kurz bevor er anlangte, den Absatz in die Steine, um den Direktor auf sich aufmerksam zu machen, krallte die Hand in die Maschen und sagte, den Kopf im Nacken, verzeihen Sie, Herr Direktor, ich sollte dringend telefonieren!

Ohne seine Arbeit zu unterbrechen, antwortete der Direktor, dem trotz des Strohhuts der Schweiss über das Gesicht rann, in einem kurzen Satz, von dem er, da der Direktor einen Draht zwischen den Zähnen hielt, nur „Frau" verstand.

Verzeihen Sie, erwiderte er, was haben Sie gesagt?

Der Direktor nahm den Draht mit der Zange gemächlich aus dem Mund und erklärte übertrieben sanft, dafür ist meine Frau zuständig. Drücken Sie drei Mal die Conciergeklingel unter dem Schlüsselbrett, wenn meine Frau im Haus ist, wird sie kommen!

Er bedankte sich, löste sich vom Gitter und dachte, den Weg zurückgehend, ich versuch doch, es ihm recht zu machen, dem Kletteraffen!

Ach, Sie sind es! Ich glaubte, mein Mann hätte mich gerufen, sagte die Direktorin, als sie aus dem Lift trat.

Guten Tag, Frau Direktor, entgegnete er, ich hätte ein dringendes Ferngespräch nach Rask!

Sie trat hinter die Schranke. Haben Sie die Nummer?

Sie notierte sie und schickte ihn in die Kabine.

Weil er zu schwitzen begann, öffnete er die Tür wieder, zog sie zu, als der Apparat schnarrte, hob den Hörer ab, erwiderte, Busner, geben Sie mir bitte intern 8356!, verlangte, als er verbunden worden war, Fräulein Fliessner zu sprechen und gurrte, hallo, meine Schöne! Ich bin's!

Harry, grüss dich, erwiderte sie, ich klingle kurz vor drei rüber, du; ich hab keine Sekunde im Augenblick!

Warte! rief er, ich bin nicht auf der GES, ich bin in Gausen! Nur ganz kurz: ...

Geht nicht! Kann ich dich rückrufen?

Ich ruf nochmals an, sagte er.

Kurz vor drei, ja?

Und wenn sie schon was vorhat? fiel ihm auf dem Weg zur Rezeption ein. Obwohl ich sie in der Hand hab. Nein, besser ...

Frau Direktor, ich habe noch ein Gespräch nach Rask!

Wie ist die Nummer? fragte sie.

Hat sie mitgehört? ging ihm durch den Kopf.

Ach so, da müsste ich, antwortete er, mein Adressbuch im Zimmer holen, wenn Sie solang Zeit haben.

Hier spricht dein Harry! zuckerte er, als Michèle sich meldete.

Grüss dich, antwortete sie, bist du gut angekommen?

Bin ich, und wie geht's meiner Liebsten?

Es regnet, Harry, ununterbrochen seit gestern, habt ihr auch so scheussliches Wetter?

Im Gegenteil, sagte er, hier ist heissester Sommer!

Tatsächlich?

Tatsächlich! Und ich denk dauernd an dich!

Du wirst dich schon nicht einsam fühlen in Gausen!

Einsam nicht, aber ich vermiss dich halt, und drum ruf ich an: Sag, hast du Lust, übers Wochenende herzufahren? Wieder mal ein duftes Wochenende zu verbringen?

Warum nicht? antwortete sie.

Wär toll, was? versetzte er, allerdings ist ein kleiner Haken dabei, die erwarten im Hotel nämlich eine Gruppe amerikanischer Regierungsbeamter, wie ich gehört habe, und die haben das ganze Hotel gebucht, doch ist es nicht sicher, ob die Leutchen kommen, ich erfahr es um drei; sollten sie einmarschieren, müssten wir unseren Wunsch fallenlassen, die andern Hotels haben schon geschlossen, weisst du, und ich bin auch erst provisorisch untergebracht, in einem Angestelltenzimmer; wenn es dir recht ist, Misch, klingle ich nach drei nochmals rüber?

Abgemacht, Harry.

Hoffen wir, dass es klappt; was machen deine süssen Brüstchen?

Lass das, Harry! Bis drei, ja?

Die Runde ist für uns gepunktet, dachte er, aus der Kabine tretend. Die Direktorin sah ihm entgegen. Hat mitgehört! schloss er.

Bezahlen Sie gleich oder soll ich den Betrag auf Ihre Rechung setzen? wollte sie wissen.

Ich bezahl gleich, erwiderte er. Und wenn sie auch mithört, uns kann's egal sein! Er reichte ihr einen Schein. Hab mich noch nicht gewaschen, fiel ihm ein, als er, das Wechselgeld einsteckend, seinen Achselschweiss roch. Und die Morgenmessung! Noch zwanzig Minuten bis zum Essen! Er trat in den Aufzug, öffnete die Jalousien, legte die Barometer auf den Tisch, sagte, auch heut nicht!, als er die übereinstimmenden Luftdruckanzeigen der Instrumente in die Tabelle eintrug, schaltete den Rasierapparat an, zog, bevor er sich wusch, die Fensterläden zu, vergegenwärtigte sich, das zerwühlte Bett betrachtend, dass er morgen in einen Frauenleib spritzen werde, korrigierte sich, wenn nicht schon heut, wenn nicht schon heut!, so dass Ede nicht zu kommen braucht und schon gar nicht die Misch.

Als ihm einfiel, dass er noch keine Ansichtskarten versandt hatte, beschloss er, nachmittags im Kolonialwarengeschäft welche zu besorgen, falls man dort welche verkaufte, und dabei zu versuchen, hinter das Geheimnis der drei erleuchteten Fenster zu kommen. Das Geheimnis der drei erleuchteten Fenster! wiederholte er, sah den Direktor durch den Gästeeingang treten und auf seinen Tisch zusteuern. Da er kein Tablett trug, vermutete er, es sei ein Anruf für ihn gekommen.

Herr, eh, Busner, sagte der Direktor, seine Hände auf die Lehne des einen Stuhls legend, ist es Ihnen recht, heute, weil es sehr heiss ist, mit einer kalten Fleischplatte vorlieb zu nehmen?

Selbstverständlich, Herr Direktor, antwortete er, in der Tat ist es ja sehr heiss!

Was trinken Sie dazu? fragte der Direktor, nickte und trat zur Seite.

Wo unsere Juden bleiben? dachte er. Vertragen wohl die Hitze nicht! Um so besser, speisen wir allein, aber die Stille ringsum könnt einen echt erdrücken!

Übrigens, Herr Direktor, sagte er, voraussichtlich wird mich meine Verlobte über das Wochenende besuchen, wenn sie nicht verhindert ist, was ich heut um drei erfahre; ich möchte für Samstag ein Doppelzimmer mieten, mit Bad.

Das lässt sich arrangieren, unser Hotel steht ja leer, wie Ihnen bekannt ist, antwortete der Direktor und setzte den Teller vor ihn hin.

Nach dem Dessert überlegte er, ob er im Speisesaal bleiben, sich im Empfangsraum niederlassen oder auf sein Zimmer fahren wolle. Kann frei entscheiden! fiel ihm ein; ja, es steht mir frei, das eine zu tun und das andere sowie das dritte zu lassen. Weil ich frei bin! Eine Weile schmeckte er diesen Gedanken auf der Zunge, sah auf die Uhr, schritt in die Empfangshalle, stellte sich zwischen zwei Polstersesseln ans Fenster, verschränkte die Arme, überlegte, ob er Lust habe, im „Alpenblick" Kaffee zu trinken, ging zur Toilette, schlürfte Wasser vom Hahn, kehrte in die Empfangshalle zurück, stellte sich in die Tür und suchte nach einem Entschluss.

Letzlich fuhr er doch ins Zimmer, sprang auf das inzwischen gemachte Bett, verschränkte die Arme hinter dem Kopf, suchte den Fliegendreck an der Decke, unterhielt sich damit, ob er morgen die Ede oder die Misch oder heute einen Wochenendgast fahren werde, fingerte an seinem Glied, schob, als es sich versteifte, die Hand wieder unter den Kopf, stand auf, öffnete den Schrank, starrte ins Innere, versuchte sich zu entsinnen, was er ihm hatte entnehmen wollen, schloss ihn wieder und blieb davor stehn.

Um zwanzig vor drei liess er sich in einem Ledersessel nieder, von dem aus die Empfangshalle zu überblicken war. Nach einer Weile befürchtete er, die Direktorin um drei nicht erreichen zu können. Da sie mitgehört hat, weiss sie, dass ich nochmals anrufen werde. Doch wird sie auch nicht so dumm sein, dies zu verraten, indem sie um drei auftaucht. Er sah auf die Uhr, zögerte, trat schliesslich hinter die Rezeption, klingelte und lehnte sich an die Abschrankung.

Als sie die Lifttür öffnete, stiess er sich ab: Ich sollte nochmals telefonieren, Frau Direktor, bitte!

Dann geben Sie mir die Nummer, versetzte sie.

Er trat in die Kabine. Harry, sagte er, wie geht's meinem Liebling?

Gut jetzt, erwiderte sie, bin eben fertig geworden mit dem Bericht, war das eine Hetzerei! Und wie hast du's in Gausen?

Klasse! erwiderte er, strahlendstes Sommerwetter — Ede, ich möcht dich übers Wochenende einladen; wir wohnen in 'nem duften Kasten, frische Bergluft, Essen Eins A, na, was meinst du?

Bin schon verabredet für Samstag! erwiderte sie, vielleicht übernächstes Wochenende?

Mit wem bist du verabredet?

Fürs Theater, mit 'nem Typen, du kennst ihn nicht.

So, mit 'nem Typen! Sag halt ab!

Will ich aber nicht!

Ach, du willst nicht? Muss ja toll sein, der Typ!

Du hast ja auch noch andere Mädchen!

Was — schon lang nicht mehr! beteuerte er, schon lang nicht mehr! Komm doch, Ede!

Nee, Harry, ich komm nicht.

Du willst mich hocken lassen wegen dieses Typen — Ede, das find ich echt beschissen!

Ich lass dich nicht hocken, ich hab halt schon was vor, das ist alles!

Ich vermiss dich, Ede!

Nichts zu machen, Harry!

Lässt dich wohl pimpern von dem Kerl, du enttäuschst mich, ehrlich! Ich dachte ...

Ich find dich vulgär! unterbrach sie ihn.

Ich dachte, ich hätt eine echte Freundin in dir, fuhr er fort.

Das hast du auch! gab sie zurück.

Lass mal, sagte er, hängte ein, dachte, Miststück, stand eine Weile unbeweglich, sagte sich, wir haben noch die Misch und öffnete die Tür.

Die Direktorin blickte zum Fenster hinaus.

Ich müsste nochmal telefonieren, kündigte er ihr an.

Misch, alles okay, die Sache geht in Ordnung! Die Amis kommen nicht, wir haben das ganze Hotel für uns! Klasse, was?

Wenn dies Gausen bloss nicht so weit wär! jammerte sie.

Weit? Was heisst weit? rief er, in dreieinhalb Stunden bist du da mit dem Wagen — was sag ich?, in zweieinhalb! Und um 17.52 hast du eine Bahn in Gausen-Dorf! Ist doch ein Pappenstiel!

Aber ich hab doch den Wagen abgemeldet, Harry!

Ach, richtig — dann nimmst du die Bahn, es ist viel bequemer als mit dem Wagen, und in drei Stunden bist du in Gausen-Dorf, an der frischen Bergluft!

Ich hab mich nach den Fahrzeiten erkundigt, Harry, man braucht fünf Stunden nach Gausen-Dorf ...

Na und? fiel er ihr ins Wort, du kannst ja schlafen während der Reise oder einen Krimi lesen ..., du isst doch gerne gut, und das Essen hier ist vorzüglich, täglich Fleisch, überhaupt alles da, weiss nicht, wie der Mann das schafft!

Das gönn ich dir, Harry, aber fünf Stunden Fahrt, hin und retour zehn Stunden in zwei Tagen ist mir zuviel, und übernächste Woche bist du ja schon zurück!

Nun sei mal vernünftig, Misch, entgegnete er, und hör mir zu: Verstehst du, ich hab eigens ein Zimmer für dich reservieren lassen! Man hat sich auf deinen Besuch eingestellt und alles arrangiert für deinen Aufenthalt! Die Direktion rechnet fest mit deiner Ankunft! Es ist einfach unmöglich, nicht zu kommen, begreifst du?

Gewiss, Harry, und es tut mir leid, dass du meinetwegen in Schwierigkeiten kommst, aber zehn Stunden Bahnfahrt in zwei Tagen ist mir einfach zuviel!

Weisst du was? rief er, bleib einen oder ...

Moment, bitte! unterbrach sie ihn.

Undeutlich hörte er sie sagen, jawohl, jawohl, Herr Reidel, ein Exemplar an Sann-Co.

Gans! dachte er.

Verzeih, Harry, meldete sie sich wieder, was meintest du eben?

Ich sagte, du könntest ja zwei, drei Tage über das Wochenende hinaus bleiben, ich lad dich ein! Denk doch: Du lebst in gesunder Luft, in freier Natur, brauchst nirgendwo und für nichts anzustehn und zu bezahlen!

Ich hatte ja meinen Urlaub schon!

Meld dich krank!

Das kann ich der Firma nicht antun! Du, ich muss wieder arbeiten, du wirst dich schon mit andern trösten, wie ich dich kenne!

Quatsch, ich ...

Oder gibt es etwa keine Schönen in Gausen? lachte sie.

Freilich, aber ich will dich, Misch, ich lieb dich und niemand andern!

Die zehn Tage überstehn wir! Harry, ich muss auflegen, rufst du an, wenn du zurück bist, oder mal zwischendurch?

Du kommst also nicht?

Nein.

Und du behauptest, mich zu lieben?

Warum nicht? - Harry, ich wünsch dir eine schöne Zeit!

Er hängte ein, biss in die Unterlippe, klemmte die rechte Hand in die nassgeschwitzte Achselhöhle und dachte, wenn sie noch Michèle hiesse, die Schnalle. Dabei heisst sie Margrit! Gretchen! Glaubt, sie sei vornehmer, wenn sie sich Michèle nennt. Sind die Weiber dumm! Auf, Harry! Nicht zu den Verlierern gehören! An der Spitze marschieren! Was tun wir jetzt?

In seinem Adressbuch stiess er auf einen gestrichenen Namen, Krass Elfriede, dachte, die Elfi, natürlich, ganz vergessen! und öffnete die Tür. Hinter der Rezeption erhob sich die Direktorin.

Bedaure, Frau Direktor, sagte er, als er vor ihr stand, aber ich sollte noch schnell jemanden anrufen.

Ich habe keine Zeit mehr, es tut mir leid, antwortete sie, drei Rondos achtzig macht es.

Aber, brachte er hervor, ich hab doch das Recht zu telefonieren! Schliesslich bin ich doch hier Gast!

Begreifen Sie bitte, dass ich noch andere Dinge zu erledigen habe. Sie wissen, dass unser Personal abgereist ist; ich darf um etwas Verständnis für unsere Lage bitten.

Das ist aber nicht meine Schuld, Frau Direktor, erwiderte er, meine Telefongespräche sind für mich dringend und wichtig!

Für dringende Gespräche stehen Ihnen zwei öffentliche Sprechstellen zur Verfügung, eine auf dem Dorfplatz neben der Kirche, die andere an der Bahnstation.

So was hab ich dann doch noch nicht erlebt! murmelte er.

Drei Rondos achtzig kriege ich von Ihnen, sagte die Direktorin.

Er legte einen Schein auf die Theke. Dann geben Sie mir wenigstens Kleingeld!

Eben habe ich Ihnen gewechselt, darauf kann ich nicht herausgeben! antwortete sie.

Und wie soll ich dann telefonieren? entgegnete er.

Auf der Post! versetzte die Direktorin, notierte seinen Betrag auf einen Zettel, schob ihn in die Schublade, schloss sie und legte den Schlüsselbund unter der flachen Hand auf die Abschrankung.

Wo gibt's hier eine Post? fragte er, den Schein einsteckend.

Sie ist im Umbau zur Zeit, eine provisorische Poststelle finden Sie, wenn Sie Richtung Dorfplatz gehn und hinter der Kirche den schmalen Weg links die Anhöhe hinauf nehmen. Sie gelangen zu einem unbewirtschafteten Bauernhof, gehn daran vorbei und kommen zu einem kleinen Holzchalet. Darin befindet sich augenblicklich die Post.

Er nickte, liess seinen Zimmerschlüssel auf der Abschrankung liegen, drehte sich um, marschierte unter der brennenden Sonne durch den Park und las der Direktorin die Leviten: Passen Sie auf!, ich bin hier Gast und bezahle meine Rechnung! Richtig? Also interessiert es mich in keiner Weise, ob Ihr Personal abgereist ist! Das ist mir scheissegal und für die Situation völlig unerheblich!

Solange Sie Gäste beherbergen, ist es Ihre Pflicht, für das Wohl der Gäste zu sorgen! Sind Sie dazu nicht in der Lage, so schliessen Sie den Laden! Nein, da gibt's keine Diskussion, schliessen Sie! Ich beginne jetzt zu verstehn, weshalb die Amerikaner nicht gekommen sind! Ebenso halte ich es für meine Pflicht, die Direktion der GES von der Art und Weise, wie Sie und Ihr Mann das Hotel führen, zu unterrichten! Die Folgen können Sie sich ausrechnen. Ich bedaure, mich zu diesem Schritt genötigt zu sehen, schloss er, trat auf die Strasse, ging zwischen den verriegelten Häusern Richtung Dorfplatz, sagte, Unverschämtheit!, stellte fest, dass die Läden der Lebensmittelhandlung zugezogen waren, dachte, also gibt es hier eine Post, ja, dieser Direktorin werd ich's zeigen, Rapport an die GES, ganz klar!

Ob ich die Elf ... Er fuhr zusammen, als die Kirchglocke halb vier schlug, entdeckte das Schild „Zur Post", das den Wiesenweg hoch zeigte, erreichte den Bauernhof, gewahrte am Scheunentor wieder ein den Weg weisendes Schild „Zur Post", bemerkte das Chalet, dachte, eine Baracke eher!, wischte sich den Schweiss von der Stirn, stellte fest, dass der Eingang auf der Rückseite des Chalets liegen musste, da der Pfad um die Hütte herumführte, folgte ihm, sah durch das offene Fenster an einem Tisch seitlich einen ihm den Rücken zukehrenden Mann sitzen, der den Kopf hin und her wandte, und klinkte die Tür auf. Der Mann kehrte sich ihm zu, stand auf und setzte ein grosses Fragezeichen hinter sein „Grüss Gott".

Tag, antwortete er, erstaunt, dass um die Tischbeine herum in den hinteren Teil des Raums Schienen einer Modelleisenbahn liefen und dass dort eine grosse Anlage mit Grünzeug, Häuschen und Tunnels stand — majestätisch kam ein kleiner Güterzug um den Stuhl gedampft und schnaubte unter Busners Schuhen.

Suchen Sie die Post? fragte der vollgesichtige Mann ernst und brachte die Bahn durch eine Handbewegung am Transformer auf dem Tisch zum Stehn.

Busner sah auf. Ist das nicht hier?

Die provisorische Post, antwortete der Mann.

Die such ich auch, erklärte er.

Dann sind Sie richtig, versetzte der Posthalter, die Hände in die Taschen seiner blauen Berufsschürze steckend, Sie wundern sich wahrscheinlich über die Eisenbahn — ich hab sie raufgebracht, weil ich keine Kunden mehr erwartet hab, Feriengäste haben wir ja keine mehr, Modelleisenbahnen sind mein Hobby, und irgendwas muss man schliesslich tun!

Sicher, sonst langweilen Sie sich hier, pflichtete Busner ihm bei.

Freilich, freilich, bestätigte der Posthalter und fingerte an seinem Brillenbügel, interessiern Sie sich für Modelleisenbahnen?

Nee, sagte er.

Es ist ein schönes, aber kostspieliges Hobby, verriet der Posthalter, daheim hab ich den ganzen Keller umgebaut für die Bahn! Womit kann ich Ihnen dienen?

Ich müsste ein Ferngespräch führen, aber hier gibt's keine Sprechzelle, wie ich sehe?

Nein, für die Übergangszeit haben wir keine Zelle bewilligt bekommen; das hier ist ja nur die behelfsmässige Post, in der neuen werden wir zwei spezialgedämpfte, klimatisierte Zellen haben, unterrichtete ihn der Posthalter; Sie können aber das Telefon hier benutzen, und ich geh solang raus, wenn 's Sie geniert!

Nun, es ist nicht gerade ein Geheimgespräch, das ich zu führen habe, antwortete er.

Privat halt, ich versteh Sie schon! sagte der Posthalter, nehmen Sie nur Platz hinterm Tisch, und wenn Sie fertig sind, rufen Sie mich!

Während er behutsam über die Geleise stieg, sagte er, den Tresor muss ich solang schliessen, wegen der Vorschrift. Die Bahn hab ich ja nur hochgebracht, weil ich niemanden erwartet hab! In dieser Jahreszeit und bei diesen politischen Umständen! Er zog den Schlüssel ab. Höchstens einen Einheimischen alle drei, vier Tage. Aber die kenn ich, und sie kennen mich. Die Bahn stört Sie doch nicht?

Aber wo! sagte Busner, setzte sich und lachte sich innerlich den Buckel voll beim Gedanken, dass er den GES-Kollegen von diesem Beamtentrottel mit seiner durch die Post schwirrenden Eisenbahn erzählen werde, sah ihn langsam am Fenster vorübergehn und sagte, Harry Busner, grüss dich, Elfe, wie geht's?

Harry! Dass du wieder mal von dir hören lässt! entgegnete sie.

Ja, weisst du, ich hatte schrecklich viel zu tun auf der GESELLSCHAFT, meine Beförderung steht bevor, weisst du, ich hatte überhaupt keine Zeit, und dann war ich lange krank, übrigens hab ich zwei, drei Mal versucht, dich anzurufen, meine Süsse — sag, wie geht's dir?

Danke, Harry — dir?

Bestens, bestens, erwiderte er, du, ich musste für die GES einen Spezialauftrag in Gausen-Kulm übernehmen, drum hab ich momentan etwas Zeit und deshalb ruf ich dich jetzt an; ich dachte nämlich immer an dich, weisst du, aber eben mit der Zeit: Um es kurz zu machen — du hast doch deinen Wagen noch?

Sicher!

Also, ich möcht dich nun endlich, endlich wiedersehn; hast du Lust, übers Weekend nach Gausen zu fahren? Ich lad dich ein! Wir haben hier himmlisches Wetter, ganz duftes Essen, prima Luft und wohnen im illustersten Hotel am Ort! Für die Strecke brauchst du etwa zweieinhalb Stunden; na, was sagst du jetzt?

Noch genauso stürmisch wie früher, Harry! wich sie aus.

Elfi, ich hab echte Sehnsucht nach dir! Ich muss dich so rasch wie möglich wiedersehn!

Du bist gut, Harry!

Abgemacht? drängte er.

Ich habe eine feste Beziehung. Es geht nicht, Harry!

Brauchst du ihm zu erzählen, wohin du fährst? ging er sie an.

Nein, aber ich hab keinen Grund, ihn zu betrügen!

Elf, einen einzigen Freund zu haben, ist romantisch und veraltet!

Wir können mal Kaffee trinken, wenn du wieder da bist, schlug sie vor.

Stell dich doch nicht an, Elf! Du warst doch früher auch nicht zimperlich!

Hör mal! protestierte sie, zudem hab ich mich in ihn verliebt!

Ich dachte, ich wär dein Freund? holte er aus.

Du brauchst mir nichts vorzumachen, Harry, ich hab dich zwei Mal im „Drive" gesehn und nicht allein!

Ach, das waren Zufallsbekanntschaften, Elf ...

Nein, Harry; und ich sagte dir, ich bin verliebt!

Ist nichts zu machen?

Nee. Komm mal in der Boutique vorbei, wenn du wieder da bist!

Tschüss.

Er legte den Hörer auf, starrte den Transformer an, sagte, auch die nicht, also auch die nicht; nein, macht nichts, ist ohnehin nicht mein Typ; werden uns nicht unterkriegen lassen; nein, wir hoffen auf Wochenendgäste; und sparen erst noch Geld! - Doch nochmal das Adressbuch durchgucken.

Abermals sah er den Posthalter am Fenster vorübergehn, klappte das Büchlein zu, schlüpfte in die Schuhe, dachte, Wochenendgäste, stand auf, ging zur Tür, öffnete sie und sah ihn mit über der Brust gekreuzten Armen himmelwärts nach einer Dolenschar schauen.

So, haben Sie die Verbindung bekommen? wandte sich der Posthalter um.

Danke, alles in Ordnung, erwiderte Busner und räusperte sich.

Dann wollen wir sehn, was es kostet, sagte der Posthalter, hinter ihm in die Bude tretend.

Bei dem Wetter werden wir wohl etliche Wochenendgäste haben, holte Busner aus, während der Posthalter sein Gesicht vor den Zähler hielt.

Schwer zu sagen, erwiderte der, möglich ist's!

Ich glaub schon, äusserte Busner und legte den Geldschein auf den Tisch.

Der Posthalter öffnete den Tresor, entnahm ihm eine Schatulle, kam über seine Eisenbahn gestiegen, zählte ihm das Wechselgeld in die Hand, schloss das Kästchen, legte es wieder in den Stahlbehälter, sah auf seine Uhr, sperrte den Behälter zu und sagte, anstatt Busners Gruss zu erwidern, vier, da muss ich die Post schliessen, wohnen Sie in einem der Ferienhäuser?

Bitte? veranlasste ihn Busner die Frage zu wiederholen, nein, ich wohne im „Gausener-Hof".

Im „Gausener-Hof"? wunderte sich der Posthalter, warum telefonieren Sie dann nicht dort? Es stehn doch Apparate in den Zimmern?

Das schon, aber die Verbindung muss in der Rezeption hergestellt werden, und dazu ist nicht immer jemand da, das Hotel ist sozusagen leer, wissen Sie.

Ich weiss, ich weiss, kommentierte der Posthalter, ja, mit der Saison war hier keiner zufrieden!

Nein, sie soll nicht gut gewesen sein, kann man nichts machen, antwortete Busner. Also, auf Wiedersehn.

Auf Wiedersehn! rief der Posthalter.

Vor der Tür blieb er einen Augenblick stehn, folgte schliesslich, anstatt ins Dorf zurückzukehren, langsam dem Wiesenpfad bergaufwärts, versuchte das würgende Gefühl im Hals runterzuschlucken und redete sich zu, nein, Harry Busner ist nicht so leicht unterzukriegen! Nein, schliesslich haben wir hier einen Spezialauftrag zu erfüllen! Da sieht man, wie man auf seine Weiber zählen kann! Aber einen Busner lässt man nicht hocken! Nicht ungestraft! Er wischte sich den Schweiss von der Stirn. Werden alle ausgewechselt, die Weiber. Kriegen den Schuh, sobald wir zurück sind!

Im Schatten eines Heuschobers setzte er sich in die Wiese, zog die Knie an, riss einen Grashalm aus, begann daran zu kauen und betrachtete das unter ihm liegende Postchalet. Klar, weshalb keine kommt! In Rask finden sie leicht einen andern, der's ihnen besorgt! Das ist nun die Liebe, die diese Weiber stets im Mund führen! Würd lachen, wenn ich könnte! Was Liebe ist, davon haben die keine Ahnung! Er spie die Liebe mit dem Grashalm aus, zündete eine Zigarette an und legte sich zurück. Die zehn Tage gehn rum. Und wenn wir Glück haben, das Wetter ist ja himmlisch, werden wir ihn heut nacht schon parken. Er setzte sich auf, als er den Posthalter aus dem Chalet treten sah, und beobachtete, wie der lächerliche Beamte die Tür absperrte, sich niederbückte, ein zweites Schloss einschnappen liess, aufstand, mit langen Schritten den Weg hinunterging, in der Senkung verschwand und vor dem Bauernhof wieder auftauchte. Busner drehte sich auf den Bauch und streckte den Arm aus, um den brennenden Zigarettenstummel zwischen zwei Steine zu schieben, die mit andern das Fundament des Heuschobers bildeten; dann kehrte er sich wieder auf den Rücken und dachte, sind immer noch die Weiber in der Lebensmittelhandlung. Wenn es Weiber sind. Dass man die nie zu Gesicht kriegt!

Auf, sehn wir nach!

Er langte nach dem Adressbuch und dem Geldbeutel und rappelte sich hoch. Wieder öffnete niemand auf sein Klingeln. Seltsam! dachte er; abends nochmals vorbeischaun. So, jetzt spülen wir den Ärger mit einem Bier runter, vielleicht treffen wir den Musikanten.

Vor der Tür lag der Köter in der Sonne und blickte, anstatt sich von der Stelle zu rühren, aus roten Augen zu ihm hoch. Er stieg über ihn hinweg. Mit einem Wäschekorb stand die Alte hinter dem Ausschank, im Begriff, ihn in die Küche zu tragen, stellte ihn hin, als sie Busner gewahrte, wünschte guten Tag, schob die Küchentür zu, wartete, bis er sich gesetzt hatte, und kam, die eine Hand in der Tasche ihrer schmuddeligen Schürze, an den Tisch.

So, Frau Wirtin, sagte er, bringen Sie mir eine Flasche Bier! Aber kalt! rief er ihr in den Nacken, betrachtete ihre grossen, verarbeiteten Hände, als sie dicht vor seinem Gesicht das Glas füllte, und bemerkte, himmlisches Wetter, was?

Ja, räumte sie ein, stellte das Glas ab und verschränkte die Arme: Jetzt fehl'n bloss noch die Gäste!

Werden schon welche kommen übers Wochenende! sprach er ihr und sich zu.

Ja, muss man halt hoffen, erwiderte sie, jetzt, wo's so schön ist! Man hängt ja am Wetter! Aber eben, fuhr sie, die Arme aufwerfend, fort, was nützt einem das herrlichste Wetter, wenn keine Gäste da sind?

Die werden kommen! fiel er ein — sagen Sie, war gestern, nachdem ich gegangen war, niemand mehr da?

Niemand!

Es sollen ja noch Feriengäste in der Lebensmittelhandlung wohnen?

So? Weiss nichts davon, erwiderte sie, Zimmer vermieten tun's.

Eben! sagte er. Sie wissen also nicht, wer eh ...?

Nein, weiss ich nicht ... Ja, so ist es halt! versetzte sie nach einer Pause.

Wo ist eigentlich Ihr Musikant? fragte er, das Glas abstellend.

Der? antwortete die Alte, der spielt erst am Abend.

Das weiss ich, das steht ja draussen angeschlagen; ich meine, wo ist er jetzt, ist er ins Dorf gegangen oder auf einen Spaziergang?

Der geht nicht spazieren! rätschte sie. Oben, auf seinem Zimmer, hockt er und schläft. Den ganzen Tag! Versteh nicht, wie einer den ganzen Tag schlafen kann!

Das ist ja seine Sache! unterbrach er sie.

Freilich, lenkte die Wirtin ein, freilich, aber wie er das fertigbringt ... Nur zum Essen kommt er runter. Das lässt er nie aus! Zum Essen ist er immer pünktlich da, und nach dem Essen geht er wieder auf sein Zimmer. Aber spazieren oder unsere gesunde Luft geniessen, das kommt für ihn nicht in Frage. Aber eben, wie Sie sagen, jeder nach seinem Geschmack! So, Herr, muss wieder an die Arbeit!

Er beobachtete, wie sie hinter den Ausschank ging, sich bückte, mit dem Wäschekorb in die Küche trat, die Tür zudrückte, nahm seine Sachen, stieg über den Hund, setzte sich unter einen der Sonnenschirme und überlegte, ob der Musikant sein Zimmer vielleicht deshalb nicht verlasse, weil er auf eine günstige Gelegenheit warte, das feiste Mädchen zu bügeln. Nee, dachte er, glaub nicht, dass sie ein Verhältnis haben; die Kleine ist doch zu hässlich!, selbst für den auch nicht gerade schönen Beppo. Da wartet der lieber. Er schenkte nach, trank, stiess sich vom Stuhl ab, schaukelte eine Weile auf den hinteren Stuhlbeinen, zündete eine Zigarette an, setzte sich seitwärts hin, beugte sich vor, betrachtete den Hund, sagte, na, du Mistvieh! Ohne die Augen von dem Hund zu wenden, hörte er auf ihn zu betrachten und gestand sich, verdammt, die haben mich wirklich sitzen lassen!, hätt ich nicht gedacht!, schon gar nicht von der Misch, muss heut eine Frau haben!, nahm das Tier wieder wahr, schnipste die Asche zu Boden, setzte sich gerade hin und guckte einem Sperling zu, der um den Fahnenmast hüpfte.

Später hörte er im obern Stockwerk die Alte krakeelen, horchte auf, als eine tiefe, sonore Männerstimme sie übertönte, dachte, das ist doch nicht der Musikant!, nahm ein polterndes Geräusch wahr, sah den Köter die Ohren spitzen, hörte den Knall einer zuschlagenden Tür in den Händel fahren und die Auseinandersetzung beschliessen, fragte sich, wem die Männerstimme gehöre, dachte, das Haus birgt ein Geheimnis, bei dem Lärm kann der Bepperl doch nicht schlafen, stellte fest, dass jemand in die Gaststube getreten sein musste, hörte oben die Alte rufen, sagte sich, also ist nicht sie in der Kneipe; aber wer ist es denn? Das dicke Mädchen müsste es sein; schau, der Köter geht rein!, oder der Kerl, der eben geschrien hat, oder Beppo, interessantes Rätsel! Er vertrieb sich die Zeit mit seiner Lösung, überlegte, ob er sich Klarheit verschaffen wolle, stand auf, ging hinein, sah das Mädchen über die Theke gebeugt in einem farbigen Magazin blättern, sagte, bezahlen, ja!, hörte es, Tante! rufen und setzte sich wieder hin.

Sie wollen bezahlen? vergewisserte sich die Alte.

Bitte! antwortete er und zeigte auf die Münze neben dem Glas.

Die Alte nahm sie in die Hand und sagte, wenn ich fragen darf: Machen Sie Landvermessungen?

Wie kommen Sie denn darauf? gab er zurück.

Dann hab ich's gestern falsch verstanden? lächelte sie.

Nein, sagte er, ich mache Messungen für die GES; ich arbeite bei der GES, keine Landvermessungen.

Bei den ersten Häusern des Dorfes sah er einen weissen Joghurtbecher auf der Strasse liegen, wäre beinah stillgestanden, fing sich im letzten Moment, überlegte im Weitergehn, auf welche Weise das Ding hergekommen sei, gelangte zum Schluss, jedenfalls deute es auf Spuren touristischer Zivilisation hin, nahm den Schlüssel vom Brett, zog sich im Zimmer aus, ging in den Baderaum, stellte sich unter die Brause, fingerte an seinem Glied, war versucht zu onanieren, sagte, ich bin doch kein Schuljunge!, wäre gelacht, wenn Harry kein Weib auftriebe!, trocknete sich, zog sich im Zimmer an, öffnete die Jalousien, sagte, nichts zu sehn; keine Bewegung; Endstation Flaute — die Messung! Stand beider Instrumente 776 Millimeter, wie am ersten Tag; Abweichung keine oder null; fünf Uhr, jetzt versuchen wir's nochmals im Lebensmittelgeschäft!

An der Rezeption standen stockbewehrt die Juden und unterhielten sich mit der Direktorin. Vorbeigehend nickte er, nahm jedoch nicht zur Kenntnis, ob man ihn zurückgrüsse, überlegte auf dem Weg, was er kaufen wolle, drückte auf die Klingel und hörte nach einem Augenblick schlurfende Schritte sich nähern.

Eine kleine Alte in einem schwarzen Umhang öffnete und blinzelte ihn an.

'n Abend, sagte er, haben Sie Ansichtskarten?

Ansichtskarten? Ja, ja! nickte sie, drehte sich um, tat einige Schritte in den Flur, blieb vor einer Tür stehn, schloss sie auf, knipste die Neonröhre an, sagte, kommen S' rein!, stellte sich hinter den Ladentisch, zog, während er sich in dem winzigen Geschäft umsah und die schlechte Luft möglichst sparsam einatmete, eine Schublade auf, entnahm ihr ein Kartenbündel, streifte das Gummiband ab, legte die verblichenen Bilder vor ihn hin und stützte sich auf den Ladentisch. Er wählte drei gleiche Karten, auf denen über dem „Gausener-Hof" die Lauenspitze zu sehen war.

Verkaufen Sie auch Briefmarken? fragte er.

Na, Briefmarken haben wir nicht, die bekommen S' auf der Post, antwortete sie.

In Ordnung, sagte er, die Karten einsteckend, ich hab gehört, Sie vermieten Zimmer?

Freilich, entgegnete die Krämerin.

Wäre denn im Augenblick was frei? Oder haben Sie ausgemietet? forschte er.

Ja, Sie können ein Zimmer haben, beschied sie ihn.

Es wäre nicht für mich, ich wohn im „Gausener-Hof", erklärte er, haben Sie zur Zeit nicht ausgemietet?

Zwei Zimmer sind ausgemietet, kam es aus ihrem kleinen Mund, eins ist noch frei, ein ruhiges, schönes Zimmer für fünfundzwanzig Rondos, mit Frühstück.

An wen sind denn die andern vermietet? wollte er wissen.

Einer ruhigen Familie, die jedes Jahr kommt, entgegnete sie.

Ein Ehepaar wahrscheinlich? stocherte er.

Ja.

Es sind wohl ältere Leute?

Ja, das weiss ich nicht, nach ihrem Alter hab ich s' nicht gefragt! Sind Sie von der Polizei?

Nein, nein, erwiderte er, ich arbeite bei der GESELLSCHAFT, aber sagen Sie: Eine jüngere Dame ist nicht dabei?

Na, eine jüngere Dame ist nicht dabei.

Ist schon gut, sagte er, was schuld ich? betrachtete, während sie in der Kasse das Wechselgeld zusammensuchte, das schwere Holzkreuz über der Ladentür, trat hinaus, dachte, nichts gewesen;

hoffen wir auf Wochenendgäste!, erspähte in einiger Entfernung einen Mann, sagte, der Postfritze geht zur Station! Wo er sich wohl aufgehalten hat bis jetzt? Merkwürdiger Typ! Mit seiner Eisenbahn. Muss ich den Kollegen erzählen! Werd ja morgen wegen der Marken nochmals hingehn.

Die Juden sassen schon da, als er eintrat. Die Mumien von Ägypten, dachte er, auf seinen Tisch zugehend. Schau her, die Zeitung! Tatsächlich, die „Neue Rasker"! Er setzte sich. Eine Zeitung haben die Juden nicht! freute er sich, entfaltete sie und las, dass der entführte Vorsitzende der KP, Grizetti, tot und verstümmelt aufgefunden worden sei, dass die Brigade Krüger sich zum Anschlag bekenne und der Polizei nach wie vor jede Spur fehle.

Sauber gearbeitet, die Jungs, dachte er, schlug den Stadtteil auf, begann die Kinoanzeigen zu studieren, stellte fest, dass er bis jetzt nichts versäumt habe, erwiderte, 'n Abend, Herr Direktor!, legte das Blatt auf den Stuhl und bemerkte, während ihm der Direktor die Suppe schöpfte, hat ja prima geklappt mit der Zeitung!

Der Direktor stellte den Teller vor ihn hin und sagte, Wein?

Mürrisch, der Alte, dachte er, beobachtete, wie er die Teller der Juden einsammelte.

Während der Hauptmahlzeit beschäftigte er sich mit dem Gedanken, ob es ihnen, da sie schon wie tot am Tisch sässen, etwas ausmachen würde, bis um Mitternacht zu sterben. Wie würden sie reagieren, malte er sich aus, wenn ich mich jetzt erhöbe, an ihren Tisch träte und verkündete, meine Damen, mein Herr, es ist aus, Sie werden noch vor Mitternacht sterben! Wie würden sie reagieren? - Sie würden um ihr Leben bitten. - Wie würde ich urteilen? - Okay, würde ich sagen, wenn Sie mir beweisen können, dass Ihr Leben für die neue Menschheit der P.f.F. von Nutzen ist, werden Sie am Leben bleiben! Genau! Das würde ich gerechterweise antworten! Beweisen Sie mir, dass Ihr Leben für die neue Menschheit der P.f.F. von Nutzen ist!

Er schob den Teller beiseite, begann den Sportteil zu studieren, beobachtete über den Zeitungsrand hinweg das Aufsteh- und

Rausgehzeremoniell der Alten, setzte die Lektüre fort, dachte, schade, dass ich meine Boxhandschuhe nicht mitgenommen hab, könnt mich hier oben schön in Form bringen!, legte die Zeitung weg, als der Direktor das Dessert brachte, lehnte sich im Zimmer aus dem Fenster, ob irgendwo bereits ein Wochenendgast zu erspähen sei, argumentierte, aber die Leute sind doch erst angekommen, sitzen jetzt beim Essen, warf einen Blick auf die Barometer, dachte, wollen nicht voneinander abweichen, die Idioten, ist nicht meine Schuld!, wusch sich, zog ein frisches Hemd über, rieb einige Tropfen Rasierwasser ins Schamhaar, reinigte vorfreudig sein Glied, sah sich in die klaren Augen, untersuchte die Nasenlöcher und kämmte Haar und Schnurrbart.

Bin gespannt, dachte er, als er zur Bar ging, nein, es kann noch niemand da sein, ist noch zu früh!

Gleichwohl war er enttäuscht, als er den Barkeeper allein antraf.

Herr Heinz, haben Sie einen netten Tag verbracht? redete er ihn an und setzte sich auf den vordersten Hocker.

'n Abend, erwiderte der Barmann, ich hab eine Wanderung gemacht.

So? heuchelte er Interesse, weit?

Aufs Gausnerhorn, versetzte der Barmann.

Bei der Hitze? wunderte er sich.

Oben war's nicht so heiss. Möchten Sie was trinken?

Während er zusah, wie ihm der Keeper das Bier einschenkte, sagte er, so, nun wollen wir mal abwarten, wie's mit den Wochenendgästen aussieht!

Glaub schon, dass wir welche haben werden bei dem herrlichen Wetter, mutmasste jener; übrigens hab ich eben mit meiner Frau telefoniert, in Rask und Balen haben die Hafenarbeiter demonstriert, die Polizei hat geschossen und Hunderte von Arbeitern festgenommen, es soll Tote gegeben haben, auf beiden Seiten!

Schrecklich! sagte Busner, aber der Fortschritt verlangt seine Opfer, das war immer so, obwohl es zu bedauern ist! Wozu demonstrieren die denn? Die P.f.F. wird die Wahlen gewinnen, ist doch klar! Ich mein, die sollen die fünf Wochen bis zu den Wahlen doch abwarten! Danach wird sich ohnehin alles ändern! Oder nicht?

Ansichtssache, gab der Barmann zurück.

Haben Sie etwa Sympathien für die Roten? scherzte Busner.

Ich wähl schon immer demokratisch, antwortete der Keeper knapp. Ich meinte bloss, fuhr er nach einer Weile fort, wenn es in den Städten unruhig ist, kann ich mir vorstellen, dass die Leute, die ein Wochenendhaus besitzen, sich zurückziehn.

Das ist eine gute Überlegung, bestätigte Busner, kommen Sie, Herr Heinz, lassen wir uns von der Politik nicht die Stimmung vermiesen — darf ich Sie auf ein Bier einladen?

Ja, gestand er, nachdem sie sich zugetrunken hatten, mir ist's schon arg langweilig hier oben!

Sie haben doch Ihre Arbeit, wandte der Barmann ein.

Gewiss, aber die nimmt nicht den ganzen Tag in Anspruch! Und zu allem Überfluss kann meine feste Freundin nicht herkommen, weil ihre Mutter ernsthaft erkrankt ist und sie die alte Frau pflegen muss! Da sehn Sie, ich kann nur auf Wochenendgäste hoffen!

Pech, bestätigte der Barmann.

So sieht's aus!

Wenn Sie nicht den ganzen Tag beschäftigt sind, können Sie ja auch mal was lesen!

Ich les eigentlich wenig, erwiderte Busner, ich komm nicht dazu normalerweise; meine Arbeit füllt mich völlig aus, wissen Sie! Da lass ich's lieber ganz. Ich glaub auch nicht, dass Lesen was bringt. Ich mein, um was zu erreichen im Leben. Die Realität ist anders, wissen Sie. Die Zeitung les ich hin und wieder.

Ab und zu les ich schon ein Buch, gab der Barmann preis.

Die interessanten Bücher werden verfilmt, Herr Heinz, belehrte ihn Busner, da haben Sie in zwei Stunden alles, was im Buch steht, und erst noch schöner! Und erst noch Zeit gespart! Wie gesagt, als es noch keine Filme gab, war's was anderes!

Ja, unterbrach er schliesslich die Stille, Sie sind auch nicht zu beneiden, so ohne Gäste!

Der Keeper zog eine zustimmende Grimasse. Er schüttelte sich das Handgelenk frei. Drei Viertel neun, jetzt sollte sich eigentlich was tun!

Das Gros der Wochenendler kommt wohl am Samstag, meinte der Barmann.

Glauben Sie? Ich bin schon zwei Tage ohne Frau! Bei der Hitze! Mir macht das zu schaffen! Weiss nicht, wie es Ihnen ergeht?

Der Barmann schwieg.

Ja, dann werd ich mal in den „Alpenblick" sehn, sagte Busner schliesslich. Komme wohl bald wieder! Was schuld ich? Übrigens, waren Sie letzthin auf der Post? Da sollten Sie mal hingehn, in den nächsten Tagen! Wirklich, da gibt's was zu sehn!

Wie hell es noch ist! dachte er. Aber nirgendwo Licht in den Ferienhäusern! Scheisse! Gut, der Spezialauftrag! Werd mich nicht unterkriegen lassen! Kenn mich gar nicht so! Aber kühl ist's! Wenn nicht heut, dann morgen! Wegen der Unruhen werden welche kommen, meinte er. Hat alles sein Gutes! Hör ihn schon dudeln, den Beppo. Ob jemand drin sitzt? Er zuckte zusammen, als er einen Vogel schreien hörte.

Der Musikant, im roten Scheinwerferlicht, war allein. Als er Busner erblickte, kam Leben in sein Gesicht, der schmale Mund öffnete sich zu einem „Guten Abend!, Nice to see you!"

'n Abend, erwiderte er, auf den Tisch zugehend, an dem er gestern gesessen hatte.

So, wie geht's uns? rief Beppo, ohne sein Spiel zu unterbrechen.

Man kommt davon. Er machte eine Kopfbewegung in den Raum: Bisschen leer, was?

Abwarten! rief Beppo, Wochenende!, sah ihn bedeutungsvoll an, intonierte die Melodie, die Busner aus der Fernsehwerbung der P.f.F. kannte, langte mit der rechten Hand hinter sich, während die linke weiter an den Knöpfen des Akkordeons fingerte, holte den Bierkrug vom Verstärker, trank, prostete ihm zu und stellte den Krug wieder hin.

Wie heisst die Melodie, die Sie eben gespielt haben? fragte Busner.

„Warum ist die Welt so schön, non, non", sang schrägen Kopfs Beppo vor, gefällt sie Ihnen?

Tönt okay, gab er zurück.

Ist Ihnen in der Zwischenzeit was eingefallen, das Sie gerne hören möchten? erkundigte sich der Musikant.

Kenn mich zuwenig aus, erwiderte Busner.

Schade! meinte Beppo und ging wieder in die vollen Töne, während sich auf seinem Gesicht der abwesende Ausdruck einzustellen begann.

Aus der Küche trat die Alte, blieb mit verschränkten Armen hinter dem Ausschank stehn, betrachtete den Musikanten, der sie nach einer Weile auf Busner aufmerksam machte, kam herbeigeeilt, erwiderte, gewiss, wir haben Weisswein, stellte das Glas vor ihn hin, brachte ihm die Zigaretten und verliess nach einer Weile den Raum. Nicht mal der Köter ist da, dachte er und erinnerte sich an ein Mädchen, mit dem er vor mehreren Jahren eine Nacht verbracht hatte.

Hab gleich Pause! riss ihn Beppo aus seinen Gedanken, spielte nochmals „Warum ist die Welt so schön, non, non", summte mit, lächelte ihm zu, nickte, liess ein Lied folgen, das Busner aus seiner Militärzeit kannte, spähte alle Augenblicke auf die Uhr, guckte zur Decke, schnitt ihm eine Grimasse, beendete die Melodie, sagte, so, schaltete an den Knöpfen des Verstärkers, ergriff den Bierkrug, trank ihn leer, stieg von der Bühne, sagte, komm gleich!, stellte den Krug auf den Ausschank, ging zur Toilette, kehrte zurück, sagte, niemand da!, zuckte die Achseln, ergriff den Krug, liess Bier einlaufen, kam an seinen Tisch, setzte sich und bemerkte, sieht ja wieder schlimm aus mit den Gästen! Aber Sie haben mich gestern gefragt, weshalb ich spiele, wenn der Laden leer ist; er senkte die Stimme: Das ist eine ulkige Geschichte! Wissen Sie, der Chef hier — er ist nicht ganz richtig im Kopf, hab ich leider erst gemerkt, als ich da war, sonst wär ich gar nicht hergekommen — , der Chef hat mich für drei Wochen engagiert, weil man ihm zugetragen hat, dass im „Gausener-Hof" eine Gruppe von Amis erwartet werde; er hat sich ausgerechnet, dass sie die Abende bei ihm verbringen dürften, weil die Dancings bereits geschlossen haben, die Amis sich aber bestimmt wo amüsieren wollen; doch die Amis sind nicht gekommen; der Chef meint — ob es wahr ist, weiss ich nicht — , dass seine Feinde im Dorf das Gerücht ausgestreut haben, um ihn reinzulegen; er meint, sie hätten sich ausgerechnet, dass er einen Musiker engagieren und so ein Verlustgeschäft eingehen werde. Selbstverständlich hat er versucht, den Vertrag rückgängig zu machen, aber ich muss ja schliesslich auch arbeiten, und von einem Tag auf den andern finde ich keine neue Stelle! Gut, hat er gesagt, wenn ich Sie für das Spielen bezahle, dann spieln Sie auch! Ob jemand da ist oder nicht: Während Ihrer Arbeitszeit spielen Sie! Deshalb spiel ich immer, ich *singe* zwar nicht, verstehn Sie? Aber ich spiele, non stop sogar, steht so im Vertrag.

Meines Wissens ist juristisch nichts dagegen einzuwenden, bemerkte Busner.

Richtig! bestätigte Beppo, hab mich bei der Agentur erkundigt — nun müssen Sie sich aber vorstellen, flüsterte er, dass er während der ganzen Zeit im Zimmer über der Bühne hockt — er ist an den Rollstuhl gebunden, querschnittgelähmt, glaub ich, ist ja zu bedauern, und wenn ich mal eine Sekunde eine Pause einlege, um Noten hervorzusuchen oder so, poltert er mit einem Stock auf den Boden! Das ist natürlich eine ungeheure Situation! Ich kann doch nichts dafür, dass die Yankees nicht gekommen sind! Mir macht das Spielen vor leeren Tischen auch keinen Spass! Ich bin es gewohnt, vor vollen Sälen aufzutreten! Meine Stärke ist die Stimmungsmache, verstehn Sie? Wie aber soll ich Stimmung machen, wenn niemand da ist? Kein Mensch hält so was aus!

Er trank in langen Zügen und steckte sich eine neue Zigarette an.

Die Alte trat ein.

Wie lang sind Sie denn schon da? fragte Busner den Musiker.

Wieder bitterbös mit Gästen, Chefin! heuchelte bekümmerten Gesichts Beppo, anstatt zu antworten.

Was kann man machen? griente sie, bückte sich und verschwand mit einer Flasche Bier in der Küche, wo Busner den Köter sah.

Wie lang ich schon hier bin? sagte Beppo, vier Tage.

Aber vorgestern haben Sie doch nicht gespielt!

Mittwoch ist mein freier Tag! erklärte Beppo, und wie lang sind Sie schon hier?

Seit Mittwoch, antwortete Busner.

Sie langweilen sich auch, habe ich das Gefühl, sind denn wenigstens Ihre Messungen interessant?

Na ja, entgegnete er, ist halt Arbeit, mir macht vor allem die Einsamkeit hier zu schaffen, dass es keine Frauen gibt, ich meine, gut, Sie haben eine im Haus, aber ...

Wen? unterbrach Beppo.

Na, die dicke Kleine, erwiderte er.

Die! platzte Beppo heraus, gehn Sie, ich bin doch kein Kinderschänder! Das Mädel ist zwar freundlich und nett, aber doch etwas unansehnlich! Das war wohl ein Witz von Ihnen! Er sah auf die Uhr.

Was tun denn Sie den ganzen Tag? fragte Busner.

Meistens schlaf ich. Ich arbeite nach Dienstschluss bis gegen sieben in der Früh. Wenn Sie noch da sind in der nächsten Pause, erzähl ich's Ihnen, meine Zeit ist wieder mal um!

Er stieg auf die Bühne, langte gleich in die Tasten des Instruments — damit der Chef hört, dass er wieder da ist, dachte Busner —, stellte den Bierkrug hin, griff in die Knöpfe des Verstärkers, kickte auf das Gerät am Boden und begann zu spielen. Vom Köter gefolgt, trat die Alte ein, lächelte gelb zu Busner rüber, bereitete sich einen Tee, während ihm das Vieh einen Besuch abstattete, kam mit der Tasse und einer Illustrierten hinter dem Ausschank hervor und hockte sich an den Tisch, an dem sie gestern gesessen hatte.

Nein, dachte er, der Musikus hat nichts mit der Dicken. Nimmt mich wunder, was er in seinem Zimmer treibt. Merkwürdige Typen hier oben! Der Postfritze, der Musikant und sein Chef! Als wären wir in ein Irrenhaus geraten. Dr. Busner hat heut keine Sprechstunde. Ha! Ab in die Bar. Kann ich bezahlen?

Die Alte wandte den Kopf und erhob sich, Sie wolln schon gehn?

Richtig! anwortete er.

Morgen werden wir Gäste haben! eröffnete sie ihm.

Da bin ich mal gespannt! gab er zurück, winkte Beppo, der wieder bei seinem „Warum ist die Welt ..." angelangt war, nickte der Alten zu, ging hinaus, dachte, wie hell der Vollmond am Himmel scheint ..., ja, es ist wer in der Bar!

Er gewahrte den Joghurtbecher, blieb davor stehn, stützte die Hände in die Hüften, schüttelte den Kopf und sagte, wie mag das Ding hergekommen sein. Mit der Schuhspitze schob er es an den Wegrand, wurde sich dessen, was er tat, bewusst, sagte, was mach ich denn da?, bin ich verrückt?, sah sich um, ob ihn niemand beobachtete, dachte, Quatsch, ist ja niemand da!, war versucht den Becher zu zertreten, drückte ihn schliesslich behutsam gegen das Gras, ging weiter, dachte, nein, glaub nicht, dass jemand da sein wird, hoffentlich täusch ich mich, stieg die Stufen hinunter, ermahnte sich, lässig, lässig!, öffnete die Tür, sagte, hab mich nicht getäuscht!, schloss sie und rief, da haben uns die Wochenendgäste ja schön sitzenlassen!

War jemand im „Alpenblick"? erkundigte sich der Barmann.

Kein Mensch! antwortete Busner, hievte sich neben ihn auf den Hocker und bestellte einen Weinbrand.

Der Barmann klappte seinen „Sergeant Hui"-Roman zu, trat hinter die Theke, schenkte ihm ein und schwieg.

Ja, da haben wir uns getäuscht mit den Wochenendgästen, sagte Busner.

Mal sehn, was der Samstag bringt, erwiderte der Keeper.

Ja, da darf man gespannt sein! Und doch, fuhr Busner nach einer Weile fort, irgendwie hab ich mich schon an den Gedanken gewöhnt, die vierzehn Tage allein verbringen zu müssen. Alles ist eine Willenssache. Oder eine Charaktersache. Der einzelne, sagt die P.f.F. zu Recht, muss lernen, seine Bedürfnisse zurückzustellen, das heisst, er muss sich beherrschen können!

Er trank. Die P.f.F. sagt es ja deutlich: Gemeinschaftsfähig ist nur, wer selbstbeherrschungsfähig ist! Stimmt! Oder nicht? Ich bin sicher, dass der Friede auf der Welt nur so konsequent verwirklicht werden kann. Dass der Mensch sein Inneres in den Griff bekommt!

Sie sagen, fuhr er nach einer Weile fort, Sie wählen demokratisch, Herr Heinz, okay — müssen Sie aber nicht zugeben, dass die Demokraten dem Fortschritt im Weg stehn?

Unsinn! fuhr der Barmann auf, der Fortschritt der P.f.F.-Clique ist kein Fortschritt!

Da liegen Sie aber falsch, mein Lieber! entgegnete Busner nach einigen Sekunden und gab ihm Feuer.

Der Keeper blies eine dicke Rauchwolke in die Luft.

Sehn Sie, Herr Heinz, wir in Kattland haben jetzt die Chance, eine neue Gesellschaft zu errichten, eine Menschengesellschaft im Sinn des Wortes, die den Frieden und das Menschliche will!

Der Mensch muss seine Vernunft gebrauchen! Darauf kommt es an, sagt die P.f.F.! Denn was unterscheidet den Menschen vom Tier? Die Vernunft! Ist es nicht so, wenn Sie's sich überlegen?

Der Barmann gab sich einen Ruck, öffnete seinen Geldbeutel, fingerte eine Münze heraus, ging zur Musikbox und warf sie ein.

Sturer Affe! dachte Busner; kann nicht diskutieren! Natürlich nicht, weil er keine Argumente hat! Den werden wir noch rumkriegen, wart mal! Die Musik hat er so laut eingestellt, um der Diskussion auszuweichen!

In ziemlicher Entfernung von ihm setzte sich der Barmann auf die Theke, schlug die Beine übereinander und rauchte ins Leere. Als er rübersah, hob Busner das Glas. Wortlos schenkte ihm der Barmann ein und kehrte auf seinen Platz zurück. Wart mal, Bürschchen, dachte Busner.

Ist Ihnen die Musik nicht zu laut? fragte er ihn, als die nächste Platte zu Ende gespielt war.

Nein, antwortete der Barmann, langte bei den ersten Takten des folgenden Lieds dann doch unter die Theke, machte sich an den Knöpfen zu schaffen, nahm jedoch die Lautstärke nicht zurück, wie Busner feststellte. Denkt wohl, der Kerl, ich hätt ihn nötig! fiel ihm ein. Da kennt er Harry aber nicht, der Pomadenschädel! Er haute den Geldbeutel auf die Theke, winkte dem Barmann, steckte das Wechselgeld ein, rief, Wiedersehn, dachte, bin besoffen, sperrte die Hoteltür auf, rülpste im Empfangsraum, warf im Zimmer die Kleider zu Boden, lachte auf, legte sich hin,

SAMSTAG, 4.

erwachte auf dem Rücken, wusste, dass ihn etwas aus dem Schlaf gerissen hatte, versuchte zu klären, was es gewesen war, erinnerte sich an ein widerliches Weib, das, gegen sein Sträuben, beharrlich sein Glied gerieben, bis er sich hatte gehn lassen und den Samen in die emsig schaffende Hand spritzte, fühlte im Schamhaar die noch warmen Spermien, schlug die Decke zurück, wusch sich, reinigte das Leintuch, dachte, ist mir schon lang nicht mehr passiert, halb sieben erst, bin aber ausgeschlafen; dann holte er das Frottiertuch, schlüpfte wieder ins Bett, legte es auf den Bauch, um mit der nassen Stelle nicht in Berührung zu kommen, verschränkte die Hände hinter dem Kopf, stand nach einer Weile auf und öffnete die Jalousien. Wieder ein schöner Tag! Ja, da werden die Wochenendgäste massenhaft erscheinen! Morgens ist die Stille nicht so schlimm. Wär überhaupt zu ertragen, wenn man ein Radio hätte!

Gegen acht kehrte er aus dem Badezimmer zurück, kleidete sich an und beschloss, sich gleich die Barometer vorzunehmen. Es scheint, sagte er, die gleichlautenden Zahlen eintragend, dass Herr Direktor Klar falsch informiert wurde! Könnten das Experiment abbrechen.

Aus dem Lift tretend, stiess er auf die davor wartenden Juden.

Guten Morgen! wünschte er.

Guten Tag, erwiderten sie.

Eben! dachte er; wissen, was sich gehört, die Leute!, nahm im Vorübergehn eine Semmel von ihrem Tisch, steckte sie ein und machte sich schliesslich, verärgert über das lange Ausbleiben des Direktors, auf die Suche nach ihm. Als er durch die Empfangshalle schritt, öffnete sich spaltbreit die Tür hinter der Rezeption.

Wollen Sie Ihr Frühstück haben? hörte er den Direktor rufen.

Ich bitte darum! entgegnete er in die Öffnung.

Komme gleich! verlautbarte der Direktor und schloss die Tür.

Muss eine Einwegscheibe in seinem Büro haben, folgerte Busner, so dass er die Vorgänge in der Empfangshalle überwachen kann. Nützlich, zu wissen!

Heut bin ich etwas früher dran! teilte Busner dem Direktor mit, als er das Frühstück auftrug, was dieser nickend zur Kenntnis nahm.

Und, eh, Herr Direktor, fuhr er fort, meine Verlobte ist leider verhindert zu kommen!

Abermals nickte der Direktor.

Nach dem Essen überlegte er lange, was er nun tun wolle, blieb daran kleben, dass seine besten Freundinnen ihn im Stich gelassen hatten, spielte mit dem Gedanken, Herrn Kleidmann anzurufen, um ihm mitzuteilen, dass keiner der Barometer auch nur um einen Millimeter schwanke, so dass man die Untersuchung einstellen könnte, sagte, sich einen Ruck gebend, als ob die GESELLSCHAFT einen Auftrag je stornieren würde!, nicht kneifen, Harry!, sich des GES-Vertrauens würdig zeigen! Geht alles vorüber, heut kommen die Wochenendgäste, und jetzt besuchen wir den Postmenschen, um Briefmarken zu kaufen!

Er fuhr ins Zimmer, stellte sich ans Fenster, konstatierte, dass in keinem der zu sehenden Ferienhäuser ein Laden geöffnet worden war, tröstete sich, sie treffen erst abends ein!, setzte die Sonnenbrille auf, trat aus dem Park, spähte die ausgestorbene Strasse hinunter, schiss auf die Bergpracht und spazierte gemächlich Richtung Dorfplatz. Wenn ich's nicht mehr aushalte, fiel ihm ein, fahr ich für einen oder für zwei Tage nach Rask. Rühren sich ja nicht, die Arschmesser! Um sicher zu gehn, könnte man Beppo beauftragen. Gegen Trinkgeld. Oder den Posthalter. Wenn aber gerade dann jemand von der GES anruft, um sich nach dem Zwischenergebnis zu erkundigen oder so, und der Alte berichtet, Herr Busner sei abwesend? Würd mich die Beförderung kosten! Nein, müssen ausharren! Gibt nichts dran zu rütteln! Selbst ins Dorf kann ich nicht fahren, da die GES möglicherweise morgens anklingelt und einen Rückruf verlangt, ich vor sechs aber nicht zurück sein kann. Allerdings könnte ich im Hotel anfragen, ob sie telefoniert hat. Und erwische den Alten nicht! Oder 's geht sonst was schief! Riskant, riskant! Nein, zu riskant, alles zu riskant! Die positiven Seiten sehn!

Ob er wieder mit der Eisenbahn spielt? Ist zu komisch, der Typ! Die Fenster sind zu. Vielleicht ist er gar nicht da? Er drückte die Klinke nieder. Geschlossen! Ob er noch kommt? Nein, „Samstags geschlossen". Busner presste das Gesicht auf die Scheibe, um festzustellen, ob der Posthalter seine Eisenbahn ins Wochenende mitgenommen hatte, erspähte die Anlage, beschloss, zur Station zu gehn, wanderte den Pfad zurück, betrat das Stationshaus, bemerkte über dem Fahrplan eine Schiefertafel und las:

Vorläufige Verkehrszeiten:
Gausen-Dorf und Gausen-Kulm   ab: 7.03 / 17.52
    "   "   "   "   "   an: 7.34 / 18.23

Er stellte sich ans Geländer, zündete eine Zigarette an, blickte ins Tal, kehrte, nachdem er sie fertiggeraucht hatte, auf den Platz zurück, betrachtete das schwarze Fahrrad, das vermutlich dem Schaffner gehörte, ergriff die Lenkstange, sah nach, ob es abgesperrt war, schwang sich in den Sattel, radelte langsam zum Touristenoffice, drehte eine zweite Runde, betätigte die neue Klingel, bremste vor dem Stationshaus, versuchte sich zu erinnern, wann er zum letzten Mal auf einem Rad gesessen hatte, schraubte den Klingeldeckel ab, studierte die Mechanik der Glocke, drehte den Deckel wieder zu und stieg ab.

Während er zurückwanderte, erinnerte er sich an den Portier Julian. Er ging am Hotel vorbei, überlegte, ob er auf einen Kaffee in den „Alpenblick" gehen wolle, setzte sich, beim Dorfplatz angelangt, auf eine baumbeschattete Bank, in deren Lehne er „Kurverein Gausen" eingeritzt sah, und starrte in die leere Auslage des Sportgeschäfts gegenüber. Ins Hotel zurückgekehrt, entdeckte er bei der Rezeption zwei grosse Koffer. Gäste! durchfuhr es ihn, es sind Wochenendgäste angekommen! Frauen? Sehn die Dinger nach Damenkoffer aus? Er trat in den Lift.

Aber wann sind sie eingetroffen? Hätt sie doch sehn müssen, wenn sie in der Früh angelangt wären! Nein, nicht unbedingt; vielleicht hat der Alte die Gepäckstücke später geholt, als ich auf der Post war. Da kann man ja gespannt sein!

Er stiess die Fensterläden auf, blickte hinaus, überlegte, ob er sich bis zum Mittagstisch in die Empfangshalle setzen wolle, beschloss, seine Neugierde zu zügeln, liess sich in den Sessel fallen, stand wieder auf, um die Zeitung zu holen, blätterte sie nochmals durch, machte sich, als es Essenszeit war, vor dem Spiegel zurecht und fuhr hinunter. Dass die Koffer noch immer dastanden, verwunderte ihn. Den Speisesaal betretend, stellte er fest, dass der Tisch der Juden abgedeckt worden war. Sollten die Koffer ihnen gehören? schoss es ihm durch den Kopf.

Der Direktor erschien mit einer Platte kalten Fleisches. Ich nehme an, dass Sie bei der Hitze keine Suppe essen wollen, ich kann Ihnen aber welche bringen, wenn Sie es wünschen, sagte er.

Nein, nein, ist schon recht so, Herr Direktor, erwiderte er —

was ich Sie fragen möchte: Reisen unsere Juden ab?

Welche Juden?

Die Leute vom Tisch drüben.

Die Familie Kohler! verwies ihn der Direktor. Das sind keine Juden. Das war der Geiger Richard Kohler mit seiner Frau und deren Schwestern — kennen Sie ihn nicht?

Doch, doch, den Namen hab ich schon gehört, gab er an. Reisen sie ab?

Ja, sie vertragen die Hitze nicht, was trinken Sie?

Also waren's keine Juden! dachte er. Der Geiger Kohler. Künstlertyp, hat man schon gesehn. Na ja, wer Geld hat und nichts Besseres zu tun, kann ja Künstler werden! So bin ich nun der einzige Gast in diesem Riesenhotel. Werden's überstehn. Samstag haben wir heut. Hätte frei. Wär bei der Ede erwacht. Hätt vor dem Aufstehn noch ein Nümmerchen geschoben, danach gefrühstückt, wär heimgefahren, hätt geduscht und so, vielleicht einen Lauf gemacht im Park, ein bisschen ferngesehen, wär abends mit ihr essen gegangen und hinterher hätt ich wieder gepflegt gepimpert.

Kurz bevor er im „Alpenblick" anlangte, fiel ihm ein, dass er nicht auf den Joghurtbecher geachtete hatte. Spinn ich? schimpfte er sich, was kümmert mich ein weggeworfener Joghurtbecher?

Niemand war in der Wirtsstube. Er setzte sich draussen hin, klingelte, ging, nachdem die Alte während längerer Zeit nicht erschienen und nirgendwo etwas zu hören war, nochmals hinein, öffnete die Küchentür, rief, halt, Bedienung! und nahm wieder Platz.

Nach einigen Minuten erschien das dicke Mädchen. Was darf's sein? stiess es hervor.

Er bezahlte gleich, als es den Kaffee und das Mineralwasser brachte. Sind Sie allein zu Haus? sprach er es an.

Nein, antwortete es und ging weg.

Geistig etwas zurückgeblieben, das Ding! dachte er. Ob ich nachher zum „Ende der Welt" spaziere? Er nahm einen Kiesel in die Hand, zielte, verfehlte den Fahnenmast, steckte die Zigarette wieder in den Mund, stand nach einer guten Stunde auf, ging zum Wegweiser und studierte die Inschriften.

Durch die offene Tür des Direktionsbüros sah er an einem

Schreibtisch den Direktor vor einem grossen Buch sitzen und hinter ihm, die Hände auf dessen Schultern, die Direktorin ebenfalls in das Buch blicken. Er nahm den Schlüssel, trank im Zimmer ein Glas Wasser, stiess die Läden auf, bemerkte die Karten, dachte, die könnten wir nun schreiben. Doch an wen? Die Weiber fallen weg. Emmerich? Nein, so gut bekannt sind wir nicht. Wolle mich anbiedern, würde er denken.

Schliesslich schrieb er an seinen Vorgesetzten Brühl und dessen Vorgesetzten Kleidmann „Kartengruss aus Gausen-Kulm, alles in bester Ordnung, Ihr H. Busner, Funktionär"; verfiel nach einiger Zeit darauf, die übrig bleibende Karte aufs Geratewohl an Frl. Dr. Knapp, des Generaldirektors Tochter, die er zufällig einmal im Aufzug getroffen und mit gebührendem Respekt angesprochen hatte, zu senden.

Aus dem Fenster rauchend, malte er sich hinterher aus, geheimnisvolle Umstände bewirkten, dass sie sich für den Schreiber dieser Karte zu interessieren beginne, Nachforschungen nach ihm anstellen lasse, er auf diese Weise mit ihr bekannt werde, sie bestricke, eheliche und die Positionsleiter der GES im Eiltempo erklimme. Tag, Direktor Busner! beglückwünschte er sich, schnippte den Zigarettenstummel über die Dachrinne, spähte die Strasse nach Wochenendgästen hinauf und hinunter, setzte sich an den Tisch, warf einen Blick auf die Barometer, dachte daran, nochmals zur Station zu gehn, öffnete die Automobilrevue, vertiefte sich in den einen Artikel, den er schon gelesen hatte, legte sich aufs Bett, gewahrte den Tupfer, der von einer Fliege zurückgeblieben war und deren Existenz den Koch, dessen Frau und sonst jemanden wohl verdrossen hatte, und liess, die Augen abwechselnd schliessend, den Fleck auf der Decke hin und her jucken.

Als er erwachte, knipste er die Nachttischlampe an, streckte sich und öffnete die Läden. Kein Licht in den Ferienhäusern! Verdammt, vor einer halben Stunde ist die Bahn angekommen. Noch etwas warten. Er setzte sich an den Tisch. Die Barometer wollten, selbst nachdem er sie heftig geschüttelt hatte, nicht voneinander abweichen. Dooflinge! schimpfte er, trug das Ergebnis ein, ging in den Baderaum, holte seinen neuen Anzug aus dem Schrank, rasierte sich, kämmte sich sorgfältig, freute sich über sein gutes Aussehn, prüfte die Oberarmmuskeln und heftete den P.f.F.-Knopf ans Jackett.

Zum Kotzen, diese Stille! dachte er, in den Speisesaal tretend, schlug die Zeitung auf, las von den Tumulten in den Städten, studierte die Vergnügungsanzeigen und legte das Blatt auf den Stuhl, als er den Direktor mit dem Tablett eintreten sah.

Nun sind Sie also unser einziger Gast! sagte dieser, während er ihm die Suppe schöpfte.

Ist nicht so schlimm, Herr Direktor! entgegnete er.

Das meinte ich nicht, stellte der Direktor klar.

Erst als er sich entfernte, fiel Busner auf, dass ihm der Direktor heute alle Gänge in einem Mal gebracht hatte.

Bleibt ja warm auf dem Rechaud, sagte er sich, hob den Deckel, spitzte den Mund, als er das Filet gewahrte, und wünschte seinen Weibern guten Appetit zu ihren Schweinswürstchen.

Zwar hab ich sie nicht gemocht, resümierte er, ihre Schlürfgeräusche haben mich gestört, aber ich hab mich weniger einsam gefühlt als jetzt. Der Speisesaal ist auch viel zu gross. Ob ich mich morgen an einen Ecktisch setze? Vielleicht den beim Eingang. Wenn das Hotel niederbrennt, könnte ich nach Rask zurück. Von allein beginnt's freilich nicht zu brennen. Mal sehn, was der Abend bringt. Er biss in einen der Äpfel, beschloss, nochmals die Zähne zu reinigen, nahm den Schlüssel vom Brett, öffnete im Zimmer die Läden, konnte in keinem der Ferienhäuser Licht brennen sehn, dachte, vielleicht sind die Leute schon wieder ausgegangen und amüsieren sich bereits im „After-eight", klinkte die Tür auf, sah den Barmann aber allein an der Theke sitzen.

Unsre Wochenendgäste können wir wohl abschreiben, Herr Heinz! begrüsste er ihn.

Weiss nicht, erwiderte der Barmann, von meinem Zimmer aus hab ich Leute die Strasse hochgehn hören.

Tatsächlich? versetzte Busner.

Tatsächlich! bestätigte der Barmann.

Und wohin sind sie gegangen? fragte er.

In den „Alpenblick", möglicherweise, erwiderte der Keeper.

Das könnte sein, die Wirtin hat gestern was angedeutet — wenn ich fragen darf bei der Gelegenheit, Herr Heinz: Wo ist eigentlich Ihr Zimmer?

Im Hotel, antwortete der Barmann.

Ich mein, wohnen Sie auch im obersten Geschoss?

Nein, im ersten Stock, sagte der Keeper, ein gutes Zimmer mach ich jeweils zur Bedingung.

Sie wohnen im ersten Stock, und die Gäste steckt man unters Dach? Ich wohn unterm Dach! Wie kommt das?

Der Barmann zuckte die Achseln. Weiss nicht, was Ihre Firma mit der Direktion ausgehandelt hat!

Bestimmt ein Missverständnis! versicherte Busner; na, jetzt zieh ich nicht mehr um! Okay, schau mal in den „Alpenblick". Wahrscheinlich komm ich gleich wieder.

Tun Sie das! verabschiedete ihn der Keeper.

Leute hat er die Strasse raufgehn hören, bin gespannt! dachte er. Vollmond. Horch, Beppo singt! Muss also wer da sein! Gestern hat er gesagt, er spiele zwar, singe aber nicht, wenn keiner da sei. Schläfst nicht allein, heut, Harry! So, ruhig Blut!

Er sah etwa zwanzig Burschen, zum Teil in Tracht, jeder hinter einer Bierflasche, an den beiden langen, in der Mitte des Raums zusammengeschobenen Tischen sitzen. Keine Weiber? ging es ihm durch den Kopf, während er, die Tür schliessend, nochmals die Runde überblickte. Nein, bloss Bauernlümmel!

Von ihnen gemustert, ging er langsam zu seinem Tisch vor dem Musikautomaten, winkte dem ihm zuzwinkernden, inbrünstig spielenden Beppo, setzte sich, sah hinter der Theke sonntagsgesichtig die aufgeputzte Alte stehn, deren glänzende Äuglein hin und her wanderten, und neben ihr, ebenfalls zurechtgemacht, die Kaugummi katschende Dicke.

Wo die wohl herkommen? überlegte er, die Burschen betrachtend, und wo sie ihre Weiber gelassen haben? Gesoffen haben sie schon tüchtig. Mindestens vierzig leere Flaschen auf dem Tisch. Er sah die Alte die Dicke anstossen, beobachtete, wie sie sich breitbeinig näherte, und dachte, sieht gar nicht so übel aus heut!

Was darf's sein? fragte sie.

Ich hätt gern ein Viertel Weisswein, Fräulein, antwortete er, betrachtete ihre sich entfernenden, dicken Waden und widerrief, nein, ist doch nichts für mich!

Den Applaus und die Beifallrufe der Burschen quittierte Beppo mit mehreren leichten Verbeugungen, räusperte sich, verkündete, meine Damen und Herren, ich erlaube mir, einige Seemannslieder zum besten zu geben, und schmetterte in den Beifall der Burschen „Liebe ist nicht Sand am Meer ..."

Eine Menge Gäste da heut! schrie Busner, als die Dicke den Wein vor ihn hinstellte.

Ja, rief sie.

So was freut einen! versuchte er sie festzuhalten.

Freilich, grinste sie.

Sind die Herren hier in den Ferien?

Na, das sind Gausner! Aus Gausen-Dorf. Die „Gausener Gemischte Folklorengruppe" ist's, und Freunde.

Ach so — haben sie heut ihren Betriebsausflug?

Na, entgegnete die Dicke, sie hätten für die Amerikaner auftreten sollen, und der Wirt hat ihnen z'spät abgesagt. So sind's trotzdem 'kommen.

Schlafen sie ...?

Berti, die nächste Runde! rief einer der Burschen.

Die Dicke wandte ihm den Kopf zu und ging zur Theke, wo die Alte bereits Bierflaschen auf den Tresen türmte.

Und eine Flasche bringst dem Musiker! befahl der Bursche.

Die „Gausener Gemischte Folklorengruppe", dachte er. Dass die keine Weiber dabeihaben! So was gibt's doch nicht! *Gemischte* Folklorengruppe: Oder hocken die Weiber in der Bar? Nee, wär ihnen begegnet. Vielleicht machen sie einen Spaziergang. In der Mondnacht. Und kommen noch. Mal abwarten. Jedenfalls stehn unbenutzte Stühle um die Tische.

„Ja, das ist Seemannsfrauenlos!" schloss Beppo den Zyklus, intonierte einen Tusch, hob das Glas, das ihm die Dicke aufs Podium gestellt hatte, rief „Dank dem edlen Spender!", leerte es zur Hälfte, während ihm die Burschen zuprosteten und die Flaschen ansetzten, wischte sich mit einem weissen Taschentuch den Schweiss vom Gesicht und begann, den Oberkörper hin und her wiegend, ein Trinklied zu spielen, bei dessen ersten Takten die Burschen sich um die Schultern fassten und singend mitschunkelten.

Busner leerte sein Glas, hob es, als die Alte in seine Richtung blickte, auf Stirnhöhe, fasste die Brüste der sich nähernden Dicken ins Auge, nahm ihr das Glas aus der Hand und rief „Tolle Stimmung, was?".

Ja, rief sie und ging zurück.

Und doch knack ich die! dachte er ihr in den Hintern. So übel sieht sie gar nicht aus!

„Auf geht's" juchzte der Musikant und heftete die muntern Äuglein auf ihn.

Busner hob das Glas und trank ihm zu. Als er zu den Burschen blickte, bemerkte er, dass die Dicke neben dem wohl jüngsten Burschen Platz genommen hatte und dieser Kopf an Kopf mit ihr tuschelte, während die übrigen weiter schunkelten.

Pubertätspickel! murmelte er und beobachtete, wie der Bursche, die Hände ineinander verkrampft, bald in die Brille der Dicken, bald auf die Tischplatte blickte, wobei das Mädchen ab und zu ruckartig den Kopf aufwarf, ihn kurz im Qualm stehen liess und wieder mit dem Bengel kicherte.

Die kindische Ziege! Busner wandte sich ab und trank. Ob ich mal in die Bar geh? Wenn man bloss wüsste, ob sie ihre Weiber mithaben, und wo die Hühner stecken. Wenn ...

Meine Damen und Herren, die Musik erlaubt sich, eine ganz kurze Pause zu machen! fuhr ihm Beppo in die Gedanken, hantierte an den Knöpfen des Verstärkers und stieg von der Bühne.

Angenehm diese Stille mit einem Mal, dachte er, sah den Musikanten sein leeres Glas auf die Theke stellen, der Alten zunicken, Richtung Klo verschwinden und sich kurz umwenden, als einer der Burschen „Auf den Bergen ist's lustig" anstimmte. Die andern fielen ein, mehrere schlugen auf dem Tisch den Takt, die Dicke sperrte den Mund wie ein Jungvogel auf und pausierte, wenn ein Teil der Burschen rüssellippig jodelte. Primitives Pack! dachte er und lächelte unwohl hinüber. Sobald ich ausgetrunken hab, geh ich.

Beppo nahm ein frisches Glas, trank, stellte es hin, meldete ihm, geh ein bisschen an die Luft! und schob sich zur Tür. Die Burschen riefen nach neuen Flaschen, setzten die ausgetrunkenen in die Reihe der leeren Buddeln, die nun ein Tischlängendrittel einnahmen, und kamen auf ein Mädchen zu sprechen, dem ein Nicht-Gausener, obwohl man ihm Schläge angedroht hatte, noch immer nachstreiche, weshalb nächstens zur Tat geschritten werden müsse.

Eine Weile war es still.

Und du, Geck? rief mit einem Mal einer, bist a Städter?

Der meint mich! dachte Busner, blickte sich um und wandte den Kopf wieder nach vorn.

He, ich hab dich was g'fragt! stiess der Bursche nach.

Er lächelte zur Alten, worauf sie den Mund ebenfalls breitzog.

Hörst, Geck, ich hab dich was g'fragt, und ich will eine Antwort! Ich bin kein Hund, verstehst mi? bellte der Bursche.

Heinerle, lass den Herrn in Frieden, er hat dir nichts getan! mischte sich die Alte ein.

Und i bin kein Hund! brüllte Heini, mit der Faust auf den Tisch schlagend.

Busner wandte sich um, fasste den langen, rothaarigen Kerl im weissen Rollkragenpullover ins Auge und legte sich die Schlagkombination zurecht, mit der er ihn unschädlich machen wollte.

Na, was ist? Bist a Städter oder willst raufen? I sag's zum letzten Mal!

Komm nur her, du Jauchekerl! dachte Busner.

Jetzt wirst mi aber kennenlernen! Der Bursche sprang auf, schleuderte den Stuhl beiseite, verharrte breitbeinig und setzte sich vorgereckten Kiefers in Bewegung — die Alte schoss hinter der Theke hervor, stellte sich ihm in den Weg und kreischte, die Hand gegen seine Brust stemmend, lass den Herrn in Ruh, Heini, er hat dir nichts getan!

Den schaff ich schon! ermutigte sich Busner. Der Bursche liess sich aber aufhalten und brüllte, während neugierig Beppo eintrat, über den Kopf der Alten hinweg, die Städter haben bei uns nichts zu suchen, verstehst mi, Geck?

Ruhig, Heini, ruhig! beschwichtigte ihn, auf seine Brust klopfend, die Alte.

Wir mögen keine Städter wie du! Verstehst? keifte der fort.

Geh an deinen Platz, Heini! Gleich gehst an deinen Platz! beschwor ihn die Alte.

Und jetzt bezahlst mir ein Bier, donnerte der Bursche dazwischen, oder stehst her, damit ich dich verprügle! Na, was is?

Das kannst du dir denken! gab Busner zurück.

Heinerle schob die sich an ihn klammernde Alte langsam zur

Seite, tat, sie gestreckten Arms in Schach haltend, zwei Schritte auf Busner zu und wetterte, ein Bier, oder i verhau di.

Dann komm mal her, du Kuhtreiber, schrie Busner, sprang auf, langte in die Rocktasche, streckte dem verdutzten Roten seinen Boxerausweis hin und rief, aber erst lies das, wenn du lesen kannst!

Abwägend sah ihm der Bursche ins Auge, riss ihm den Ausweis aus der Hand, tat einen Schritt zurück, studierte ihn und sagte über die Alte hinweg, die sich wieder vor seine Brust gekämpft hatte, aha, ein Boxer bist! Das ist freili was and'res! Wenn du ein Sportsmann bist, ist das was anderes, verstehst! I bi nämlich auch ein Sportsmann, weisst! Hier hast du deinen Ausweis zurück, und jetzt setztst dich zu uns, Kamerad, und ich bezahl dir ein Bier für den Ärger, was wir z'sammen g'habt hab'n!

So ist recht, Heini, lobte ihn die Alte und kehrte hinter die Theke zurück.

Ich trink aber Weisswein, erwiderte Busner, den Ausweis einsteckend.

Dann kriegst a Weisswein von mir! kommentierte der Bursche, streckte ihm fünf gerötete Finger entgegen und sagte, i bin der Heini, ein Schirennfahrer, und wer bist du?

Harry, antwortete er.

Richtig, auf dem Ausweis hat's g'standen, bestätigte der Rote; jetzt nimmst dein Glas, Harry, und deine Zigaretten und dein Feuerzeug und setzst dich zu uns! I bin sonst nicht so, weisst! Aber du weisst vielleicht wie es ist, wenn man schon ein bisschen was 'trunken hat! Berti, bringst die nächste Runde auf meine Kosten, und dem Harry bringst ein Weisswein! Rutscht ihr a bisserl, damit der Harry sich zu mir setzen kann!

Guten Abend, allerseits, wünschte Busner und nahm Platz.

Guten Abend, erwiderten die Burschen; die Dicke stand auf, Beppo näherte sich, legte ihm die Hand auf die Schulter und fragte, wie geht's?

Gut, antwortete er. Heut sind Sie aber im Schwung, was?

Wie denn nicht, bei dem herrlichen Publikum! kokettierte, sich vorbeugend, der Musikant, schlug eine falsche Lache an, rief „Auf geht's!" und schob sich zur Bühne, während die Dicke die ersten Bierflaschen herantrug.

Der Rote schlug die Faust auf den Tisch: Jetzt wären wir bald aneinanderg'raten, Harry!

Kann passieren, erwiderte Busner.

Freili — mit wem hast denn schon 'boxt? rief Heini gegen die Musik an.

Die wirst du nicht kennen. Ich box mehr zum Vergnügen und zur Fitness. Bin zuwenig ehrgeizig, um richtig einzusteigen; hab auch zuwenig Zeit. Früher hab ich hin und wieder Meisterschaften geboxt.

Das is recht, dass du b'scheiden bist, meinte der Rote, stossen wir auf die Kameradschaft an! Prost, Harry!

Heinerle leerte die Flasche zur Hälfte, stellte sie hin, wischte sich über den Mund, fasste ihn ins Auge, nickte, deutete auf den P.f.F.-Knopf und rief, das Abzeichen von eurem Boxclub?

Nein, entgegnete Busner, von der P.f.F., der Partei für Fortschritt.

Ah so, rief Heini, bist dabei?

Busner verneinte. Ich mach bloss ein bisschen Werbung.

Und du meinst, man soll die wählen?

Empfehl ich dir, wenn du eine gesicherte Zukunft haben willst!

Ich versteh nicht viel von Politik! rief Heinerle ihm feucht ins Ohr, während er der schräg gegenüber sitzenden Dicken zulächelte und von ihr ein schmales Lächeln empfing, das sie mit ihrer Limonade hinunterspülte.

Mit P.f.F. bist du gut dran, glaub mir! erwiderte Busner, trank und dachte, bin schon halb besoffen. Sag mal, stiess er Heini an, habt ihr keine Frauen dabei?

Die lassen wir zu Haus, wenn wir saufen gehn! belehrte ihn der, wieso meinst?

Bloss so, antwortete er.

Ich bin der Hansi, sagte der kleine Bursche links von ihm, als Beppo einen Moment innehielt, und hob seine Flasche.

Harry, erwiderte Busner und stiess mit ihm an.

Bist du hier in den Ferien, Harry? fragte Hansi.

Bevor er antworten konnte, fielen die Burschen in Beppos Gesang ein, fassten sich um die Schultern — er fühlte Heinis und

Hansis Arm auf sich — und begannen zu schunkeln. Nach einem Moment legte auch er die Arme um die Nachbarn und tat halbherzig mit. Als Beppo in den Noten blätterte, zog er die Jacke aus und hängte sie über den Stuhl.

Heiss, gell? rief Heini, und schon schunkelten er und Hansi ihn wieder mit.

Weisst, krähte ihm der ins Ohr, wir versaufen heut unsre Gage! Wir hätten hier auftreten soll'n! Ist aber nix g'worden! Die Gage kriegen wir trotzdem. Dafür versaufen wir sie hier! Und mit der ersten Bahn morgen fahr'n wir heim! Bis dann muss das Männlein steh'n!

Welches Männlein? fragte er.

Die leeren Bierflaschen über den ganzen Tisch, erklärte Hansi, rief zu der erhitzten Dicken, prost, Bertilein!, hob die Flasche und informierte ihn, mein Kusinchen!

Heini stand auf und ging zur Toilette. Sollte endlich in der Bar nachschauen! sagte sich Busner.

Weisst, brüllte Hansi, das mit unserm Heinerle musst dir nicht zu Herzen nehmen! So geht's mit dem immer, wenn wir ihn dabeihaben; er ist unser Dorfhahn! Ein Schirennfahrer ist er auch nicht, bloss ein Schihilfslehrer und ein Angeber! In Gausen weiss man das!

Die Burschen in seiner Umgebung stiessen mit ihm an.

Einen Weisswein für mich, Fräulein Berti! rief Busner und lockerte die Krawatte.

Heini kehrte zurück, rülpste, schlug ihm auf die Schulter, setzte sich und rief, gefällt's dir, Harry?

Sicher, sagte er.

Der Musiker ist gut! rief Heini. Der, der im Winter da g'wesen ist, war nicht so gut!

Die Brust der Dicken schob sich zwischen sie. Das wär dann das dritte Glas, das Sie bezahlen müssen, sagte das Mädchen.

Richtig, mein junges Fräulein, erwiderte er, und meinen beiden Freunden hier bringen Sie eine Flasche Bier und mir ein Paket Redstone-Filter!

Bin besoffen, dachte er und trank.

Nichts für ungut, Herr! rief ihm die Alte hinter der Theke zu, als er vorüberging.

Er blieb stehn, blickte kurz in das Gesicht des neben ihr liegenden Köters und erwiderte, Frau Wirtin, es ist alles in Ordnung!

Sie sind halt oft ein bisschen roh, unsre Burschen! brachte sie vor.

Aber es ist ja alles in Ordnung, Frau Wirtin! wiederholte er.

So? Dann ist recht! versetzte sie.

Vor der Urinschüssel hörte er den Musikanten die nächste Pause ankündigen, blickte sich nach ihm um, als er in die Gaststube zurückkehrte, konnte ihn aber nirgendwo entdecken.

Tumb sass die Dicke neben ihrem Burschen und hielt unter dem Tisch seine Hand. Der Mann vis-à-vis blinzelte Busner über seine Pfeife gesprächssuchend an. Er blickte zur Seite und dachte, sollt längst in der Bar sein! Wieviel Uhr ist es eigentlich? Was, schon elf? Bin spät dran!

Sind Sie in Gausen in den Ferien oder nur übers Wochenende hochgekommen? schnitt ihm der Mann die Gedanken ab.

Nein, antwortete er, ich bin gewissermassen in den Ferien.

So? da haben's Glück mit dem Wetter! näselte der Mann.

Man nimmt's, wie's kommt, erwiderte er.

Gausen, fuhr der Mann nach zwei Zügen fort, ist schön! Gefällt es Ihnen?

Ja, doch, sagte er, trank und überlegte, auf den Tisch stierend, geh ich nun in die Bar oder nicht? Die Rüpel haben mich aufgehalten. Kann ich noch ein anständiges Gespräch führen, oder bin ich zu besoffen dazu? Vielleicht tank ich einen Kaffee.

Prost, Harry! stiess Heini ihn an.

Prost, entgegnete er, ich geh bald!

Harry, du bleibst! bestimmte Heinerle, setzte ihm den gestreckten Zeigefinger auf die Brust und rief über den Tisch, Berti, Weisswein für Harry!

Nein, ich geh! rief er, nahm nicht auf, was der Dorfhahn erwiderte, und dachte, ist auch egal. Saufen wir hier weiter. Pfropfen vielleicht die kleine Dicke. Prost, Busner.

 Dooo — ooorn — röschen
 schlief im Un — terhöschen!
hörte er mit einem Mal Beppo durch den Qualm posaunen und sah ihn seine Orgel weit auseinanderklappen.

Hat auch einen sitzen! sagte er sich.

Von der Toilette zurückgekehrt, stellte er fest, dass die Dicke und ihr Bursche verschwunden waren. Werden in ihrem Zimmer bumsen. Die gottverdammten Weiber haben mich hocken lassen! Gemeinheit! Wenn's so weiter geht, lass ich mir noch von Frau Wirtin einen runterlutschen! Ha, ha, von der Alten!

Hast du eine Schwester? stiess er Hansi an.

Freili, drei hab i! protzte der.

Bring sie mit, das nächste Mal! hiess er ihn.

Freili, wich Hansi aus.

Deine Schwester wäre die ideale Frau für mich, weisst du!

Abgemacht, Harry! entgegnete Hansi.

Schreib mir deine Adresse auf, sagte er nach einem Augenblick. Und die Telefonnummer!

Gern, Harry — hast du einen Zettel?

Die Wirtin gibt dir einen!

Weshalb ist es plötzlich so still? fragte er sich. Wo ist Beppo? Hat seinen Scheiss bereits zusammengepackt. Wo ist er denn? Vielleicht schon nach oben gegangen.

Er bemerkte, dass einige der Burschen am Tisch eingeschlafen waren. Ihr Männlein werden sie nicht schaffen! Danke! sagte er, warf einen Blick auf den Zettel und steckte ihn ein. Nee, wird nichts aus dem Männlein! So, schlepp mich langsam nach Haus. Viertel nach zwölf.

Als er den Kopf zu Heinerle wandte, bemerkte er auf dessen Stuhl den Musikanten.

Herr Beppo! rief er und schlug ihm auf die Schulter.

Hallo! sagte der Musikant, seinen Bierkrug stemmend.

Hab gar nicht mitgekriegt, dass Sie neben mir sitzen, äusserte Busner.

Ich sitz bestimmt seit 'ner Viertelstunde da! versetzte Beppo.

Wirklich? Saufen wir einen zusammen?

Warum nicht? willigte der Musikant ein.

Frau Wirtin, zwei Gläser Weisswein und meine Rechnung! rief er. Ich bin etwas betrunken, vertraute er Beppo an.

Macht doch nichts, erwiderte der.

Von ferne hörte er ihn nachher sagen, ja, soviel ich weiss, wollte ich Ihnen erzählen, was ich jeweils nach Dienstschluss tue.

Nun, ich bin dabei, eine Orgel zu konstruieren, die eine Vorstufe jener Orgel ist, die den Spieler quasi ersetzt. Hören Sie mir zu? An der Orgel, die ich zur Zeit in Arbeit habe, braucht der Musiker bloss noch die eintönige Melodie zu spielen — die Gitarrenbegleitung, Bass und Schlagzeug ertönen von selbst. Verstehn Sie ... Bei der Zukunftsorgel II — Beppo trank auf sie — braucht der Musiker bloss noch alle paar Takte zwei, drei Tasten zu drücken, und kann Kaffee trinken, während die Orgel spielt! Das Geheimnis beruht auf dem beinah stets gleichen Harmonieverlauf der Schlager; aber bis zu dieser Orgel ist es noch ein weiter Weg! Haben Sie mir zugehört?

Sicher! antwortete Busner. Trotzdem geh ich jetzt heim!

Trinken Sie Ihren Wein nicht? rief ihm Beppo nach.

Arschloch! murmelte er, alles Arschlöcher! Gott, bin ich besoffen! Hab ich die Schlüssel? Scheisskälte. Hier sind sie.

Vor dem Joghurtbecher blieb er stehn. Schliesslich klaubte er seinen Wiesel aus der Hosenwärme, pisste auf das Kunststoffding, lachte und schloss den Stall. Ob in der Bar noch was los ist? Wär spassig, wenn ich noch ein Weib aufrisse! Nein, das Licht über dem Eingang ist gelöscht. Auch in der Empfangshalle brennt keins mehr. Wie soll ich denn das Schlüsselloch finden, verdammt nochmal? Bei Mondschein stellen die den Strom ab und vertrauen die Gäste der Obhut des Monds an! Er sperrte die Tür zu, suchte nach dem Lichtschalter, stiess an einen Sessel, fluchte, entzündete das Feuerzeug, holte den Zimmerschlüssel vom Brett, fuhr hoch, zog sich aus, stand eine Weile unentschlossen vor dem Schrank, nahm sein Glied in die Hand, betrachtete es, zog langsam die Vorhaut zurück, stülpte sie wieder über die Eichel, streifte sie abermals nach hinten, öffnete den Mund, trat, den steil abstehenden Phallus reibend, ans Waschbecken, bildete sich ein, die grossbusige Kellnerin aus dem „Drive-In" werke, nackt vor ihm stehend, an seinen Genitalien, spürte den Samen in den Penis quellen und ejakulierte ihn an die Wand überm Becken. Geht auch so, sprach er sich zu, die Spermien mit dem Handtuch ins Becken waschend. Muss lang her sein, seit ich das letzte Mal onaniert habe. Während des Militärdienstes wohl.

In der Früh erwachte er, weil ihm die Sonne ins Gesicht schien, stand auf, schloss die Jalousien, dachte, hab ich gestern vergessen, legte sich wieder hin und träumte, Beppo hetze mit einem Bierkrug durch zahlreiche weite, von Kristalleuchtern erhellte, leere Säle, hantiere in jedem an der vor sich hin dudelnden Orgel und stürze jeweils in den angrenzenden Raum.

SONNTAG, 5.

Um die Kopfschmerzen zu lindern, drückte er die Daumenballen gegen die Stirn und presste die Augen zu, als er gegen Mittag zum zweiten Mal erwachte. Hoffentlich hat der Alte Tabletten! Als Junge hätt ich geglaubt, das käme vom Onanieren! Übel ist mir auch. Schlechte Luft. Lass die Jalousien aber lieber zu. Schliesslich schlug er die Federdecke zurück, setzte sich auf, öffnete nach einer Weile den Kaltwasserhahn, hockte wieder auf die Bettkante, gab sich einen Ruck, tränkte den Waschlappen mit dem Wasser und hielt ihn vor die Stirn. In der Empfangshalle stellte er fest, dass, ausser einem, die Sessel im hintern Teil mit weissen Tüchern zugedeckt waren. Ist jemand gestorben, oder was soll das? dachte er. Die Leute haben Manieren!

Das Frühstück war serviert, sagte der Direktor, als er mit den Speisen an den Tisch trat, vor einer halben Stunde hab ich es abgetragen.

Das war richtig, Herr Direktor, erwiderte er, ich hab Kopfschmerzen, deshalb kam ich nicht. Können Sie mir eine Tablette besorgen? Und zwei Fläschchen Sprudelwasser?

Das rührt von der für diese Jahreszeit ungewöhnlichen Hitze her, äusserte der Direktor, als er, durch den Gästeeingang tretend, das Medikament brachte, auch meine Frau fühlt sich unwohl! Aber morgen soll es regnen!

Regnen? Tatsächlich? fragte Busner ungläubig, trug dann im Zimmer die unverändert gebliebenen Luftdruckangaben ein, setzte sich in den Sessel, lehnte den Kopf zurück, verfolgte das allmähliche Abklingen des Schmerzes, öffnete später die Läden und stellte fest, dass keines der Ferienhäuser bewohnt zu sein schien.

Die Jalousien schliessend, fiel ihm ein, ob nicht, wenn die Luftdruckanzeigen weiter gleichblieben, der Verdacht entstehen könnte, er hätte nachlässig gearbeitet; oder schlimmer — sich nicht um die Messungen gekümmert: Ja, er wäre gar nicht in Gausen gewesen? So dass man, dachte er, besser die Angaben fälschte?

Auf den Bänken bei der Kirche sah er mehrere betagte Einheimische sitzen; stumm; und auf dem Platz dahinter zwei Mädchen Federball spielen.

Erwartend, dass man ihn grüsse, wandte er den Leuten das Gesicht zu, erkannte die Krämerin, dachte, dann lasst ihr's bleiben! Wissen möcht ich hingegen, woher sie alle mit einem Mal gekommen sind! Wohl von den Höfen an den Hängen. Dass nichts Junges dabei ist! Kann sein, die Bräute sitzen im Wirtshaus! Und auch die Sängerknaben sind noch da, weil sie die Bahn verpasst haben! Ob die Dicke mit dem ihren ins Dorf gefahren ist?

Am Tisch vor dem Ausschank sah er vier kartenspielende Männer bei einer Flasche Weisswein sitzen, beschloss, drin zu bleiben, hängte die Jacke über die Stuhllehne, setzte sich und schaute den Spielern zu.

Sind S' gestern gut nach Haus 'kommen, Herr? erkundigte sich, an den Tisch tretend, die Wirtin.

Danke, Frau Wirtin. Ich krieg einen Kaffee und einen Sprudel.

Die Folklorengruppe ist abgereist? fragte er, als sie die Getränke hinstellte.

Um halb sieben sind's los'zogen, berichtete sie und zog die Schultern hoch: Damit muss man rechnen, wenn man ein' Gastbetrieb hat!

Gewiss! entgegnete er, sah sie in die Küche gehn, beobachtete, wie einer der Bauern laut und umständlich die Punkte seiner Karten zählte und das Ergebnis verkündigte, lehnte sich zurück und streckte die Füsse unter den Tisch.

In seiner roten Jacke trat der Musikant ein, hob grüssend den

Kopf, steuerte auf seinen Tisch zu, sagte, so, wie geht's? und setzte sich.

Ich denke, Sie schlafen nachmittags? antwortete Busner.

Sonntagsdienst! Helbling hob resigniert die Hand, führte sie in die Hosentasche, holte seine Zigaretten heraus und fuhr fort, sehn Sie, ich bin ein ruhiger und selbständiger Mensch, mir selbst genug — doch hier stets vor einem leeren Saal zu spielen, das schafft auch mich! Eben hab ich — er steckte eine Zigarette in Brand — dem Chef vorgeschlagen, den Vertrag am kommenden Samstag auslaufen zu lassen. Ich werd sicher nichts anderes finden, aber lieber ohne Arbeit sein, als sich hier verbraten zu lassen!

Was hat der Chef dazu gesagt?

Überlegen will er es sich. Hoffentlich geht er darauf ein! Halten Sie mir die Daumen!

Bis Samstag spielen Sie aber bestimmt?

Muss wohl! ... Augenblick.

Er ging zur Bühne, schaltete den roten Scheinwerfer und den Verstärker ein, setzte sich wieder und sagte, zwei Minuten noch! Was machen Ihre Messungen?

Es geht voran.

Sie haben wenigstens einen Auftrag! äusserte der Musikant.

Davon abgesehn geht's mir nicht besser als Ihnen! erwiderte er.

Immerhin brauchen Sie sonntags nicht hinter Ihren Apparaten zu sitzen, sonst wären Sie nicht hier! stellte Beppo klar.

Stimmt nicht, entgegnete er, während die Wirtin aus der Küche trat, ich hab die Instrumente auch sonntags zu überwachen! Allerdings brauch ich nicht viel Zeit zu investieren.

Die Wirtin blickte auf ihre Uhr.

Eine Minute noch, Chefin! rief Helbling, warf ihm einen Blick zu, murmelte, die Zigarette ausdrückend, geht man so mit Artisten um?, nickte ihm zu, stieg auf die Bühne, versuchte ein Lächeln hinter dem Akkordeon und spielte „Warum ist die Welt ..." Die ihm den Rücken zukehrenden Bauern drehten sich um, der, welcher im Begriff war, die Karten zu mischen, legte sie auf den Tisch, die Männer blickten sich an, leerten die Gläser, einer teilte den Rest in der Flasche gleichmässig aus und rief, bezahlen, Käthe!

Wir haben keinen Musikzuschlag! antwortete die Wirtin an

ihren Tisch tretend.

Er sah den Mann den Kopf schütteln, verstand nicht, was er erwiderte, sah die vier aufstehn, einen seine Jacke von der Stuhllehne nehmen und, von den übrigen sowie Beppos Blicken gefolgt, grusslos hinausgehn.

Könnt ihn ärgern, wenn ich mich draussen hinsetzte, fiel Busner ein. Er winkte der Wirtin. Wär dumm, wenn er abreiste. Hoffentlich geht der Wirt nicht darauf ein. Neun Tage noch. Bald die Hälfte rum. Wären vier Tage ohne Musik, wenn er am Sonntag wegführe.

Danke, sagte Busner, als sie das Sprudelwasser und Zigaretten brachte. Sinnvoller Auftrag, hat er gesagt. Als wär es nicht egal, wenn die Dinger in einer Höhe, in der man sie nicht zu benutzen gedenkt, falsch gehn! Ob nicht etwas anderes dahintersteckt?

Will man mich auf mein Durchhaltevermögen, meine Zuverlässigkeit prüfen? Vielleicht weiss die GES von der Situation hier! Und weiss, dass die Barometer nicht voneinander abweichen. Also keinesfalls unrichtige Angaben machen! Vielleicht wirst du getestet; man hat was mit dir vor! Nach dem Wahlsieg wird die P.f.F. geeignete Personen für verantwortungsvolle Positionen brauchen. Das könnt hinter dem Auftrag stecken! Siehste — nur nicht klein beigeben! Uns macht man nicht leicht was vor!

Er sah die Wirtin den Tisch, an dem die Bauern gesessen hatten, aufräumen, mit einem Magazin hinter dem Ausschank hervorkommen und Platz nehmen.

Sonntäglich zurechtgemacht, vom Hund gefolgt, trat kurz danach in einer blauen Bluse das dicke Mädchen durch die Eingangstür, nickte ihm zu, setzte sich zur Wirtin, rief, heiss!, legte seine rote Handtasche auf den Tisch, warf den Kopf zurück, grüsste den Musikanten, lächelte der Wirtin zu, stand auf, ging, von den Blicken des Tiers gefolgt, zum Ausschank und kehrte mit einer Flasche Kola zurück.

Na, du kleiner Brummer, dachte er. Ganz schön eigentlich, ihr Haar. Sind alle Weiber gleich im Dunkeln. Und dicke Frauen haben mich irgendwie immer fasziniert. Hatte bloss noch nie einen Pummel. Muss nicht übel sein, sich in diesen Leib mit den drallen Brüsten fallen zu lassen!

Das Mädchen stöberte in der Handtasche, brachte eine Rolle Karamellen zum Vorschein, klaubte eine heraus und schob sie sich in den Mund.

Haben die Damen einen musikalischen Wunsch? rief Helbling.

„Is it me, is it you, Känguruh?" erwiderte das Mädchen.

Der Musikant langte in die Tasten, summte, die Frauen anlächelnd, über dem Mikrofon mit, fragte ihn, ob ihm inzwischen etwas anderes eingefallen sei, und spielte, als Busner verneinte, nochmals „Warum ist die Welt ..."

Das Visier ausfahren, Harry! hiess er sich später, als die Wirtin aufstand und mit dem Magazin in die Küche ging. Er wartete ab, ob sie nicht gleich zurückkehre, steckte sich eine Zigarette an, luchste, mit den Fingern auf den Tisch trommelnd, zum Mädchen und rief, als es endlich kurz zu ihm hinsah, Fräulein, wollen Sie sich nicht ein wenig zu mir setzen? Ich würd Ihnen gern Gesellschaft leisten, fuhr er fort, da es, ohne zu antworten, verständnislos rüberguckte, kommen Sie doch für ein Weilchen, ich beiss nicht!

Warum nicht? meinte es schliesslich, warf den Kopf zurück, stand auf, klemmte die Tasche unter den Arm, ergriff die Kolaflasche und das Glas, kam, während er aufstand und ihm entgegenging, breitbeinig her, liess sich Flasche und Glas abnehmen, setzte sich, drehte sich seitwärts, stützte die Wange in die Hand und guckte zur Bühne.

Es ist angenehmer, die Musik zu zweit zu geniessen! sprach er es an.

Freili! gab es zurück.

Unsicher lächelte er zum aufmerksam beobachtenden Beppo. Rauchen Sie, Fräulein?

Na.

Gesund ist es allerdings nicht, fuhr er fort, aber wenn man bei allem, was man tut, auf die Gesundheit achten wollte, könnte man das Leben nicht mehr geniessen, meinen Sie nicht?

In den Bergen lebt man g'sund! erklärte das Mädchen.

In dieser Beziehung, da geb ich Ihnen vollkommen recht, haben die Landleute den Städtern einiges voraus!

Es nippte an der Kola und wandte das Gesicht wieder zur Bühne.

Sie arbeiten heut nicht, wie ich sehe? nahm er einen neuen Anlauf.

Was? Kurz blickte es ihn an.

Ich fragte, ob Sie heut nicht arbeiten.

Es schüttelte den Kopf.

Dich krieg ich noch! dachte er, steckte sich eine neue Zigarette an, wartete eine Weile, beugte sich wieder vor und sagte, eine schwere Arbeit ist es aber nicht, die Sie hier zu verrichten haben, oder täusch ich mich?

Na.

Aber Sie werden angemessen dafür bezahlt?

Ja.

Schön! Und doch, wenn man es sich überlegt — ist die Belohnung nicht nebensächlich? Ist es nicht wichtiger, dass einen die Arbeit zufriedenstellt? Ich weiss nicht, ob Sie mit mir einiggehn?

Arbeiten muss man halt! entgegnete es.

Richtig — und es liegt an einem selbst, ob man darin Erfüllung findet, nicht wahr?

Die muss man finden. Es holte die Karamellen aus der Tasche, schälte sich eine heraus und hielt ihm die Rolle hin.

Danke, sagte er, ich rauche, dafür ess ich keine Bonbons. Jeder nach seinem Geschmack, sehn Sie! Arbeiten Sie schon lange hier? Es lutschte zweimal an seiner Karamelle, schob sie hinter die rechten Backenzähne und sagte, na; im Frühjahr beginn ich eine Schneiderinnenlehre.

So? - Das dacht ich! antwortete er.

Wieso?

Ich geh doch richtig in der Annahme, dass Sie hier unter anderem das Haus sauberhalten müssen?

Aushelfen tu i.

Eben; und dazu sind Ihre Hände, mit Verlaub zu sagen, viel zu fein!

Einen Augenblick sah es ihn erstaunt an, brach in Gekicher aus, spreizte die Finger, hielt sie sich vors Gesicht, lutschte und versetzte, die sind net z'fein!

Doch, Ihre Hände sind zu fein, geben Sie mal Ihre Hand!

Wieso?

Geben Sie mal!

Na!

Ich bitte Sie, wie sollen wir sonst den Streit entscheiden?

Können S' ja schauen! Die sind net z'fein! Es legte seine Rechte in die Mitte des Tischs; er beugte sich über die klobigen Finger und verkündete, das ist eine Damenhand!

Das Mädchen riss sie zurück, lachte auf, hielt sie sich vor den Mund, erholte sich, machte zwei grosse Schluckbewegungen, schob die Brille zurecht und entgegnete, na, bin net z' fein, um z' putzen! I bin keine Dame!

Ich muss Ihnen widersprechen, antwortete er ruhig, dachte, während es erneut losprustete, wenn du wüsstest! und fuhr fort, aber ganz gewiss sind Sie eine Dame! Weshalb sollten Sie keine Dame sein?

Na, i bin keine Dame! Zu mir hat noch niemand g'sagt, i bin eine Dame!

Bin ich eben der erste!

I bin z' jung, um schon eine z' sein!

Ich bleib dabei, dass Sie eine Dame sind!

Na!

Der Hund hob den Kopf, raffte sich auf und schleppte sich her, während Busner erwiderte, mit dem Alter hat das nichts zu tun!

Ja, der Wotan! sagte das Mädchen zum Tier und kraulte es hinter den Ohren. Heiss ist ihm, wenn 's so heiss ist! Gell?

Was eine Dame ausmacht, fuhr er, die schweren Brüste des Mädchens betrachtend, fort, ist die Feinheit im Benehmen, der Stolz, der gewisse Charme! Das alles ist Ihnen eigen, trotz Ihrer Jugend!

Haben die Herrschaften einen weiteren Wunsch? unterbrach Helbling das Gespräch.

Das Mädchen richtete sich auf und rief, „Känguruh!".

Die Bluse steht Ihnen ausgezeichnet! sagte er, als der Musikant zu spielen begann.

Die ist schön, antwortete es, blickte an sich herunter und guckte wieder zur Bühne.

Sie lieben Musik, nicht wahr?

Mei Schwester spielt auch Akkordeon, aber nicht so schön wie er!

Herr Beppo ist ein Künstler auf seinem Instrument, erklärte Busner.

Ja, der ist ein Künstler! fiel das Mädchen ein, klatschte Helbling Beifall, als er die Melodie beendet hatte, holte wieder die Karamellen hervor und sagte, ein Mensch, der Musik gern hat, hat ein gutes Herz, sagt die Tante!

So ist es! erwiderte er; was ich aber noch immer nicht verstanden habe — wie kommen Sie dazu, in diesem Lokal zu arbeiten? Ich mein, Sie fänden doch leicht etwas Ihnen Gemässeres?

Das ist, weil d' Leut aus Amerika, die hätten kommen soll'n, nicht 'kommen sind, hat die Luise 'kündigt, und da hat die Tante g'fragt, ob net i kommen könnt. - Warum?

Die Wirtin ist Ihre Tante?

Ja, und der Wirt mein Onkel, und i war eh schon oben, weil i bis Saisonend' im „Bellevue" g'arbeitet hab. Warum?

Bloss so. Weil mich interessante Menschen interessieren und Sie einer sind! Und ein gutes Herz haben, offenbar! Was Sie tun, täte nicht eine jede! Ich mein, hier aushelfen, wenn Not am Mann ist. Übrigens würd ich mich freuen, wenn ich Ihnen etwas offerieren dürfte!

Offerieren? I hab ja noch!

Das werden Sie aber gleich getrunken haben — was darf ich Ihnen anbieten?

Was? Eine Kola, wenn's sein muss.

Es darf auch was anderes sein, Whisky, Kognac? Oder eine Kola mit Rum?

Na, Alkoholisches trink i net.

Wie Sie möchten! Bringen Sie mir bitte auch eine mit?

Es stand auf, stieg über den Hund und ging zum Ausschank. Ob ich's heut schaff? überlegte er, das Gesäss des Mädchens musternd. Wird nicht einfach sein. Behutsames Vorgehn ist geboten. Kreisen, die Kreise stets enger ziehn und im richtigen Moment zustossen. Der Musikant kniff ihm ein Auge. Wenn der mir nur nicht ins Handwerk pfuscht! dachte er, ihm zulächelnd. Vielleicht hat er den Braten doch nicht gerochen.

Das Mädchen kehrte zurück, stellte die Flaschen auf den Tisch und setzte sich wieder seitwärts hin. Er beeilte sich, ihm einzuschenken, was es aufmerksam beobachtete, füllte sein Glas, ergriff es und sagte, ich möchte mit Ihnen anstossen, doch haben wir uns einander noch nicht vorgestellt!

Na.

Wie lautet denn Ihr werter Name?

Wieso?

Eben, um anzustossen!

Brauchen wir?

Natürlich nicht, wenn Sie nicht wollen, aber ich darf doch erfahren, wie Sie heissen?

Vergessen! Es zuckte die Achseln.

Vergessen? Das ist witzig! Im Ernst, wie heissen Sie?

Vergessen! piepte es und zog abermals die Schultern hoch.

Sie brauchen mir Ihren Namen selbstverständlich nicht zu nennen, wenn Sie nicht wollen!

I weiss ja auch net, wie S' heissen!

Ich heisse Harry! Darf ich nun erfahren, wie Sie heissen?

Ich? - Haben S' 's gestern net g'hört?

Nein, log er.

Hätten S' halt aufpassen soll'n!

Nun hab ich aber nicht aufgepasst!

I hab kein' schönen Namen!

Das glaub ich nicht; hübsche Frauen haben immer schöne Namen!

I bin net hübsch!

Gewiss sind Sie hübsch!

Na.

Doch, Sie sehn sehr hübsch aus! Ich muss sogar gestehn, dass Sie mir gefallen könnten!

Das Mädchen brach wieder in Gekicher aus, warf den Kopf zurück und sagte, na, i bin's net, und will Ihnen auch net g'fallen!

Ich bleib dabei, dass Sie hübsch sind! Aber lassen wir das! Nun weiss ich noch immer nicht, wie Sie heissen!

Raten S'!

Das ist schwer!

Mit B geht's an.

Barbara? - Brigitte? - Beate? - Belinda? -

Na. Berti!

Berti? Berti ist ein schöner Name.

Na!

Aber ja — wie ich sagte: Zu einer hübschen Frau passt nur ein hübscher Name!

I bin net hübsch!

Er sah Helbling, der in diesem Augenblick aufgehört hatte zu spielen, erstaunt herblicken, lächelte ihm zu und erwiderte, lassen Sie nur, ich weiss schon, was ich sage!

Störe ich etwa? fragte, an den Tisch tretend, der Musikant.

Aber wo! antwortete Busner und rückte ihm den Stuhl zurecht.

Ein Musiker ist ein willkommener Gast, sagte das Mädchen.

Danke, Fräulein Berti, revanchierte sich Helbling — ja, wenn alle so dächten! Sie haben selbst gesehen, wandte er sich an Busner: Die vier Herren verliessen das Lokal, als ich zu arbeiten begann!

Die Musik hatte sie vielleicht beim Kartenspiel gestört, versetzte Busner.

Kann Musik stören? fragte Beppo.

Na! erklärte das Mädchen.

Eben! bekräftigte der Musikant, liess sein Feuerzeug zuschnappen, streichelte den Hund und sagte, der Wotan weiss, wie es ist!

Von der Toilette zurückkehrend, sah Busner Helbling und das Mädchen miteinander kichern. Wartet mal! dachte er.

So, so, sagte der Musikant zu ihm, als er sich setzte.

Wo haben Sie Ihr Bier, Herr Beppo? Trinken Sie heut nicht? provozierte Busner ihn.

Ist noch zu früh, antwortete der Musikant.

Ich geb Ihnen eins aus!

Das ist was anderes! erwiderte Beppo.

Ein netter Mensch! sagte er, als Helbling wieder zu spielen begann.

Der Onkel hat g'sagt, im Winter muss er wieder kommen! Herr Beppo?

Ja.

Ihr Herr Onkel scheint sich auszukennen! Stimmt es, dass er

an den Rollstuhl gefesselt ist?
Ja.
Tragisch!
I möcht's net.
Nein, das ist kein schönes Leben! Auch für Ihre Frau Tante nicht!

Das Mädchen nahm sich eine Karamelle und rief zur Bühne, bitte noch einmal „Känguruh"!

Vielleicht komm ich im Winter wieder nach Gausen, wenn Beppo spielt! erklärte Busner nach einer Weile.

Die Wirtin trat ein, stutzte, als sie ihre Nichte an seinem Tisch erblickte, stemmte die Hände auf den Ausschank und setzte ein falsches Lächeln auf. Komm bloss nicht her! drohte er ihr, das Lächeln erwidernd. Schliesslich bückte sie sich, holte eine Bierflasche aus dem Kühlfach und verschwand damit in der Küche. Die Kleine hat sie nicht bemerkt, dachte er. Oder tut so. Wenn ich ihr nur mal an die Brüste fassen könnt!

Eine nette Melodie, Ihr „Känguruh"! sagte er.
Nächste Woche kauf i d' Platten!
Sie fahren dazu wohl ins Dorf?
Wann i frei hab.

Wie gern würd ich Sie begleiten! Aber meine Untersuchungen lassen es nicht zu! Wissen Sie, fuhr er fort, ich bin nicht im Urlaub hier; meinen Urlaub pflege ich an der See, in Guana, zu verbringen; nein, hier habe ich einen Sonderauftrag zu erfüllen. Ich bin ein GES-Angestellter, wissen Sie. Sie kennen die GES?
Na.
Sie kennen die GES nicht?
Na.
Den bekanntesten Konzern unseres Landes?
Hab vielleicht schon g'hört.

Ganz bestimmt! Die GES kennt jeder! Bei der GES arbeiten unsere fähigsten und ausgewähltesten Leute! Nicht, dass ich mich aufspielen will! Ich bin auch nicht Direktor oder so; allerdings auch kein Maschinenschreiber; ich bin Funktionär, das heisst, Ende Jahr werd ich zum Abteilungsleiter befördert. Aber das alles kann Sie wohl nicht interessieren, fügte er hinzu, beobachtete, wie der Hund sich erhob und sich vor dem Ausschank niederlegte. Hier oben muss ich wenigstens nicht so hart arbeiten wie im Konzern. Das ist der Vorteil.

Verdienen S' gut?

Angemessen, das geb ich zu. Aber was heisst angemessen? Wenn man einem Stress ausgesetzt ist wie ein GES-Angestellter, muss man sich was leisten können! Ich hab eine teure Wohnung im Grünen, halte mir einen luxuriösen Wagen, betreibe Tennis, boxe, gehe in die Sauna — da ist das Geld bald weg! Besonders der Wagen ist aufwendig; Autos sind meine Leidenschaft, ich fahr einen 12 SS!

Ein 12 SS? Das ist g'lungen!

Weshalb?

Weil der Baron in meinem Roman auch ein' solchen hat, mit Zahlen beim Namen.

Das wird ein 12 SS sein! Der 12 SS ist ein exklusives Auto!

Was haben S' für a Farb?

Rot.

Der vom Baron ist weiss.

Nein, meiner ist rot.

Aber der vom Baron ist weiss.

Ich kann Ihnen gerne ein Bild zeigen, wenn Sie mir nicht glauben, warten Sie!

Glaub's schon!

Er holte seine Brieftasche aus der Jacke, suchte die Fotografie, die ihn, auf dem Kotflügel seines Wagens sitzend, zeigte, reichte sie dem Mädchen und sagte, wenn Sie sich selbst überzeugen wollen!

Das ist er? fragte es.

Ja.

G'hört er Ihnen?

Gewiss.

Schön ist er!

Zweidreissig Spitze.

Da drin möcht me fahrn!

Wirklich? Nun, das liesse sich arrangieren! antwortete er, das Bild entgegennehmend, ich hab Ihnen bereits gesagt, dass Sie mir ausgesprochen sympathisch sind! Den Wagen hab ich allerdings jetzt nicht dabei; wir müssten es so machen, dass ich Sie nach

Rask einlade!

War i schon. Mein Vetter ist da.

Tatsächlich? Würden Sie denn nochmals kommen?

Wann i den Vetter b'such ...

Das würde mich ausserordentlich freuen! Wirklich, Fräulein Berti, ausserordentlich!

Registrierend, dass das Mädchen ihn zum ersten Mal richtig ansah, fuhr er fort, übrigens, was hielten Sie davon, wenn wir uns duzten?

Duzen? Na! Es schüttelte den Kopf.

Weshalb nicht?

Trau mi net.

Wieso?

Sie dürfen schon, wenn S' woll'n, i bin erst fünfzehn!

Nein, das kann ich nicht zulassen! Entweder duzen wir uns, oder es bleibt beim Siezen!

Dann bleibt's.

Fräulein Berti — er schob seine Hand über den Tisch und legte sie auf die ihre — , ich weiss nicht, ich hab das Gefühl, dass wir gute Freunde werden könnten! Bereits als ich Sie zum ersten Mal sah, hatte ich diesen Eindruck! Nun aber bin ich überzeugt, dass wir gute Freunde werden!

Kichernd entzog ihm das Mädchen die Hand.

Weshalb nicht? Weshalb finden Sie das komisch? Mir ist es ernst, Fräulein Berti!

Sie zuckte die Achseln. Sind z' verschieden. Sie aus der Stadt und die Eltern reich, und i vom Land und der Vater Bauer.

Was hat das mit uns zu tun? Wichtig ist der Charakter, nicht die Herkunft!

Und dann haben S' bestimmt studiert!

Nun, ich habe den kaufmännischen Beruf studiert, aber was hat das zu sagen?

Na, sind z' verschieden! Wüsst net, was S' mit mir wollen!

Ich will nichts von Ihnen, ich wünschte bloss, dass wir Freunde werden!

A Städter hat a andere Veranlagung!

Fräulein Berti — ein guter Mensch ist ein guter Mensch! Gute Menschen müssen zusammenhalten und Freunde werden, gerade in unserer Zeit! Deshalb, Fräulein Berti, sollten wir uns duzen!

Sie können ja. Vielleicht lern i 's!

Darf ich das als eine Zusage nehmen?

Wenn S' mögen.

Auf unsere Freundschaft, Berti! Er hob das Glas.

Das Mädchen nickte ihm zu.

Ich bin glücklich, in dir einen neuen Freund gefunden zu haben! sagte er. Und weisst du, worauf ich Lust hätte, um unsere Freundschaft einzuweihn?

Na.

Mit dir zu tanzen!

Na!

Warum nicht? Warum sollten zwei junge Menschen wie wir nicht tanzen?

Na. Kann net.

Du kannst nicht?

Na.

Bestimmt kannst du tanzen! Soll ich's dir zeigen? Komm, ich zeig's dir! Es ist ganz einfach! Komm! Er erhob sich halb und ergriff den Oberarm des Mädchens.

Kann nicht! Es entzog ihn, lehnte sich zurück und verschränkte die Arme.

Er setzte sich, lächelte zu Helbling und antwortete, dann wäre jetzt eine günstige Gelegenheit, es zu lernen! Ausser uns und Herrn Beppo ist niemand da!

Mag net!

Berti, das versteh ich nicht; eine junge Dame sollte tanzen können!

Es schüttelte den Kopf.

Nun, wie du meinst! Zwingen will ich dich nicht!

Als er die Zigarette anzündete, sagte das Mädchen, i scheu mi halt!

Wieso? Das brauchst du nicht! Auch das Tanzen muss erlernt sein!

Na, net weil i net tanzen kann, a bisserl kann i scho; i scheu mi wegen der Figur.

Wegen der Figur?

Weil i halt dick bin.

Du bist nicht dick!

I bin's, i weiss scho!

Ach wo! Du bist nicht dick! Du bist freilich auch nicht mager; du bist, finde ich, gerade richtig!

Na!

Ehrlich, Berti!

Meinen S' 's ernst? fragte sie nach einem Augenblick.

Ich schwör, dass du nicht dick bist! Natürlich ist so was Geschmacksache! Für meinen Geschmack bist du gerade richtig!

Wieder legte er seine Hand auf die ihre: An einer schönen Frau soll was dran sein, Berti! Und du hast eine herrliche Oberweite! Sei froh, dass du nicht so mager bist wie die Mädchen in der Stadt!

Die sind z' mager, gell?

Gewiss! Und wenn ich dich schön finde, dann bist du schön, und ich finde dich nicht nur schön, ich finde dich sogar sehr schön! Ich kann nichts dafür, ich weiss nicht warum, aber ich finde dich wirklich schön! Von dir geht etwas Faszinierendes aus!

Na, mager möcht i net sein! Es entzog ihm die Hand.

Welche geschmackvolle Frau möchte das? antwortete er, sah die Wirtin eintreten, herlächeln, auf ihre Uhr deuten und in die Küche zurückkehren.

Sechs scho? fragte das Mädchen.

Gleich, erwiderte er.

Muss für den Musiker aufdecken!

Wart noch einen Augenblick, er spielt ja noch!

Die Tante wird bös! Es ergriff die Tasche und stand auf.

Kassieren musst du noch!

Meine Damen und Herren, es folgt eine kleine Pause bis um acht, verkündete Helbling.

Sechs dreissig, sagte das Mädchen.

Busner legte einen Schein auf den Tisch.

Haben S' 's net kleiner?

Bedaure!

Es nahm sein Glas und die Flasche und schritt, während Beppo von der Bühne stieg und auf die Toilettentür zusteuerte, hinter den Ausschank.

Berti, raunte Busner, als sie mit dem Geldbeutel an den Tisch trat, hielt sie am Handgelenk fest und sah ihr über die Brüste und den kurzen Hals hinauf in die Augen: Wir sollten heut abend unsre Freundschaft feiern! Ich lad dich zu einem Wein ein, in den „After-eight-Club"; du hast doch nichts vor?

Geht net, antwortete sie und versuchte den Arm freizubekommen.

Wieso, Berti? Schöne Berti, wieso?

Na! Lassen S' gehn!

Weisst du, dass ich dich sehr mag? flüsterte er, sie etwas näher ziehend.

Lassen S' gehn! Wenn die Tante kommt!

Ich muss dich sehn heut abend! Wir *müssen* uns näher kennenlernen, Berti! Zwei Menschen wie wir!

Na! Lassen S' los!

Versteh mich recht: Ich will nichts von dir! Bloss plaudern!

Lassen S' los!

Wenn du versprichst, heut abend zu kommen!

Loslassen oder i ruf!

Er gab den Arm frei. Du musst kommen, Berti!

Vielleicht. Sechs dreissig, hab i g'sagt.

Bitte, komm!

Wenn S' versprechen, mich net anz'rühren, vielleicht.

Ich verspreche es. Wo darf ich dich erwarten?

Vielleicht.

Wo?

Vielleicht — bei der Wegbiegung, wo d' Häuser beginnen. Macht sieben ...

Wann?

Halb neun. Die Tante darf nix wissen.

Du kommst also?

Vielleicht.

Helbling trat ein, ging, während Berti den Rest des Wechselgeldes herauszählte, auf den Tisch vor dem Ausschank zu, nahm Platz, steckte sich eine Zigarette an und sagte zu ihm, Sie wenigstens sind mir heut treu geblieben!

Busner nahm eine Münze, blickte das Mädchen vielsagend an, liess sie in den Beutel fallen, raunte, halb neun! und erwiderte, treu bin ich stets, Herr Beppo!

I deck gleich auf, Herr Beppo! sagte das Mädchen.

Ist schon recht, Fräulein Berti, antwortete der; ja, wandte er sich an Busner, den Abend werden wir auch überstehn!

Bestimmt! entgegnete Busner.

Will mal ins Dorf spazieren nach dem Essen, wann schliesst die Hotelbar auf?

Um sechs, glaub ich, erwiderte er, beobachtete, wie der Hund in der Tür erschien und sich neben Beppos Stuhl niederliess. - So, ich geh ins Hotel!

Mahlzeit! wünschte Helbling.

War ein schweres Stück Arbeit! Haben's gar nicht schlecht hingekriegt! Ob sie kommen wird? Wenn die wüsste! - Heut nacht geht's rund, ihr Scheissberge! Könnt mich totlachen, aber in der Not ist man zu allem fähig! Schau, der Joghurtbecher liegt noch immer da. Hat gestern 'ne Dusche abgekriegt!

Er zog das Hemd aus, knipste das Licht über dem Waschbecken an, wusch sich, betrachtete sich geraume Zeit im Spiegel, holte ein frisches Hemd aus dem Koffer, beschloss, den Stand der Barometer nach dem Essen zu prüfen, und legte sich mit einer Zigarette aufs Bett.

Der feinen Familie Kohler hätte er die abgedeckten Sessel nicht zugemutet, dachte er, den Schlüssel ans Brett hängend. Wart mal, sind wir erst GES-Direktor, lassen wir dich nach unsrer Pfeife tanzen!

Haben Ihre Kopfschmerzen nachgelassen? erkundigte sich der Hotelier, als er die Speisen auftrug.

Danke, Herr Direktor, bin wieder wohlauf!

Was möchten Sie trinken?

Ein Glas Rotwein, bitte. Sie können abends stets Rotwein bringen, damit Sie nicht zweimal zu gehn brauchen, und mittags für gewöhnlich ein Sprudelwasser!

Diese Stille wieder! Als wär man allein auf der Erde. Der einzige Mensch, der das Weltende überlebt hat. Mit dem Essen gibt er sich Mühe, muss ich sagen! Ob ich der P.f.F. nicht doch beitrete? Zur Zeit spannen sie jeden für den Wahlkampf ein, hat Holz erzählt. Zwei, drei Abende der Woche wären futsch. Könnten nach den Wahlen eintreten. Wär bestimmt nicht schlecht für die Karriere. Hoffentlich kommt die dicke Nudel! Mach sie vielleicht im Freien. Ha, ha: Harry schafft sich in jeder Situation ein Weib! Können nicht sein, ohne! Prost! Wenn mich der Alte nochmals ärgert, schmeiss ich einen Apfel in einen seiner Kristallleuchter.

Ob ich einen Schlips umbinde? überlegte er, während er sich nochmals rasierte. Richtig: Ich muss mich bemühn, auf die Kleine so zu wirken, wie der Prinz aus ihrem Roman!

Er zog die Hose aus, sah auf die Uhr, rieb sich Rasierwasser ins Schamhaar, kämmte den Schnurrbart, drückte mit den Händen an der Frisur, dachte, muss über sie kommen wie ein Prinz aus dem Wunderland!, sollten wir uns notieren!, nahm die Zahnbürste, wählte eine Krawatte, dachte, fast vergessen!, beschloss, den P.f.F.-Knopf nicht anzuheften, lächelte seinem Spiegelbild zu, blickte wieder auf die Uhr, setzte sich an den Tisch, legte die Barometer vor sich hin, fand die Angaben unverändert und trug die Ziffern ein.

'n Abend, erwiderte der auf dem hintersten Hocker sitzende Barmann und sah ihm über seinen Rauch entgegen.

Wie geht's, Herr Heinz? Er schwang sich auf den drittletzten Stuhl.

Wie soll's schon gehn? erwiderte der Keeper.

Langeweile, wie? Sie haben ja kaum Gelegenheit, mit jemandem zu sprechen! Gestern war wohl auch nichts los?

Nichts. Bekommen Sie was?

Einen Espresso hätt ich gern. - Ja, im „Alpenblick" ging's hoch her! Wär beinah in eine Schlägerei geraten, aber als ich dem Burschen meinen Boxerausweis unter die Nase hielt, gab er Ruh! Haben Sie eine Wanderung gemacht?

Ja.

Vielleicht begleit ich Sie doch einmal, obwohl meine Messungen genaugenommen es nicht gestatten. Wenn Sie mal nach Mittag aufbrechen, könnt ich's machen!

Nein, ich geh stets morgens los, entgegnete der Barmann.

Dann muss ich passen, erwiderte er. Geben Sie mir einen

Kognac! Übrigens, wo essen Sie eigentlich? In der Küche?
Nein, im Separatzimmer, mit der Direktion.
Ach so. Bevor Sie die Bar öffnen?
Ja.
War heut der Musikant aus dem Wirtshaus da?
Ja.
Seltsamer Mensch! Was hat er erzählt?
Nichts weiter.
Er baut an einer Orgel, sagt er, an der er bloss ein paar Tasten zu drücken brauche, damit sie jede beliebige Melodie spiele! Glaub ich nicht! Wäre das machbar, hätte ein Ingenieur eine solche Orgel längst erfunden! Jemand wie dieser Musiker schafft das nicht! Aber lassen wir ihm die Orgel! Käuze muss es geben!

Sie haben Ihren Ansteckknopf vergessen! äusserte der Barmann.

Tatsächlich! erwiderte er, den Jackenaufschlag musternd, nun, macht nichts; ich bin kein Fanatiker, wissen Sie. Übrigens muss ich bald los! - Wenn Sie Glück haben, bring ich Ihnen jemanden!

Wo wollen Sie jemanden auftreiben? entgegnete der Keeper.

Geheimnis! Warten Sie ab! Eins verrat ich Ihnen: In der Not frisst der Teufel Fliegen! Mal sehn, ob Sie daraus klug werden! Herr Heinz, was schuld ich?

Vier fünfzig.

Bitte. Sagen Sie, geht meine Uhr richtig? Nach ihr ist es jetzt punkt acht.

Stimmt, erwiderte der Barmann.

Dann muss ich los. Bis gleich, hoffentlich!

Bin gespannt! rief ihm der Keeper nach.

Ich auch, dachte er. Glaub schon, dass sie kommen wird. Bin viel zu früh. Der 12 SS hat ihr imponiert! Es schlägt. Noch immer Vollmond. Könnt schön sein hier oben, wenn was los wär! Kein Licht in der Lebensmittelhandlung. Sind vielleicht abgereist, die Herren Feriengäste. Wollen uns jetzt aber ausschliesslich auf die Dicke konzentrieren. Wie der Prinz aus dem Märchen! Hätt noch kacken sollen. Defäktieren, heisst das, Hoheit! Schau, die Lauenspitze. Würden staunen, die Kollegen, wenn ich ihnen erzählte, ich hätt oben gestanden! Die Kleine ist noch nicht da. Klar, sind noch gute zwanzig Minuten.

Er fuhr mit der Hand über die Bank, setzte sich, verschränkte die Arme, hörte dem Musikanten zu, steckte sich nach einer Weile eine Zigarette an, dachte, nur nicht nervös werden! Glaub schon, dass sie kommt. Still! Nein, war nichts. Viertel nach. Dass man den bis hierher hört! So was wie mich lässt sie sich nicht entgehn! Irgendwie muss sie ja der Alten entwischen. Einen günstigen Zeitpunkt abwarten, um aus dem Haus zu schleichen.

Ob sie noch Jungfrau ist? Wär die elfte, der ich's nähme. Stimmt, die elfte. Wird der Alten weismachen, sie habe Kopfschmerzen und lege sich zu Bett. Oder Zahnschmerzen. Gibt sicher eine Hintertür im Wirtshaus. Da lauert sie wohl schon. Freu mich auf ihre Brüste! Schon lang nicht mehr solche Titten gesehn! Aber so nervös hast du noch nie auf ein Weib gewartet! Zum Glück sieht mich niemand! Halb neun. War das der Köter? Nicht dass er sie verrät, sonst dreh ich dir den Hals um. Hätten uns auch in der Bar verabreden können. Ist besser so, kann auf dem Weg dahin bereits an ihr rumfingern. Der steht mir, wenn ich dran denk! Ich dürfe sie nicht berühren! Wenn die wüsste! Sind das Schritte? Muss behutsam vorgehn. Nicht dass sie die Geilheit riecht, sonst ist Essig. Gut wär, wenn ich mich beherrschen könnt, bis ich sie nach Haus bring. Bis dann sollten die Hindernisse weggeräumt sein. Der Barmann wird Augen machen! Ist mir egal, was er von mir denkt! Nach Gausen komm ich ohnehin nie wieder! - Jetzt dürfte sie aber langsam anmarschieren! - Warte, wenn ich die Münze mit der Zahl oben aus der Tasche zieh, kommt sie. Nein, mit dem Kopf oben! - Rauchen wir noch eine. - Zahl. Nochmals! - Kopf! Und wieder Kopf!

Er stand auf, setzte den Fuss auf die Bank, steckte die Hände in die Taschen und spähte den Weg entlang. Und wenn sie nicht kommt? Ach was, die kommt! Aber vielleicht gelingt es ihr nicht, die Alte reinzulegen. Die ist ein gewieftes Weib! Er tat einige Schritte, kehrte um, blieb stehn, lauschte und ging wieder hin und her. Muss mich allmählich drauf einstellen, dass sie möglicherweise nicht kommt ... Schwarte, fette! Er setzte sich. Warum entsendet die GES ausgerechnet mich nach Gausen? - Ich wart bis neun, danach geh ich ins Wirtshaus. Vielleicht sitzt sie da. Könnt die Alte erschlagen, und kühl ist's auch! Ob ich nicht ins Hotel

119

zurückkehr? Auf alles pfeife? Lass mal, wollen noch einen Einsatz wagen. Hat er aufgehört zu spielen? Scheint so. Gehn wir!

Warum tret ich so leise auf? Brauch nicht zu schleichen wie ein Plattfussindianer! Aber ich riskir, dass meine Ankunft in der Kneipe ihr entgeht; dass sie zur Bank läuft, während ich drin sitze! Besser, wir überwachen ein Weilchen das Haus. Bei dem Scheissmond bin ich von weitem zu sehn!

Er hockte sich unter das Gatter in die Wiese, zog die Knie an, pflückte einen Grashalm und beobachtete, ihn zwischen den Zähnen durchziehend, das Anwesen. Nach einer Weile verfiel er darauf, die Kleine erwarte ihn in der Gaststube, annehmend, er werde sich sagen, sie habe der Alten nicht entwischen können. Und wenn ich vorn reingeh, schlüpft sie hinten raus! Beppo spielt wieder. Vielleicht kann ich durch eine Ladenritze sehn, ob sie drin sitzt.

Er stand auf, näherte sich über die Wiese in einem Bogen der Rückseite des Gebäudes, erschrak, als plötzlich der Hund anschlug, blieb stehn, kehrte um, verfluchte ihn, beeilte sich, den Weg zu erreichen, schwang sich übers Gatter, sagte, ruhig, Harry!, klinkte die Tür auf, sah die Wirtin an ihrem Tisch sitzen, bemerkte, dass das Mädchen nicht da war, zögerte, ob er sich nicht gleich wieder fortmachen wolle, gewahrte, dass die Küchentür offenstand, dachte, es ist in der Küche, erwiderte den Gruss der Wirtin, winkte Helbling zu und setzte sich.

Hinter ihr kam der Hund an den Tisch und beschnupperte seine Knie. Während sie das Bier einlaufen liess, versuchte er festzustellen, ob das Mädchen bei ihr gesessen hatte, vermochte aber keine Anzeichen dafür zu entdecken. Plötzlich drehte die Wirtin sich um und zog die Küchentür zu. Also wird die Kleine kaum drin sein. Ob sie noch im Haus ist? Hab kein Licht brennen sehn in den Zimmern. Weiss aber nicht, auf welche Seite ihr Zimmer geht! Die Alte kann ich freilich nicht fragen, wo sie ist.

Danke, sagte er, als sie das Bier brachte, und rief, Herr Beppo, Herr Beppo, spielen Sie bitte für mich „Warum ist die Welt so schön"?

Aber gerne! erwiderte der Musikant.

Hoffentlich hat sie's gehört! Wär Pech, wenn sie sich inzwi-

schen rausgeschlichen hätte. Was tu ich nur? Den Beppo könnt ich fragen, ob sie da gewesen ist. Besser aber, er erfährt nichts von der Sache. Hat vielleicht doch was mit ihr, der Leisetreter! Nein, muss nochmals zur Bank. Bezahlen!
    Wollen S' schon gehn? erkundigte sich die Wirtin.
    Hab was vergessen. Vielleicht komm ich wieder.
    Draussen drehte er sich nach dem Haus um, sah im ersten Stockwerk aber kein Licht brennen. - Mach mir solche Umstände, wegen des fetten Wesens! Aber die Natur will zu ihrem Recht kommen! So ist es!

Ich denke, Sie bringen jemanden mit? empfing ihn der Keeper.
    War sie nicht da? entgegnete Busner.
    Wer?
    War jemand da, in der Zwischenzeit?
    Niemand!
    Seltsam! Hab mich wohl in der Zeit vertan! Er legte die Hand auf den Hocker. Nach meiner Erinnerung hatten wir uns für halb neun verabredet. Aber vielleicht war's für halb acht gewesen. Ein Mädchen lässt man natürlich nicht eine Stunde draussen warten! Vermutlich ist sie wieder nach Haus gegangen.
    Vermutlich. Bekommen Sie etwas?
    Ja, eh, was tu ich denn? - Eh, doch, eh, geben Sie mir einen Weinbrand!
    Wer ist bloss dieses Mädchen, das Sie derart in Erregung versetzt? fragte der Keeper, als er den Schwenker hinstellte.
    Wie kommen Sie darauf, dass ich erregt sein soll?
    Das sieht man Ihnen an!
    Da übertreiben Sie, Herr Heinz! Ich schätze Zuverlässigkeit und Pünktlichkeit! Ich lass ungern auf mich warten! Aus Anstand werd ich auch gleich nochmals hingehn!
    In den „Alpenblick"?
    Nein.
    Wohin denn?
    Woandershin! Tschüss.

Drei Viertel zehn. Könnt mich gleich ins Bett hauen, verdammt! Und der Barmann ist eine arrogante Sau! Der Dicken wegen gerat ich noch lange nicht in Erregung! Warum bloss ist sie nicht gekommen? Mach jetzt den Weg zum dritten Mal! Scheissnest, verdammtes! Komm mir vor wie auf einem Marsch durch die Wüste. Warte nur, das zahl ich dir heim! Blamiert mich zu allem Unglück hinzu, die dumme Ziege!

Er bestellte einen Obstschnaps. Die liegt längst im Bett! Raufschleichen sollte man, leise die Tür öffnen und sich behutsam in den fetten Leib legen! So, noch zwei Stunden, sagte der Musikant und setzte sich zu ihm.

Heut haben Sie wohl bloss vor der Frau Wirtin und mir gespielt? forschte er.

Ich kann's nicht ändern! versetzte Helbling.

Wenn das Fräulein Berti dagewesen wär, fuhr er fort, hätten Sie einen dankbaren Zuhörer mehr gehabt!

Richtig, antwortete der Musikant.

Aber sie war nicht hier?

Nein.

MONTAG, 6.

Er fuhr, weil er an seiner Tür starkes, kurzes Husten hörte, aus dem Schlaf, richtete sich auf, lauschte, vermochte kein weiteres Geräusch wahrzunehmen, legte sich ins Kissen zurück und dachte, ich hab mich getäuscht. Hab wohl geträumt. Dass ich so erschrocken bin! Halb zehn. Acht Tage noch. Mit dem heutigen neun. Die ist nicht gekommen gestern. Weshalb wohl? - Könnten im „Alpenblick" frühstücken.

Schade um das schöne Wetter! dachte er am Fenster, setzte sich an den Tisch und zog die Barometer heran. Heut auch nicht, ihr Scheissdinger! Er schob sie zurück. Und der Alte meinte gestern, wir würden Regen bekommen!

Ich frühstück im Hotel, beschloss er schliesslich. Danach geh ich zur Post. Die Kleine läuft mir nicht weg, und bis abends ist ohnehin nichts drin. Er schloss die Tür ab, zuckte zusammen, als er aus dem der Stiege gegenüberliegenden Zimmer zwei Beine ragen sah, spähte von der Treppe aus hinein und gewahrte einen auf dem Rücken schlafenden Handwerker am Boden, dessen rechter Arm über dem offenen Werkzeugkasten hing. Wird was reparieren müssen, sagte er sich, die Treppe hinuntergehend. Der Alte hat ihn kommen lassen. Oder meld ich's? Nein, geht mich nichts an. Meinetwegen soll er den Kasten in Brand stecken! Er stiess die Fahrstuhltür auf, sah hinter der Rezeption die Direktorin stehn und schritt hin. Guten Morgen, Frau Direktor; ich habe auf meinem Geschoss eben einen Mann, einen Handwerker angetroffen — hat das seine Richtigkeit?

Sie werden den Schreiner meinen, erwiderte sie.

Dacht ich mir! Gleichwohl wollt ich's melden für alle Fälle!

Das Frühstück bring ich gleich, entgegnete sie.

Er setzte die Sonnenbrille auf, spähte, aus dem Park tretend, die Strasse hinunter, dachte, wär toll, wenn die Karte an die Knapp was brächte!, schlug den Wiesenpfad zur Post ein, sah durch das offene Fenster den Beamten, am Tisch sitzend, etwas in ein Buch schreiben, den Kopf nach ihm wenden, nicken, und schob die Tür auf.

Grüss Gott! Der Posthalter lehnte sich zurück.

Grüss Gott, erwiderte Busner.

So! sagte der Beamte. Heiss ist's wieder, gell?

In der Tat, antwortete er.

Hätten wir's im Sommer so g'habt, wär'n wir z'frieden g'wesen!

Glaub ich! Heut lassen Sie ihre Eisenbahn nicht fahren?

Die steht im Bahnhof! Der Posthalter zeigte hinter sich, lachte und stand auf. Was verschafft mir die Ehre?

Briefmarken brauch ich bitte. Drei Fünfziger.

Drei Fufzger. Er schritt über die Geleise, holte ein Buch aus dem Tresor, kehrte an den Tisch zurück, klappte es auf, trennte die Marken heraus und sagte, einsfufzig.

Ich fragte mich, ob Sie im „Alpenblick" zu Mittag essen, sagte Busner, während er sie aufklebte.

I hab mei Mittagsbrot dabei, antwortete der Posthalter.

So ersparen Sie sich die Unkosten. Sie werden ja jeweils schon früh hier sein?

Freili, um halb acht.

Und Sie bleiben bis halb sechs?

Wenn i schliess um vier, mach i bei dem Wetter einen Spaziergang, bis d' Bahn fährt.

Gewiss, bei dem Wetter! Die Karten kann ich Ihnen geben?

Dazu ist die Post da! Er nahm sie entgegen. Ja, Sie haben Glück mit Ihrem Urlaubswetter!

Ich bin nicht im Urlaub, entgegnete Busner, während der Posthalter zum Gestell im Hintergrund schritt.

Net im Urlaub? Er wandte sich um.

Ich habe für meine Firma Messungen zu machen, ich bin GES-Angestellter.

Ach so, ach so, sagte der Posthalter, legte die Karten neben eine Aktentasche, kehrte an den Tisch zurück und fragte, Sie vermessen wegen der Strasse nach Gausen-Kulm?

Nein, meine Messungen betreffen den Luftdruck.

Den Luftdruck? Freili! - Dass Sie a Rasker sind, hab i gleich an der Ausssprach g'merkt! Werden S' froh sein, dass Sie hier sind, bei den Tumulten jetzt!

Ich sage bloss: Alles hat seine guten und schlechten Seiten, antwortete er.

Freili! Aber Sie bleiben noch ein paar Tage?

Acht noch.

Da werden S' bestimmt nochmal vorbeischau'n!

Vermutlich. Also dann!

Ob ich mich in den „Alpenblick" setz bis zur Essenszeit? überlegte Busner auf dem Rückweg, beschloss zur Station zu gehen, sann, wo der Schaffner, der mit der Morgenbahn eintraf, sich aufhalte und was er tue, bis er wieder ins Tal fahre, nahm sich vor, den Postbeamten gelegentlich danach zu fragen, hielt vor dem Souvenirgeschäft, betrachtete die drei Schnitzereien hinter der trüben Scheibe, fragte, weshalb bin ich stehngeblieben?, setzte den Weg fort, liess den Halter des Gepäckträgers an des Schaffners Fahrrad zuschnellen, betrat das Stationshaus und erblickte an der Plakatwand eine grosse Affiche der P.f.F. Na also! Er stellte sich davor auf, las unter den Fotos des Präsidentschaftskandidaten Pack und des Kreiskandidaten „Mit der P.f.F. in die Neumenschliche Zukunft", nickte, klopfte beifällig auf die Brust des Präsidentschaftskandidatenfotos, besah sich den Kreiskandidaten genauer, sagte, der Mann schafft's!, warf einen Blick auf das daneben hängende Plakat der Demokraten, das den Präsidenten und drei Minister zeigte, las „Vier Köpfe garantieren", dachte, Schafsköpfe! Ob ich sie runterreiss? Sieht mich niemand!, prüfte mit den Fingernägeln, ob sich das Plakat leicht lösen lasse, und sagte, ein andermal! Vielleicht bei Nacht. Haben ohnehin keine Chance, die Köpfe!, trat ans Geländer, blickte ins Tal, dachte, so leiste ich meinen Wahlkampfbeitrag, ohne bei der Partei zu sein!, ging nach einer Weile den Weg zurück, setzte sich auf die Bank vor der Kirche, zuckte zusammen, als er im Speisesaal den Tisch beim Eingang für eine Person gedeckt sah, dachte, welch Glück!, überlegte, wer der neue Gast sein könnte und wie lang er im Hotel bleiben werde, versuchte, sich gleichgültig zu geben, als er jemanden sich nähern hörte, und starrte den Eintretenden verdutzt an, als er in ihm den Handwerker erkannte, den er morgens schlafend angetroffen hatte. Der also! Der Arbeiter nickte ihm zu und setzte sich. Passt hier nicht rein, Kerl! Ein Prolet! Zumutung für die Gäste! Verpfeifen könnt ich dich, wenn ich wollte! Jetzt stützt er sogar die Ellbogen auf den Tisch! Aus mit der Urlauberin! Hätt's mir denken können.

Im Unterschied zu den letzten Tagen füllte ihm der Direktor den Teller, wünschte guten Appetit, trat mit dem Tablett an den Tisch des Schreiners, der seine halbgerauchte Zigarette ausdrückte, und bediente ihn ebenfalls.

Vielleicht, dachte er zum Fenster hinaus, hat die Kleine nachmittags frei. Dann gehn wir auf einen Spaziergang. Ich lock sie in eine Scheune. Und leg sie ins Heu. Und streif ihr das Höschen runter. Und schieb ihr das Füllhorn rein ... Wie der frisst! Hat wohl schon lang nicht mehr so reichlich gefuttert. Ob er aus Gausen-Dorf ist? Soll aber keine Nahrungsknappheit sein in den Dörfern. Könnt ihm meinen Nachtisch schenken. - Ja, Geld gespart haben wir hier oben! Muss man berücksichtigen. Kann mir jetzt vielleicht die Spezialreifen leisten.

Er traf die Wirtin, auf der Bank kniend, damit beschäftigt, das Fenster zu putzen.
Dieser Schmutz! sagte sie, als sie, das Haar aus dem Gesicht streichend, an seinen Tisch trat.
Das gibt's! erwiderte er. Ich bekomm eine Tasse Kaffee und einen Sprudel.
I ruf die Bedienung, mit *den* Händen darf i Ihnen nichts servieren, sagte sie, öffnete die Tür zum Korridor und rief, Berti!
Was? hörte er das Mädchen im obern Geschoss nach einem Augenblick antworten.
Kannst kommen? entgegnete die Wirtin.
Was? sagte es, als es mit wirrem Haar, in einer ärmellosen Schürze eintrat und ihm zunickte.
Bringst dem Herrn Kaffee und ein Wasser, antwortete sie.
Dieses hässlichen Dings wegen hab ich mir die Sohlen abgelaufen! dachte er, die weissen Waden des Mädchens betrachtend, als es hinter den Ausschank ging.
Berti, was tust? fragte die Wirtin vom Fenster her.
Bügeln.
Dann mach d' Scheiben fertig, i seh nach Vatern. Sie stieg herunter, lächelte Busner zu und ging, eine Grimasse des Mädchens im Rücken, hinaus.
Danke, sagte er, als es die Getränke auftrug. Das Mädchen setzte sich seitwärts hin und sah ihm eine Weile zu. Rosiges Schweinchen! - Und ich mach es doch! Geschlossenen Auges. Wieder mal in ein Fützchen kommen. Die schwere Brust! Sollt sie gleich von hinten schnappen!
Sie waren gestern wohl verhindert? sagte er.
Was? entgegnete es, ohne die Arbeit zu unterbrechen.
Sie waren wohl verhindert, unser Treffen einzuhalten?
Ja.
Schade! Weshalb, wenn ich fragen darf?
Keine Lust.
Sie hatten keine Lust? Das bezweifle ich! Sie machen sich was

vor! Sie wissen, dass man selten Menschen trifft, mit denen man sich auf Anhieb so gut versteht wie wir! Solche Bekanntschaften muss man erhalten! Weshalb wollen Sie sich das nicht eingestehn? Sie tun, als ob ich etwas Unanständiges von Ihnen will. Fräulein Berti, fuhr er nach einer Weile fort, ich wünschte, Sie hätten mehr Lebenserfahrung! Gut, man kann niemanden zwingen. Ich mein, weil Sie gestern behaupteten, Sie würden gern in meinem Wagen fahren?

Fahren schon! Es rutschte von der Bank, nahm das Becken, ging damit in die Küche, kehrte zurück, stellte es auf die Bank und arbeitete weiter an der Scheibe.

Ich möchte noch ein Sprudelwasser, äusserte er nach einer Weile. Als es damit an den Tisch trat, sagte er, Fräulein Berti, wollen wir uns nicht heut zu einem Glas Wein treffen? Ja? Bitte, Berti! Er fasste ihr Handgelenk. Unsere Freundschaft darf nicht untergehn!

Kann nicht heut.

Bestimmt kannst du! Du musst können!

Na.

Du kannst! Bitte, schöne Berti!

Na! Sie entriss ihm den Arm. Vielleicht ein andermal.

Er haschte wieder danach, griff ins Leere und hielt sich, um nicht zu kippen, am Tisch fest.

Fahr ins Dorf, erklärte das Mädchen.

Ins Dorf fährst du?

Hab frei morgen.

Dann können wir uns heut doch sehn!

Na, fahr heut. Es ging zum Fenster.

Heut schon? sagte er; schade! Wirklich schade! Dann müssen wir's auf morgen verschieben.

Komm erst Mittwoch früh.

Erst? Kannst du nicht eher kommen? Oder am Dienstag fahren?

Na.

Bitte, fahr morgen! Missversteh mich nicht: Ich will nichts von dir! Ich fühl mich bloss etwas einsam hier! Nur mit dir plaudern, verstehst du? Unser Zusammentreffen war ein glücklicher Zufall; eigentlich kenne ich niemanden, mit dem ich so gut

reden kann wie mit dir! - Hörst du zu?
Vielleicht Mittwoch.
Mittwoch! Das sind zwei Tage!
Wenn S' bezahl'n woll'n, läuten S'! Es nahm das Becken und ging Richtung Küche.

Wart doch! versuchte er es zurückzuhalten, sah die Tür sich schliessen, schluckte, dachte, zwei Tage! - Zwei Tage! - Ich dreh durch hier oben! Als hätt man mich ausgesetzt. Und vergessen. Muss was unternehmen! Den Kopf nicht verlieren! Er trank. Ein Irrsinn ist das! Sitz mutterseelenallein in einer stinkenden Kneipe. Zum Heulen!

Bezahlen, sagte er, als auf sein Klingeln anstatt des Mädchens die Wirtin erschien, und trat hinaus. Diese Hitze! Diese Stille; die unbewohnten Häuschen und die Scheissberge. Diese Enge! Wie im Knast. Ich muss was unternehmen! Jemanden kommen lassen. Doch wen? Dass die Weiber mich so im Stich gelassen haben! Acht Tage noch. Ohne den heutigen. Wenn man bloss jemanden anrufen könnte! Nur um zu plaudern! Emmerich? Nein, sind nicht so gut bekannt. Würde sich wundern. Würde vielleicht merken, dass was faul ist. Hab nicht mal jemanden, den ich anrufen kann! Muss in Rask einen Freundeskreis aufbauen. Manchmal braucht man so was wie einen Freund; bestimmt. Neunundzwanzig bin ich. Vielleicht heirat ich doch! - Scheisskerl, der mir das eingebrockt hat mit den Barometern!

Er setzte sich auf die Bettkante, dachte, der Handwerker!, als er jemanden hämmern hörte, holte schliesslich die Automobilrevue vom Tisch, hockte sich auf das andere Bett, schlug sie auf, hielt sie selbstverloren vor sich hin, trennte ein Blatt heraus, faltete es gemächlich zu einem Flugzeug, dachte, ob es fliegt?, schob es sachte gegen das Waschbecken, hob es auf, liess es gegen das Fenster gleiten, wieder gegen die Tür, sagte, wollen es ins Freie segeln lassen, und stiess die Läden auf; bin ich irrsinnig? Wenn mich jemand sähe! Er riss die Läden zu, zerknüllte das Flugzeug, warf den Ballen in den Papierkorb und zündete eine Zigarette an. Darf mich nicht verrückt machen lassen! Harry, Harry! Auf dem Boden bleiben! Was ist geschehen: Eine hässliche Dicke wird zwei Tage abwesend sein. Was hat das mit uns zu tun? Nichts. Dass in den nächsten Tagen nicht gebumst wird. Bitte! Und wenn's nur das ist: Weshalb hilfst du dir nicht selbst? Er langte in den Hosenschlitz und drückte seine Genitalien. Brauch mich nicht zu schämen! Aber wohin damit, um niemanden was merken zu lassen?

's kühlt rasch ab auf den Abend, da darf man aufpass'n, dass man sich nicht erkält'! sagte die Krämerin und legte die Papiertaschentücher auf den Ladentisch.
So ist es, bestätigte er.
Brauchen S' noch was?
Das wär's.
Die Ferienwohnung is' jetzt ganz frei g'worden, wenn S' Bedarf haben?
Im Augenblick nicht. Auf Wiedersehn.
B'hüt Euch Gott.

Er ging, um festzustellen, ob der Handwerker weg war, zur Toilette, holte im Zimmer die gebrauchten Taschentücher, warf sie ins Klosett, urinierte darüber, prüfte den Stand der Barometer, sagte, wie ihr wollt!, beinah hättet ihr mich untergekriegt, öffnete die Jalousien und legte sich aufs Bett. Der Tag ist vorübergegangen! Auch der morgige wird vorübergehn. Und ab übermorgen können wir uns wieder auf die Dicke konzentrieren. Rein spielerisch. Damit was ansteht. Und man was zu tun hat. Heut abend werd ich ein bisschen trinken, um gut zu schlafen. Und früh zu Bett gehn. Noch ein paar Tage und die Prüfung ist bestanden!
Er nahm die Zeitung vom Tisch und begann, den die ganze erste Seite einnehmenden Bericht über den Empfang des P.f.F.-Präsidentschaftskandidaten Pack durch den U.S.-Präsidenten zu lesen. Betracht es von der positiven Seite, Harry! suggerierte er sich, als ihn wieder das Gefühl befiel, er könne die Einsamkeit nicht länger ertragen: Du bist dabei, ein Schnitzel zu verzehren! Mittags hast du Hühnchen gegessen, während du in Rask bestenfalls zu einem Hamburger gekommen wärst! Und der Abend ist bereits geplant!

Er wird sich zwar mokieren, dachte er, als er den P.f.F.-Knopf vom Anzug im Schrank löste und ihn an die Jacke heftete, aber was geht mich der Barkerl an? Jetzt wird erst recht für die P.f.F. eingetreten! Vor aller Welt!

Hat es geklappt gestern?
'n Abend, Herr Heinz — was denn? Er setzte sich.
Mit dem Mädchen.
Mit dem Mädchen, ach so! Mehr oder weniger. Das heisst, sie war sauer, weil ich sie warten liess. Wie die Weiber sind!
Sie haben sie also doch noch getroffen gestern?
Aber anzufangen war nicht mehr viel mit ihr gewesen. Versteh ich! Schmollen lassen ist meine Devise, die kommt schon wieder! Geben Sie mir ein Glas Rotwein!
Wer dieses Mädchen ist, kann ich mir einfach nicht vorstellen, sagte der Barmann.
Das werden Sie früh genug erfahren, entgegnete er, prost!
Prost! Würde Julian so was erzählen, wüsste ich, woran ich wäre, meinte halb im Scherz der Keeper.
Sie glauben mir nicht?
Der Barmann zuckte die Schultern. Sehn Sie sie heut?
Heut nicht. Sie ist ins Dorf gefahren.
Vielleicht bleibt sie.
Glaub ich nicht.
Gestern in der Aufregung haben Sie vergessen, Ihren Weinbrand zu bezahlen.
Tatsächlich? Tut mir leid. Setzen Sie ihn heut auf die Rechnung. - Sie waren wieder auf einer Wanderung?
War ich.
Ich hab mich gelangweilt heut. Zu dumm, dass meine Verlobte nicht kommen kann! Ach ja! - ich sagte Ihnen, dass ihre Mutter erkrankt war, nicht? Und heut, als ich meine Verlobte anrufe, muss ich erfahren, dass die alte Dame eben verschieden ist! Krebs. Zugegeben, ich hab mich mit ihr nicht sonderlich verstanden. Dass ich jedoch nicht zur Beerdigung kommen kann, ist hart für meine Verlobte! Die Messungen hier müssen an einem Stück gemacht werden, wissen Sie. Gott sei Dank hat sie Verständnis

dafür! Ich begreif ja auch, dass sie nicht hochkommen kann, weil sie mit ihrem Bruder den Nachlass regeln muss. Die Familie ist steinreich, wissen Sie. Eine alte Patrizierfamilie. Die Regelung des Nachlasses wird wohl einige Wochen dauern. Muss ich eben zusehn, wie ich ohne meine Verlobte zurechtkomme! Geben Sie mir noch einen Wein. Und trinken Sie ein Glas mit. Ja, was ich heirate, muss Hand und Fuss haben! Trotzdem fällt es mir schwer, länger als zwei Tage enthaltsam zu sein. Zum Wohl! Meine Verlobte weiss das. Und toleriert es. Glücklicherweise, sagte sie, sind wir selten getrennt. Aber wenn ich geschäftlich verreisen muss, passiert's schon mal. Woher es kommt, dass ich so bin, weiss ich nicht. Sie haben diese Probleme nicht?

Nein, antwortete der Barmann; meine Frau und ich sind neunzehn Jahre verheiratet, ohne dass einer von uns je fremdgegangen wäre; Sie werden das für altmodisch halten!

Im Gegenteil! beteuerte er, ich find das okay! Aber was soll man machen, wenn man anders ist? Verglichen mit meinen Kollegen bin ich noch harmlos! Von einem beispielsweise wird erzählt, dass jede Frau, die er bumst, und er vernascht alle zwei Tage eine andere, sich danach auf ein Messingfass setzen und den Samen reingeben muss! In diesem Fass bewahrt der Mann seinen sämtlichen verspritzten Samen auf! Wie's drin aussieht und was er damit bezweckt, weiss ich nicht.

Glaub ich nicht, sagte der Barmann.

Wird aber erzählt! Dem Kollegen trau ich's zu.

Nee, sagte der Barmann und ging zum Musikautomaten.

Was weisst du kleines Arschloch schon! dachte er. Der Barmann kehrte hinter die Theke zurück, lehnte sich ihm gegenüber an die Wand und steckte sich eine Zigarette an.

Schweigend sassen sie sich vis-à-vis, dachte er nach einer Weile. Ob er auch denkt, schweigend sassen sie sich vis-à-vis? Und denkt, ich denke, ob er auch denke, schweigend sassen sie sich vis-à-vis? Und denkt, ich denke, er denke, ich denke, ob er auch denke, schweigend sassen sie sich vis-à-vis? Quatsch! Ob die Dicke wirklich weg ist? Wär ärgerlich, wenn sie da wär, und ich sitz in der Bar. Kann genausogut ins Wirtshaus gehn, wie hier mit dem stummen Trottel herumzuhocken. Und mir von seiner Musik die Ohren dröhnen zu lassen. Vielleicht ist sie nicht gefahren. Meinetwegen geblieben. Und erwartet mich in der Kneipe!

Zehn Rondos mit dem Weinbrand, antwortete der Barmann. Geht's in den „Alpenblick"?

Weiss ich noch nicht. Will mal an die frische Luft. Ist mir zu laut hier. Vielleicht komm ich wieder. Tschüss.

Wär ein irres Ding, wenn sie in der Kneipe auf mich wartete. Oder davor. Oder bei der Bank. Saft hab ich noch genug. Wieder genug. Macht das gute Essen. Gemach, gemach, das Mädchen sprach, denn nach dem Spritzer lässt die Liebe nach! Frau Wirtin hat ein Töchterlein. Hätten nachmittags bald klein beigegeben. Kein Licht zu sehn. Sitzt möglicherweise in der Kneipe. Nix! Vielleicht kommt sie noch. Er schloss die Tür, begrüsste den Musikanten und setzte sich an seinen Tisch.

Gut, sie ist weg. Was soll's? Werden uns damit abfinden! Noch etwas länger als eine Woche.

Guten Abend, erwiderte er, ein Glas Rotwein, bitte.

Später lach ich drüber! Sicher wär's schön, wieder mal zu bumsen. Übermorgen spätestens ist sie zurück. Das Ganze ist eine Prüfung. Seltsam, auf welche Gedanken der Mensch kommt, wenn er allein ist. Und nichts zu tun hat.

Wir haben uns geeinigt, sagte der Musikant, sich zu ihm gesellend, ich arbeit bis Samstag, und dann ade! So verdien ich noch was und setze doch mein inneres Gleichgewicht nicht aufs Spiel! Sie sehn ja: Leer, leer, leer! Wie lang sind Sie noch da?

Bis Mittwoch kommender Woche.

Das schaffen Sie auch!

Gegen seine Absicht fragte er schliesslich doch nach ihr.

Ja, antwortete Beppo, sie ist weggefahren. Sagen Sie, fuhr er fort, ich hab Sie studiert in den letzten Tagen: Sie sehn immer so sachlich aus — lachen Sie nie?

Wie kommen Sie darauf? Selbstverständlich lach ich, wenn's was zu lachen gibt! Über jeden Blödsinn kann ich natürlich nicht lachen. Das ist eine Frage des Niveaus! Sie hab ich auch nicht oft lachen sehn, übrigens!

Hier kann's einem wirklich vergehen! So! Bleiben Sie noch?

Ich trink noch ein Glas.

Später sah er die Wirtin von ihrem Tisch zum Ausschank

gehn, sich daran lehnen, ihm zulächeln und wieder an ihren Platz zurückkehren. Sie hat sich mir grundlos ins Blickfeld gestellt, die hässliche Ziege! dachte er. Könnt ihr dafür einen Stuhl auf dem Schädel zertrümmern!

DIENSTAG, 7.

Wenigstens *die* Sorge will ich mir vom Leib schaffen! sagte er sich, als er erwachte, rieb sein Glied, stand auf, fingerte zwei Papiertaschentücher aus der Packung, ejakulierte vor dem Waschbecken in sie, legte sie neben den Hahn, reinigte sich, schlüpfte in die Unterhose, öffnete leise die Tür, spähte den Gang entlang, wickelte die gebrauchten Taschentücher in ein frisches, ging zur Toilette, überzeugte sich, dass am Waschbecken keine Spuren zurückgeblieben waren, und stellte sich ans Fenster.
    Sieben Tage noch. Morgen ist sie wieder da. Vielleicht kommt sie schon heut. - Könnten zur Abwechslung im „Alpenblick" frühstücken! Bewusst die Abwechslungen herbeiführen, um die Gleichförmigkeit zu durchbrechen! Kann man sich merken! Und unserem feinen Direktor zeigen wir erst noch, dass wir nicht auf ihn angewiesen sind! Herr Busner, unter die Dusche, die Badefrauen warten auf dich!
    Zurückgekehrt, vergewisserte er sich, dass die Barometer gleich standen. Auf dem Weg fiel ihm ein, dass in einer sonst belebten Gegend die Einsamkeit schwerer zu ertragen sei als in einer öden. Weil man, unwillkürlich, stets erwartet, jemanden anzutreffen! antwortete er sich. Solange du die Situation analysieren kannst, hast du sie im Griff!
Er drückte die Klingel, setzte sich an die Sonne, betätigte sie nochmals, ging schliesslich hinein, stellte fest, dass niemand in der Küche war, öffnete die Tür zum Korridor und rief, Bedienung! Als er hinaustrat, sah er die Wirtin mit einer Einkaufstasche den Weg entlang kommen und weit hinter ihr den Hund daherhumpeln.
    Entschuldigung, Herr! sagte sie, i hoff, Sie sind net schon lang

da! Hab a B'sorgung machen müssen und bin heut allein.

Kein Grund zur Aufregung, Frau Wirtin, antwortete er, ich krieg ein Frühstück.

Ob i dienen kann? Mir haben bloss Brot, Marmelade und Butter freili; aber der Kaffee is gestern aus'gangen, und der Händler kann net liefern!

Das ist dumm. Aber Tee haben Sie da?

Tee scho!

Dann machen Sie 's mit Tee!

Keuchend langte der Hund an, betrachtete ihn aus seinen entzündeten Augen und folgte ihr in die Gaststube.

Also ist die Dicke noch nicht zurück. Haben uns an den Händen schadlos gehalten. Notfallsituation. Na ja — die Kollegen schuften, und du sitzt an der Sonne! In Rask lass ich mich gleich in das Puff fahren. - Dem Barmann haben wir's gestern gegeben, Patrizierfamilie! Ob er's geglaubt hat? Das Gegenteil kann er nicht beweisen.

Haben mer frei heut? fragte die Wirtin, als sie das Frühstück auftrug.

Wo denken Sie hin! Ich bin früh aufgestanden und habe den morgendlichen Teil meiner Arbeit bereits erledigt! antwortete er.

Dann werden S' a bisserl wandern jetzt, bei dem herrlichen Wetter?

Das liegt im Bereich des Möglichen.

Sie werden scho wissen, was S' tun wollen, denk i mir!

Allerdings. Ich bezahl gleich.

Unappetitlich, die nicht abgepackte Butter und Marmelade. Die Alte hat hoffentlich genug Kaffee eingekauft! Gottverdammte Stille. Nicht mal von der Wirtin hört man was. Oder vom sagenhaften Onkel. Könnt verstehen, wenn hier einer durchdreht! Der Onkel hat den Anfang gemacht, nach Beppos Angabe. Die Alte ist auch nicht dicht. Ein Dorf voller Verrückter! Die Krämerin! Der Postmensch! - Wär alles zu ertragen, wenn man ein Radio hätt! Oder Tonband. Einen Zeitplan, um sich einen Rahmen zu geben. Und sich genau dran halten. Ein Radio sollte aber aufzutreiben sein! Frag mittags den Alten. Brauchst deine Schnauze nicht rauszustrecken, doofer Köter! Wenn Frau Wirtin kein Fleisch mehr hat, kommst du unters Messer. Hat wohl nicht mal die Anständigkeit, gut zu munden! Wotan, welch ein Name! Er steckte sich eine Zigarette an. Was tun wir nun? Spaziergang? Fünf nach zehn. Vielleicht frag ich den Barmann, ob er mir einen Krimi leiht. Hol im Café noch Zigaretten. Dass hier nicht mal ein Pfaff ist! Ob sie die Kirche abgesperrt haben? Hingehen, prüfen! Und schon hat man sich wieder ein Ziel gesteckt.

In der Empfangshalle begegnete er dem Direktor und seiner Frau.

Guten Tag, sagte er, Verzeihung, Herr Direktor — ich habe mir überlegt, ob es nicht eine Möglichkeit gäbe, Rundfunk zu hören?

Im Aufenthaltsraum steht doch ein Radio, antwortete der Direktor.

Es gibt einen Aufenthaltsraum? fragte er.

Ich habe ihn schon für den Winter richten lassen und geschlossen, griff die Direktorin ein, aber ich kann Ihnen ein Transistorgerät zur Verfügung stellen, das ein Angestellter vergangenes Jahr dagelassen hat. Ich werde es für Sie suchen.

Damit wäre mir gedient, Frau Direktor, erwiderte er, die Stille hier ist manchmal etwas bedrückend.

Ich bringe es Ihnen mittags, sagte der Direktor und öffnete die Tür zum Büro.

Einen Aufenthaltsraum gibt's hier, dachte er im Fahrstuhl.

Dass ich den noch nicht entdeckt hab! Wollen nicht, dass ich den benutze! Scheisskerle! Der ist nicht geschlossen, das war gelogen. Jetzt erst geht sie hin und sperrt ihn zu. Sicher steht auch ein Fernseher drin. Frechheit, mich wie einen Gast zweiten Rangs zu behandeln. Werden das der GES rapportieren, wartet bloss!

Er hob den Koffer vom Schrank, entnahm ihm ein Paket Zigaretten, riss es auf und stellte sich ans Fenster. Ein Transistorradio werden wir kriegen! Und gäbe nicht auch einer weiss was drum, so faulenzen zu können? Der Unterschied ist, ich bin ein Mann der Aktion ... Wenn wenigstens auf der Baustelle was los wär. Könnt mich schon dran weiden, die Proleten schuften zu sehen. Onaniert heut morgen. Macht nichts. Könnt noch was einrenken. Verzeihen und die Misch kommen lassen! Dienstag haben wir vier Tage bis Samstag. Nein, bis dahin hab ich die

Dicke rum. Morgen schon. Er setzte sich an den Tisch. Und Mittwoch darauf reisen wir. Welch Scheissding, so ein Barometer! Als käme die Menschheit nicht ohne aus. Geh kacken. Haben die selbst die Kirche zugesperrt! Die Mathematik ist ein irres Ding. Hätt ich studiert, wär's Mathematik gewesen. Was Handfestes und braucht Intelligenz. Du lebst in einer interessanten Zeit, fiel ihm ein, der neue Mensch entsteht, und du bist dabei! Bald Essenszeit. Wegen des Frühstücks hat er sich nicht geäussert. Bin gespannt, wo dieser Aufenthaltsraum ist. In vierzig Sekunden haben wir den halben Tag rum, 5, 4, 3, 2, 1, geschafft.

Hat das Radio nicht dabei! stellte er fest, als der Direktor das Essen auftrug. Ob ich danach frage? Kann sein, dass er mich erst recht zappeln lässt, wenn er merkt, wie sehr ich darauf aus bin.

Meine Frau hatte keine Zeit, danach zu suchen, erwiderte der Direktor, wenn es soweit ist, werd ich es auf Ihren Tisch stellen.

Danke, Herr Direktor, es eilt ja nicht!

Blöder Kerl, wollen uns Zeit lassen. Vielleicht entschliesst er sich, es bald zu bringen, da der Gast wartet. Knäppchen wird unsere Karte inzwischen erhalten haben. Wenn das eine Hochzeit gäb! Hier sollte man sie feiern! Müssten der Alte und seine Vettel sich hetzen! Der Barmann dürfte die Getränke servieren. Und Beppo als Einlage spielen „Warum ist die Welt so schön". Als Tanzkapelle hätte man das „Rasker Rundfunk-Orchester".

Ein Lichtbild, dachte er, als er in der Empfangshalle durch die Eingangstür ins Freie sah. Wie ein Lichtbild! Bewegungslos! Starr. Träume ich? Eine riesige Fotografie. Er nahm den Schlüssel vom Brett, liess sich in den nicht zugedeckten Sessel fallen und steckte sich eine Zigarette an.

Unten war ich, als existierte ich nicht! Du fängst nicht etwa an zu spinnen? Er stellte sich in die Tür, vergewisserte sich, alles reglos! und kehrte zum Fauteuil zurück. Plötzlich stand alles still, es gab keine Bewegung mehr, und der Weltuntergang war da! Ulkige Einfälle haben wir hier. Diese zugedeckten Sessel. Als käme nie mehr einer her. Ich rauch jetzt noch eine Zigarette, seh nach, ob der Alte sich inzwischen bequemt hat, und geh in den „Alpenblick"!

Aus dem Wirtshaus zurückgekehrt, fand er das Radio noch immer nicht auf dem Tisch, fuhr ins Zimmer und lehnte sich aus dem Fenster. Verschlafen können müsste man die Zeit!

Schliesslich holte er die gestrige Zeitung, rückte einen Stuhl ans Fenster, suchte die Seite mit den Rasker-Nachrichten, prüfte den Barometerstand, las die Seite zu Ende, beschloss, nochmals ins Wirtshaus zu gehen. P.f.F., sage ich!

Eine Kola darf's sein, Frau Wirtin, antwortete Busner.

Morgen ist Dickerchen wieder da. Anstatt abends mit dem Barkerl zu sitzen, könnt man sich Kognac kaufen und auf dem Zimmer Rundfunk hören. Wenn er es schafft, das Gerät aufzutreiben, müsst ich mir welchen besorgen. Das ist Beppos Stimme!

Hallo, rief er in die Wirtsstube.

Oh, hallo! Der Musikant trat heraus.

Sind Sie eben aufgestanden? fragte er.

Ich habe gestern lange gearbeitet und mir morgens von dem Hügel dort den Sonnenaufgang angesehen, erwiderte Beppo. Ein überwältigendes Erlebnis! Dürfen Sie sich nicht entgehen lassen! Augenblick.

Er kehrte mit einer Tasse Tee zurück und setzte sich. Und Sie haben einen angenehmen Tag verbracht?

Hab ich.

Und Ihr Arbeitspensum erledigt?

Erledigt.

Mir steht der unangenehme Teil des Tages noch bevor!

Wird nicht so schlimm sein.

Richtig! Die vier Stunden sind nicht die Welt. Und stellen Sie sich vor: Gestern durfte ich eine Viertelstunde früher Schluss machen; eine Viertelstunde! Gehen Sie demnächst zum Hotel? Ich würd Sie begleiten, ich spazier zur Station, um meine Frau anzurufen. Diesen Gang mach ich täglich, der Mensch braucht Bewegung.

Ich begleite Sie bis zur Lebensmittelhandlung, antwortete Busner.

So, braucht mer was? begrüsste ihn die Krämerin.

Eine Flasche Weinbrand hätt ich gern, entgegnete er.

Sie öffnete die Ladentür, schaltete das Licht an, blickte zum Regal hoch und sagte, hab's dacht, keiner da.

Dann geben Sie mir die Flasche Rum dort, ich hol sie schon runter. Haben Sie eine Tüte?

Zeitungen kann ich drumwickeln, wenn Ihnen damit gedient ist.

Er nahm den Schlüssel vom Brett und sah in den Speisesaal. Wenn du denkst, dass ich mich ärgere, täuschst du dich!

Im Zimmer wickelte er die Flasche aus und stellte sich ans Fenster. Tot, alles wie tot. Die Stille bringt dich um! Er pfiff vor sich hin, sah den Musikanten, die Hände in den Taschen seiner Wildlederjacke, zurückkehren, dachte, der ist noch schlechter dran!, setzte sich an den Tisch, sprang nach einem Augenblick auf, lief zur Station, lehnte sich über die Brüstung und sah dem Geleise entlang ins Tal. Auf dem Rückweg kam ihm der Posthalter entgegen, blieb vor ihm stehen und sagte, grüss Gott, so, eine kleine Wanderung gemacht?

Aha! Er sah zum Himmel. S' Wetter hält sich!

Und Sie fahren nach Hause?

Hab noch Zeit, bis d' Bahn fährt.

Stimmt. Gehen Sie nie in den „Alpenblick"? Ich hab Sie da noch nie gesehen.

I steh halt net gut mit em Wirt.

Ach so.

Na, mir stehen net gut.

Das gibt's.

Freili.

Da ist das Radio, aber es spielt nicht, sagte der Direktor und stellte das Tablett auf den Tisch.

Es spielt nicht?

Leider, er nahm das Gerät und drehte an einem der Knöpfe. Sehen Sie! Wahrscheinlich liegt's an den Batterien. Sie müssten neue besorgen! Er stellte das Gerät hin.

Wie denn? Ich kann nicht fort wegen meiner Messungen!

Busner nahm es, drehte den Lautstärkeregler auf und schüttelte es, während der Direktor sagte, bitten Sie den Barmann darum, er fährt oft ins Dorf.

Das werd ich tun.

Er schöpfte sich Suppe, ausgerechnet den, dachte er und öffnete das Batteriefach. Siehst den Dingern nicht an, ob sie rüber sind. Hier läuft doch alles schief. Der Postmensch kann mir welche bringen! Oder ich bestell sie per Nachnahme; wenn ich morgen früh anrufe, sollten sie abends da sein. Womit wir uns für morgen bereits ein Ziel gesteckt haben. Frikadellen! Bekomm ich in Rask auch! Nur nicht nachlässig werden, Leute! Kommt alles in den Rapport! An erster Stelle steht, dass den Gästen der Zutritt zum Aufenthaltsraum vorenthalten werde. Muss mir somit beides notieren. Ein Vier-Sterne-Hotel! Glücklicherweise haben wir morgen die Kleine wieder da! Wüsste nicht, was tun, wenn die nicht wär. Ob ich gleich in die Bar geh? Erst mach ich mich frisch, weil nicht ganz auszuschliessen ist, dass Gäste angekommen sind. Die Wahrscheinlichkeit ist gering, aber ausgeschlossen ist das nicht. Er warf die Zeitung aufs Bett, stellte das Radio zwischen die Barometer, erwog, einige Liegestützen zu machen, liess es sein, kämmte den Schnurrbart, sagte sich, eigentlich kommen wir gut über die Runden; ein anderer hätte längst schlapp gemacht! Die GES weiss, was sie uns zumuten kann. Ja, die GESELLSCHAFT liebt ihre Angestellten!

Da wären wir beide wieder mutterseelenallein!

Haben Sie etwas anderes erwartet? entgegnete der Barmann.

Kann man nie wissen! Oder? gab Busner zurück.

Aber das schon! Was bekommen Sie?

Ich nehme einen Weinbrand.

Zum Wohl! Übrigens haben wir noch bis Samstag geöffnet.

Wie? Das Hotel?

Nein, die Bar.

Ach, die Bar!

Montag reise ich.

Das wird Ihnen nicht unrecht sein!
Nein.
Und wohin geht die Reise?
Nach Hause.
Sie wohnen in Rask?
Bei Rask. In Fretweil.
War ich schon. Könnt da aber nicht leben. Könnt überhaupt nicht auf dem Land leben! Naja, den folgenden Mittwoch reise dann auch ich. Er drückte die Zigarette aus. Manchmal kommt mir das hier wie ein Traum vor. Gespenstisch, wissen Sie. Das leere Hotel und so. Übrigens soll es einen Aufenthaltsraum geben?
Richtig.
Wo befindet sich der?
Im ersten Stock. Steht im Aufzug.
Aber der Aufenthaltsraum ist geschlossen, glaube ich.
Nee!
Doch!
Nee!
Der Barmann zuckte die Achseln. Letzthin war das Schild noch da. Kann sein, dass er es weggenommen hat und ein neues hinkommt.
Find ich ein starkes Stück, wenn man Gäste im Haus hat!
Sagen Sie das der Direktion. Ich hab einen kleinen Fernseher auf dem Zimmer.
Auch ein Radio?
Auch.
Nein, besorg sie selbst, dachte er. Damit ich Beschäftigung hab.
Geben Sie mir noch einen. Wissen Sie, was ich mir heut überlegt hab? Ob ich nicht meine Hochzeit im „Gausener-Hof" feiere! Zur Zeit sind die Berge zwar keine Pracht, aber im Hochsommer, kann ich mir vorstellen, geben sie eine herrliche Kulisse für eine Hochzeit ab! Jedenfalls werd ich mit meiner Braut und ihrer Familie darüber sprechen.
Tun Sie das! Der Barmann setzte sich zwei Hocker weiter hin, nahm eine Zigarette und schlug seinen Krimi auf.
Spannend? fragte Busner nach einer Weile.

Mhm, sagte der Barmann.

Nehm noch einen!

Der Barmann glitt vom Hocker.

Frechdachs! Warte bloss! Kommst auf die Liste! Des weiteren ist das Benehmen des Barkeepers dieses Hotels den Gästen gegenüber von einer unbeschreiblichen Arroganz! So. Ob ich gar nicht mehr ins Wirtshaus geh? überlegte er, nachdem sich der Barmann wieder gesetzt hatte. Hab Rum oben. Dass die Dicke nicht gekommen ist, steht fest. Geh vielleicht doch noch auf einen Sprung rüber. Wenn ich mir nur vorstell, dass ich jetzt durch die Empfangshalle gehen und in dem tristen Zimmer alleine saufen müsst. Nee, da ist mir sogar Beppos Musik lieber!*

MITTWOCH, 8.

Wie er es sich gewünscht hatte, erwachte er morgens ziemlich früh. Einen Augenblick schaute er zum Fenster hinaus. Als er auf dem Weg zur Brause beim Tisch vorüberkam und das Rundfunkgerät darauf erblickte, schaltete er es ein, obwohl ihm bewusst war, dass es nicht spielen würde. Bevor er den Einschaltknopf abdrehte, hielt er das Gerät ans Ohr und schüttelte es.

Später, wie er in den Speisesaal trat, war der Direktor eben dabei, Semmeln auf seinen Tisch zu stellen. Busner gewahrte, dass der Direktor ihn nicht bemerkt hatte. Als er neben ihm stand, sagte er, guten Morgen.

Der Direktor, ohne dass Busner ein Zeichen der Überraschung in seinem Gesicht festzustellen vermochte, sagte ebenfalls, guten Morgen.

---

* Hier endet die begonnene 5. Fassung des Romans, an der Lotmar bis Winter 1979 schrieb. Der folgende Text entspricht der wahrscheinlich zwischen 1975 und 1977 entstandenen 4. Entwurfsfassung (vergleiche Nachwort). (Anm. d. Hrsg.)

Busner setzte sich hin. Während der Direktor den Speisesaal verliess, brach er beide Semmeln entzwei, biss jedoch keine davon an. Erst jetzt fiel ihm ein, dass die Dicke heute wieder in Gausen-Kulm eingetroffen sein müsse, so dass also eine grosse Wahrscheinlichkeit bestehe, die kommende Nacht nicht alleine zu verbringen.

Als der Direktor Butter und Kaffee brachte, fragte ihn Busner, ob er vielleicht wisse, wo in Gausen-Dorf Batterien für den Rundfunkempfänger zu erhalten seien. Der Direktor sagte, die werde er im „Kaufhof" bekommen.

Busner fragte, ob es denn im Dorf kein Musik- oder Schallplattengeschäft gebe.

In Gausen-Dorf gebe es keines, aber während des Winters hätten sie eines in Gausen-Kulm, entgegnete der Direktor.

In einem Fachgeschäft würde ich bestimmt die richtigen Batterien erhalten, aber vielleicht weiss man im „Gausener Kaufhof" ebenfalls Bescheid, sagte Busner.

Der Direktor sagte, Batterien bekäme er dort bestimmt, nur gelange er heute nicht mehr ins Dorf, da die Bahn, die er hätte nehmen müssen, um sieben Uhr früh fahre.

Busner sagte, er beabsichtige nicht nach Gausen-Dorf zu fahren, er würde anrufen und die Batterien hochschicken lassen.

Das sei der einfachere Weg, sagte der Direktor.

Busner fragte, ob die Direktorin anwesend sei.

Der Direktor sagte, ja.

Busner sagte, er frage, weil er gleich nach dem Frühstück anrufen möchte.

Der Direktor sagte, er brauche bloss an der Rezeption zu klingeln, wenn er anrufen wolle.

Nach dem Frühstück fuhr er auf sein Zimmer, um die Barometer zu prüfen. Nachdem er die beiden waagrechten Striche in die Liste eingetragen hatte, kehrte er wieder in die Empfangshalle zurück und drückte den Klingelknopf an der Rezeption. Lange Zeit geschah nichts. Nach einer Weile, die er zum Fenster hinaussehend verbrachte, klingelte er ein zweites Mal. Um die Abfahrt des Aufzuges zu beobachten, liess er sich im Sessel nieder. Tatsächlich setzte sich der Lift bald darauf in Bewegung. Er stand auf und schlenderte zur Rezeption. Er sah die Direktorin aus dem Aufzug treten. Zu seiner Überraschung trug sie einen Morgenrock, hatte ihren Haarknoten aufgelöst und noch keine Zeit gefunden, sich zu kämmen.

Er sagte, ah, verzeihen Sie bitte, Ihr Mann teilte mir mit, Sie seien verfügbar. Ich wusste nicht, dass Sie noch im Bett lagen.

Die Direktorin sagte, während sie sich näherte, ich lag nicht mehr im Bett — zudem ist mein Mann nicht in der Lage, darüber Auskunft zu erteilen. Mein Mann und ich schlafen in getrennten Zimmern, was wünschen Sie?

Ich hätte einen Anruf zu erledigen.

Die Direktorin stiess die Luft aus und trat hinter die Abschrankung.

Sie sagte, geben Sie mir die Nummer an!

Er sagte, ich kenne die Nummer nicht, haben Sie ein Teilnehmerverzeichnis von Gausen-Dorf da?

Von Gausen-Dorf? Nein, vom Dorf ist keines da.

Es ist keines da?

Die Direktorin sagte, nein, wie ich Ihnen sagte.

Ist Ihnen vielleicht zufälligerweise die Nummer des „Kaufhof" in Gausen-Dorf bekannt?

Die Direktorin fragte, woher sie diese Nummer auswendig wissen solle.

Er sagte, na gut, dann gehe ich zur Post.

Die Direktorin sagte, ja, dann gehen Sie zur Post.

Während er zum Eingang schritt, ging die Direktorin zum Aufzug.

Nachdem er ein geringes Wegstück zurückgelegt hatte, fiel ihm ein, er würde das Gerät wohl besser mitnehmen, um in der Lage zu sein, die Marke zu nennen und auf diese Weise sicher die richtigen Batterien zu erhalten.

Wie er wieder aus dem Hoteleingang trat, bemerkte er einen Schmetterling, der in die Richtung des Tennisplatzes flog. Er schaute ihm nach.

Um nicht immer denselben Weg zu gehen, folgte er dem Wiesenpfad zur Post, fand die Eingangstür jedoch geschlossen.

Er beschloss, anstatt auf den Posthalter zu warten, in der Stationshalle nachzusehen, ob die Sprechzelle geöffnet sei, und ging, da sie zugesperrt war, zurück zur Post, wo sich der Posthalter aber noch immer nicht eingefunden hatte. Auf der Rückseite der Baracke, von der aus er den Wiesenpfad überblicken konnte, setzte er sich in den Schatten. Während des Wartens fiel ihm ein, man sollte Menschen, welche nicht fähig seien, sich in die Gesellschaft einzuordnen, in Dörfer wie Gausen bei Saisonende verbannen, damit sie dort zur Einsicht kämen, dass ein einzelner nur als Glied der Gesellschaft zu überleben vermöge.

Er sah den alten Posthalter, der ihn, da er im Schatten sass, nicht zu erblicken vermochte, den Wiesenpfad hochsteigen.

Kurz bevor der Posthalter oben anlangte, erhob sich Busner und ging zur Eingangstür. Er sah den Posthalter leicht zusammenzucken, als dieser ihn, um die Ecke biegend, an der Tür lehnend erblickte.

Er sagte, guten Tag.

Der Posthalter sagte, ah, guten Tag.

Ich habe Sie doch nicht etwa erschreckt?

Der Posthalter sagte, nein, nein. Er holte den Schlüssel aus der Tasche und fragte Busner, ob es ihm in Gausen-Kulm eigentlich gefalle.

Im Winter würde es ihm besser gefallen, erwiderte Busner.

Gausen-Kulm sei sehr schön, aber im Winter sei es am schönsten, sagte der Posthalter. Er schob die Tür zu, hängte Stock und Mütze an den Kleiderschrank und sagte schliesslich, dieser Pfad bringt mich zum Schwitzen.

Busner sagte, das glaube ich.

Nachdem sich der Posthalter hinter das Pult gesetzt und den Schweiss auf seiner Stirn getrocknet hatte, sagte er, die neue Post wird glücklicherweise an der Hauptstrasse stehen.

Busner sagte, mit dem Umbau wird aber noch nicht begonnen? Jedenfalls bemerkte ich an der Hauptstrasse keine einzige Baustelle.

Der Posthalter sagte, wir erwarten jeden Tag die Bauarbeiter — was kann ich für Sie tun?

Busner sagte, er möchte telefonieren.

Der Posthalter sagte, bitte, hier steht der Apparat.

Ich sollte erst die Nummer heraussuchen, haben Sie ein Teilnehmerverzeichnis von Gausen-Dorf?

Der Posthalter sagte, gewiss, stand auf, trat im hinteren Teil des Raumes an ein Gestell und brachte ihm das Verzeichnis.

Während Busner die Nummer wählte, beschäftigte sich der Posthalter mit dem Ausfüllen von Formularen.

Die Verkäuferin erwiderte, als er sie bat, mit der Radioabteilung verbunden zu werden, sie brauche ihn nicht weiter zu verbinden, was für Batterien er benötige?

Er sagte, er wisse es nicht, er brauche die Batterien für einen Rundfunkempfänger der Marke Sola.

Die Verkäuferin fragte, mit welchem Batterietyp dieses Gerät betrieben werde.

Busner sagte, eben das wisse er nicht, in dem Gerät steckten nicht einmal ausgediente Batterien.

Ein Herr meldete sich, der fragte, um welches Modell es sich bei dem Gerät handle.

Busner sagte, die Typenbezeichnung laute 0-518.

Der Verkäufer sagte, das sei ein älteres Modell.

Busner sagte, er habe es geschenkt bekommen.

Der Verkäufer sagte, man benötige drei A-4 Batterien dafür, aber die hätten sie nicht am Lager, weil diese bei ihnen nicht mehr verlangt würden.

Busner fragte, wo er solche Batterien kriegen könnte, er brauche sie nämlich dringend.

Der Verkäufer sagte, die Batterien müssten bestellt werden.

Busner fragte, wie lange das dauern würde.

Der Verkäufer sagte, mit drei, vier Tagen müsse gerechnet werden.

Busner sagte, so lange möchte er nicht warten.

Der Verkäufer sagte, möglicherweise würde er die Batterien eher erhalten, wenn er diese selbst in Rask bestellte.

Busner fragte, ob es in Gausen-Dorf ein zweites Kaufhaus oder sonst ein Geschäft gebe, welches diese Batterien führe.

Der Verkäufer sagte, nein, das gebe es nicht.

Nachdem Busner eingehängt hatte, fragte der Posthalter, nun, werden Sie Ihre Batterien bekommen?

Busner sagte, nein, ich sollte nach Rask anrufen, dürfte ich bitte das Teilnehmerverzeichnis haben?

Der Posthalter sagte, gewiss!

Er rief das grösste Musikhaus von Rask an. Nachdem er mit der Radioabteilung verbunden worden war, sagte er, er möchte drei Batterien des Typs A-4 bestellen. Der Verkäufer meinte, er müsse erst nachsehen, ob man diese Batterien am Lager habe.

Er schaute zu, wie der Posthalter zum Fenster hinausblickte.

Der Verkäufer sagte, es seien welche da, ob er sie abhole oder ob man sie ihm per Nachnahme senden solle.

Busner sagte, die sollten nach Gausen-Kulm gesandt werden, und zwar per Eilpost, verstehen Sie? Ich benötige diese Batterien nämlich dringend!

Der Verkäufer fragte nach seiner Anschrift.

Der Posthalter schrieb, als er ihn fragte, was er ihm schulde, zwei Zahlen untereinander und addierte sie. Während der Posthalter das Wechselgeld herauszählte, fiel Busner ein, wer wohl die Post in Gausen-Kulm austrage.

Der Posthalter sagte, das besorge der Postbote.

Busner sagte, er frage bloss, weil er den Postboten noch nie zu Gesicht bekommen habe.

Der Posthalter sagte, das verwundere ihn nicht, der Postbote weile zur Zeit im Urlaub, da im Augenblick ohnehin keine Post zuzustellen sei.

Busner sagte, und wenn gleichwohl Post eintrifft?

Der Posthalter sagte, er treffe keine Post ein, sollte entgegen allen Erwartungen doch welche eintreffen, so werde er sie selbst austragen.

Busner sagte, er erwarte nämlich ein Eilpaket.

Der Posthalter sagte, sollte es eintreffen, bringe er es ins Hotel.

Busner sagte, es trifft gewiss ein.

Der Posthalter sagte, in diesen Fall werde ich es ins Hotel „Gausener-Hof" bringen.

Busner sagte, er wisse, dass auf den Posthalter Verlass sei.

Zum Abschied hätte er ihm beinahe die Hand gereicht.

Er nahm sich vor, im Wirtshaus einen Aperitif zu trinken und bei dieser Gelegenheit gleich nach der Dicken zu sehen. Die Wiese hinunterlaufend, dachte er, bald werde ihm ein Rundfunkgerät Abwechslung bringen. Von weitem bemerkte er, dass die Alte im Begriff war, die beiden Tische vor das Wirtshaus zu stellen.

Wie er in die Gaststube trat, kam sie ihm mit einem Waschbekken entgegen.

Sie sagte, guten Morgen.

Er sagte, guten Tag.

Die Alte ging an ihm vorbei und rief über die Schultern, sie komme gleich.

Die Dicke hielt sich nicht in der Gaststube auf.

Nachdem die Alte einen Aperitif gebracht hatte, überlegte er sich, ob er sich draussen hinsetzen wolle, beschloss aber, dies nicht zu tun. Sollte die Dicke nämlich in der Gaststube erscheinen, müsse ihm das draussen entgehen.

Er sah die Alte die Stube durch die Küchentür verlassen. Später fragte er sich, ob die Dicke wohl zurückgekehrt sei oder ob sie erst am Abend eintreffe. Da ihm in den Sinn kam, dass sie heute keinen Urlaub habe, kam er zum Schluss, sie müsse heute morgen eingetroffen sein; er habe sie doch gestern Abend nicht ankommen sehen.

Als er sich fragte, was er tun wolle, entschloss er sich, auf die Dicke zu warten, um sich zu vergewissern, dass sie zur Verabredung komme. Er stellte einige Überlegungen an. Er dachte an die Möglichkeit, dass die P.f.F. die Wahlen nicht gewinnen werde, obwohl kein Anlass zu einer solchen Befürchtung bestehe.

Nachher — es war bald Mittag — beschloss er, doch noch in den „Gausener-Hof" zurückzugehen, obwohl er nicht mit Sicherheit wisse, ob die Dicke zurückgekehrt sei. Auf dem Weg fiel ihm ein, dass er vergessen hatte, den Schnaps zu bezahlen.

In der Empfangshalle bekam er den Eindruck, er sei angerufen worden — da er aber weder den Direktor noch die Direktorin antraf, um sie zu fragen, sagte er sich, sollte er angerufen worden sein, würde eine entsprechende Notiz auf seinem Tisch liegen, sonst würde ihm der Direktor den Anruf gewiss ausrichten.

Weil er auf dem Tisch keine Notiz liegen sah und sich auch unter dem Teller keine befand, fragte er den Direktor, als dieser an seinen Tisch trat, ob jemand für ihn angerufen habe.

Der Direktor sagte, soviel er wisse, habe niemand angerufen, ob er einen Anruf erwarte.

Busner sagte, es sei sehr wohl möglich, dass die GESELLSCHAFT versuchen könnte, ihn innerhalb der nächsten Tage zu erreichen.

Der Direktor sagte, vielleicht habe seine Frau einen Anruf entgegengenommen und vergessen, ihm eine Meldung zu hinterlassen, was sie aber bestimmt nachholen werde, wenn tatsächlich ein Anruf für Busner gekommen sei.

Ich hoffe bloss, der Anrufer liess nicht ausrichten, ich soll innerhalb der nächsten Stunden zurückrufen, sagte Busner.

In diesem Fall hätte meine Frau bestimmt eine Nachricht hinterlassen — vorausgesetzt natürlich, sie hat es nicht über wichtigeren Dingen vergessen, entgegnete der Direktor.

Nach dem Essen versetzten ihn die Stille und die Bewegungslosigkeit in dem grossen Raum in trübe Stimmung. Er legte seine Hand auf das Rundfunkgerät. Bevor er es hinterher in seinem Zimmer auf den Tisch stellte, verspürte er den Drang, es einzuschalten, obwohl er wusste, dass es unmöglich spielen würde.

Als er später, um Kaffee zu trinken, in die Gaststube des Wirtshauses trat, war er überrascht, die Dicke zu sehen, welche mit der Alten beim Mittagessen sass. Vielleicht hörte er sich deshalb „Guten Appetit" sagen.

Die Alte bedankte sich gleich, aber die Dicke liess einige Sekunden verstreichen, bevor sie „Danke" sagte.

Weil die Alte mit kauenden Backen auf seinen Tisch zukam und ihn davor ekelte, sagte er, ich nehme Kaffee, bitte, noch bevor sie ihn erreichte.

Sie trat gleichwohl neben ihn und sagte, während sie sich auf den Tisch stützte, es ist noch kein Kaffee da.

Er bestellte ein Bier.

Anstatt zum Ausschank, ging die Alte an ihren Tisch zurück.

Er rief ihr nach, ich vergass heute morgen den Aperitif zu bezahlen.

Die Alte rief, das ist nicht so arg. Zur Dicken hörte er sie sagen,

Berti, der Herr wünscht ein Bier.

Die Dicke stand — ebenfalls kauend — auf. Er bemerkte, dass sie beim Friseur gewesen sein müsse, da ihr Haar ordentlicher war als sonst. Als sie vom Ausschank zu seinem Tisch kam, fiel ihm ein, er brauche sie bloss zu sehen, um scharf auf sie zu werden.

Er bemerkte, dass Beppo nicht zum Mittagessen gekommen war. Weil er es für möglich hielt, ihn übersehen zu haben, blickte er sich in der Gaststube um, aber der Musiker war tatsächlich nicht da. Er dachte, heute sei Mittwoch und mittwochs habe Beppo seinen freien Tag. Er sah die Dicke aufstehen und Geschirr in die Küche tragen. Er nahm an, sie kehre gleich wieder zurück, aber die Dicke blieb aus. Unvermittelt kam ihm in den Sinn, er hätte sein Rundfunkgerät besser Beppo mitgegeben, damit der ihm Batterien besorge.

Er sah die Alte heisses Wasser in eine Tasse laufen lassen, drei Stück Zucker und einen Teebeutel hinzutun und die Tasse an ihren Tisch tragen. Wie sie ihn anblickte, schaute er weg, aber die Alte rief gleichwohl, heiss heute, nicht? Er nickte. Er stellte fest, dass er befürchtete, die Dicke werde nicht wiederkehren. Mit einem Mal hegte er den Verdacht, die Alte argwöhne, er führe etwas im Schilde mit der Dicken und lasse ihn deshalb nicht alleine mit ihr. Nachdem sie jedoch den Tee ausgetrunken hatte, stand sie auf, stellte die Tasse auf den Ausschank, öffnete die Küchentür und rief die Dicke, welche er von oben antworten hörte. Als die Dicke kurz darauf in die Gaststube trat, sagte die Alte, hüte du die Gaststube, ich muss nach dem Vater sehen.

Die Dicke sagte, es kommt ja doch niemand!

Die Alte sagte, das weiss man nie, und lächelte darauf zu Busner hin, dass er den Eindruck erhielt, sie habe sich einer schärferen Antwort aus Rücksicht auf ihn enthalten.

Die Dicke trat hinter den Ausschank, lehnte sich an die Wand und kreuzte die Arme über der Brust. Er dachte, die Alte werde wie beim letzten Mal, als sie sich mit dem Krüppel beschäftigte, nicht so schnell wiederkehren, so dass er die Dicke nicht anzusprechen, sondern bloss zu warten brauche, bis sie sich äussere. Er steckte sich eine Zigarette an. Aus den Augenwinkeln bemerkte er, dass die Dicke ihre Schuhspitzen betrachtete. Er drehte sein

Bierglas auf der Unterlage. Nachdem er lange Zeit zum Fenster hinausgeschaut hatte, rief er schliesslich gegen den Ausschank hin, ich bekomme noch ein Bier, bitte.

Die Dicke rief, ja, und stiess sich von der Wand ab. Wie sie das Bier auftrug, fragte er gegen seinen Willen, ob sie einen schönen Urlaubstag verbracht habe.

Die Dicke sagte, ja, und wandte sich ab.

Er sagte, warum so kurz angebunden?

Die Dicke fragte, wie?

Er sagte, du bist nicht gerade freundlich!

Sie sagte, wieso?

Es fiel ihm ein, auf welche Weise er sie hinkriegen würde.

Er sagte, ich sehe es dir an, dass dich etwas bedrückt.

Sie sagte, wieso?

Er sagte, du scheinst traurig zu sein.

Die Dicke sagte, nein, ich bin nicht traurig.

Möchtest du etwas trinken?

Sie wollte ein Kolagetränk haben. Als sie es zum Tisch vor dem Buffet trug, fragte er, möchtest du dich nicht zu mir setzen?

Sie kam herüber. Er stand auf und rückte ihr den Stuhl zurecht.

Nach einer Weile sagte er, du siehst wirklich betrübt aus, Berti.

Sie sagte, wieso?

Hast du Kummer?

Sie sagte, wieso?

Ich sehe es dir an.

Sie sagte, so, Sie sehen es mir an?

Er sagte, du weisst, Berti, dass du mit mir über deine Probleme sprechen kannst.

Sie sagte, sie habe keine Probleme.

Er sagte, er wolle sie nicht dazu zwingen, ihm etwas anzuvertrauen, was sie für sich behalten möchte. Da sie nicht antwortete, fügte er hinzu, solltest du dennoch Lust dazu verspüren, unterhalten wir uns heute abend darüber, ja?

Die Dicke sagte, ja.

Wir haben uns ja bereits verabredet für heute abend?

Sie sagte, wann?

Am Montag, glaub ich.

Die Dicke sagte, ich sagte aber: vielleicht!

Er sagte, wir wollen doch unsere Freundschaft feiern, wie wir vereinbarten!

Die Dicke sagte, sie habe gesagt, *vielleicht* komme sie.

Er sagte, bestimmt kommst du, Berti. Wir sehen uns um halb neun bei der Wegbiegung, ja?

Sie sagte, wenn es geht.

Er legte seine Hand auf die ihre und sagte, er bitte sie darum.

Sie sagte, indem sie die Hand wegzog, nur wenn Sie versprechen, mich nicht anzurühren!

Er sagte, ich versprach es dir doch bereits; dabei bleibt's — aber bitte, rede mich mit Du an und nicht mit Sie!

Die Dicke sagte, also gut, du!

Schmeckt dir deine Kola?

Sie sagte, ja.

Er sagte, gestern sei er traurig gewesen, weil er sie während des ganzen Tages nicht gesehen habe.

Die Dicke sagte, wieso?

Er sagte, weil er sie möge.

Die Dicke legte ihre Hände zwischen die Oberschenkel.

Er sagte, wir werden bestimmt gute Freunde sein!

Die Dicke sagte, ich weiss nicht.

Er sagte, bestimmt! Später wirst du mich mal in der Hauptstadt besuchen. Ich hole dich in Gausen mit dem 12 SS. Da er sie lächeln sah, sagte er, das wäre doch etwas, oder nicht?

Die Dicke sagte, wie die Marquise!

Genau!

Die Dicke sagte, genauso!

Er sagte, du möchtest doch mal im 12 SS fahren, nicht?

Sie sagte, bestimmt möcht ich das!

Er sagte, eines Tages werde er sie in Gausen mit dem 12 SS holen.

Die Dicke sagte, der Student aus dem Roman, den sie lese, habe auch einen 12 SS. Der Student sei in die Marquise verliebt. Die Marquise sei die Tochter eines Barons oder so und liebe den Studenten wohl, aber der Baron wolle den Studenten nicht. Der Student hole die Marquise, die auch sehr gerne im 12 SS fahre, jeweils mit dem 12 SS ab.

Wie Busner sich vorbeugte und fragte, wie die Geschichte ausgehe, sah er die Alte eintreten.

Die Dicke, welche die Alte nicht bemerkt hatte, sagte, sie wisse es noch nicht.

Als die Alte, Busner anlächelnd, ihre Hände auf die Schulter der Dicken legte, zuckte die Dicke zusammen.

Die Alte sagte, Berti, die Wäsche wartet oben.

Die Dicke sagte, ich gehe gleich.

Während die Dicke ihr Glas leerte, sagte die Alte lächelnd zu Busner, es gibt immer Arbeit, nicht wahr?

Er sagte, ich bezahle zwei Bier und eine Kola.

Als die Alte zum Ausschank ging, flüsterte er der Dicken zu, bis heute abend!

Die Alte kehrte mit dem Geldbeutel an den Tisch zurück.

Draussen war Wind aufgekommen. Auf dem Weg zum „Gausener-Hof" versuchte er sich zu entschliessen, was er tun wolle. Vor dem Hotel angelangt, sagte er sich, er wolle ins Hotel zurückkehren.

Da er beim Betreten der Eingangshalle wieder unvermittelt den Eindruck erhielt, es habe jemand für ihn angerufen, verdross es ihn, weder den Direktor noch die Direktorin anzutreffen. Im Speisesaal schaute er nach, ob sie eine Meldung für ihn hinterlegt hätten. Nachdem er selbst unter der Serviette keine Nachricht gefunden hatte, dachte er, möglicherweise habe jemand eine Notiz in seinem Zimmer hinterlassen. Aber auch dort suchte er vergebens. Lange Zeit, während der ihm nichts einfiel, verbrachte er im Lehnstuhl. Als er feststellte, dass ihm keine Gedanken durch den Kopf gingen, sagte er sich, wollte er nachdenken, fiele ihm wohl etwas ein, aber er fühle keine Lust, nachzudenken.

Schliesslich holte er die Automobilrevue vom Tisch, warf sie jedoch, wie er abermals im Sessel sass, auf das Bett. Er glitt in eine Verstimmung. Er verwünschte den Chef, der ihm den Spezialauftrag übergeben hatte, und die amerikanische Reisegruppe, die nicht eingetroffen war. Erst als ihm in den Sinn kam, dass er diese Nacht aller Wahrscheinlichkeit nach mit der Dicken verbringen werde, fühlte er sich etwas besser.

Später sah er eine Weile aus dem Fenster hinaus, ohne aber irgendwo ein Geräusch oder eine Bewegung auszumachen. Es fiel ihm ein, morgen abend werde er seine Batterien erhalten. Er überlegte sich, ob der Schaffner sie ihm wohl aushändigen werde, ohne sie zuvor zur Post zu bringen, wenn er sich als Harry Busner auswiese.

Er legte sich auf das Bett.

Als er erwachte, war es halb sieben. Er beeilte sich, in den Speisesaal zu kommen. Weil die Suppe bereits erkaltet war, liess er sie stehen. Nach dem Essen beschloss er, sich unter die Brause zu stellen. Hinterher wählte er einen Anzug mit weissem Hemd und Schlips. In der Empfangshalle stiess er auf die Direktorin.

Die Direktorin sagte, oh! Gehen Sie aus?

Er sagte, während er an ihr vorbeiging, man kann nicht täglich dieselben Kleider auf dem Leibe tragen.

Die Direktorin antwortete nicht.

Draussen schaute er sich eine Weile um. In die Bar tretend, sah er den Barmann in einem Magazin blättern.

Er sagte, guten Abend.

Der Barmann sagte, guten Abend.

Busner setzte sich auf einen Hocker.

Der Barmann sagte, nachdem er ihn gemustert hatte, wüsste ich nicht, dass keine Bahn mehr fährt, würde ich sagen, Sie reisen ab.

Busner sagte, aber es fährt keine Bahn mehr.

Der Barmann sagte, eben.

Busner sagte, ich kriege ein Bier, bitte.

Während Busner sich einschenkte, sagte der Barmann, wir haben die Zeit ohnehin bald rum — wann reisen Sie eigentlich ab?

Genau in einer Woche.

Der Barmann sagte, eine Woche wird noch auszuhalten sein.

Busner sagte, das glaube er auch.

Der Barmann wandte sich seinem Magazin zu.

Busner sagte, aber heute abend werde ich Ihnen wahrscheinlich jemanden bringen.

Der Barmann sagte, wirklich?

Busner sagte, niemand Besonderen, aber immerhin.

Der Barmann sagte, so?

Busner sagte, jemand Besonderer weilt zu dieser Jahreszeit gar nicht in Gausen.

Der Barmann sagte, das würde ihn ehrlich gesagt wundern, wenn er überhaupt jemanden aufgetrieben habe, der nicht gerade unansehnlich sei.

Busner sagte, Sie werden schon sehen.

Der Barmann sagte, ja, den müssen Sie schon herzeigen, wenn ich Ihnen glauben soll.

Busner steckte sich eine Zigarette an. Der Barmann legte sich wieder sein Magazin zurecht.

Auf dem Weg befielen ihn Zweifel, ob die Dicke überhaupt kommen würde. Er nahm sich vor, sie nie mehr anzusprechen, falls sie sich nicht einstellen sollte. Er setzte sich auf die Bank. Als er Schritte hörte, welche sich näherten, stand er auf. Er sah die Dicke sich aus der Dunkelheit schälen. Bevor er Gelegenheit fand, etwas zu sagen, sagte sie, ich muss gleich wieder gehen.

Er sagte den Satz, welchen er sich zurechtgelegt hatte: Schön, dass du gekommen bist, Berti!, hielt dabei ihre Hand und sah ihr in die Augen, wobei er ihr aufdringliches Parfüm roch.

Er sagte, du hast dich sehr schön gemacht.

Die Dicke sagte, gehen wir? und entzog ihm die Hand.

Er sagte, wohin?

Nun, in die Bar!

Ich denke, du musst gleich wieder weg?

Die Dicke, an einem Kaugummi kauend, sagte, eine halbe Stunde oder so habe sie Zeit.

Busner sagte, also gehen wir.

Wie er seinen Arm um sie legen wollte, blieb sie stehen, schlug seinen Arm weg und sagte, du versprachst, mich nicht anzurühren!

Er sagte, ach, das ist doch harmlos, verzeihe bitte! Übrigens geschah es nur, weil ich mich freute, dich zu sehen.

Die Dicke sagte, es soll nicht mehr vorkommen!

Während sie nebeneinander hergingen, dachte er, bestimmt werde er die Dicke hinkriegen. Als Zweifel in ihm hochstiegen, ob es sich überhaupt lohne, wegen der Dicken, die doch recht unansehnlich sei, viel Aufhebens zu machen, sagte er sich, was ihn an der Dicken reize, sei der Widerstand, welchen sie ihm entgegensetze.

Vor der Bar befiel ihn Beklemmung beim Gedanken, wie der Barmann die Dicke wohl einschätzen werde. Während er zögerte, ob er die Dicke herzeigen und damit riskieren wolle, den Barmannn zu veranlassen, ihm weder seine Anstellung bei der GESELLSCHAFT noch den Besitz des 12 SS zu glauben — da ein GESELLSCHAFTS-Angestellter, der zudem einen 12 SS fuhr, sich niemals mit einem Mädchen vom Format der Dicken einliesse —, war sie bereits bei der Tür angelangt.

Er rief, warte einen Augenblick!

Die Dicke öffnete die Tür und rief, wie?

Er rief, nichts!

Er bemerkte, dass der Barmann einen Augenblick stutzte, als er die Dicke erblickte und ihn hinter ihr, wurde sich aber nicht darüber klar, welchen Eindruck die Dicke, die nun bereits beim ersten Barhocker angelangt war, auf den Barmann machte. Neben dem von der Bar am weitesten entfernten Tisch stehenbleibend, rief er, komm, wir setzen uns hierher.

Sie rief, setzen wir uns nicht an die Bar?

Er rief, hier sitzt es sich bequemer!

Er sah die Dicke den Barmann angrinsen. Bevor sie sich niederliess, sagte sie, ich wäre gerne an der Bar gesessen.

Er antwortete nicht. Die Dicke stand noch einmal auf, um ihren Regenmantel auszuziehen, und sagte, wieder Platz nehmend, ich war noch nie im „After-eight-Club". Ich gehe überhaupt selten aus.

Er sagte, du brauchst nicht so laut zu sprechen, ich verstehe dich wohl.

Die Dicke sagte, ohne ihre Stimme zu senken, spreche ich laut?

Er sagte, der Barmann braucht ja nicht unbedingt zu hören, was wir reden.

Die Dicke sagte, warum nicht?

Er sagte, so.

Die Dicke schaute sich um und sagte, mir gefällt es hier.

Er sah den Barmann sich nähern. Der Barmann legte zwei Getränkekarten auf den Tisch und sagte, guten Abend die Herrschaften.

Busner sagte, guten Abend.

Er hörte die Dicke sagen, hallo!

Während sie ihre Karte öffnete, sagte er, ich nehme einen Whisky, bitte.

Der Barmann sagte, gerne — und die Dame?

Die Dicke sagte, die haben ganz schöne Preise, wie?

Er sah den Barmann unmerklich lächeln.

Er sagte, darum brauchst du dich nicht zu kümmern, ich habe dich ja eingeladen!

Die Dicke klappte die Karte zu und sagte, sie nehme einen Tee.

Der Barmann sagte, Tee?

Busner sagte, ach wo, nimm doch ein Getränk, das du magst. Willst du Wein haben oder Likör?

Die Dicke sagte, sie möchte Tee mit Creme.

Der Barmann sagte, also Whisky und Tee Creme.

Busner sagte, bringen Sie einen Rum dazu!

Der Barmann sammelte die Getränkekarten ein und fragte, also mit oder ohne Rum?

Busner sagte, mit.

Die Dicke sagte, nicht für mich!

Nachdem der Barmann ausser Hörweite war, sagte Busner, versuch's doch mal mit Rum, magst du ihn nicht, so trinke ihn nicht. Geld spielt keine Rolle, das weisst du! Er sagte, die Freundschaft feiern mit ihr lasse er sich gerne etwas kosten.

Die Dicke sagte, sie trinke äusserst selten Alkohol, sie möge Alkohol gar nicht, da sie befürchte, betrunken zu werden.

Er sagte, von einem Gläschen Rum werde niemand betrunken. Wie er versuchte, behutsam seine Hand auf die der Dicken zu legen, zog sie die ihre schnell weg und sagte, ich habe dir eine Fotografie von meinem Freund mitgebracht, weil ich wissen möchte, wie dir mein Freund gefällt.

Während sie in ihrer Handtasche stöberte, erholte er sich von seiner Überraschung. Als sie eine Fotografie, welche in einer schmutzigen Plastikhülle steckte, zum Vorschein brachte, hatte er sich bereits eine Antwort zurechtgelegt. Bevor sie ihm das Bild reichte, betrachtete sie es eine Weile.

Er sah einen jungen Burschen, der vor einem Scheunentor auf einem Motorrad sass und um den Hals eine schwere Kette trug.

Die Dicke sagte, letzten Samstag war er da.

Er antwortete nicht.

Die Dicke sagte, es war derjenige, der neben mir sass, Ihnen gegenüber.

Er gab das Bild zurück.

Die Dicke sagte, er sieht gut aus, nicht wahr?

Er antwortete, wie er es sich zurechtgelegt hatte: Aber er passt nicht zu dir!

Die Dicke betrachtete die Fotografie und fragte, weshalb nicht?

Der Barmann trat an den Tisch, stellte das Tablett ab, reichte der Dicken den Tee und sagte, wie er den Rum dazustellte, davon werden Sie bestimmt nicht betrunken.

Busner sagte, genau das habe ich auch gesagt.

Der Barmann sagte, zum Wohlsein, die Herrschaften.

Die Dicke fragte, weshalb nicht?

Busner fragte, was?

Weshalb passt er nicht zu mir?

Ach so — weil dieser Junge nicht sensibel ist.

Die Dicke fragte, wieso? und schaute sich das Bild wieder an.

Busner sagte, seiner Meinung nach sei sie sehr feinfühlig.

Die Dicke sagte, das sei richtig, woher er es wisse?

Er sagte, sie sollte einen sensiblen Freund haben, der fähig sei, ihrer Sensibilität zu begegnen, da sie mit einem unsensiblen Freund niemals glücklich sein werde.

Sie fragte, weshalb?

Er sagte, er wisse es aus eigener Erfahrung, auch er sei ein sensibler Mensch.

Die Dicke sagte, wirklich?

Er sagte, er habe schon manche Freundin gehabt, aber diejenige, welche es verstanden hätte, auf seine Sensibilität einzugehen, habe er noch nicht gefunden, und er glaube, dass sie vielleicht dieses Mädchen sei, nach dem er so lange gesucht habe.

Die Dicke betrachtete ihn derart, dass er sich sagte, die Sache kommt in Gang.

Sie sagte, ich liebe ihn aber.

Er sagte, wen?

Sie sagte, meinen Freund!

Während sie das Bild in die Tasche zurücklegte, sagte sie, sie sei froh, Busner getroffen zu haben, weil sie mit ihm über ihren Freund sprechen könne.

Ihm dürfe sie vertrauen, sagte Busner.

Sie sagten doch heute mittag, ich sähe traurig aus?

Er sagte, ja.

Die Dicke sagte, sie sei traurig wegen ihrem Freund.

Er sagte, er wisse nur einen Rat für sie: diesen Freund zu vergessen!

Er sah sie, sich auf die Lippen beissen.

Er sagte, giess den Rum in den Tee, das wird dir schmecken!

Sie sagte, schmeckt das wirklich besser?

Er sagte, du kriegst einen anderen Tee, wenn es dir nicht schmeckt.

Sie gab den Rum hinein und tat das ganze Zuckerpaket hinzu. Er schaute sich ihre Brüste an. Sie spie den Kaugummi in die Hand, legte ihn auf den Unterteller und rührte den Zucker auf. Bevor sie einen Löffel voll versuchte, roch sie am Glas.

Er sagte, nun?

Sie sagte, es schmecke ganz gut.

Er sagte, siehst du!, legte kurz seine Hand auf die ihre, drückte sie etwas und zog sie weg, bevor die Dicke Gelegenheit fand, sich zu befreien. Sie sah ihn an.

Schliesslich sagte sie, sie liebe ihn eben und er liebe sie.

Er fragte, ob sie sich das nicht bloss einrede.

Die Dicke sagte, in drei Jahren wolle er sie heiraten.

Er sagte, so was lasse sich leicht sagen.

Während des darauf folgenden Schweigens stellte er fest, dass die Dicke im Begriff war, sich einen Entschluss abzuringen.

Sie sagte, sie möchte ihm etwas anvertrauen, aber er müsse versprechen, es keinem Menschen weiterzusagen.

Er sagte, Verschwiegenheit sei unter Freunden selbstverständlich.

Nachdem sie einen Augenblick gezögert hatte, sagte sie, es ist nämlich so, dass wir, mein Freund und ich, geheim verlobt sind.

Sie spreizte ihre von der Putzarbeit gerötete Hand und zeigte ihm einen Blechring, den sie am kleinen Finger trug.

Er sagte, drei Jahre, das sei eine lange Zeit.

Sie sagte, aber behalten Sie es für sich!

Er sagte, aber gewiss!

Sie kreuzte die Arme über der Brust.

Nach einer Weile fragte er sie, ob er das ehrlich meint?

Sie sagte, was?

Er sagte, das mit der Heirat.

Sie sagte, weshalb?

Er sagte, du weisst, dass ich einige Jahre älter bin als du und deshalb selbstverständlich etwas mehr Lebenserfahrung besitze als du, darum rate ich dir unter Freunden, auf mich zu hören.

Sie sagte, ja.

Er sagte, er möchte sie nicht erschrecken, aber es gebe Männer, die einer Frau die Heirat versprächen, um sie gefügig zu machen. Damit wolle er nicht unbedingt behaupten, dass ihr Freund es aus diesem Grunde tue, obwohl er glaube, es verhalte sich so.

Sie sagte, sie verstehe ihn nicht.

Er sagte, er meine, ihr Freund verspreche ihr, sie zu heiraten, damit sie mit ihm schlafe.

Die Dicke sagte, wir schlafen oft zusammen.

Er sagte, wirklich?

Er dachte, er habe die Dicke, die wohl sinnlicher sei, als er ihr zugetraut hätte, unterschätzt. Es fiel ihm ein, dass er sie, die er bisher für keusch gehalten habe, unter diesen Umständen um so eher hinkriegen werde. Er lächelte sie an.

Er sagte, wenn sie sich gerne verführen lasse, sei das allerdings etwas anderes.

Sie sagte, wieso verführen?

Er sagte, nun, wenn sie sich mit dem Freund ins Bett lege ...

Sie gluckste.

Sie sagte, er verführe sie nicht. Er habe noch nie versucht, sie zu verführen.

Er sagte, eben habe sie behauptet, dass sie mit ihrem Freund schlafe.

Sie sagte, ja, sie schlafe oft mit ihm, aber er verführe sie nicht. Sie schliefen zusammen, ohne dass er sie verführe. Sie hätten abgemacht, damit zu warten, bis sie verheiratet seien.

Nach einem Augenblick fragte er, ob sie damit sagen wolle, dass sie sich nicht körperlich liebten.

Die Dicke sagte, sie wollten damit warten, bis sie verheiratet seien.

Er zog in Betracht, dass ihn die Dicke belog.

Er sagte, du bist also noch Jungfrau?

Sie sagte, gewiss; sie sei schliesslich erst fünfzehn, ob er denke, sie belüge ihn.

Busner sagte, bestimmt nicht, Berti! Er sagte sich, er werde Mühe haben, die Dicke noch heute in sein Bett zu kriegen, worauf ihm durch den Kopf ging, er wolle sie auf dem Nachhauseweg vergewaltigen. Sogleich sagte er sich, wegen der Dicken werde er seine Karriere niemals aufs Spiel setzen.

Sie fragte, weshalb sagst du nichts?

Er sagte, sage ich nichts?

Sie sagte, ja.

Er antwortete, er denke nach. Er sagte sich, werde er sie heute nicht ins Bett kriegen, so werde ihm dies morgen gelingen.

Er fragte, ob sie noch einen Tee mit Rum möchte?

Die Dicke sagte, wenn es sein müsse.

Um vom Barmann gesehen zu werden, rutschte er ans Ende der Bank und rief, nochmals dasselbe, bitte!

Der Barmann rief, gleich!

Er sagte, in deinem Alter, Berti, ist es noch nicht möglich zu wissen, was das ist, Liebe; er sei überzeugt, dass sie diesen Jungen nicht liebe, sondern sich das bloss einbilde.

Nachdem der Barmann die Getränke gebracht und die Dicke das ganze Zuckerpaket dazugegeben hatte, fragte er sie, ob sie Süssigkeiten möge.

Sie sagte, mhm.

Er sagte, dann dürfe sie es keinesfalls unterlassen, ihn in der Hauptstadt zu besuchen, weil es dort unzählige Konditoreien gebe.

Die Dicke sagte, wirklich?

Er sagte, die besten Süssigkeiten von Kattland würden in Rask hergestellt.

Die Dicke sagte, das habe sie schon gehört.

Wenn du mich besuchst, fahren wir mit dem 12 SS von der einen Konditorei zur anderen.

Wie sie lachte, legte er seine Hand auf die ihre, versuchte dabei, sie verliebt anzusehen, und sagte, er wünsche sich sehr, dass sie ihn in Rask besuche.

Die Dicke sagte, wirklich?

Er sagte, er müsse ihr gestehen, dass er sie überaus gut möge, ohne zu wissen, weshalb. Ohne sie loszulassen, beugte er sich über ihre Hand und küsste sie, wobei er bemerkte, dass sie vor sich hin lächelte.

Plötzlich zog sie die Hand weg und sagte, ich muss heim!

Er sagte, warte noch etwas!

Sie sagte, nein, ich muss gehen. Merkt die Tante, dass ich weg bin, gibt es Streit.

Er sagte, noch einen Augenblick!

Die Dicke sagte, nein, trank ihr halbvolles Glas in einem Zuge leer und stand auf.

Er sagte, wohin willst du?

Sie sagte, nach Hause.

Er sagte, warte einen Augenblick, ich begleite dich!

Sie sagte, also komm schon!

Er sagte, ich muss doch erst bezahlen!

Die Dicke stiess die Luft aus und setzte sich wieder hin.

Er rief, bezahlen, bitte!

Die Dicke sagte, beeile dich!

Er sagte, einen Augenblick, ja?

Der Barmann rechnete den Betrag auf einem Notizblock aus.

Während Busner, nachdem er einen Blick auf die Rechnung geworfen hatte, seinen Geldbeutel aus der Tasche holte, drehte die Dicke den Zettel zu sich. Busner legte zwei Noten hin. Der Barmann zählte das Wechselgeld heraus.

Die Dicke sagte, stimmt! und drehte den Zettel zurück.

Busner sagte, natürlich stimmt es!

Er sah ein Lächeln über das Gesicht des Barmanns gleiten. Er lachte und sagte, glaubst du, Herr Heinz braucht deine Hilfe, um das auszurechnen?

Die Dicke sagte, sie rechne immer nach, weil der Kellner sich täuschen könnte.

Er sagte, Herr Heinz ist doch kein Kellner!

Die Dicke sagte, sie habe sich auch schon getäuscht.

Er hörte den Barmann, der an die Theke zurückging, lachen.

Die Dicke sagte, gehen wir? und stand auf.

Er steckte das Wechselgeld in die Tasche.

Der Barmann rief, guten Abend, die Herrschaften.

Während Busner sogleich guten Abend rief, liess die Dicke einige Sekunden verstreichen, bevor sie es tat.

Draussen gingen sie in der hastigen Gangart, welche die Dicke eingeschlagen hatte, schweigend nebeneinander her, bis er nach einer Weile sagte, sie hätten einen schönen Abend verbracht, und die Dicke entgegnete, hoffentlich habe die Tante ihr Ausbleiben nicht bemerkt, denn die Tante sei sehr schlau.

Er gestand sich, dass er die Dicke heute nicht mehr schaffen werde, so dass ihm augenblicklich nichts anderes übrig bleibe, als den Weg zu ebnen, der ihm die Dicke morgen ins Bett bringe.

Er sagte, Berti, ich möchte dich etwas fragen.

Die Dicke sagte, was denn?

Er sagte, lass uns etwas langsamer gehen!

Die Dicke sagte, nun?

Er sagte, darf ich zuvor für einen Augenblick den Arm um dich legen?

Sie sagte, aber bloss für einen Augenblick!

Er sagte, bestimmt! und brachte sie zum Stehen.

Sie sagte, was willst du fragen? Sie schaute zu Boden.

Er sagte, ich glaube, ich liebe dich.

Die Dicke schwieg.

Ich möchte dich fragen, ob du meine Freundin werden willst.

Die Dicke kicherte.

Er stellte sich vor sie hin. Wie er ihren Kopf zwischen seine Hände nahm und ihn hob, bemerkte er, dass sie sich das Lachen verbiss.

Er bemühte sich, zärtlich „Berti!" zu sagen.

Sie sagte, ja?

Er liess die Hände über ihre Schultern gleiten und kurz auf ihren Brüsten ruhen.

Sie sagte, ich muss mich beeilen! und entzog sich ihm.

Er versuchte nochmals, sich vor sie hin zu stellen, aber sie schob ihn mit dem Ellenbogen weg und sagte, er habe versprochen, sie nicht anzurühren.

Er sagte, bitte verzeihe mir!

Die Dicke sagte, er habe sein Versprechen nicht gehalten!

Wieder gingen sie schweigend nebeneinander her, wobei es ihm jetzt gelang, ihren kleinen Finger zu halten.

Bei der Wegbiegung blieb sie stehen und sagte, indem sie ihre Brille zurechtschob, er müsse hier umkehren, falls die Tante nach ihr ausschaue.

Wie er ihr sein Gesicht näherte, um sie zu küssen, stiess sie ihn weg und sagte, genug, hab ich gesagt!

Ohne sich nochmals umzuwenden, hastete sie davon.

Er rief ihr nach, überlege dir bis morgen, ob du meine Freundin sein willst!

Sie antwortete nicht.

Auf dem Rückweg amüsierte er sich über sie, weil sie nun wahrscheinlich glaube, er liebe sie. Bei der Vorstellung, dass die Dicke an seiner Wohnungstür in Rask läuten könnte, um ihn zu besuchen, lachte er. Er stellte fest, heute sei ihm immerhin klargeworden, dass er die Dicke nicht hinkriege, wenn es ihm nicht gelinge, ihr Liebe vorzutäuschen. Es fiel ihm ein, er habe vergessen, sich mit ihr auf morgen zu verabreden. Vor der Bar angelangt, stellte er fest, dass der Barmann das Licht gelöscht hatte. Er sagte sich, was der Barmann von ihm denke, sei ihm gleichgültig, da er selbst wisse, wer er sei. Einen Augenblick bedauerte er, dass man Gausen-Kulm mit dem Auto nicht erreichen könne, weil er dem Barmann gerne seinen 12 SS gezeigt hätte.

Wie er in seinem Zimmer die Barometer verglich und die Striche in die Liste eintragen wollte, bemerkte er, dass für den Mittwoch bereits welche da waren, dass aber derjenige für den Donnerstagmorgen fehlte. Er versuchte sich zu besinnen, ob heute Mittwoch oder Donnerstag sei, wobei er dachte, haben wir heute Mittwoch, so habe ich die Barometer bereits kontrolliert, bevor ich mich mit der Dicken traf; woran er sich aber nicht zu erinnern vermochte. War aber heute Donnerstag, so hatte er am morgen vergessen, den Stand der Barometer abzulesen.

Er setzte sich auf das Bett. Eine gute Weile kam er zu keinem Schluss. Schliesslich entschied er sich dafür, heute sei Mittwoch, und er habe vergessen, dass er die Barometer bereits verglichen habe. Er legte die Liste der Barometer auf den Schrank zurück. ImHalbschlaf musste er nochmals lachen, weil er der Dicken gesagt habe, er liebe sie, und sie dies geglaubt hatte.

Während der Nacht erwachte er. Er erinnerte sich, einen Angsttraum gehabt zu haben. Längere Zeit lag er wach, ohne dass es ihm gelungen wäre, wieder Schlaf zu finden.

DONNERSTAG, 9.

Am Morgen weckten ihn Stimmen. Da er geträumt hatte, er sei in Rask, fand er sich nicht gleich zurecht. Erst als er die Stimme des Direktors von der Stimme der Direktorin unterschied, wurde ihm klar, dass er sich in Gausen-Kulm befinde. Er hatte den Eindruck, im Zimmer rieche es schlecht, und beschloss deshalb, vor dem Aufstehen eine Zigarette zu rauchen. Als er hinterher die Jalousien öffnete, dachte er, es scheine wieder ein heisser Tag zu werden. Die Strasse hinauf- und hinunterschauend, fiel ihm ein, einer der Umstände, welche ihn bedrückten, sei der, dass hier die Zeit stillzustehen scheine, während sie in Rask weiterlaufe, so dass man hier den Eindruck erhalte, man hinke dem aktuellen Geschehen nach.

In der Empfangshalle bemerkte er eine Neuerung: Bis auf einen hatte man nun sämtliche Stühle mit weissen Tüchern zugedeckt. Der eine war derjenige, welcher der Eingangstür am nächsten stand.

Nachdem er nochmals einen Blick auf die zugedeckten Stühle geworfen hatte, ging er in den Speisesaal, setzte sich hin und wartete. Er überlegte sich, aus welchem Grund die Vorhänge im Saal wohl immer zugezogen blieben. Hinterher befiel ihn plötzlich eine derart konzentrierte Angst, dass er sich dem Zwang ausgeliefert sah, ein Fenster zu öffnen. Er sprang auf, riss die Vorhänge zur Seite und erschrak heftig, da es dahinter keine Fenster gab. Durch Speisesaal und Korridor flüchtete er in die Empfangshalle. Als er sich in einen nicht zugedeckten Sessel setzte, stellte er fest, dass er schwitzte. Während er sich die Stirne trocknete, dachte er, was ist heute bloss los mit mir? Das Feuerzeug an die Zigarette haltend, bemerkte er, dass seine Hand zitterte. Er fragte sich, ob er vor Einsamkeit dem Wahnsinn verfallen sei. Später überlegte er sich, was eben geschehen sei: Ohne Anlass hatte ihn aus heiterem Himmel Angst befallen. Auch jetzt vermochte er sich den Grund seines Ausbruchs nicht zu erklären. Er vergegenwärtigte sich, dass er als Funktionär der GESELLSCHAFT einen Spezialauftrag der GESELLSCHAFT zu erfüllen habe und die GESELLSCHAFT in jedem Fall, zu jeder Zeit, was auch geschehen möge, hinter ihm stehe. Er kehrte in den Speisesaal zurück. Bevor er sich setzte, ordnete er die Vorhänge. Er überlegte, weshalb den Gästen wohl vorgespielt werde, es befänden sich Fenster im Speisesaal, während die Mauer hinter den Vorhängen genauso weiterlief wie im übrigen Raum. Nachdem er an den Tisch zurückgekehrt war, dachte er, jedenfalls sei es beruhigend zu wissen, wie der Saal in Wahrheit beschaffen sei.

Eine Viertelstunde verbrachte er am Tisch, ohne dass der Direktor Kaffee und Butter aufgetragen hätte, so dass ihn beinahe — da ihm alles aus der gewohnten Ordnung herausgerissen zu sein schien — wieder Angst befiel.

Während er auf der Suche nach dem Direktor durch den Korridor ging, rechnete er sich aus, er werde ihn auf dem Tennisplatz finden.

Draussen blendete die Sonne derart, dass er die Augen während eines Moments schloss.

Wie er geahnt hatte, war der Direktor — in der von Busner am weitesten entfernten Ecke des Tennisplatzes auf einer Leiter stehend — mit der Ausbesserung des Gitters beschäftigt. Gerade als er ihn rufen wollte, begann der Direktor zu hämmern. Es schien ihm wahrscheinlich, dass der Direktor trotz des Hämmerns ihn hören könnte, so dass er sich an das Gitter klammerte und einige Male „Herr Direktor!" rief, aber feststellen musste, dass dieser ihn nicht bemerkte.

Er beschloss, zu ihm hinzugehen, entdeckte aber, dass dies, ohne über den Tennisplatz zu gehen, welchen man nur mit Tennisschuhen betreten durfte, unmöglich sei, da an den beiden schmalen Seiten des Platzes dichtes, hohes Gestrüpp wucherte, durch das kein Weg führte. Er sagte sich, es werde ihm gewiss nicht gelingen, sich durch das Gestrüpp zu drängen. Er versuchte herauszufinden, ob der Direktor, der auch über den Platz gegangen sein musste, Tennisschuhe trug, vermochte es aber auf diese Entfernung nicht zu erkennen, so dass er beschloss, die Schuhe auszuziehen und barfuss hinzugehen. Während er den einen Socken abstreifte, dachte er, gerade heute, wo sich ihm alles in die Quere stelle, wolle er auf seinen Kaffee nicht verzichten. Der Direktor stellte das Hämmern ein.

Er rief, Herr Direktor!

Ohne sich umzusehen, rief der Direktor, ich komme gleich!

Busner zog sich Socken und Schuhe wieder an.

Nach einiger Zeit erschien der Direktor, stellte Kaffee und Butter wortlos hin, vergoss dabei ein wenig Kaffee und verschwand, ohne sein Schweigen gebrochen zu haben, wobei sich Busner gerade noch der Mitteilung zu enthalten vermochte, ob der Direktor wisse, dass es im Speisesaal keine Fenster gebe. Er sagte sich, selbstverständlich sei dieser Umstand dem Direktor bekannt.

Während des Frühstücks fiel ihm ein, bei Brandausbruch stände ihm nur der Weg durch den Korridor offen.

In seinem Zimmer kam ihm in den Sinn, dass er noch nicht nach den Barometern gesehen habe.

Beim ersten Blick darauf glaubte er, die Barometer zeigten unterschiedliche Zahlen an. Erst als er längere Zeit abwechslungsweise auf den einen und dann auf den anderen gestarrt hatte, begriff er, dass sie wie gewöhnlich genau denselben Luftdruck anzeigten.

Hinterher rechnete er lange Zeit aus, wie manchen Tag er noch in Gausen zu verbringen habe, wobei sich herausstellte, dass ihm fünf Tage blieben, wenn er den heutigen und den Tag der Abreise nicht mitrechne. Er stützte den Ellenbogen auf den Tisch und legte den Kopf in die Handfläche.

Plötzlich onanierte er wieder. Als es soweit war, ging er aufs Klosett und spritzte den Samen in die Schüssel. Danach duschte er sich gründlich.

Ins Zimmer zurückgekehrt, gestand er sich, sein Charakter habe sich in Gausen den Umständen entsprechend verändert.

Er beschloss, im Wirtshaus nach der Dicken zu sehen, stellte aber fest, dass es bereits halb zwölf war. Er dachte an die Batterien, welche er heute abend bekommen werde, wobei er sich vornahm, den morgigen Tag mit Rundfunkhören zu verbringen. Er wusste nicht mehr, aus welchem Grund er aufgestanden war. Es fiel ihm ein, dass er nach der Dicken habe sehen wollen und beschlossen hatte, dies wegen der vorgerückten Stunde zu unterlassen.

Zum Zeitvertreib blätterte er in der Automobilrevue. Er überraschte sich beim Lesen des ersten Artikels. Als er das Wort „Wahl" las, fielen ihm die bevorstehenden Wahlen ein. Er dachte, es werde sich niemand mehr nutzlos vorkommen, wenn die P.f.F. regiere, da sie in ihrer Wahlpropaganda verspreche, das Leben jedes einzelnen zu organisieren.

Sich vor dem Spiegel betrachtend, stellte er fest, seine innerliche Veränderung sei ihm äusserlich nicht anzusehen, eher sehe er mit seiner von der Sonne gebräunten Haut besser aus als sonst.

Wieder fiel zwischen ihm und dem Direktor nicht ein einziges Wort, als der Direktor die Speisen auftrug. Er dachte, ich will mich nicht unterkriegen lassen, und ass die Hälfte von dem auf, was er zunächst, da er keinen Hunger verspürte, nicht hatte verspeisen wollen.

Im Wirtshaus, wo er niemanden antraf, sass er lange Zeit da, ohne dass etwas geschehen wäre. Über seinem Kopf vernahm er ein eigenartiges Geräusch, welches er so deutete, als fahre jemand Rad im Raum über ihm. Nach einer Weile fiel ihm ein, der Krüppel bringe wohl dieses Geräusch hervor, indem er im Rollstuhl spazieren fahre. Er stellte einige Überlegungen über die Bewegungsfreiheit der Krüppel an, wobei er sich fragte, auf welche Weise sich Krüppel, welche in ihren Rollstühlen durch das Zimmer fuhren, ins Regierungsprogramm der P.f.F. integrieren liessen.

Als ihn die eintretende Alte erblickte, rief sie derart „Oh!", dass er sich fragte, ob sie wirklich überrascht gewesen sei, ihn zu sehen, oder ob sie es bloss gespielt habe.

Während sie auf den Tisch zukam, fiel ihm ein, die Dicke habe von der Alten gesagt, sie sei schlau.

Die Alte sagte, verzeihen Sie, dass ich Sie warten liess. Ich habe oben den Flur abgewischt.

Er sagte, ich nehme ein Selterswasser.

Die Alte sagte, wir haben wieder Kaffee!

Er sagte, er nehme gleichwohl ein Selterswasser.

Als sie nachher das Wechselgeld herauszählte, sagte sie, sie glaube, morgen werde es bestimmt regnen.

Er sagte, so?

Die Hände in die Hüften stemmend, sagte sie, das Haus gebe immer Arbeit, selbst wenn keine Gäste zu erwarten seien, denn saubergehalten werden müsse es gleichwohl, falls je Gäste eintreffen sollten.

Er sagte, es werden keine Gäste eintreffen.

Die Alte sagte, das wisse man nie.

Sie beschäftigte sich hinter dem Ausschank. Busner fragte sich, wo die Dicke bleibe, die doch zu dieser Zeit jeweils die Gaststube hüten müsse, da die Alte den Krüppel versorge. Hinterher machte er sich Gedanken über den Umstand, dass die Alte die Gaststube zu gewissen Zeiten hüten lasse, er diese aber schon oft leer angetroffen habe. Es fiel ihm ein, möglicherweise befürchte die Alte, er werde etwas entwenden. Er sah die Alte hinausgehen und — ohne dass irgend etwas dafür gesprochen hätte — die Dicke eintreten.

Er rief, hallo!

Die Dicke rief, hallo! und trat hinter den Ausschank. Wie er sie betrachtete, dachte er, er müsse gestern ausserhalb seiner selbst gewesen sein, dass er sie — wenn auch nur spasseshalber — gefragt habe, ob sie seine Freundin werden wolle. Obgleich er eigentlich nicht beabsichtigte, etwas zu sagen, sagte er, wie geht's?

Die Dicke sagte, gut, und schob sich die Brille zurecht. Während er sie ansah, dachte er, es sei ihm kein Mädchen bekannt, das derart hässlich aussehe wie die Dicke.

Sie sagte, was hast du?

Er sagte, nichts.

Während des darauf folgenden Schweigens gewahrte er, dass sie einige Male zu ihm hinsah. Nach einer Weile bestellte er Kaffee.

Als sie ihn auftrug, sagte sie, die Tante hat nichts gemerkt wegen gestern.

Er sagte, so?

Es verwunderte ihn, dass die Dicke am Tisch stehenblieb. Obwohl er wieder ihren schlechten Geruch wahrnahm, rutschte er etwas zur Seite und sagte, sie solle sich doch hinsetzen.

Sie sagte, aber nur für einen Augenblick, setzte sich, verschränkte die Arme und sah zu Boden.

Er betrachtete ihre Brust. Obwohl die Dicke ihn abstiess, wurde er scharf auf sie. Er dachte, er wolle sich für alle Fälle mit ihr auf den Abend verabreden, da es ihm immer noch freistehe, sie dann sitzenzulassen. Bevor er dazu kam, sagte sie, ich träumte heute nacht von Ihnen.

Er sagte, wirklich?

Die Dicke sagte, ja, aber sie erinnere sich nicht mehr genau, was sie geträumt habe.

Er sagte, schade.

Die Dicke sagte, sie wolle sich wieder hinter den Ausschank stellen, da die Tante sie ausschelten würde, wenn sie sie an seinem Tisch erblickte.

Er fragte, ob er sie am Abend sehe.

Wie sie zögerte, sagte er, er hoffe doch, sie zu sehen.

Die Dicke fuhr sich mit der Zunge über die Unterlippe und sagte, sie wisse nicht.

Er wartete.

Sie sagte, vielleicht geht es nicht.
Er sagte, ach so!
Sie sagte, wenn es geht, komme ich.
Er sagte, ich warte in der Bar auf dich.
Sie sagte, ja.
Er sagte, um acht Uhr?
Sie sagte, sie komme, sobald es ihr gelinge, der Tante zu entwischen.

In seinem Zimmer wusste er lange Zeit nicht, was tun. Er fragte sich, ob er das Zimmer wieder verlassen wolle, fühlte aber auch dazu keine Lust. Schliesslich dachte er, vielleicht falle ihm etwas ein, wenn er auf dem Bett liege.

Als ihm kurz nach fünf Uhr, wie er erwachte, der Rundfunkempfänger ins Blickfeld geriet, fiel ihm ein, heute abend werde er die Batterien erhalten und danach die Dicke treffen, so dass er heute nacht mit grösster Wahrscheinlichkeit nicht alleine schlafen werde. Sich das Gesicht waschend, pfiff er „Warum ist die Welt so schön, non non". Er überlegte sich, was er in der Zeit bis zum Abendessen unternehmen wolle, und beschloss, auf einen kleinen Spaziergang zu gehen.

In der Empfangshalle traf er niemanden an. Draussen war Abendrot. Er nahm die Sonnenbrille ab, die er irrtümlich aufgesetzt hatte. Beim Wiesenweg fühlte er sich überrascht, dass er bereits dort war. Auf dem Rückweg gelang es ihm, ein undeutliches Geräusch wahrzunehmen, welches ihn an Hundegebell erinnerte. Er dachte, wahrscheinlich werde es sich wohl tatsächlich um einen bellenden Hund gehandelt haben. Unter der Eingangstür des Hotels sah er die Direktorin stehen und — als sie ihn bemerkte — ins Innere treten. Er dachte, auch wenn es so ausgesehen habe, als verschwinde die Direktorin wegen seines Auftauchens, so müsse dies nicht unbedingt deswegen geschehen sein!

In den Speisesaal tretend, stellte er eine Änderung fest, fand aber erst, als er sich setzte, heraus, worin sie bestand: Hatten am

Mittag noch alle sechs Leuchter gebrannt, so waren jetzt nur noch zwei eingeschaltet, welche seinen Tisch und die Umgebung darum herum beleuchteten, während der grösste Teil des Speisesaals dunkel blieb. Da ihn an seinem Tisch, der in der Mitte des Saales stand, von allen Seiten Dunkelheit umgab, war es ihm unmöglich, eine der Wände zu erblicken. Er beschloss, sich so hinzusetzen, dass er den Eingang, durch welchen etwas Licht strömte, zu überblicken vermöge.

Bevor der Direktor das Speisetablett hinstellte, sagte er, Sie haben den Platz gewechselt?

Er sagte, ja.

Der Direktor sagte, noch sechs Tage, dann schliessen wir das Hotel.

Busner sagte, er sei froh, Gausen-Kulm verlassen zu dürfen.

Der Direktor sagte, er begreife, dass Busner sich hier langweile.

Während des Essens dachte er, wären die Amerikaner gekommen, sähe alles anders aus.

Nach dem Essen wurde ihm etwas unheimlich, weil ihm einfiel, man wisse nie, ob nicht plötzlich aus einer dunklen Ecke heraus etwas auf einen zutrete, so dass — obwohl er über diesen Gedanken lachte — er gleich aufstand und den Speisesaal verliess.

In seinem Zimmer rasierte er sich nochmals, wobei er sich sagte, die kommende Nacht werde er mit der Dicken verbringen, um so sicherer, da das Gespräch mit ihr am Nachmittag aufgezeigt habe, dass sie ein Verhältnis mit ihm haben möchte. Er trug die beiden waagrechten Striche in die Liste ein.

Er kam gerade rechtzeitig an die Station, um die Bahn einlaufen zu sehen. Er bemerkte, dass der Schaffner, wie er aus der Führerkabine trat und die andere Kabine schliessen ging, kein Paket in den Händen trug und auch aus der zweiten Kabine keines holte.

Wie der Schaffner die Stufen hochschritt, dachte Busner, vielleicht habe er das Paket mit den Batterien in die Tasche gesteckt, da es sich bestimmt in einer Tasche versorgen lasse.

Er wünschte ihm einen guten Abend.

Der Schaffner, nachdem er Busner ebenfalls guten Abend

gewünscht hatte, blieb neben ihm stehen und sagte, ins Tal hinunterschauend, einen wunderbaren Herbst habe man dieses Jahr.

Busner sagte, das sei allerdings wahr.

Der Schaffner nickte.

Busner sagte, Verzeihung, ich erwarte eine Eilpostsendung...

Der Schaffner sagte, ja?

Busner sagte, eine Nachnahme.

Der Schaffner sagte, ja?

Haben Sie sie nicht mitgebracht?

Der Schaffner sagte, nein.

Busner sagte, man habe ihm die Sendung auf heute abend versprochen.

Der Schaffner sagte, er habe kein Paket dabei.

Busner sagte, das verstehe er nicht.

Der Schaffner trat etwas näher heran und sagte, auf die Post sei kein Verlass! Und auf die Gausener Post schon gar nicht, im Vertrauen gesagt.

Busner sagte, er benötige die Sendung, welche er erwarte, dringend; sie enthalte Dinge, welche ihm für seine Berechnungen, die er in Gausen anzustellen habe, unentbehrlich seien.

Der Schaffner sagte, ach so, Sie stellen Berechnungen an.

Busner sagte, ja, deshalb ist das zeitgemässe Eintreffen dieses Paketes höchst entscheidend für mich, verstehen Sie?

Der Schaffner sagte, ich verstehe Sie wohl, aber erzählen Sie das mal denen auf der Post!

Busner sagte, glauben Sie?

Der Schaffner sagte, möglicherweise komme seine Sendung morgen an.

Schliesslich sagte Busner, das beste wird sein, ich sehe morgen wieder nach.

Der Schaffner sagte, das täte ich auch.

Busner sagte, vielleicht kommen Sie dazu, auf der Post in Gausen-Dorf zu melden, dass ich dieses Paket dringend für meine Messungen benötige.

Der Schaffner sagte, er wolle sehen, was sich machen lasse.

Busner sagte, sein Name sei Busner, Harry Busner, falls der Schaffner das Paket entdecke.

Der Schaffner sagte, ich weiss, ich weiss, Sie sind ja der einzige Gast hier oben. Im Dorf unten spricht man gelegentlich von Ihnen.

Busner sagte, wie?

Der Schaffner sagte, nichts Schlechtes natürlich, aber man weiss im Dorf, dass Sie in Kulm weilen.

Busner sagte, das finde ich aber seltsam.

Der Schaffner sagte, wieso denn? Gausen ist ein kleines Dorf, und in kleinen Dörfern sprechen sich solche Dinge schnell herum.

Busner lachte.

Nach einer Weile sagte er, gut, ich sehe morgen wieder nach.

Er hörte den Schaffner hinter sich herrufen, vielleicht ist es morgen da.

Er blieb stehen, drehte sich um und rief, ja.

Im Weitergehen nahm er sich vor, morgen in das Musikhaus von Rask anzurufen, um zu fragen, ob die Batterien schon versandt worden seien und — falls man dies getan habe — sich auf dem Postamt in Gausen-Dorf nach dem Verbleib der Batterien zu erkundigen.

Die Tür des Wirtshauses war, als er daran vorbeiging, geschlossen, so dass er nicht herausbekam, ob die Dicke in der Gaststube weile. Auch hinter dem Haus vermochte er sie nicht zu entdecken. Er beschloss, obwohl er zu früh dran war, in die Bar zu gehen, da es der Dicken vielleicht gelingen könnte, vor dem abgemachten Zeitpunkt dort zu erscheinen.

Der Barmann erwiderte seinen Gruss, ohne ihn anzusehen.

Busner setzte sich so hin, dass zwischen ihm und dem Barmann drei leere Hocker standen.

Der Barmann, den Kopf wendend, sagte, was trinken Sie?

Busner sagte, er fange mit einem Bier an.

Nachdem der Barmann die Flasche vor ihn hingestellt hatte, setzte er sich wieder auf seinen Hocker. Busner wurde sich nicht darüber klar, ob der Barmann tatsächlich im Magazin las oder ob er dies vortäuschte.

Unvermittelt sagte der Barmann, ohne aufzublicken, was

macht die Freundin?

Busner liess sich Zeit mit der Antwort. Er sagte, sie kommt um acht Uhr.

Der Barmann sagte, er möge dicke Frauen nicht.

Busner sagte, besonders dick ist sie nicht.

Aus den Augenwinkeln sah er den Barmann vor sich hin lächeln.

Busner sagte, zudem sei das Geschmackssache.

Der Barmann antwortete nicht. Busner dachte, er brauche sich vor dem Barmann nicht zu verantworten. Er beschloss, ihn nicht mehr anzusprechen, und verbrachte die Zeit damit, dass er hin und wieder auf die Uhr sah. Als es acht Uhr wurde, ohne dass die Dicke erschienen wäre, wurde er unruhig.

Obwohl er nichts sagen wollte, sagte er, Sie werden froh sein, wenn die Saison herum ist.

Der Barmann sagte, die Saison *ist* herum.

Ja, sagte Busner, selbstverständlich. Ich wollte sagen: Wenn die Bar geschlossen wird.

Der Barmann sagte, allerdings.

Wieder gegen seinen Willen sagte er nach einer Weile, es ist schon trostlos jetzt in Gausen-Kulm.

Der Barmann sagte, das wäre noch auszuhalten. Schlimmer sei, dass der Alte verrückt zu spielen beginne.

Busner fragte, ob er das tue.

Der Barmann sagte, die Alte spinne ohnehin.

Busner sagte, tatsächlich?

Der Barmann sagte, wann reisen Sie ab?

Busner sagte, am Mittwoch.

Der Barmann sagte, er möchte mal einen Barmann sehen, der wegen einem einzigen Gast vierzehn Tage lang arbeitet.

Busner sagte, seine Schuld sei das nicht.

Der Barmann sagte, wegen Busner habe er oben bleiben müssen.

Busner wiederholte, dass dies nicht seine Schuld sei.

Der Barmann antwortete nicht.

Wie Busner sich eine Zigarette ansteckte, trat die Dicke ein, so dass er vom Barhocker glitt und ihr entgegenging.

Die Dicke sagte, hallo!

Er sagte, hallo!

Die Dicke sagte, sie möchte sich an die Bar setzen.

Er sagte, an der Bar sei es nicht gemütlich. Sie würden sich besser an denselben Tisch setzen wie gestern.

Während sie sagte, sie müsse bald wieder gehen, stellte er fest, sie habe sich hübsch gemacht.

Er fragte sie, wie sie es fertigbringe, kaum gekommen, bereits wieder vom Gehen zu sprechen?

Die Dicke sagte, immerhin sei sie gekommen.

Der Barmann brachte die Getränkekarten und Busners halbausgetrunkenes Bierglas. Die Dicke öffnete die Karte. Während der Zeit, die sie sich nahm, um die Karte durchzugehen, blieb der Barmann am Tisch stehen.

Schliesslich fragte Busner, was sie haben möchte, und die Dicke sagte zum Barmann, sie nehme einen Tee und einen Rum.

Der Barmann sagte, jawohl.

Busner sagte, bringen Sie mir ein neues Bier.

Der Barmann ging wortlos weg. Busner lächelte die Dicke an. Sie lächelte zurück. Während er seine Hand auf die ihre legte, stellte er sie sich nackt vor. Die Dicke betrachtete seine auf der ihren liegende Hand. Busner beugte sich vor, fuhr ihr den Arm hoch und versuchte, zärtlich „Berti" zu sagen.

Die Dicke sagte, ja?

Er sagte, nichts weiter.

Sie sagte, sie habe geglaubt, er wolle ihr etwas sagen.

Er sagte, er möchte ihr vieles sagen.

Der Barmann stellte die Getränke wortlos auf den Tisch und sagte, bevor er ging, zum Wohlsein, die Herrschaften.

Die Dicke sagte, zum Wohlsein.

Zu Busner sagte sie, was möchtest du mir denn sagen?

Er sagte, er möchte ihr beispielsweise sagen, dass er sie gerne habe.

Die Dicke fragte, ob das auch stimme.

Er sagte, so sei es.

Die Dicke sagte nach einem Augenblick, sie befürchte, er und sie seien zu verschieden.

Er fragte, ob sie ihn denn nicht möge, worauf sie zu Boden sah und nach einer Weile erwiderte, ich mag dich auch.

Er sagte, du bist süss, Berti!

Sie schaute ihn an und sagte, ja?

Er sagte, wirklich süss!, beugte sich vor und streichelte ihren Oberarm.

Sie sagte, wie alt bist du eigentlich?

Er entfernte seine Hand von ihrem Arm auf eine Weise, dass es ihm gelang, so über ihre Brust zu streichen, als hätte er dies unabsichtlich getan.

Er sagte, fünfundzwanzig.

Sie sagte, zehn Jahre älter als ich, das ist viel!

Während er sagte, zehn Jahre, das ist genau der richtige Altersunterschied, dachte er, glücklicherweise habe er nicht sein wahres Alter angegeben.

Die Dicke sagte, wirklich?

Busner sagte, gewiss.

Nach einer Weile fragte sie, ob er an die Liebe auf den ersten Blick glaube, und er sagte, es sei wissenschaftlich bewiesen, dass es Liebe auf den ersten Blick gebe, er selbst habe es erlebt, wie er sie zum ersten Mal gesehen hätte.

Sie sagte, das glaube sie ihm nicht.

Er sagte, deshalb habe er sie gestern gefragt, ob sie seine Freundin werden möchte, er liebe sie nämlich.

Sie fragte, wie das möglich sei, da er sie ja kaum kenne, und er antwortete, in solchen Fällen spreche man eben von Liebe auf den ersten Blick.

Wie er sie ihn ungläubig anschauen sah, sagte er, er sei davon überzeugt, sie wäre die Frau, nach der er so lange gesucht habe.

Er sah den Barmann vorbeigehen und nach draussen treten. Er lehnte sich über den Tisch, nahm den Kopf der Dicken zwischen seine Hände und küsste ihren Mund.

Während sie lächelnd zu Boden sah, dachte er, heute nacht müsse er sie haben, und sagte, ob sie nun seine Freundin sein möchte.

Die Dicke sagte, sie wisse es nicht, eigentlich möchte sie schon, aber sie glaube, es gehe nicht.

Er sagte, weshalb?

Die Dicke sagte, weil sie allzu verschieden seien.

Er fragte, inwiefern sie glaube, dass sie verschieden sein sollten.

Sie sagte, sie wisse es nicht genau. Sie stamme vom Lande und er aus der Stadt.

Er fragte, wie dieser Umstand sie daran hindern sollte, sich zu lieben.

Wie der Barmann, von draussen zurückgekehrt, am Tisch vorbeiging, fragte er, ob die Herrschaften bedient seien.

Die Dicke sagte, ja.

Busner sagte, danke.

Er sagte, in der Liebe gebe es keine Unterschiede!, schob sein Knie an das ihre und fügte hinzu, nicht wahr?

Sie nickte.

Er fragte, ob sie nun, da es eben keine Unterschiede gebe zwischen ihnen, seine Freundin sein wolle.

Er wartete.

Er sagte, ja?

Sie sagte, ja.

Er versuchte, ein glückliches Lächeln aufzusetzen. Er sagte, er sei so froh, er sei dermassen glücklich, wie er es zuvor noch nie gewesen sei.

Die Dicke betrachtete ihn von unten her.

Er sah sich nach dem Barmann um, den er an der Bar sitzen und in seinem Magazin lesen sah, so dass er sagte, lass mich dich küssen, Berti!

Sie schüttelte den Kopf, entzog sich ihm aber nicht, als er sich vorbeugte und seine Lippen auf die ihren presste. Er stiess sich daran, dass sie dabei die Arme vor der Brust verschränkt hielt. Während er feststellte, dass sie hinter ihren Brillengläsern die Augen geschlossen hatte, öffnete sie ihren Mund, was er nicht erwartet hatte. Er zog ihr die Arme auseinander und legte sie sich um den Nacken. Sie liess sie lose auf seinen Schultern hängen. Er legte seine Hände auf ihre Brüste und betrachtete seine Hände auf ihren Brüsten, wobei er dachte, ihre Brüste seien härter, als er angenommen habe. Wie sie ihm den Kopf entwand, setzte er ein Lächeln auf.

Die Dicke sagte, er sei so stürmisch!

Er sagte, wenn man liebe, sei man stürmisch, und rief den Barmann.

Der Barmann liess einige Zeit verstreichen, bevor er erschien.

Busner fragte die Dicke, was sie trinken möchte.

Sie wollte nichts mehr haben.

Er bestellte einen Whisky und einen Tee Rum.

Die Dicke sagte, sie wolle aber nichts mehr!

Der Barmann blieb stehen.

Busner sagte, in Ordnung, und der Barmann setzte sich in Bewegung.

Er sagte, ich finde, wir sollten auf unsere Verlobung anstossen, Berti.

Die Dicke sagte, Verlobung?

Er sagte, nun ja, jetzt, wo sie seine Freundin sei, seien sie doch eigentlich so gut wie verlobt.

Sie sagte, aber er kenne sie ja erst einige Tage!, und er sagte, was sie damit sagen wolle?

Sie fragte, wie er es innerhalb dieser kurzen Zeit fertigbringe, zu wissen, ob er mit ihr verlobt sein möchte?

Er erwiderte, er habe noch nie eine Frau getroffen, welche so gut zu ihm passe wie sie. Er befürchtete, der Barmann, welcher in diesem Augenblick die Getränke brachte, habe seine letzten Worte mitbekommen, war sich dessen aber erst sicher, als er sah, dass der Barmann sich bemühte, nicht zu lachen.

Er sagte, stellen Sie sie hin.

Als der Barmann weggegangen war, sagte Busner, er setze sich nun zu ihr auf die Bank.

Die Dicke machte ihm Platz. Er legte den Arm um sie und streichelte ihre Wange, wobei er feststellte, dass dies der Dicken zu behagen schien. Während er sie hinterher küsste, drückte er mit der einen Hand ihre Brust. Er wurde dermassen wild auf sie, dass er sich sagte, er müsse sich beherrschen, sie nicht auf die Bank zu legen. Um sie gefügig zu machen, sagte er einige Male, er liebe sie, er habe noch nie so sehr geliebt, wie er sie liebe, er sei noch niemals so glücklich gewesen wie in diesem Augenblick. Als er sie lächeln sah, schien ihm der Moment gekommen, ihr vorzuschlagen, auf sein Zimmer zu gehen, weil er mit ihr alleine sein möchte.

Die Dicke sagte, sie finde, hier sei es sehr gemütlich.

Er fragte, ob sie nicht verstehe, dass er mit ihr alleine sein möchte!

Die Dicke sagte, sie seien ja alleine!

Er sagte, und der Barmann?

Sie sagte, der Barmann störe sie nicht.

Er sagte, er möchte mit ihr vollkommen alleine sein, weil er sie dermassen liebe!

Sie sagte, sie sei noch niemals bei einem Mann auf dem Zimmer gewesen und sie werde es auch nie tun.

Er sagte, sie habe gestern davon gesprochen, dass sie mit ihrem früheren Freund geschlafen habe.

Sie sagte, ihr Freund habe sein Zimmer mit seinem Bruder geteilt, so dass dieser, wenn sie bei ihrem Freund geschlafen habe, immer dabeigewesen sei.

Er überlegte sich, wie er die Dicke auf sein Zimmer kriege.

Nach einer Weile fragte er, ob sie spüre, wie sehr er sie liebe.

Die Dicke sagte, sie wisse es schon seit einiger Zeit, dass er sie liebe; sie sei sich dessen bloss nicht ganz gewiss gewesen.

Um nicht zu lachen, biss er sich auf die Zunge.

Sie sagte, sie habe es daran gemerkt, wie er sie angeschaut habe.

Er sagte, so ist es.

Weil er befürchtete, in Lachen auszubrechen, sobald er den Mund öffnen würde, sagte er eine Zeitlang nichts.

Sie fragte ihn, weshalb er nichts mehr sage.

Er sagte, er denke nach.

Sie fragte, worüber er nachdenke.

Er sagte, über unsere Zukunft.

Sie rührte den Zucker auf, obwohl sie dies, wie er sich erinnerte, bereits getan hatte.

Schliesslich fragte er, ob sie ihn auch ein wenig lieb habe.

Sie sagte, sie wisse es nicht, aber sie glaube es.

Er sagte, ob sie es wirklich nicht wisse?

Sie sagte, sie glaube es, weil sie oft von ihm träume.

Er sagte, er träume jede Nacht von ihr, weil seine Gedanken um sie kreisten, und sie, die oft von ihm träume, liebe ihn auch, denn sonst würde sie nicht oft von ihm träumen.

Sie sagte, sie glaube schon, dass sie ihn liebe.

Er sagte, weshalb kommst du denn nicht auf mein Zimmer?

Sie fragte, warum sie auf sein Zimmer kommen solle, wenn sie von ihm träume?

Er fragte, ob sie etwa fürchte, er tue ihr etwas an?

Sie sagte, der Grund sei nicht, dass sie sich fürchte, sondern dass sie das nicht tue.

Er sagte, einmal wird es das erste Mal sein.

Sie sagte, ja, aber nicht heute.

Busner sagte, wann denn?

Sie sagte, sie gehe nicht eher auf das Zimmer eines Mannes, als sie verheiratet sei.

Er lachte.

Sie sagte, was lachst du?

Er sagte, was ist schon dabei, wenn du auf mein Zimmer kommst?

Sie sagte, es sei gefährlich.

Er sagte, weshalb?

Sie sagte, sie wisse, wie das ausgehe.

Er sagte, wie denn?

Sie antwortete nicht.

Auf sein Drängen hin, sagte sie: Dass man miteinander etwas hat.

Er sagte, du meinst, dass man miteinander Geschlechtsverkehr hat?

Sie sagte, ja.

Er sagte, wenn man sich liebe, wie sie sich lieben würden, sei es normal, miteinander Geschlechtsverkehr zu haben.

Die Dicke sagte, sie tue es nicht, bis sie verheiratet sei.

Er sagte, wieso? Man tut das, weil es Spass macht! Und uns macht es Spass, weil wir uns lieben!

Die Dicke sagte, ja und dann?

Er sagte, was und dann?

Sie sagte, und dann, wenn es vorbei ist?

Er sagte, dann ist weiter nichts.

Sie sagte, eben!

Er sagte, was eben?

Sie sagte, dann lässt der Mann die Frau sitzen.

Er rief, ach, woher!

Sie sagte, sie kenne sich aus! Die Mädchen in den Romanen täten es auch nicht, bis sie verheiratet seien. Und wenn sie es vorher täten, lasse der Mann sie sitzen hinterher.

Busner sagte, was in den Romanen stehe, entspreche nicht der Wirklichkeit.

Die Dicke sagte, sie wisse Bescheid.

Er sagte, er wisse wohl, weil er älter sei, besser Bescheid als sie.

Sie sagte, in Frauensachen wisse er nicht Bescheid, weil er ein Mann sei.

Er sagte, hast du eine Ahnung!

Sie sagte, wenn er sie gerne habe, werde er verstehen, dass sie es nicht tue, bevor sie verheiratet sei.

Er sagte, gut, dann heiraten wir.

Die Dicke sagte, wie?

Er sagte, dann heiraten wir eben!

Sie hielt sich die Hand vor den Mund und lachte.

Er sagte, was ist so lustig daran?

Sie sagte, das geht doch nicht so schnell!

Er sagte, für ihn selbst komme der Gedanke überraschend, aber in diesem Augenblick sei ihm klar geworden, dass er sich schon einige Zeit damit trage; denn er wisse, dass er nie eine bessere Frau zu finden vermöge als sie.

Sie rief, das sei der dritte Heiratsantrag, den sie erhalte.

Er sagte, wirklich?

Sie sagte, ja.

Während er sie fragte, ob sie ihn denn heiraten würde, dachte er, die Kerle, welche der Dicken die Heirat angetragen hätten, möchte er mal kennenlernen.

Sie sagte, ich weiss nicht.

Er sagte, na, sag mal!

Sie sagte, ich kenne dich zu kurze Zeit, um das zu wissen.

Er sagte, du brauchst dich ja nicht festzulegen, sag einfach ja!

Sie sagte, vielleicht würde ich dich schon heiraten.

Er sagte, wenn du das tätest, dann lass uns doch schon jetzt miteinander schlafen, anstatt zu warten, bis wir verheiratet sind; wir heiraten ja ohnehin.

Sie sagte, sie habe gesagt nein; sie wisse, weshalb sie dies gesagt habe.

Er nahm seinen Arm von ihrer Schulter weg und lehnte sich nach hinten. Ihren breiten Rücken betrachtend, dachte er, wahrscheinlich werde er die Dicke heute nicht schaffen. Sie blickte ihn kurz an und wandte den Kopf wieder nach vorne. Er sagte sich, er kriege die Dicke nur unter der Voraussetzung, dass es ihm gelinge, sie glauben zu machen, er werde sie heiraten.

Während er nachdachte, hörte er den Barmann ab und zu eine Seite seines Magazins umblättern.

Schliesslich fragte die Dicke, ob er ihr böse sei, dass er nicht mehr mit ihr spreche.

Er sagte, er mache sich Gedanken über ihre Hochzeit.

Er sah sie lächeln. Nach einer Weile sagte sie, würdest du mich wirklich heiraten?

Er sagte, am liebsten noch heute.

Sie lachte.

Er sagte, du weisst nicht, wie man sich fühlt, wenn man so ungeheuer liebt wie ich.

Sie sagte, wenn ich bloss wüsste, ob du die Wahrheit sagst!

Er sagte, ich bitte dich!

Sie sagte, es falle ihr schwer zu glauben, er liebe sie dermassen, dass er sie vom Fleck weg heiraten wolle.

Er sagte, er liebe sie tatsächlich ausserordentlich, ob sie es glaube oder nicht, und im weiteren lüge er prinzipiell nie.

Sie sagte, gib mir etwas von dir!

Er sagte, wie?

Sie sagte, er solle ihr irgendeinen Gegenstand geben, der sie an ihn erinnere.

Er sagte, wenn sie verheiratet seien, kriege sie einen Ring.

Die Dicke sagte, sie möchte schon vorher etwas haben.

Während er sagte, er habe nichts, fiel ihm auf, dass die Dicke eben gesagt hatte, sie möchte *vorher* etwas haben; das heisse, sie glaube, er wolle sie heiraten.

Sie sagte, er habe ihr doch letzthin eine Fotografie von ihm gezeigt.

Nachdem er ihr einige Bilder gezeigt hatte, sagte sie, im Grunde genommen möchte sie zwei haben: eines, um es ins Portemonnaie zu stecken, das andere, um es unter das Kopfkissen zu legen.

Schliesslich wählte sie ein Bild, das ihn mit dem 12 SS zeigte, auf dessen Stossstange er ein Bein gestellt hatte, und ein zweites, auf dem er im offenen 12 SS sass.

Hinterher fragte er sie, ob er ihr schon erzählt habe, dass es ihm, seit er sie zum ersten Mal gesehen habe, nicht mehr gelinge einzuschlafen?

Sie sagte, das habe er noch nicht gesagt.

Er sagte, er fühle sich todmüde, weil er es nun schon seit einer Woche nicht mehr fertigbringe, Schlaf zu finden, da er sich so sehr wünsche, mit ihr im Bett zu liegen.

Die Dicke sagte, auch sie schlafe schlecht in der letzten Zeit.

Den Arm um sie legend, sagte er, lass uns miteinander schlafen, Berti!

Sie sagte, ich darf nicht!

Er sagte, weshalb?

Sie sagte, sie habe sich geschworen, damit zu warten, bis sie verheiratet sei.

Er zog sie an die Banklehne, legte seinen Kopf an ihre Brust und sagte, indem er versuchte, Zärtlichkeit in seine Stimme zu bringen, bitte Berti, bitte!

Er hörte sie flüstern, ich darf nicht!, wobei sie ihre Hand auf seinen Kopf legte.

Er sagte, sei nicht so hart zu mir, Berti.

Sie flüsterte, wenn sie dürfte, würde sie es vielleicht tun, aber sie dürfe nicht.

Er fühlte, dass sie sein Haar durch ihre Finger gleiten liess. Plötzlich kniff sie ihn ins Ohr und sagte, betteln nützt dir nichts, wenn ich nein sage, ist nein.

Er sagte sich, er werde sie am ehesten weichkriegen, wenn er in dieser Stellung, mit dem Kopf an ihrer Brust, verharre. Nach einer Weile stellte er fest, dass sie ihr Kinn auf seinen Kopf gestützt haben musste, behielt aber, obwohl ihm dies unangenehm war, seine Stellung bei.

Er hörte sie fragen, wie er eigentlich heisse?

Ohne seinen Kopf zu heben, sagte er, er habe es ihr doch bereits gesagt.

Sie sagte, aber sie habe es vergessen.

Er sagte, Harry.

Weil die Dicke es, da er den Kopf nicht hob, nicht gleich verstand, musste er wiederholen, er heisse Harry.

Er hörte sie sagen, ach richtig, Harry.

Als er seinen Kopf tiefer in ihre Brüste grub, sagte er, wenn sie bloss ahnen würde, wie sehr er sie liebe, worauf sie seine Wange tätschelte.

Plötzlich hörte er den Barmann sagen, noch etwas zu trinken, die Herrschaften? Ohne den Kopf zu heben, und bemüht, scharf zu antworten, sagte Busner, nichts mehr!

Nachdem er den Barmann sich entfernen gehört hatte, setzte er sich gerade hin. Er sah die Dicke lächeln. Er steckte sich eine Zigarette an.

Sie sagte, ich muss gehen.

Da er nichts erwiderte, stiess sie ihn in die Seite und sagte, hast du gehört?

Er sagte, er habe es gehört.

Als er die Zigarette zu Ende geraucht hatte, rief er, bezahlen! Um den Barmann auf halbem Weg zur Umkehr zu zwingen, bestellte er, als dieser unterwegs war, zwei Pakete Zigaretten und beobachtete ihn, wie er an die Theke zurückging, die Zigaretten aus einer Schublade holte und sie an den Tisch brachte. Um ihn möglicherweise zu einem weiteren Gang zu veranlassen, legte er anschliessend einen grossen Schein auf den Tisch, obwohl er in der Lage gewesen wäre, mit kleineren zu bezahlen.

Der Barmann fragte, haben Sie nicht kleiner?

Er sagte, nein.

Wieder sah er den Barmann zur Theke gehen. Kaum hatte er das Wechselgeld eingesteckt, sagte die Dicke, gehen wir?

Er fragte, ob sie es eilig habe.

Sie sagte, ja, sie habe es eilig.

Wie er, ihr vorangehend, die Tür öffnete, hörte er sie rufen, gute Nacht, Herr Heinz!

Draussen fragte er sie, ob sie nicht doch für einen ganz kurzen Moment auf sein Zimmer kommen wolle, damit sie, wenn sie an ihn denke, eine Vorstellung von seiner Umgebung habe.

Die Dicke sagte, erstens habe sie keine Zeit und zweitens wisse sie, wie die Zimmer im „Gausener-Hof" aussähen.

Er versuchte, sie an sich zu ziehen, aber sie stemmte sich dagegen und riss sich los.

Er fragte, ob sie nicht fühle, wie sehr er sie liebe?

Die Dicke, welche sich bereits einige Schritte von ihm entfernt hatte, sagte im Weitergehen, sie wisse, dass er sie liebe, aber sie müsse nach Hause zurückkehren.

Er lief ihr nach.

Sie sagte, er dürfe sie bis zur Wegbiegung begleiten, streckte dabei ihre Hand nach hinten aus, die er, die Dicke einholend, ergriff.

Wie sie ein Stück weit gegangen waren, sagte er, er liebe sie wirklich!, und die Dicke sagte wieder, sie wisse es.

Er sagte, ich werde dich heiraten!

Er erschrak darüber, dass er es plötzlich nicht mehr für ausgeschlossen hielt, die Dicke zu heiraten.

Stehenbleibend sagte er, morgen schlafen wir miteinander! Ich halte es nicht mehr aus vor Liebe!

Sie riss sich los und sagte, komm jetzt!

Wieder lief er ihr nach.

Er sagte, morgen schlafen wir zusammen!

Sie sagte, morgen schläft jeder für sich!

Er sagte, bestimmt schlafen wir morgen zusammen!

Sie sagte, bis zur Hochzeit schläft jeder für sich!

Er sagte, nein, morgen schläfst du bei mir.

Sie sagte, sie sehe ihn morgen gar nicht.

Er sagte, wieso?

Sie sagte, weil sie nicht mit ihm schlafen wolle, zwinge er sie, morgen erst gar nicht zu kommen.

Er sagte, du bist grausam, Berti.

Sie sagte, grausam sei sie nicht, aber sie habe ihn in der Hand.

Bei der Wegbiegung angelangt, sagte sie, nun müsse er umkehren wegen der Tante.

Er zog sie an sich.

Um seinen Kopf wieder an ihre Brust zu kriegen, ging er etwas in die Knie.

Sie tätschelte den Kopf und sagte, ja ja ja ja.

Ohne die Stellung zu ändern, fragte er, wann er sie wiedersehen dürfe?

Die Dicke sagte, das hänge von ihm ab, wenn er morgen darauf dringe, mit ihr zu schlafen, komme sie nicht; sie komme bloss, wenn er schwöre, sie in Ruhe zu lassen.

Er, den Kopf noch immer an ihrer Brust haltend, sagte, aber

Berti, sei doch nicht so.

Sie sagte, mach vorwärts, ich muss gehen! Schwöre, wenn du mich morgen sehen willst!

Er sagte, obwohl es ihm schwer falle, schwöre er es.

Sie sagte, schau mich an beim Schwören!

Er hob den Kopf.

Sie sagte, sag, ich schwöre es!

Er sagte, ich schwöre es.

Sie sagte, gut, morgen um acht Uhr in der Bar.

Er sagte, ich besuche dich am Nachmittag.

Die Dicke sagte, benimm dich so, dass die Tante nichts merkt!

Er sagte, er werde sich Mühe geben, und nahm die Dicke in die Arme. Während er erneut sagte, er liebe sie, klopfte sie ihm auf die Schultern und sagte, er sei ihr guter Junge. Er fasste ihre Brüste an.

Die Dicke sagte, also, bis morgen!

Er sagte, lass mich dich zum Abschied küssen. Wie er dabei ihre Brüste drückte, fühlte er sich unheimlich scharf werden.

Die Dicke riss sich los und rief, Mensch sei nicht so grob!

Er sagte, ich liebe dich!

Sie rückte ihren Büstenhalter zurecht.

Wie er sich ihr wieder nähern wollte, sagte sie, die Tante kommt!

Er sah sich um.

Die Dicke sagte, ich muss gehen!

Er sagte, wo ist die Tante?

Die Dicke, sich entfernend, sagte, tschüss, bis morgen!

Er fragte, war die Tante da?

Sie sagte, ich weiss nicht.

Da er vermutete, die Dicke werde sich nochmals umdrehen, schaute er ihr nach, aber sie sah sich nicht mehr um. Im Zurückgehen steckte er sich eine Zigarette an. Er beschloss, die Dicke morgen nötigenfalls mit Gewalt ins Bett zu schleppen, wusste aber gleichzeitig, dass er dies niemals täte, und verweilte bei der Vorstellung, dass er es tue.

Im Zimmer angelangt, überlegte er sich, ob er sich in der Bar ein Bier holen wolle. Er bedauerte, nicht darauf geachtet zu haben, ob die Bar noch geöffnet gewesen war. Er kam zum

Schluss, wahrscheinlich habe sie der Barmann schon zugesperrt, da er sich keine Hoffnungen auf einen anderen Gast als Busner machen dürfe. Die Schuhe ausziehend, fiel ihm ein, eher sei anzunehmen, der Barmann habe noch nicht zugesperrt, weil er nicht umhin könne, insgeheim zu hoffen, eines Tages werde jemand anders ausser Busner die Bar betreten, so dass er die Schuhe wieder anzog. Während er auf die Tür zuging, sagte er sich, es wäre ärgerlich, wenn er sich die Mühe machen würde, den Weg zur Bar zurückzukehren, und die Tür wider Erwarten geschlossen fände. Er setzte sich aufs Bett, zog die Schuhe wieder aus und warf sie in eine Ecke. Als die Barometer in sein Blickfeld gerieten, dachte er, nichts würde ihn daran hindern, nach Rask zurückzukehren, wenn er die Barometer zerschlüge und vortäuschte, sie seien vom Schrank gefallen; ja, dass bereits die Vernichtung des einen Barometers ihn nach Rask brächte. Hinterher rechnete er sich aus, dass die GESELLSCHAFT sogleich ein Ersatzstück senden würde, sollte einer der Barometer ausfallen. Sicher würde ein GESELLSCHAFTS-Angestellter das Ersatzstück nach Gausen-Kulm bringen, so dass es ihm auch dann verwehrt wäre, Gausen-Kulm auch nur für einen einzigen Tag zu verlassen.

FREITAG, 10.

Als er anderntags erwachte, bemerkte er, dass wieder eine Änderung eingetreten war. Er stieg aus dem Bett und stellte sich in die Mitte des Zimmers, um herauszufinden, worin diese Änderung bestehe, kam aber erst darauf, als er die Jalousien öffnete: Der Himmel war bewölkt. Zum Fenster hinaussehend, kam ihm mit einem Mal der Gedanke, wegen des Wetterumschlages müssten die Barometer eine Differenz aufweisen. Er holte sie vom Schrank. Es dauerte eine Weile, bis er begriff, dass auch die Wetteränderung die Barometer zu keiner Abweichung veranlasst hatte.

Kaum sass er am Frühstückstisch, brachte der Direktor Butter und Kaffee, was ihn überraschte.

Der Direktor sagte, endlich schlage das Wetter um, endlich! Busner sagte, ein Wetterumschlag sei zu erwarten gewesen.

Der Direktor sagte, die Hitze habe einen verrückt gemacht; die restlichen Tage werde er wohl im Regen verbringen.

Während des Frühstücks erinnerte er sich, dass er aufs Postamt gehen wollte, und versuchte sich zu besinnen, zu welcher Zeit das Postamt geöffnet sei, musste aber feststellen, dass er es vergessen hatte.

Draussen wunderte es ihn, dass anstatt der gewohnten Hitze eine angenehme Wärme herrschte.

Nachdem er bereits ein beträchtliches Wegstück zurückgelegt hatte, hörte er unvermittelt ein Kind lachen. Den Hügel hochsehend, bemerkte er ein Mädchen, das einem Knaben nachlief, was ihn veranlasste, stehenzubleiben. Während er sich sagte, die Kinder spielen Fangen, sah er den Knaben direkt auf sich zugerannt kommen. Irgend etwas veranlasste ihn zu denken, er wollte — wäre er ein Kind — eher Verstecken spielen. Wie er das Mädchen, welches inzwischen dicht zum Knaben aufgerückt war, die Hand nach diesem ausstrecken sah, schlug der Knabe, für Busner ebenso unerwartet wie für das Mädchen, einen Haken, so dass das Mädchen ins Leere griff und — während der Knabe lachend den Hügel hochrannte — beinahe mit Busner zusammengestossen wäre. Am Zaun, welcher die Wiese auf der anderen Seite des Weges einschloss, kam es zum Stillstand, blieb dort eine Weile schnaufend stehen und blickte dem Knaben nach. Mit einem Mal fühlte sich Busner vom Blick des Mädchens derart herausfordernd getroffen, dass er sich gezwungen sah, es anzusprechen; da ihm aber unbekannt war, was man zu einem fremden Kind sagen solle, fand er keine Worte. Plötzlich lächelte das Mädchen ihn an, wandte sich ab und stieg den Hügel hoch.

Im Weitergehen erinnerte er sich an den weissen Stein, welchen er vor einigen Tagen entdeckt hatte und der, wie er jetzt zu wissen glaubte, dem Mädchen gehören musste. Nun fiel ihm ein, er hätte das Mädchen fragen können, ob es vielleicht einen weissen Stein vermisse.

Den Pfad zum Postamt hochsteigend, gewahrte er durch das Fenster eine leuchtende Neonröhre, so dass er sich sagte, der

Posthalter werde anwesend sein, habe ihn wohl schon lange ausgemacht und durch das Fenster beobachtet. Als er aber die Tür öffnete und der Posthalter derart überrascht „Oh, guten Tag!" sagte, liess er seinen Verdacht, er sei beobachtet worden, fallen.

Nachdem der Posthalter sich nach seinem Befinden erkundigt hatte, fragte Busner, ob vielleicht eine Eilsendung für ihn eingetroffen sei.

Der Posthalter, sich im Raum umsehend, sagte, es sei gar keine Post angekommen.

Er bat, telefonieren zu dürfen.

Nachdem er die Nummer des Musikhauses in Rask eingestellt hatte, sah er den Posthalter das Fenster öffnen. Der Verkäufer in der Radioabteilung versicherte ihm, die Batterien seien am Mittwoch, am Tage der Bestellung, per Eilpost abgegangen.

Busner fragte den Posthalter, ob er glaube, dass die Postbeamten in Gausen-Dorf möglicherweise das Paket zurückhielten?

Der Posthalter sagte, das sei vollkommen ausgeschlossen.

Busner fragte, ob er glaube, dass es sinnlos sei, auf das Postamt im Dorf anzurufen.

Der Posthalter sagte, selbst wenn den Beamten ein Fehler unterlaufen sein sollte, was er allerdings nicht für möglich halte, so werde man Busner davon nicht unterrichten. Um das Vertrauen der Bevölkerung in die Post nicht zu untergraben, werde man ihm eher einen Bescheid geben, der nicht geeignet sei, ein schiefes Licht auf die Post zu werfen.

Busner sagte, demnach halten Sie es also nicht für ausgeschlossen, dass den Postbeamten in Gausen-Dorf ein Irrtum unterlaufen ist.

Der Posthalter sagte, das scheine ihm nicht möglich zu sein.

Busner sagte, da er die Sendung dringend benötige, möchte er nichts unversucht lassen und die Post im Dorf gleichwohl anrufen.

Rechtzeitig fiel ihm ein, dem Posthalter sei bekannt, dass er die Batterien für sein Rundfunkgerät und nicht für seine Messungen benötige.

Als sich eine Frauenstimme meldete, sagte er, er erwarte dringend eine Eilsendung, welche am Mittwoch in Rask für ihn aufgegeben worden, aber noch nicht eingetroffen sei.

Die Beamtin antwortete, sie werde nachsehen. Hinterher meldete sie, es sei keine Eilsendung für Gausen-Kulm da.

Er fragte, ob sie sich dessen gewiss sei.

Die Beamtin sagte, es sei nichts da.

Er sagte, danke, hängte ein und sagte, er glaube, die Beamtin habe nicht nachgesehen.

Der Posthalter sagte, das wisse man nicht.

Er bezahlte die Gespräche. Als er hinausging, wünschte ihm der Posthalter ein schönes Wochenende.

Durch den Umstand, dass die Sonnenschirme vor dem Wirtshaus nicht aufgespannt waren, fühlte er sich im ersten Augenblick irritiert, sagte sich aber, selbstverständlich sind die Sonnenschirme nicht aufgespannt, da die Sonne nicht scheint. Wieder sah er sich vor die Wahl gestellt, ob er draussen oder drinnen Platz nehmen wolle, und beschloss, fürs erste in die Gaststube hineinzuschauen. Er sah die Alte, mit einer Näharbeit beschäftigt, am Fenster sitzen.

Sie sagte, guten Tag.

Er sagte, Tag, und ging nach draussen. Er hörte die Alte hinter ihm rufen, sind Sie schon auf?, antwortete aber nicht, da die Möglichkeit bestand, er habe die Frage überhört.

Nachdem eine Weile verstrichen war, ohne dass die Alte für die Bestellung erschienen wäre, sagte er sich, sie habe wohl angenommen, er sei wieder weggegangen, und rief durch die offene Tür, Bedienung, bitte!

Die Alte sagte, sie habe gedacht, er sei gegangen.

Als sie seinen Aperitif brachte, sagte sie, endlich habe das Wetter gebessert.

Er sagte, ja.

Die Alte verschränkte die Arme und betrachtete den Horizont. Als hätte er sie aufgehalten, sagte sie nach einer Weile, sie müsse an ihre Arbeit zurück.

Er antwortete nicht.

Die Alte sagte, es gebe immer etwas zu tun, worauf er wieder nichts entgegnete.

Später fiel ihm ein, die Alte gäbe ihm an, wo die Dicke stecke, wenn er sie danach fragen würde. Es fiel ihm ein, er bringe es vielleicht fertig, die Dicke auf seine Anwesenheit aufmerksam zu machen, indem er die Spülung auf dem Klosett betätige. Aufstehend, bemerkte er, dass die Wolkendecke sich gelichtet hatte. Um die Spülung zweimal zu betätigen, ohne damit den Argwohn der Alten zu erregen, blieb er eine Weile auf dem Klosett. Hinterher wusch er sich gründlich die Hände und horchte, während er sie trocknete, ins Treppenhaus hinauf, konnte aber nirgends ein Geräusch wahrnehmen. Draussen liess er einige Zeit verstreichen und suchte das Klosett dann ein zweites Mal auf. Wie er zurückkehrend bei der Alten vorüberging, sagte sie, jetzt komme sie durch. Da er glaubte, sie spreche von der Dicken, begriff er erst, dass von der Sonne die Rede war, als die Alte zum Fenster hinaus deutete. Wieder draussen, kam er zum Schluss, die Dicke halte sich nicht im Wirtshaus auf. Er versuchte sich vorzustellen, wo die Dicke stecken könnte. Später sah er sie, eine Einkaufstasche tragend, den Weg entlang kommen. Er winkte ihr zu, und sie winkte zurück. Als sie an ihm vorbeiging, versuchte er sie am Handgelenk festzuhalten, aber sie riss sich los und sagte, nicht hier!

Gleichwohl blieb sie in einiger Entfernung neben ihm stehen.

Er sagte, er habe vergessen, dass sie ihre Liebe geheimhalten müssten.

Die Dicke spähte ins Innere der Gaststube.

Er sagte, setze dich doch einen Augenblick her, Berti!

Die Dicke fragte, wo die Tante sei.

Er sagte, in der Gaststube.

Die Dicke sagte, in der Gaststube?

Er sagte, ja, worauf sie rasch in die Gaststube trat. Nach einem Augenblick kam sie wieder heraus und sagte, die Tante sei nicht da.

Er sagte, also setze dich her!

Die Dicke sagte, sie bleibe besser im Türrahmen stehen, falls die Tante unverhofft auftauche.

Er sagte, die Tante werde sich nicht daran stossen, sie neben ihm sitzen zu sehen.

Die Dicke sagte, es hindere sie nichts daran, sich auch so zu unterhalten.

Busner sagte, er liebe sie wahnsinnig und möchte sie deshalb so nahe wie möglich haben.

Er sah sie mit zusammengekniffenen Lippen lächeln und fragte, ob sie es denn nicht glaube?

Die Dicke sagte, sie wisse, dass er sie liebe.

Er fragte, ob sie ihn auch liebe, und sah sie nach einer Weile kurz nicken. Um ihr vorzutäuschen, er vermöge sich vor Freude darüber nicht zu halten, stand er auf mit der Absicht, sie zu umarmen, hörte aber im selben Augenblick die Alte aus der Gaststube nach der Dicken rufen.

Die Dicke winkte ihm zu und trat ins Innere.

Er rief hinter ihr her, heute nachmittag sehe er wieder nach ihr; wusste aber nicht, ob sie es mitgekriegt hatte. Drinnen hörte er die Alte die Dicke ausschelten, so dass er laut „Bezahlen!" rief.

Er hörte die Alte „Sofort!" rufen, aber gleichwohl mit ihrer Schelte fortfahren, so dass er sich in den Türrahmen stellte, wo ihn die Alte gleich bemerkte. Während sie auf ihn zukam, sah er die Dicke durch die Küchentür schlüpfen.

In den „Gausener-Hof" zurückkehrend, stellte er fest, dass der Himmel sich nun beinahe vollständig entwölkt hatte und dass es bald wieder so heiss sein würde wie während der vergangenen Tage. Plötzlich vermochte er sich nicht mehr vorzustellen, dass er je von Gausen-Kulm wegkomme. Er versuchte dieses beklemmende Gefühl dadurch loszuwerden, dass er schneller voranschritt, doch brachte er es erst fertig, sich ihm zu entziehen, als er ins Hotel trat und von irgendwo die Stimme der Direktorin hörte. Sich den Schweiss trocknend, ging er in den Speisesaal, wo er die Suppe bereits vorfand. Obwohl sie schon erkaltet war, ass er sie. Als der Direktor die übrigen Speisen brachte, hörte Busner ihn sagen, es war nichts mit dem Regen.

Busner sagte, nein.

Der Direktor sagte, vielleicht regnet es morgen.

Busner sagte, es sehe nicht danach aus.

Nach dem Essen fuhr er auf sein Zimmer und setzte sich in den Lehnsessel. Wie er sich beim Fingernägelkauen ertappte, steckte er die Hände in die Hosentasche. Schliesslich beschloss er, sich zu duschen. Hinterher kam ihn Lust an, ins Wirtshaus zu gehen. In der Empfangshalle sah er eine Weile zum Fenster hinaus, wobei ihm einfiel, es könnte scheinen, er tue dies aus Furcht, ins Freie zu gehen. Er versuchte, innerlich zu lachen. Hinter sich hörte er jemanden vorübergehen, sah sich aber nicht um, so dass er nicht wusste, wer es gewesen war. Wie die Schritte des Vorübergehenden verklungen waren, sagte er sich, derjenige, welcher vorübergegangen sei, habe nichts getan, was geeignet gewesen wäre, ihn zu veranlassen, sich umzuwenden. Er fühlte sich dem Zwang ausgesetzt, die Empfangshalle zu verlassen. Wie er die Eingangstür aufstiess, dachte er, möglicherweise habe er sich bloss eingebildet, es gehe jemand hinter ihm vorüber.

Ins Wirtshaus tretend, gewahrte Busner nach einigen Sekunden am hintersten Tisch undeutlich die Umrisse eines Mannes, welcher so regungslos dasass, dass er heftig erschrak und sich die Sonnenbrille vom Gesicht reissen musste. Hatte er eben noch gezweifelt, ob es sich um einen Menschen oder eine Reklametafel handle, so war er jetzt sicher, dass es ein Mensch war, der von einer eigenartigen Starrheit befallen schien. Im selben Augenblick als ihm durch den Kopf schoss: der ist tot, setzte sich der Oberkörper dieses Menschen in Bewegung und kam auf ihn zu. Als er daraufhin den Mund aufriss, begriff Busner, dass er den an den Rollstuhl gefesselten Onkel vor sich hatte.

Wie Busner einen Stuhl zurechtschob, hörte er den Krüppel sagen, was darf ich . bringen?

Er sagte, Kaffee.

Der Krüppel sagte, dann müssen Sie . warten bis meine Frau . zurückkommt . oder das Dienst . mädchen . ich kann keinen . Kaffee zubereiten . es ist mir nicht möglich . den Rollstuhl . zu verlassen.

Busner dachte, der Umstand, dass der Krüppel nur einige Silben auf einen Atemzug herausbringe, rühre von der ungewöhnlichen Leibesfülle des Krüppels her. Während er sagte, es eile nicht, wünschte er, der Krüppel entferne sich wieder.

Der Krüppel sagte, das Dienstmädchen . ist mit meiner . Frau weggegangen . ich bin alleine . da . das heisst . ein Musiker . ist noch im Hause . aber der ist . für die Musik . zuständig . und nicht für . den Gastbetrieb.

Wieder sagte Busner, es eile nicht.

Die Gegenwart des Krüppels wurde ihm derart unangenehm, dass er beschloss, die Gaststube zu verlassen.

Bevor er dazu kam, sagte der Krüppel, sind Sie . ein Feriengast . oder nur für . einen Tag . hochgekommen?

Busner sagte, er habe in Gausen-Kulm einen Auftrag zu erledigen.

Der Krüppel sagte, ach so.

Wie er im Begriff war, sich zu erheben, sagte der Krüppel, Gausen-Kulm ist . ein schöner Ort . ein schöner Ort . um Ferien . zu machen . nicht wahr?

Busner sagte, bestimmt.

Der Krüppel erzählte die Geschichte mit der amerikanischen Reisegruppe, welche man erwartet und für die er einen Musiker engagiert hätte, die jedoch, ohne Angabe von Gründen, nicht eingetroffen sei.

Busner sagte, er habe davon gehört.

Der Krüppel fragte ihn, wo er logiere, und sagte, auch er habe schöne Zimmer zu vermieten, etliches billiger als sie im „Gausener-Hof" zu haben seien; er sei nämlich Besitzer hier, obwohl er an den Rollstuhl gefesselt sei. Er sagte, in seinen Beinen, die er allerdings seit dem Unfall vor sechzehn Jahren nicht mehr zu gebrauchen wisse, würden sechzig Nägel stecken, welche die Beine zusammenhielten, die ihm wenigstens nicht amputiert worden seien. Nachdem er den Vorgang des Unfalls erzählt hatte, sagte er, jeder hat . sein Schicksal . zu tragen . auch Sie . haben Ihr Schick . sal . Herr. Anschliessend begann er Busner mitzuteilen, auf welche Weise er während seines Spitalaufenthalts dazu gekommen sei, sich Gott zuzuwenden, wurde aber von der eintretenden Alten, welcher die Dicke folgte, unterbrochen.

Ohne auf die Worte der Alten, wie Busner schien, zu hören, rief er, der Herr möchte . Kaffee.

Die Alte fragte, ob er schon lange warte.

Busner sagte, nein.

Der Krüppel wiederholte, der Herr möchte . Kaffee.

Die Alte sagte, mein Mann ist nicht imstande, die Gäste zu

bedienen, wissen Sie.

Busner sagte, das mache nichts.

Die Alte sagte, was darf ich Ihnen bringen?

Busner sagte, Kaffee, bitte.

Die Alte sagte, gerne.

Der Krüppel sagte, für mich auch.

Er sah die Dicke zur Küchentür hinausgehen. Dem Krüppel trug die Alte einen hellen Milchkaffee auf.

Sie sagte, sie sei gleich zurück, falls jemand kommen sollte.

Der Krüppel sagte, geh nur, indem er Busner mit einer Geste bedeutete, er sei froh, die Alte los zu sein. Er teilte Busner mit, die ungewohnte Hitze, welche durch die schrecklichen Atomversuche hervorgebracht werde, mache ihm zu schaffen. Nach einer Pause sagte er, sollte eine Katastrophe eintreten, sei er als Gelähmter ihr ausgeliefert. Kein Schicksal liege wie das seine in Gottes Hand. Am meisten fürchte er sich vor einem Feuerausbruch. Oft träume er, das Haus brenne. Er fürchte sich nämlich davor, dass man ihn bei einem Brandausbruch vergesse oder dass keine Möglichkeit mehr bestehe, ihn aus den Flammen zu bergen. Er sei darauf angewiesen, dass man ihn hole, und das Holz im Hause sei dürr, so dass — sollte eine Feuersbrunst ausbrechen — in Kürze das ganze Haus in Flammen stehe. Deshalb habe er in den oberen Räumen ein striktes Rauchverbot erlassen, halte es aber nicht für ausgeschlossen, dass der Musiker diesem Verbot zuwiderhandle, obwohl er ihn noch nie dabei erwischt habe.

Die Alte, durch die Küchentür hereintretend, sagte, Anton, es ist Zeit, dass wir dich wieder hinauftragen.

Der Krüppel sagte, ja, es ist . Zeit.

Busner sah die Dicke in die Gaststube treten.

Der Krüppel sagte, auf Wiedersehen, und reichte Busner seine Hand, die, wie er feststellte, überraschend fein gegliedert war.

Er sagte zur Alten, er helfe, den Krüppel hochzutragen.

Die Alte sagte, das sei ausserordentlich freundlich von ihm; sie und die Aushilfe hätten nämlich Mühe, ihn ohne die Hilfe des Musikers hochzubringen.

Oben setzten sie den Krüppel in einem kahlen, muffig riechenden Zimmer, in welchem ein grosses, schwarzes Kreuz hing, auf das Bett.

Der Krüppel, Busner nochmals die Hand reichend, sagte, besuchen Sie mich . doch mal.

Er sagte, ja, bestimmt.

Als Busner wieder hinunterging, hörte er ein Rundfunkgerät spielen. Er sagte sich, es werde das Gerät des Musikers sein, wobei ihm einfiel, heute träfen die Batterien für sein eigenes Gerät ein. Unten setzte er sich wieder hin. Die Alte und die Dicke erschienen, um den Rollstuhl hochzutragen.

Beim Vorbeigehen sagte die Alte, diesmal brauche er für den Kaffee nicht zu bezahlen.

Etwas später hörte er die Alte die Treppe wieder hinuntersteigen, sah aber an ihrer Stelle die Dicke eintreten.

Er rief, hallo, Berti!

Die Dicke sagte, hallo!

Er fragte, bekomme ich einen Kuss?

Die Dicke näherte sich und hielt ihm ihren geschlossenen Mund hin. Obwohl sie wieder unangenehm roch, forderte er sie auf, sich zu setzen.

Die Dicke sagte, sie rücke aber etwas von ihm ab, falls die Tante unverhofft eintrete.

Er fragte, ob der Onkel sich oft in der Gaststube aufhalte.

Die Dicke sagte, einmal pro Woche dürfe er sich für zwei Stunden in die Gaststube setzen, falls jemand gefunden werde, der beim Herunter- und Hinauftragen des Onkels behilflich sei.

Er legte seinen Arm um sie und zog ihren Oberkörper an den seinen.

Sie sagte, gib acht, wenn die Tante kommt!

Er sagte, die Tante ist doch oben mit dem Krüppel beschäftigt!

Wie er beabsichtigte, ihren geschlossenen Mund zu küssen, öffnete die Dicke diesen unverhofft, so dass er, obwohl ihm vor ihrem schlechten Geruch ekelte, seine Zunge in ihre Mundhöhle steckte. Dafür drückte er ihre Brüste, wobei er wahrzunehmen glaubte, die Dicke werde scharf. Als aber mit einem Mal ihre Brille zu Boden glitt, löste sie sich aus seiner Umarmung und rief, ah, meine Brille!

Während sie die Brille aufhob, hielt er sich an ihren Brüsten fest.

Seine Hände zurückstossend, sagte sie, es reiche für heute!

Da sie ihm wegen ihres schlechten Geruchs ohnehin zuwider war, sagte er, sie habe recht, sie wollten ihre Liebe nicht leichtsinnig aufs Spiel setzen.

Er schaute ihr zu, wie sie ihren Büstenhalter richtete.

Er sagte, dass er sie liebe, woraufhin er sie lächeln sah. Es fiel ihm ein, die kommende Nacht werde er sie bestimmt hinkriegen, da sie vorhin schon wild geworden sei. Er sagte, er glaube, sie würden ziemlich bald heiraten.

Sie fragte, ob er das wirklich meine?

Er sagte, es sei, weil er sie so unheimlich liebe, seine feste Absicht.

Die Dicke sagte, sie liebe ihn auch.

Er fragte, ob sie denn damit einverstanden wäre, möglichst bald zu heiraten?

Sie sagte, ihr sei alles recht, um von zu Hause wegzukommen.

Er fragte, was sie damit sagen wolle?

Sie sagte, bei ihr zu Hause, wo sie mit neun jüngeren Geschwistern lebe, habe sie es nicht schön. Wegen ihr haben die Eltern heiraten müssen, was sie ihr manchmal vorwürfen. Doch wenigstens verprügelten sie die Eltern jetzt nicht mehr so oft wie früher, aber schön sei es gleichwohl nicht zu Hause. Mit vierzehn habe sie die Schule gegen den Willen des Lehrers verlassen, um zu verdienen. Es sei ihr eben alles recht, um von zu Hause wegzukommen.

Er sagte, das verstehe er.

Sie sagte, eine Lehrstelle als Schneiderin werde sie in der Stadt wohl auch finden.

Während er nickte, nahm er sich vor, das Spiel mit der Dicken nicht zu weit zu treiben, da sie es sonst noch fertigbringen könnte, eines Tages unverhofft in Rask zu erscheinen. Um zu heiraten, sagte er, würden sie die Einwilligung ihrer Eltern benötigen.

Die Eltern, antwortete sie, würden ihnen nichts in den Weg stellen, wenn sie monatlich etwas Geld nach Hause schicke.

Er fragte, woher sie dieses Geld nehmen wolle?

Sie sagte, als Näherin würde sie bereits während der Lehrzeit verdienen, wenn sie dazu über das Wochenende als Serviererin arbeite, dann reiche es hin.

Er konnte sich nicht enthalten zu sagen, sonst lege er noch

etwas dazu, damit die Eltern die Erlaubnis zur Hochzeit gäben, denn in seiner leitenden Stellung bei der GESELLSCHAFT verdiene er ganz gut.

Sie sagte, er werde bestimmt bald ein Chef werden.

Er sagte, er sei bereits ein Chef.

Die Dicke sagte, wirklich?

Er sagte, der Hochzeit stehe also nichts im Wege.

Die Dicke sagte, ihr komme es vor wie im Roman.

Er sagte, weisst du was?

Sie sagte, nein.

Er sagte, wir feiern die Hochzeitsnacht bereits heute, damit wir einen Vorgeschmack unseres Glücks bekommen!

Sie sagte, damit warten wir bis zur Hochzeit!

Er sagte, aber weshalb? Weshalb uns ums Schönste bringen?

Sie sagte, vor der Hochzeit tue sie das nicht, weil er sie sonst sitzenlasse; sie kenne das!

Er sagte, sei doch nicht blöd!

Sie sagte, sie sei nicht blöd! Sie wisse Bescheid! Hinterher lasse er sie sitzen!

Er sagte, das täte er niemals!

Sie sagte, sie habe ihre Meinung gesagt.

Nachdem er sich gesagt hatte, um ans Ziel zu gelangen, müsse er sie in Hochzeitsstimmung versetzen, sagte er, sie müssten zusehen, dass sie möglichst bald eine Dreizimmerwohnung bekämen. Fürs erste fänden sie in seiner Einzimmerwohnung Platz, aber auf die Dauer gehe das nicht.

Die Dicke sagte, sie habe gelesen, es sei schwierig, in Rask eine Wohnung zu finden.

Er sagte, für ihn sei das kein Problem, weil er über die nötigen Beziehungen verfüge. Er sagte, sie müssten sich überlegen, wie sie die drei Zimmer einrichten wollten.

Die Dicke sagte, sie habe noch keine Zeit gefunden, darüber nachzudenken, weil das alles so überraschend gekommen sei für sie: Sechs Tage würden sie sich nun kennen und wollten bereits heiraten!

Busner sagte, wie er ihr zum ersten Mal beggegnet sei, habe er sich gesagt, diese Frau oder keine!

Zum ersten Mal sah er die Dicke offen lächeln, so dass er ihre

Wange streichelte.

Sie sagte, wegen der Einrichtung müsse sie erst schauen, was es alles gebe. Sie verfüge über einen guten Geschmack, aber sie kenne sich nicht aus. Ihren Kopf an seine Schulter lehnend, fügte sie hinzu, es wird wunderbar werden, aber am meisten freut mich, dass ich von zu Hause wegkomme.

Er sagte, ja, bestimmt.

Sie fragte, wann er sie eigentlich heiraten wolle.

Er sagte, von ihm aus würde er sie morgen heiraten.

Sie sagte, erst müsse sie alle Vorbereitungen treffen; dazu benötige sie mindestens einen Monat.

Mit einem Male wurde er wieder wild auf sie.

Während sie sagte, sie hätte nie gedacht, dass man sich so schnell verheirate, presste er sie an sich und fuhr ihr mit der Hand das Bein hoch. Wie er ihren Slip anfasste, zerrte sie seine Hand weg und sagte verärgert, man müsse wissen, wo die Grenze sei; sie seien noch nicht verheiratet.

Er sagte, er befürchte, sie vertraue ihm nicht.

Als sie den Kopf senkte, steckte er sich eine Zigarette an. Es fiel ihm ein, dass er sie in Unrecht setzen würde, wenn er sich jetzt beleidigt gäbe.

Nach einer Weile sagte er, er gehe nun; ob er sie am Abend sehe?

Sie nickte.

Die Richtung des Hotels einschlagend, überlegte er, ob er tatsächlich in den „Gausener-Hof" zurückkehren wolle. In seinem Zimmer setzte er sich eine Weile in den Lehnstuhl. Wie er später aus dem Bad kam, verglich er die Barometer, um sich hinterher mit dem Rundfunkgerät zu beschäftigen. Während des Abendessens hörte er in der Küche den Direktor und die Direktorin streiten. In seinem Zimmer angekommen, rasierte er sich ein zweites Mal. Einige Minuten verweilte er bei der Vorstellung, heute abend werde die Dicke in seinem Bett liegen. Nachdem er sich mit Kölnisch Wasser eingerieben hatte, ging er zur Bahnstation. In der Wartehalle setzte er sich auf eine Bank und verglich seine Uhrzeit mit derjenigen der Stationsuhr. Er stellte fest, dass die Bahn gleich eintreffen müsse, vermochte sie aber noch nicht zu entdecken. Er stand auf und stellte sich auf die unterste Stufe der Bahnstation, von wo aus man die Bahn am ehesten gewahrte.

Als ihm die Zeit lang zu werden begann, setzte er sich zu Boden. Er erwog die Möglichkeit, dass der Abendkurs heute nicht verkehre. Während er die Jacke zurechtzupfte, fiel ihm ein, er könnte die Hose verschmutzen, so dass er wieder aufstand. Es kam ihm in den Sinn, in der nächsten Zeit müsse jedenfalls — vorausgesetzt, es habe sich kein Unglück ereignet — eine Bahn ankommen, weil sonst eine der Bahnen in der Station stände. Als die Bahn eine Viertelstunde über die fahrplanmässige Ankunft ausblieb, begann er, um nicht nervös zu werden, hin und her zu gehen. Ohne dass er irgendwelche Anzeichen für ihre Ankunft ausgemacht hätte, tauchte sie plötzlich überraschend nahe aus der Dunkelheit auf. Er stellte sich auf die oberste Stufe, um zu bemerken, dass die Bahn ausser dem Schaffner wieder niemanden mitgebracht hatte.

Wie ihn der Schaffner bemerkte, rief er, es sei nichts da für ihn.

Busner rief, wirklich?

Der Schaffner rief, nein, nichts.

Busner schritt die Stufen hinunter.

Der Schaffner sagte, es ist wirklich nichts da.

Busner sagte, das vermag ich kaum zu glauben.

Der Schaffner sagte, wäre etwas da, würde ich es Ihnen bestimmt aushändigen.

Busner sagte, daran zweifle ich nicht.

Der Schaffner schloss die Führerkabine.

Busner sagte, man hat mir heute versichert, dass die Sendung am Mittwoch weggeschickt wurde.

Der Schaffner sagte, es ist keine Sendung eingetroffen, wie soll ich Ihnen etwas geben, das nicht da ist?

Busner sagte, Sie trifft selbstverständlich keine Schuld.

Der Schaffner sagte, das geht doch nicht!

Busner sagte, ich finde das seltsam.

Der Schaffner sagte, seltsam oder nicht, eine Sendung für Sie ist nicht da.

Busner sagte, ich würde mir nichts daraus machen, wenn ich

die Sendung nicht dringend benötigte, verstehen Sie?

Der Schaffner sagte, ich verstehe Sie wohl, und stellte sich neben ihn.

Nach einer Weile sagte Busner, morgen wird sie bestimmt da sein, was meinen Sie?

Der Schaffner sagte, morgen ist Samstag.

Busner sagte, ja.

Der Schaffner sagte, da wird keine Post zugestellt.

Busner sagte, Eilpost wohl.

Der Schaffner sagte, in Gausen-Kulm nicht.

Busner sagte, das wird doch nicht sein!

Der Schaffner sagte, ich belüge Sie nicht.

Busner sagte, das ist mir vollkommen unverständlich.

Der Schaffner sagte, damit erhalten Sie Ihr Paket noch nicht, aber ich nehme an, am Montag wird es mit grösster Wahrscheinlichkeit eintreffen.

Busner sagte, am Montag ist es zu spät; ich reise am Mittwoch ab.

Der Schaffner sagte, die Stufen hinunterschreitend und die hintere Kabinentür schliessend, solche Dinge gebe es eben im Leben.

Busner sagte, vielen Dank gleichwohl.

Der Schaffner rief, nichts zu danken.

Auf dem Weg zur Bar sagte er sich, die Dicke werde ihn heute nacht über das Nichteintreffen der Batterien hinwegtrösten.

Es verunsicherte ihn, die Bar wohl geöffnet, den Barmann jedoch nicht anwesend zu finden. Über seine Befürchtung, der Barmann habe sich mit der Dicken davongemacht, lachte er. Er setzte sich auf einen Hocker. Es fiel ihm ein, der Barmann brauche beim Verlassen der Bar die Eingangstür nicht abzusperren, da kein anderer Gast als Busner zu erwarten sei — oder ausser ihm bestenfalls die Dicke, welche sich jedoch in seiner Begleitung befände. Falls also etwas abhanden kommen würde, müsste für den Barmann von vornherein feststehen, wer der Täter sei. Im selben Augenblick, als er sich nähernde Schritte zu hören glaubte, entdeckte er hinter der Bar, in die Wand eingelassen, eine kleine, etwas offenstehende Tür, deren Existenz er wegen des fehlenden Türgriffs nicht erraten hätte. Nachdem sie vollends aufgestossen worden war, sah er den Barmann mit einer Kiste Bier darin erscheinen und ihm zunicken. Er nickte zurück.

Der Barmann fragte, Bier?

Er sagte, ja.

Der Barmann stiess die Tür mit dem Schuh zu.

Während der Barmann die Flasche öffnete, fragte er, wo die Freundin bleibe.

Busner fragte zurück, von welcher Freundin der Barmann spreche.

Der Barmann fragte, ob er mehrere da habe.

Busner sagte, er habe keine einzige da.

Der Barmann fragte, ob er gestern etwa alleine in der Bar gesessen sei.

Busner sagte, die von gestern sei nicht gerade eine Freundin von ihm.

Der Barmann sagte, das würde man nicht sagen, wenn man ihn mit dieser Freundin sehe; glücklicherweise habe er ihn nun über den wahren Sachverhalt aufgeklärt, da er sich sonst ein falsches Bild von ihm gemacht hätte. Als er Busner das Bier einschenkte, fragte er ihn, ob er sie heute treffe?

Busner sagte, er glaube, er treffe sie.

Der Barmann schwieg.

Busner sagte, trinken Sie ein Bier mit?

Der Barmann sagte, warum nicht?

Busner sagte, heute morgen habe er gedacht, man bekäme Regen.

Der Barmann fragte, ob es so ausgesehen habe.

Busner sagte, ja, aber geregnet habe es nicht.

Als die Dicke eintrat, sagte der Barmann, da komme ja seine Bekannte.

Busner bemerkte, dass die Dicke sich hübsch gemacht hatte und ein neues Kleid trug, in welchem sie recht ansehnlich wirkte. Damit der Barmann sie im neuen Kleid sehen konnte, ging Busner ihr nicht entgegen, sondern liess sie auf die Bar zukommen.

Die Dicke sagte, guten Abend, und hielt ihm die Wange hin,

was ihn überraschte. Da er bemerkte, dass der Barmann zusah, küsste er sie derart auf die Wange, als hielte die Dicke ihm diese zum ersten Mal hin. Während sie auf ihren Tisch zugingen, stellte er fest, das neue Kleid stehe der Dicken, weil es sie schlanker erscheinen lasse, als sie sei.

Er sagte, sie sehe heute ausserordentlich hübsch aus.

Die Dicke sagte, ja?

Er küsste sie auf die Wange und legte wie zufällig seine Hand auf ihren Oberschenkel, beschloss jedoch — da er sich vor dem Barmann keine Blösse geben wollte —, erst auf die Getränke zu warten, bevor er sich intensiver mit der Dicken einlasse.

Um etwas zu sagen, fragte er, ob sie schon wisse, dass er in der Stadt Material bestellt habe, welches er dringend für seine Messungen benötige, und die Post es fertiggebracht habe, ihn drei Tage darauf warten zu lassen?

Sie sagte, die Tochter des Posthalters von Gausen sei ihre beste Freundin.

Er fragte, was sie dazu finde, dass man ihn drei Tage auf eine Eilsendung warten lasse?

Die Dicke sagte, ja; ob er damit einverstanden sei, dass sie diese Freundin zu ihrer Hochzeit einlüden?

Der Barmann trat mit den Getränken an den Tisch. Während er sie servierte, versuchte Busner herauszufinden, ob der Barmann die letzten Worte der Dicken mitbekommen habe. Er sagte sich, der Gesichtsausdruck des Barmanns deute nicht darauf hin.

Der Barmann sagte, zum Wohlsein, die Herrschaften.

Die Dicke sagte, danke, Herr Barmann.

Wie der Barmann Busners Gesichtsfeld entschwunden war, legte er seinen Arm um die Dicke.

Sie wollte wissen, ob er damit einverstanden sei, dass man ihre Freundin, die Tochter des Posthalters, zur Hochzeit einlade.

Er sagte, sie dürfe ihre sämtlichen Freundinnen einladen.

Die Dicke sagte, die Hochzeit solle aber nicht zu teuer werden.

Er sagte, Geld spiele keine Rolle. Sein Vater, ein reicher Unternehmer, werde die Hochzeitskosten tragen.

Die Dicke sagte, wirklich?

Busner sagte, ja, er habe bereits mit seinem Vater gesprochen.

Die Dicke sagte, tatsächlich?

Er sagte, es solle eine wunderbare Hochzeit werden, denn man verheirate sich nur einmal im Leben. Er sah die Dicke lächeln.

Sie wollte wissen, was für ein Unternehmer sein Vater sei.

Er sagte, sein Vater besitze eine Fabrik, die er eines Tages übernehmen werde — obwohl er nicht gerne damit prahle.

Während er ihren Mund küsste, sah er sie die Augen schliessen.

Er sagte, sie solle ihre Brille mal abnehmen.

Sie sagte, wieso?

Er sagte, er möchte sie ohne Brille sehen!

Sie setzte sich die Brille ab und schaute ihn mit schräggehaltenem Kopf an.

Er sagte, sie sehe wunderbar aus, und nahm ihren Kopf zwischen seine Hände. Sie küssend und ihre Brüste drückend, fühlte er sich äusserst geil werden. Da er wahrzunehmen glaubte, die Dicke gebe sich mehr her als sonst, langte er ihr unter den Rock und fuhr ihr das Bein hoch, wobei er feststellte, dass sie ihre Schenkel etwas auseinandertat. Ohne seinen Mund von dem ihren zu lösen, stöhnte er, er liebe sie. Wie er ihr unter den Slip langte, zerrte sie seine Hand weg, aber er gab nicht nach. Während er sagte, er liebe sie unsäglich, stiess sie ihn in die Seite und sagte, höre sofort auf!

Ohne es zu tun, sagte er, wieso?, worauf ihn die Dicke heftig ins Handgelenk kniff, so dass er seine Hand unter ihrem Rock hervorzog.

Die Dicke sagte, er wisse, dass sie das nicht erlaube.

Er besah sich schweigend die Nägelabdrücke der Dicken auf seiner Hand.

Sie sagte, sie verstehe wohl, dass er mit ihr schlafen wolle, sie tue es aber nicht vor der Hochzeitsnacht. Sie setzte ihre Brille auf. Um sie ins Unrecht zu setzen, rieb er sich die Hand.

Die Dicke sagte, es tue ihr leid, aber er müsse wissen, wo die Grenze sei.

Er antwortete nicht.

Sie sagte, sie sei erst fünfzehn.

Er sagte, aber sie schaue aus, als ob sie zwanzig wäre.

Nachdem sie eine Weile geschwiegen hatte, sagte sie, sie befürchte eben, er heirate sie nicht mehr, wenn sie vorher mit ihm schlafe.

Er fragte, ob sie denn nicht glaube, dass er sie liebe?

Sie sagte, sie wisse, dass er sie liebe, aber vielleicht liebe er sie nicht mehr, nachdem sie mit ihm geschlafen habe.

Er sagte, er werde nie aufhören sie zu lieben! Das schwöre er! Er habe noch niemanden so geliebt, wie er sie liebe! Es gebe nichts, was er nicht für sie täte! Er tue alles für sie, was sie auch verlange.

Während er seinen Kopf an ihre Brust legte, sagte er, verlange einen Beweis von mir, damit du glaubst, dass ich dich zeit meines Lebens lieben werde!

Die Dicke schwieg.

Er sagte, ich tue alles für dich, Berti, alles! Selbst deine Füsse würde ich lecken, wenn du das wolltest!

Nach einem Augenblick sagte sie, tätest du das wirklich?

Er sagte, alles täte ich für dich, um dir zu beweisen, dass ich dich ewig lieben werde.

Sie sagte, das glaube ich nicht!

Seine Hand auf ihre Brust legend, sagte er, was du verlangst, Berti!

Sie sagte, die Füsse würdest du mir lecken!

Er sagte, alles täte ich, um dir meine ewige Liebe zu beweisen.

Sie sagte, aber die Füsse würdest du mir nicht lecken!

Obwohl er etwas ganz anderes sagen wollte, hörte er sich sagen, soll ich es dir beweisen?

Sie antwortete nicht.

Er hörte sich sagen, willst du, dass ich es dir beweise?

Sie schwieg.

Er sagte, soll ich es dir beweisen? Wie er sie unmerklich nicken sah, stellte er fest, dass er im Begriff war, unter den Tisch zu gleiten, dass er ihr die Schuhe auszog, dass er ihre Füsse küsste und mit seiner Zunge über ihre vom Strumpf bedeckte Fusssohle fuhr. Als er sie kichern und quietschen hörte, langte er ihr zwischen die Beine. Ohne seine Zunge von ihrer Fusssohle zu entfernen, streifte er ihr den Strumpf ab. Ihre Scham streichelnd, leckte er ihre nackte Fusssohle. Er stellte fest, dass ihre Beine ins Zittern kamen.

Mit einem Mal schwieg sie und versuchte ihren Fuss freizukriegen.

Er hörte sie sagen, hör doch auf! hör doch auf!, wobei sie seine Hand von ihrer Scham zu entfernen suchte. Während er wieder mit der Zunge über ihre Fusssohle fuhr, ergriff er mit beiden Händen ihren Fuss und rief, glaubst du es jetzt?

Er hörte sie rufen, mach doch keinen Quatsch! komm hervor!, wobei sie den Fuss freizubekommen versuchte.

Erneut rief er, glaubst du es jetzt?

Die Dicke rief, aber ja! Mach doch jetzt Schluss!

Wie er seinen Kopf unter dem Tisch hervorstreckte, sah er den Barmann neben der Dicken stehen. Er hörte ihn sagen, wünschen die Herrschaften noch etwas zu trinken?

Als habe ihn die Trunkenheit zu einem derben Spass verleitet, rief Busner laut, jawohl, drei Whiskys, einen für den Barmann!

Während der Barmann sich entfernte, setzte Busner sich wieder hin. Die Dicke, in den Strumpf schlüpfend, sagte, du bist verrückt!

Er sagte, sie wisse nun, dass er aus Liebe zu ihr alles für sie tue. Bevor er Gelegenheit fand zu fragen, ob sie ihm nun seine Liebe glaube, sah er den Barmann mit den Getränken sich nähern.

Die Dicke sagte, sie möchte keinen Whisky haben!

Trunkenheit vortäuschend, sagte er, Whisky macht Stimmung! Nicht wahr Herr Barmann?

Der Barmann sagte, jawohl!

Busner stiess sein Glas kräftig an das Glas des Barmanns.

Der Barmann sagte, zum Wohlsein, die Herrschaften.

Die Dicke sagte, der Whisky schmecke ihr nicht.

Busner sagte, Herr Heinz, einen Tee mit doppeltem Rum!

Der Barmann stellte sein Glas ab, und die Dicke sagte, ein einfacher Rum genüge.

Busner sagte, doppelt!, worauf der Barmann zur Theke ging.

Busner rief ihm nach, und für uns nochmals zwei Whiskys!

Der Barmann rief, jawohl!

Busner fragte die Dicke, ob sie nun glaube, dass er alles für sie täte?

Die Dicke sagte, er sei verrückt.

Er sagte, die Liebe mache ihn verrückt; ob sie ihm nun glaube?

Die Dicke sagte, sie glaube es.

Er sagte, und immer werde er sie dermassen lieben, auch nachdem sie miteinander geschlafen hätten, das heisse, nachdem er mit ihr geschlafen habe, werde er sie noch mehr lieben als zuvor.

Die Dicke sagte, wieso?

Der Barmann trug die Getränke auf.

Busner sagte, worauf stossen wir an, Herr Heinz?

Der Barmann fragte, ja worauf denn?

Die Dicke sagte, ich weiss nicht.

Der Barmann sagte, vielleicht auf Ihre Zukunft?

Busner lachte.

Die Dicke sagte, jawohl, auf unsere Zukunft!

Nachdem der Barmann an die Theke zurückgekehrt war, sagte sie, er solle ihr nun sagen, weshalb er sie noch stärker lieben werde, nachdem sie miteinander geschlafen hätten?

Busner sagte, das sei das Gesetz der Liebe: Schlafe man mit dem Geliebten, so liebe man ihn stärker als zuvor.

Sie fragte, ob das auch stimme; sie habe so was noch nie gehört.

Er sagte, es verhalte sich auf diese Weise.

Die Dicke sagte, vielleicht behaupte er das bloss, damit sie mit ihm schlafe.

Er fragte, ob sie ihn für einen Lügner halte?

Sie senkte den Kopf.

Er sagte, sag schon!

Sie murmelte, nein.

Er sagte, na also siehst du!

Aber die Dicke sagte, sie schlafe gleichwohl nicht mit ihm, bevor sie verheiratet seien.

Er sagte, er sehe sich gezwungen anzunehmen, sie liebe ihn nicht.

Die Dicke sagte, das stimme nicht.

Er sagte, er glaube nicht, dass sie ihn liebe!

Sie sagte, doch, sie liebe ihn!

Er sagte, wenn es bloss wahr wäre!

Sie sagte, es ist wahr!

Er sagte, wenn er bloss nicht daran zweifeln müsste!

Sie sagte, er brauche nicht daran zu zweifeln. Weshalb er denn zweifle?, worauf er sagte, er zweifle daran, weil sie nicht mit ihm schlafen wolle.

Die Dicke schwieg. Nach einer Weile sagte sie, sie habe ihm gesagt, weshalb sie damit bis zur Hochzeit warten wolle.

Er sagte, weil sie ihn nicht genügend liebe, weil sie ihn

vielleicht bloss zum Narren halte.

Die Dicke sagte, gewiss nicht!

Er sagte, liebe man jemanden, so verlange einen danach, mit dem Geliebten zu schlafen.

Die Dicke schwieg.

Er sagte, sie aber wünsche nicht, mit ihm zu schlafen.

Er hörte sie sagen, vielleicht würde sie es gleichwohl.

Er sagte, vor der Hochzeit?

Sie sagte, vielleicht, aber heute nicht! Kommende Woche auch nicht.

Er sagte, wann denn?

Sie sagte, frühestens wenn sie zu ihm nach Rask komme.

Er sagte, das dauere noch so lange bis dahin!

Sie sagte, vorher geht es nicht.

Er sagte, er wünsche mit ihr zu schlafen, bevor er Gausen-Kulm verlasse.

Sie sagte, wann reist du ab?

Er sagte, kommenden Mittwoch.

Die Dicke sagte, schon?

Er sagte, ja.

Nach einer Weile sagte sie, und dann dauert es etwa vier Wochen, bevor ich dir in die Hauptstadt nachreise.

Er sagte, es dauere zu lange, und er vermöge nicht mehr zu glauben, dass sie ihn liebe.

Die Dicke sagte, doch, sie liebe ihn.

Er sagte, das müsste sie schon beweisen, indem sie die Nacht bei ihm verbringe.

Sie sagte, heute nacht tue sie es auf keinen Fall, aber ...

Er sagte, aber?

Sie sagte, aber vielleicht tue sie es, bevor er abreise ..., aber das sei ganz unsicher, sie glaube eher, sie tue es nicht.

Er legte seinen Kopf an ihre Brüste und sagte, er halte es nicht mehr aus!

Sie sagte, heute gehe es auf keinen Fall!

Er sagte, morgen?

Sie sagte, morgen sei Samstag.

Er sagte, ja.

Sie sagte, unter der Voraussetzung, dass er verspreche, sie

nicht zu berühren, schlafe sie vielleicht, vielleicht morgen mit ihm.

Er sagte, er verspreche es! Er fühle sich so glücklich, dass sie ihn nun also doch liebe!

Sie sagte, sie habe noch nichts versprochen; sie habe gesagt, vielleicht schlafe sie mit ihm! Aber das, was er meine, täte sie nicht, bevor sie verheiratet sei. Vielleicht schlafe sie mit ihm, aber ohne das zu tun, denn es sei auch schön, mit dem Geliebten zu schlafen, ohne das zu tun.

Er sagte, gewiss, gewiss!

Die Dicke sagte, er müsse aber schwören, sie nicht zu berühren, wenn es so weit sei!

Er sagte, er schwöre es!

Sie sagte, dann wolle sie sehen, dass er morgen vielleicht ..., vielleicht bei ihr schlafen dürfe.

Er sagte, selbstverständlich sei es wunderbar, mit dem Geliebten zu schlafen, ohne Geschlechtsverkehr zu haben, aber es sei noch viel schöner, wenn man sich körperlich liebe.

Die Dicke sagte, das gehe auf keinen Fall.

Er sagte, aber es sei auch schön, mit dem Geliebten zu schlafen, ohne Geschlechtsverkehr zu haben.

Die Dicke fragte, ob er nun aber glaube, dass sie ihn liebe?

Er sagte, vorausgesetzt, sie schlafe morgen mit ihm, glaube er es ihr.

Sie sagte, sie wisse aber noch nicht, ob es gehe. Vielleicht komme etwas dazwischen. Vielleicht wolle sie morgen doch lieber nicht.

Er sagte, dann müsste er sich leider wieder fragen, ob sie ihn liebe oder ihn zum Narren halte.

Die Dicke sagte, vielleicht wolle sie schon; unter der Voraussetzung, dass er verspreche, sie nicht zu berühren.

Er sagte, wünsche sie nicht berührt zu werden, so tue er dies auch nicht.

Während er sagte, er freue sich darauf, mit ihr verheiratet zu sein, dachte er, die Frau, welche er mit der Zeit nicht hinkriegen würde, möchte er sehen. Er hob den Kopf und legte seine Hände auf ihre Brüste. Nachher sagte er sich, er habe nun herausbekommen, wie er die Dicke hinkriege: Er brauche sie bloss — um sie gefügig zu machen — in den Glauben zu versetzen, er zweifle an ihrer Liebe. Als die Dicke ihren Arm um seine Hüfte legte, ging ihm durch den Kopf, wie seltsam es sei, jemanden, an dessen Liebe einem nichts liegt, zu unterwerfen, indem man vorgibt, an dieser Liebe zu zweifeln. Er erinnerte sich, die Fusssohlen der Dicken geleckt zu haben, und bestellte einen weiteren Whisky.

Nachdem der Barmann ihn gebracht hatte, wollte die Dicke heimgehen, so dass er den Barmann, der sich gerade wieder auf seinen Hocker setzen wollte, zurückrief.

Als er bezahlt hatte, stand die Dicke auf.

Er sagte, sie solle sich wieder hinsetzen.

Ohne es zu tun, fragte die Dicke, wieso sie das tun solle.

Er sagte, er habe ihr etwas zu sagen.

Sie setzte sich wieder hin und sagte, sie müsse gehen!

Er sagte, es scheine tatsächlich so, dass sie ihn nicht liebe.

Sie sagte, sie liebe ihn, aber sie müsse jetzt gehen!

Er sagte, er verlange einen Beweis ihrer Liebe.

Die Dicke sagte, sie beweise möglicherweise morgen, dass sie ihn liebe.

Er sagte, er möchte den Beweis heute haben.

Sie sagte, sie liefere ihn vielleicht morgen.

Er sagte, lass mich dich küssen!

Sie sagte, aber beeile dich, ich muss gehen!

Sie küssend, zog er ihren Oberkörper an sich, stellte aber fest, dass die Dicke, anstatt die Arme um ihn zu legen, mit beiden Händen ihre Tasche hielt. Er versuchte, mit einer Hand zwischen ihre übereinandergeschlagenen Beine zu gelangen, aber die Dikke klemmte sie zu, so dass er nicht hinkam. Wie er heftiger wurde, stiess sie ihn mit einer Hand von sich.

Er fragte, was los sei.

Sie sagte, er sei nicht fähig, sich zu beherrschen! Sie glaube, sie schliefen morgen nicht miteinander, denn sie befürchte, er vermöge sich nicht zu beherrschen.

Er sagte, er vermöge sich sehr wohl zu beherrschen.

Sie sagte, sie zweifle daran, denn er benehme sich derart, dass sie daran zweifeln müsse und sich gezwungen sehe, von ihm eine Probe seiner Beherrschung zu verlangen.

Er fragte, worin diese Probe bestehen solle.

Nach einer Weile sagte sie, um ihr zu zeigen, dass er in der Lage sei, sich zu beherrschen, dürfe er sie auf dem Nachhauseweg nicht berühren, da sie es sonst nicht wagen könne, morgen mit ihm zu schlafen!

Sie stand wieder auf.

Er fragte, ob sie sich nicht etwas anderes ausdenken möchte.

Sie sagte, komm, gehen wir!

Draussen sagte sie, er müsse nun, um nicht in Versuchung zu geraten, in einem Abstand von zehn Schritten hinter ihr gehen.

Er sagte, spiel doch nicht verrückt!

Die Dicke sagte, bist du ein braver Junge und rührst mich während des Heimweges nicht an, so werden wir morgen miteinander schlafen, vorausgesetzt, es kommt nichts dazwischen.

Er fragte, ob ihr sein Versprechen, sie nicht anzurühren, nicht genüge?

Sie sagte, sie bestehe darauf, dass er die Prüfung ablege.

Er sagte, er sei kein Hund, der in einem gewissen Abstand hinter seinem Meister herlaufe.

Die Dicke, sich zum Gehen wendend, sagte, sie sehe keine Möglichkeit, morgen mit ihm zu schlafen.

Er sagte, warte!

Sich vergegenwärtigend, die Dicke stehe dermassen tief unter seinem Niveau, dass es ihr nicht möglich sei, ihn zu erniedrigen, sagte er, er unterziehe sich der Prüfung.

Die Dicke sagte, sie habe es nicht anders erwartet, er solle zehn Schritte zurücktreten, worauf er sagte, sie solle zehn Schritte vortreten.

Die Dicke sagte, sie als Prüfer bestimme, dass der Prüfling zehn Schritte zurücktrete!

Als er es tat, rief sie, zählst du auch die Schritte?

Obwohl er es unterlassen hatte, rief er, ja, und blieb stehen. Der Posthalter fiel ihm ein.

Die Dicke rief, sind es genau zehn Schritte?

Er rief, ja!

Die Dicke rief, der Abstand sei zu gering, er solle fünf weitere Schritte zurückgehen, so dass der Abstand zwischen ihm und ihr fünfzehn Schritte betrage und nicht zehn, wie sie erst gesagt habe.

Während er zurückging, dachte er, auf die fünf Schritte komme es auch nicht mehr an. Da er befürchtete, der Barmann könnte unverhofft heraustreten, rief er, sie solle schon losgehen.

Die Dicke rief, nun müsse er immer denselben Abstand halten!

Er rief, sie solle schon losgehen.

Die Dicke rief, ob er sie verstanden habe?

Er rief, ja geh schon!

Die Dicke rief, Achtung, wir marschieren!

Sie setzte sich in Bewegung, blieb stehen, sah sich um und rief, ob er den Abstand halte?

Er rief, ja.

Die Dicke rief, bleibe sie stehen, so müsse auch er stehenbleiben, gehe sie, so müsse auch er gehen, damit der Abstand sich nicht vergrössere oder verkleinere; ob er das kapiert habe?

Er rief, ja, geh schon weiter.

Während sie wieder losmarschierte, vergegenwärtigte er sich, es stehe ihm frei, die Dicke zu vergewaltigen.

Sie schaute über die Schultern und rief, du bist wirklich ein braver Junge!

Wie sie sich wieder nach vorne wandte, schüttelte er den Kopf über sie. Nach einer Weile rief sie, sie glaube, er sei fähig, sich zu beherrschen.

Er dachte, morgen werde er sich an der Dicken schadlos halten.

Wieder schaute sie zurück, blieb stehen und rief, du hast den Abstand verkleinert, geh einen Schritt zurück!, so dass er einen Schritt zurück trat, worauf die Dicke rief, so ist es recht, vergiss nicht, den Abstand beizubehalten.

Er dachte, morgen werde die Dicke bereuen, was sie ihm angetan habe. Während sie weiterging, steckte er die Hände in die Hosentaschen. Bei der Bank hielt die Dicke an und rief, stehenbleiben! Du darfst mir keinen Abschiedskuss geben! Das gehört zur Prüfung!

Er schwieg.

Die Dicke rief, er habe die Prüfung bestanden, so dass sie also morgen das tun würden, was sie abgemacht hätten, vorausgesetzt, es komme nichts dazwischen.

Er rief, er rate ihr, nichts dazwischen kommen zu lassen!

Die Dicke rief, er solle jetzt brav heimkehren, sie finde sich morgen um acht Uhr in der Bar ein. Nun wolle sie zusehen, wie er zurückgehe, wobei er sich kein einziges Mal nach ihr umdrehen dürfe, sonst sei es aus wegen morgen!

Beim Zurücklaufen fiel ihm ein, er habe gar kein Verlangen, sich nach der Dicken umzusehen. Als er aber dachte, nun vermöge ihn die Dicke nicht mehr zu erblicken, fühlte er sich gleichwohl gezwungen, nach ihr zu schauen. Er blieb stehen und spie zu Boden. Im Weitergehen, während er sich Rechenschaft über sein Handeln abzulegen versuchte, überlegte er, ob er ausserhalb seiner Existenz ein zweites Dasein führe, in welches er nach Belieben hinüberwechseln könne, so dass er in Wirklichkeit wohl der GESELLSCHAFTS-Angestellte Harry Busner sei, der aber über die Möglichkeit verfüge, sich — seine Umgebung täuschend — in eine Figur zu verwandeln, welche es beispielsweise fertigbringe, sich einer hässlichen, halbwüchsigen Frau zu unterwerfen, um das Begehren des eigentlichen Ichs zu befriedigen.

Er kam darauf, dass — genau besehen — er sich, was die Dicke betraf, einen grossangelegten Spass leistete: Da er die Fäden des Spieles führe, die Grundregel des Spieles aber darin bestehe, die Dicke glauben zu machen, sie hielte die Fäden in der Hand, müsse er sich zwingen, um das Spiel nicht zu gefährden, das auszuführen, was die Dicke innerhalb des Spieles von ihm fordere. Demnach müsse gerade er, als der Initiator des Spieles, sich als erster an die Regeln halten, um das Spiel zu Ende zu führen — dahin, wo es in reales Geschehen übergehe. Damit lasse sich rechtfertigen, dass er die Anweisungen der Dicken — welche ja bloss Scheinanweisungen waren, da die Dicke, ohne es natürlich wissen zu dürfen, gar nicht die Position einnahm, um Anweisungen zu geben — befolgt habe. Es fiel ihm ein, damit werde er als Harry Busner die Dicke also mit Sicherheit machen.

SAMSTAG, 11.

In der Nacht erwachte er und stellte fest, dass sein Herz heftig schlug. Während er sich aufsetzte, erinnerte er sich an einen Angsttraum. Er knipste die Nachttischlampe an. Er ertappte sich dabei, wie er versuchte, Geräusche auf dem Korridor auszumachen. Obwohl er sich sagte, im Korridor seien keinesfalls Geräusche zu hören, da niemand anwesend sei, um diese Geräusche hervorzubringen, stand er auf und öffnete die Zimmertür. Nachher gelang es ihm lange Zeit nicht, wieder einzuschlafen.

Gegen zehn Uhr erwachte er zum zweiten Male, beschloss aber, nachdem er zum Fenster hinausgesehen hatte, sich wieder hinzulegen.

Um halb zwölf stand er auf, verglich die Barometer und stellte sich unter die Brause.

Unten sah er den Direktor, mit einer Schreibarbeit beschäftigt, hinter der Rezeption sitzen.

Er sagte, guten Morgen, Herr Direktor.

Anstatt ihm guten Morgen zu wünschen und ohne von seiner Arbeit aufzusehen, sagte der Direktor, Ihre Firma hat heute zweimal angerufen.

Busner sagte, wie?

Das erste Mal um halb neun, das zweite Mal um elf. Beide Male stieg ich zu Ihrem Zimmer hoch und klopfte an, aber Sie gaben keine Antwort.

Busner sagte, heute ist doch Samstag?

Der Direktor sagte, wieso? Ja, es ist Samstag!

Busner sagte, samstags arbeitet die GESELLSCHAFT nicht.

Der Direktor sagte, das weiss ich nicht.

Busner sagte, Sie sind sicher, dass es die GESELLSCHAFT war, die angerufen hat?

Der Direktor sagte, noch immer ohne aufzusehen, glauben Sie, ich belüge Sie?

Busner sagte, bestimmt nicht, bloss ist es seltsam, dass die GESELLSCHAFT an einem arbeitsfreien Tag anruft; jedenfalls werde ich gleich zurückrufen.

Der Direktor sagte, das ist nicht notwendig. Ich soll Ihnen

ausrichten, die Firma rufe morgen um neun Uhr wieder an und Sie sollen um diese Zeit nicht weggehen.

Busner sagte, seltsam, morgen ist doch Sonntag?

Der Direktor sagte, gewiss.

Busner sagte, das verstehe ich nicht.

Der Direktor schwieg.

Busner sagte, ich bitte Sie, das nächste Mal so lange zu klopfen, bis ich antworte. Wenn meine Firma anruft, handelt es sich bestimmt um eine dringende und wichtige Angelegenheit.

Der Direktor antwortete nicht.

Auf dem Weg zum Speisesaal überlegte er sich, was die GESELLSCHAFT veranlasst haben könnte, ihn am Samstag anzurufen und ein Gespräch auf den Sonntag anzukündigen. Er sagte sich, bestimmt müsse ein schwerwiegender Grund dafür bestehen. Wie der Direktor die Suppe brachte, sagte Busner, es sei ihm völlig unerklärlich.

Der Direktor stellte die Schüssel ab und verliess den Speisesaal. Busner bemerkte, dass er nicht mehr hungrig war, obwohl er im Zimmer Appetit verspürt hatte. Er warf sich vor, nicht zeitig genug aufgestanden zu sein. Hinterher verwünschte er den Direktor, der wohl absichtlich schwach an die Tür gepocht und wahrscheinlich gewusst hatte, dass Busner sich noch oben befand und dass ein Anruf der GESELLSCHAFT für ihn von enormer Bedeutung sei. Er dachte, der Umstand, dass die GESELLSCHAFT zweimal angerufen habe, ohne ihn zu erreichen, bringe ihn in eine äusserst missliche Lage.

Hinterher fand er eine Erklärung für das Verhalten der GESELLSCHAFT: Im Unterschied zu den anderen Angestellten verfügte er über keinen freien Tag, weil sein Auftrag lautete, die Barometer *täglich* zu überprüfen, so dass die GESELLSCHAFT also mit grösster Wahrscheinlichkeit hatte herausfinden wollen, wie ernst er seinen Spezialauftrag nehme, da vielleicht sein Verhalten in dieser Sache für seine Beförderung ausschlaggebend sei. Er gelangte zum Schluss, wahrscheinlich sei die GESELLSCHAFT nicht ernstlich verärgert, da sie ihm sonst nicht einen Anruf auf den folgenden Tag in Aussicht gestellt hätte. Nachdem er die Süssspeise aufgegessen hatte, beschloss er, das Wirtshaus aufzusuchen, verwarf diesen Einfall aber gleich wieder, weil er befürchtete, die

Dicke werde irgendeinen Grund geltend machen, um ihr Versprechen für die kommende Nacht zurückzuziehen — was sie am Abend, wenn sie sich erst einmal eingefunden habe, kaum täte. Darüber nachdenkend, gelangte er zum Schluss, die Dicke sei nun, nachdem sie ihm eine Leistung abverlangt habe, verpflichtet, ihr Versprechen einzulösen, so dass ihm, täte sie es nicht, das Recht zustünde, sie zu vergewaltigen.

Auf seinem Zimmer fragte er sich, ob er auf das Postamt gehen wolle, um nachzufragen, ob die Batterien, entgegen aller Wahrscheinlichkeit, eingetroffen seien.

Abends, bevor er zum Essen gehen wollte, fiel ihm ein, er hätte beinahe vergessen, die Barometer zu vergleichen. Einen Augenblick war er versucht, die waagrechten Striche in die Tabelle einzutragen, ohne den Stand der Barometer zu überprüfen. Recht lange zögerte er, bevor er die Barometer dann doch zur Hand nahm. Während er die waagrechten Striche eintrug, sagte er sich, es habe ihm freigestanden, die Striche einzutragen, ohne den Stand abzulesen.

Als er beim Abendessen, kaum hatte er sich gesetzt, die Schritte des Direktors ausmachte, beschloss er, absichtlich nicht aufzustehen, bis ihm der Direktor einen guten Abend wünsche. Als er die Stimme der Direktorin vernahm, welche ihm guten Abend wünschte, zuckte er zusammen.

Die Direktorin schöpfte ihm die Suppe. Er ertappte sich dabei, wie er ihre grossen Brüste betrachtete. Die Direktorin wünschte ihm einen guten Appetit.

Er sagte, danke.

Während des Essens dachte er an die Dicke.

In sein Zimmer zurückgekehrt, versuchte er, sich die Dicke in seinem Bett vorzustellen.

Vor der Empfangshalle achtete er darauf, ob irgendwo ein erhelltes Fenster zu entdecken sei, welches auf das Eintreffen eines

Wochenendgastes schliessen liesse, vermochte aber keines auszumachen. Schliesslich beschloss er, anstatt sich in die Bar zu setzen und mit dem Barmann zu sprechen, einen Spaziergang in die dem Wirtshaus entgegengesetzte Richtung zu unternehmen. Beim Gehen überlegte er sich, was der Barmann vom gestrigen Vorfall mitbekommen und wie er es wohl aufgefasst habe. Er kam zum Schluss, dass ihm das, was der Barmann über ihn denke, gleichgültig sei, da der Barmann die Zusammenhänge des inszenierten Spiels nicht zu begreifen vermöge.

Gleichwohl fühlte er sich, vor der Bar angelangt, beklommen, so dass er sogar einen Augenblick zögerte, ob er wirklich hineingehen wolle. Bevor er sich dazu entschloss, rauchte er auf der gegenüberliegenden Strassenseite eine Zigarette. Er fühlte sich erleichtert, als er — nachdem er eingetreten war — den Barmann nicht vorfand. Sich hinsetzend, sagte er sich, der Barmann werde wohl im Keller beschäftigt sein und durch dieselbe kleine Tür erscheinen, durch die er gestern aufgetaucht sei.

Später suchte er das Klosett auf. Bevor er die Pendeltür zum Pissoir aufstiess, betrachtete er sich eine Weile im Spiegel. Sein Gesicht dem Glas nähernd, stellte er fest, er sehe gut aus.

Als er die Tür zum Pissoir aufstiess, sah er den Barmann vor der einen Schüssel stehen.

Er sagte, ach, Sie sind da!

Der Barmann sagte, guten Abend.

Busner war sich nicht schlüssig, was der Barmann vor der Urinschüssel tat.

Der Barmann verliess das Klosett wortlos und stand, als Busner wieder in die Bar trat, hinter der Theke.

Busner bestellte ein Bier.

Nach einer Weile fragte der Barmann, ob er auf die Freundin warte?

Er sagte, ja.

Der Barmann sagte, er wundere sich gelegentlich, was man nicht alles für die Liebe tue.

Busner sagte, wieso?

Der Barmann fragte, ob ihm das nicht auch schon aufgefallen sei.

Busner sagte, er achte nicht auf derartige Dinge.

Der Barmann betrachtete seine Schuhspitzen.

Nach einer Weile sagte Busner, es seien wohl keine Wochenendgäste angekommen?

Der Barmann sagte, er wisse es nicht.

Busner sagte, er glaube nicht, dass welche eingetroffen seien.

Der Barmann trat hinter der Theke hervor und schritt zum Ausgang. Busner beobachtete, wie die Tür hinter ihm ins Schloss fiel. Später befürchtete er mit einem Mal, die Dicke werde ihn versetzen, obwohl noch einige Minuten bis acht Uhr fehlten. Während er sich überlegte, was er in diesem Fall unternehmen würde, hörte er die Tür aufgehen, sah aber, da er vermutete, der Barmann trete ein, nicht hin, weswegen er, als er die Dicke „Hallo!" rufen hörte, überrascht antwortete, ach, du bist es!

Die Dicke fragte, wer es sonst sein solle.

Er stellte fest, dass sie sich wieder schön gemacht, ihr Haar gewaschen und es auf eine andere Weise gekämmt hatte als gewöhnlich.

Er sagte, sie sehe gut aus.

Die Dicke sagte, das Kleid habe sie selbst angefertigt.

Er bemerkte, dass sie ein Kleid trug, welches er noch nie an ihr gesehen hatte, und sagte, es stehe ihr gut.

Die Dicke sagte, wirklich?

Während sie zu ihrem Tisch gingen, trat der Barmann ein.

Die Dicke sagte, guten Abend, Herr Barmann!

Der Barmann sagte, guten Abend, blieb vor der Dicken stehen und fragte, was die Herrschaften zu trinken wünschen.

Busner fragte, haben Sie Kirschwasser da?

Der Barmann sagte, sicher.

Die Dicke sagte, sie möchte die Karte haben.

Der Barmann drängte sich an ihr vorbei.

Als der Barmann das Kirschwasser und die Karte gebracht hatte, schlug die Dicke die Karte auf, und der Barmann blieb am Tisch stehen. Nach einer Weile sagte er, sie solle ihn rufen, wenn sie ihre Wahl getroffen habe.

Die Dicke antwortete, das werde sie gerne tun.

Busner fragte sie, ob sie einen Eierkognac haben möchte.

Die Dicke sagte, sie glaube, sie nehme einen Tee Rum.

Er fragte, ob sie dazu die Karte benötige?

Die Dicke fragte, ob sie sich die Karte nicht ansehen dürfe?

Busner sagte, sie soll ihren Tee Rum selbst bestellen, worauf die Dicke rief, Herr Barmann, ich möchte einen Tee Rum haben!

Der Barmann rief, jawohl!

Nachdem der Barmann das Getränk aufgetragen und sich an die Theke begeben hatte, sagte Busner zur Dicken, er habe sie noch gar nicht richtig begrüsst. Während er sagte, wie sehr er sie liebe, küsste er sie.

Hinterher sagte er, er freue sich schrecklich auf die Nacht, und da die Dicke schwieg, fügte er hinzu, er habe sich noch nie dermassen auf etwas gefreut, wie er sich auf diese Nacht freue.

Er sah die Dicke ihren Tee umrühren.

Er fragte, ob sie sich nicht auch freue.

Die Dicke sagte, sie wisse nicht, ob es gehe.

Er fragte, was?

Die Dicke sagte, das mit der Nacht.

Er sagte, wieso? Du hast es versprochen!

Die Dicke sagte, halt! Ich habe gesagt, wenn nichts dazwischenkommt! Vielleicht kommt aber etwas dazwischen. Ich weiss es noch nicht.

Er suchte nach einer Antwort. Die Dicke verschränkte die Arme über ihrer Brust und lehnte sich zurück.

Er sagte, es darf nichts dazwischenkommen, verstehst du!

Die Dicke sagte, wir wollen sehen.

Nach einiger Überlegung sagte er, was sie sich gestern abend mit ihm geleistet habe, hätte ihn leider dazu veranlasst, an ihrer Liebe zu zweifeln. Sollte sie nun ihr Versprechen nicht halten, müsste er darin einen weiteren Beweis sehen, dass sie ihn nicht liebe, und daraus die Konsequenzen ziehen.

Wenn nichts dazwischenkomme, sagte die Dicke, werde sie ihr Versprechen halten; sie wisse bloss nicht, ob etwas dazwischenkomme; sie müsse erst sehen, wie er sich heute benehme.

Er fragte, was denn dazwischenkommen sollte?

Sie sagte, sie wisse es auch nicht.

Er sagte, was es auch wäre, es bewiese ihm nur, dass sie ihn nicht liebe. In diesem Fall, so hart ihn dies auch träfe, müssten sie sich trennen.

Er sah die Dicke zu Boden blicken.

Er sagte, es sei nicht seine Art, sich jemandem aufzudrängen.
Die Dicke sagte, sie möge ihn ja.

Er sagte, sie müsse beweisen, dass sie ihn möge, denn auch sie verlange, dass er ihr seine Liebe beweise.

Nachdem sie eine Weile geschwiegen hatten, sagte er, wenn sie bloss wüsste, wie sehr er sie liebe!, worauf ihn die Dicke anlächelte und er hinzufügte, er halte es nicht mehr aus vor Liebe!

Wie er sie küsste, sagte er abermals, es dürfe nichts dazwischenkommen!

Die Dicke sagte, wenn sie bloss wüsste, ob er sich zu beherrschen vermöge!

Er sagte, ich habe es gestern bewiesen! Bevor sie Zeit fand, etwas zu entgegnen, sagte er, sie wisse gar nicht, wieviel es ihm bedeute, während einer ganzen Nacht neben ihr zu liegen und ihre Hand zu halten!

Die Dicke fragte, ob das auch so sei?

Er sagte, meine Süsse! und küsste ihre Hand.

Die Dicke sagte, sie glaube schon, dass er sich vornehme, brav zu sein.

Er sagte, trinken wir noch etwas?

Die Dicke sagte, ja.

Er fragte, ob sie nicht einen Eierkognac versuchen wolle.

Die Dicke sagte, sie habe noch nie Eierkognac gekostet.

Er sagte, Eierkognac enthalte beinahe keinen Alkohol und sei sehr süss, woraufhin sie sagte, sie wolle es mal versuchen.

Er rief, Herr Heinz, einen Eierkognac und einen Whisky, bitte!

Der Barmann rief, ja.

Auf die Schritte des Barmanns horchend, küsste Busner die Dicke und drückte ihre Brüste, wobei er bemerkte, dass sie sich, weil die Dicke ein dünnes Kleid trug, besser anfühlen liessen als sonst. Er dachte, er müsse sich zusammennehmen, um die Dicke nicht zu erschrecken. Wie er den Barmann sich nähern hörte, liess er sie los und setzte sich zurecht.

Als der Barmann den Eierkognac vor die Dicke stellte, fragte sie ihn, ob er ihnen diese Getränke zur Hochzeit schenke?

Busner lachte.

Der Barmann fragte, zu welcher Hochzeit?

Busner sagte, ist das derselbe Whisky wie gestern?

Der Barmann sagte, gewiss ist es derselbe.

Die Dicke sagte, zu unserer Hochzeit natürlich.

Busner lachte.

Der Barmann sagte, werden Sie heiraten?

Die Dicke sagte, hat Harry Ihnen nicht davon erzählt?

Der Barmann sagte, nein.

Busner sagte, das interessiert doch den Barmann nicht!

Die Dicke sagte, Ihnen hätte er es ruhig sagen dürfen, das hätte ich ihm erlaubt.

Der Barmann sagte, werden Sie wirklich heiraten?

Die Dicke sagte, noch dieses Jahr werden wir heiraten, Herr Barmann!

Busner lachte wieder. Er sagte, es sind tatsächlich keine Wochenendgäste angekommen, nicht wahr?

Der Barmann sagte, nein. Er sagte, Sie werden Ihre Freundin also heiraten?

Nachdem er einen Augenblick gezögert hatte, sagte Busner, nun, was ist denn dabei?, wobei er mit einem Augenzwinkern den Barmann auf den wahren Sachverhalt aufmerksam zu machen beabsichtigte.

Der Barmann sagte, weiter ist nichts dabei, nur würde ich mich darüber wundern, wenn Sie Ihre Freundin tatsächlich heiraten.

Die Dicke sagte, wieso?

Der Barmann sagte, scherzen Sie oder werden Sie Ihre Freundin tatsächlich heiraten?

Busner sagte, nun ja, weshalb soll ich sie nicht heiraten?, wobei er, da ihn die Dicke nun ansah, das Auge nicht zukneifen konnte, wie er beabsichtigt hatte.

Der Barmann sagte, das hätte ich ehrlich gesagt nicht gedacht. Jedenfalls wünsche ich Ihnen alles Gute für Ihre Ehe.

Die Dicke sagte, besten Dank, Herr Barmann! Wie der Barmann sich entfernen wollte, sagte sie, Sie stossen nicht mit uns auf unsere Hochzeit an?

Der Barmann sagte, ach so.

Die Dicke sagte zu Busner, offeriere dem Barmann etwas, damit er mit uns auf unsere Hochzeit anstösst!

Busner sagte, ja, was wollen Sie haben?

Der Barmann sagte, des hohen Anlasses wegen erlaube er sich, einen Whisky zu nehmen.

Die Dicke sagte, nehmen Sie, was sie gerne mögen, Herr Barmann!

Der Barmann sagte, besten Dank!

Busner sagte, geht in Ordnung.

Der Barmann entfernte sich.

Die Dicke rief ihm nach, Sie müssen den Whisky aber bei uns am Tisch trinken, Herr Barmann!

Der Barmann rief, selbstverständlich!

Die Dicke rief, Sie müssen sich überhaupt eine Weile zu uns setzen!

Busner stiess sie in die Seite.

Die Dicke sagte, he!, was ist? und stiess ihn ebenfalls in die Seite.

Er sagte, bist du verrückt, den Barmann an unseren Tisch einzuladen?

Die Dicke sagte, wieso?

Er sagte, ich mag den Barmann nicht.

Die Dicke sagte, sie finde den Barmann sehr nett.

Busner sagte, der Barmann ist ein Idiot!

Die Dicke sagte, das glaube ich nicht, vielleicht hätte ich den Barmann sogar geheiratet, wenn er mir vor dir einen Hochzeitsantrag gemacht hätte.

Busner sagte, du spinnst wohl!

Die Dicke sagte, benimm dich!

Der Barmann trat heran.

Die Dicke sagte, setzen Sie sich, Herr Barmann!

Der Barmann sagte, danke, und setzte sich der Dicken gegenüber hin.

Busner sah die Dicke den Barmann anlächeln.

Der Barmann hob sein Glas und sagte, also, auf die Hochzeit!

Die Dicke sagte, auf die Hochzeit!

Der Barmann sagte zu Busner, auf die Hochzeit!

Busner sagte, auf die Hochzeit!

Der Barmann fragte, wann sie heiraten würden.

Im selben Augenblick wie die Dicke sagte, nächsten Monat,

sagte Busner, noch nicht festgelegt. Hinterher fügte er aber hinzu, jedenfalls nächsten Monat.

Der Barmann sagte, ah, schon nächsten Monat?

Die Dicke sagte zum Barmann, die Hochzeit verspreche wunderbar zu werden.

Der Barmann sagte, er sei überzeugt, dass es eine sehr lustige Hochzeit werde.

Die Dicke sagte zu Busner, eigentlich sollten sie auch den Herrn Barmann zu ihrer Hochzeit einladen, weil der Herr Barmann als erster davon erfahren habe.

Busner sagte, selbstverständlich werde Herr Heinz eingeladen.

Die Dicke sagte zum Barmann, er sei herzlich zur Hochzeit eingeladen.

Der Barmann sagte, er danke sehr.

Busner versuchte, sich das Vorgefallene zurechtzulegen.

Die Dicke sagte, um Ihnen eine Einladung zu senden, benötigen wir noch Ihre Adresse.

Der Barmann sagte, ich schreibe sie Ihnen auf. Nachdem er einen Zettel seines Bestellblocks beschrieben und abgerissen hatte, reichte er ihn Busner, welcher ihn in die Jackentasche steckte.

Die Dicke sagte, verliere den Zettel ja nicht!

Busner sagte, er verliere prinzipiell keine wichtigen Papiere.

Die Dicke sagte, zur Sicherheit solle er dem Barmann seine Adresse angeben, damit er sie zu erreichen vermöge, falls er nichts von ihnen höre.

Busner sagte, er habe dummerweise seine Visitenkarten oben liegengelassen.

Der Barmann sagte, er benötige keine Karte, Busner solle seine Adresse ruhig auf einen Zettel schreiben, und legte den Bestellblock vor ihn hin.

Busner sagte, er bringe ihm morgen eine Karte mit!

Die Dicke sagte, das vergisst du! Schreib die Adresse hier auf!

Der Barmann sagte, jedenfalls ist das sicherer.

Während er seinen Namen hinschrieb, überlegte er sich, ob er eine falsche Adresse oder diejenige der GESELLSCHAFT angeben wolle. Er entschloss sich, die Adresse der GESELLSCHAFT nicht zu verwenden, weil er befürchtete, dass, falls der Barmann ihn auf der GESELLSCHAFT zu erreichen suche, sich herumsprechen werde, er sei mit einem Barmann bekannt. Er schrieb irgendeinen Strassennamen hin.

Bevor der Barmann den Zettel einsteckte, las er, was darauf stand und fragte, in welchem Bezirk sich diese Strasse befinde.

Busner sagte, im zweiten.

Der Barmann sagte, sollte er die Adresse verlieren, so wisse er ja, dass Busner auf der GESELLSCHAFT zu erreichen sei.

Busner sagte, es werde nicht gerne gesehen, wenn die Angestellten auf der GESELLSCHAFT Privatpost empfingen.

Der Barmann sagte, er werde die Adresse bloss im Notfall verwenden.

Die Dicke fragte den Barmann, ob ihm der Whisky schmecke?

Der Barmann sagte, gewiss!

Die Dicke sagte, er habe ihn ja schon beinahe ausgetrunken!

Der Barmann sagte, viel sei auch nicht im Glas gewesen.

Die Dicke sagte zu Busner, weil der Barmann ihr erster gemeinsamer Freund sei, gebe ihm der Bräutigam noch einen Whisky aus.

Busner fragte ihn, ob er noch einen Whisky möge.

Der Barmann sagte, es fiele ihm schwer, den Wunsch der Braut abzuschlagen, stand auf und ging zur Theke.

Wie Buser ihn ausser Hörweite glaubte, sagte er zur Dicken, sie solle aufhören, den Barmann zum Trinken einzuladen!

Die Dicke sagte, wieso?

Busner sagte, er sei eifersüchtig.

Die Dicke sagte, sie tue, was sie wolle, solange sie ledig sei.

Busner sagte, du hältst den Mund!

Die Dicke sagte, ich sagte, ich tue, was ich will, solange ich noch ledig bin, und dir rate ich, artig zu sein, wenn du heute nacht mit mir schlafen willst, sonst erlaube ich es dir nicht; das bin ich mir schuldig!

Busner sagte, aber verstehe doch, ich möchte mit dir alleine sein!

Die Dicke sagte, erstens bist du noch lange genug mit mir alleine und zweitens lernst du dich auf diese Weise beherrschen!

Er hörte den Barmann sich nähern. Wieder sah er die Dicke den

Barmann anlächeln, als dieser sich setzte.

Der Barmann sagte, also, dann nochmals auf die Hochzeit!

Die Dicke hob ihr Glas und sagte, auf die Hochzeit!

Busner hob sein Glas und nickte.

Der Barmann fragte die Dicke, ob ihr der Eierkognac schmecke?

Die Dicke sagte, er schmecke ihr sehr gut, sie nehme später noch einen.

Wie der Barmann sich erheben wollte, sagte sie, es eile nicht damit, er solle doch noch etwas bei ihnen sitzen bleiben. Mit dem Daumen auf Busner deutend, ohne ihn dabei aber anzusehen, sagte sie, er ist nämlich eifersüchtig. Als weder der Barmann noch Busner etwas darauf erwiderten, brach sie in ein schrilles Gekicher aus. Zum Barmann sagte sie, wissen Sie, er liebt mich zu sehr. Er liebt mich so sehr, dass er mir manchmal lästig fällt. Aber ich heirate ihn gleichwohl.

Der Barmann sagte, so arg wird es nicht sein!

Die Dicke sagte, oh doch, er liebt mich wirklich sehr, er soll es Ihnen selbst sagen!

Sie sagte zu Busner, nicht wahr, du liebst mich sehr?

Busner sagte, du bist ein Kind!

Die Dicke sagte, sage, dass du mich liebst! Der Herr Barmann glaubt das vielleicht nicht!

Busner sagte, das interessiert den Herrn Heinz nicht.

Die Dicke sagte, doch, das interessiert ihn!

Busner schwieg.

Die Dicke sagte, sie glaube nicht, dass es gehe, heute abend.

Busner sagte, was?

Die Dicke sagte, er wisse was!

Sie verschränkte die Arme.

Busner nahm sich vor, die Dicke schwer dafür bezahlen zu lassen, dass sie ihn vor dem Barmann blamiert habe.

Nach einer Weile sagte sie, sie glaube, sie werde jetzt langsam nach Hause gehen.

Es fiel ihm ein, ihm sei egal, was der Barmann von ihm halte, so dass er fragte, nun, was muss ich sagen?

Die Dicke sagte, du sollst dem Herrn Barmann sagen, dass du mich sehr liebst, weil der Herr Barmann es vielleicht nicht glaubt und mich für eine Lügnerin hält!

Busner sagte, ja, es stimmt!

Die Dicke sagte, was?

Busner sagte, dass ich sie liebe.

Die Dicke sagte zum Barmann, sehen Sie! Und ich bin nämlich noch gar nicht sicher, ob ich ihn heirate, weil ich ihn liebe, oder ob ich es tue, um von zu Hause wegzukommen. So sieht es aus!

Der Barmann sagte, er vermöge sich schon vorzustellen, dass eine Frau sich in Busner verliebe.

Busner sei soweit in Ordnung, sagte die Dicke, wobei sie ihn auf die Wange küsste.

Während des entstehenden Schweigens sagte er sich, alles Vorgefallene gehöre zu dem von ihm inszenierten Spiel, in welchem er die Fäden in der Hand halte, ohne dass dies den übrigen Mitwirkenden bekannt sei.

Nachher sagte der Barmann, er wolle nun nicht länger stören, da sie bestimmt Dinge zu besprechen hätten, die ihn nichts angingen.

Die Dicke sagte, er störe nicht im geringsten, sie wünsche, dass er bleibe.

Der Barmann sagte, er bleibe noch für einen Augenblick.

Busner bestellte einen Whisky.

Der Barmann sagte, jawohl, und was kriegt die Dame?

Die Dicke sagte, ich nehme noch einen Eierkognac, ich will aber nicht, dass Sie die Getränke jetzt holen. Sie sind unser Gast und haben uns nicht zu bedienen! Der Bräutigam soll die Getränke selbst auftragen, wenn er nicht warten kann.

Der Barmann sagte, wissen Sie, Dienst ist Dienst!

Die Dicke sagte, setzen Sie sich! Ich arbeite selbst als Serviererin, ich weiss, wie man sich fühlt, wenn man fortwährend hin und her gejagt wird!

Der Barmann sagte, er trage jetzt gleichwohl zuerst die Getränke auf, und ging zur Theke.

Wie er zurückkam, fragte ihn die Dicke, ob er nichts für sich mitgebracht habe.

Der Barmann sagte, nein.

Die Dicke sagte, der Bräutigam offeriere ihm noch einen Whisky.

Der Barmann sagte, besten Dank.

Die Dicke sagte, er solle ihn holen und sich wieder zu ihnen setzen.

Der Barmann sagte, er trinke ihn gleich an der Theke, da er nämlich, so gerne er sich zu ihnen setzen würde, noch einige Dinge zu erledigen habe.

Die Dicke rief ihm nach, er solle sich wieder zu ihnen setzen, wenn er seine Arbeit erledigt habe.

Sie lehnte sich zurück. Nachdem sie lange geschwiegen hatten, und Busner sich schwor, dass er die Dicke nun nicht verlasse, bis er sich an ihr gerächt habe, sagte sie, gib mir einen Kuss!

Busner sagte, dazu habe er im Augenblick keine Lust.

Die Dicke sagte, wie er wolle, und stützte das Kinn in ihre Hand.

Er steckte sich eine Zigarette an.

Nach einer Weile sagte er, sie habe sich äusserst niederträchtig benommen.

Die Dicke fragte, was niederträchtig gewesen sei?

Busner sagte, die Art und Weise, wie sie vor dem Barmann mit seiner Liebe gespielt habe.

Die Dicke sagte, einen Mann müsse man in Spannung halten; er dürfe nie wissen, woran er sei. Und zudem habe er gesagt, sie sei ein Kind!

Busner fragte, ob sich ein erwachsener Mensch so benehme, wie sie sich aufgeführt habe.

Die Dicke sagte, sie sei kein Kind! Aber sie sei sensibel!

Busner sagte, und dabei liebe er sie so sehr!

Die Dicke sagte, vor dem Barmann habe er es erst verleugnen wollen.

Busner sagte, das habe er getan, weil sie gesagt habe, sie heirate ihn bloss, um von zu Hause wegzukommen.

Die Dicke sagte, aber *sie* habe es nicht böse gemeint; sie habe ihn doch auch lieb!

Er dachte, der Augenblick sei gekommen, um die Dicke feurig zu machen, und legte seinen Kopf an ihre Brust. Danach, während er sie küsste, drückte er ihre Brüste. Nachher sagte er, heute werde sich ihr grosser Wunsch endlich erfüllen!

Die Dicke fragte, welcher Wunsch?

Er sagte, der Wunsch, die Nacht miteinander zu verbringen.

Die Dicke sagte, sie habe ihm aber nur erlaubt, mit ihr zu schlafen, unter der Bedingung, dass er sie nicht berühre!

Er sagte, sein Wunsch gehe dahin, an ihrer Seite liegen zu dürfen.

Die Dicke sagte, falls es dazu kommen sollte, müsste es beim Nebeneinanderliegen bleiben.

Er sagte, da er sie im Bett nicht küssen dürfe, küsse er sie jetzt noch eine Weile.

Wie er dabei versuchte, seine Hand zwischen ihre Oberschenkel zu kriegen, sagte sie, es reicht!

Er sagte, er liebe sie dermassen, dass er ohne sie verloren sei.

Deswegen werde sie ihn auch heiraten, sagte die Dicke.

Er schlug ihr vor, nun zu gehen.

Die Dicke sagte, erstens wisse sie noch immer nicht, ob sie ihm erlauben dürfe, mit ihr zu schlafen, und zweitens müssten sie ohnehin bis Mitternacht warten, da die Tante sich nicht früher zu Bett lege.

Auf seine Frage, ob sie die verbleibende Zeit nicht auf seinem Zimmer verbringen wollen, da sie dort ungestört seien, erklärte die Dicke auf eine Weise, sie komme nicht auf sein Zimmer, dass er antwortete, wie du willst, Berti.

Nachdem er auf die Uhr gesehen hatte, fragte er, ob sie noch etwas trinken wolle.

Die Dicke sagte, sie nehme einen Eierkognac, aber sie lasse sich nicht betrunken machen!

Als der Barmann die Getränke brachte, sagte sie, ach ja, der Herr Barmann!

Busner wollte wissen, was sie damit meine.

Die Dicke sagte, nichts weiter, der Barmann gefalle ihr.

Später fragte er sich, wie die Dicke es bewerkstelligen werde, ihn auf ihr Zimmer zu bringen.

Nachher glaubte er festzustellen, der Alkohol sei der Dicken in den Kopf gestiegen.

Als noch zwanzig Minuten bis Mitternacht fehlten, sagte er, es ist gleich zwölf Uhr, gehen wir?

Die Dicke sagte, sie müsse erst mal raus.

Er liess sie durchgehen. Während sie draussen war, bezahlte

er. Hinterher merkte er plötzlich, dass er schon recht lange dasass, ohne dass die Dicke vom Klosett zurückgekehrt wäre, worauf ihm einfiel, vielleicht habe sie sich durch das Fenster der Toilette davongemacht oder habe die Bar nach Absprache mit dem Barmann durch den Keller verlassen. Als er jemand sich nähern hörte, beugte er sich vor, um festzustellen, ob es tatsächlich die Dicke sei. Er bemerkte, dass sie ihr Haar frisch gekämmt und sich parfümiert hatte.

Während sie vor ihm zum Ausgang ging, betrachtete er ihren Hintern.

Draussen sagte er, du bist schön, Berti!

Sie antwortete, das vermöge er von hinten gar nicht zu sehen!

Er sagte, sie sei auch von hinten schön!

Als er sie umschlang, dachte er, er sei noch niemals auf eine Frau dermassen versessen gewesen wie im Augenblick auf die Dicke. Nachdem er sich vornahm, sie zu vergewaltigen, wenn sie sich ihm nicht hingebe, fragte er sie, ob er jetzt bei ihr schlafen dürfe.

Die Dicke ging, ohne zu antworten, ein Stück vor. Er folgte ihr. Sie blieb stehen und sagte, sie zweifle noch immer daran, ob er sich zu beherrschen vermöge. Sie denke, er bringe es fertig, aber sie sei sich dessen nicht sicher. Sie glaube, er müsse es noch einmal, zum letztenmal, unter Beweis stellen.

Er sagte, er habe es doch gestern bereits bewiesen!

Die Dicke sagte, gestern sei nicht heute. Gestern sei er möglicherweise wohl imstande gewesen, sich zu beherrschen, ob das heute noch der Fall sei, wisse sie nicht. Zudem zweifle sie auch noch daran, ob er sie wirklich genügend liebe, obwohl er ihr gestern die Füsse geleckt habe, was zwar ein Liebesbeweis sei, aber wenn man jemanden liebe, so müsse man bereit sein, für ihn durch die Hölle zu gehen, wenn die Umstände dies einmal erfordern sollten. Er müsse ihr beweisen, dass er notfalls für sie durch die Hölle ginge. Tue er das, so glaube sie, dass er sie wirklich liebe, und brauche keinen weiteren Beweis mehr, während er heute nacht mit ihr schlafen dürfe, wenn er zuvor schwöre, sie nicht zu berühren.

Er fragte, ob sie denn für ihn durch die Hölle ginge?

Sie sagte, vielleicht.

Er sagte, na bitte, dann beweise es!
Sie sagte, wieso?
Er sagte, weil du von mir dasselbe verlangst.
Sie sagte, sie beweise es, indem sie mit ihm schlafe.
Er sagte, das sei kein Beweis.
Die Dicke sagte, das sei ein Beweis.
Er fragte, was sie von ihm verlange. Er mache wirklich alles für sie.
Die Dicke sagte, sie wolle sehen, ob er auch wirklich alles für sie täte.
Busner fragte, was sie denn diesmal wolle?
Die Dicke schwieg.
Er sagte, na sag schon! — Soll ich dich nach Hause tragen, oder was?
Er sah die Dicke sich mit der Zunge über die Lippen fahren. Sie sagte, vielleicht finde er es seltsam, was sie von ihm verlange, und tue es nicht.
Er fragte, was soll es denn sein?
Die Dicke sagte, es sei vielleicht seltsam, aber sie müsse wissen, ob er sie wirklich liebe.
Er sagte, sag schon, was soll ich tun?
Die Dicke sagte, er müsse vor ihr den Weg entlang kriechen.
Er sagte, was?
Die Dicke sagte, bis ich „Halt!" sage. Wenn ich „Halt!" sage, darfst du aufstehen und hast die Prüfung bestanden. Vielleicht lasse ich dich bloss zehn Meter weit kriechen.
Busner sagte, sag mal, spinnst du?
Die Dicke sagte, ich muss einen Beweis haben.
Er schrie, glaubst du, ich tue das? Bist du verrückt? — Meinst du, es würde mich irgend etwas daran hindern, dich hier zu vergewaltigen, wenn ich wollte?
Die Dicke rief, ich rufe den Barmann!
Busner sagte, komm her! Er näherte sich ihr und sagte, sei doch vernünftig, Berti!
Die Dicke sagte, so steht es also mit deiner Liebe!
Er dachte, ich werde mir wegen der Dicken keine Schwierigkeiten aufladen.
Er sagte, du wirst doch nicht verlangen, dass ich vor dir

krieche! Sei doch vernünftig!

Die Dicke sagte, es stehe ihm frei. Tue er es nicht, so gehe sie alleine nach Hause.

Er überlegte sich, dass er in seinem Spiel, in welchem er die Fäden in der Hand halte, die Rolle eines der Beteiligten übernommen habe und dass das Spiel zu Ende gespielt werden müsse.

Die Dicke sagte, und wenn du mir folgst, schreie ich!

Er sagte, überleg es dir doch mal! So was kannst du doch nicht verlangen!

Die Dicke sagte, entweder du tust es oder es ist aus mit dem Heiraten und aus zwischen uns!

Er sagte sich, wenn er nicht tue, was sie verlange, werde er die Dicke nicht machen, ohne sie zu vergewaltigen, was er der Folgen wegen nicht riskieren wolle.

Er sagte, sag noch einmal, was ich tun soll.

Die Dicke sagte, du sollst vor mir herkriechen, nichts weiter. Sage ich „Halt!", so darfst du aufstehen und hast die Prüfung bestanden. Dann darfst du die Nacht bei mir schlafen, wenn du schwörst, mich nicht zu berühren.

Er sagte, darf ich dann ganz bestimmt bei dir schlafen?

Die Dicke sagte, ganz bestimmt!

Und wann sagst du „Halt!"?

Die Dicke sagte, ich muss sehen, wie du kriechst. Vielleicht darfst du schon nach zehn Metern aufstehen.

Er sagte, gut, weil ich dich liebe, tue ich es.

Die Dicke sagte, du musst so lange kriechen, bis ich „Halt!" sage. Du darfst nicht schlappmachen und dich nicht ausruhen und nicht sprechen, sonst bist du durchgefallen!

Er sagte, ich tue es, aber komm noch etwas vor, ich will nicht, dass der Barmann mich sieht.

Die Dicke sagte, das erlaube ich.

Als er sich ausser Sichtweite des Barmanns glaubte, der wohl jeden Augenblick von der Bar ins Hotel gehen würde, blieb er stehen und sagte, du spinnst zwar, doch ich tue es für dich. Aber ich rate dir, möglichst bald „Halt!" zu rufen.

Während er sich auf die Knie niederliess, sagte er sich, er halte die Fäden in der Hand.

Wie er zu kriechen begann, sagte die Dicke, warte noch!

Als er aufstehen wollte, sagte sie, nein, bleib in dieser Stellung!

Er sah sie den Weg zurückgehen und nach einer Weile mit einer Rute in der Hand aus der Dunkelheit auftauchen.

Er sagte, was willst du damit?

Die Dicke sagte, er solle nicht sprechen. Spreche er, so sei er durchgefallen und dürfe nicht bei ihr schlafen!

Sie strich mit der Rute über seinen Rücken und sagte, los!, worauf er zu kriechen begann. Die Dicke ging dicht hinter ihm her. Er sagte sich, auf diese Weise komme er wenigstens dazu, sich wieder einmal sportlich zu betätigen, nachdem er vor nahezu vierzehn Tagen sein Training eingestellt habe. Er hörte die Dicke sagen, du bist mein kleines Schnecklein!, wobei sie, wie er spürte, mit der Rute leicht auf seinen Hintern schlug. Er dachte, er werde sich an ihr schadlos halten. Nachdem er sich vorgenommen hatte, sogleich aufzustehen, falls sie jemand begegnen sollten, hörte er die Dicke sagen, das Schnecklein kriecht vor dem Menschen her, es zeigt dem Menschen den Weg nach Hause. Wenn es schön brav kriecht und schweigt und nicht schlappmacht, darf es beim Menschen im Bette schlafen, aber es darf den Menschen nicht berühren im Bett, weil es schleimig ist. Es darf im Ecklein schlafen! - Er versuchte, nicht hinzuhören und stellte sich ihr Entsetzen vor, wenn sie zu einem späteren Zeitpunkt erfahren werde, dass sie für ihn bloss eine Marionette gewesen sei, deren Fäden er in der Hand gehalten habe. Er versuchte zur Vorstellung zu gelangen, dass die Dicke diesen Schock während ihres ganzen Lebens nicht überwinden werde. Er hörte sie sagen, warte! und bemerkte, dass er sich das Lachen über die Ahnungslosigkeit der Dicken verbiss. Im selben Augenblick spürte er die Rute.

Er sagte, he, schlag nicht so stark!

Die Dicke sagte, du sollst nicht sprechen! und schlug noch einmal zu. Wie er aufstehen wollte, sagte sie, sie habe nicht „Halt!" gesagt!

Er sagte, natürlich!

Die Dicke sagte, du sollst nicht sprechen!, hieb abermals auf ihn ein und sagte, sie habe nicht „Halt!" gesagt, sie habe gesagt „Warte!", das sei etwas anderes!

Er stellte sich vor, wie er es der Dicken besorgen werde, wenn sie erstmal im Bett liege.

Er hörte sie sagen, der Mensch ist müde vom weiten Weg. Obwohl er sich erneut bemühte, nicht hinzuhören, hörte er sie sagen, die Füsse schmerzen, denn der Mensch ist das Gehen nicht gewohnt. Der Mensch hält sich ein Tier, um darauf zu reiten. Er stellte fest, dass er sich ihrer Stimme nicht zu entziehen vermochte, dass ihm dies während des Kriechens bestenfalls bis zu einem gewissen Grade gelinge. Während er wahrzunehmen glaubte, dass sie sich ihm von hinten nähere, hörte er sie fortfahren, die Schnecke trägt nämlich ein Haus auf dem Rücken, das Haus ist aber derart klein, dass der Mensch sich nicht hineinsetzen kann, deshalb setzt sich der Mensch auf die Schnecke!, wobei er spürte, wie sie sich mit gespreizten Beinen auf seinen Rücken setzte.

Unwillkürlich sagte er, wie schwer du bist!

Die Dicke sagte, scht! und schlug mit der Rute zu. Sie sagte, eine Schnecke spricht nicht! Los, krieche!

Er begann wieder zu kriechen. Er dachte, er müsse, wolle er nicht aufgeben, seine ganze Energie darauf richten, unter möglichst geringer Anstrengung vorwärtszukommen. Er hörte sie sagen, die Schnecke war früher einmal genauso ein Mensch wie der Mensch, welcher auf ihr reitet, sie ist aber eine Schnecke geworden, weil sie sich als Mensch vielleicht nicht zu beherrschen vermag. Er biss die Zähne zusammen. Während er sich bemühte, den Schmerz in seinen Knien nicht zu spüren, versuchte er, um am Ausbleiben des „Halt!" nicht zu verzweifeln, sich darauf einzustellen, dass die Dicke ihn bis zum Wirtshaus kriechen lasse. Er hörte sie sagen, die Schnecke darf nicht schlappmachen, weil sie sonst durch die Prüfung fällt und nicht beim Menschen schlafen darf. Er versuchte herauszufinden, wo sie sich befanden, kam aber zu keinem Schluss. Er stellte fest, dass er vor Anstrengung nicht mehr wahrnahm, was die Dicke auf seinem Rücken sagte. Er versuchte, um jegliche Erschütterung zu vermeiden, möglichst gleichmässig zu kriechen. Um nicht verrückt zu werden, begann er die Bewegungen, welche ihn vorwärts brachten, zu zählen. Er bemühte sich festzustellen, ob sie wohl schon bei der Wegbiegung vorübergekommen seien. Er bereitete sich vor, jedenfalls noch mindestens fünfhundert Vorwärtsbewegungen tun zu müssen. Mit einem Mal stellte er fest, dass die Dicke auf seinem Rücken verstummt war. Plötzlich sah er das Wirtshaus dicht vor sich auftauchen. Da er nach Licht ausgeschaut hatte, im Wirtshaus aber keines mehr brannte, wäre er beinahe daran vorbeigekrochen.

Er hörte die Dicke „Halt!" sagen und spürte, wie sie von seinem Rücken stieg. Er setzte sich langsam auf den Hintern, um wieder zu Atem zu kommen. Als er aufstand, schwindelte ihm derart, dass er sich am Türpfosten festhalten musste.

Die Dicke zischte, psst!

Nachdem sie ihn eine Weile schweigend angesehen hatte, flüsterte sie, schwörst du, mich nicht zu berühren?

Er nickte.

Die Dicke flüsterte, sage, ich schwöre es!

Er flüsterte, ich schwöre es.

Die Dicke flüsterte, hebe die Hand hoch und sage dreimal, ich schwöre es!

Nachher sagte sie, sie vertraue ihm. Er solle sich bemühen, leise aufzutreten.

Sie ging um das Haus herum. Er dachte, also gibt es hinten noch eine Tür. Bevor die Dicke sie öffnete, zog sie die Schuhe aus und flüsterte, er solle dasselbe tun.

Vorsichtig sperrte sie die Tür auf und schloss sie von drinnen wieder zu. Busner nahm an, sie befänden sich im Hausflur. Obwohl vor Dunkelheit nichts zu erkennen war, schaltete die Dicke kein Licht an. Sie nahm Busner bei der Hand und zog ihn hinter sich her. Als sie hochstiegen, hörte er die Treppe, welche in den ersten Stock führte, einige Male knarren. Oben durchschritt die Dicke den Flur und klinkte eine Tür auf, welche, wie er annahm, die letzte im Korridor sein musste. Drinnen schob sie die Tür hinter Busner ins Schloss und schaltete das Licht an. Er fand sich in einem kleinen, kahlen Zimmer, an dessen einer Wand er ein Holzkreuz entdeckte. Über dem Bett sah er einen grossen Spiegel hängen, in dessen Rahmen eine vergilbte Papierblume steckte. Als er sein Gesicht im Spiegel auftauchen sah, wandte er sich ab, so dass er dicht vor der Dicken zu stehen kam.

Die Dicke zischte, nicht berühren!

Er sagte, ich berühre dich nicht.

Die Dicke flüsterte, ich schreie, wenn du mich berührst!

Er sagte, er habe nicht die Absicht, sie anzurühren. Nachdem die Dicke ihn wieder während einer Weile schweigend angesehen hatte, sagte sie, sie befürchte, er halte sein Versprechen nicht. Es sei ihr lieber, wenn er auf dem Fussboden schlafe.

Er sagte, er werde sein Versprechen halten, aber sie müsse das ihre ebenfalls halten; tue sie das nicht, so werde sie dies morgen bereuen!

Die Dicke sagte, gut, beide würden ihre Versprechen halten.

Während sie die Bettdecke schüttelte, sagte sie, er solle sich als erster hinlegen.

Wie er sich auszog, wandte sie sich ab.

Nachher sagte sie, sie lösche das Licht, um sich auszuziehen. Damit er nicht in Versuchung komme, behalte sie den Slip und den Büstenhalter an.

Er sagte, in diesem Falle brauche sie das Licht nicht auszuschalten, worauf sie sagte, das sei richtig.

Er schaute ihr zu, wie sie den Reissverschluss ihres Kleides öffnete und das Kleid abstreifte.

Wie sie dies bemerkte, fragte sie, was er sie ansehe?

Er sagte, er schaue nicht.

Sie löschte das Licht und legte sich neben ihn. Die Decke über sich ziehend, sagte sie, nicht berühren! Er antwortete nicht. Er hörte, wie sie ihre Brille auf den Nachttisch legte. Sie drehte ihm den Rücken zu und sagte, gute Nacht.

Er sagte, sie solle ihm wenigstens einen Gutenachtkuss geben.

Die Dicke sagte, danach müsse er aber Ruhe geben.

Er legte seinen Oberkörper über sie, küsste ihren Mund und streichelte ihre Brust. Wie sie ihm ihrem Mund entzog, zwängte er eine Hand unter ihren Büstenhalter. Die Dicke begann sich zu wehren, was ihn zusätzlich erregte. Mit einem Mal hatte er ihr den Büstenhalter weggezerrt und sich vollständig auf sie gelegt. Sie kratzte ihn. Er langte ihr zwischen die Beine.

Die Dicke zischte, hör auf! Hör sogleich auf! Du hast es versprochen! Er lachte. Sie zischte, ich schreie! Ich rufe die Polizei! Er riss ihr die Unterhose weg. Die Dicke versuchte, unter ihm wegzugleiten. Er verbiss sich in ihren Hals. Wie sie, um sich besser zu wehren, die Beine etwas auseinandertat, stemmte er ein Bein dazwischen, steckte einen Finger in ihre Scheide und streifte sich mit der anderen Hand die Unterhose ab. Als er sein anderes Bein zwischen die ihren bekam, schlug sie einige Male heftig auf ihn ein. Nach einer Weile gelang es ihm, sein Glied in ihre Scheide zu kriegen. Die Dicke hörte auf, ihn zu schlagen. Kurz bevor er seinen ersten Orgasmus hatte, glaubte er zu bemerken, dass sie ebenfalls komme, vermochte aber bis zu seinem zweiten Orgasmus nicht mehr festzustellen, dass sie nochmals gekommen sei. Wie er sich hinterher vergegenwärtigte, auf wem er lag, begann er zu lachen. Er glitt von ihr herunter, um sein Gelächter im Kopfkissen zu ersticken. Er glaubte, in seinem Leben noch nie derart gelacht zu haben. Als er sich hinterher die Tränen aus den Augen rieb, sagte die Dicke, jetzt musst du mich heiraten!, worauf er wieder in Gelächter ausbrach.

Die Dicke sagte, es gibt nichts zu lachen!

Er sagte, bestimmt werde ich dich heiraten! und drehte ihr den Rücken zu. Als er bereits halb eingeschlafen war, sagte die Dicke, das Leintuch sei nass.

Er antwortete nicht.

Nach einer Weile hörte er sie sagen, wenn ich jetzt ein Kind bekomme?

Als er wieder nicht antwortete, fragte sie, ihn in den Rücken stossend, ob er verstanden habe.

Er sagte, mhm.

Sie stiess ihn abermals in den Rücken und zischte, sag, was geschieht, wenn ich ein Kind kriege?

Er sagte, halt den Mund, du kriegst kein Kind!

SONNTAG, 12.

Als er erwachte, weil heftig gegen die Tür geklopft wurde, wusste er zunächst nicht, wo er sich befand. Erst als er die Alte „Berti, Berti!" rufen hörte, kehrte die Erinnerung an die gestrige Nacht zurück. Er hörte die Dicke neben sich antworten, ich komme gleich, Tante!

Sie stiess ihn in den Rücken und flüsterte, du musst gleich fort! Mein Gott, wenn dich die Tante sieht! Beeile dich!

Wie er sich aufsetzte, bemerkte er, dass es draussen regnete. Er sagte, es regnet!

Die Dicke flüsterte, aus dem Bett steigend, mach schon!

Sie fragte nach ihrer Unterhose.

Als sie die Bettdecke zurückschlug, hörte er sie sagen, das ganze Leintuch sei verblutet.

Während er sie ansah, dachte er, sie sei dicker, als er es sich vorgestellt habe.

Als sie bemerkte, dass er sie betrachtete, fragte sie, ob er sie liebe?

Er sagte, ja bestimmt!

Ihn anlächelnd, nahm sie das seidene Kleid, welches sie gestern getragen hatte, von der Stuhllehne, hängte es in den Schrank und flüsterte, es sei gleich sieben Uhr.

Er sagte, es regne draussen.

Die Dicke flüsterte, das sei ihr gleichgültig, sie müsse zusehen, dass sie ihn aus dem Haus kriege.

Sie langte nach einem Handtuch, welches an der Seitenwand des Schrankes an einem Nagel hing, und sagte, sie gehe sich waschen, er solle sich ruhig verhalten. Wie sie die Tür hinter sich schloss, hörte er sie rufen, ich komme gleich, Tante! Die Alte hörte er von unten antworten, dein Frühstück steht auf dem Tisch!

Um sich zu kämmen, öffnete er die Schranktür, an deren Innenseite er einen Spiegel vermutete. Er ärgerte sich darüber, keinen vorzufinden und auch sonstwo im Zimmer keinen zu entdecken. Als er etwas später zum Fenster hinaussah, hörte er die Dicke eintreten.

Sie flüsterte, sie müsse hinuntergehen, lotse ihn aber hinaus, wenn die Tante zur Bahn gehe.

Er hörte sie die Tür von aussen abschliessen. Er zog die Decke über das Bett und legte sich hin. Eine Weile hörte er dem Geräusch zu, welches die auf das Dach fallenden Regentropfen hervorbrachten. Hinterher dachte er darüber nach, was er alles auf sich genommen habe, um die Dicke zu machen. Später glaubte er wahrzunehmen, dass er eingeschlafen sei. Gleich darauf, wie ihm schien, rüttelte ihn die Dicke wach und flüsterte, die Tante ziehe den Onkel an!

Auf den Zehenspitzen schlich er hinter der Dicken das Treppenhaus hinunter. Anstatt ihn durch die hintere Tür ins Freie treten zu lassen, zog sie ihn in die Küche, wo sie flüsterte, er solle sich ins Wirtshaus setzen, damit sie sich noch eine Weile beieinander fänden.

Er sagte, er wolle erst nach Hause gehen, er komme später zurück.

Die Dicke flüsterte, wenn ich dich vorher nicht sehe, so warte um acht Uhr in der Bar auf mich, Liebling!, drückte sich an ihn und flüsterte, liebst du mich wirklich noch?

Er sagte, na klar!

Sie öffnete ihm die Tür zur Gaststube.

Er durchquerte die Gaststube und trat nach draussen.

Hinter der Rezeption stiess er auf den Direktor, den er gleich grüsste.

Der Direktor sagte, Sie waren wieder nicht da um neun Uhr?

Er erschrak.

Er sagte, verdammt, das habe ich vergessen!

Er sah auf die Uhr. Es war kurz nach zehn.

Der Direktor sagte, der Herr von der GESELLSCHAFT wunderte sich derart darüber, Sie nicht vorzufinden, da er Sie doch ausdrücklich gebeten hatte, den Anruf abzuwarten, dass er erst gar nicht glauben wollte, Sie seien weggegangen.

Busner fragte, hinterliess er eine Nachricht?

Der Direktor sagte, nein.

Busner sagte, verbinden Sie mich bitte mit der GESELLSCHAFT!

Er gab dem Direktor die Nummer an und trat in die Kabine.

Der Hausmeister der GESELLSCHAFT meldete sich.

Busner sagte, hier spricht Busner, ist vielleicht Herr Kleidmann im Hause?

Der Hausmeister sagte, welche Abteilung?

Busner sagte, Verwaltung.

Der Hausmeister sagte, einen Augenblick, um hinterher zu sagen, es melde sich niemand.

Busner sagte, verbinden Sie mich bitte mit Herrn Brühl, Verwaltungsabteilung.

Der Hausmeister teilte ihm nach einem Augenblick mit, dass auch Herr Brühl sich nicht im Hause aufhalte.

Als Busner das Gespräch bezahlte, sagte er zum Direktor, er verlasse das Hotel heute nicht mehr. Sollte ein Gespräch für ihn eintreffen, so solle er ihn bitte unter allen Umständen rufen.

Der Direktor sagte, er habe gemeint, dass die GESELLSCHAFT samstags und sonntags nicht arbeite.

Busner sagte, die GESELLSCHAFT arbeite täglich!

Auf sein Zimmer fahrend, versuchte er zu begreifen, wie er dazu komme, einen angekündigten Anruf der GESELLSCHAFT zu verpassen, wobei er sich sagte, finde er keine einleuchtende, stichhaltige Ausrede, werde ihn die GESELLSCHAFT möglicherweise entlassen. Bevor er, in seinem Zimmer angelangt, die nasse Jacke auszog, verglich er die Barometer, da er es für möglich hielt, sie würden, der Wetteränderung wegen, voneinander abweichen. Aber die Barometer wiesen keine Differenz auf. Weil ihm plötzlich vor sich selbst ekelte, hatte er es hinterher eilig, unter die Brause zu kommen, um die Berührung mit der Dicken abzuwaschen. Als er die Kleider abgelegt hatte, fiel ihm ein, der Direktor fände ihn bestimmt nicht, sollte die GESELLSCHAFT gerade in der Zeitspanne anrufen, welche er unter der Brause verbringe, so dass der Direktor, da er auf sein Klopfen an der Zimmertür nicht antworten würde, annehmen müsste, er habe das Hotel trotz seines Versprechens verlassen. Er zog sich wieder an und fuhr nochmals in die Empfangshalle. Der Direktor stand aber nicht mehr hinter der Rezeption. Er schaute im Speisesaal nach, wo der Direktor sich aber ebensowenig aufhielt. Er sagte sich, entweder verzichte ich darauf, mich zu duschen, oder es gelingt mir, ihn zu finden. So trat er, nachdem er angeklopft und keine Antwort erhalten hatte, in die Küche, traf aber auch hier den Direktor nicht an. Er kehrte in die Empfangshalle zurück. Da er Sandalen trug, beschloss er, um sich die Füsse nicht zu nässen, erst zu versuchen, die Direktorin zu erreichen, bevor er draussen nach dem Direktor sehe. Obwohl er die Klingel an der Rezeption wiederholt betätigte, erschien niemand. Nochmals durchschritt er die Räume des Erdgeschosses, vermochte den Direktor aber nicht zu finden. So trat er doch ins Freie, ging um das Hotel herum und hinterher zum Tennisplatz. Vergebens. Er beschloss, in der Empfangshalle zu warten, bis sich der Direktor zeige. Nachdem er auf die Uhr gesehen hatte, sagte er sich, in etwas mehr als einer Stunde werde er sich ohnehin einstellen, um das Mittagessen zu bereiten, so dass er bestimmt danach zu seiner Dusche komme. Als das Telefon klingelte, zögerte er einen Augenblick, trat dann aber doch hinter die Abschrankung und hob den Hörer ab.

Er sagte, hallo?

Eine Frauenstimme sagte, Hotel „Gausener Hof"?

Er sagte, ja.

Die Stimme sagte, einen Augenblick bitte, Sie werden aus Venezuela verlangt.

Bevor er dazu kam, wieder einzuhängen, hörte er eine Männerstimme sagen, hallo?

Er sagte, hallo?

Die Stimme sagte, bist du das, Egon?

Er sagte, nein.

Die Stimme sagte, ich möchte den Direktor sprechen, schnell bitte, ich bin der Bruder des Direktors.

Busner sagte, ich weiss nicht, wo der Direktor sich augenblicklich aufhält, ich suche ihn ebenfalls.

Die Stimme sagte, verbinden Sie mich mit seiner Wohnung!

Busner sagte, ich kenne mich nicht aus mit der Telefonbedienung. Ich bin Gast im Hotel.

Er hörte den Bruder des Direktors brüllen, so, Gast sind Sie? Seit wann bedient ein Gast das Telefon?

Als er feststellte, dass der Bruder eingehängt hatte, legte er den Hörer ebenfalls auf. Gleichzeitig sah er den Direktor durch die Eingangstür treten.

Der Direktor rief von weitem, was tun Sie da?

Busner sagte, das Telefon hat geläutet. Ich dachte, der Anruf sei für mich und erlaubte mir deshalb, zu antworten.

Der Direktor sagte, wer rief an?

Busner sagte, ich weiss nicht.

Der Direktor sagte, hinter der Rezeption haben Sie nichts zu suchen, merken Sie sich das! Wenn jemand etwas will, ruft er ein zweites Mal an.

Er rief dem sich entfernenden Direktor nach, falls meine Firma während der nächsten Stunde anruft, so finden Sie mich im Duschraum!

Ohne stehenzubleiben, rief der Direktor, ich finde Sie schon!

Er fuhr auf sein Zimmer und zog sich wieder aus. Unter der Brause wurde ihm klar, dass er innerlich bereits beschlossen hatte, die Dicke nie mehr sehen zu wollen. Er vergegenwärtigte sich, dass heute Sonntag sei und er folgenden Mittwoch abreisen werde.

Nach dem Mittagessen legte er sich aufs Bett und wartete auf den Anruf der GESELLSCHAFT. Wegen des monoton fallenden Regens, weil der Anruf nicht kam und er sich alleine fühlte, befiel ihn Trübsinn. Unvermittelt erinnerte er sich an einige Episoden aus seiner Kindheit, von denen er geglaubt hatte, sie längst vergessen zu haben. Um halb sechs klopfte die Direktorin an die Tür und rief, es ist ein Anruf für Sie da!

Er rief, ich komme!

Er eilte zum Spiegel und fuhr sich durch das Haar. Beim Aufzug musste er warten, bis die Direktorin, welche ohne ihn fuhr, unten angekommen, die Tür geschlossen und der Aufzug oben eingetroffen war. Als er in die Empfangshalle trat, sah er statt der Direktorin, die er anzutreffen erwartet hatte, den Direktor hinter der Rezeption stehen.

Der Direktor sagte, in der Kabine!

Er trat ein und meldete sich.

Anstelle der GESELLSCHAFT hörte er die Dicke sprechen, ohne sich im ersten Augenblick darüber klarzusein, dass es sich um die Dicke handelte.

Sie sagte, es sei ihr leider nicht möglich, heute abend zu kommen, ihre Mutter sei verunglückt und sie müsse gleich nach Hause fahren. Sie hoffe, es stehe nicht schlimm um ihre Mutter, so dass sie ihn vor seiner Abreise noch treffen könne und nicht erst in einigen Wochen, wenn sie zu ihm in die Hauptstadt ziehe.

Er sagte, ja.

Sie sagte, sie rufe ihn jedenfalls morgen an.

Er sagte, ja.

Sie sagte, ich liebe dich, Harry!

Er schwieg.

Die Dicke sagte, ich muss gehen, gleich fährt meine Bahn, auf Wiedersehen, Liebling!

Er sagte, tschüss.

Zum Direktor sagte er, es sei nicht die GESELLSCHAFT gewesen, falls die GESELLSCHAFT anrufe, so finde er ihn im Zimmer oder im Speisesaal.

Der Direktor entgegnete, er habe ihm bereits gesagt, dass er ihn finden werde, wenn er ihn brauche.

Die GESELLSCHAFT rief nicht mehr an. Nach dem Abendessen setzte er sich in die Bar. Um sich nicht mit dem Barmann unterhalten zu müssen, liess er sich an jenem Tisch nieder, an welchem er mit der Dicken zu sitzen gepflegt hatte. Es fiel ihm ein, vielleicht nehme der Barmann an, er warte auf die Dicke, die ihn — da sie nicht erscheine — versetzt habe.

MONTAG, 13.

Am folgenden Tag rief er gleich nach dem Frühstück die GESELL-SCHAFT an.

Als sein Abteilungsleiter, Herr Kleidmann, sich meldete, sagte er, Harry Busner spricht, guten Tag, Herr Kleidmann.

Herr Kleidmann sagte, guten Tag, Herr Busner, alles okay?

Er sagte, okay, danke, Herr Kleidmann. Man hat mir mitgeteilt, dass Sie mich am Samstag anriefen. Da Sie aber keine Nachricht hinterliessen ...

Herr Kleidmann sagte, ich rief Sie nicht an, Herr Busner.

Busner sagte, Sie riefen mich nicht an? Jemand aus der GE-SELLSCHAFT rief mich aber an, soviel ich weiss.

Herr Kleidmann sagte, mir ist nichts bekannt. Möglicherweise beauftragte der Herr Direktor jemanden, Sie anzurufen, aber wegen dem dürfen wir jetzt natürlich nicht an den Herrn Direktor gelangen.

Busner sagte, selbstverständlich nicht, Herr Kleidmann!

Herr Kleidmann sagte, also dann!

Busner sagte, Sie haben nicht die geringste Ahnung, wer mich anrief?

Herr Kleidmann sagte, keine Ahnung, Herr Busner! Am Donnerstag sehen wir Sie ja wieder bei uns, ja?

Busner sagte, jawohl, Herr Kleidmann.

Herr Kleidmann sagte, Wiedersehen, Herr Busner!

Als er das Gespräch bezahlte, sagte er, er verlasse das Hotel auch heute nicht. Er bitte den Direktor, ihn unter allen Umständen zu rufen, falls für ihn ein Telefon kommen sollte!

Der Direktor antwortete nicht.

Als Busner zum Mittagessen erschien, entdeckte er ein Paket auf seinem Tisch, was ihn sehr überraschte. Das Paket in die Hand nehmend, stellte er fest, dass es sich um die Batterien für sein Rundfunkgerät handelte. Der Direktor, der mit dem Essen erschien, sagte, der Posthalter brachte das Paket für Sie.

Busner sagte, er hätte es bereits am Donnerstag erhalten sollen.

Der Direktor sagte, er kriege zehn fünfzig von ihm.

Den Nachmittag, in dessen Verlauf die GESELLSCHAFT wieder nicht anrief, verbrachte er mit Rundfunkhören. Während des Abendessens wurde er von der Dicken am Telefon verlangt, die ihm mitteilte, ihre Mutter liege vermutlich im Sterben, aber die Gewissheit, dass er sie bald heiraten werde, hülfe ihr über den Tod der Mutter hinweg, falls sie tatsächlich sterben sollte. Als sie ihn fragte, ob er sie eigentlich noch immer liebe, überwand er sich, um zu sagen, weshalb nicht?

Die Dicke sagte, sie habe sich bloss vergewissern wollen.

Nachdem sie eine Weile geschwiegen hatten, sagte sie, wahrscheinlich würden sie sich vor seiner Abreise nicht mehr sehen.

Er sagte, wahrscheinlich.

Sie sagte, sie werde versuchen, zur Bahnstation zu kommen, um ihn zu sehen.

Er sagte, allerdings sei es noch sehr ungewiss, ob er tatsächlich am Mittwoch fahre; es bestehe eine grosse Wahrscheinlichkeit, dass er bis Samstag in Gausen-Kulm bleibe, da ihn die GESELL-SCHAFT nämlich heute angerufen habe, um dies anzuordnen.

Die Dicke sagte, falls er bis Samstag bleibe, sähen sie sich bestimmt noch.

Er sagte, gewiss.

Die Dicke sagte, er solle ihr für jeden Fall seine Adresse in Rask angeben.

Er sagte, sie solle ihm besser ihre Adresse angeben, um es ihm zu ermöglichen, sie anzurufen, bevor er abreise.

Die Dicke sagte, das solle er nicht tun; die Eltern wüssten noch nichts von ihrer bevorstehenden Heirat.

Als sie ihm ihre Adresse angab, tat er so, als schreibe er sie auf, wobei er sich merkte, dass die Dicke zum Nachnamen Becker hiess.

Sie sagte, ich rufe dich morgen an, auf Wiedersehen, mein Prinz!

Busner sagte, Wiedersehen.

Er fragte den Direktor, ob sich das Fräulein, welches angerufen habe, mit Becker angemeldet habe.

Der Direktor sagte, ja, so was Ähnliches jedenfalls.

Busner sagte, für Fräulein Becker sei er ab sofort nicht mehr zu sprechen.

DIENSTAG, 14.

Den Dienstag verbrachte er mit Rundfunkhören. Draussen regnete es ohne Unterlass.

MITTWOCH, 15.

Als er sich anderntags im Zug, welcher ihn nach Rask brachte, rückblickend die Angelegenheit mit der Dicken durch den Kopf gehen liess, vermochte er keine eindeutige Klarheit darüber zu gewinnen, ob er alles bloss geträumt oder ob er es in Wirklichkeit erlebt habe, da die Wirklichkeit, wie er sich sagte, oft in die Traumwelt übergehe und die Traumwelt oft in die Wirklichkeit einbreche, so dass sich zwischen diesen beiden Zuständen keine scharfe Grenze ziehen lasse. Wie er, bevor der Zug in den Rasker Bahnhof einfuhr, die Schienenstränge in der Sonne metallen aufblitzen sah, den ungeheuren Verkehr, der über die Brücke ging, bemerkte und hinter der Brücke das alle anderen Gebäude der Stadt überragende GESELLSCHAFTS-Haus gewahrte, kam er zum Schluss, anzunehmen, die Dicke müsse ihm im Traum begegnet sein.

2. Teil

ÖFFENTLICHWERDUNG

VOR DEN OKTOBER-WAHLEN

MITTWOCH

Während er den Bahnsteig entlangschritt, überlegte er, ob er die Wild anrufen wolle, obgleich er sie, als es ihm in Gausen-Kulm schlecht ergangen sei, vergeblich gebeten habe, ihn zu besuchen, so dass er damals beschloss, die Verbindung mit ihr zu lösen.

Bevor er die Sprechzelle betrat, betrachtete er die zahlreichen Wahlplakate der „Partei für Fortschritt", zwischen denen die vereinzelten der regierenden Demokraten kaum zur Geltung kamen. Er las, „DIE DEMOKRATEN BRACHTEN UNS DIE INFLATION – DIE P.f.F. BRINGT UNS EIER AUF DEN FRÜHSTÜCKSTISCH".

Während er auf die Verbindung mit der Wild wartete, dachte er, sie verdanke der Dicken, dass er seinen Entschluss, sie zu versetzen, geändert habe — denn dies habe er getan, um den Zwischenfall mit der Dicken möglichst bald zu vergessen.

Als die Wild sich meldete, sagte er, hallo Edith! - Nach einem Augenblick fügte er hinzu, ich bin es!

Es befremdete ihn, sie antworten zu hören, mit wem spreche ich?

Er sagte, er, Harry Busner sei es, ob sie ihn denn schon nicht mehr kenne.

Die Wild sagte, ach, du bist das, Harry!

Busner sagte, wer sonst?

Sie sagte, sie habe ihn wohl deshalb nicht erkannt, weil er sich so lange nicht gemeldet habe, allerdings wundere sie sich gleichwohl, dass sie sich nicht an den Tonfall seiner Stimme erinnert habe.

Er sagte, aber ich war doch in Gausen-Kulm!

Die Wild sagte, ach richtig, ich dachte nicht mehr daran!

Nachdem sie sich im „Neffari-Club" verabredet hatten, verliess er die Sprechzelle und trat zum Kiosk, um Zigaretten zu kaufen, die, wie die Verkäuferin ihm mitteilte, abermals aufgeschlagen hätten. Wie sie das Wechselgeld herauszählte, verlangte er eine Packung Kaugummi.

Anstatt sich in einem Taxi nach Hause bringen zu lassen, was er normalerweise getan hätte, beschloss er, den Bus zu benutzen, da die Fahrkostenpreise wegen der Benzinknappheit um das Dreifache angestiegen waren.

Die verkehrsarme Hauptstrasse bot, wie er sich sagte, einen lächerlichen Anblick. Als er sogar zwei Radfahrer auftauchen sah, blieb er verwundert stehen und liess sie vorüberfahren. Längs der Strasse entdeckte er an eigens errichteten Säulen abermals unzählige Wahlplakate der P.f.F., auf deren einer Seite „P.f.F. – PARTEI FÜR MENSCHLICHEN FORTSCHRITT" stand, wobei das Wort „MENSCHLICHEN" rot unterstrichen war; und auf der anderen „FREIHEIT - GLEICHBERECHTIGUNG - WOHLSTAND FÜR JEDERMANN", eine Parole mit der die P.f.F. auch in Gausen-Kulm geworben hatte.

Vor einem Schaufenster, das ihn spiegelte, verlangsamte er den Schritt, um seine Erscheinung zu prüfen. Er sagte sich, dass er dynamisch und sportlich wirke.

Vom Bus aus sah er eine lange Reihe von Leuten vor einer Bäckerei anstehen.

Auf dem Weg von der Busstation zu der Wohnsiedlung, in der er lebte, nahm er sich vor, zuallererst nach seinem Auto zu sehen. Nachdem er es dreimal um den Block gesteuert — obwohl es gar nicht seine Absicht gewesen war, zu fahren — und wieder geparkt hatte, beschloss er, es zu reinigen.

In der Wohnung legte er eine Schallplatte auf, zog die Rolläden hoch und stellte sich eine Weile in die Mitte seines Zimmers. Nachher, wie er im Korridor den Mantel aufhängte, hörte er das Telefon läuten. Um die Genugtuung auszukosten, dass man ihn, kaum sei er zu Hause angelangt, bereits benötige, blieb er kurze Zeit vor dem surrenden Apparat stehen, ohne den Hörer abzuheben; aber als er seinen Namen nannte, stellte sich heraus, dass der Anrufer sich in der Nummer geirrt hatte.

Im Shopping-Center stellte er fest, dass das Warenangebot in der Stadt während seines Aufenthaltes in Gausen-Kulm sich entschieden verringert hatte. Als er eine Verkäuferin nach Zucker fragte, teilte diese ihm sogar mit, seit einer Woche sei kein Zucker mehr zu kriegen. Es gelang ihm, sich eine Büchse Erbsen und eine Büchse Ravioli zu verschaffen, die er mit zwei Nahrungsmittelgutscheinen beglich, welche die GESELLSCHAFT ihren Angestellten ausgab.

Nach Hause zurückgekehrt, packte er den Koffer aus. Um seine Auftragsarbeit sauber abzuliefern, fertigte er hinterher eine neue Liste an, auf der er die kurzen waagrechten Striche, welche die Übereinstimmung der Barometer anzeigten, mit dem Lineal zog.

Auf dem Weg in die Stadt liess er sich an einer der wenigen geöffneten Tankstellen Benzin nachfüllen. Als er mit einem der Coupons bezahlte, welche — wie die Nahrungsmittelkarten — die GESELLSCHAFT ihren Angestellten ausgab, sagte der Tankwart, GESELLSCHAFTS-Angestellter müsste man sein!

Busner sagte, genau!

Wie er an den Strassenrand fuhr, bemerkte er an der Mauer rechts ein entstelltes Wahlplakat der P.f.F. Jemand hatte die Worte „UNS EIER" der Parole „DIE P.f.F. BRINGT UNS EIER AUF DEN FRÜHSTÜCKSTISCH" rot eingerahmt. Busner sah nach dem Tankwart, um ihn auf die Verunstaltung aufmerksam zu machen, vermochte ihn aber nirgendwo zu entdecken.

In der normalerweise ausserordentlich belebten Vorkstrasse, an welcher sich die bedeutendsten Unternehmen und Geschäfte der Stadt befanden, war, wie er feststellte, beinahe niemand unterwegs. Die meisten Gaststätten und Kinos hielten geschlossen. Über den GESELLSCHAFTS-Platz, wo der Gebäudekomplex der GESELLSCHAFT und das Regierungsgebäude standen, gelangte er zum „Neffari", einem von höheren GES-Angestellten besuchten Club, fand aber bloss wenige Gäste vor, von denen er keinen kannte. Die Wild war noch nicht da. Kaum hatte er an der Bar Platz genommen, sah er eine grossgewachsene, kraushaarige Frau, die ihm durch ihr ausserordentlich hübsches Aussehen auffiel, zu den Toiletten gehen. Eine Zeitlang überlegte er sich, auf welcher Abteilung der GES diese Frau wohl arbeite oder ob sie etwa gar keine GES-Angestellte sei, was hiesse, dass ein GES-Angestellter sie in den „Neffari-Club" eingeladen habe;

denn jemand, der nicht bei der GES arbeitete, würde sich den Besuch des Clubs kaum erlauben — es sei, er verfüge über einiges Geld. Als sie zurückkehrte, ging sie dicht an ihm vorbei, so dass er dazu kam, sie anzulächeln. Da er sie zurücklächeln sah, bedauerte er, verabredet zu sein, weil er sie sonst angesprochen hätte. Sie gefiel ihm so gut, dass er, um herauszufinden, in wessen Begleitung sie sich befinde, aufstand und, da er sie von seinem Platz aus nicht zu sehen vermochte, zum Zigarettenautomaten schlenderte und den Anschein gab, nach einer bestimmten Sorte zu suchen, welche der Automat nicht enthalte. Auf dem Rückweg bemerkte er die Kraushaarige auf dem letzten Hocker der Bar, kam aber nicht dahinter, ob der Typ daneben ihr Begleiter sei.

Als er die Wild eintreten sah, winkte er ihr zu, anstatt ihr entgegenzugehen, um zu verhindern, dass ihn die Kraushaarige mit der Wild sehe.

Im oberen Stockwerk setzten sie sich in die Nähe des Orchesters. Auf der Tanzfläche entdeckte er zwei GES-Funktionäre, Herrn Weiler und Herrn Amell, die in derselben Abteilung tätig waren wie er selbst.

Wie er die Wild küsste und den Duft ihres Parfums einatmete, war er ihr dankbar, dass sie gut roch. Sie wollte wissen, ob er in Gausen-Kulm angenehme Tage verbracht habe. Er entgegnete, ob sein Aussehen vermuten lasse, es sei ihm in Gausen-Kulm schlecht ergangen.

Die Wild sagte, im Gegenteil!

Er sagte, Gausen-Kulm ist okay. Schade, dass du mich nicht besuchtest. Du fehltest mir eigentlich!

Sie sagte, Schwindler!

Weil er beim Tanzen gleich scharf auf sie wurde, flüsterte er ihr ins Ohr, er liebe sie.

DONNERSTAG

Am folgenden Morgen begab er sich von ihrer Wohnung aus erst nach Hause, um die Barometer zu holen. Weil er zur gewohnten Zeit wegfuhr, wegen der Benzinknappheit aber nahezu kein Verkehr herrschte — bei den wenigen Autos die unterwegs waren, handelte es sich mit Sicherheit um die Wagen von GES-Angestellten —, erreichte er die GESELLSCHAFT viel zu früh. Er fuhr seinen 12 SS in die unterirdische Garage des GES-Gebäudes, wo ihm, als Funktionär, ein eigener Parkplatz zur Verfügung stand, und bestieg den Aufzug, um ins erste Stockwerk zu gelangen.

Früher, wie er noch Stenotypist gewesen war, hatte er mit vielen anderen Stenotypisten in einem grossen Raum gearbeitet; als er die Bonuszahl erreicht hatte, die für die Beförderung zum Funktionär erforderlich war, hatte man ihm, wie den übrigen Funktionären, eine eigene Zelle, die Nummer 88, zugeteilt. Diese Zellen, die sich, durch weisse, schalldichte Wände getrennt, eine an die andere reihten, waren eng und fensterlos. Da sie über keine Tür verfügten, bestand vom Korridor aus die Möglichkeit zu kontrollieren, ob der Funktionär anwesend sei und ob er arbeite.

Weil er in seiner Pultschublade nicht die gewohnte Ordnung vorfand, argwöhnte er, während seiner Abwesenheit habe jemand in seiner Zelle gearbeitet; nachher, als er im Aschenbecher den Stummel einer Zigarettenmarke entdeckte, die er nicht rauchte, war er sich gewiss, dass man seine Zelle benutzt hatte. Ärgerlich wischte er das Pult sauber, leerte den Aschenbecher und stellte die Ordnung in der Schublade wieder her. Danach rauchte er eine Zigarette. Hinterher knipste er die Lampe an, um auf seine Anwesenheit hinzuweisen, und suchte die Toilette auf, wo er sein Aussehen prüfte.

Auf dem Rückweg kamen ihm Herr Holz und Herr Merker entgegen. Herr Merker rief, oh, Harry Busner, hallo!

Busner rief, oh, hallo!

Herr Holz rief, oh, hallo, Harry Busner, schon zurück aus dem Urlaub?

Busner sagte, ich war nicht im Urlaub, Herr Holz.

Herr Holz sagte, oh, ich dachte, Sie hätten Urlaub bekommen.

Herr Merker rief, bis zur Mittagspause, Herr Busner!

Herr Holz sagte, okay!

Busner sagte, okay!

In der Zelle entnahm er seiner Mappe die Barometer und die Liste mit den waagrechten Strichen, die er noch einmal durchsah. Kurz nachdem die Sirene den Arbeitsbeginn angezeigte hatte, meldete er sich bei der Sekretärin seines Produktionschefs, Herrn Kleidmanns.

Als er in dessen Büro trat, rief Herr Kleidmann fröhlich, guten Morgen, Herr Busner!

Busner sagte, guten Morgen, Herr Kleidmann!

Während Busner sich dem Schreibtisch näherte, sagte Herr Kleidmann, fein, dass die GESELLSCHAFT Sie gesund zurückerhält, Herr Busner!

Busner sagte, jawohl, Herr Kleidmann; worauf er Barometer und Liste auf Herrn Kleidmanns Schreibtisch legte und einen Schritt zurücktrat.

Herr Kleidmann sagte, sehr schön, und betrachtete die Barometer. Bevor er sich über die Liste beugte, sagte er, ich hoffe, Sie haben in Gausen-Kulm einige schöne Tage verlebt?

Busner sagte, gewiss, Herr Kleidmann.

Herr Kleidmann sagte, fein!

Während er die Liste durchsah, rief sich Busner die Sätze ins Gedächtnis, welche er zurechtgelegt hatte, um die Eintragungen in der Liste auf allfällige Fragen Herrn Kleidmanns zu erläutern.

Herr Kleidmann liess die Liste sinken und sagte, bestimmt eine saubere Arbeit, Herr Busner!

Bevor Busner Gelegenheit fand, seine Erklärungen abzugeben, fuhr Herr Kleidmann fort, aber leider, Herr Busner, haben Sie sich umsonst bemüht!

Busner sagte, wie meinen Sie das?

Herr Kleidmann lachte und sagte, ja, Herr Busner, leider zahlte sich Ihr Aufenthalt in Gausen-Kulm für die GESELLSCHAFT nicht aus. Herr Direktor Knapp benötigt die Resultate Ihrer Messungen nämlich nicht mehr, denn einen Tag nach Ihrer Abreise entschloss er sich, die neuen Barometer anzuschaffen, ohne Ihren Bericht über die Zuverlässigkeit derselben in einer gewissen Meereshöhe abzuwarten.

Busner sagte nach einem Augenblick, das ist mir vollständig neu, Herr Kleidmann.

Herr Kleidmann sagte, das konnten Sie ja auch nicht wissen!

Busner sagte, nein, das konnte ich nicht wissen.

Herr Kleidmann sagte, nun, immerhin mussten Sie wenigstens auf diese Weise mehrere Tage nicht um Nahrungsmittel anstehn — übrigens erfuhr ich auch erst gestern, und zwar zufälligerweise, dass die Barometer angeschafft seien — , ich meine, Herr Direktor Knapp vergass wohl über wichtigeren Dingen, mir von seinem diesbezüglichen Entschluss Mitteilung zu machen, sonst hätte ich Sie selbstverständlich zurückbeordert.

Busner sagte, selbstverständlich, Herr Kleidmann.

Herr Kleidmann verzog den Mund zu einem Lächeln und sagte, während er die Liste zusammenknüllte und in den Papierkorb warf, die neuen Barometer hängen also seit einigen Tagen in den Räumen der Herren Direktoren, und Sie, Herr Busner, brauchen sich über die Zuverlässigkeit dieser Barometer keine Sorgen mehr zu machen — in Ordnung?

Busner sagte, gewiss, Herr Kleidmann.

In seiner Zelle bemerkte er einen Aktenstoss, welchen die Sekretärin seines direkten Vorgesetzten, Abteilungsleiter Brühls, auf das Pult gelegt haben musste. Er stieg ein Stockwerk höher und drückte den Rufknopf an Herrn Brühls Bürotür. Nachdem das Wort „Herein" aufgeleuchtet war, trat er ein und sagte, guten Tag, Herr Brühl!

Herr Brühl sah auf, sagte, so, haben wir Sie zurück, Herr Busner, und beugte sich wieder über den Schreibtisch. Aus der Haltung von Herrn Brühls Hand, welche dieser halbgeöffnet über die Schreibtischkante gestreckt hielt, vermochte Busner nicht eindeutig zu schliessen, ob Herr Brühl beabsichtige, ihm die Hand zu reichen. Dem Händedruck Herrn Brühls merkte er an, dass dies nicht Herrn Brühls Vorhaben gewesen war. Herr Brühl liess einige Zeit verstreichen, bevor er sagte, Sie wollen sich wegen den Akten erkundigen?

Busner sagte, jawohl, Herr Brühl.

Herr Brühl hob langsam den Kopf und sagte, Sie werden ja wohl wissen, dass die GESELLSCHAFT der P.f.F. nahesteht?

Obwohl Busner sich darunter nichts vorzustellen vermochte und zum ersten Mal hörte, dass die P.f.F. und die GESELLSCHAFT in Beziehung zueinander stünden, antwortete er, selbstverständlich sei ihm dies bekannt gewesen.

Herr Brühl sagte, deshalb beschäftigt sich die GESELLSCHAFT zur Zeit mit einigen Aspekten der P.f.F.-Politik, nachdem diese Partei gewählt sein wird.

Busner sagte, das ist sehr erfreulich.

Herr Brühl fuhr fort, bei den Akten in Ihrer Zelle handelt es sich um Erläuterungen zu einem von der GESELLSCHAFT erarbeiteten Fragebogen, mit dem sich die Anpassungsfähigkeit des einzelnen an das Regierungsprogramm ermitteln lässt.

Busner sagte, das ist höchst interessant.

Herr Brühl fuhr fort, Ihre Aufgabe ist es, diese etwa fünfhundert Seiten umfassende Abhandlung mit vier Durchschlägen sauber abzutippen, damit sie zusammen mit den Abschriften der übrigen Funktionäre, die an ähnlichen Verfahren arbeiten, den Direktoren vorgelegt werden kann. Dabei besteht für Sie meines Erachtens die Möglichkeit, sich einen Bonuspunkt zu holen. Ihre Kollegen beschäftigen sich nämlich seit einigen Tagen mit diesen Abschriften, die sämtliche gleichzeitig abgeliefert werden müssen! Sollten Sie es zustande bringen, Ihre Arbeit zur selben Zeit wie die Kollegen zu beenden, so scheint es mir nicht unwahrscheinlich, dass Ihnen ein Bonus zugeteilt wird.

Busner sagte, ich werde mich darum bemühen, Herr Brühl!

Herr Brühl sagte, ausserdem wird Ihnen klar sein, dass Sie über Ihre Arbeit absolutes Stillschweigen zu bewahren haben.

Busner sagte, selbstverständlich, Herr Brühl!

In seiner Zelle hatte jemand das Licht gelöscht. Jedenfalls gelangte er zu dieser Annahme, da er sich nicht zu erinnern vermochte, es selbst getan zu haben.

Er arbeitete so lange über die Mittagspause hinaus, bis er vermutete, seine Kollegen seien nun zum Essen in die Kantine gegangen, dann steckte er sich eine Zigarette an. Auf der Toilette traf er mit Herrn Emmerich zusammen, dessen Zelle an die seine grenzte.

Herr Emmerich streckte ihm die Hand entgegen und sagte, oh, Harry Busner! Guten Tag!

Busner sagte, hallo, Herr Emmerich!

Herr Emmerich sagte, gehen Sie gleich mit in die Kantine?

Busner sagte, ich habe eine Menge Arbeit, ich denke, ich verzichte heute auf die Mittagspause.

Herr Emmerich sagte, oh, ich verstehe.

Nachdem Busner eine weitere halbe Stunde über seiner Abschrift gesessen hatte, ging er gleichwohl in die Kantine, um stehend Würstchen mit Brot zu verzehren. Dabei überlegte er, ob ihm die GESELLSCHAFT den Bonuspunkt wohl wirklich erteilen werde, wenn er seine Arbeit gleichzeitig mit den Kollegen abliefere. Sollte dies der Fall sein, so würde ihm, als jüngstem Funktionär, noch ein einziger Bonus fehlen, um zum Abteilungsleiter befördert zu werden.

Er arbeitete zwei Stunden über den Feierabend hinaus. Zu Hause entdeckte er, dass er keine Vorräte mehr besass. Eine Zeitlang fluchte er vor sich hin. Schliesslich, da er sich nicht zu entschliessen vermochte, bei einem seiner Nachbarn, die er kaum kannte, etwas auszuborgen, legte er sich ohne Abendbrot zu Bett.

FREITAG

Am nächsten Morgen betrat er seine Zelle eine Stunde vor dem offiziellen Arbeitsbeginn, um, nachdem er eine halbe Stunde gearbeitet hatte, in der Kantine zu frühstücken.

Nach Feierabend benötigte er nahezu zwei Stunden, bis es ihm gelang, Trockenbrot und einige Konserven aufzutreiben. Hinterher fuhr er ins Boxtraining. Nach dem Abendessen fühlte er sich so müde, dass er beschloss, den beabsichtigten Besuch bei der Wild bleibenzulassen.

SAMSTAG

Am folgenden Tag, einem Sonnabend, fand er die Tür der GESELLSCHAFT geschlossen, da samstags nicht gearbeitet wurde. Er klingelte beim Hausmeister, um sich öffnen zu lassen.

Bei seiner Abschrift stiess er sich an den häufigen, ihm unbekannten Fachausdrücken, die im Lexikon nachzuschlagen — selbst wenn er eines besessen hätte — er sich nicht die Zeit hätte nehmen dürfen, da die Arbeit eilte. So aber begriff er nicht, wovon im Text, den er abtippte, die Rede war. Es fiel ihm ein, vielleicht habe die GESELLSCHAFT nicht unabsichtlich diese geheimzuhaltenden Arbeiten ihm und seinen Kollegen, die deren Sinn so wenig begriffen wie er, zur Abschrift anvertraut.

Gegen zehn Uhr rief er die Holb an, wobei er irrtümlicherweise zuerst die Nummer ihrer Firma wählte und sich erst erinnerte, dass Samstag sei, als nach geraumer Zeit niemand antwortete. Er hörte sie derart „Hallo!" sagen, dass ihm klar wurde, er habe sie aus dem Schlaf gerissen.

Er sagte, ich habe dich doch etwa nicht aufgeweckt?
Sie sagte, aber keineswegs, ich wollte ohnehin aufstehen.
Er sagte, aber du liegst noch im Bett, wie?
Sie sagte, mhm.
Er sagte, alleine?
Sie sagte, geh, was denkst du von mir?
Er sagte, ich wäre jetzt gerne bei dir, weisst du!
Sie lachte.

Nachdem er sich mit ihr für den Abend verabredet und den Hörer aufgelegt hatte, rauchte er, auf den Korridor blickend, eine Zigarette. Es sah einen Wärter vorübergehen, welcher prüfend in seine Zelle schaute und nach einer Weile aus der entgegengesetzten Richtung zurückkehrte, wobei er sich diesmal mit einem kurzen Blick in die Zelle begnügte.

Die Holb wartete bereits vor ihrer Haustür, als er seinen 12 SS dort zum Stehen brachte. Nachdem sie eingestiegen war, gestand er ihr, wie sehr er sie in Gausen-Kulm vermisst habe. Die Holb wollte wissen, wann er eigentlich zurückgekehrt sei. Busner sagte, er sei vergangene Nacht zurückgekommen.

Auf dem GESELLSCHAFTS-Platz gerieten sie in eine Kundgebung der Demokraten.

Als er zu fluchen begann, sagte die Holb, kannst du nicht kehren?

Er sagte, nicht erlaubt. Verdammte Mistbande!

Die Holb sagte, ich weiss nicht, was die noch wollen, nachdem sie schuld daran sind, dass wir kaum was zu essen auf den Tisch kriegen!

Busner sagte, genau!

Er stieg aus, um den Schutzmann, welcher beim Wagen vor dem seinen stand, zu fragen, wie lange die Kundgebung dauere.

Der Schutzmann sagte, allzulange werde es nicht dauern.

Busner sagte, wofür demonstrieren die eigentlich?

Der Schutzmann zuckte die Achseln.

Busner sagte, ich meine, die Tatsachen sprechen eine deutliche Sprache, nicht wahr?

Der Schutzmann sagte, allerdings.

Busner trat einige Schritte näher. Vor dem Regierungsgebäude sah er auf einem Podium einen Redner stehen, über dessen Kopf ein Transparent befestigt war, auf dem Busner las „DIE P.f.F. OPFERT DEN MENSCHEN DEM PROFIT". Er schüttelte den Kopf und lachte. Den Redner hörte er die üblichen Argumente der Demokraten vorbringen: Die P.f.F. habe mit Hilfe ihr nahestehender in- und ausländischer Konzerne bewusst einen Nahrungsmittel- und Benzinengpass geschaffen, um in der Bevölkerung Unzufriedenheit zu verbreiten und die Schuld an der Krise den Demokraten anzulasten. Der Redner fuhr fort, da die P.f.F. die Medien des Landes seit einiger Zeit vollständig in der Hand halte, sei es den Demokraten verunmöglicht, die Bevölkerung zu informieren. So wüssten zum Beispiel nur wenige Leute, dass die P.f.F. und die GESELLSCHAFT eng miteinander verflochten seien.

Zum Schutzmann zurückgekehrt, sagte Busner, Miesmacher und Idioten!

Zur Holb sagte er, weisst du, was diese Demokraten in Wahrheit sind? Volksverhetzer sind das!

Die Holb sagte, aber so ärgere dich doch nicht, Harry, diese Demokraten wissen ja nicht, was sie wollen!

Busner sagte, genau!

Als der Schutzmann die Fahrt freigab und der Automobilist vor Busner seinen Wagen startete, sah er einen langhaarigen Typen mit Flugblättern auf diesen zugehen. Er stellte den Motor an und wartete, bis zwischen seinem Wagen und demjenigen vor ihm eine Lücke entstand, ohne sich darum zu kümmern, dass der Fahrer hinter ihm mehrmals das Horn betätigte.

Die Holb sagte, weshalb fährst du nicht?

Er antwortete nicht.

Nach einem Augenblick sagte er, halte dich fest!

Sie sagte, weshalb?

Busner schaltete die Scheinwerfer ein, trat auf das Gaspedal und raste auf den Demokraten zu, so dass dieser erschrocken zur Seite sprang.

Er lachte.

Die Holb sagte, beinahe hättest du ihn umgefahren, Harry!

Busner sagte, na und?

Die Holb stimmte in sein Lachen ein. Er steckte sich einen Kaugummi in den Mund und sagte, so geht man mit diesem Pack um!

Als sie den „Neffari-Club" betraten, fiel ihm ein, vielleicht sei die Kraushaarige da; aber er vermochte sie weder an der Bar noch im Dancing zu entdecken.

SONNTAG

MONTAG

Am Montagmorgen, auf dem Weg zur GESELLSCHAFT, wunderte er sich über den vergleichsweise dichten Verkehr, noch mehr aber darüber, dass nahezu alle Autos schwer mit Gepäck beladen waren, als sei die Urlaubszeit ausgebrochen.

Erst als er auf dem GESELLSCHAFTS-Platz vier seiner Kollegen stehen sah, welche, ihre Aktenmappen unter dem Arm geklemmt, den vorüberfahrenden Wagen „Feiglinge!, Feiglinge!" zuriefen, kam er darauf, dass es sich bei diesen um P.f.F.-Gegner handeln müsse, die, da sie mit dem Wahlsieg der P.f.F. rechneten, Kattland verliessen. Er winkte den Kollegen zu. Die Kollegen winkten zurück, hörten dabei aber nicht auf, „Feiglinge!" zu rufen.

Im Verlaufe des Morgens erkundigte sich Herr Brühl, sein Vorgesetzter, wieviele Seiten er bereits geschafft habe, gab ihm jedoch keinen Anhaltspunkt, wie weit er den Kollegen gegenüber im Rückstand liege.

Als er nach Feierabend aus seiner Zelle trat, fand er den Weg zur Toilette von einer grösseren Anzahl sich amüsierender Funktionäre versperrt. Um herauszufinden, worin der Anlass für den Auflauf der Funktionäre bestehe, stellte er sich auf die Zehenspitzen. Inmitten der Funktionäre erblickte er ein etwa dreijähriges Mädchen, die Tochter Herrn Kleidmanns, dessen Stimme für die Zuteilung von Beförderungsbonussen auf Busners Abteilung ausschlaggebend war. Er bemerkte, dass die Funktionäre versuchten, die Aufmerksamkeit des Mädchens, das sich in der Begleitung von Herrn Kleidmanns Sekretärin befand, auf sich zu ziehen, indem sie ihre Glieder verrenkten, Grimassen schnitten, Comicfiguren nachahmten oder eigenartige Töne von sich gaben. Busner stellte fest, dass zwei der Funktionäre, Herr Holz aus Zelle 55 und Herr Rasch aus Zelle 84, sich dabei sogar zu Boden gelegt hatten. Während Herr Holz, dessen Kopf zwischen den Beinen des Mädchens steckte, fortwährend „Gugu, gugu!" rief und das Mädchen von unten ansah, wand sich Herr Rasch wie ein Wurm vor den Füssen des Kindes, wobei er mit tiefer Stimme rief, ich bin der böse Drachen, Daisy!

Busner amüsierte sich darüber, dass die Köpfe von Herrn Rasch und Herrn Holz gelegentlich zusammenstiessen, ohne dass die Funktionäre sich sonderlich darum kümmerten. Vor Herrn Rasch kniete Herr Rohner aus Zelle 3, der das Mädchen über Herrn Raschs Körper hinweg fortwährend mit seinem Zeigefinger anstiess und rief, weisst du noch wie ich heisse,

Daisy? — Mhm? — Weisst du meinen Namen noch? — Sag meinen Namen, Daisy! — Sag meinen Namen! — Hast du meinen Namen vergessen? — Wie lautet mein Name, Daisy? — Sag meinen Namen! — Mein Name lautet RRRRR ..., na? Wie lautet mein Name, Daisy? — Mhm? — RRRRohner ist mein Name! Wusstest du es nicht mehr? Rohner, sag Rohner, Daisy! Sag Rohner! Rohner! R ... o ... n ... e ... r ...! Rohner! Ich heisse Rohner, Daisy! Sag Rohner!

Aber das Mädchen achtete, wie Busner feststellte, nicht auf Herrn Rohner. Über die vor ihm stehenden Kollegen rief er einige Male, hallo, Daisy! und winkte dem Mädchen, sah aber gleich ein, dass keine Aussicht bestand, von ihm bemerkt zu werden. Da es ihm unmöglich schien, sich durch die Kollegen zur Toilette zu drängen, suchte er diejenige am anderen Ende des Korridors auf.

Als er, nachdem er zwei Stunden über Feierabend hinaus gearbeitet hatte, seinen 12 SS an den der Direktion vorbehaltenen Parkplätzen vorübersteuerte, bemerkte er die Knapp in ihrem Wagen, die Tochter des GES-Direktors, der er aus Gausen-Kulm eine Ansichtskarte gesandt hatte. Wie ihm schien, versuchte sie ihr Auto vergeblich zu starten. Er hielt an und wartete einen Augenblick. Während er hoffte, dass der Motor nicht unvermutet anspringe, stieg er aus, näherte sich ihrem Wagen und klopfte, da die Knapp ihn nicht zu bemerken schien, behutsam an die Scheibe. Die Knapp öffnete das Fenster einen Spaltbreit und sah ihm stumm ins Gesicht.

Busner sagte, guten Abend, Fräulein Doktor Knapp; ich vermute, Ihr Wagen streikt. Erlauben Sie, dass ich Ihnen behilflich bin?

Die Knapp sagte, ich verstehe nicht, was mit dem Wagen los ist, normalerweise springt er gleich an.

Busner sagte, erlauben Sie? Werden wir gleich haben!

Als er den Starter betätigte, stellte er fest, dass die Batterien leergelaufen waren, gab sich aber den Anschein, weiter nach dem Defekt zu suchen, da er befürchtete, die Knapp werde ihn sonst verlassen, bevor er dahintergekommen sei, wie es ihm gelinge, möglichst viel Zeit in ihrer Gesellschaft zu verbringen. So stieg er aus, öffnete die Motorhaube, lockerte einige Schrauben und zog sie wieder an, wobei er sich absichtlich die Hände verschmutzte.

Schliesslich sagte er, es liegt an den Batterien, Fräulein Doktor, die Batterien müssten nachgeladen werden, was um diese Zeit aber nicht möglich ist, da die Werkstätten bereits geschlossen haben.

Die Knapp sagte, glauben Sie?

Busner sagte, jawohl, Fräulein Doktor.

Die Knapp sagte, so bleibt mir wohl nichts anderes übrig, als mich von einem Taxi nach Hause bringen zu lassen.

Schnell sagte er, darf ich Sie heimfahren, Fräulein Doktor?

Die Knapp sagte, das ist nicht nötig, ich nehme ein Taxi.

Er sagte, ich würde mich ausserordentlich freuen, wenn ich Sie nach Hause bringen dürfte, Fräulein Doktor!

Als sie aus der Garage fuhren, sagte die Knapp, vorläufig Richtung Waldhöhe!

Er sagte, ich weiss, Fräulein Doktor.

Die Knapp sagte, das wissen Sie?

Er sagte, ich schrieb Ihnen doch eine Ansichtskarte aus Gausen-Kulm. Erhielten Sie sie etwa nicht?

Die Knapp sagte, wie ist Ihr Name? - Und nachdem er ihn genannt hatte, wissen Sie, ich erhalte so oft Ansichtskarten, auch von mir völlig unbekannten Leuten; es ist wohl möglich, dass die Ihre darunter war.

Busner sagte, ich glaube, Sie erinnern sich nicht mehr an mich; wir lernten uns vor ungefähr zwei Wochen im Aufzug kennen ...

Die Knapp sagte, Ihr Gesicht kam mir jedenfalls irgendwie bekannt vor. Ich werde Ihre Ansichtskarte sicher erhalten haben. Jedenfalls besten Dank dafür.

Busner sagte, oh, nichts zu danken!

Nach einer Weile sagte er, ich begreife natürlich, dass Ihnen meine Karte nicht besonders auffiel, da Sie ja täglich welche erhalten, was mich übrigens bei Ihrem hübschen Aussehen nicht wundert!

Die Knapp lachte.

Er sagte, weshalb lachen Sie?

Die Knapp sagte, nicht wegen meines Aussehens erhalte ich diese Karten, sondern deshalb, weil ich die Tochter eines GESELLSCHAFTS-Direktors bin.

Busner sagte, das glaube ich nicht.

Die Knapp sagte, wissen Sie, ich bin mir darüber im klaren, dass ich nicht besonders hübsch aussehe, ich habe auch zuwenig Zeit, um mich um mein Aussehen zu kümmern.

Busner sagte, da bin ich vollkommen anderer Meinung, Fräulein Doktor! Ich bitte Sie, es mir nicht als Unmanierlichkeit auszulegen, wenn ich Ihnen gestehe, dass Sie mir seit jeher gefielen, lange bevor ich erfuhr, dass Sie die Tochter unseres Direktors Knapp sind!

Die Knapp sagte, was Sie nicht sagen!

Busner sagte, vielleicht glauben Sie mir nicht, es ist ja ohnehin sinnlos, darüber zu sprechen, da ich bloss ein einfacher Funktionär bin; jedenfalls möchte ich betonen, dass dasjenige, was ich eben sagte, auf Wahrheit beruht.

Die Knapp sagte, tatsächlich?

Als er in ihre Strasse einbog, entschloss er sich, alles auf eine Karte zu setzen, und sagte, glauben Sie nicht, dass ich mich Ihnen aufdrängen möchte, Fräulein Doktor, aber wenn ich mich erfrechen darf, dies zu sagen, es würde mir ausserordentliches Vergnügen bereiten, falls ich mir erlauben dürfte, Sie vielleicht einmal zu einer Tasse Kaffee einzuladen.

Die Knapp lachte und sagte, wir wollen sehn.

Während er den Wagen zum Stehen brachte, sagte er, dürfte ich mir erlauben, Sie vielleicht einmal anzurufen? Kommende Woche vielleicht?

Die Knapp sagte, wenn Ihnen soviel daran liegt, können Sie es ja versuchen, aber ich werde kaum Zeit für Sie haben!

Wie er den Wagen wendete, sah er zwei grosse Doggen auf die Knapp zuspringen, die eben das Gartentor schloss.

Während er durch die menschenleere Stadt nach Hause fuhr, versuchte er abzuwägen, wie seine Aussichten bei der Knapp stünden. Er wurde sich darüber klar, dass er sie trotz ihres hässlichen und prüden Aussehens auf der Stelle heiraten würde, da diese Heirat ihm eine grosse Karriere sicherte.

Mit einem Mal bekam er Lust zu boxen. Nachdem er einige Zeit auf den Sandsack eingeschlagen hatte, beschloss er, anstatt nach

Hause in den „Neffari-Club" zu fahren, um nachzusehen, ob er die Kraushaarige antreffe.

Als sie sich auch während der Zeit, die er, ein Bier trinkend, an der Bar verbrachte, nicht einstellte, fuhr er heim. Obwohl er keine Post erwartete, öffnete er gewohnheitsgemäss den Briefkasten, aus dem ihm zu seiner Verwunderung ein Brief entgegenfiel, der keinen Absender trug, jedoch nach den Schriftzügen der Adresse zu schliessen, von einem Kind geschrieben sein müsste. Im Aufzug stellte er überrascht fest, dass der Brief von der Dicken war. Um ihn zu lesen, machte er es sich in seinem Sessel gemütlich. Die Dicke schrieb, sie schreibe ihm, weil er ihr so lange nicht geschrieben habe, so dass sie gedacht habe, er habe ihre Adresse verloren, und sie sei ins Hotel „Gausener-Hof" gegangen, um sich seine Adresse vom Direktor geben zu lassen. Sie hoffe, dass sie stimme und er ihren Brief erhalte. Sie habe ihn bestimmt an die zwanzig Mal angerufen, als er noch im „Gausener-Hof" gewesen sei, aber er sei nie zu Hause gewesen. Nun habe sie die schmerzliche Pflicht, ihm mitzuteilen, dass vor zwei Tagen ihre Mutter gestorben sei und dass sie sehr traurig sei, denn heute sei die Beerdigung gewesen. Sie freue sich, von zu Hause wegzukommen, um die Mutter zu vergessen. Sie habe Sehnsucht nach ihm. Dem Vater habe sie gesagt, dass sie verlobt sei und bald in die Stadt gehen werde, um zu heiraten, und er eine Frau suchen müsse, die ihm den Haushalt besorge. Sie freue sich auf die Süssigkeiten in der Konditorei, aber sie glaube, sie werde Heimweh haben in Rask nach den Bergen, aber sie liebe ihn sehr und hoffe, er komme sie bald abholen in Gausen. Er solle gleich zurückschreiben. Unter ihrem Namen las er, ob er die neue Wohnung schon habe. Daneben hatte sie in Blockschrift ihre Adresse hingeschrieben, und darunter stand, oder soll ich selbst kommen? Schreib mir wann und wohin.

Um sich über ihre Rechtschreibefehler zu amüsieren, las er den Brief dreimal durch und warf ihn hinterher in den Abfallkorb.

Bevor er einschlief, befürchtete er mit einem Mal, die Dicke werde ihn ungebeten aufsuchen, so dass er ihr wohl besser schreibe, die Verlobung sei aufgelöst; hinterher sagte er sich aber, die Dicke, die noch nie aus ihrem Dorf herausgekommen sei, werde nicht wagen, alleine in eine Stadt wie Rask zu reisen, wo sie sich niemals zurechtfände; andernfalls stehe es ihm immer noch frei, sie gleich wieder in ihr Dorf zurückzuschicken.

DIENSTAG

Am Morgen fand er die Vorkstrasse erneut von den Autos der Flüchtlinge verstopft. Er kam darauf, dass die Flucht der P.f.F.-Gegner sich insofern nachteilig auswirke, als Kattland damit über weniger Arbeitskräfte verfüge, dass es der P.f.F. andererseits aber leichter fallen werde, das Land zu regieren, wenn ihre Gegner es verliessen.

Er sah, dass die Kollegen etwas näher an der Fahrbahn Stellung bezogen hatten als gestern, aber noch immer kümmerte sich niemand um die Feiglingsrufe der Funktionäre.

Er arbeitete so lange über Feierabend hinaus, bis er seine Limite von 70 Seiten pro Tag erreicht hatte. Weil er hoffte, die Kraushaarige anzutreffen, betrat er den „Neffari-Club" eine halbe Stunde früher, als er mit der Wild verabredet war. Einen Augenblick war er überrascht, die Kraushaarige tatsächlich an der Bar sitzen zu sehen. Während er sie betrachtete, dachte er, in Wirklichkeit sei sie noch hübscher, als er sie in Erinnerung gehabt habe. Ein paar Mal gelang es ihm, ihren Blick aufzufangen. Als sie dabei einmal sein Lächeln erwiderte, fiel ihm ein, dass er für die Kraushaarige auf eine Heirat mit der Knapp verzichten würde. Wie er die Wild eintreten sah, glitt er vom Hocker, ging ihr entgegen und zog sie zum Ausgang, wobei er hoffte, dass die Kraushaarige die Wild nicht bemerke.

Draussen sagte die Wild, was ist denn geschehen?

Er antwortete, er wäre beinahe in eine Prügelei geraten.

Sie sagte, wir wollten uns ja ohnehin ins Dancing setzen!, worauf er antwortete, diese Typen wären ihnen bestimmt ins Dancing gefolgt. Die Wild sagte, sie habe gar nicht bemerkt, dass eine gereizte Stimmung geherrscht habe.

MITTWOCH

Am nächsten Tag gewahrte er eine schwarze Rauchschwade, die, wie ihm schien, über dem GESELLSCHAFTS-Platz aufstieg. Als er einen deutlichen Brandgeruch wahrnahm, fragte er sich, was das zu bedeuten habe. Auf dem GESELLSCHAFTS-Platz hatten sich viele Leute eingefunden. Er schwenkte in die Fahrspur zur Garage ein, liess das Fenster hinunter und rief, was ist geschehen?

Jemand rief, ein Brandanschlag auf die GESELLSCHAFT!
Busner rief, wo?
Der Mann rief, auf das Archiv!

Er beeilte sich, um in die Garage zu gelangen. Im Rückspiegel sah er drei Feuerwehrwagen den GESELLSCHAFTS-Platz überqueren. Er fuhr ins Erdgeschoss der GES, drängte sich durch das Hauptgebäude zum hinteren Ausgang und ging um den angrenzenden Bau herum. Er entdeckte, dass der vordere Teil des Archivgebäudes zusammengestürzt war.

Er sagte, das ist ja entsetzlich!

Ein Mann neben ihm, wahrscheinlich ein Stenotypist, sagte, daran erkennt man, mit welchen Mitteln diese Leute arbeiten!

Busner sagte, die Demokraten?
Der Mann sagte, wer sonst?
Busner sagte, Mistbande!

Im Zentralgebäude erfuhr er von einem Abteilungsleiter, um den etliche Funktionäre standen, die Demokraten hätten den Sprengsatz um fünf Uhr in der Früh gezündet.

Einer der Funktionäre sagte, ist es gewiss, dass die Täter unter den Demokraten zu suchen sind?

Der Abteilungsleiter sagte, wo sonst? Wer anders hat ein Interesse daran, die GESELLSCHAFT zu schädigen?

Der Funktionär sagte, das ist richtig.

Auf seinem Korridor fand Busner seine Kollegen in eine heftige Diskussion verwickelt.

Herr Emmerich rief ihm zu, was sagen Sie dazu, Herr Busner?
Busner rief, unglaublich, unglaublich!
Herr Rasch sagte, denen werden wir es zeigen, was?

Herr Holz rief, Mörder sind das! Dreckige Mörder! Stellen Sie sich vor, die Bomben wären drei Stunden später explodiert, als sich die Angestellten im Gebäude aufhielten!

Herr Rohner traf mit der Nachricht ein, es seien in den übrigen Gebäuden sechs weitere Bomben gefunden, aber rechtzeitig entschärft worden.

Herr Mondrian rief, das Zentralgebäude sei erst vor einer halben Stunde nach gründlicher Kontrolle zum Betreten freigegeben worden, aber seines Wissens habe man keine weiteren Brandsätze gefunden.

Busner rief, denen ist alles zuzutrauen!

Herr Emmerich rief, genau!

Herr Weiler rief, Demokraten — Bombentaten!

Herr Mondrian rief, jawohl, Demokraten — Bombentaten!

Als darauf die Sirene ertönte, verschwanden die Kollegen in ihren Zellen. Busner beeilte sich mit seiner Abschrift, um nicht wie in den vergangenen Tagen die Mittagspause arbeitend verbringen zu müssen, da er sich versprach, während derselben, Neuigkeiten über den Anschlag zu hören.

Von den Funktionären der Abteilung K war zu erfahren, dass Herrn Rohners Angabe, man habe in weiteren GES-Gebäuden sechs Bomben gefunden und entschärft, nicht auf Tatsachen beruhe. Nach dem Essen beschlossen er und seine Kollegen, sich den Schaden nochmals anzusehen, vermochten aber nicht bis zum Archivgebäude zu gelangen, da die Leute dichtgedrängt bis zum Hauptgebäude standen. Immerhin hörten sie, man habe die Täter gefasst, es handle sich um den Demokraten angeschlossene Anarchisten; und das GES-Gebäude werde von nun an bis zu den Wahlen von einer Spezialeinheit der Polizei überwacht.

Er arbeitete bis acht Uhr und fuhr danach in den „Neffari", weil er hoffte, irgendeinen Kollegen anzutreffen, mit dem sich über den Anschlag diskutieren liesse. Eintretend, bemerkte er die Kraushaarige an der Bar. Er fragte, ob der Hocker neben ihr, auf dem er ihre Handtasche liegen sah, frei sei.

Die Kraushaarige sagte, selbstverständlich, und stellte die Tasche auf die Bar. Weil sie bereits rauchte, sah er sich daran gehindert, mit ihr ins Gespräch zu kommen, indem er ihr eine Zigarette anbiete. Nachdem er sich seine angezündet hatte, sagte er, kalt ist es heute, nicht wahr?

Die Kraushaarige sagte, man glaubt, der Winter sei schon da.

Er sagte, genau!

Hinterher sagte er, darf ich Ihnen einen Drink offerieren?

Sie sagte, gerne.

Er sagte, Sie sind keine GESELLSCHAFTS-Angestellte?

Sie sagte, nein.

Er sagte, wir von der GES kriegen nämlich Konsumationsgutscheine für den „Neffari", das heisst, wir kriegen die Getränke zum alten Preis.

Die Kraushaarige sagte, ja, ich weiss.

Busner sagte, ich glaube, der „Neffari" gehört der GES.

Die Kraushaarige sagte, so?

Busner sagte, die Getränke wären sonst ja nicht zu bezahlen. Die meisten Gäste hier sind GES-Angestellte. Deshalb dachte ich, Sie würden ebenfalls bei der GES arbeiten.

Die Kraushaarige sagte, das tue ich nicht.

Busner sagte, Sie haben wohl einen Bekannten bei der GES, der Ihnen seine Coupons überlässt?

Die Kraushaarige sagte, auch nicht.

Busner sagte, dann haben Sie wohl eine Menge Geld?

Die Kraushaarige lachte.

Busner sagte, stimmt's?

Aus ihrer Antwort — sie entgegnete, lassen wir das! — entnahm er, dass er richtig geraten habe.

Er sagte, haben Sie vom Anschlag auf die GESELLSCHAFT gehört?

Die Kraushaarige sagte, sie habe im Extrablatt davon gelesen.

Busner sagte, schrecklich, was?

Sie sagte, unglaublich!

Busner sagte, was die Demokraten treiben, hat nichts mehr mit Politik zu tun!

Sie sagte, die Demokraten? Was haben die damit zu schaffen?

Er sagte, nun, der Anschlag geht auf das Konto der Demokraten, wussten Sie das nicht?

Sie sagte, wer behauptet das?

Er sagte, jedermann ist dieser Meinung!

Sie sagte, ich hörte jemanden sagen, die P.f.F. und die GES

hätten den Brandsatz gezündet, um die Schuld den Demokraten anzulasten.

Busner sagte, aber stellen Sie sich doch vor! Das ist vollkommener Unsinn! So was täten GES und P.f.F. niemals! Die GES zerstört doch nicht ihr eigenes Gebäude! So was dürfen Sie nicht glauben!

Sie sagte, selbstverständlich ist es lächerlich, nur sehen Sie daran, dass nicht alle Leute Ihrer Meinung sind!

Er sagte, aber Sie, Sie glauben doch nicht, dass die GES oder die P.f.F. sich jemals dazu bereitfänden, Bomben zu legen?

Die Kraushaarige sagte, *ich* glaube es nicht, aber Sie sehen, es gibt Leute, die das tun!

Er sagte, das müssen recht beschränkte Leute sein! Sie sehen wirklich nicht so aus, als ob Sie dies glaubten, Sie sehen im Gegenteil sehr hübsch und intelligent aus!

Die Kraushaarige sagte, finden Sie?

Busner sagte, ich habe noch nie eine so schöne Frau gesehen wie Sie; ehrlich!

Sie sagte, danke.

Er sagte, tatsächlich, verzeihen Sie, dass ich so offen zu Ihnen spreche.

Die Kraushaarige sagte, sie möge Leute, die offen sprächen.

Aus der Weise, wie sie ihn anlächelte, schloss er, dass er sich gewisse Chancen ausrechnen dürfe.

Er sagte, Sie sind wirklich eine wunderschöne Frau!

Die Kraushaarige sagte, tatsächlich?

Er sagte, Sie wissen es aber auch!

Sie lachte.

Er sagte, ich heisse Harry Busner, wie ist Ihr Name, wenn ich fragen darf?

Sie sagte, Madeleine.

Er sagte, Madeleine, und Ihr Nachname?

Sie sagte, was bedeutet ein Nachname, Harry? und lächelte ihn wieder an.

Er sagte, das haben Sie schön gesagt, Madeleine! Ich freue mich ausserordentlich, Sie getroffen zu haben.

Sie sagte, auch mich freut es, Ihre Bekanntschaft gemacht zu haben, Harry!

Während er ihr seine Zigarettenschachtel hinhielt, dachte er, diese Frau kriege ich.

Nachher sagte er, darf ich fragen, ob Sie privatisieren oder arbeiten?

Sie sagte, nein, ich arbeite.

Er sagte, darf ich erfahren, wo?

Sie antwortete, sie sei Lehrerin für die Unterstufe.

Er sagte, tatsächlich? Kinder sind sehr interessant, nicht?

Sie sagte, „Interessant" ist vielleicht nicht gerade der richtige Ausdruck.

Busner sagte, ich meinte, es gibt interessante Fälle darunter, nicht wahr?

Sie lachte und sagte, Sie haben recht, Harry.

Er sagte, lieben Sie Ihren Beruf?

Sie sagte, wie man's nimmt.

Um Aufschluss über ihr Alter zu erlangen, sagte er, arbeiten Sie schon lange als Lehrerin?

Er erfuhr, dass sie bis vor kurzem Studentin gewesen sei, ihr Studium aus finanziellen Gründen aber habe aufgeben müssen.

Er sagte, aber jetzt verdienen Sie wohl recht gut?

Sie sagte, es geht.

Er sagte, ich meine, sonst könnten Sie es sich nicht erlauben, den „Neffari" zu besuchen, da Sie ja keine GES-Angestellte sind?

Sie sagte, vielleicht setze ich mich in den „Neffari", um mich von einem GES-Angestellten aushalten zu lassen?

Er sagte, das würden Sie nicht tun!

Sie sagte, aber Sie sind doch GES-Angestellter?

Er sagte, ja.

Sie sagte, und Sie haben mir was zu trinken offeriert!

Er lachte und sagte, ich halte Sie dafür nicht imstande. Sie sind viel zu schön dazu.

Sie sagte, wer weiss!

Später wollte sie allerlei über die GESELLSCHAFT wissen; worin seine Arbeit und die Arbeit seiner Kollegen bestehe, wer seine Vorgesetzten seien und welche Arbeiten diese verrichteten. Er war stolz, zu entgegnen, dass er über seine Arbeit nicht sprechen dürfe, da er zur Zeit mit der Ausschaffung eines geheimen Verfahrens beschäftigt sei, worauf sie meinte, er nehme bestimmt eine bedeutende Stellung innerhalb der GESELL-SCHAFT ein.

Einerseits mochte er, dass sie sich so sehr für die GESELL-SCHAFT interessierte und selbst auf dem Heimweg im Auto davon redete, andererseits hätte er gerne davon gesprochen, wie gut sie ihm gefalle.

Nachdem er vor ihrem Haus angehalten hatte, sagte er im selben Moment, wie sie zu einer neuen Frage anhob, darf ich Sie küssen? und legte seinen Arm um ihre Schultern.

Sie sagte, wo denken Sie hin, wir kennen uns ja kaum!

Er sagte, bitte, Madeleine, lassen Sie mich Ihre Wange küssen!

Sie sagte, aber das kommt gar nicht in Betracht, wir kennen uns ja erst seit zwei Stunden!

Er sagte, Sie ahnen nicht, wie sehr ich Sie mag; ich bin — vielleicht klingt das lächerlich —, ich bin, glaube ich, verliebt in Sie!

Auf ihr Lachen sagte er, ich muss Sie unbedingt morgen wiedersehen, Madeleine! Haben Sie morgen Zeit? Sie müssen Zeit für mich haben!

Sie sagte, ich dachte gar nicht, dass Sie ein solcher Draufgänger sind!

Er sagte, bitte, Madeleine, haben Sie morgen Zeit für mich? Ich lade Sie zum Abendessen in meine Wohnung ein!

Sie sagte, Sie glauben doch nicht, dass ich in Ihre Wohnung komme? Erwarten Sie mich meinetwegen im „Neffari".

Er sagte, um welche Zeit?

Sie sagte, um acht Uhr.

Er sagte, früher geht es nicht?

Sie sagte, nein, das geht nicht.

Er sagte, darf ich Sie zum Abschied auf die Wange küssen?

Sie sagte, nein, und öffnete die Tür.

Er sagte, geben Sie mir bitte Ihre Telefonnummer, ich möchte Sie anrufen, wenn ich zu Hause bin!

Sie sagte, oh, Sie würden mich bloss stören, ich lege mich nämlich gleich schlafen.

Er sagte, bitte, Madeleine, wenigstens die Telefonnummer!

Sie sagte, vielleicht morgen! Gute Nacht, Harry.

Er rief ihr nach, Sie kommen bestimmt um acht Uhr?
Sie rief, ja.
Er sah ihr nach, wie sie zur Haustür ging.

Auf dem Heimweg wurde ihm bewusst, dass er zum erstenmal in seinem Leben einer Frau, die sich geweigert habe, mit ihm zu schlafen, die es sogar abgelehnt habe, sich küssen zu lassen, nicht böse sei.

DONNERSTAG

Morgens sah er seine Kollegen wieder am Strassenrand stehen, aber im Unterschied zu den vergangenen Tagen riefen sie den vorüberfahrenden Autos nicht „Feiglinge!" zu, sondern „Bombenleger!".

Da er während der Arbeit immer an Madeleine denken musste, bereitete es ihm Mühe, sich zu konzentrieren.

Am Nachmittag entdeckte er, dass es ihm wahrscheinlich gelinge, die Abschrift morgen abzuliefern, was seinen Chef, Herrn Brühl, überraschen und veranlassen müsse, beim Produktionschef, Herrn Kleidmann, einen Bonuspunkt für ihn zu beantragen.

Mit einem Male beschloss er, die Knapp bereits jetzt anzurufen und nicht, wie sie vereinbart hatten, bis kommende Woche damit zu warten. Er hob den Hörer ab, legte ihn aber nach einem Augenblick wieder auf, da ihm einfiel, Madeleine würde sicherlich keine zweite Frau neben sich dulden. Später nahm er sich vor, die Knapp gleichwohl anzurufen, da nicht feststehe, ob Madeleine beabsichtige, nähere Bekanntschaft mit ihm zu schliessen, obwohl alles darauf hindeute. Gleichwohl durfte er sich nicht erlauben, die günstige Gelegenheit, mit der Knapp anzubinden, ungenutzt zu lassen. Er wählte die Zentrale und liess sich mit der Knapp verbinden. Ihre Sekretärin leitete den Anruf erst weiter, nachdem er versichert hatte, sein Anliegen sei von grösster Wichtigkeit.

Als sie sich meldete, sagte er — während er sich überzeugte, dass ihn niemand vom Korridor aus beobachte — , hier spricht Busner, guten Tag, Fräulein Doktor Knapp.

Die Knapp sagte, guten Tag, was wünschen Sie?

Er sagte, ich wollte mich bloss erkundigen, wie es Ihnen geht und ob der Wagen nun in Ordnung ist.

Die Knapp sagte, ach, Sie sind der Mechaniker, ja, der Wagen ist wieder in Ordnung.

Er sagte, ich glaube, Sie verwechseln mich, Fräulein Doktor, ich bin jener Funktionär, der Sie vergangenen Montag nach Hause fuhr.

Die Knapp sagte, ach so, ja, verzeihen Sie, kann ich etwas für Sie tun?

Busner sagte, ich wollte Sie bloss an Ihr Versprechen erinnern, mit mir eine Tasse Kaffee zu trinken ...

Die Knapp sagte, versprach ich das?

Er sagte, ja.

Sie sagte, wissen Sie, ich habe schrecklich wenig Zeit, lassen Sie mir doch Ihre Telefonnummer da. Ich werde Sie anrufen, wenn ich mal eine halbe Stunde erübrigen kann, ja?

Er sagte, oder soll ich Sie nächste Woche anrufen?

Sie sagte, nein, nein, geben Sie mir Ihre Nummer an.

Er arbeitete bis sieben Uhr. Obwohl geringe Hoffnung bestand, dass Madeleine bereits im „Neffari" eingetroffen sei, sah er nach, fand sie aber, wie er vermutet hatte, noch nicht vor. Anstatt sich hinzusetzen, beschloss er, einen Spaziergang zu machen.

Plötzlich entdeckte er unter den wenigen ihm entgegenkommenden Leuten seinen Bruder. Um von ihm nicht bemerkt zu werden, starrte er in das Schaufenster des nächsten Geschäftes. Die ausgehängten Attrappenwürste betrachtend, sah er das Spiegelbild des Bruders, der ein schmutziges Übergewand trug, in der Scheibe auftauchen und verschwinden, wartete aber noch eine Weile, bevor er seinen Weg fortsetzte.

Den Bruder hatte er schon verschiedentlich in Rask angetroffen, das erste Mal vor etwa drei Jahren, war ihm aber stets ausgewichen, da er fand, für einen GESELLSCHAFTS-Funktionär gehöre es sich nicht, in Begleitung eines Arbeiters gesehen zu werden, der zudem nach Feierabend im Übergewand durch die Stadt laufe. Davon abgesehen, bestand kein Grund, mit seinem Bruder zu sprechen, da Busner die Beziehung zu seiner Familie, die sich in einem abgelegenen Dorf mit einem kleinen Bauernhof durchrackerte, aus Furcht, seine Herkunft werde seiner Karriere schaden, längst abgebrochen hatte. Und selbst wenn er sich auf ein Gespräch mit dem Bruder eingelassen hätte, der Bruder würde von den Eltern sprechen, von Leuten aus dem Dorf, in dem sie aufgewachsen waren und das er vor dreizehn Jahren verlassen hatte, von Dingen, die ihn nicht im geringsten interessierten.

Obwohl es erst halb acht war, kehrte er in den „Neffari" zurück und setzte sich an die Bar. An einem der Tische entdeckte er einige Funktionäre der Abteilung C, denen er zuwinkte. Als Madeleine zehn Minuten nach acht Uhr noch nicht eingetroffen war, befürchtete er, sie werde nicht kommen. Wie er einen Schweisstropfen aus seiner Achselhöhle fallen spürte, erinnerte er sich an Gausen-Kulm und die Dicke.

Als er Madeleine gegen halb neun Uhr endlich eintreten sah, stand er auf und ging ihr entgegen. Erneut war er davon überrascht, wie hübsch sie aussah. Aus den Augenwinkeln bemerkte er, dass ihn die Funktionäre der Abteilung C verwundert ansahen.

Nachdem sie sich gesetzt hatte, sagte er, ich befürchtete schon, Sie würden nicht mehr kommen, Madeleine.

Sie sagte, ja?

Er sagte, darüber wäre ich sehr traurig gewesen.

Sie sagte, nun, ich bin ja gekommen, allerdings muss ich schon bald wieder gehen.

Er sagte, das ist nicht wahr! Wann müssen Sie wieder gehen?

Sie sagte, in einer Stunde etwa.

Er sagte, das darf nicht sein! Ich wollte Sie zum Tanzen einladen!

Sie sagte, es tut mir leid, Harry, aber ich habe zu Hause noch Arbeit zu erledigen.

Er sagte, übrigens, haben Sie schon zu Abend gegessen?

Sie sagte, ja, das habe ich.

Er sagte, lassen Sie uns gleichwohl ins obere Stockwerk zum Tanzen gehen!

Sie sagte, meinetwegen.

Er fragte, ob er sie zu einer Flasche Wein einladen dürfe, aber sie wollte ein Mineralwasser haben, weil sie nachher noch arbeiten müsse.

Es erstaunte ihn, dass sie sich nicht dagegen sträubte, als er zu einer langsamen Melodie ihren makellosen Körper dicht an sich zog. Gleichwohl schien es ihm klüger, sich nicht anmerken zu lassen, wie sehr er sie begehrte.

Später am Tisch brachte sie das Gespräch wieder auf die GESELLSCHAFT. Sie wollte wissen, ob ihn seine Arbeit befriedige und ob er sich mit seinen Vorgesetzten verstehe. Er fragte sie, weshalb sie sich so sehr für die GES interessiere. Sie antwortete, sie beabsichtige unter Umständen, sich von der GES anstellen zu lassen, deshalb sei sie darauf erpicht, möglichst viel über die GES zu erfahren.

Er sagte, das wäre wunderbar, wenn sie ebenfalls bei der GES arbeiteten, Madeleine, bewerben Sie sich doch! Ich halte es für äusserst wahrscheinlich, dass die GES sie einstellt, zumal Sie ja eine gute Ausbildung vorzuweisen und sicher keine politische Vergangenheit haben.

Madeleine sagte, ich muss erst mehr über die GES wissen, bevor ich mich entschliessen kann.

In seiner Schilderung vertraute er ihr Einzelheiten an, die normalerweise einer ausserhalb der GESELLSCHAFT stehenden Person nicht mitgeteilt werden durften, vermochte sich aber zu enthalten, von Dingen zu berichten, welche streng geheim waren.

Als er den Wagen vor ihrem Haus stoppte und wieder bat, sie küssen zu dürfen, küsste sie ihn schnell auf die Wange und sagte, so, das reicht für heute, man kann nicht alles auf einmal haben, Harry!

Er sagte, wann sehe ich Sie wieder, Madeleine? Morgen?

Sie antwortete, morgen habe ich keine Zeit.

Er sagte, bitte, Madeleine, ich muss Sie sehen!

Sie sagte, meinetwegen Samstag um acht Uhr im „Neffari", ja?

Er sagte, geben Sie mir Ihre Telefonnummer!

Sie sagte, wozu?

Er sagte, ich will Sie heute abend anrufen.
Sie sagte, aber ich habe doch zu tun!
Er sagte, bitte, Madeleine, bitte!
Sie sagte, na also, die Nummer ist 2273.
Er sagte, danke, Madeleine. Ich rufe Sie in einer halben Stunde an.
Sie sagte, Dickkopf! und warf die Tür ins Schloss.
Nachdem er sie den Hausgang hatte betreten sehen, notierte er sich ihre Nummer.
Zu Hause setzte er sich auf den Boden, stellte den Telefonapparat auf die Knie und wählte die Nummer, aber die Leitung war besetzt. Nachdem er einige Male vergebens versucht hatte, sie zu erreichen, ging er in die Küche und legte ein Paar Knackwürste ins Wasser, um abermals ihre Nummer einzustellen, aber noch immer war die Leitung nicht frei. Bevor er sich zu Tisch setzte, versuchte er es erneut. Als die Leitung noch immer besetzt war, rief er den Störungsdienst an, wo man ihm beschied, auf dieser Leitung werde telefoniert.
Als er eine Stunde später den Störungsdienst zum zweiten Male anrief, teilte ihm die Telefonistin mit, der Hörer liege wohl nicht richtig auf. Er überlegte sich, ob er zu ihr hinfahren wolle, beschloss aber nach längerem Nachdenken, es bleibenzulassen, da er ihren Familiennamen nicht kenne und es zu umständlich sei, diesen herauszufinden, zumal es ihm freistehe, sie morgen anzurufen, wo sie sicherlich entdeckt haben werde, dass der Hörer nicht auf der Gabel liege.

FREITAG

Am folgenden Morgen, dem Freitag vor dem Wahlwochenende, war der Fluchtstrom der P.f.F.-Gegner derart angewachsen, dass Busner nahezu eine Stunde benötigte, bis er den GESELL-SCHAFTS-Platz erreichte. Er hörte seine vier Kollegen, die nun dicht an der Fahrbahn standen, abwechsungsweise „Bombenleger!" und „Feiglinge!" rufen, wobei sie den am Strassenrand vorbeifahrenden Autos hin und wieder ihre Aktentaschen auf die Kühlerhaube schlugen.

In der Garage traf er Herrn Fein, den Funktionär aus Zelle 8, an. Während sie zum Lift gingen, sagte Herr Fein, ich verstehe nicht, weshalb es in Kattland so viele Idioten gibt, die jetzt, wo wir endlich eine vernünftige Regierung bekommen, ihre Heimat verlassen!

Busner sagte, das ist mir völlig schleierhaft.

Herr Fein sagte, ich muss Ihnen etwas geradezu Unglaubliches mitteilen, Herr Busner!

Er erklärte, er leide von Zeit zu Zeit unter Nierenschmerzen. Gestern, wie diese Schmerzen aufgetreten seien, fahre er zu seinem Hausarzt, um sich ein Rezept ausstellen zu lassen, aber wie er hinkomme, sehe er ein Schild an der Tür hängen, auf dem er lese, der Arzt sei bis auf weiteres verreist. Da er das Rezept dringendst benötige, rufe er von der nächsten Sprechzelle aus einen in der Nähe wohnenden Arzt an, aber es melde sich niemand. Kurz und gut, er rufe sechs Ärzte an, sechs Ärzte, bis er überhaupt einen erreiche; dort erkläre man ihm, der Arzt wäre mit Arbeit derart überlastet, dass es ihm unmöglich sei, neue Patienten aufzunehmen. Schliesslich händige ihm ein verständnisvoller Apotheker, dem bekannt sei, dass ein grosser Teil der Ärzte sich ins Ausland abgesetzt habe, das Präparat ohne Rezept aus. Was sagen Sie dazu, Herr Busner?

Busner sagte, das klingt ja unglaublich!

Herr Fein sagte, wissen Sie, Herr Busner, was das meiner Meinung nach ist? Das ist Landesverrat! Offener Landesverrat!

Busner sagte, da haben Sie vollkommen recht, Herr Fein!

Herr Fein sagte, und wissen Sie, was man früher mit den Landesverrätern tat? Man knüpfte sie auf! Man knüpfte sie an Laternenpfählen auf! Aber was tut man heutzutage? Man knüpft sie nicht mehr auf, im Gegenteil, man lässt sie laufen.

Bevor Busner dazu kam, sich bei Herrn Fein zu erkundigen, ob er seine Arbeit bereits bei Herrn Brühl abgeliefert habe, ertönte die Sirene. Herr Fein rief, oh, es ist Zeit! und eilte den Korridor entlang, während Busner in seine Zelle trat.

Da er feststellte, dass er seine Abschrift heute auf alle Fälle abgeben werde, beschloss er, den Mittag mit den Kollegen in der Kantine zu verbringen.

Gegen elf Uhr rief er Madeleine an. Das Telefon läutete jetzt zwar, aber Madeleine war, wie er vermutet hatte, nicht zu Hause.

Über dem Eingang der Kantine hatte man ein Schild angebracht, auf dem er las, die GES fordere ihre Angestellten auf, trotz des nicht mehr in Frage stehenden Wahlsieges der P.f.F. zur Urne zu gehen.

Während des Essens drehte sich das Gespräch der Funktionäre um die Wahlen und darum, dass danach wieder genügend Nahrungsmittel und Benzin zu haben seien.

Am Nachmittag versuchte er einige Male vergeblich, Madeleine zu erreichen.

Gegen Abend meldete er sich mit seiner Arbeit bei Herrn Brühl. Herr Brühl sagte, er habe erwartet, dass Busner seine Arbeit noch vor den Wahlen abliefere, obwohl er wahrscheinlich einige Freizeit habe opfern müssen.

Busner sagte, aber das ist doch selbstverständlich, Herr Brühl!

Herr Brühl sagte, während er an einen aktenbeladenen Tisch trat, er halte es nicht für ausgeschlossen, dass diese Arbeit Busner einen Bonuspunkt einbringe, jedenfalls wolle er beim Produktionschef einen diesbezüglichen Antrag stellen.

Busner sagte, oh, besten Dank, Herr Brühl!

Herr Brühl wies auf die Akten und sagte, hier ist Ihre nächste Arbeit, Herr Busner.

Busner sagte, schön, Herr Brühl!

Herr Brühl kehrte mit einem Aktenstoss an den Schreibtisch zurück und sagte, die P.f.F., an deren Wahlsieg wohl nicht mehr zu zweifeln ist, beabsichtigt, eine kleine Kartei von den Liebhabereien der Kattländer anzulegen, um bei der Ausarbeitung des Regierungsprogrammes die Neigungen der Bürger nach Möglichkeit zu berücksichtigen. Busners Aufgabe bestehe darin, die Karten oben rechts mit Namen, Geburtsdatum und der im Verzeichnis angegebenen Nummer des Bürgers zu versehen. Er zog ein umfängliches Buch aus einer Schreibtischschublade und sagte, dies sei das Verzeichnis, in dem Busner die nötigen Angaben finde. Er schätze, Busner werde für die Herstellung seines Karteianteils etwas weniger als fünf Monate benötigen, er werde sich darüber im klaren sein, dass es sich um eine verantwortungsvolle Aufgabe handle.

Busner sagte, selbstverständlich, Herr Brühl, ich will mich bemühen, die Kartei in möglichst kurzer Zeit anzulegen.

Während er durch seinen Korridor ging, versuchte er herauszufinden, ob sich die übrigen Funktionäre ebenfalls mit der Herstellung dieser Kartei beschäftigten, was, soviel er in einigen Zellen zu sehen vermochte, der Fall war.

Nachdem er die erste Karte geschrieben hatte, rief er Madeleine an, erreichte sie aber wieder nicht. Da er schon einige Tage mit keiner Frau mehr geschlafen hatte, beschloss er, sich auf den Abend mit der Wild zu verabreden; als er jedoch die erste Ziffer einstellte, verging ihm mit einem Male die Lust, sie zu treffen. Er suchte nach der Telefonnummer der Holb, rief dann aber auch diese nicht an.

Eine Zeitlang sann er darüber nach, inwiefern er sich geändert habe, weil er Madeleine kenne. Schliesslich rief er nochmals bei ihr an, ohne eine Antwort zu erhalten.

Er beschloss, nach Feierabend einige Esswaren einzukaufen und danach in den Boxclub zu fahren.

Als er sich nach Arbeitsschluss in einen der Aufzüge zwängte, hörte er Herrn Fein, ohne dass er ihn sah, die Geschichte mit seinen Nieren erzählen.

Vor einer Metzgerei stellte er sich in die Reihe der draussen Wartenden. Mit seinen Nahrungsmittelgutscheinen gelang es ihm, einige Schweinsplätzchen zu kriegen, und im Einkaufszentrum in der Nähe des Boxclubs, wo er seinen Wagen parkierte, war eben frisches Trockenbrot eingetroffen.

Als er sich nach dem Training seinem Wagen näherte, entdeckte er, dass jemand die Pneus des Autos durchgeschnitten hatte, vermochte dies im ersten Augenblick aber nicht zu glauben. Hinterher stieg eine derart heftige Wut in ihm auf, dass er sich nicht zu enthalten vermochte, eine Zeitlang laut und kräftig zu fluchen. Zu einem Passanten, der stehengeblieben war, sagte er, ja, schauen Sie nur! Das ist das Werk der Demokraten, dieser verdammten Dreckschweine! Die sind doch sauer, diese Arschlöcher, dass sie ihre Scheisskarren zu Hause lassen müssen!

Er ging zum nächsten Polizeiamt und erstattete eine Anzeige, obwohl der Beamte ihn darauf hinwies, dass dies sinnlos sei. Hinterher rief er seinen Garagisten an, der ihm aber mitteilte, zur Zeit sei niemand da, der sich um Busners Wagen kümmern könnte, Busner solle ihn stehenlassen und morgen gegen zehn Uhr abholen, bis dann werde die Sache repariert sein.

Bei der Bushaltestelle rief er Madeleine an, aber sie war noch immer nicht heimgekehrt.

Nach dem Abendessen schaltete er den Fernseher ein, um den Präsidentschaftskandidaten der P.f.F., Billy Pack, sagen zu hören, die Gegner der P.f.F. behaupten, wir beabsichtigen, in Kattland ein faschistisches System zu errichten.

Busner bedauerte, den Fernseher nicht früher eingeschaltet zu haben.

Der Präsident sagte, das Gegenteil ist wahr. Wir haben uns zum Ziel gesetzt, dem einzelnen Menschen das zurückzugeben, was er in dieser Zeit der Unsicherheit und Angst verloren hat: berufliche und menschliche Erfüllung und Zufriedenheit. Unsere bedeutendste Aufgabe sehen wir darin, dem Menschen wieder einen Lebenssinn zu geben, einen modernen Lebenssinn, denn der Mensch hat seinen Lebenssinn verloren. Er ist in ein Labyrinth geraten, aus dem er keinen Ausweg sieht. Weshalb hat der heutige Mensch seinen Lebenssinn verloren? Weil er sich unnütz vorkommt, weil er glaubt, als einzelner nicht zu zählen, weil er glaubt, überflüssig zu sein! Die P.f.F. aber wird jedem Bürger dieses Landes seine Funktion innerhalb der Gesellschaft zuweisen, eine Funktion, die ihm bestätigt, dass die Gesellschaft ihn benötigt und er in dieser Funktion unentbehrlich ist. Demjenigen aber, der glaubt, dass der Weg der P.f.F. nicht der seine sei, steht jederzeit die Möglichkeit offen, Kattland zu verlassen. Denn entgegen der Propaganda der Demokraten beabsichtige die P.f.F. keineswegs, die Grenzen zu schliessen, diese Behauptung sei genauso unwahr wie die infame Unterschiebung, dass der P.f.F. nahestehende Wirtschaftskreise auf Veranlassung der P.f.F. eine künstliche Nahrungsmittelknappheit geschaffen hätten. - Abschliessend sagte Billy Pack, er wisse, dass jeder vernünftige Bürger Kattlands der P.f.F. seine Stimme geben werde. Deshalb sei er über den Ausgang der Wahl keineswegs besorgt.

Die Ansagerin kündigte eine Rede des amtierenden demokratischen Präsidenten an. Da Busner keine Lust verspürte, sich diese anzuhören, schaltete er den Fernseher aus und versuchte, Madeleine zu erreichen. Nachdem er aufgelegt hatte, dachte er eine Weile darüber nach, wo Madeleine sich wohl die ganze Zeit aufhalte. Abermals schaltete er den Fernseher ein, wechselte aber den Kanal, als der Präsident auf dem Bildschirm erschien.

SAMSTAG

Bevor er morgens das Haus verliess, um den Wagen abzuholen, rief er abermals Madeleine an.

Er sagte, Madeleine? Harry Busner spricht.

Sie sagte, ach, Sie sind es.

Er sagte, ich war sehr beunruhigt, Sie während des ganzen gestrigen Tages nicht zu Hause anzutreffen, Madeleine. Ich befürchtete, es sei Ihnen etwas zugestossen.

Sie sagte, nein, es ist mir nichts zugestossen.

Er sagte, Sie können sich nicht vorstellen, wie mich das erleichtert, Madeleine!

Er fragte, ob er sie nicht gegen zwölf Uhr treffen dürfe, aber sie antwortete, sie habe dermassen viel Arbeit, dass sie keine Zeit für ihn habe, sie hätten sich ja ohnehin auf den Abend verabredet.

Um seinen Wagen zu holen, ging er zur Busstation und fuhr in die Stadt. Wie der Garagist versprochen hatte, war der Wagen repariert worden. Er schloss die Tür auf und setzte sich ans Steuer. Im Shopping-Center kaufte er Esswaren ein.

Um zu stimmen, fuhr er nachmittags, obwohl sich in der Nähe seiner Wohnung ein Wahllokal befand, durch den Regen zur GESELLSCHAFT, in deren Eingangshalle man eine Urne aufgestellt hatte. Er stellte fest, dass die GESELLSCHAFT von einem grossen Polizeiaufgebot bewacht wurde. Während er sich in die Kolonne der Wartenden einreihte, fiel ihm auf, dass ausserordentliche Stille herrsche und die Leute nicht miteinander sprachen. Wie er vor der Urne stand, nahm ihm ein Herr den

Stimmausweis ab und reihte ihn sorgfältig in einem Karteikasten ein, während ein anderer Herr Busners gefalteten Stimmzettel in die Urne gleiten liess.

Als er zum Wagen zurückkehrte, versuchte er herauszufinden, weshalb er sich mit einem Male bedrückt fühle. Schliesslich schrieb er es dem Wetter zu.

Zu Hause versuchte er, Madeleine anzurufen, um sie zu fragen, ob sie schon gewählt habe, aber sie antwortete nicht.

Als er abends den „Neffari" betrat, sah er sie bereits an der Bar sitzen.

Er sagte, Sie sind sogar zu früh eingetroffen, Madeleine; das will allerlei heissen!

Oben im Dancing bestellte er eine Flasche Wein. Bevor er mit ihr anstiess, sagte er, ich schlage vor, Madeleine, dass wir uns duzen.

Sie sagte, einverstanden, Harry.

Als er sie auf die Wangen küsste, bemerkte er, dass es sie überraschte.

Er sagte, es ist üblich, sich beim ersten Du auf die Wangen zu küssen.

Sie sagte, ich weiss.

Er sagte, ich liebe dich nämlich, Madeleine, glaube mir, ich habe überhaupt noch nie geliebt, bevor ich dich kennenlernte!

Obwohl sie sich beim Tanzen nicht gegen seine Küsse auf ihre Wangen sträubte, so dass er sich sagte, er sei auf dem Weg sie zu erobern, wagte er nicht zu fragen, ob sie ihn liebe.

Auf dem Heimweg versuchte er weiter vorzudringen, indem er sie bat, ihm bei sich zu Hause vielleicht einen Kaffee zu offerieren, da er sich müde fühle, aber sie sagte, sie möchte ihn nicht in ihre Wohnung mitnehmen.

Er sagte, du liebst mich wohl nicht?

Sie sagte, nein, ich liebe dich nicht.

Er sagte, magst du mich denn auch nicht?

Sie sagte, doch, ich mag dich.

Er sagte, vielleicht wirst du mich eines Tages lieben!

Sie sagte, das glaube ich nicht.

Er sagte, man weiss nie!

Sie sagte, ja, das ist richtig.

Nachdem er den Wagen vor ihrem Haus zum Stehen gebracht hatte, sagte er, bitte, Madeleine, lade mich zu einer Tasse Kaffee ein! Ich verspreche, dich nicht anzurühren!

Sie sagte, nein, Harry.

Plötzlich küsste er sie. Als er sie losliess, sagte sie, das war eine Frechheit, und öffnete die Autotür.

Er sagte, wann sehen wir uns wieder, Madeleine?

Sie sagte, überlassen wir das dem Zufall.

Er rief ihr nach, ich telefoniere dir! Aber sie wandte sich nicht um. Er blickte ihr nach, bis sie im Aufzug verschwand. Als er den Wagen wendete, sah er in einem Fenster des dritten Stockwerks das Licht angehen. Er stieg aus, ging zur Haustür und notierte sich die Namen der Leute, die auf dem dritten Stockwerk wohnen mussten.

Zu Hause rief er den Auskunftsdienst an. Beim vierten Namen, dessen Telefonnummer er erfragte, nannte die Telefonistin diejenige Madeleines. Er bedankte sich, hängte ein und schrieb den Familiennamen Madeleines, der Fischmann lautete, in sein Notizbuch. Obwohl er grosse Lust dazu verspürte, beschloss er, sie heute nicht mehr anzurufen, da sie ihm bestimmt noch böse sei.

SONNTAG

Nachdem er gefrühstückt hatte, fuhr er im Trainingsanzug an den Waldrand, um einige Runden zu laufen. Nachmittags rief er Madeleine an und sagte, er möchte sich wegen des gestrigen Vorfalls entschuldigen. Sie antwortete, er brauche sich nicht zu entschuldigen, und er fragte, ob sie ihm nicht mehr böse sei, worauf sie antwortete, sie sei ihm zu keiner Zeit böse gewesen. Gleichwohl vermochte er sie nicht dazu zu bewegen, sich mit ihm zu treffen; sie bestand darauf, ein Wiedersehen — wie sie gestern gesagt habe — dem Zufall zu überlassen.

Nachdem er eine Zeitlang Musik gehört hatte, begann er sich

zu langweilen, vermochte sich aber nicht aufzuraffen, um die Holb oder die Wild anzurufen. Schliesslich fuhr er in den „Neffari", den er beinahe leer vorfand. Er trank ein Bier und ass einen Toast dazu. Nach Hause zurückgekehrt, schaltete er den Fernseher ein. Gegen zwanzig Uhr gab ein ihm unbekannter Sprecher die ersten Wahlresultate bekannt. Busner blieb vor dem Bildschirm sitzen, bis sich herausgestellt hatte, dass die P.f.F. noch besser abgeschnitten habe, als die meisten Meinungsforschungsinstitute vorausberechnet hätten, und eine nennenswerte Opposition im Parlament nicht mehr existiere.

NACH DEN OKTOBER-WAHLEN

Als er am Montag durch die beflaggte Stadt fuhr, bemerkte er an den Strassenrändern Schilder, auf welchen stand „Lärm vermeiden = Umwelt schützen. P.f.F.".

Es fiel ihm auf, dass seine Kollegen, die im Korridor versammelt waren, entgegen ihrer Gewohnheit gedämpft miteinander sprachen. Herr Rasch machte ihn stumm auf einen Aushang aufmerksam, auf dem er las, die GESELLSCHAFT lade die Funktionäre im Zusammenhang mit einer Neuorientierung um halb neun zu einer Tasse Kaffee in die Kantine ein.

Noch bevor die Sirene den Arbeitsbeginn anzeigte, hatte er die Karten zweier Mitbürger erstellt, wobei er die oben rechts einzutragende Nummer des Bürgers, um jeden Irrtum auszuschliessen, jeweils dreimal nachprüfte.

Wie er mit den Kollegen zur Kantine ging, drohte während eines Augenblicks Lärm auszubrechen, da die Funktionäre noch nicht daran gewöhnt waren, die Stimme bei der Unterhaltung zu senken, aber Herr Emmerich wies sogleich auf das unangepasste Verhalten hin.

Beim Eintritt Herrn Kleidmanns applaudierten die Funktionäre. Nachdem Herr Kleidmann sich für den netten Empfang bedankt hatte, sagte er, man habe ihn beauftragt, den Funktionären mehrere von der Direktion erlassene Neuanordnungen mitzuteilen, denn der erhoffte Wahlsieg der P.f.F. bringe einige Änderungen in der Organisation der GESELLSCHAFT mit sich. Vorerst möchte er bekanntgeben, dass das Fernsehen um zehn Uhr einen Vortrag zur neuen Lage Kattlands übertragen werde, gehalten vom frischgewählten Regierungspräsidenten Billy Pack. Damit die GES-Angestellten in den Genuss dieser Rede gelangten, würden auf den verschiedenen Korridoren Fernsehapparate installiert. Während Herr Kleidmann sich räusperte, applaudierten die Funktionäre.

Herr Kleidmann sagte, meine Herren, es gibt nichts umsonst!

Die Funktionäre lachten. Herr Kleidmann fuhr fort, um das von den Demokraten verschuldete Wirtschaftstief in möglichst kurzer Zeit aufzuarbeiten, fordere die P.f.F. im Interesse der Bevölkerung eine entschiedene Zunahme der Produktion. Auf die GESELLSCHAFT bezogen bedeute dies eine Verlängerung der Arbeitszeit und eine Intensivierung des Arbeitsprozesses. Abermals klatschten die Funktionäre Beifall.

Nicht umsonst, sagte Herr Kleidmann, habe die P.f.F. die GESELLSCHAFT als ersten Musterbetrieb Kattlands bezeichnet. Die neue Arbeitszeit daure von halb acht bis zwölf und von ein Uhr bis siebzehn Uhr dreissig, was einer Verlängerung von einer Stunde gleichkomme. Bezüglich der Intensivierung des Arbeitsprozesses rate die GESELLSCHAFT ihren Angestellten, auf die Erledigung privater Angelegenheiten während der Arbeitszeit zu verzichten. Sie wünsche, dass die Angestellten während derselben keine privaten Gespräche noch Telefongespräche führten. Um den guten Willen der Funktionäre unter Beweis zu stellen, schlage er persönlich vor, das Pultfach, welches bis anhin zur Aufbewahrung privater Gegenstände gedient habe, zu räumen. Busner bemühte sich, als erster zu klatschen, aber einer der Kollegen kam ihm zuvor.

Herr Kleidmann sagte, meine Herren, es ist Ihnen bekannt, dass die GESELLSCHAFT niemals fordert, ohne eine Gegenleistung zu erbringen. So habe die GESELLSCHAFT beschlossen, ihren Angestellten zum Regierungswechsel ein Geschenk zu überreichen.

Weil Busner bereits beim Wort „Geschenk" applaudierte, brachte er es diesmal fertig, der Erste zu sein.

Herr Kleidmann sagte, und zwar handle es sich dabei um Anzüge für die GES-Angestellten, die ab heute in sämtlichen Kleidergeschäften der Stadt gegen Vorweisung des GES-Ausweises bezogen werden könnten. In Schnitt und Farbe seien sie einheitlich gehalten, unterschieden sich aber in der Form des Kragens, welcher sich nach der Position des Angestellten innerhalb der GESELLSCHAFT richte. Die GESELLSCHAFT schlage ihren Mitarbeitern vor, diese Anzüge samt den mitgelieferten Binden, sobald sie sich in die Öffentlichkeit begäben, anzuziehen, und zwar, wie es sich gezieme, mit einem weissen Hemd.

Damit, sagte er, habe er geschlossen.

Wortlos eilten die Funktionäre in ihre Zellen. Bevor Busner die Arbeit aufnahm, leerte er sein Privatfach, in welchem er ein Feuerzeug, Zigaretten und eine alte Automobilrevue verwahrte.

Als kurz vor zehn Uhr die Sirene ertönte, beeilte er sich, um einen guten Platz zu bekommen. Die Ansagerin, welche die Rede des Präsidenten ankündigte, war ihm, wie er feststellte, genauso unbekannt wie der gestrige Sprecher. Auf dem Bildschirm sah er einige an einem ovalen Tisch sitzende Herren erscheinen, die er als den Präsidenten und die Minister erkannte. Er war stolz, in der Gruppe der im Hintergrund stehenden Abgeordneten den GESELLSCHAFTS-Direktor Fürst zu bemerken. Herr Emmerich stiess ihn an, um ihn auf Direktor Fürst aufmerksam zu machen. Während das Gesicht des Präsidenten die Bildschirmfläche einzunehmen begann, klatschten die Funktionäre Beifall.

Der Präsident erklärte, als erstes möchte er sich bei den Wählern für das der P.f.F. und ihm selbst ausgesprochene Vertrauen bedanken. Es sei der P.f.F. gelungen, zweiundneunzig Prozent der abgegebenen Stimmen auf sich zu vereinigen. Das versetze sie in die Lage, die „Frühstückseier" eher auf den Tisch zu bringen, als sie sich das erhofft habe. Denn einmal habe das ausgezeichnete Wahlergebnis verschiedene Konzerne zu äusserst günstigen Lieferungsbedingungen veranlasst, zweitens hätten die Regierungen befreundeter Länder Kattland grosszügige Kredite eingeräumt. So werde es der P.f.F. entgegen eigenen Erwartungen gelingen, die Wirtschaftslage noch während der laufenden Woche weitgehend zu normalisieren. Ohne sich durch den Applaus der Funktionäre aufhalten zu lassen, fuhr der Präsident fort, die Partei für Fortschritt verstehe sich, wie bekannt sei, als Partei für *menschlichen* Fortschritt. Es leuchte wohl ein, dass ein Mensch existentielle Erfüllung ausschliesslich in einer Gesellschaft des friedlichen Miteinanderlebens finde. Die Voraussetzung, um das Leben des Menschen lebenswert zu machen, bestehe also in der Errichtung einer Gesellschaftsordnung, die auf friedliches Mit- und Füreinanderleben ausgerichtet sei. Es stelle sich die Frage, weshalb sämtliche diesbezüglich unternommenen Versuche seit Bestehen der Menschheit gescheitert seien. Die Antwort sei leicht zu geben: In dieser von Feindseligkeiten erschütterten Welt scheine man noch nicht bemerkt zu haben, dass der Mensch über Vernunft verfüge. Alleine durch Anwendung der Vernunft aber könne es der Menschheit gelingen, ihren Wunsch nach Frieden, nach innerem und äusserem Frieden, zu erfüllen.

Er sagte, man muss sich vielleicht mal ganz nüchtern fragen, auf welche Weise Streit überhaupt zustande kommt. Streit entwickelt sich aus dem scheinbaren Unvermögen des Menschen, auf seinen Mitmenschen Rücksicht zu nehmen, entsteht aus seiner scheinbaren Unfähigkeit, sich unter Kontrolle zu halten. Jeglicher Streit hat seine Ursache in diesen beiden vermeintlichen Schwächen des Menschen: vom einfachen Wortstreit bis zum drohenden Nuklearkrieg. Diese Schwächen aber, die man uns einzureden versucht, bestehen gar nicht. Der Mensch ist weder zum Streit noch zum Krieg geboren, denn die Vernunft befähigt ihn dazu, sich unter Kontrolle zu halten und für den Mitmenschen Verständnis aufzubringen. Es liegt also alleine in der Hand des Menschen, ein friedliches, erfüllendes Leben zu führen, nämlich dadurch, dass er seine Vernunft gebrauche. Die P.f.F., sagte der Präsident, wünsche, in Kattland diesen Zustand der friedlichen Koexistenz zu errichten, um anderen Ländern, welche die Vernunft des Menschen ignorierten, als Beispiel voranzugehen. Zur Verwirklichung dieses Ziels gelange man nur mit vereinten Kräften. Das heisse, der einzelne müsse sich, um Erfüllung zu erlangen, in den Dienst der Gemeinschaft stellen, denn nur innerhalb der Gemeinschaft werde die Existenz des einzelnen sinnvoll, nämlich in einem umfassenden Füreinanderleben. Das heisse, dass individuellen Ansprüchen keinerlei Bedeutung mehr zukomme. Alleine die Anliegen der Gemeinschaft zählten. Da die Gemeinschaft aber aus einzelnen bestehe, seien diese Anliegen die Anliegen der einzelnen. Innerhalb der Gemeinschaft nehme jeder einzelne Kattländer seinen ihm zukommenden Platz ein und ein jeder trage dieselbe Verantwortung, da ein jeder Teil der Gemeinschaft sei und innerhalb der Gemeinschaft alle gleich seien. Damit erfülle sich das Wahlversprechen der P.f.F.: „FREIHEIT — GLEICHBERECHTIGUNG".

Auf dem Bildschirm erschienen die applaudierenden Minister. Busner und seine Kollegen klatschten mit.

Der Präsident wiederholte, dass der einzelne Kattländer als Alleinhandelnder bedeutungslos geworden sei, da er nur als an der Gemeinschaft teilhabendes Individuum existiere, und fuhr fort, um das dritte Ziel der P.f.F., „WOHLSTAND FÜR JEDERMANN", möglichst bald zu erreichen, sei die Gemeinschaft aufgerufen, vom einzelnen bedingungslosen Einsatz zu verlangen. Wer individuellen Gelüsten erliege, handle in einem gegen die Gemeinschaft gerichteten Interesse, er handle einzeln, wo nur gemeinsames Handeln zum Ziele führe. Deshalb fordere die Gemeinschaft vom einzelnen die wohl edelste menschliche Charaktereigenschaft: Selbstbeherrschung! Ein einzelner, welcher Gefühlsausbrüchen erliege oder unnötigen Lärm verursache, ein einzelner, der sich nicht unter Kontrolle zu halten vermöge, sei in einer modernen, menschlichen, durch Zuvorkommenheit und Freundlichkeit gezeichneten Gemeinschaft, in der ein jeder den anderen als Teil des Ganzen achte, untragbar, sei nicht in der Lage, am Aufbau des Friedens mitzuwirken. Ein solcher Gemeinschaftsunfähiger tue besser daran, Kattland zu verlassen. Lächelnd fuhr der Präsident fort, die P.f.F. sei sich darüber im klaren, dass ihre Forderung nach völliger Selbstbeherrschung nicht von einem Tag auf den andern zu erfüllen sei. Deshalb lasse sie im ganzen Land sogenannte Schreiräume errichten. Diese Schreiräume, schalldicht abgeschlossene Kabinen, sollten von einzelnen, welche die Reife der völligen Selbstbeherrschung erst zeitweilig erlangt hätten, aufgesucht werden, wenn sie Gefahr liefen, ihre Selbstbeherrschung zu verlieren. Gegen Einwurf eines Rondos sei hier Gelegenheit geboten, sich während zweier Minuten auszutoben, ohne der Gemeinschaft lästig zu fallen.

Der Präsident schmunzelte. Busner und die übrigen Funktionäre lachten.

Der Präsident fuhr fort, er sei der Meinung, dass Kattland ohne Geheimpolizei auskomme, da er auf die Vernunft und das Verantwortungsbewusstsein der Kattländer baue. Er wisse, dass die Gemeinschaft jene einzelnen, welche sich störend bemerkbar machen sollten, an Gehorsam und Pflicht gemahnen werde. Um die Freundschaft innerhalb der Gemeinschaft zu fördern, habe die P.f.F. beschlossen, persönliche Schilder an die Bevölkerung abzugeben, die mit dem Namen und der Adresse des Bürgers versehen seien. Diese Schilder, die den einzelnen aus seiner Anonymität höben, müssten ab übermorgen gut sichtbar an der Kleidung getragen werden. Gegen Vorweisen der Niederlassungsbewilligung seien zehn dieser Schilder an eigens errichteten Ständen unentgeltlich zu beziehen. Die Gemeinschaft bitte den einzelnen, sein Namensschild jederzeit zu tragen und ein Ersatzschild mitzuführen. Vergessliche, welche ihr Namensschild nicht angeheftet hätten, würden von ihren Mitmenschen sogleich auf diesen Mangel hingewiesen. Zum Schluss, sagte der Präsident, möchte er sein Bedauern darüber ausdrücken, dass mehrere uneinsichtige Bürger Kattland verlassen hätten. Es handle sich um einige jener ewigen Individualisten, die noch nicht erkannt hätten, dass die Zeit des Individuums endgültig vorüber sei und sinnvolles Handeln nur noch innerhalb der Gemeinschaft stattfinde. Obwohl Kattland zur Zeit auf die Mitarbeit jedes einzelnen angewiesen sei, möchte er jenen Einzelgängern, welche glaubten, nicht fähig zu sein, sich je in eine Gemeinschaft einzuordnen, raten, Kattland so schnell wie möglich zu verlassen, da sie der Gemeinschaft bloss zur Last fielen. Die Grenzen ständen offen für sie, aber niemals mehr gebe es für solche, die sich dem Aufbau Kattlands in einer schweren Zeit entzogen hätten, eine Rückkehr in die Heimat.

Auf dem Bildschirm erschienen die applaudierenden Minister und Abgeordneten. Nachdem die Ansagerin eine Sendepause angekündigt hatte, eilten die Funktionäre, ohne ein Wort zu verlieren, in ihre Zellen. Während Busner eine neue Karte in die Schreibmaschine spannte, sagte er sich, der neue Präsident sei nicht nur ein hervorragender Politiker, sondern auch ein grosser Philosoph, der den Intellektuellen vordemonstriere, auf welche Weise Frieden zu verwirklichen sei. Es kam ihm in den Sinn, dies werde Billy Pack dadurch erleichtert, dass bloss solche Kattländer in ihrer Heimat blieben, welche wirklich beabsichtigten, sich am Aufbau einer friedlichen Gemeinschaft zu beteiligen. Später kam er darauf, dass die P.f.F., indem sie sich keiner Geheimpolizei bediene, ihren Glauben an die Vernunft der Kattländer beweise, und dass man die P.f.F. in dieser Hinsicht keinesfalls enttäuschen dürfe.

Das Ertönen der Sirene war ihm deshalb willkommen, weil er sich darauf freute, mit den Kollegen die Anordnungen der P.f.F. zu besprechen. Erst als er sie schweigend zur Kantine drängen sah, fiel ihm ein, dass im GES-Gebäude nur noch von der Arbeit gesprochen werden sollte. Um möglichst bald aus dem Haus zu kommen, beeilte er sich mit essen. Auf dem Platz fand er eine derart grosse Anzahl von Menschen vor, wie er sie hier noch nie angetroffen hatte. Weil von nirgendwoher ein lautes Wort zu hören war, da die Leute mit gedämpften Stimmen sprachen, fiel ihm „Gespensterversammlung" ein. Er benötigte einige Zeit, um die Funktionäre seiner Abteilung zu entdecken. Hinzutretend, hörte er Herrn Merker aus Zelle 75 sagen, ... wirklich vorbildlich!

Herr Rasch sagte, einfach grossartig!

Herr Holz sagte, meiner Ansicht nach grosse Klasse!

Herr Rasch fuhr fort, weil auf diese Weise nämlich keiner mehr anonym bleiben und sich der Verantwortung für sein Handeln entziehen kann, deshalb!

Herr Emmerich sagte zu Busner, nun, Herr Busner?

Busner sagte, meiner Meinung nach ist der Präsident nicht nur ein hervorragender Politiker, sondern ein grandioser Philosoph!

Herr Amell sagte, das wollte ich eben sagen, Herr Busner.

Busner sah die Funktionäre Mondiani und Fein, welche sich ihre Namensschilder bereits besorgt hatten, hinzutreten.

Herr Amell sagte, oh! und näherte sein Gesicht Herrn Feins Namensschild.

Herr Holz hob den Finger und sagte lachend, kein unnötiger Lärm, Herr Amell!

Herr Amell sagte, oh, Verzeihung!

Busner nahm sich vor, seine Namensschilder ebenfalls zu besorgen, stellte jedoch fest, dass ihm nicht mehr genügend Zeit dazu verbleibe.

Weil er nachmittags gerne Madeleine angerufen hätte, um sie zu einem Zusammentreffen zu überreden, bedauerte er einen Augenblick, dass Privatgespräche in der GESELLSCHAFT verboten waren.

Nach Feierabend kam er darauf, die halbe Stunde Arbeitsverlängerung überhaupt nicht bemerkt zu haben.

Den GESELLSCHAFTS-Platz überquerend, stiess er auf

einige Arbeiter, die mit dem Aufstellen von Kabinen beschäftigt waren, bei denen es sich, wie er dachte, um die Schreiräume handeln müsse. Als er an einer bereits stehenden Kabine vorüberkam, bemerkte er, dass sie aus durchsichtigem Material konstruiert war, was einem gestattete, von draussen festzustellen, wer die Kabine besetzt halte.

Da er vor den Namensschildausgaben lange Reihen Wartender erblickte, beschloss er, sich erst den Anzug zu besorgen, musste sich aber auch hier anstellen. Nachher, während ihm einer der Verkäufer Mass nahm, hörte er vor dem Ladentisch einen GES-Angestellten sich flüsternd darüber beschweren, dass sein Anzug nicht sitze, worauf ihm ein Verkäufer mitteilte, die Anzüge seien nur in gewissen Grössen lieferbar, Änderungen müssten vom Kunden bezahlt werden.

Busner gefiel sich in seiner neuen Kleidung. Um eine individuelle Note in seine Erscheinung zu bringen, band er sich den zum Anzug gehörenden Schlips derart, dass das breite Ende nicht über sein Brustbein herausreichte. Anstatt den GESELLSCHAFTS-Anzug liess er sich seine Privatkleidung einwickeln.

Als er nach einer halben Stunde Wartezeit vor einer der Namensschilderausgaben an die Reihe kam, zeigte er seine Niederlassungsbewilligung vor, sah zu, wie die Schilder beschriftet wurden, steckte sich eines davon an den GES-Anzug und liess die übrigen in die Tasche gleiten.

Auf dem Weg zur Garage beschloss er, Madeleine anzurufen. Gleich nach dem ersten Klingeln hob sie den Hörer ab, meldete sich aber nicht.

Busner sagte, hallo? Hallo? Madeleine? Harry Busner spricht! Madeleine, hallo?

Er stellte fest, dass sie aufgelegt hatte.

Als er in den Wagen stieg, beschloss er, zu ihr hinzufahren. In einer Blumenhandlung kaufte er eine Rose.

Vor ihrer Wohnungstür fühlte er sich etwas benommen. Es irritierte ihn, dass anstelle Madeleines ein Herr die Tür öffnete.

Busner sagte, Verzeihung, bin ich hier richtig bei Fischmann?

Der Herr sagte, Sie wollen zu Fräulein Fischmann?

Busner sagte, ja.

Der Herr sagte, kommen Sie bitte herein!

Eintretend, sagte Busner, verzeihen Sie, ich wusste gar nicht, dass Fräulein Fischmann nicht alleine wohnt.

Ohne zu antworten, stiess der Herr eine Tür auf und sagte, bitte!

Busner sah hinter einem Schreibtisch einen zweiten Herrn sitzen.

Er sagte, Verzeihung, bin ich hier wirklich richtig bei Madeleine Fischmann?

Der Herr am Pult sagte, Sicherheitsdienst. Darf ich bitte Ihre Papiere sehen?

Busner sagte, Sicherheitsdienst?

Der Herr sagte, ich möchte Ihre Papiere sehen, bitte!

Während Busner ihm seinen GES-Ausweis reichte, sagte er, was ist denn geschehen?

Ohne zu antworten, notierte sich der Herr Busners Personalien und gab ihm den Ausweis zurück.

Busner sagte, darf ich erfahren, wo Fräulein Fischmann sich aufhält?

Der Herr sagte, sind Sie ihr Freund?

Busner sagte, ... nein, wobei er hoffte, der Beamte habe sein Zögern nicht bemerkt.

Der Beamte sagte, was wollten Sie von ihr?

Busner sagte, ich wollte sie besuchen; ich kenne sie oberflächlich, wissen Sie.

Der Beamte sagte, wirklich? und steckte das Notizbuch, in welches er Busners Personalien eingetragen hatte, in die Rocktasche.

Busner sagte, ja, ich kenne sie vom „Neffari".

Der Beamte sagte, es war Ihnen aber bekannt, Herr Busner, dass Fräulein Fischmann für den Untergrund arbeitete?

Busner sagte, für den Untergrund? Madeleine? Das glaube ich nicht!

Der Beamte sagte, wir werden eine solche Behauptung wohl nicht aus der Luft greifen, Herr Busner!

Busner sagte, selbstverständlich, nur kann ich das beinahe nicht glauben!

Der Beamte sagte, es ist so. Guten Abend, Herr Busner.

Auf dem Heimweg versuchte er sich über das Vorgefallene und den Umstand, dass Madeleine für den Untergrund gearbeitet habe, klar zu werden. Er sagte sich, dass er die Beziehung zu Madeleine in jedem Fall sogleich abbrechen müsse, da er sonst möglicherweise den Verdacht auf sich ziehe, für den Untergrund gearbeitet zu haben.

In die Vorkstrasse biegend, stellte er fest, dass in den Schreikabinen nachts Licht brenne. Als er nach langer Zeit wieder eine geöffnete Würstchenbude antraf, ging er hin und ass einen Hamburger. Zu Hause blieb er bis zwei Uhr in seinem Sessel sitzen, um über die Sache mit Madeleine nachzudenken.

Am folgenden Tag richtete er es so ein, dass er eine Stunde früher als gewöhnlich auf dem GESELLSCHAFTS-Platz eintraf, so dass ihm, da der Arbeitsbeginn um eine halbe Stunde vorverschoben worden war, noch dreissig Minuten blieben, um sich mit den Kollegen zu unterhalten. Es erstaunte ihn, bereits eine grosse Anzahl GES-Angestellter vorzufinden. Wegen der Stille, die von dieser einheitlich gekleideten Menschenansammlung ausging, fiel ihm erst das Wort „Unheimlich" und danach abermals das Wort „Gespenstisch" ein. Auf der Suche nach seinen Kollegen vermochte er, nach den Kragenschnitten zu schliessen, nirgendwo einen höheren Angestellten als die Funktionäre zu erblicken, wohl aber unzählige Stenotypisten. Er fand seine Kameraden bei einem der Schreiräume, wo sie sich schon gestern aufgehalten hatten.

Sich dazustellend, flüsterte er, hallo!

Die Kollegen flüsterten, hallo, Herr Busner!

Er hörte Herrn Merker zu Herrn Holz flüstern, das Fleisch hat schon gestern abend um mehr als die Hälfte abgeschlagen. Herr Holz flüsterte, die P.f.F. erfüllt ihre Versprechen. Wir werden sehn, dass wir Ende dieser Woche wieder unsere gewohnten Preise haben.

Busner flüsterte, ich vermute, wir werden bereits am Donnerstag die normalen Preise wiederhaben.

Herr Emmerich flüsterte, der Brotpreis wurde bereits normalisiert, wie Sie vielleicht bemerkt haben.

Es gelang Busner, die Aufmerksamkeit der Funktionäre auf sich zu ziehen, indem er bekanntgab, er habe aus vertraulicher Quelle erfahren, dass gestern eine ganze Menge Leute aus dem Untergrund verhaftet worden seien.

Herr Merker flüsterte, wie wir sehen, funktioniert die P.f.F.!

Herr Mondiani wünschte nähere Angaben über Busners Quelle zu hören. Busner flüsterte, obwohl Herrn Mondiani absolutes Vertrauen entgegenzubringen sei, dürfe er, so sehr er bedaure, weiter nichts verraten.

Es missfiel ihm, dass der hinzutretende Herr Fein seinen Schlips auf dieselbe Weise gebunden hatte wie er selbst.

Er hörte Herrn Rasch und Herrn Mondiani, mit denen er kurz vor Arbeitsbeginn ins Hauptgebäude trat, von einem „Weissen Haus" sprechen und fragte, was es mit diesem „Weissen Haus" auf sich habe. Herr Mondiani, der dienstälteste Funktionär, den Busner als einzigen Kollegen wirklich nicht mochte, flüsterte, wissen Sie das denn nicht, Herr Busner?

Busner flüsterte, im Augenblick ist es mir jedenfalls entfallen, Herr Mondiani.

Auf dem Namensschild Herrn Mondianis entdeckte er, dass Herr Mondiani ebenfalls in der Austrasse wohnte.

Herr Rasch flüsterte, in der gestrigen Tagesschau gab Präsident Pack den Entschluss der P.f.F. bekannt, das Regierungsgebäude in „Weisses Haus" umzutaufen.

Busner flüsterte, ach so ja, ich glaube, ich hörte davon.

Herr Mondiani flüsterte, Sie haben sich gestern doch die Tagesschau angesehen, Herr Busner?

Busner flüsterte, leider kam ich nicht dazu.

Herr Mondiani flüsterte, wirklich? Weshalb nicht?

Busner flüsterte, nun, ich war andersweitig beschäftigt.

Herr Mondiani flüsterte, die Tagesschau sollte man sich unter allen Umständen ansehen, meine ich.

Busner flüsterte, das ist völlig richtig, Herr Mondiani, übrigens stelle ich gerade fest, dass wir in derselben Strasse wohnen.

Herr Mondiani flüsterte, ich weiss.

Busner flüsterte, merkwürdig, dass wir uns in unserem Quartier noch nie begegnet sind.

Herr Mondiani flüsterte, ich habe Sie schon einige Male

erblickt, Herr Busner.

Abends, wie er vom „Neffari-Club" nach Hause kehrte und, kaum war er in die Wohnung getreten, das Telefon läuten hörte, dachte er sogleich an Madeleine.

Er hob den Hörer ab und sagte, hallo?

Eine Frauenstimme sagte, ist Harry Busner da?

Er sagte, am Apparat.

Die Frau sagte, hallo, Harry!

Obwohl er den Eindruck gewann, nicht mit Madeleine zu sprechen, flüsterte er, Madeleine?

Die Frau sagte, wie?

Er sagte, wer spricht?

Die Frau sagte, ich bin's. Weshalb lässt du nichts von dir hören?

Er sagte, wieso?

Die Frau sagte, hast du meinen Brief nicht erhalten?

Er sagte, ich habe keinen Brief erhalten.

Die Frau sagte, wie, keinen Brief?

Er sagte, nein.

Die Stimme der Dicken erkannte er erst, als sie sagte, wann holst du mich endlich zur Hochzeit ab?

Er sagte, ach, du bist es!

Die Dicke sagte, wer sonst? Hast du so viele Freundinnen?

Er sagte, hör mal zu ...

Die Dicke sagte, ich will gar nichts hören, ich will bloss wissen, wann du mich endlich holst!

Er sagte, ich hole dich nie, verstehst du?

Die Dicke sagte, wie?

Er sagte, ich hole dich nie ab! Niemals! Glaubtest du wirklich, dass ich dich heiraten werde, du dicke Sau? Du bist ja verrückt! Niemals fiele es mir ein, dich zu heiraten, du Fettbrocken! Wage niemals mehr, mich anzurufen oder zu schreiben! Hast du verstanden, dickes Schwein?

Er hängte ein.

Anderntags, als er um sieben Uhr auf den GESELLSCHAFTS-Platz gelangte, fand er abermals eine grosse Anzahl GES-Angestellter vor, als hätten diese vereinbart, sich jeweils eine halbe Stunde vor Arbeitsbeginn zu treffen. Seine Kollegen standen wie gestern bei einer der Schreizellen.

Herr Emmerich behauptete, der P.f.F. sei bekannt, wer gegen sie gestimmt habe. Herr Holz fragte, auf welche Weise die P.f.F. das herausgebracht habe.

Herr Emmerich flüsterte, ich finde es vollkommen richtig, dass die Partei über diese Dinge orientiert ist.

Busner flüsterte, das ist mal sicher!

Herr Emmerich fuhr fort, da es für die Gemeinschaft nämlich von Vorteil ist, dies zu wissen!

Busner flüsterte, das wollte ich gerade sagen, übrigens, wie hat die P.f.F. das denn herausgebracht?

Herr Emmerich lachte. Nach einem Augenblick flüsterte er, bei der Wahl habe man ja seine persönliche Stimmkarte abgeben und hinterher den Stimmzettel in die Urne werfen müssen.

Herr Holz flüsterte, stimmt.

Herr Emmerich flüsterte, die Urnen seien aber derart beschaffen gewesen, dass die Stimmzettel flach aufeinander zu liegen gekomen seien. Die Reihenfolge der persönlichen Stimmkarten habe sich dann logischerweise mit der Reihenfolge der Stimmzettel gedeckt.

Busner flüsterte, das ist logisch.

Herr Emmerich flüsterte, das ist genial, Herr Busner!

Herr Holz flüsterte, jedenfalls kommt es der Gemeinschaft zugute, das ist mal klar!

NOVEMBER

Im Verlaufe der folgenden Woche erwachte Busner eines Morgens von einem kratzenden Geräusch an seiner Wohnungstür. Auf den Wecker blickend, stellte er fest, dass es kurz vor sechs

Uhr sei. Während er sich zur Tür schlich, gewann er den Eindruck, es hantiere jemand am Schloss. Wie er bei der Tür angelangt war, erstarb das Geräusch, so dass er den Schlüssel rasch umdrehte und die Tür — nachdem er festgestellt hatte, dass sie nicht abgesperrt gewesen war — aufriss. Er sah einen Handwerker auf dem Fussboden, der, ihm den Rücken zukehrend, in einer Werkzeugkiste stöberte.

Busner rief, was tun Sie da?

Ohne ihn anzusehen, flüsterte der Handwerker, pssssst!

Busner flüsterte, was machen Sie da? Antworten Sie!

Noch immer ohne ihn anzusehen, flüsterte der Handwerker, das Schloss.

Busner flüsterte, wieso? Ist das Schloss defekt?

Der Handwerker flüsterte, defekt ist es nicht, entnahm der Kiste einen Schraubenzieher, erhob sich und schob Busner etwas zur Seite. Busner packte ihn an den Schultern, drehte ihn um und sagte, was zum Teufel tun Sie denn da, wenn das Schloss nicht kaputt ist?

Der Handwerker, ein Herr Karmler, wie Busner bemerkte, flüsterte, beherrschen Sie sich, Herr Busner, ja? und, nachdem er sich losgemacht hatte, ich wechsle das Schloss aus, wie Sie sehen!

Busner flüsterte, wieso? Hat Sie der Hauseigentümer beauftragt, mein Schloss auszuwechseln?

Herr Karmler flüsterte, beauftragt hat uns die P.f.F.

Busner flüsterte, die P.f.F.? Was hat die denn mit meiner Wohnungstür zu tun?

Herr Karmler flüsterte, die P.f.F. hat angeordnet, dass an Zimmer — , Wohnungs- und Haustüren Einheitsschlösser angebracht werden müssen.

Busner flüsterte, wozu?

Herr Karmler flüsterte, der Beschluss soll heute publik gemacht werden.

Busner flüsterte, aber weshalb denn?

Herr Karmler flüsterte, was weiss ich? Jedenfalls kann sich dann keiner mehr verkriechen oder vor der Gemeinschaft verstecket halten. Meiner Ansicht nach ist das richtig, Herr Busner!

Busner flüsterte, aber selbstverständlich ist das richtig! Was die P.f.F. anordnet, ist ohnehin richtig.

Herr Karmler flüsterte, genau.

Busner flüsterte, und das soll in der ganzen Stadt geschehen, mit diesen Einheitsschlössern, meine ich?

Herr Karmler flüsterte, im ganzen Land.

Nach einer Weile flüsterte Busner, ich frage mich bloss, wozu Schlösser überhaupt noch notwendig sind, wenn jedermann zu jedem Schloss einen Schlüssel besitzt, verstehen Sie mich?

Da Herr Karmler nicht antwortete, fuhr er fort, ich meine, weil in diesem Fall doch jeder in der Lage ist, mit seinem Schlüssel sämtliche Türen zu öffnen, wissen Sie?

Herr Karmler flüsterte, wir in unserer Gemeinschaft brauchen mal keine Privatschlösser mehr. Das ist meine Meinung.

Busner flüsterte, sicher, das meine ich auch.

Herr Karmler flüsterte, und die, denen so was nicht passt, die können ja gehen, oder nicht?

Busner flüsterte, sicher!

Herr Karmler riss das Schloss weg und flüsterte, das muss ich mitnehmen.

Busner bot ihm ein Bier an. Wie er damit zurückkehrte, sah er Herrn Karmler damit beschäftigt, das neue Schloss an die Tür zu hämmern. Er fragte ihn, ob er die Schlösser der übrigen Mieter bereits ausgewechselt habe. Herr Karmler erklärte, er habe sich Busners Schloss als erstes vorgenommen. Nachdem er geprüft hatte, ob es sich schliessen lasse, händigte er Busner zwei Schlüssel aus.

Während Busner sich wusch, gestand er sich, dass ihm der Beschluss der P.f.F. bezüglich der Einheitsschlösser missfalle. Eine Zeitlang fluchte er leise vor sich hin.

Auf dem Weg zur GESELLSCHAFT sah er einen Mann aus einer Schreizelle stürzen, sogleich einen anderen aus der Dunkelheit auftauchen und sich an der Tür zu schaffen machen.

Von den Kollegen erfuhr er, dass man bei einem grossen Teil von ihnen die Schlösser ebenfalls ausgewechselt habe, bei einigen sei dies bereits gestern abend geschehen.

Er hörte Herrn Mondiani zu, der sich Herrn Holz gegenüber über die erzieherischen Schwierigkeiten ausliess, die ihm die Bemühungen bereiteten, seinen beiden Kindern beizubringen, dass sie weder schreien noch lärmen sollten.

Abends, als er versuchte, ob die Tür sich öffnen lasse, wenn der Schlüssel von innen stecke, überkam ihn ein unbehagliches Gefühl, als er feststellte, dass dies der Fall sei. Er beschloss, an der Tür einen Riegel anzubringen. Nachher schaltete er den Fernseher ein und fluchte in die vorgehaltene Hand.

Mit einem Male fühlte er Lust, eine Schreizelle aufzusuchen, sagte sich aber, dies würde, wenn er gesehen werden sollte, seiner Karriere schaden. Um sich abzureagieren, eilte er eine Zeitlang mit grossen Schritten von der Wohnungstür in den Aufenthaltsraum. Schliesslich nahm er sich vor, die Schreizelle während der Nacht aufzusuchen, vermochte sich jedoch, als der Wecker um zwei Uhr in der Früh rasselte, nicht zu entscheiden, ob er es nun tatsächlich tun wolle. Nach einiger Zeit beschloss er, es aus Rücksicht auf seine Karriere bleibenzulassen.

Am Morgen erfuhr er von Herrn Rasch, dass der Funktionär Meinar aus Abteilung F entlassen worden sei. Man habe Herrn Meinar dabei ertappt, wie er, anstatt zu arbeiten, einen Papierbogen mit dem Wort „Gottverdammich" vollgeschrieben habe. In seiner Pultlade seien weitere mit Flüchen beschriftete Blätter gefunden worden.

Als er anderntags in die Vorkstrasse bog, rannte ihm ein Mann vor das Auto, so dass er gezwungen war, scharf zu bremsen, um ihn nicht anzufahren. Es verwunderte ihn, dass der Mann, anstatt sich zu entschuldigen, die Strasse hochrannte. Wie er den Motor erneut anspringen liess, sah er einige Männer um die Ecke biegen, die, wie ihm schien, den ersten verfolgten. Um ihnen zu Hilfe zu eilen, stieg er aus. Obwohl sich mehr als zwei Dutzend Männer an der Jagd beteiligten, vermochte er — dies fiel ihm auf — kein lautes Wort zu hören. Als geübter Läufer sah er sich mit zwei weiteren Männern dem Verfolgten, der sich öfters nach ihnen umsah, bald dicht auf den Fersen. Nachdem sie ihn gestellt hatten, spritzte ihm einer dieser Männer den Inhalt einer Spraydose ins Gesicht, worauf der Verfolgte zu Boden sank.

Der Mann, ein Herr Boss, flüsterte heftig atmend zu Busner, sehn Sie, die Polizei schlägt nicht mehr zu!

Busner flüsterte, ist er tot?

Herr Boss flüsterte, bloss bewusstlos.

Busner flüsterte, was hat er getan?

Herr Boss erklärte, er sei ein Regimegegner. Busner beugte sich über den Regimegegner. Dieser hiess Jakob Lehr und wohnte an der Zollstrasse 34.

Busner flüsterte, das ist wirklich eine humane Methode, um Verbrecher zur Strecke zu bringen!

Nachdem er mit Herrn Boss den dichten Kreis der Zuschauer verlassen hatte, fragte er ihn, was nun mit dem Regimegegner geschehe.

Herr Boss flüsterte, er wird in ein Umschulungslager gesteckt.

Busner flüsterte, ach so!

Herr Boss flüsterte, wussten Sie das nicht?

Busner flüsterte, nicht genau.

Herr Boss flüsterte, es ist ja kein Geheimnis; nach einigen Monaten Umschulungslager wird er einer Prüfung unterzogen und, je nachdem, entweder in die Gemeinschaft aufgenommen oder des Landes verwiesen. Das ist alles. Geschlagen oder gefoltert wird bei uns kein Regimegegner. Daran sieht man, dass wir eine fortschrittliche und humane Regierung besitzen.

Busner flüsterte, zweifelsohne!

Herr Boss flüsterte, es gibt nämlich sozusagen kein einziges Land ausser Kattland, in dem die politischen Gefangenen nicht körperlich gezüchtigt werden.

Busner flüsterte, wir haben eben eine moderne Regierung.

Herr Boss flüsterte, so ist es, Herr Busner.

Bei seinem 12 SS angelangt, vermochte Busner sich nicht zu enthalten, Herrn Boss zu fragen, ob er Polizist sei.

Herr Boss flüsterte, das ist aber keine sehr intelligente Frage, Herr Busner.

Busner flüsterte, ich dachte, weil Sie keine Uniform tragen

und es keine Geheimpolizei mehr gibt?

Herr Boss flüsterte, es gibt keine Geheimpolizei mehr, das stimmt, aber wir auf unserer Abteilung tragen keine Uniformen.

JANUAR

Als er zwei Monate danach eines Winterabends nach Hause zurückkehrte, fand er im Briefkasten abermals ein Schreiben der Dicken. Um das Vergnügen, welches er sich von seinem Inhalt versprach, voll auszukosten, machte er es sich in seiner Wohnung gemütlich, bevor er es öffnete. Er las, er habe in Gausen-Kulm gesagt, er wolle sie heiraten, aber sie bekomme ein Kind von ihm, nun sei es sicher, und er müsse sie heiraten. Er solle sie möglichst bald holen kommen, weil der Vater sie schlage, weil sie ein Kind kriege aber keinen Mann habe, und jeden Tag sage, wo bleibt dein Bräutigam. Sie sage, er komme schon, weil sie wisse, dass er ihr die Heirat versprochen habe und sie nicht ins Unglück stosse. Auf der Rückseite des Briefbogens stand: Ich freue mich auf die Süssigkeiten in der Konditorei. Wird es ein Junge oder ein Mädchen? Oder soll ich in die Stadt kommen? Du brauchst bloss zu schreiben, wohin. Suche unbedingt eine Wohnung, wenn du noch keine hast. Wird es ein Junge, heisst er Harry. Wenn du nicht kommst, komme ich. Man sieht erst ein bisschen von ihm. Ich liebe dich immer noch. Eine Million Küsse sendet deine Braut Berti.

Um eine Zeitlang unvernehmbar in die vorgehaltene Hand zu fluchen, schaltete er den Fernseher ein. Nachdem er den Brief ein zweites Mal gelesen hatte, überlegte er, während er zwischen der Wohnungstür und dem Wohnzimmer hin- und herschritt, wie er sich aus der Affäre ziehen könne. Schliesslich holte er einen Briefbogen und schrieb, wie es ihr gehe, ihm gehe es gut. Er würde sie sehr gerne heiraten, aber das gehe bedauerlicherweise nicht, weil er seit einigen Wochen verheiratet sei. So gebe es leider keine andere Lösung als die, dass sie den Bengel abtreiben lasse. Damit sie dafür kein Geld auszulegen brauche und eine für alle Teile befriedigende Lösung getroffen werde, komme er für sämtliche Unkosten auf. Sie solle also in der nächsten Stadt einen Psychiater aufsuchen und ihm sagen, sie möchte ihr Kind abtreiben lassen, weil sie nicht wisse, wer sein Vater sei. Der Psychiater werde in sie dringen, um es herauszufinden, aber sie solle dabeibleiben, dass sie es nicht wisse, denn sonst weigere sich der Psychiater, ihr zu helfen, und sie stehe mit einem Kind und ohne Mann da. Der Psychiater werde ihr ein Zeugnis geben und ihr beschreiben, was sie als nächstes zu tun habe. Keinesfalls solle sie sagen, dass er der Vater des Kindes sei, sonst sehe er sich nicht in der Lage, für die Unkosten der Abtreibung aufzukommen. Wenn es soweit sei, solle sie ihm wieder schreiben. Er werde ihr die Unkosten und darüber hinaus etwas Schmerzensgeld senden, obwohl der Eingriff nicht im geringsten schmerze.

Er beschloss, den Brief gleich einzuwerfen. Hinterher befürchtete er mit einem Male, die Dicke werde seine Anordnungen nicht befolgen, gelangte aber nach einiger Überlegung zum Schluss, aufgrund ihrer Dummheit und Einfallslosigkeit werde die Dicke genau das tun, was er sie geheissen habe.

Drei Wochen danach, als ihn der Wecker aus dem Schlaf riss und er das Licht anknipste, erschrak er ausserordentlich darüber, am Fussende seines Bettes einen Herrn sitzen zu sehen. In der ersten Bestürzung versetzte er ihm mit dem einen Bein einen Stoss, warf die Bettdecke ab und rief, wer sind Sie?

Ein zweiter Herr, den Busner jetzt erst am Tisch gewahrte, zischte, pssssst!

Busner rief, wer sind Sie? Was wollen Sie beide hier? Antworten Sie!

Bevor die Herren sich geäussert hatten, sah er im Türrahmen der Küche einen weiteren Herrn auftauchen, der nun flüsterte, guten Morgen, Herr Busner, wir sind vom Sicherheitsdienst.

Busner flüsterte, vom Sicherheitsdienst?

Er beobachtete, wie der kleine dicke Herr gemächlich an den

Tisch trat, sich mit gesenktem Kopf einen Stuhl zurechtrückte, darauf Platz nahm, seinen Hut absetzte, ihn auf den Tisch legte und sich über die Glatze strich.

Busner flüsterte, was wollen Sie von mir? Was kann ich für Sie tun?

Der Dicke teilte ihm nach einem Augenblick mit, er sei vorübergehend verhaftet.

Busner flüsterte, verhaftet? Weshalb?

Der Dicke wies ihn darauf hin, dass er gesagt habe, Busner sei *vorübergehend* verhaftet, das heisse, er werde im Verlaufe des Tages wieder freikommen.

Busner flüsterte, weshalb verhaften Sie mich?

Der Dicke flüsterte, wir wurden beauftragt, Sie zu verhaften.

Busner flüsterte, das begreife ich nicht — ich habe nichts getan!

Er sah von einem Beamten zum andern und fuhr nach einem Augenblick fort, es wird Ihnen bekannt sein, dass ich ein GESELLSCHAFTS-Funktionär bin?

Um einen der drei auf den Tisch blickenden Polizisten endlich zu einer Erklärung zu veranlassen, fügte er hinzu, der Grund seiner Verhaftung sei ihm absolut rätselhaft, wahrscheinlich sei dem Sicherheitsdienst ein Irrtum unterlaufen.

Der Dicke flüsterte, Sie werden schon wissen, weshalb man Sie verhaftet.

Busner flüsterte, aber nein, ich weiss es nicht!

Der Dicke flüsterte, wollen Sie nicht endlich vom Bett heruntersteigen und sich anziehen, Herr Busner?

Während Busner nach seinen Kleidern langte, fragte er, ob der Haftbefehl tatsächlich auf seinen Namen, Harry Busner, laute?

Der Beamte, den er getreten hatte, antwortete, ob Busner der Meinung sei, der Sicherheitsdienst verhafte die falschen Leute.

Nach einem Augenblick flüsterte Busner, ich werde doch rechtzeitig zur Arbeit erscheinen?

Der Dicke, der, wie Busner feststellte, Karl Fränzi hiess, flüsterte, das hängt von den Umständen ab.

Busner flüsterte, und wie rechtfertige ich mich, falls ich zu spät zum Dienst erscheine? Ich kann ja schliesslich nicht angeben, dass ich verhaftet wurde!

Der Dicke flüsterte, die GESELLSCHAFT wurde über Ihre

Verhaftung orientiert.

Busner flüsterte, was?

Der Dicke wiederholte, dass die GESELLSCHAFT über Busners Verhaftung orientiert worden sei.

Busner flüsterte, das wird ja wohl nicht stimmen!

Der Dicke flüsterte, je mehr Zeit wir vertun, desto später werden Sie in der GESELLSCHAFT eintreffen.

Busner flüsterte, aber meine Herren, es wird mich die Karriere kosten, wenn die GESELLSCHAFT tatsächlich von dieser Verhaftung erfährt! Verstehen Sie, meine Herren: Wegen eines Irrtums ist meine Karriere in Frage gestellt! Ich erwarte von der Staatsanwaltschaft, dass sie diesen Irrtum sogleich berichtigt und die Wahrheit ans Licht bringt!

Der Dicke flüsterte, die Wahrheit kommt immer ans Licht.

Im Badezimmer gelangte er zum Schluss, dass seine Vermutung, man habe ihn im Zusammenhang mit der Festnahme Madeleines verhaftet, richtig sei: Entweder habe man aufgrund einer Falschaussage Madeleines Verdacht gegen ihn geschöpft, den er mühelos entkräften werde, oder dann benötige man ihn in dieser Sache als Zeugen.

Um das Wohlwollen der Beamten zu gewinnen, öffnete er die Badezimmertür und rief gedämpft, falls die Herren Kaffee zu trinken wünschten, fänden sie welchen in der Küche, erhielt jedoch keine Antwort. Schliesslich fügte er hinzu, ob er selbst welchen bereiten solle, erhielt aber wiederum keinen Bescheid.

Erst als er die Tür zuzog, hörte er einen der Beamten entgegnen, beeilen Sie sich!

Ins Wohnzimmer zurückgekehrt, überraschte es ihn, den Dicken auf dem Tisch stehen zu sehen, von dem aus er die Deckenbeleuchtung untersuchte. Nachdem er ihm eine Weile zugesehen hatte, flüsterte er, Sie sind auf der falschen Spur, ich habe nichts versteckt.

Der Dicke flüsterte, gehen wir?

Draussen stellte Busner fest, dass die Beamten ihren Wagen derart dicht hinter seinen 12 SS geparkt hatten, dass die Stossstangen sich berührten. Der Dicke teilte Busner mit, er habe die

Fahrt im Auto der Beamten zurückzulegen.

Er war froh, dass sie vor einem Seitengebäude des „Weissen Hauses" anhielten, ohne den GESELLSCHAFTS-Platz, wo ihn möglicherweise einer seiner Kollegen entdeckt hätte, überquert zu haben. Am Fuss der Treppe dieses Seitengebäudes blieb der Dicke stehen und hielt Busner am Arm fest, während die beiden anderen Beamten hochstiegen. Schliesslich streckte ihm der Dicke, dessen Kopf an Busners Schulter reichte, die Hand entgegen und flüsterte, mein Name ist Fränzi.

Busner schüttelte die Hand des Dicken, wobei er flüsterte, das habe ich bereits bemerkt, Herr Fränzi.

Nachdem Herr Fränzi sich den Kopf gekratzt hatte, flüsterte er, ich habe eine bestimmte Angewohnheit, und sah Busner erwartungsvoll in die Augen.

Busner flüsterte, wir alle haben doch unsere Gewohnheiten, nicht wahr?

Herr Fränzi flüsterte, das wollte ich sagen.

Nach einer Weile wandte er den Blick ab, wechselte das Standbein und flüsterte, ich habe eine vielleicht etwas ausgefallene Angewohnheit, wissen Sie.

Busner flüsterte, jede Angewohnheit ist mehr oder weniger ausgefallen, meine ich.

Herr Fränzi flüsterte, genau! Es handelt sich bei der meinen um eine Art Berufsehre, wissen Sie, und blickte ihn erwartungsvoll an, so dass Busner flüsterte, ich glaube, Sie wünschen etwas von mir und getrauen sich nicht zu fragen?

Herr Fränzi flüsterte, so ist es!

Nachdem Busner ihn ermuntert hatte, sein Anliegen zu äussern, flüsterte er, sind Sie stark? Ich meine, sind Sie kräftig?

Busner flüsterte, das kommt darauf an.

Herr Fränzi flüsterte hastig, um es geradeheraus zu sagen: Meine Angewohnheit besteht darin, dass ich meine Verhafteten, also die Leute, die ich verhafte, gerne zum Untersuchungsrichter reite, aber eigentlich ist dies keine Angewohnheit mehr, sondern eine Leidenschaft, das heisst, die Angewohnheit hat sich zur Leidenschaft entwickelt, verstehen Sie? Diese Leidenschaft ist wahrscheinlich etwas abnormal und nicht gestattet, aber ich kann nicht anders, verstehen Sie? Ich handle unter Zwang! Ich bringe es nicht fertig, meine Verhafteten normal vorzuführen, und bis jetzt hatte keiner der Verhafteten etwas dagegen, sich reiten zu lassen, obwohl dies das Recht des Verhafteten wäre, glaube ich, so dass ich hoffe, auch Sie werden Verständnis aufbringen?

Busner flüsterte, wenn ich recht begriffen habe, wollen Sie auf mir zum Untersuchungsrichter reiten?

Herr Fränzi flüsterte, Sie sind also einverstanden? und stellte sich hinter Busner.

Im selben Augenblick, in dem Busner flüsterte, was wollen Sie denn? fühlte er Herrn Fränzis Hände auf seinen Schultern und hörte ihn flüstern, Sie erlauben also?, wobei er sich auf Busners Rücken hisste.

Einen Augenblick schwankte er unter dem Gewicht des Dicken. Er hörte ihn flüstern, die Treppe hoch!

Er brachte es fertig, über Herrn Fränzis Eigenheit zu lachen. Während er mit ihm zu den beiden anderen Beamten hochstieg, die auf der obersten Stufe warteten, sagte er sich, glücklicherweise werde er von keinem seiner Kollegen gesehen.

Herr Fränzi fragte ihn, ob er zurechtkomme.

Busner flüsterte, Sie sind vielleicht ein Witzbold, Herr Fränzi!

Mit einem Male kam ihm die Dicke in den Sinn. Er dachte daran, dass sie ihn letzthin ähnlich geritten hatte wie jetzt Herr Fränzi. Als er neben den grinsenden Beamten anhielt, fiel ihm ein, möglicherweise sei Herr Fränzi ein Bruder der Dicken. Anstatt dass Herr Fränzi, wie Busner erwartet hatte, nun von seinem Rücken herunterrutsche, rief er, weiter!, weiter!

Busner flüsterte, weiter? und betrat durch die von einem der beiden Beamten offengehaltene Tür das „Weisse Haus".

Der Dicke flüsterte, nach rechts!

Nachher, als Busner mit ihm in einen der nächsten Korridore bog, brüllte der Dicke unvermittelt, ich hab einen!, so dass Busner zusammenfuhr und flüsterte, pssssst, Herr Fränzi!

Aber der Dicke rief wieder, ich hab einen!, Leute, ich hab einen!

Aus einigen Türen, die sich öffneten, traten mehrere Beamte auf den Korridor. Während Busner mit dem Dicken an den grinsenden und teilweise gedämpft applaudierenden Herren vorüberzog, rief der Dicke andauernd, ich hab einen! Als einer der Beamten ihm zuflüsterte, bravo, Herr Fränzi!, brüllte der Dicke,

Fränzi hat einen!

Vor der drittletzten Tür rief er, halt!

Nachdem er von Busners Rücken heruntergeglitten war und sich den Hut aufgesetzt hatte, flüsterte er, indem er seine Hose hochzog, ich hoffe, es war nicht allzu unangenehm für Sie?

Busner flüsterte, wissen Sie, ich habe Sinn für Humor.

Herr Fränzi flüsterte, das glaube ich Ihnen, Herr Busner.

Auf die Tür weisend, vor der sie standen, teilte er ihm mit, dass Busner hier einzutreten habe, reichte ihm die Hand und flüsterte, auf Wiedersehen, Herr Busner, nehmen Sie mir meine Eigenart nicht übel!

Busner klopfte an, erhielt aber keine Antwort. Herr Fränzi, der sich am anderen Ende des Korridors nach ihm umdrehte, gab ihm zu verstehen, er solle eintreten. Gleichwohl klopfte Busner nochmals, bevor er dies tat. Es war niemand im Inneren des Raumes. Obwohl sich neben der Tür ein Stuhl befand, blieb er stehen, da es ihm ungehörig erschienen wäre, sich in einem Büro der Staatsanwaltschaft unaufgefordert zu setzen. Während des Wartens legte er sich zurecht, auf welche Weise er den Verdacht, gemeinsam mit Madeleine für den Untergrund gearbeitet zu haben, entkräften wolle.

Nach längerer Zeit sah er die sich hinter dem Schreibtisch befindende Tür aufgehen und den Kopf eines Herrn erscheinen, der sich kurz umsah, „Verzeihung" flüsterte und die Tür zuzog. Busner stellte fest, dass er sich keinesfalls mehr rechtzeitig zum Dienst einfinden werde. Schliesslich setzte er sich doch auf den Stuhl, stand aber sogleich wieder auf, als die Tür erneut geöffnet wurde und ein Herr eintrat, dessen Gesicht ihn an ein Pferd erinnerte.

Nachdem dieser die Tür geschlossen hatte, flüsterte er, guten Tag, Herr Busner!

Busner flüsterte, guten Tag.

Der Herr forderte ihn auf, sich ihm gegenüber vor den Schreibtisch zu setzen. Während Busner den Stuhl hintrug, flüsterte der Herr, ich hoffe, Sie mussten nicht allzulange warten?

Busner flüsterte, aber keineswegs.

Als er den Stuhl abstellte, bemerkte er, dass der Herr Hans Freudig hiess.

Herr Freudig flüsterte, auf diese Weise sind wir uns nämlich näher.

Busner flüsterte, gewiss.

Herr Freudig flüsterte, mein Name ist übrigens Freudig.

Busner flüsterte, guten Tag, Herr Freudig.

Nachdem Herr Freudig ihn längere Zeit aufmerksam betrachtet hatte, fragte Busner, ob er erfahren dürfe, aus welchem Grund man ihn verhaftet habe.

Er sah ein Lächeln über Herrn Freudigs Gesicht gleiten, bevor er antwortete, wir wollten Sie kennenlernen, Herr Busner.

Busner flüsterte, ach so, und in welchem Zusammenhang möchte mich die Staatsanwaltschaft kennenlernen?

Herr Freudig flüsterte, nun, Sie werden sich vorstellen können, dass dies im Zusammenhang mit Ihrer Affäre steht.

Busner flüsterte, mit welcher Affäre?

Herr Freudig fragte, ob er in mehrere verwickelt sei.

Busner flüsterte, ich weiss nicht, wovon Sie sprechen.

Herr Freudig flüsterte lächelnd, sind Sie sich keiner Schuld bewusst, Herr Busner?

Busner flüsterte, aber ganz und gar nicht!

Herr Freudig flüsterte, gegenüber der Gemeinschaft?

Busner flüsterte, aber niemals! Ich habe mich zu keiner Zeit gemeinschaftsfeindlich verhalten! Das fiele mir nie ein! Ich bin, wie Sie wohl wissen werden, GESELLSCHAFTS-Angestellter im Range eines Funktionärs. Ich bin ein begeisterter Anhänger der P.f.F. und befürworte ihre Politik absolut! Ich glaube unbedingt, dass alleine die P.f.F. in der Lage ist, unser Leben sinnvoll zu gestalten und einen echten Frieden zu verwirklichen! Ich meine, meine Ansichten decken sich absolut mit den Ansichten der P.f.F.! Die P.f.F. ist der Inhalt meines Lebens, die P.f.F. ist für mich etwas, wofür man sein Leben hergäbe, verstehen Sie, ich würde mich niemals gegen die Gemeinschaft vergehen!

Herr Freudig flüsterte, wie meinen Sie das?

Busner flüsterte, verstehen Sie, ich würde mich niemals gegen sie vergehen, weil ...

Herr Freudig flüsterte, nicht das!

Busner flüsterte, was denn?

Herr Freudig flüsterte, dass Sie Ihr Leben für die P.f.F. hergäben?

Busner flüsterte, ach so, nun, man sagt das so, man gäbe sein Leben für irgend etwas her.

Herr Freudig flüsterte, und Sie täten das für die P.f.F.?

Busner flüsterte, verstehen Sie, das ist eine Redensart: sein Leben für irgend etwas hergeben.

Herr Freudig flüsterte, ich weiss; Sie meinen also, Sie würden für die P.f.F. Ihr Leben hergeben?

Busner flüsterte, ich sagte, für mich ist die P.f.F. etwas, wofür ich mein Leben hergäbe.

Herr Freudig flüsterte, wenn ich Sie recht verstehe, so wären Sie bereit, für die P.f.F. zu sterben?

Busner flüsterte, falls es die Umstände erforderten, täte ich das jederzeit, und ich täte es mit Freuden!

Herr Freudig sagte, mhm, und machte sich eine Notiz.

Danach flüsterte er, gerade weil Sie ein begeisterter Anhänger der P.f.F. sind, fällt es uns schwer zu verstehen, wie Sie dazu kamen, gegen die Grundsätze der Partei zu verstossen.

Busner flüsterte, das habe ich nicht getan! Niemals, Herr Freudig! Glauben Sie mir, es muss ein Irrtum vorliegen! Jemand muss mich verleumdet haben!

Herr Freudig betrachtete ihn derart, dass er fortfuhr, ich weiss wirklich nicht, wovon Sie sprechen! und, da Herr Freudig, anstatt sein Schweigen zu brechen, auf ein Bekenntnis zu warten schien, hinzufügte, ich bin mir tatsächlich keiner Schuld bewusst, da ich mich ausnahmslos und jederzeit nach den Grundsätzen der Partei richte.

Herr Freudig flüsterte, unser vielleicht bedeutendster Grundsatz ist doch der, dass der einzelne selbstbeherrschungsfähig sein muss. Darauf ruht einmal die ganze Ethik unserer Gemeinschaft, und zweitens ist dieser Grundsatz, wie der Präsident ausführte, die Voraussetzung, um den Weltfrieden zu errichten, nicht wahr?

Busner flüsterte, darin gehe ich völlig mit Ihnen einig, Herr Freudig.

Herr Freudig flüsterte, sind Sie selbstbeherrschungsfähig, Herr Busner?

Busner flüsterte, aber gewiss doch!

Herr Freudig teilte ihm mit, dass die Tatsachen dagegen zu sprechen schienen.

Busner flüsterte, weshalb?

Herr Freudig zog eine Schublade seines Schreibtisches auf.

Busner flüsterte, was liegt gegen mich vor?

Er sah Herrn Freudig umständlich nach etwas suchen, endlich einen Briefumschlag zum Vorschein bringen, diesem eine Ansichtskarte oder eine Fotografie entnehmen und sie eine Weile betrachten.

Während er sie ihm reichte, flüsterte er, ist Ihnen diese Person bekannt?

Busner erschrak, als er auf der Fotografie die Dicke gewahrte, so dass ihm die Worte „Was soll das?" um etliches zu laut entfuhren.

Herr Freudig fragte abermals, ob ihm diese Person bekannt sei.

Busner flüsterte, gewiss, ich kenne sie aus Gausen-Kulm. Was ist mit ihr?

Ohne seinen freundlichen Tonfall zu ändern, flüsterte Herr Freudig, bestreiten Sie, Herr Busner, ihr beigeschlafen zu haben?

Busner legte die Fotografie vor Herrn Freudig hin und flüsterte, man ... kann nicht sagen, dass ich ihr beigeschlafen habe, ... es war so, ... wie soll ich sagen? Es war so ...

Herr Freudig unterbrach ihn mit der Frage, ob er diesem Mädchen also nicht beigeschlafen habe.

Busner flüsterte, schon, aber ...

Herr Freudig schob die Fotografie der Dicken zu Busner zurück und fuhr fort, Sie haben diesem Mädchen beigeschlafen, obwohl Sie doch wussten, dass es erst fünfzehn Jahre alt war, Herr Busner?

Busner flüsterte, ja, das wusste ich, aber sehn Sie ...

Herr Freudig flüsterte, was doch in jeder Hinsicht gegen die Grundsätze der P.f.F. gehandelt ist und selbst unter der früheren Regierung bestraft wurde?

Busner flüsterte, nun ja, das alles ist richtig, aber verstehen Sie, um die Gesetze der früheren Regierung kümmerte ich mich nicht. Für mich galten schon damals die Grundsätze der P.f.F.; diese hatte aber zu jener Zeit die Regierung noch nicht angetreten.

Herr Freudig flüsterte, Sie gehen mit mir einig, dass Sie gegen die Grundsätze der Partei gehandelt hatten?

Busner flüsterte, nun ja, bloss hatte die P.f.F., wie ich bereits sagte, die Regierung damals noch nicht übernommen. Das heisst, ihre Grundsätze hatten noch keine Gesetzeskraft erlangt, verstehen Sie?

Herr Freudig flüsterte, Sie meinen, die Grundsätze der P.f.F. galten für Sie, waren aber noch nicht rechtskräftig zu jener Zeit?

Busner flüsterte, so ist es.

Herr Freudig flüsterte, diesen Grundsätzen aber, das bestreiten Sie nicht, haben Sie zuwidergehandelt, indem Sie damals nicht imstande waren, sich zu beherrschen?

Busner flüsterte, auf diese Weise lässt sich das, glaube ich, nicht sagen, es war so, dass ...

Herr Freudig flüsterte, wie war es?

Busner flüsterte, es war anders, verstehn Sie, es verhielt sich auf andere Weise.

Herr Freudig wollte wissen, wie es sich denn verhalten habe.

Busner flüsterte, verstehn Sie, man muss die näheren Umstände in Betracht ziehen.

Herr Freudig flüsterte, ganz gewiss muss man das; wie wirkten sich diese Umstände denn aus?

Busner flüsterte, diese Umstände lagen derart unglücklich, dass es sonst niemals dazu gekommen wäre.

Auf die Frage Herrn Freudigs, wozu es sonst nicht gekommen wäre, erklärte Busner, dass er sich mit ihr abgegeben habe, wobei er auf die Fotografie wies.

Herr Freudig wiederholte seine Frage, worin diese unglücklichen Umstände denn bestanden hätten. Um ihm ein Bild davon zu vermitteln, wie entscheidend es für seine Selbstbehauptung gewesen sei, sich sogar mit einem Menschen vom Format der Dicken einzulassen, bemühte sich Busner, seine damalige Lage — die Hitze, die Isolation, die Unmöglichkeit, Gausen-Kulm auch bloss für kurze Zeit zu verlassen — möglichst krass zu schildern. Herr Freudig räumte ein, dass die Umstände ausserordentlich belastend gewesen seien, erklärte jedoch, es scheine ihm bedeutend, was Busner eben erwähnt habe, nämlich, dass er von jeher ein begeisterter Anhänger der P.f.F. gewesen sei; hierauf fragte er, ob sich das nicht so verhalte.

Busner flüsterte, gewiss, es verhält sich so.

Herr Freudig flüsterte, sind Sie nicht der Meinung, dass unter diesen Voraussetzungen den Grundsätzen der P.f.F. Vorrang zugekommen wäre?

Busner flüsterte, verstehen Sie, die P.f.F. regierte damals noch nicht, ihre Grundsätze hatten noch keine Gesetzeskraft erlangt. Ich meine, ich habe mich nicht gesetzeswidrig verhalten.

Herr Freudig machte ihn darauf aufmerksam, dass er sich wohl gegen das Gesetz der Demokraten vergangen habe, worauf Busner versetzte, die Gesetze der Demokraten habe er aber nicht geachtet.

Herr Freudig flüsterte, es ist richtig, dass Sie nicht gegen das Gesetz der P.f.F. verstiessen.

Busner flüsterte, genau, und ich täte es auch nie!

Herr Freudig fuhr fort, darum geht es ja auch nicht, sondern darum, dass Sie die Grundsätze der P.f.F., die Sie sich, wie Sie sagten, zu eigen gemacht hatten, nicht befolgten. Sie sagten doch, dass Sie sich von allem Anfang an mit der P.f.F. identifizierten, oder nicht?

Busner flüsterte, ja.

Herr Freudig flüsterte, sollten Sie sich nicht daran erinnern, spule ich das Tonband gerne zurück.

Busner bemühte sich, sein Erstaunen darüber, dass Herr Freudig das Gespräch auf Band registrierte, nicht zu verraten, während er erklärte, er erinnere sich, das gesagt zu haben.

Herr Freudig flüsterte, was ich damit sagen will: Von jemandem, der sich gewisse Grundsätze derart vorbehaltlos zu eigen macht, wie Sie dies offenbar taten, Herr Busner, erwartet man, dass er sich selbst dann an diese Grundsätze hält, wenn sie nicht gesetzlich verankert sind — vermögen Sie mir zu folgen, Herr Busner?

Busner flüsterte, ich vermag Ihnen sehr wohl zu folgen.

Herr Freudig flüsterte, Sie müssen mich recht verstehen: Wir wollen uns gemeinsam darum bemühen, zwischen den einzelnen Vorgängen in Gausen-Kulm eine korrekte Verbindung herzustellen, um uns damit zu ermöglichen, dieses fragwürdige Ereignis zweckdienlich auszuleuchten.

Busner flüsterte, selbstverständlich, Herr Freudig!

Herr Freudig flüsterte, halten wir also fest: Sie waren damals — gewiss unter ausserordentlichen Umständen — nicht in der Lage, sich zu beherrschen, und haben dieses Mädchen geschwängert, nicht wahr?

Busner flüsterte, wer behauptet das?

Herr Freudig flüsterte, bestreiten Sie es?

Busner flüsterte, ich meine, was spricht dafür, dass ich es gewesen bin?

Herr Freudig flüsterte, könnten Sie etwas geltend machen, das dagegen spräche?

Busner flüsterte, Sie müssen wissen, Herr Freudig, dass es sich bei diesem Mädchen um eine leichte Person handelt, die sich damals in Gausen-Kulm mit verschiedenen Männern herumtrieb, das gestand sie mir selbst! Dies nun lässt darauf schliessen, dass ich nicht der einzige bin, der für die Vaterschaft in Betracht kommt; ich würde sogar sagen, dass dies eher unwahrscheinlich ist, denn ich schlief nur ein einziges Mal mit ihr, ich entlarvte sie nämlich gleich als unsolide Person!

Herr Freudig flüsterte, unter diesen Umständen verstehe ich nicht, aus welchen Gründen Sie das Mädchen zwingen wollten, die Schwangerschaft zu unterbrechen?

Busner flüsterte, ich wollte sie in keiner Weise dazu zwingen!

Herr Freudig flüsterte, bei Kenntnis des Inhalts Ihres Briefes an das Mädchen lässt sich wohl von Zwang sprechen.

Während Herr Freudig fortfuhr, aber lassen wir das mal beiseite, weshalb also schlugen Sie dem Mädchen vor, abzutreiben?, versuchte Busner sich seinen Schrecken darüber, dass Herr Freudig offenbar im Besitze seines Briefes an die Dicke war, nicht anmerken zu lassen, glaubte aber, dass ihm dies weniger gelungen sei als bei der Eröffnung Herrn Freudigs, er registriere das Gespräch auf Tonband.

Busner antwortete, ich wollte nicht in diese Sache verwickelt werden. Ich fürchtete um meine Karriere. Ich wollte die beruflichen Aufstiegsmöglichkeiten nicht gefährden, verstehen Sie? Ich stehe nämlich kurz vor der Beförderung, es fehlen mir bloss noch zwei Punkte oder besser gesagt nur noch einer.

Herr Freudig flüsterte, fehlt Ihnen nun ein Punkt oder sind es zwei Punkte?

Busner flüsterte, mein Abteilungsleiter hat einen Punkt für mich beantragt; da ich ihn mit grösster Wahrscheinlichkeit kassieren werde, fehlt mir bloss noch ein einziger Punkt.

Herr Freudig flüsterte, nun, das ist ja alles nebensächlich. Von Bedeutung ist einzig der Umstand, dass Sie, wie Sie gestanden, einem minderjährigen Mädchen beigeschlafen haben, woraus wir, Sie und ich, folgerten, dass Sie zumindest zu jenem Zeitpunkt selbstbeherrschungsunfähig waren. Stimmen Sie darin mit mir überein?

Busner flüsterte, nun eh ..., antwortete aber auf die Frage Herrn Freudigs, ob er das Tonband zurückspulen solle, dies sei nicht notwendig, worauf Herr Freudig versetzte, also verhält es sich auf diese Weise?

Busner flüsterte, es wird wohl so sein.

Herr Freudig stand mit der Bemerkung auf, er kehre gleich zurück.

Wie er die Tür hinter sich schloss, bekam Busner es mit der Angst zu tun. Während er sich auf die Hand biss, versuchte er, das Vorgefallene zu fassen und zu ermitteln, was ihm bevorstehe, sah sich aber nicht in der Lage, nüchtern zu überlegen. Schliesslich schob er die Fotografie der Dicken auf Herrn Freudigs Schreibtischseite zurück und lockerte den Schlips, um freier atmen zu können. Abermals versuchte er sich vorzustellen, was die Staatsanwaltschaft mit ihm unternehmen werde, gelangte jedoch nicht über den Gedanken hinaus, die Dicke habe ihn denunziert. Weil ihm mit einem Male einfiel, er werde sicherlich beobachtet, bemühte er sich, gelassen zu erscheinen, fuhr aber dennoch zusammen, als er nach längerer Zeit die Tür aufgehen hörte. Ehe Herr Freudig in sein Gesichtsfeld trat, befeuchtete Busner seine ausgetrocknete Unterlippe.

Herr Freudig flüsterte, so, und begab sich hinter den Schreibtisch. Bevor er sich setzte, betrachtete er einen Augenblick verwundert die Fotografie der Dicken, die er hinterher mit einer halben Drehung zu Busner zurückschob.

Danach flüsterte er, es ist noch unentschieden, welchen Verlauf Ihr Verfahren nehmen wird, Herr Busner, fest steht mit grösster Wahrscheinlichkeit, dass Sie das Mädchen im Interesse der Gemeinschaft werden heiraten müssen ...

Busner rief, wie?

Herr Freudig beendete seinen Satz, falls es Ihnen nicht gelingen sollte, eindeutig zu beweisen, dass nicht Sie es geschwängert haben, und fuhr dann fort, sollten Sie dies aber fertigbringen, so steht der Ausgang Ihres Prozesses wieder völlig offen, denn — wie schon zuvor gesagt — es geht nicht in erster Linie um die Vaterschaft, sondern darum, dass Sie zu jenem Zeitpunkt selbstbeherrschungsunfähig waren und deshalb möglicherweise als Gemeinschaftsschädling betrachtet werden müssten. Sollten Sie sich aber andererseits bereit erklären, das Mädchen zu heiraten, ohne die Vaterschaft anzufechten, so ist nicht auszuschliessen, dass die P.f.F. es dabei bewenden lässt und Ihnen keine Strafe auferlegt, denn ihr ist bekannt, dass Sie sich ansonsten parteifreundlich verhalten. Im weiteren wurde mir mitgeteilt, dass die Partei das Einverständnis des Mädchens zu einer Ehe mit Ihnen bereits eingeholt hat und dass sie, die Partei, den Zeitpunkt der Vermählung bestimmen wird, welche selbstverständlich erst nach Beendigung Ihres Prozesses stattfinden kann. Wie gesagt, besteht aber die Möglichkeit, dass Ihr Prozess doch noch eine andere Wendung nimmt.

Busner flüsterte, ich kann Ihnen gar nicht sagen, wie froh ich darüber wäre, denn etwas Schrecklicheres als die Dicke heiraten zu müssen, vermag ich mir kaum vorzustellen!

Herr Freudig flüsterte, welche Dicke?

Busner flüsterte, Fräulein Becker.

Herr Freudig erklärte, er finde es abgeschmackt, Fräulein Becker „Dicke" zu nennen, worauf Busner entgegnete, entschuldigen Sie, Herr Freudig, ich habe es nicht abschätzig gemeint! Ich wollte damit bloss ausdrücken, dass diese Heirat meine Karriere wohl beenden würde.

Freudig erklärte, zwischen einer Ehe Busners mit Fräulein Becker und seiner Karriere finde er keinen Zusammenhang.

Busner flüsterte, Sie werden verstehen, Herr Freudig, es gibt Heiraten, die ein berufliches Weiterkommen fördern und solche, die ihm entgegenwirken, worauf Herr Freudig meinte, er persönlich erachte die Möglichkeit, dass diese Heirat sich vermeiden lasse, als äusserst gering.

Während er Busner lächelnd die Hand entgegenstreckte, flüsterte er, Sie hören von uns, Herr Busner, sobald wir Sie wieder benötigen. Alles Gute!

Busner flüsterte, noch eine Frage, Herr Freudig. Wird der

Umstand, dass ein Verfahren gegen mich eingeleitet wurde, Einfluss auf meinen beruflichen Aufstieg haben?

Herr Freudig flüsterte, das wird wohl vom Ausgang des Verfahrens abhängen.

Im Korridor lehnte sich Busner an das nächste Fenster und blickte hinaus. Lange Zeit versuchte er dahinterzukommen, welche Gründe die P.f.F. bewogen, einen ihrer Anhänger wegen einer geringfügigen Sache anzuklagen. Als ihn unvermittelt die Vorstellung befiel, wiederholt zum Beischlaf mit der Dicken gezwungen zu sein und ihn ein Ekelschauer überlief, sagte er sich zweimal „diese Vorstellung verursacht mir Übelkeit!". Schliesslich steckte er sich eine Zigarette an und schritt langsam dem Ausgang zu, gelangte jedoch zu keinem Schluss, auf welche Weise er es fertigbringen werde, sich dieser Heirat zu entziehen, da nicht daran zu zweifeln war, dass er die Dicke geschwängert habe.

Als er jedoch den menschenleeren GESELLSCHAFTS-Platz überquert hatte, durch den Korridor seiner Abteilung schritt und die Kollegen ruhig in ihren Zellen sitzen sah, fiel ihm ein, unter Umständen bestehe eine gewisse Aussicht, dass die P.f.F. ihm die Heirat erlasse, wenn er ihr die Dicke vorführe.

FEBRUAR

Da er während der zwei folgenden Wochen nichts von der Staatsanwaltschaft hörte, begann er, ohne jedoch dafür einen Anhaltspunkt zu haben, der Ansicht zuzuneigen, seine Richter seien einsichtig geworden und hätten das Verfahren gegen ihn eingestellt; aber als er eines Morgens erwachte und das Licht anknipste, gewahrte er im Polstersessel den mit offenem Munde darin schlafenden Herrn Fränzi. Er warf die Decke ab, schlüpfte aus dem Bett und trat leise auf den Dicken zu. Bevor er ihn mit dem Fuss anstiess, betrachtete er ihn eine Zeitlang. Herr Fränzi öffnete die Augen derart, dass Busner sich nicht sicher war, ob der Dicke tatsächlich geschlafen oder sich bloss den Anschein gegeben habe. Die Weise, wie er flüsterte „Tag, Herr Busner, ziehen Sie sich an, wir haben es eilig", schien Busner auf letzteres hinzudeuten.

Während Busner in die Unterwäsche schlüpfte, sah er Herrn Fränzi auf den Tisch klettern, sich aufrichten und wie das letzte Mal die Deckenbeleuchtung untersuchen.

Als Busner später aus dem Badezimmer zurückkehrte, traf er den Dicken bäuchlings, die Beine über dem Gesäss hochgestreckt, auf dem Boden liegend an. Auf seine Frage, ob Herr Fränzi Kaffee zu trinken wünsche, versetzte der Dicke, stellen Sie sich vor, Herr Busner, Sie hatten eine!

Busner flüsterte, eine was?

Der Dicke flüsterte, ich dachte mir, in Ihrer Wohnung müssten welche zu finden sein! und brachte eine Pinzette zum Vorschein.

Busner flüsterte, was müsste bei mir zu finden sein?

Der Dicke flüsterte, Fliegen.

Busner flüsterte, ach so.

Der Dicke flüsterte, in dieser Jahreszeit machen sie sich äusserst rar, die Biester, dafür fängt man sie leichter, wobei er mit der Pinzette zu hantieren begann.

Busner flüsterte, was tun Sie denn da?

Der Dicke flüsterte, ich rupfe ihr die Flügel aus, damit sie nicht wegläuft.

Indem er eine Streichholzschachtel aus der Tasche holte, fügte er hinzu, die beiden vergangenen Wochen habe ich nicht eine gekriegt, und fuhr, die Schachtel öffnend, fort, ich frage mich, ob es ein Exemplar vom vergangenen Jahr oder bereits ein frisch ausgeschlüpftes ist. Mager ist das Biest auf jeden Fall!

Er schloss die Schachtel und steckte sie ein. Während er sich aufrappelte, erklärte er, das Fliegenfangen von Hand sei sein Hobby.

Als sie vor demselben Eingang des „Weissen Hauses" wie das letzte Mal anhielten, bat Herr Fränzi Busner wieder darum, sich von ihm reiten zu lassen. Nachdem Busner sich versichert hatte, dass er von nirgendwoher beobachtet werde, willigte er ein. Als sie in den Korridor bogen, in dem Herrn Freudigs Büro lag, brüllte der Dicke abermals, ich hab einen!, Leute, ich hab einen! Die auf den Gang tretenden Beamten wandten ein, das sei derselbe wie letzthin, der zähle nicht.

Der Dicke brüllte, er zählt, er zählt! Aber seine Kollegen kehrten in ihre Büros zurück, ohne zu applaudieren.

Bevor er, bei Herrn Freudigs Tür angelangt, von Busners Rücken glitt, brüllte er nochmals durch den leeren Korridor, er zählt!

Als er auf dem Boden stand, flüsterte er, sagen Sie, Herr Busner, ist das nicht eine missgünstige Bande?

Busner flüsterte, Herr Fränzi, ich kenne die Regeln Ihres Wettstreites nicht!

Der Dicke flüsterte, die gönnen es mir nicht, das ist es!

Während er Busner die Hand reichte, erklärte er, er halte ihm den Daumen.

In der Zeit, die ihm bis zum Eintritt Herrn Freudigs blieb, gelangte Busner zur Annahme, man habe ihn herbeordert, um ihm den Termin seiner Hochzeit mit der Dicken bekanntzugeben. Aufs neue versuchte er, sich von einer Ehe mit ihr und dem von ihr erwarteten Kind ein Bild zu machen, wurde sich jedoch nur darüber klar, dass er, falls es soweit käme, der Dicken gegenüber sich wenig werde erlauben dürfen, da sie gewissermassen unter dem Schutz der P.f.F. stehe. Abermals führte er sich vor Augen, es werde möglich sein, die Ehe derart zu führen, dass nach aussen der Eindruck einer in Harmonie lebenden Familie entstehe, während er sich nebenbei eine Freundin halte. Der Umstand wiederum, dass in seiner Ehe alles intakt zu sein scheine, werde sich günstig auf seinen beruflichen Aufstieg auswirken, so dass dieser trotz allem nicht ernstlich in Frage stehe.

Wie das letzte Mal flüsterte der eintretende Herr Freudig, ich hoffe, Sie brauchten nicht allzulange zu warten, Herr Busner? und streckte ihm die Hand entgegen.

Er erklärte, er habe Busner lediglich mitteilen wollen, dass in seinem Prozess eine entscheidende Wendung eingetreten sei, welche sich dahin auswirke, dass seine Heirat mit Fräulein Becker nun recht fraglich scheine.

Busner flüsterte, tatsächlich?

Herr Freudig flüsterte, ich dachte, das wäre eine freudige Nachricht für Sie!

Busner flüsterte, das freut mich ganz gewaltig, Herr Freudig, wobei er ihm die Hand hinhielt und diejenige Herrn Freudigs, nachdem dieser die seine ergriffen hatte, lange schüttelte.

Herr Freudig flüsterte, das dachte ich mir und liess Sie deshalb holen.

Busner flüsterte, eine bessere Nachricht kann ich mir gar nicht vorstellen, nochmals vielen, vielen Dank, Herr Freudig, ehrlich gesagt, sah ich mich nämlich bereits zur Ehe mit diesem Fräulein Becker verdammt, wissen Sie!

Herr Freudig flüsterte, das ist Ihnen ja nun erspart geblieben.

Busner flüsterte, das ist tatsächlich eine grossartige Überraschung für mich, Herr Freudig!

Herr Freudig flüsterte, auf Wiedersehn, Herr Busner, wobei er ihm abermals die Hand hinhielt.

Busner flüsterte, indem er sie ergriff, Verzeihung, Herr Freudig, ich ...

Herr Freudig flüsterte, bitte, Herr Busner?

Busner flüsterte, ich hätte gerne gewusst, woher die Staatsanwaltschaft von dieser Begebenheit in Gausen-Kulm denn erfahren hat?

Herr Freudig flüsterte, ach so, der Psychiater, den Fräulein Becker konsultierte, hat uns auf den Fall aufmerksam gemacht.

Als Busner in der GESELLSCHAFT aus dem Fahrstuhl trat, stiess er auf den Produktionschef Herrn Kleidmann, der, anstatt seinen Gruss zu erwidern, scharf flüsterte, wo kommen Sie denn her?

Busner flüsterte, ich musste zu einer Aussage bei der Staatsanwaltschaft erscheinen.

Er war sich nicht klar darüber, ob Herr Kleidmann, der nicht stehenblieb, zugehört habe.

Um die verlorengegangene Zeit nachzuholen, arbeitete er während der Mittagspause und blieb abends eine Stunde länger in seiner Zelle. Nachher rief er die Holb an und lud sich bei ihr zum Abendessen ein.

Als er am folgenden Morgen zu den Kollegen trat, die nun ihren festen Standplatz bei der vierten Schreizelle hatten, flüsterte er, als ob ihm entgangen sei, dass die Funktionäre ihr Gespräch abbrachen und eine feindliche Haltung gegen ihn einnahmen, hallo, Herrschaften!

Die Kollegen nickten.

Schliesslich flüsterte er, nun, was gibt's?, sind Sie stumm geworden?, blieb aber der einzige, der darüber lachte.

Nach einer Weile flüsterte er, ich habe wohl Eure Diskussion unterbrochen?, erhielt aber wiederum keine rechte Antwort.

Er suchte Herrn Emmerichs Blick aufzufangen, um Herrn Emmerich, als dieser ihn kurz ansah, zuzulächeln, aber Herr Emmerich wandte seine Augen sofort wieder ab, ohne auf Busners Lächeln zu reagieren.

Nach einiger Zeit unterbrach Herr Mondiani das Schweigen mit der Bemerkung, Sie sollen verhaftet worden sein?

Busner bemühte sich derart zu flüstern, ach so, darin liegt der Grund Ihres Verhaltens, als habe er dies nicht gewusst, und fuhr fort, er sei zwar wegen einer Bagatelle vorübergehend verhaftet worden, habe aber eher als Zeuge fungiert denn als Angeklagter, das heisse, er sei irrtümlicherweise verhaftet worden und man habe das Verfahren gegen ihn inzwischen eingestellt.

Herr Emmerich flüsterte, irrtümlicherweise, sagten Sie?

Busner flüsterte, ja, es war eine Art Irrtum im Spiel.

Herr Rasch flüsterte, ach so, eine *Art* Irrtum, und warf Herrn Mondiani einen Blick zu.

Busner flüsterte, aber nun hat sich alles gegeben und das Verfahren gegen mich wurde, wie ich bereits erwähnte, längst eingestellt.

Da er das Schweigen der Kollegen als Argwohn empfand, erklärte er nach kurzem Zögern, es sei um ein Mädchen gegangen, mit dem er vor längerer Zeit, lange vor dem Regierungswechsel, etwas gehabt habe — übrigens sei es ein ungewöhnlich hässliches Mädchen gewesen.

Herr Holz flüsterte, was genau hatten Sie denn mit diesem hässlichen Mädchen?

Busner lispelte, nun, was hat man mit einem Mädchen, Herr Holz?, wobei er ihn leicht in den Arm kniff.

Herr Holz versetzte, wie kann ich wissen, was Sie mit Ihren hässlichen Mädchen tun?

Busner flüsterte, hätte die P.f.F. damals schon regiert, wäre es jedenfalls nie dahin gekommen. Schauen Sie, so dick war sie!

Herr Rasch flüsterte, wer?

Busner flüsterte, dieses Mädchen!

Herr Mondiani flüsterte, was soll das?

Busner flüsterte, wissen Sie, man hätte mich beinahe gezwungen, dieses Mädchen zu heiraten, aber weil wir eine vernünftige Regierung haben, die wohl einen Irrtum von den Tatsachen zu unterscheiden weiss, wurde mir dies erlassen.

Herr Mondiani erklärte, ihm scheine Busners Affäre undurchsichtig zu sein.

Busner flüsterte, aber keineswegs!, musste jedoch feststellen, dass die Kollegen sich für seine weiteren Angaben nicht interessierten.

Als er an einem Abend der folgenden Woche den Mantel anzog, um in den Boxclub zu fahren, sah er vor seinem Zelleneingang einen jungen Herrn stehen, der sich ihm, als er hinaustrat, in den Weg stellte und flüsterte, Herr Busner, wie ich sehe?

Busner bejahte.

Der Herr flüsterte, mein Name ist Kehrer, ich bin Ihr Verteidiger.

Busner flüsterte, Verteidiger — inwiefern?

Herr Kehrer flüsterte, in Ihrem Prozess, denke ich.

Busner flüsterte, in welchem Prozess?

Herr Kehrer flüsterte, sind Sie in mehrere verwickelt?

Busner flüsterte, nicht in einen! Zudem habe ich keinen Verteidiger bestellt!

Herr Kehrer flüsterte, Sie sind doch Harry Busner, wie auf Ihrem Namensschild zu lesen steht?

Busner flüsterte, einigen vorübergehenden Kollegen nachblickend, freilich, aber gegen mich liegt nichts vor!

Herr Kehrer flüsterte, hat man Sie denn nicht aufgrund eines gewissen Vorfalls mit einem Fräulein Becker angeklagt?

Busner flüsterte, dieses Verfahren wurde längst eingestellt!

Herr Kehrer antwortete, aber keineswegs! Vor zwei Stunden beauftragte mich die Staatsanwaltschaft mit Ihrer Verteidigung in dieser Sache!

Busner flüsterte, das kann nicht sein! Man teilte mir ausdrücklich mit, dass das Verfahren eingestellt wurde und ich diese Becker nicht zu heiraten brauche!

Herr Kehrer wollte wissen, wer ihm eine solche Auskunft gegeben habe.

Busner flüsterte, ein Herr Freudig von der Staatsanwaltschaft!

Herr Kehrer erklärte, eben dieser Herr Freudig habe ihn mit der Verteidigung Busners beauftragt und ihm zusammen mit weiteren Akten die Anklageschrift ausgehändigt.

Busner flüsterte, das verstehe ich nicht!

Herr Kehrer flüsterte, Sie haben Herrn Freudig missverstanden, als Sie annahmen, Ihr Verfahren werde eingestellt. Jedenfalls scheint es mir ratsam zu sein, dass wir uns gut auf Ihren Prozess vorbereiten. Ich schlage vor, die Angelegenheit bei Ihnen zu Hause durchzusprechen.

Als Busner im Auto nach der Anklageschrift fragte, entnahm der Verteidiger seiner Mappe eine Akte und teilte ihm mit, die Partei für Fortschritt klage ihn an, selbstbeherrschungsunfähig und somit ein Gemeinschaftsschädling zu sein.

Busner flüsterte, aber das ist doch Unsinn! Ich bin ein Anhänger der Partei, wissen Sie, ich war es von der ersten Stunde an! Ich bin sehr wohl selbstbeherrschungsfähig! Mir ist klar, dass eine friedliche Gemeinschaft nur dann funktioniert, wenn der einzelne selbstbeherrschungsfähig ist!

Der Verteidiger flüsterte, wir wollen unsere Zuversicht nicht verlieren, Herr Busner, es geht ja lediglich darum, dem Gericht zu beweisen, dass Sie kein Gemeinschaftsschädling, sondern selbstbeherrschungsfähig sind.

Er erklärte, dass der Fall allerdings entschieden einfacher aussähe, wenn Busner der Vergewaltigung dieses Mädchens angeklagt wäre, eines konkreten Vergehens also, das von der Verteidigung mit konkreten Argumenten angegangen werden könnte, wohingegen die Erbringung des Beweises, dass Busner

— oder irgend jemand — gemeinschaftsfähig sei, einige Schwierigkeiten bereiten werde. Juristisch gesehen liege der Fall glücklicherweise allerdings so, dass die Staatsanwaltschaft den Beweis liefern müsse für ihre Behauptung, Busner sei selbstbeherrschungsunfähig.

Nachdem er im Wohnzimmer ein Tonbandgerät in Betrieb gesetzt hatte, bat er Busner um eine Schilderung der Vorfälle in Gausen-Kulm. Busner teilte ihm mit, dass ihn die GESELLSCHAFT für die Dauer von vierzehn Tagen nach Gausen-Kulm beordert habe, um vergleichende Messungen an zwei Barometern anzustellen, dass er Gausen-Kulm vollkommen ausgestorben vorgefunden habe, die Begebenheiten dort ihm jedoch nicht erlaubt hätten, den Ort auch bloss für kurze Zeit zu verlassen. Das betreffende Mädchen, eine Serviererin, sei gewissermassen der einzige Mensch gewesen, mit dem er ab und zu ins Gespräch gekommen sei. In Gausen-Kulm habe damals eine aussergewöhnliche Hitze dazu beigetragen, dass er grosse Lust auf Frauen verspürt habe. Da es ihm aber nicht gelungen sei, eine seiner Freundinnen aus Rask zu einem Besuch in Gausen-Kulm zu bewegen, er unter seiner Isolation gelitten habe und dabei sein Ich irgendwie verlor, habe diese Serviererin eine starke Anziehungskraft auf ihn ausgeübt, so dass er gewissermassen unter dem Zwang gestanden sei, ihr beizuschlafen, denn unter normalen Umständen würde er einer Person wie dieser Serviererin keinerlei Beachtung schenken.

Auf die Frage des Verteidigers, ob sie ein gewinnendes Äusseres besessen habe, erklärte Busner, sie sei im Gegenteil auffallend hässlich gewesen, worauf der Verteidiger bemerkte, dieser Umstand dürfte sich zum Nachteil Busners auswirken, weil es verständlicher und damit entschuldbarer sei, den Reizen einer attraktiven Frau zu erliegen als denjenigen einer hässlichen Frau, die ja deshalb, wie er meine, über keine Reize verfüge. Die Staatsanwaltschaft werde geltend machen, dass Busner selbst um einer hässlichen Frau willen nicht in der Lage gewesen sei, sich zu beherrschen. Soviel er sehe, müsse die Verteidigung auf den extrem abnormen Umständen aufbauen, denen Busner in Gausen-Kulm ausgesetzt gewesen sei.

Busner flüsterte, genau!

Herr Kehrer flüsterte, schildern Sie mir diese Umstände und die Umgebung, in der Sie dort lebten, möglichst exakt! Schildern Sie mir mal den Ablauf irgendeines Tages!

Nachdem Busner über die Situation in Gausen-Kulm berichtet hatte, teilte ihm der Verteidiger mit, es werde nicht einfach sein, Busner vom Verdacht der Selbstbeherrschungsunfähigkeit zu jenem Zeitpunkt zu befreien, obwohl einige wenige Lichtblicke absolut vorhanden seien.

Später, als Busner die Tür hinter ihm geschlossen und sich in den Polstersessel gesetzt hatte, sagte er sich über längere Zeit, der Umstand, dass sein Verfahren nicht eingestellt worden sei, werde ihn nicht unterkriegen. Da er mit einem Male fror, holte er seinen Mantel, zog ihn an und nahm abermals im Sessel Platz. Eine geraume Weile machte er sich darüber Gedanken, dass Herr Freudig, obwohl er dies nicht ausgesprochen hatte, ihm doch zu verstehen gegeben habe, sein Verfahren werde eingestellt, was nun nicht der Fall war.

Drei Tage danach, als er mit einem Mädchen, das er im „Neffari" aufgegabelt hatte, nach Hause kam, fand er auf dem Wohnzimmertisch einen Brief seines Verteidigers, in welchem dieser ihm mitteilte, er solle sich morgen um zehn Uhr im Gerichtstrakt des „Weissen Hauses", Saal 54, 1. Stock, zur Eröffnung seines Prozesses einfinden.

Nachdem er sich des Mädchens entledigt hatte, setzte er sich in seinen Polstersessel und überlegte, wer den Brief in seine Wohnung gebracht habe, ob es Herr Kehrer oder der Hauswart gewesen sei. Hinterher versuchte er, eine Vorstellung über den Ausgang seines Prozesses zu gewinnen. Da Herr Freudig ihm zugesichert hatte, er werde die Dicke nicht zu heiraten brauchen, schien es ihm wahrscheinlich, dass er eine Entschädigungssumme an sie zu entrichten habe. Hinterher fiel ihm ein, auf Herrn Freudigs Angaben sei kein Verlass, wie die Tatsache, dass sein Verfahren nicht eingestellt wurde, bewies; so könne nicht ausgeschlossen werden, dass man ihn nun doch zur Ehe mit der Dicken verurteile. Jedenfalls wäre es verfehlt, Herrn Freudigs Informationen zu trauen.

Nach einer schlaflosen Nacht fand er sich anderntags bereits um halb sieben auf dem GESELLSCHAFTS-Platz ein. Er hatte erwartet, einer der ersten zu sein, trotz der Kälte waren aber schon zahlreiche Angestellte da. Der Umstand, dass von den Kollegen kein einziger fehlte, überraschte ihn, weil er immer die Ansicht gehegt hatte, die Funktionäre träfen bloss einige Minuten vor ihm selbst ein, wohingegen es nun schien, dass die Kollegen jeweils mindestens eine halbe Stunde früher zur Stelle waren.

Die Funktionäre liessen sich, wie Busner feststellte, durch seinen Gruss in der Diskussion über eine Fernsehsendung vom vergangenen Abend nicht unterbrechen, bloss Herr Fein nickte ihm kurz zu. Dies veranlasste Busner, Herrn Fein in einer Gesprächspause zuzutuscheln, man hat mich wieder in Schwierigkeiten gebracht, Herr Fein!

Herr Fein flüsterte, wer hat Sie in Schwierigkeiten gebracht?

Busner flüsterte, „Schwierigkeiten" ist eigentlich falsch gesagt, richtiger wäre „Unannehmlichkeiten".

Herr Fein flüsterte, mit wem haben Sie Unannehmlichkeiten?

Busner, der das Bedürfnis verspürte, über seine Sache zu reden, andererseits jedoch Abneigung dagegen empfand, einen Kollegen wie Herrn Fein ins Vertrauen zu ziehen, antwortete nach einigem Zögern, ach, ich soll wieder mal in einem Prozess aussagen!

Herr Fein flüsterte, so? und wandte sich mit einer Bemerkung über die herrschende Kälte an Herrn Rasch.

Um die Kollegen spüren zu lassen, dass er nicht auf ihre Gesellschaft angewiesen sei, trat Busner schliesslich zu den beiden weiblichen Funktionären seiner Abteilung, die sich stets etwas abseits hielten: Funktionärin Meir aus Zelle 1 und Funktionärin Hart aus Zelle 90. Im Gegensatz zu den Kollegen erwiderten die Funktionärinnen seinen Gruss höflich, so dass Busner die Zeit bis zum Arbeitsbeginn mit ihnen verbrachte.

Kurz vor neun Uhr beschloss er, seinen Vorgesetzten, Herrn Brühl, davon zu unterrichten, dass er vor Gericht erscheinen müsse, denn es schien ihm nicht ausgeschlossen, die Staatsanwaltschaft habe dies unterlassen.

Herrn Brühls Büro betretend, flüsterte er, guten Morgen, Herr Brühl.

Herr Brühl flüsterte, Herr Busner?

Busner brachte den Satz vor, den er sich zurechtgelegt hatte: Obwohl Sie wahrscheinlich darüber orientiert sind, dass ich um zehn Uhr zu einem Prozess erscheinen muss, wollte ich es doch nicht unterlassen, persönlich um einen Urlaub von etwa zwei Stunden nachzusuchen.

Herr Brühl sah auf und flüsterte, worüber soll ich orientiert sein?

Busner flüsterte, Sie wissen nichts davon?

Herr Brühl flüsterte, wovon?

Busner flüsterte, ich wurde in einen Prozess verwickelt, man teilte mir jedoch mit, dass die GESELLSCHAFT darüber Aufschluss erhalten habe?

Herr Brühl flüsterte, ich habe etwas davon gehört, und beugte sich wieder über seinen Schreibtisch.

Schliesslich flüsterte Busner, es tut mir ausserordentlich leid, Herr Brühl, aber Sie werden verstehen, dass ich zu diesem Prozess erscheinen *muss*, dass es keine Möglichkeit gibt, dort nicht zu erscheinen!

Ohne in seiner Schreibarbeit innezuhalten, flüsterte Herr Brühl, wieso? Sind Sie ein derart gewichtiger Zeuge?

Busner flüsterte, nicht eigentlich.

Herr Brühl flüsterte, also bitte!

Busner flüsterte, ich bin nicht eigentlich Zeuge.

Herr Brühl flüsterte, doch nicht etwa der Angeklagte?

Busner flüsterte, es handelt sich um eine Bagatelle, wissen Sie! Um einen geringfügigen Privatstreit. Das Ganze wird nicht mehr als zwei Stunden in Anspruch nehmen!

Herr Brühl flüsterte, Sie werden also angeklagt!

Busner flüsterte, es ist nichts von Bedeutung! Wirklich nicht! Es lohnt nicht der Mühe, darüber zu sprechen!

Herr Brühl flüsterte, wenn Sie unter Anklage stehen, muss ich Sie natürlich während der Dauer des Prozesses beurlauben.

Busner flüsterte, ich werde die verlorengegangene Zeit selbstverständlich nachholen, Herr Brühl!

Herr Brühl flüsterte, wegen Ihres Bonuspunktes, den ich bei Herrn Kleidmann beantragte ...

Busner flüsterte, ja?

Herr Brühl flüsterte, Herr Kleidmann hat sich dahingehend entschieden, Ihnen den Bonus nicht zuzuteilen.

Während er Busner nun ansah, fuhr er fort, seit dem Regierungswechsel arbeiten Sie in qualitativer sowie in quantitativer Hinsicht nicht mehr zur Zufriedenheit der GES, Herr Busner!

Busner flüsterte, das kann nicht sein, Herr Brühl!

Herr Brühl versetzte, zudem scheine es, dass er, Busner, in mehrere undurchsichtige Affären verwickelt sei.

Busner flüsterte, aber ich arbeite doch genauso wie zuvor!

Herr Brühl flüsterte, die Klagen über Sie von Seiten Herrn Kleidmanns sowie von Seiten der Funktionäre auf Ihrer Abteilung häufen sich jedenfalls, Herr Busner!

Zur gleichen Zeit wie Busner flüsterte, das verstehe ich ganz und gar nicht, Herr Brühl, ich arbeite doch ..., flüsterte Herr Brühl, in der vergangenen Woche stellte Herr Kleidmann persönlich fest, dass Sie einmal erst gegen zehn Uhr zur Arbeit erschienen!

Busner flüsterte, aber das war doch wegen des Prozesses! Verstehen Sie, ich wurde schon zweimal vor den Untersuchungsrichter zitiert!

Herr Brühl flüsterte, also sind Sie der Arbeit sogar ferngeblieben, ohne Urlaub zu beantragen?

Busner flüsterte, ich hatte gar keine Gelegenheit dazu, Herr Brühl! Ich wurde jeweils morgens um halb sieben zu Hause abgeholt!

Herr Brühl flüsterte, Sie unterliessen es aber jedenfalls, mich nachträglich zu orientieren, wie das zu erwarten wäre!

Busner flüsterte, verstehen Sie, Herr Brühl ...

Herr Brühl flüsterte, gehen Sie, Herr Busner, Sie verschwenden meine Zeit und die Ihre!

Während er sich, bekümmert in seine Zelle zurückgekehrt, den Anschein gab, bereits geschriebene Karten zu kontrollieren, dachte er darüber nach, wie es ihm gelingen könne, seinen guten Ruf bei der GESELLSCHAFT wieder herzustellen. Er kam darauf, am zweckmässigsten sei es, nach Beendigung seines Prozesses ein persönliches Schreiben an Herrn Brühl und Herrn Kleidmann zu richten, in dem er sämtliche Vorfälle schildern und darauf hinweisen wolle, dass er wegen dem gegen ihn eingeleiteten Verfahren unter starkem psychischen Druck gestanden sei, was ihn aber nicht daran gehindert habe, seine Dienste der GESELLSCHAFT in vollem Umfang zur Verfügung zu stellen.

Als er durch den Korridor ging, fiel ihm auf, dass seine Kollegen sich nicht in ihren Zellen befanden. Mit seinem Prozess beschäftigt, dachte er aber nicht weiter darüber nach.

Im Gerichtstrakt fragte er den Pförtner, wie er zum Saal 54 gelange. Vor der Tür desselben sah er seinen Verteidiger stehen. Während Busner sich ihm näherte, hob der Verteidiger die Hand hoch, um auf sich aufmerksam zu machen. Nachdem der Verteidiger ihn begrüsst und nach seinem Befinden gefragt hatte, öffnete er die Tür des Saales. Vor dem Verteidiger eintretend, sah Busner in einem weiten Raum, den er hinter dieser schmalen Tür niemals vermutet hätte, auf stufenweise angelegten Bankreihen dichtgedrängt, eine grosse Anzahl Leute sitzen. In der Annahme, er und sein Verteidiger seien in einen vor seinem Verfahren stattfindenden Prozess eingedrungen, wollte er umkehren, aber der Verteidiger flüsterte, gehen Sie nur!
 Busner flüsterte, sind wir richtig?
 Der Verteidiger flüsterte, gewiss!
 Bevor Busner seinen Weg fortsetzte, hörte er über sich jemanden „Harry Busner" zischen.
 Er sah hoch und gewahrte zu seiner Verwunderung in der letzten Bankreihe den Kollegen Emmerich, der ihm zuzwinkerte, und neben ihm weitere Kollegen, die ihn über Herrn Emmerichs Kopf hinweg lächelnd betrachteten.
 Busner fragte den Verteidiger, ob er wisse, was alle diese Leute hier wollten. Während der Verteidiger Busner behutsam nach vorne schob, flüsterte er, sie werden sich für Ihren Prozess interessieren.
 Busner flüsterte, woher erfuhren diese vielen Menschen von meinem Prozess? Und wie gelang es ihnen, dafür freizubekommen? Eben bemerkte ich nämlich einige GES-Funktionäre, die GESELLSCHAFT erteilt aber lediglich in wichtigen Ausnahmefällen Urlaub!

Der Verteidiger flüsterte, die Leute erfuhren wohl durch die Partei von Ihrem Prozess.

Während Busner auf der Anklagebank Platz nahm, flüsterte er, wissen Sie, es erstaunt mich, dass mein unbedeutender Prozess so gross aufgezogen wird, dass er in einem derart riesigen Saal und vor so vielen Zuschauern stattfindet! Ich erwartete eigentlich, nur Sie und Herrn Freudig und einen Ankläger vorzufinden.

Bevor der Verteidiger antwortete, zogen mehrere schwarzgekleidete Herren und drei Damen, die auf einen leicht erhöhten Tisch zuschritten und dort Platz nahmen, Busners Aufmerksamkeit auf sich, so dass er, ohne die Entgegnung des Verteidigers abzuwarten, fragte, wer diese seien.

Der Verteidiger flüsterte, das sind die Gemeinschaftsrepräsentanten.

Busner flüsterte, Gemeinschaftsrepräsentanten für meinen kleinen Prozess?

Der Verteidiger flüsterte, es scheint so!

Busner vertraute ihm an, dass ihn die äusseren Umstände, unter denen sein Verfahren ablaufen solle, beängstigten. Der Verteidiger riet ihm, sich dadurch bloss nicht aus der Fassung bringen zu lassen.

Als Busner hinter derselben Tür, durch welche die Gemeinschaftsrepräsentanten eingetreten waren, zwei weitere Herren erscheinen sah, flüsterte der Verteidiger, der Richter und der Ankläger, stehen Sie auf!

Während der Richter sich hinter sein Pult setzte, näherte der Ankläger seinen Mund dem Ohr des Protokollführers.

Der Richter eröffnete den Prozess mit der persönlichen Befragung Busners.

Da er seinen Kollegen gegenüber stets behauptet hatte, in Rask, der Hauptstadt, geboren zu sein, kränkte es ihn, zur Preisgabe seines Geburtsortes Welfdinken gezwungen zu sein, und als der Richter obendrein fragte, wo dieses Welfdinken liege, musste er hinterher sogar verraten, er habe sechzehn Jahre dort verlebt — sein richtiger Vorname laute nicht Harry, sondern Heinz.

Nachher, als der Richter dem Ankläger das Wort erteilt hatte, wartete dieser einige Augenblicke mit gesenktem Kopf, bevor er langsam auf Busner zuschritt und über ihn hinweg ins Publikum flüsterte, wir wollen nicht laut werden!

Sich an Busner wendend, flüsterte er, Herr Busner, Sie hielten sich zwischen dem ersten und dem fünfzehnten Oktober vergangenen Jahres im Kurort Gausen-Kulm auf?

Busner erhob sich und flüsterte, jawohl, Herr Staatsanwalt.

Der Ankläger fuhr fort, während Ihres Aufenthaltes machten Sie die Bekanntschaft der damals fünfzehnjährigen Saaltochter Berta Becker?

Nachdem Busner bejaht hatte, flüsterte der Ankläger, wie weit, Herr Busner, gedieh besagte Bekanntschaft?

Busner flüsterte, sie gedieh zu einer Art Freundschaft.

Der Ankläger flüsterte, dürfte ich Sie ersuchen, ein klein wenig lauter zu sprechen, so laut, dass Sie auch in der hintersten Reihe verstanden werden?

Busner flüsterte, jawohl, Herr Staatsanwalt!

Der Ankläger flüsterte, am besten passen Sie die Lautstärke Ihrer Stimme der meinen an.

Busner flüsterte, jawohl, Herr Staatsanwalt!

Der Ankläger forderte ihn auf, seine Aussage zu wiederholen.

Busner flüsterte, es kam zu einer Art Freundschaft zwischen ihr und mir.

Der Ankläger flüsterte, zu einer Art Freundschaft! wobei er „Art" betonte; dann fuhr er fort, unterhielten Sie intime Beziehungen zu Fräulein Becker?

Busner flüsterte, ein einziges Mal wurden wir intim, Herr Staatsanwalt.

Der Ankläger teilte hierauf den Gemeinschaftsrepräsentanten mit, dass Berta Becker, welcher der Angeklagte beigeschlafen habe, aus Gausen-Dorf, einem Dorf unterhalb Gausen-Kulm stamme, ihr Vater betreibe einen kleinen Bauernhof, die Mutter sei verstorben, das katholisch erzogene Mädchen zu Hause streng gehalten worden, man dürfe annehmen, dass es in sexueller Hinsicht unaufgeklärt gewesen sei.

Der Ankläger wandte sich wieder an Busner und flüsterte, ich möchte wissen, Herr Busner, was das Mädchen bewog, sich Ihnen hinzugeben. Ich meine, um die aus einer solchen Erziehung resultierenden Vorbehalte gegenüber dem Sexuellen zu beseitigen, müssen schwerwiegende Gründe im Spiel gewesen sein. Wie verhielt es sich damit?

Busner flüsterte, das kann ich nicht sagen. Vielleicht tat sie es, weil sie Spass daran hatte.

Der Ankläger flüsterte, in Anbetracht der Umstände, unter denen Fräulein Becker aufwuchs, wird es dem Gericht schwerfallen, dies zu glauben.

Nach einer kleinen Pause fuhr er fort, ob Busner es für möglich halte, dass er sich nicht genau daran erinnere.

Busner entgegnete, er erinnere sich genau.

Der Ankläger flüsterte, Sie behaupten also, dass Fräulein Becker sich Ihnen hingab, weil sie sich Spass davon versprach?

Busner flüsterte, es muss sich wohl so verhalten haben, Herr Staatsanwalt.

Der Ankläger flüsterte, an andere Gründe erinnern Sie sich nicht?

Busner verneinte.

Er sah den Ankläger auf den Gerichtsdiener zugehen und diesem etwas mitteilen.

Während der Gerichtsdiener den Saal verliess, flüsterte der Ankläger, ich bezweifle nicht, Herr Busner, dass Sie vergessen haben, welche Umstände Ihnen ermöglichten, Fräulein Beckers Bereitschaft zu gewinnen.

Der Verteidiger forderte Busner auf, sich wieder hinzusetzen.

Busner fragte ihn, was nun vor sich gehe.

Der Verteidiger teilte ihm mit, der Gerichtsdiener werde wohl einen Zeugen holen.

Busner erklärte, es gebe keine Zeugen. Im selben Moment sah er in der Tür eine Frau auftauchen, die er erst nach einigen Augenblicken erkannte: Es war die Dicke, die ihr Haar aufgesteckt trug. Nicht fähig, seinen Blick von ihr zu lösen, schaute er ihr zu, wie sie unsicher lächelnd zum Zeugenstand schritt, wobei er feststellte, dass ihr Bauch bereits deutlich hervortrat.

Als sie ihn entdeckte, grinste sie ihn an.

Er flüsterte zum Verteidiger, das ist sie!

Der Richter begann die Dicke zur Person zu befragen.

Der Verteidiger entgegnete, wir mussten damit rechnen, dass sie hier auftaucht.

Nachdem die Dicke vereidigt worden war, flüsterte der Ankläger, guten Tag, Fräulein Becker!

Die Dicke flüsterte, guten Tag, Herr Staatsanwalt, wobei sie zwischen „Herr" und „Staatsanwalt" eine kleine Pause einlegte und zum Wort „Staatsanwalt" nickte, als bestätige sie sich, dass dieses das gesuchte Wort sei, wie Busner dachte.

Der Ankläger flüsterte, gefällt Ihnen unsere Stadt, Fräulein Becker?

Die Dicke entgegnete, sie gefällt mir gut, aber sie ist gross.

Der Ankläger flüsterte, sind Sie zum ersten Mal in Rask?

Die Dicke nickte und grinste Busner von neuem an.

Der Ankläger flüsterte, Fräulein Becker, sehen Sie im Saal den Mann, von dem Sie ein Kind erwarten?

Der Verteidiger verlangte das Wort, erhielt es aber nicht zugeteilt. Nachdem der Ankläger seine Frage wiederholt hatte, wies die Dicke mit ausgestrecktem Zeigefinger auf Busner und flüsterte ziemlich laut, der!

Der Ankläger fragte sie, was sie veranlasst habe, sich Busner hinzugeben.

Die Dicke flüsterte, weil er versprach, mich zu heiraten.

Busner rief, oh!

Der Richter zischte, ssssst!

Der Ankläger fragte die Dicke, ob der Angeklagte ihr versprochen habe, sie zu heiraten, oder ob er das nicht getan habe.

Die Dicke flüsterte, er versprach, mich zu heiraten. Er wollte mich zu Hause abholen.

Nachdem Busner Sprecherlaubnis erhalten hatte, flüsterte er, hohes Gericht, Sie werden wohl nicht glauben, dass mir jemals einfiele, jemanden wie Fräulein Becker zu heiraten, obwohl ich betonen möchte, dass ich nichts an ihr auszusetzen habe. Möglicherweise habe ich ihr spasseshalber einmal gesagt, ich würde sie heiraten. Immerhin darf ich das nicht ausschliessen, um ehrlich zu sein, ernsthaft war es aber nicht gemeint, denn ich könnte mir niemals vorstellen, mit Fräulein Becker verheiratet zu sein.

Der Ankläger wollte von ihm wissen, aus welchem Grunde er sich eine Ehe mit Fräulein Becker nicht vorstellen könne.

Busner flüsterte, ich glaube, dass zwischen Fräulein Becker und mir doch ein zu grosser Unterschied besteht.

Der Ankläger flüsterte, inwiefern?

Busner flüsterte, ich glaube sagen zu dürfen, dass ich in der

Gemeinschaft doch eine wichtigere Position einnehme als Fräulein Becker, ich meine, der Unterschied zwischen uns wäre zu gross.

Der Ankläger flüsterte, wissen Sie nicht, dass in unserer Gemeinschaft alle gleichbedeutend sind?

Busner flüsterte, selbstverständlich, Herr Staatsanwalt, ich meinte, hinsichtlich der Intelligenz besteht ein gewisser Unterschied zwischen Fräulein Becker und mir, das wollte ich sagen!

Der Ankläger flüsterte, das wäre zu untersuchen, aber lassen wir das mal beiseite. Sie bestreiten also nicht, Herr Busner, Fräulein Becker beigeschlafen zu haben?

Busner flüsterte, nein, das bestreite ich nicht. Ich habe ihr ein einziges Mal beigeschlafen.

Der Ankläger fragte ihn, ob er bestreite, der Vater des von Fräulein Becker erwarteten Kindes zu sein, oder ob er das nicht bestreite?

Busner gab an, dass er es bestreite, weil Fräulein Becker auch mit anderen Männern geschlafen habe.

Der Ankläger flüsterte, woher wissen Sie das?

Busner entgegnete, sie erzählte mir damals selbst, dass sie oft mit ihrem Freund schlafe.

Der Ankläger fragte die Dicke, ob das richtig sei, und die Dicke antwortete, es sei richtig, aber sie hätten sich nie vollständig ausgezogen und nichts miteinander gehabt.

Der Ankläger wollte wissen, ob sie je in ihrem Leben mit einem Mann, abgesehen vom Angeklagten, etwas gehabt habe.

Die Dicke flüsterte, nein, das habe ich nicht gehabt.

Der Ankläger flüsterte, auch nicht, nachdem Sie mit Herrn Busner geschlafen haben?

Die Dicke schüttelte den Kopf.

Der Ankläger flüsterte, warum nicht, Fräulein Becker?

Die Dicke flüsterte, weil ich den Angeklagten liebte und immer noch liebe.

Sie senkte den Kopf.

Der Ankläger liess einige Zeit verstreichen, bevor er auf sie zutrat, ihr die Hand auf die Schulter legte und flüsterte, weshalb lieben Sie den Angeklagten, Fräulein Becker?

Die Dicke flüsterte unter Schluchzen, er versprach, mich zu

heiraten. Ich habe das, was er wollte, mit ihm getan, weil er versprach, mich zu heiraten.

Während sie ein Taschentuch hervorholte, flüsterte der Ankläger, indem er auf Busner zutrat, nun, Herr Busner?

Busner flüsterte, es ist nicht wahr. Ich habe ihr nicht versprochen, sie zu heiraten. Wie ich bereits ausführte, bemerkte ich vielleicht spasseshalber etwas Ähnliches, aber versprochen habe ich nichts.

Die Dicke rief derart laut, doch, du hast es versprochen, dass der Richter sie zur Ruhe gemahnte.

Busner sah den Ankläger einen Briefumschlag zum Vorschein bringen. Er flüsterte, die Staatsanwaltschaft ist im Besitze eines Schreibens, welches Herr Busner an Fräulein Becker gerichtet habe.

Während der Staatsanwalt den Umschlag öffnete, raunte Busner seinem Verteidiger zu, verhindern Sie, dass er ihn vorliest!

Der Verteidiger beantragte Nichtverlesen des Briefes. Nach dem Grund gefragt, flüsterte Busner anstelle des Verteidigers, bei diesem Brief handelt es sich um ein vertrauliches Schreiben an Fräulein Becker. Deshalb möchten wir nicht, dass es öffentlich verlesen wird. Rasch fuhr er fort, sehn Sie, ich bin bereit, die Folgen meines leichtsinnigen Handelns zu tragen. Ich werde für meine Leichtfertigkeit einstehen, um der Gemeinschaft und der P.f.F. zu beweisen, wie sehr ich die Grundsätze der P.f.F. respektiere. Ich nehme alle Schuld auf mich, wenn Sie wollen! Gleichwohl möchte ich nicht unterlassen, darauf hinzuweisen, dass dieser Vorfall in Gausen-Kulm vor dem Regierungsantritt der P.f.F. geschah! Ich hielt mich jederzeit an die Grundsätze der P.f.F., seit diese rechtskräftig wurden. Ich hielt mich selbst daran, als die P.f.F. noch nicht regierte, ausser diesem einen bedauerlichen Male. Ich verehre die P.f.F. Ich bin einer ihrer begeistertsten Anhänger. Ich bin zu allem bereit, was die P.f.F. von mir verlangen sollte. So erkläre ich ausdrücklich, dass ich die Konsequenzen aus meinem Fehlverhalten ziehen werde. Ich glaube damit bewiesen zu haben, dass für mich alleine die Gemeinschaft und die P.f.F. zählen und absoluten Vorrang vor allem anderen haben.

Er fügte hinzu, er habe geschlossen, und setzte sich.

Der Richter flüsterte, es ist lobenswert, Herr Busner, dass Sie gedenken, die Konsequenzen aus Ihrem Vergehen zu ziehen, bloss scheinen Sie nicht zu berücksichtigen, dass es nicht Fräulein Becker ist, die Sie anklagt, sich an ihr vergangen zu haben, sondern die Gemeinschaft klagt Sie an, selbstbeherrschungsunfähig zu sein, und das will dieses Gericht ja untersuchen!

Der Richter verlangte vom Ankläger Einsicht in den zur Diskussion stehenden Brief, um zu entscheiden, ob er unter Ausschluss der Öffentlichkeit verlesen werden müsse.

Busner tuschelte dem Verteidiger zu, tun Sie etwas, dass es nicht zur Verlesung kommt!

Der Verteidiger flüsterte, das steht ausserhalb meiner Macht. Der Richter wird es entscheiden. Aber es besteht kein Anlass zur Unruhe, so arg ist dieses Schreiben gar nicht!

Nachdem der Richter den Brief zum Verlesen freigegeben hatte, begann der Ankläger: Liebe Berti, wie geht es dir? Mir geht es gut. Ich würde dich sehr gerne heiraten, aber das geht bedauerlicherweise nicht ...

Der Ankläger sah auf und flüsterte, Sie schreiben hier, Herr Busner, Sie würden Fräulein Becker gerne heiraten, sagten aber eben, Sie könnten sich nicht vorstellen, mit Fräulein Becker verheiratet zu sein. Wie ist das zu verstehen?

Nach einem Augenblick antwortete Busner, das habe er geschrieben, weil er Fräulein Becker nicht beleidigen wollte.

Der Ankläger flüsterte, tatsächlich?

Er las, ... ich würde dich sehr gerne heiraten, aber das geht bedauerlicherweise nicht, weil ich seit einigen Wochen verheiratet bin ...

Der Ankläger bat Busner um Angabe seines Zivilstandes.

Busner flüsterte, ledig.

Der Ankläger flüsterte, etwas lauter, bitte!

Busner flüsterte, ledig.

Während er die Dicke den Kopf zu ihm herumwerfen sah, flüsterte der Ankläger, das heisst, Sie waren zu keinem Zeitpunkt verheiratet, Herr Busner?

Busner verneinte.

Der Ankläger stellte fest, dass er dem nichts beizufügen habe.

Er las, ... weil ich seit einigen Wochen verheiratet bin. So gibt es leider keine andere Lösung als die, dass du ..., der Ankläger schaltete eine Pause ein und fuhr unter Betonung jedes einzelnen Wortes fort, ... den Bengel abtreiben lässt.

Busner hörte im Saal ein Zischen entstehen. Er sah die Dicke sich mit ihrem Taschentuch die Augen wischen und den Ankläger mit gesenktem Kopf warten. Da der Verteidiger ebenfalls zu Boden sah, gelang es Busner nicht, seinen Blick aufzufangen.

Endlich fuhr der Ankläger fort, ... damit du kein Geld dafür auszulegen brauchst und eine für alle Beteiligten befriedigende Lösung getroffen wird, komme ich für sämtliche Unkosten auf. Du sollst also in der nächsten Stadt einen Psychiater aufsuchen und ihm sagen, du möchtest dein Kind abtreiben lassen, weil du nicht wüsstest, wer sein Vater sei.

Diesen Satz wiederholte der Ankläger.

Er fuhr fort, ... der Psychiater wird in dich dringen, um es herauszufinden, aber du musst dabeibleiben, dass du es nicht weisst, denn sonst weigert sich der Psychiater, dir zu helfen, und du stehst mit einem Kind und ohne Mann da!

Auch diesen Satz las der Ankläger zweimal.

Der Psychiater, setzte er fort, wird dir ein Zeugnis geben und dir beschreiben, was du als nächstes zu tun hast. Sage keinesfalls, dass ich der Vater des Kindes bin, sonst sehe ich mich nicht in der Lage, für die Unkosten der Abtreibung aufzukommen.

Nachdem er abermals eine Pause eingelegt hatte, flüsterte er, der Schlusssatz des Briefes lautet, ... schreibe mir, wenn es soweit ist. Ich werde dir die Unkosten erstatten und darüber hinaus etwas Schmerzensgeld senden, obwohl der Eingriff nicht im geringsten schmerzt. Harry Busner.

Er faltete den Brief langsam zusammen und erklärte, diesem Schreiben habe er nichts hinzuzufügen.

Busner erhob sich und flüsterte, es war gar nicht so!

Ohne ihn anzusehen, flüsterte der Ankläger, was war nicht so, Herr Busner?

Busner flüsterte, das alles! Das alles war nicht so, wie es jetzt erscheint! Ich meine, das alles war nicht so gemeint, wie man nach diesem Brief annehmen könnte. Ich wollte niemandem schaden, verstehen Sie! Ich habe unüberlegt gehandelt, als ich diesen Brief schrieb, bestimmt habe ich das! Aber so war es nicht, wie es jetzt scheint!

Da während längerer Zeit niemand antwortete, wiederholte Busner, er habe keinem Menschen schaden wollen.

Nach einer weiteren Pause gab der Richter bekannt, dass die Verhandlung an dieser Stelle unterbrochen und morgen um zehn Uhr im selben Saal wieder aufgenommen werde.

Während er den Saal mit den Gemeinschaftsrepräsentanten verliess, fragte Busner den Verteidiger, weshalb die Verhandlung vertagt werde. Der Verteidiger erklärte, die Zuschauer müssten an ihre Arbeit zurück. Busner sah die Dicke mit dem Ankläger hinausgehen.

Er flüsterte, wieso wird auf die Zuschauer Rücksicht genommen? Das ist mein Prozess!

Der Verteidiger flüsterte, wir dürfen unter keinen Umständen den Mut verlieren, Herr Busner!

Busner flüsterte, Sie müssen morgen vor allem deutlich machen, dass die Sache in Gausen-Kulm gar nicht so verlief, wie es jetzt den Anschein hat!

Der Verteidiger flüsterte, so ist es! Der Staatsanwalt hat seine Anklage geschickt vorgetragen, aber wir werden ihm schon beikommen! Vergessen Sie nicht, dass wir uns noch gar nicht geäussert haben!

Busner flüsterte, zum jetzigen Zeitpunkt steht der Prozess wohl nicht gut für mich?

Der Verteidiger flüsterte, es könnte schlechter stehn. Die Anklage hält einzig diesen Brief in den Händen, der Sie allerdings einigermassen belastet.

Busner teilte ihm mit, dass er sich auf das Schlimmste gefasst machen und deshalb wissen möchte, wie das Urteil im für ihn ungünstigsten Fall lauten werde.

Der Verteidiger flüsterte, sollte es uns gelingen, das Gericht davon zu überzeugen, dass Sie kein Gemeinschaftsschädling sind, werden Sie wohl straffrei ausgehen.

Busner flüsterte, wenn uns das aber nicht gelingt?

Der Verteidiger flüsterte, sollte uns dies nicht gelingen, so müssten wir wohl damit rechnen, in ein Umschulungslager verbracht zu werden.

Busner versetzte, er ziehe einige Monate Umschulungslager einer Ehe mit der Dicken immer noch vor.

Der Verteidiger flüsterte, ich denke nicht, dass das Gericht diese Ehe in Betracht zieht.

Nachdem Busner sich von ihm verabschiedet hatte, durch den nun leeren Saal ging und sich oben vor der Tür nochmals umdrehte, machte ihn der Umstand stutzig, dass er seinen Verteidiger auf dieselbe Tür zuschreiten sah, durch die der Ankläger, die Gemeinschaftsrepräsentanten, die Dicke und der Richter den Saal verlassen hatten.

Während er sich einem Nebeneingang der GESELLSCHAFT näherte, redete er sich ein, der Aufenthalt in einem dieser Umschulungslager werde nicht so arg sein. Er werde die Prüfung, welche darüber entscheide, ob ein Häftling wieder in die Gemeinschaft aufgenommen werde oder nicht, mit Erfolg ablegen und hätte damit seine Strafe ein für allemal hinter sich gebracht, wogegen eine Ehe mit der Dicken ihn lebenslang belasten würde.

Abermals brachte er, in seine Zelle zurückgekehrt, keine Lust zum Arbeiten auf. Lange Zeit sass er, den Kopf in die Hand gestützt, am Pult.

Mit einem Mal gelangte er zur Ansicht, es finde gar kein Prozess gegen ihn statt, er habe sich das alles bloss eingebildet, denn ein so geringes Vergehen wie das seine würde in Wirklichkeit niemals derart unverhältnismässig hochgespielt.

Als er seine Kollegen aus der Kantine zurückkehren hörte, knipste er das Licht an und begann an seiner Kartei zu arbeiten. Es fiel ihm ein, dass er Herrn Brühl nochmals um Urlaub bitten müsste. Eine Weile überlegte er sich, ob ihm ein unentschuldigtes Fernbleiben wohl weniger Nachteile einbringen werde als ein abermaliger Urlaubsantrag. Schliesslich beschloss er, kein Risiko eingehen zu wollen, stieg zu Herrn Brühls Büro hoch und teilte Herrn Brühl mit, man habe seinen Prozess auf morgen vertagt, es sei also nicht seine Schuld, wenn er sich gezwungen sehe, erneut um Urlaub zu bitten. Herr Brühl unterrichtete ihn davon, dass ihm dies bekannt sei, man habe ihn als Zeugen vorgeladen.

Busner flüsterte, Sie sind als Zeuge vorgeladen?

Herr Brühl flüsterte, jawohl, der Urlaub ist Ihnen selbstverständlich gewährt.

In seiner Zelle kam er darauf, dass Herr Brühl wohl ein Gutachten über ihn abzugeben habe. Längere Zeit beschäftigte er sich mit der Frage, wie dieses ausfallen werde, gelangte jedoch zu keinem Schluss, denn einerseits hatte Herrn Brühls Freundlichkeit ihm gegenüber in der letzten Zeit nachgelassen, andererseits vermochte er sich nicht vorzustellen, dass Herr Brühl abträglich von ihm sprechen werde.

Abermals dachte er über seinen Prozess und dessen Ausgang nach, wobei er den Umstand, dass er *wirklich* ein begeisterter Anhänger der P.f.F. sei, mit dem Umstand zu vereinen versuchte, dass diese P.f.F. ihn wahrscheinlich in ein Umschulungslager stecken werde. Schliesslich gelangte er dazu, die ihn erwartende Bestrafung an einer Ehe mit der Dicken zu messen, mit der verglichen sich einige Zeit Umschulungslager wohl ertragen liesse. Als er eine Vorstellung vom Alltag in einem Umschulungslager zu gewinnen versuchte, fiel ihm ein, Herr Fränzi könne ihm darüber Auskunft geben.

Um sich nach Feierabend nicht durch die Massen drängen zu müssen, die um diese Zeit den GESELLSCHAFTS-Platz füllten, blieb er zehn Minuten länger in seiner Zelle sitzen.

Auf dem Weg zum „Weissen Haus" sah er ein Kind an der Hand einer jüngeren Frau vorübergehen. Mit einem Mal hörte er das Kind rufen, schau, Mama!, wobei es auf einen hinter Busner sich befindenden Gegenstand zeigte. Busner beobachtete, wie die Mutter das Kind am Arm zerrte und zischte, du sollst leise sprechen! Wie oft muss ich dir das noch sagen? Was denken die Leute von uns, wenn du schreist? Busner kurz zulächelnd, flüsterte sie, siehst du, der Herr denkt, du bist ein ungezogenes Kind!

Als ihm im Gebäude der Staatsanwaltschaft mitgeteilt wurde, Herr Fränzi sei unterwegs und werde nicht vor morgen früh zurückerwartet, dachte er daran, den Untersuchungsrichter Freudig um Auskunft anzugehen, wagte dann aber gleichwohl nicht, diesen zu behelligen.

Schliesslich fuhr er zu seiner neuen Bekannten und lud sie zum Abendessen ein. Da er danach doch keine Lust verspürte, die Nacht mit ihr zu verbringen, begab er sich nach Hause.

Weil er nicht mit seinen Kollegen zusammentreffen wollte, blieb er morgens länger im Bett liegen als gewöhnlich. Er brachte es fertig, unbemerkt in seine Zelle zu schlüpfen und diese, ohne angesprochen zu werden, eine Viertelstunde vor zehn Uhr zu verlassen. Durch den Korridor gehend, stellte er fest, dass seine Kollegen ruhig in ihren Zellen arbeiteten und daher, aller Wahrscheinlichkeit nach, nicht zu seinem Prozess erscheinen würden.

Bevor er das „Weisse Haus" erreichte, fand er ein Papiertaschentuch, das jemand verloren oder gar weggeworfen hatte. Er hob es auf und steckte es in den nächsten Abfalleimer.

Der Verteidiger, der Busner wieder vor dem Saal 54 erwartete, drückte ihm fest die Hand und flüsterte, so, Herr Busner, nun wollen wir unsere Sache in Angriff nehmen!

Als Busner sich in die Anklagebank setzte, traten die Gemeinschaftsrepräsentanten ein. Beim Erscheinen des Anklägers und des Richters erhielt er den Eindruck, die beiden Herren hätten sich eben gemeinsam amüsiert.

Nachdem der Richter den Prozess eröffnet und dem Ankläger das Wort erteilt hatte, trat dieser auf Busner zu und fragte ihn, wie eine Frau beschaffen sein müsse, damit sie ihm gefalle.

Weil diese Frage Busner vermuten liess, möglicherweise beabsichtige man nun doch, ihn zur Ehe mit der Dicken zu zwingen, falls er angebe, Frauen vom Typ der Dicken gefielen ihm, andererseits aber befürchtete, man werde ihm extreme Selbstbeherrschungsunfähigkeit unterstellen, wenn er aussage, dass er Frauen vom Typ der Dicken nicht möge, flüsterte er nach einigem Zögern, eine Frau, die ihm gefalle, solle in erster Linie ein nützliches Glied der Gemeinschaft sein.

Der Ankläger flüsterte, das ist wohl selbstverständlich, Herr Busner, aber ich möchte von Ihnen wissen, wie eine Frau aussehen soll, damit sie Ihnen gefällt?

Schliesslich flüsterte Busner, am liebsten möge er grosse, schlanke, intelligente Frauen.

Der Ankläger flüsterte, mögen Sie kleine, zu Korpulenz neigende Frauen?

Busner flüsterte, nicht besonders.

Der Ankläger flüsterte, würden Sie Fräulein Becker als gross und schlank bezeichnen?

Busner flüsterte, nicht eigentlich.

Der Ankläger flüsterte, also verfügt Fräulein Becker in Ihren Augen nicht über ein anziehendes Äusseres?

Busner flüsterte, nein.

Während Busner sich überlegte, wie er am vorteilhaftesten reagiere, störte ihn der Ankläger mit den Worten, nehmen Sie sich ruhig Zeit für die Antwort, in seinen Gedanken.

Nach einer Weile flüsterte Busner, die extrem schlechten Umstände, unter denen ich in Gausen-Kulm lebte, brachten mich soweit.

Der Ankläger flüsterte, lassen Sie mich zusammenfassen: Weil Sie sich in einer Situation befanden, die, sagen wir mal, durch denkbar schlechte Umstände gekennzeichnet war, überkam Sie die Lust, mit einem fünfzehnjährigen Mädchen zu schlafen, dessen Äusseres auf Sie nicht anziehend wirkte?

Busner flüsterte, die Umstände lagen damals so, dass ihr Äusseres anziehend auf mich wirkte.

Der Ankläger flüsterte, ach, wirklich?

Noch näher an Busner herantretend, fuhr er fort, vermögen Sie sich vorzustellen, Herr Busner, dass dieser Fall je wieder eintreten könnte?

Busner flüsterte, nein, Herr Staatsanwalt.

Der Ankläger flüsterte, weshalb nicht?

An Busners Stelle antwortete der Verteidiger: Weil die Konstellation dieser Umstände nie wieder dieselbe sein wird!

Der Ankläger flüsterte, ach! Es braucht also eine gewisse Konstellation von Umständen, damit dem Angeklagten kleine, korpulente Frauen gefallen, Frauen, die er sonst nicht mag! Ist es so, Herr Busner?

Busner flüsterte, jawohl, Herr Staatsanwalt.

Lachend fuhr der Ankläger fort, weil nun zufälligerweise

diese Umstände eintraten, schliefen Sie also mit Fräulein Becker, was Sie normalerweise nicht täten?

Busner bejahte.

Der Ankläger flüsterte, obwohl Ihnen bewusst war, dass Sie damit erstens gegen das bestehende Gesetz verstiessen und zweitens gegen die — wie Sie selbst sagten — von Ihnen so hochgehaltenen Grundsätze der P.f.F. handelten?

Busner flüsterte, ich gab ja bereits zu, dass es ein Fehltritt war! Ich weiss es, Herr Staatsanwalt!

Er wiederholte, er sei auch bereit die Folgen seines Handelns zu tragen.

Der Ankläger fragte, ob Busner eingestehe, dass er selbstbeherrschungsunfähig sei.

Busner flüsterte, das bin ich keineswegs, Herr Staatsanwalt! Sehen Sie, die Umstände ...

Der Ankläger flüsterte, die Umstände, die Umstände ...! Ob ein Mensch selbstbeherrschungsfähig ist, zeigt sich natürlich erst unter aussergewöhnlichen Umständen!

Er tat einige Schritte auf die Gemeinschaftsrepräsentanten zu, drehte sich brüsk zu Busner um, flüsterte, Sie, Herr Busner, sind selbstbeherrschungsunfähig!, wandte sich erneut gegen die Gemeinschaftsrepräsentanten und flüsterte, hohes Gericht! Im Namen der Gemeinschaft, die ich vertrete, klage ich Heinz Busner an, der Selbstbeherrschungsunfähigkeit und damit ein Gemeinschaftsschädling zu sein.

Er liess eine Pause entstehen, bevor er fortfuhr, wer nicht in der Lage ist, sich zu beherrschen, schädigt notgedrungen die Gemeinschaft. Gemeinschaftsfähig sein heisst, individuell verzichten. Dieser Angeklagte aber vermag keine Verzichte zu leisten! Ich klage ihn, hohes Gericht, nicht nur der Selbstbeherrschungsunfähigkeit an, sondern des gemeinschaftsfeindlichen Verhaltens, dahingehend nämlich, dass er das von ihm geschwängerte Mädchen aus Angst, eine Ehe mit ihm werde seine Karriere in Frage stellen, zur Abtreibung zu zwingen versuchte.

Busner meldete sich, bekam das Wort aber nicht zugeteilt.

Der Ankläger fuhr fort, der Angeklagte Heinz Busner, das steht damit fest, misst seinen persönlichen Anliegen mehr Wichtigkeit bei als den Anliegen der Gemeinschaft, wo doch, wie

Präsident Pack ausführte, der einzelne hinter der Gemeinschaft zurückzustehen hat, da er nur als Teil der Gemeinschaft Bedeutung erlangt. Ich meine, hohes Gericht, dass ein einzelner, der sich in leichtfertiger Weise vergeht, der aus einem Impuls heraus für einen Augenblick seine Selbstbeherrschung verliert, eventuell über ein Umschulungslager wieder in die Gemeinschaft einzugliedern ist. Im vorliegenden Fall hingegen steht es so, dass das Vergehen nicht einem Affekt entsprang, sondern ein während längerer Zeit — ich meine zumindest während zweier Tagen — gehegtes Delikt war, um nur den Vorfall in Gausen-Kulm zu erwähnen und diesen schändlichen Brief mal beiseite zu lassen.

Während der Ankläger, nachdem er „Hohes Gericht" geflüstert und danach innegehalten hatte, sich dicht vor die Gemeinschaftsrepräsentanten stellte, tuschelte der Verteidiger, machen Sie sich auf das Schlimmste gefasst! Vergessen Sie aber nicht, dass wir noch nicht zu Wort gekommen sind! Dieser Staatsanwalt ist in seinen Forderungen als vermessen bekannt!

Busner hörte die Worte des Verteidigers, Kopf hoch!, Herr Busner, sich mit den Worten des Anklägers, ich meine, überschneiden und den Ankläger fortfahren, ein solcher einzelner ist vollständig aus der Gemeinschaft zu entfernen!

Er erschrak. Er hörte den Ankläger, dessen Stimme nichts an Freundlichkeit verloren hatte, eine Spur leiser als vorhin flüstern, als Beschützer der Gemeinschaft sehe ich mich in ihrem Interesse gezwungen, für den Angeklagten Heinz Busner, als warnendes Beispiel für alle jene, die sich den Vorrang vor der Gemeinschaft geben, als exemplarische Strafe den Tod zu fordern!

Nach einigen Sekunden rief Busner, sind Sie verrückt?

Der Verteidiger zerrte ihn auf seinen Platz und flüsterte, behalten Sie die Nerven! Warten Sie, bis ich an der Reihe bin!

Busner rief, dieser Staatsanwalt ist ja ..., das ist ja lächerlich!

Der Richter erteilte dem Verteidiger das Wort.

Der Verteidiger stand auf und flüsterte, in diesem nicht einfachen Verfahren, hohes Gericht, ist eines jedenfalls offensichtlich: Die vom Ankläger geforderte Strafe steht in keinem Verhältnis zum Vergehen meines Mandanten!

Nachdem er Busner einen Blick zugeworfen hatte, fuhr er fort, man müsse, wenn man das Verhalten des Angeklagten beurteilen wolle, sich vor Augen halten, dass es zu keiner Zeit die Absicht des Angeklagten gewesen sei, irgend jemandem zu schaden, weder Fräulein Becker noch der Gemeinschaft! Wäre es meinem Mandanten möglich gewesen, die Folgen seines Handelns abzusehen, so hätte er niemals mit Fräulein Becker geschlafen, noch hätte er je diesen Brief geschrieben.

Der Ankläger bat um das Wort, erhielt es aber nicht.

Der Verteidiger flüsterte, man darf im weiteren nicht unberücksichtigt lassen, welchen bedrückenden Umständen mein Mandant damals ausgesetzt war: Er fand sich praktisch allein in dem ausgestorbenen, nur per Bergbahn erreichbaren Kurort Gausen-Kulm, wo er für die GESELLSCHAFT Messungen verrichten musste. Die Intervalle, in denen er diese Messungen vorzunehmen hatte, lagen derart, dass keine Möglichkeit für ihn bestand, Gausen-Kulm auch bloss für kurze Zeit zu verlassen. Dazu herrschte ausgerechnet in jenen Tagen eine ungeheuerliche Hitze, die manchmal über dreissig Grad anstieg. Hohes Gericht, ich bitte Sie, sich persönlich in die Situation des Angeklagten zu versetzen: Sie befinden sich als einziger Gast in einem Dreihundert-Betten-Hotel. Sie benötigen täglich nicht mehr als eine Viertelstunde Zeit für Ihre Arbeit, haben aber keine Möglichkeit, den Ort zu verlassen. Über dem Dorf lastet täglich eine unausstehliche Hitze. Es gibt praktisch nur einen einzigen Menschen, mit dem Sie sich unterhalten können. Ich glaube, nicht zu übertreiben, wenn ich behaupte, dass diese Situation der Situation eines Gefangenen entspricht! Also, da gibt es dieses junge Mädchen, welches eine starke sexuelle Anziehungskraft auf den Angeklagten ausübt. Die zwei jungen Menschen lernen sich im Gespräch kennen, finden Gefallen aneinander, es kommt nach und nach dahin, dass die beiden eine Nacht miteinander verbringen. Wie, meine Damen und Herren, hätten wir uns in dieser Lage verhalten? Zudem, und das scheint mir wichtig zu sein, spielten diese Vorfälle sich zu einer Zeit ab, in der die Partei für Fortschritt noch nicht regierte. Sie werden zugeben, dass die geschilderten Umstände die Situation des Angeklagten zu einer Ausnahmesituation machten. Wir dürfen meinem Mandanten vorbehaltlos glauben, wenn er beteuert, dass er zum jetzigen Zeitpunkt, wo die P.f.F. offiziell die Regierung übernommen hat, niemals mehr auf dieselbe Weise handeln würde, geriete er je wieder in die gleiche Lage! Wir dürfen ihm glauben, weil es sich bei meinem Mandanten um einen aufrichtigen und integren Charakter handelt!

Der Verteidiger blätterte eine Akte um und fuhr fort, hohes Gericht, es geht darum, die Beschuldigung des Anklägers, mein Mandant sei weder beherrschungsfähig noch gemeinschaftsfähig, zu widerlegen. In Anbetracht des Umstandes übrigens, dass der Staatsanwalt den Beweis dafür schuldig geblieben ist.

Der Ankläger lachte. Der Verteidiger schritt auf eine Tür zu und öffnete sie. Hinter dem Verteidiger sah Busner seinen Vorgesetzten Herrn Brühl erscheinen. Während Herr Brühl vereidigt wurde, stellte sich der Verteidiger zu Busner und tuschelte lächelnd, nun, Herr Busner?

Auf die Frage des Verteidigers, wie Herr Brühl, als Busners Vorgesetzter, diesen einschätze, antwortete Herr Brühl, Busner sei ein guter, strebsamer und pflichtbewusster Mitarbeiter der GESELLSCHAFT. Er sei auf seiner Abteilung der jüngste Funktionär, gleichwohl stehe sein Name zuoberst auf der Bonusliste, es fehlten ihm lediglich noch zwei Punkte, um zum Abteilungsleiter befördert zu werden. Der Verteidiger wollte von ihm wissen, wie er Busners Fähigkeit, sich in die Gemeinschaft einzuordnen, und sein Verhältnis zur P.f.F. beurteile. Herr Brühl antwortete, Busner sei nie unangenehm aufgefallen, er sei bestimmt fähig, sich in die Gemeinschaft einzuordnen, er glaube, dass Busner ein entschiedener Anhänger der P.f.F. sei.

Der Verteidiger flüsterte, halten Sie es für möglich, Herr Brühl, dass Herr Busner beherrschungsunfähig ist?

Herr Brühl antwortete, das halte er nicht für möglich.

Es erstaunte Busner, dass der Verteidiger, nachdem Herr Brühl entlassen worden war, Herrn Kleidmann als Zeugen in den Saal rief. Er stellte diesem dieselben Fragen wie Herrn Brühl, die Herr Kleidmann in ähnlicher Weise beantwortete.

Der Verteidiger flüsterte darauf, hohes Gericht, aus den Aussagen der beiden Vorgesetzten meines Mandanten geht wohl deutlich hervor, dass dieser eine integre Persönlichkeit ist und, da er sich sehr wohl zu beherrschen weiss, als vollkommen gemeinschaftsfähig bezeichnet werden muss. Wenn ich nun dem Ankläger so weit entgegenkomme, dass ich einräume, der Angeklagte hätte sich in der Gausener Situation gemeinschaftsfreundlicher verhalten können, als er das getan hat, und also, selbst angesichts der extremen Bedingungen dort, nicht auf Freispruch plädiere, was absolut möglich wäre, so hoffe ich, dass auch der Herr Staatsanwalt Entgegenkommen zeigen und von seiner unsinnigen Forderung lassen wird. Hohes Gericht, ich beantrage für meinen Mandanten, Heinz Busner, als höchstes Strafmass die Einweisung in ein Umschulungslager für die Zeitdauer von drei Monaten!

Der Ankläger verlangte, einige Fragen an Herrn Brühl zu richten. Während Herr Brühl abermals in den Zeugenstand trat, tuschelte der Verteidiger, das Gericht werde wahrscheinlich auf sechs Monate Umschulungslager entscheiden, aber das sei wohl für Busner noch immer annehmbarer als eine lebenslängliche Ehe mit Fräulein Becker.

Busner nickte.

Der Ankläger flüsterte, Herr Brühl, ich möchte von Ihnen wissen, ob in der Arbeitsmoral des Angeklagten vor seinem Gausener Aufenthalt und danach ein Unterschied festzustellen ist.

Nach einigem Zögern flüsterte Herr Brühl, es sei wohl so, dass Busners Arbeitsmoral im Vergleich zu früher etwas nachgelassen habe.

Der Ankläger flüsterte, aha!

Er führte aus, er möchte nicht gerade behaupten, mit Busner habe sich in Gausen-Kulm eine Persönlichkeitsveränderung im psychiatrischen Sinne vollzogen, aber es scheine doch, dass er sich seit Gausen-Kulm gewandelt habe. So glaube er wohl, dass Busner zuvor beherrschungsfähig gewesen sei, wie seine Vorgesetzten versichert hätten, diese Fähigkeit habe er inzwischen aber eingebüsst.

Der Verteidiger flüsterte, es werde dem Gericht klar sein, dass das Nachlassen von Busners Arbeitsmoral mit seinem Prozess zusammenhänge, der ihn verständlicherweise psychisch belaste.

Der Ankläger bat darum, an Busner einige Fragen stellen zu dürfen. Er wollte von ihm wissen, ob sich zu jener Zeit ausser Fräulein Becker tatsächlich kein einziger Mensch in Gausen-Kulm aufgehalten habe. Busner antwortete, ausser ihr habe es noch vier oder fünf andere Leute gegeben. Der Ankläger forderte ihn auf, jene Leute zu nennen, mit denen er während seines Aufenthaltes je ein Wort gewechselt habe. Busner erwähnte den Direktor, die Direktorin, den Barmann, den Musikanten, die Alte, den Chef, den Posthalter und den Bahnbeamten.

Der Ankläger flüsterte, ein Musikant und ein Barmann waren darunter?

Busner bejahte.

Der Ankläger flüsterte, aber keine weiteren weiblichen Personen ausser Fräulein Becker?

Busner flüsterte, und die Direktorin meines Hotels.

Der Ankläger fragte, ob er glaube, dass der Barmann und der Musikant oder einer von ihnen mit Fräulein Becker oder der Direktorin ein Verhältnis gehabt hätten. Busner antwortete, er glaube, dass der Musikant etwas mit Fräulein Becker gehabt habe, es sei nicht auszuschliessen, dass dies auch für den Barmann zutreffe, obwohl er, Busner, dies für weniger wahrscheinlich halte.

Der Ankläger öffnete die Tür zum Zeugenraum.

Weil der Musikant sich das Haar kurz hatte schneiden lassen, erkannte ihn Busner erst im Augenblick, in dem der Verteidiger fragte, wer das sei.

Der Musikant gab bei der Vereidigung an, sein Name sei Paul Helbling, er sei bekannt unter dem Namen Beppo. Der Ankläger fragte ihn, ob er den Angeklagten kenne und ob er sich zur selben Zeit wie dieser in Gausen-Kulm aufgehalten habe. Der Musikant antwortete, er kenne den Angeklagten, sie hätten öfters zusammen gesprochen und er habe sich eine Woche länger in Gausen-Kulm aufgehalten als dieser.

Der Ankläger flüsterte, sagen Sie, Herr Beppo, wie hielten Sie es bloss so lange in Gausen-Kulm aus?

Herr Beppo flüsterte, wissen Sie, Herr Staatsanwalt, ich hatte einen Vertrag. Zudem habe ich mir gesagt, wenn ich nun schon mal da bin, dann halte ich auch durch!

Der Ankläger flüsterte, das Dasein dort oben war also nicht über alle Massen unerträglich?

Herr Beppo flüsterte, nein, das war es nicht, Herr Staatsanwalt, ich habe mich durchgebissen, weil — man trifft es nicht immer gut, verstehen Sie?

Herr Beppo bejahte die Frage des Anklägers, ob er allein in Gausen-Kulm gewesen sei.

Der Ankläger flüsterte, ich brauche nicht zu erwähnen, dass Musikanten im allgemeinen, verglichen mit Leuten aus anderen Berufszweigen einen eher lockeren Lebenswandel führen, nicht wahr, Herr Beppo?

Herr Beppo flüsterte, vielleicht früher mal. Aber seit die P.f.F. da ist, hat das beträchtlich nachgelassen.

Der Ankläger flüsterte, Herr Beppo, Sie hatten doch in Gausen-Kulm bestimmt auch Lust auf Frauen, nicht?

Herr Beppo flüsterte, ich möchte sagen, das ist normal, Herr Staatsanwalt, aber ein Mensch muss doch fähig sein, sich zu beherrschen.

Der Ankläger flüsterte, gab es dort oben überhaupt Frauen, welche geeignet gewesen wären, dieser Lust Befriedigung zu verschaffen?

Herr Beppo flüsterte, nein, Herr Staatsanwalt.

Der Ankläger flüsterte, keine einzige?

Herr Beppo flüsterte, nein, Herr Staatsanwalt.

Der Ankläger flüsterte, sagt Ihnen der Name Berta Becker etwas?

Herr Beppo flüsterte, das war diese kleine Runde, die bei uns den Service besorgte.

Der Ankläger fragte ihn, ob dieses Mädchen dafür nicht in Frage gekommen wäre.

Herr Beppo flüsterte, nein, Herr Staatsanwalt, die wäre nicht in Frage gekommen!

Der Ankläger flüsterte, weshalb?

Herr Beppo flüsterte, sie war erst fünfzehn. Da dachte ich mir, Hände weg! Ausserdem war sie nicht gerade das, was man sich unter einer schönen Frau vorstellt.

Bevor Herr Beppo entlassen wurde, beantragte der Verteidiger, eine Frage an ihn zu stellen.

Er flüsterte, Herr Beppo, wie war Ihre Arbeitszeit in Gausen-Kulm?

Herr Beppo flüsterte, ich arbeitete von acht Uhr abends bis manchmal sieben Uhr früh.

Der Verteidiger flüsterte, es stand Ihnen also offen, Gausen-

Kulm tagsüber zu verlassen?

Herr Beppo antwortete, jawohl, das stand mir offen.

Der Ankläger flüsterte, wie oft haben Sie das getan, Herr Beppo?

Herr Beppo flüsterte, er habe es nie getan.

Der Verteidiger flüsterte, wie haben Sie denn den Tag hinter sich gebracht?

Herr Beppo gab an, er habe tagsüber geschlafen.

Nachdem Herr Beppo den Zeugenstand verlassen hatte, flüsterte der Ankläger, ich wollte dem hohen Gericht damit vor Augen führen, dass ein Musikant, ein Angehöriger eines Berufszweiges, der bekanntlich in gewissem Masse zu Ausschweifungen neigt, denselben Umständen unterworfen wie der Angeklagte, sich wohl zu beherrschen vermochte, während dieser, seines Zeichens GESELLSCHAFTS-Funktionär, scheiterte. Es mag sein, dass es dem Angeklagten gelingt, am Arbeitsplatz den Anschein zu erwecken, er sei selbstbeherrschungsfähig, wie seine Vorgesetzten aussagten, aber ich frage Sie: Ist es schwierig, sich unter normalen Bedingungen gemeinschaftsfähig zu verhalten? Erst in ausserordentlichen Situationen zeigt sich, ob ein einzelner gemeinschaftsfähig ist oder nicht! Im übrigen bin ich davon überzeugt, dass der Angeklagte zu jenen gehört, die zu Hause den Fernsehapparat nur deshalb anstellen, um ungehört zu fluchen, dass er einer von den Dauerbenützern der Schreiräume ist, wobei er diese natürlich heimlich aufsucht! Für mich zeigen die Vorfälle in Gausen-Kulm jedenfalls deutlich, dass dieser Angeklagte beherrschungsunfähig ist; in einer Situation zudem, in der ein Barmann und ein Musikant sich korrekt verhielten.

Der Ankläger ignorierte die Bemerkung des Verteidigers, in bezug auf den Barmann stehe nichts fest und es gebe auch Musikanten, die keinen lockeren Lebenswandel führten, und setzte fort, selbst wenn man, trotz unzähliger Beweise nebst den Zeugenaussagen gewillt sei, dies zu bezweifeln, so lege doch der Brief, den der Angeklagte an Fräulein Becker geschrieben habe, unmissverständlich gemeinschaftsfeindliches Verhalten an den Tag.

Er wandte sich zu Busner und flüsterte, Herr Busner, Sie müssen zugeben, dass Sie gemeinschaftsfeindlich waren!

Busner flüsterte, nun gewiss, aber sehn Sie, die Folgen meines Handelns waren für mich nicht absehbar; wenn ich gewusst hätte, wie das alles ausgeht, hätte ich niemals getan, was ich tat!

Der Ankläger flüsterte, Sie geben aber zu, dass Sie sich gemeinschaftsfeindlich verhielten und deshalb nicht in unsere Gemeinschaft passen?

Busner flüsterte, das ist nicht wahr! Ich gebe zu, dass ich in Gausen-Kulm falsch gehandelt habe, aber dass ich deswegen gemeinschaftsunfähig sein soll, stimmt nicht! Sehn Sie, ich liebe die Gemeinschaft! Ich habe es schon einige Male gesagt! Ich war seit jeher ein begeisterter Anhänger der P.f.F.! Ich war es schon, als die P.f.F. erst wenige Leute auf ihrer Seite hatte! Ich sage, ich bin bereit, meine Strafe auf mich zu nehmen! Ich bin bereit, mich in ein Umschulungslager bringen zu lassen!

Der Ankläger trat etwas dichter an Busner heran und flüsterte, was ich nicht begreife, Herr Busner, ist, dass Sie Ihre Gemeinschaftsunfähigkeit nicht eingestehen wollen! Sie sagen, Sie lieben die Gemeinschaft, Sie seien ein begeisterter Anhänger der Partei! Ich meine, unter diesen Gesichtspunkten müssten Sie doch selbst an Ihrer Entfernung aus der Gemeinschaft interessiert sein!

Busner flüsterte, aber das ist doch Unsinn, weil ich nie mehr das täte, was ich getan habe! Sehn Sie, ich bin bereit, alles zu tun, was der Gemeinschaft nützt! Ich bin bereit, das zu tun!

Der Ankläger gab bekannt, er habe nichts vorzubringen, er überlasse die Entscheidung dem Gericht. Nach kurzem Schweigen fragte der Richter, ob noch jemand etwas zu sagen habe, bevor das Gericht sich zur Urteilsberatung zurückziehe. Der Verteidiger schüttelte den Kopf. Der Richter setzte die Urteilsverkündung auf fünfzehn Uhr an.

Der Verteidiger flüsterte, kommen Sie, Herr Busner, ich lade Sie zum Mittagessen ein!

Busner flüsterte, ich möchte hier warten, bis das Volk sich verlaufen hat.

Der Verteidiger führte ihn in ein Speiselokal, das sich gegenüber einem Seitenausgang des „Weissen Hauses" befand. Nachdem sie sich gesetzt hatten, fragte ihn Busner, mit welchem Urteilsspruch er wohl zu rechnen habe.

Der Verteidiger flüsterte, ich nehme an, das Gericht wird Ihnen sechs Monate Umschulungslager auferlegen.

Sie glauben nicht, dass es mich zusätzlich zu einer Heirat mit der Dicken verurteilt?

Der Verteidiger flüsterte, das halte ich für unwahrscheinlich, aber man weiss natürlich nie, wie das Gericht entscheidet. Allerdings glaube ich bewiesen zu haben, dass Sie absolut gemeinschaftsfähig sind und eben damals in Gausen-Kulm Extrembedingungen ausgesetzt waren.

Busner flüsterte, das ist richtig.

Der Verteidiger setzte hinzu, das Gericht werde natürlich vom Standpunkt aus urteilen, ob es Busner für gemeinschaftsfähig halte oder nicht.

Busner flüsterte, das ist mir klar. Sagen Sie, es ist doch vollkommen ausgeschlossen, dass der Ankläger mit seiner Forderung durchdringt?

Der Verteidiger flüsterte, aber niemals! Ich sagte Ihnen ja bereits, dass dieser Staatsanwalt, sein Name lautet übrigens Bruck, für seine rigorosen Forderungen und seine Theatralik bekannt ist! Zudem folgt das Gericht meistens weder der Forderung des Anklägers noch derjenigen des Verteidigers, sondern fällt das Urteil irgendwo zwischen diesen beiden Forderungen.

Busner flüsterte, also wird es wohl so aussehen, dass ich während sechs Monaten in ein Umschulungslager verbracht und nach dieser Zeit die Prüfung ablegen werde, um danach mein gewohntes Leben wieder aufzunehmen?

Der Verteidiger flüsterte, wahrscheinlich wird die Sache diesen Verlauf nehmen.

Busner fragte ihn, ob er glaube, die Tatsache, dass er bestraft werde, wirke sich in irgendeiner Weise negativ auf seine Karriere aus. Der Verteidiger antwortete, das wisse er nicht, er glaube nicht, dass Busner seinen Funktionärsposten verliere, halte es aber für denkbar, dass man ihm einige Bonuspunkte streichen werde.

Nachdem der Verteidiger Kaffee und Kognac bestellt hatte, flüsterte er, sind Sie aufgeregt, Herr Busner?

Busner flüsterte, ein bisschen schon.

Der Verteidiger schlug ihm vor, ein Beruhigungsmedikament einzunehmen, das er für diesen Fall mitgebracht habe.

Während Busner es schluckte, erklärte der Verteidiger, man wisse trotz allem nie, wie das Gericht sich entscheide.

Nach einer Weile begann Busner sich ausgezeichnet zu fühlen. Er versuchte dem Verteidiger klarzumachen, dass ihm, Busner, nichts zustossen werde, weil der Richter und die Gemeinschaftsrepräsentanten und letztlich auch der Ankläger wüssten, dass er ein nützliches und wertvolles Glied der Gemeinschaft sei und die Gemeinschaft ebenso wie die P.f.F. Leute wie ihn brauchten, so dass sie, die Partei und ihr Gericht, ein minimales Vergehen eines sonst untadeligen einzelnen eher in Kauf nähmen als die Entbehrung dieses einzelnen auf längere oder kürzere Zeit.

Beinahe ausgelassen betrat er, die Hände in den Hosentaschen, hinter seinem Verteidiger den Gerichtssaal. Während der Verteidiger nach vorne schritt, stieg Busner zur hintersten Bankreihe hoch, wo der äusserste Platz noch unbesetzt war. Er sah sich die Köpfe der Zuschauer an. Als der Mann erschien, dem dieser Platz vorbehalten war, sprang Busner leichtfüssig auf den Boden und begab sich langsam zur Anklagebank, wobei er unter dem Publikum nach einem bekannten Gesicht suchte, ohne jedoch eines zu entdecken.

Kaum hatte er sich gesetzt, traten die Gemeinschaftsrepräsentanten ein, gefolgt vom Richter und dem Ankläger. Hinter ihm erschien der Verteidiger, der wieder seine Robe angezogen hatte.

Es gelang Busner nicht, während er die Gemeinschaftsrepräsentanten sich setzen sah, aus ihrem Gesichtsausdruck auf das Urteil zu schliessen.

Der Verteidiger zwinkerte ihm zu und flüsterte, es wird bestimmt gut ausgehen!

Der Richter bat den Präsidenten der Gemeinschaftsrepräsentanten, Grossmetzgermeister Kauer, um Berichterstattung.

Herr Kauer stand auf und flüsterte, nachdem er sich geräuspert hatte, wir Gemeinschaftsrepräsentanten haben uns gewissenhaft und sorgfältig mit dem Fall Heinz Busner auseinandergesetzt. Wir haben die vom Staatsanwalt vorgebrachten Argumente genauso gründlich geprüft wie diejenigen, welche die Verteidigung geltend machte. Wir haben Für und Wider sorgfältig gegeneinander abgewogen. Wir sind zum Schluss gekommen, dass der Angeklagte, Heinz Busner, in vollem Umfange schuldig gesprochen werden muss. Einmal, weil wir meinen, dass er, wie die Vorfälle in Gausen-Kulm vermuten lassen, selbstbeherrschungsunfähig ist. Es ficht ja niemand an, dass er es während seines Aufenthalts in Gausen-Kulm tatsächlich war. Dass die Selbstbeherrschungsunfähigkeit aber ein Grundzug seines Charakters ist, meinen wir aus Folgendem ableiten zu können: Da er die Grundsätze der Partei für Fortschritt damals so hoch achtete, wie er selbst sagte, glauben wir nicht, er liesse sich nur dadurch, dass diese inzwischen rechtskräftig geworden sind, in seinem Handeln lenken, wenn er, abermals nach Gausen-Kulm versetzt, dieselben Umstände vorfände. Der zweite Grund, weshalb er schuldig gesprochen werden muss, ist der, dass er sich danach eindeutig gemeinschaftsfeindlich verhielt, indem er seinem persönlichen Wohlergehen vor dem Wohlergehen der Gemeinschaft den Vorrang gab, wie der von ihm an Fräulein Becker gerichtete und hier verlesene Brief beweist. Wir Gemeinschaftsrepräsentanten sehen uns nicht in der Lage, dem Angeklagten mildernde Umstände zuzubilligen, denn sein Vergehen als das Vergehen eines GESELLSCHAFTS-Angestellten, eines einzelnen also, der für andere beispielhaft zu handeln hat, wiegt schwerer als dasselbe Vergehen eines Nicht-GESELLSCHAFTS-Angestellten wöge, zumal der Angeklagte sich sogar im Auftrag der GESELLSCHAFT in Gausen-Kulm aufhielt. Darum sind wir, unter Berücksichtigung des Umstandes, dass wir glauben, eine exemplarische Strafe fällen zu müssen, übereingekommen, dem Antrag des Staatsanwaltes Bruck zu folgen und den Angeklagten zum Tode zu verurteilen.

Busner sah den Grossmetzgermeister sich setzen. Es dauerte eine Weile, bis ihm das, was er gehört hatte, bewusst wurde, und er rief, das kann doch nicht sein!, das kann doch nicht wahr sein!

Er sah den Verteidiger an, aber der Verteidiger hielt den Kopf gesenkt.

Nochmals rief er, das kann doch nicht wahr sein! und setzte

hinzu, das muss ein Irrtum sein! Ihr seid doch nicht verrückt! Herr Richter, das kann doch nicht wahr sein!

Der Richter flüsterte, dieser Prozess ist der erste in der Geschichte des Landes, in dem ein Vergehen eines einzelnen gegen die Gemeinschaft beurteilt wird. Deshalb hat unser Präsident, Herr Pack, sich persönlich mit dem Fall auseinandergesetzt, sämtliche Akten durchgesehen und seine Meinung abgegeben.

Diese, erklärte der Richter, wolle er aber erst nach der Urteilsfällung des Gerichts bekanntgeben.

Busner sagte zum Verteidiger, der Präsident wird mich retten, nicht?

Er sah den Verteidiger kurz nicken.

Der Richter bat die Gemeinschaftsrepräsentanten, die auf den Tod des Angeklagten Heinz Busner erkannt hätten, dies durch Handerheben anzuzeigen. Busner sah die Hände sämtlicher Gemeinschaftsrepräsentanten langsam in die Höhe gehen. Er hörte den Richter flüstern, dreizehn.

Obwohl dies, wie ihm unwillkürlich einfiel, überflüssig sei, ersuchte der Richter jene Gemeinschaftsrepräsentanten, die nicht auf Tod erkannt hätten, dies ebenfalls durch Handerheben zu bezeugen.

Danach flüsterte er, somit hat das Gericht einstimmig beschlossen, den Angeklagten zum Tode zu verurteilen.

Der Verteidiger flüsterte, ich appelliere!

Der Richter gab hierauf bekannt, dass das Gericht das Berufungsgesuch prüfen werde, und fuhr fort, er möchte nun bekanntgeben, dass der Präsident sich im vorliegenden Fall auch für die Todesstrafe ausgesprochen habe. Der Präsident habe zudem verfügt — vorausgesetzt, das Gericht verurteile den Angeklagten zum Tode —, dass dieser öffentlich hingerichtet werden solle.

Busner rief, das kann nicht sein! Das glaube ich nicht!

Er rief, der Präsident ist nicht verrückt wie das Gericht! Der Präsident wird einem solchen Urteil niemals zustimmen! Niemals! Niemals!

Der Ankläger flüsterte, das Urteil ist sogar in Ihrem Sinne gefällt, Herr Busner! Sie sind ja auch der Ansicht, dass Gemeinschaftsschädlinge aus unserer Gemeinschaft zu entfernen sind!

Busner flüsterte, jawohl, und rief, aber ich bin kein Gemeinschaftsschädling! Ich bin es nicht!

Es gelang ihm, den Gedanken, dass diejenigen, die seinen Tod wollten, Gemeinschaftsschädlinge seien, für sich zu behalten; stattdessen rief er nochmals, er sei es nicht.

Der Ankläger flüsterte, das Gericht ist zur Ansicht gelangt, dass Sie es sind, Herr Busner! Dreizehn Gemeinschaftsrepräsentanten sind zu dieser Ansicht gelangt! Der Präsident selbst ist zu dieser Ansicht gekommen!

Busner rief, das glaube ich nicht! Das ist ein Irrtum!

Der Ankläger flüsterte, glauben Sie, dass dreizehn Gemeinschaftsrepräsentanten sich irren? Dass ein Präsident sich irrt?

Busner schwieg.

Der Ankläger fuhr fort, erinnern Sie sich nicht, gesagt zu haben, dass Sie Ihr Leben für die Gemeinschaft und die P.f.F. hergäben?

Busner sagte, jawohl, aber doch nicht auf diese Art!

Der Ankläger flüsterte, Sie erklärten dies sogar mehrere Male, so dass wir annahmen, Sie würden sich tatsächlich gerne für unsere Gemeinschaft opfern. Sie werden ja wohl nicht glauben, dass die Gemeinschaft ungefährdet fortbestehen kann, solange sich selbstbeherrschungsunfähige Elemente in ihr eingenistet haben!

Busner sagte, das glaube ich nicht, aber ich bin selbstbeherrschungsfähig, das ist der Unterschied!

Der Ankläger flüsterte, ich sagte bereits, dass das Gericht anderer Meinung ist.

Der Richter flüsterte, genau besehen, Herr Busner, sollte Ihr Tod gar kein Opfer für Sie bedeuten, denn Sie sterben ja für eine Sache, von deren Nutzen Sie überzeugt sind, und wem ist das schon vergönnt?

Busner sagte, ich werde nicht sterben. Ich werde meine Dienste der Gemeinschaft weiterhin zur Verfügung stellen!

Der Ankläger flüsterte, unser Präsident, Herr Busner, die Gemeinschaftsrepräsentanten und wir selbst meinen, Sie könnten der Gemeinschaft nicht besser dienen als durch Ihre Entfernung aus ihr.

Später, nachdem der Richter gefragt hatte, ob noch jemand etwas zu sagen habe, erhob sich Busner, um nochmals zu erklären, dass er unschuldig sei, weil er sich beherrschen könne. Der Verteidiger führte aus, die Unschuld seines Mandanten werde sich beim Berufungsverfahren erweisen.

Während die Zuschauer nachher den Saal verliessen und die Gemeinschaftsrepräsentanten ihre Akten versorgten, flüsterte der Verteidiger zu Busner, nun ist es doch anders herausgekommen, als zu erwarten war.

Busner flüsterte, ich glaube nicht, dass man mich hinrichten wird!

Der Verteidiger flüsterte, jedenfalls müssen wir all unsere Kräfte auf das Berufungsverfahren konzentrieren, wobei nicht einmal feststeht, ob dem Gesuch überhaupt entsprochen wird.

Busner flüsterte, wissen Sie, ich glaube hinter dem Prozess steckt etwas anderes. Ich glaube, die P.f.F. will einfach zeigen, wie hart sie sein könnte, beabsichtigt aber keineswegs, mich hinzurichten; was meinen Sie?

Der Verteidiger flüsterte, ich weiss nicht. Hauptsache ist, dass Sie Ihre Hoffnung nicht verlieren. Kommen Sie, trinken Sie einen Kognac mit mir!

Busner flüsterte, holt man mich nicht hier ab?

Der Verteidiger flüsterte, wer?

Busner flüsterte, die Polizei!

Der Verteidiger flüsterte, ach so, nein, die Polizei holt Sie nicht ab.

Busner flüsterte, Sie meinen, ich werde nicht eingesperrt?

Der Verteidiger flüsterte, nein, meines Wissens werden Sie nicht eingesperrt.

Busner schlug ihm auf die Schulter und rief, na sehn Sie, Herr Kehrer, das beweist doch, dass niemand ernstlich daran denkt, mich hinzurichten! Jemanden, der hingerichtet werden soll, sperrt man ein! Das ist doch klar, weil er sonst flüchtet! Na, sehn Sie, Herr Kehrer, ich habe es gewusst!

Der Verteidiger zog ihn zu der Tür, durch die der Richter und der Ankläger den Saal verlassen hatten. Busner, der vermutet hatte, die Tür führe auf einen Korridor, war erstaunt, einen grossen, modern eingerichteten Salon zu betreten. Erst als einer der beiden Herren, die er in einer Polstergruppe sitzen sah, gedämpft rief, Herr Busner, kommen Sie, setzen Sie sich zu uns, erkannte er in diesen

Herren den Richter und den Ankläger, die inzwischen ihre Roben abgelegt hatten. Der Verteidiger schloss die gepolsterte Tür und flüsterte, nur keine Scheu, Herr Busner!

Während der Richter sich erhob, um ihm einen Sessel zurechtzurücken, bemerkte der Ankläger zum Verteidiger, das Urteil sitzt ihm noch in den Knochen.

In unmittelbarer Nähe des Richters und des Anklägers begann Busner sich unbehaglich zu fühlen. Der Richter fragte, ob er ihm einen Kognac einschenken dürfe. Auf die Frage des Anklägers, ob das Urteil ihn überrascht habe, antwortete er, seiner Meinung nach sei dieses Urteil absurd. Der Richter stiess mit ihm auf seine Gesundheit an. Busner nahm auf, dass der Richter Alois Herr hiess. Der Ankläger stiess ebenfalls mit Busner auf dessen Gesundheit an. Nachdem sie die Gläser abgestellt hatten, flüsterte Busner, indem er von einem zum anderen blickte, ich weiss, dass ich nicht hingerichtet werde, meine Herren! Dazu ist dies alles zu unwirklich! Ich habe Ihr Spiel durchschaut!

Der Richter flüsterte, was scheint Ihnen unwirklich zu sein, Herr Busner?

Busner flüsterte, hören Sie: Vor einer Viertelstunde haben Sie mich zum Tode verurteilt, und nun sitzen wir miteinander beim Kognac, und Sie stossen mit mir auf meine Gesundheit an!

Der Richter flüsterte, und?

Busner flüsterte, dass ich dieses Todesurteil nicht ernst nehme, nicht ernst nehmen kann, werden Sie ja wohl begreifen!

Der Ankläger flüsterte, weshalb sollen wir nicht auf Ihre Gesundheit anstossen?

Busner flüsterte, auf die Gesundheit eines einzelnen, den Sie eben als Gemeinschaftsschädling bezeichnet haben? Sie werden verstehen, meine Herren, dass ich Ihnen das nicht abnehme!

Der Richter flüsterte, Sie dürfen nicht glauben, dass wir persönlich etwas gegen Sie haben, Herr Busner!

Der Ankläger flüsterte, aber nicht im geringsten! Mir sind Sie offengestanden recht sympathisch!

Busner flüsterte, weshalb forderten Sie dann die Todesstrafe für mich? Weshalb bezeichneten Sie mich dann als Gemeinschaftsschädling?

Der Ankläger rief gedämpft, aber Herr Busner!, Herr Busner!, das dürfen Sie doch nicht persönlich nehmen! Sie werden schon noch dahinterkommen, weshalb ich dies und auch weitere Dinge tun musste!

Busner flüsterte, meine Herren, mir ist klar, dass Sie sich einen Spass mit mir leisten, wenn auch einen recht makabren Spass!

Der Verteidiger schenkte ihm Kognac ein.

Der Ankläger flüsterte, das ist nicht der Fall, Herr Busner.

Busner flüsterte, so? Und weshalb sperrt man mich dann nicht ein? - Sehn Sie, Sie wissen keine Antwort darauf! Meine Herren, mir ist klar, was hier gespielt wird, wenn ich auch nicht weiss, was es soll!

Der Richter flüsterte, wie Ihr Ankläger bereits ausführte, Herr Busner, werden Sie das alles schon noch begreifen.

Zum Staatsanwalt gewandt, fügte er hinzu, übrigens hast du heute grossartig funktioniert, Alfred!

Der Ankläger flüsterte, danke, Alois, aber auch unser Adolf hat sich gut geschlagen, nicht wahr?

Der Richter flüsterte, Adolf hat seine Sache prima gemacht!

Während der Verteidiger, der sich, wie Busner erstaunt feststellte, mit dem Ankläger und dem Richter duzte, mit letzterem zu diskutieren begann, kam Busner darauf, er werde am ehesten erfahren, was man mit beabsichtige, wenn er sich den Anschein gebe, er glaube, dass er getötet werden solle. Er fiel dem Richter mit der Frage ins Wort, ob dieser so freundlich wäre und ihm verraten würde, zu welchem Zeitpunkt diese Hinrichtung stattfinden solle.

Der Richter antwortete, das werde der Präsident bestimmen und heute abend bekanntgeben.

Busner flüsterte, meine Herren, ich weiss doch, dass Sie scherzen!

Der Ankläger flüsterte, es handelt sich tatsächlich um keinen Scherz, Herr Busner!

Der Verteidiger flüsterte, leider ist es tatsächlich kein Scherz, Herr Busner.

Busner flüsterte, woher wissen *Sie* das denn?

Der Richter flüsterte, als Scherz liesse sich bestenfalls der Prozess bezeichnen, in diesem Sinne hat Herr Busner recht.

Busner rief gedämpft, na sehn Sie!

Der Ankläger teilte ihm mit, dass er glaube, Busner missverstehe sie.

Der Verteidiger flüsterte, Dr. Herr bezeichne lediglich den *Aufzug* des Prozesses als Scherz.

Der Richter flüsterte, es lässt sich so ausdrücken: Wir hielten den Prozess — auf Weisung natürlich — nur scherzenshalber ab.

Busner flüsterte, und weshalb?

Der Ankläger flüsterte, der Ausgang des Prozesses, das Todesurteil also, stand von Anfang an fest.

Busner flüsterte, wie meinen Sie das?

Der Richter flüsterte, lassen Sie mich erklären: Wir erhielten aus dem „Weissen Haus", und zwar vom Präsidenten persönlich, den Auftrag, Ihnen einen Prozess zu machen, dessen Urteil der Präsident bereits von vornherein bestimmt hatte.

Busner flüsterte, was?

Der Ankläger flüsterte, wir müssen wohl weiter ausholen, damit Sie uns verstehen: Die Regierung suchte seit längerer Zeit nach einem einzelnen, der sich in mehr oder weniger krasser Weise gegen die Gemeinschaft vergangen hatte. Sie beabsichtigte, den Fall dieses einzelnen derart zu präparieren, dass dieser einzelne letzten Endes der Gemeinschaft als Opfer darzubringen wäre. Von irgendeiner Seite wurde dann der Präsident auf Ihren Fall aufmerksam. Nach Prüfung desselben schien er dem Präsidenten für seine Absicht ausserordentlich geeignet, so dass er uns mit seiner Ausarbeitung beauftragte.

Der Verteidiger flüsterte, verstehen Sie, Herr Busner, wir zogen den Prozess für das Volk auf, für die Gemeinschaft meine ich.

Der Ankläger fuhr fort, wir sehen die Sache so — obwohl offizielle Stellen darüber noch nichts verlauten liessen —, dass Sie als ein Gemeinschaftsschädling aufgezogen werden sollen, der einsieht, dass seine weitere Existenz der Gemeinschaft Schaden einbrächte und deshalb, da er dem ungefährdeten Fortbestehen der Gemeinschaft Vorrang einräumt, sich ihr gerne opfert.

Busner rief, das ist doch Unsinn!

Der Ankläger fügte hinzu, es wäre — das ist meine Ansicht —

nämlich falsch, anzunehmen, dass ein einzelner seine Aggressionen auf längere Zeit im Zaun zu halten vermag, denn Mensch bleibt Mensch, auch in unserer Gemeinschaft. Dies ist der Regierung klar. Deshalb sucht sie nach Möglichkeiten, um den Aggressionsstau der Menge abzuführen, ohne dadurch Schaden zu nehmen, und ich meine, sie tut dies, objektiv betrachtet, sehr geschickt, indem sie einen Anhänger als Gemeinschaftsschädling, als Feind der Gemeinschaft aufbaut. Damit liefert sie den Beweis, dass sie bereit ist, gegebenenfalls Leute aus ihren eigenen Reihen zu opfern, was sie in den Augen der Menge glaubwürdiger erscheinen lässt. Zweitens gelingt es ihr, indem sie einen Gemeinschaftsschädling schafft, die Leute enger aneinanderzuschmieden, ihre Aggressionen zu lenken und abzuführen!

Busner sagte, sollte dies alles wahr sein, was ich äusserst bezweifle, so versichere ich Ihnen, dass ich mich nicht opfern lasse!

Der Ankläger flüsterte, ich brachte bloss meine private Ansicht zum Ausdruck, Herr Busner, möglicherweise verhält sich die Sache ganz anders!

Busner flüsterte, das glaube ich schon eher.

Der Richter flüsterte, selbstverständlich hat niemand Lust, sich hinrichten zu lassen, aber wenn die Dinge doch so ständen, wie Herr Dr. Bruck ausführte, dann ginge es darum, Herr Busner, einzusehen, dass die P.f.F. und die Gemeinschaft eben Ihr Opfer brauchen, dass Sie ihnen mit Ihrem Tod einen Dienst erwiesen!

Busner sagte, angenommen, das, was Sie sagten, ist — obwohl ich es nicht glaube — richtig, weshalb zieht denn die Partei keinen ihrer Gegner als Gemeinschaftsschädling auf, sondern einen ihrer Anhänger?

Der Richter flüsterte, wie wir bereits ausführten, tut sie dies, um glaubwürdiger zu erscheinen.

Der Verteidiger flüsterte, verstehen Sie, damit erzielt die Partei eine entschieden grössere Wirkung, als wenn sie einen ihrer Gegner hinrichtete.

Der Richter flüsterte, um das zu begreifen, darf man eine solche Sache niemals subjektiv betrachten.

Der Ankläger flüsterte, Sie werden die Zusammenhänge bestimmt besser verstehen, nachdem Sie sich die Rede des

Präsidenten zu Ihrem Fall angehört haben.

Busner sagte, der Präsident spricht über mich?

Der Ankläger flüsterte, heute abend am Fernsehen, nach den Nachrichten.

Busner sagte, ich werde also nicht eingesperrt, steht das fest?

Der Richter flüsterte, Sie werden nicht eingesperrt.

Busner sagte, man verurteilt jemanden zum Tode, sperrt ihn aber nicht ein! Das soll ich glauben?

Der Richter erhob sich und flüsterte, leider, Herr Busner, müssen wir wieder an unsere Arbeit gehn; wenn Sie je eine Auskunft oder gar Beistand benötigen, so suchen Sie uns ohne Bedenken auf!

Der Ankläger flüsterte, als er ihm die Hand reichte, wir werden wohl jederzeit einige Augenblicke für Sie erübrigen können, Herr Busner!

Der Verteidiger flüsterte, sicherlich, zudem würde es uns freuen, wenn Sie uns nochmals besuchten!

Busner flüsterte, sagen Sie mal, Sie haben mich also gar nicht richtig verteidigt, da ja der Ausgang des Verfahrens von allem Anfang an feststand?

Der Verteidiger flüsterte, das habe ich wohl getan, bloss war uns, das heisst dem Staatsanwalt, dem Richter und mir, von vornherein klar, dass ich keine Aussicht hätte, Sie vor der Todesstrafe zu bewahren, geschweige denn davon, den Prozess zu gewinnen — formaljuristisch jedoch ist gegen die Gestaltung Ihrer Verteidigung nichts einzuwenden.

Als er sich später in seiner Zelle am Pult sitzend fand, ohne den Mantel abgelegt zu haben, fragte er sich, was er eigentlich hier noch wolle. Lange Zeit versuchte er herauszufinden, was die Partei mit ihm beabsichtige, gelangte jedoch nicht über die Erkenntnis hinaus, dass sie bestimmt nicht plane, ihn hinzurichten, da sie ihn sonst nicht in Freiheit beliesse. Schliesslich sagte er sich, solange er nicht eingesperrt werde, bestehe kein Anlass, an seine Hinrichtung zu glauben. Als er darüber nachdachte, aus welchem Grunde die P.f.F. wohl behaupte, er solle hingerichtet werden, kam er dahinter, sie verfolge damit einen ihm verborgenen Zweck, den der Präsident in seiner heutigen Fernsehrede mit grösster Wahrscheinlichkeit aufdecken werde.

Er knipste das Licht an, um zu arbeiten, löschte es aber nach kurzen Zeit wieder aus, ohne sich mit seiner Kartei beschäftigt zu haben, und versuchte sich vorzustellen, was der Präsident von ihm eigentlich sagen werde. Er hielt es für möglich, dass der Präsident von seinem Vergehen in Gausen-Kulm berichte, als Beispiel, wie man ungewollt in die Lage gerate, sich gemeinschaftsschädlich zu verhalten, dass er aber dann auf Busners integren Charakter und seine, vom Gausener Vorfall abgesehen, makellose Vergangenheit hinweise, um ihn letztlich zu begnadigen und gar straffrei ausgehen zu lassen. Nach einer Weile fiel ihm ein, damit sei der Umstand, dass man ihm mitgeteilt habe, er werde hingerichtet, noch ungeklärt.

Mit einem Male erhielt er den Eindruck, es stehe jemand hinter ihm. Sich brüsk umwendend, sah er in das Gesicht seines Zellennachbarn, Herrn Emmerichs, der sogleich warnend den Zeigefinger auf seinen Mund legte.

Busner sagte, was wollen Sie?

Herr Emmerich flüsterte, nicht so laut, Herr Busner, ich wollte mich bloss erkundigen, wie es Ihnen geht!

Busner sagte, es geht mir gut, adieu!

Herr Emmerich flüsterte, bitte nicht so laut, Herr Busner, wie ist es denn ausgegangen?

Busner sagte, was?

Herr Emmerich flüsterte, Ihr Prozess!

Busner sagte, mit welchem Recht kümmern Sie sich um den Ausgang meines Prozesses? Haben Sie eigentlich nichts zu tun?

Herr Emmerich verschwand.

Eine halbe Stunde vor Feierabend begab sich Busner nach Hause. Obwohl der Präsident erst nach der Tagesschau über ihn sprechen würde, schaltete er den Fernseher ein und holte sich zwei Flaschen Bier aus dem Eisschrank. Bevor er sich setzte, stellte er einen seiner schweren Polstersessel gegen die Wohnungstür, hätte aber nicht anzugeben vermögen, weshalb er dies tue. Im Fernsehen verfolgte er eine Kindersendung über eine Autoreifenfabrik, der es seit dem Regierungsantritt der P.f.F. gelinge, ein Drittel mehr Reifen herzustellen als früher, was für das Land von enormer Bedeutung sei.

Als die Ansagerin kurz vor den Nachrichten eine Rede des Präsidenten nach der Tagesschau ankündigte, überkam Busner Angst. Er stand auf und knipste die Beleuchtung aus. Obwohl er sich während der ganzen Tagesschau einredete, der Präsident werde nichts Nachteiliges von ihm sagen und beabsichtige nicht, ihm in irgendeiner Weise zu schaden, befiel ihn heftiges Herzklopfen, als er den Präsidenten auf dem Bildschirm erscheinen sah und ihn mit ausdruckslosem Gesicht flüstern hörte, meine Damen und Herren, ich wünsche Ihnen einen guten Abend.

Der Präsident fixierte kurz die Tischplatte, hob den Blick wieder und erklärte mit demselben unbeteiligten Gesicht, die Bedingung für den Aufbau einer gerechten und humanen Gemeinschaft, einer freien und friedlichen Gemeinschaft, bestehe in der Selbstbeherrschungsfähigkeit des einzelnen. Freiheit heisse Freisein von sich selbst. Frei von sich selbst sei jener, der über die Fähigkeit verfüge, den Trieb zu kontrollieren. Die Erschaffung der freien, fortschrittlichen Gemeinschaft setze voraus, dass die P.f.F. jene einzelnen, die, obwohl ihnen die Gemeinschaftsfähigkeit abgehe, Kattland nicht verlassen hätten, aus der Gemeinschaft entferne beziehungsweise bestrafe, falls sie gemeinschaftsschädigend gewirkt hätten. Die Partei für Fortschritt habe nun zum ersten Mal in der Geschichte des Landes einen Prozess gegen einen einzelnen geführt, der sich durch seine Selbstbeherrschungsunfähigkeit in nichtwiedergutzumachender Weise am Gemeinschaftskörper vergangen habe. Er, der Präsident, komme nicht um das Geständnis herum, dass es sich bei diesem Aussenseiter um einen GESELLSCHAFTS-Funktionär handle, der sich zudem von allem Anfang an begeistert für die Sache der Partei eingesetzt habe, so dass diese ihn bereits für die Übernahme eines verantwortungsvollen Amtes innerhalb der Parteiorganisation vorgemerkt habe, freilich vor der Aufdeckung seiner Selbstbeherrschungsunfähigkeit. Der Name dieses Herrn sei Heinz Busner, er wohne in Rask an der Austrasse 377.

Fassungslos starrte Busner auf seine den Bildschirm ausfüllende Fotografie, während er den nun unsichtbaren Präsidenten flüstern hörte, das Bundesgericht habe Heinz Busner heute mit seiner, des Präsidenten, Zustimmung zum Tode verurteilt.

Unfähig, die folgenden Worte des jetzt neben der Fotografie sitzenden Präsidenten, Heinz Busner wird am übernächsten Montag, den 22. März, auf dem GESELLSCHAFTS-Platz öffentlich hingerichtet, auf sich zu beziehen, wiederholte er sich diese immer wieder so, als beträfen sie eine ihm fremde Person, indessen er gleichzeitig den Präsidenten von weitem flüstern hörte, ich brauche nicht zu erwähnen, wie schwer es der P.f.F. fällt, einen ihrer vielversprechendsten Leute der Gemeinschaft zu opfern. Der Partei wäre es leicht gelungen, Heinz Busners Vergehen der Gemeinschaft zu verschweigen. Aber die Partei weiss, dass sie der Gemeinschaft den Tod Heinz Busners schuldet, wenn sie nicht gegen ihre eigenen Grundsätze verstossen will. Meine Damen und Herren, wir wollen die in diesem Jahr ausgefallene Faschingsfeier — ausgefallen, weil ein im Aufbau begriffenes Land sich keine Feste leisten darf — nachholen, indem wir die Hinrichtung Heinz Busners mit einer Gemeinschaftsfeier verbinden: Anstelle der Strohpuppe, die wir alljährlich durch die Strassen Rasks zum Scheiterhaufen tragen, wollen wir, unmaskiert und gesittet, Heinz Busner zum Hinrichtungsort, dem GESELLSCHAFTS-Platz, begleiten. Am Freitag, den 19. März, nehmen wir die Feierlichkeiten auf und beenden sie am Montag, den 22. März, mit der Opferung Heinz Busners. Den 22. März erklärt die P.f.F. hiermit zum Tag der Partei für Fortschritt. Ihn wollen wir von nun an alljährlich feiern. -Meine Damen und Herren, ich darf Sie davon in Kenntnis setzen, dass Heinz Busner noch immer ein überzeugter Anhänger der P.f.F. ist. Heinz Busner leidet ausserordentlich darunter, dass er in unsere Gemeinschaft nicht aufgenommen werden kann. Er selbst betrachtet die Bestrafung seines Vergehens als eine unerlässliche Notwendigkeit. Aus diesem Grunde einerseits sowie seiner Hoffnung, die Hinrichtung werde abschreckend auf potentielle Gemeinschaftsschädlinge wirken, sieht er seiner Opferung gefasst entgegen und denkt in keiner Weise etwa daran, sich ihr zu entziehen. Damit besteht für die P.f.F. kein Anlass, Heinz Busner einzusperren. Im Gegenteil fordern wir Sie dazu auf, sich mit dem Fall Heinz Busner zu befassen. Um Ihnen die Möglichkeit zu bieten, Heinz Busner gegebenenfalls zu besehen, werden die Betriebe des Landes auf unsere Anordnung hin die Arbeitszeiten vorübergehend neu festsetzen. Guten Abend, meine Damen und Herren.

Unfähig, sich zu rühren, hörte er die Sprecherin das Abendprogramm verkünden. Später bemerkte er, dass er schon längere Zeit geweint haben musste: Er fand sich mit offenem Munde dasitzend und spürte Tränen über seine Wangen rollen. Erst nach einer weiteren Weile, als er versuchte, sich der Worte des Präsidenten zu erinnern, wurde ihm nach und nach klar, dass der Präsident nicht vorhabe, ihn töten zu lassen, denn der Präsident musste wissen, dass er sich keineswegs für einen Gemeinschaftsschädling halte, dass er weit davon entfernt sei, die Notwendigkeit seiner Hinrichtung einzusehen, sondern flüchten werde, wenn ihm Gefahr drohe und man es unterlasse, ihn einzusperren. Als er sich aus dem Sessel erhob, um den Fernseher abzuschalten, bemerkte er, dass er sich kaum auf den Beinen zu halten vermochte. Wieder sagte er sich, wohl habe ihn der Präsident zu etwas Bestimmtem ausersehen, gewiss aber nicht dazu, ihn hinrichten zu lassen; sollte der Präsident aber entgegen jeglicher Logik und wider allen Erwartens doch diese Opferung im Auge haben, werde er sich ihr selbstverständlich durch Flucht entziehen.

Längere Zeit versuchte er dahinterzugelangen, worin die wahre Absicht des Präsidenten bestehe. Als seine Klingel ging, schrak er heftig zusammen. Ohne sich zu rühren, horchte er eine Weile auf den Gang hinaus. Nachdem die Glocke ein zweites Mal betätigt worden war, stand er vorsichtig auf und schlich geduckt zur Tür. Er hörte eine Kinderstimme flüstern, er ist nicht zu Hause, Papa, eine Frauenstimme antworten, still! — und abermals ging die Klingel. Weil er sich dadurch verriet, dass er mit dem Lehnstuhl anstiess, als er ihn von der Tür wegrückte, um zum Spion zu gelangen, flüsterte er, wer ist da?

Eine Männerstimme entgegnete, guten Abend, Herr Busner, wir sind es!

Er flüsterte, wer wir?

Die Kinderstimme flüsterte, die Kehrigs!

Im selben Augenblick sah er durch das Guckloch den Hauswart mit seiner Frau vor der Tür stehen.

Der Hauswart flüsterte, wir wollten fragen, Herr Busner, ob Sie uns vielleicht die Ehre antun und mit uns eine Flasche Roten trinken, einen guten Roten?

Er flüsterte, wozu?

Frau Kehrig flüsterte, wir haben Sie eben im Fernsehen gesehen!

Herr Kehrig flüsterte, wir gratulieren zu Ihrer strammen Haltung, Herr Busner!

Er flüsterte, ich habe keine Zeit, adieu.

Er hörte Herrn Kehrig an die Tür pochen und antworten, die Flasche habe ich für eine besondere Gelegenheit aufgespart, Herr Busner! Es ist eine erstklassige Flasche! Und kurz darauf hörte er die Hauswartin gedämpft rufen, Herr Busner, waren wir die ersten Gratulanten? Waren wir nicht die ersten Gratulanten? Herr Busner, ja? Waren wir die ersten?

Er kehrte ins Wohnzimmer zurück und knipste die Nachttischlampe an. Kaum hatte er sich auf das Bett gesetzt, erschreckte ihn das Läuten des Telefons. Als ein ihm unbekannter Herr sich meldete, unterbrach er die Verbindung und legte den Hörer, statt ihn auf die Gabel zu setzen, neben den Apparat.

Um nachher den Kleiderschrank aus dem Zimmer zu schaffen und ihn an die Wohnungstür zu stellen, benötigte er nahezu eine Viertelstunde. Danach bemerkte er, dass er sich nun entschieden erleichtert fühle.

Am Tisch überlegte er sich dann, dass es zunächst herauszufinden gelte, was die Partei in Wirklichkeit mit ihm vorhabe, worüber er die sicherste Information vom Präsidenten selbst erhielte, das hiesse, er müsste morgen versuchen, den Präsidenten persönlich zu sprechen. Lange Zeit verbrachte er mit Nachdenken, gelangte jedoch immer wieder zum Schluss, als erstes müsse er sehen, dass er zum Präsidenten vordringe.

Weil ihm — unsinnigerweise, wie er sich sagte — schien, dass seine Sache im Augenblick, wo er sich hinlege, verloren sei und er in seiner Situation sich zudem von einer Sekunde auf die andere aufbruchbereit halten müsse, verbrachte er die Nacht am Tisch, wo er mitunter, den Kopf auf die Arme gelegt, gegen seinen Willen für einige Augenblicke in Halbschlaf verfiel, bei jedem Geräusch jedoch, das er wahrzunehmen glaubte, auffuhr und auf den Korridor horchte. Obwohl ihn gegen Morgen, trotzdem er den Mantel angezogen hatte, noch immer stark fror, wagte er nicht, sich ins Bett zu legen.

Um fünf Uhr bereitete er eine Kanne Kaffee. Während er das Getränk stark gezuckert schlürfte und Zigaretten dazu rauchte, dachte er darüber nach, auf welche Weise seine Flucht gegebenenfalls zu bewerkstelligen sei. Beim Gedanken, dass die Partei für Fortschritt seine Karriere mit grösster Wahrscheinlichkeit ruiniert habe, weinte er wieder.

Er kam zum Schluss, seine Flucht, falls eine solche unumgänglich werden sollte, müsse ihm um so sicherer gelingen, je mehr er vortäusche, sich seinem Schicksal zu ergeben, so als sähe er die Notwendigkeit seiner Opferung tatsächlich ein.

Nachdem er den Kleiderschrank zur Seite geschoben und die Wohnungstür geöffnet hatte, erschrak er, auf seinem Treppenvorplatz etliche ihm unbekannte Leute stehen zu sehen. Als sie ihn grüssten, vermochte er sich nicht mehr darüber hinwegzutäuschen, dass sie auf sein Erscheinen gewartet hatten. Er grüsste zurück, schloss die Wohnungstür, schritt auf den Lift zu und betätigte den Rufknopf. Einige Personen traten mit ihm in den Aufzug. Während der Fahrt befürchtete er mit einem Male, es würde sich jemand Eintritt in seine Wohnung verschaffen, so dass er den Aufzug zum Stehen brachte und in seine Etage zurückfuhr. In der Wohnung legte er einige Schriftstücke in den kleinen, im Wandschrank eingebauten Tresor, wo er bis anhin etwas Geld verwahrt hatte. Die Leute, in deren Begleitung er wieder hochgefahren war, bestiegen abermals hinter ihm den Aufzug.

Als er aus dem Hause trat und ihm vom gegenüberliegenden Bauzaun gross und farbig, gleich viermal nebeneinander, seine Fotografie entgegenblickte und er unter jedem seiner ihm zulächelnden Bilder „Heinz-Harry Busner" las, dachte er, dass er, weil er unausgeschlafen sei, einer Sinnestäuschung erliege.

Er hörte neben sich jemanden flüstern, vor zwei Stunden wurden die Plakate angebracht, Herr Busner. Ich war dabei, als sie angebracht wurden!

Er löste den Blick vom Bauzaun, richtete ihn auf den Sprecher, starrte abermals zu den Plakaten und wieder auf den

Sprecher, einen kleingewachsenen Herrn mit einem sauber gezogenen Scheitel. Während er seine Bilder erneut betrachtete, registrierte er, dass der Herr eine weitere Mitteilung an ihn richtete, begriff deren Inhalt aber nicht.

Irgendwie musste er an sein Auto gekommen sein. Er fand sich wieder mit zitternden Beinen und spürte den Schweiss herunterlaufen.

Später, als er sich besser zu fühlen begann, weil er sich wieder und wieder sagte, die Plakate bedeuteten in keiner Weise, dass er geopfert werden solle, und er langsam fahrend in die nächste Strasse bog, entdeckte er an einer Litfasssäule eine weitere seiner Fotografien. Er hielt an und stellte fest, dass es sich um dasselbe Bild handle wie diejenigen gegenüber seinem Haus. Bevor er seinen Weg fortsetzte, redete er sich ein, nach der gestrigen Rede des Präsidenten habe er logischerweise mit dem Auftauchen solcher Bilder rechnen müssen.

Gleichwohl erschrak er heftig, als er in die Vorkstrasse einmündete: Über die ganze Fahrbahnbreite, so weit er zu sehen vermochte, waren in gewissen Abständen Seile gespannt, an denen unzählige Fahnen mit seiner Fotografie hingen. Er bot seine ganze Konzentrationsfähigkeit auf, um den Wagen an den Strassenrand zu lenken. Eine Weile vermochte er seine Hände nicht vom Lenkrad zu lösen, weil ihn das Gefühl befiel, sie klebten daran. Mit grosser Mühe brachte er es nach einiger Zeit fertig, sich eine Zigarette anzustecken. Erneut trichterte er sich ein, der Umstand, dass man in der ganzen Stadt sein Bild mit seinem Namen antreffe, bedeute nicht, dass er hingerichtet werden solle. Wieder gelang es ihm, sich so weit zu fassen, dass er den Weg fortzusetzen vermochte.

Als er auf den GESELLSCHAFTS-Platz gelangte, entdeckte er an der dem Platz zugekehrten Seite des GESELLSCHAFTS-Gebäudes ein riesiges Bild von sich, das in der Höhe vier Stockwerke der GES einnahm und ebenso breit war. Er versuchte, *gelassen* festzustellen, dass es sich um dieselbe Fotografie wie auf den Plakaten und Fahnen über der Vorkstrasse handle; er sagte sich, ich stelle gelassen fest, dass es sich um dieselbe Fotografie wie auf den Plakaten und Fahnen über der Vorkstrasse handelt. Er brachte es sogar fertig, einen Lachlaut auszustossen.

Bei seinem Parkplatz traf er auf Kollegen, die, als er sich näherte, dezent in die Hände zu klatschen begannen. Herr Emmerich rief gedämpft durch das geschlossene Fenster, da sind Sie ja endlich, Herr Busner! Wir glaubten schon, Sie kämen nicht mehr! Wir gratulieren Ihnen!

Da er vor den Funktionären nicht zeigen wollte, dass er trotz allem zittere, täuschte er vor, im Handschuhfach nach etwas zu stöbern, während er versuchte, seinen Körper unter Kontrolle zu bringen.

Nachdem er sich trotz der Schwäche, die er in den Beinen fühlte, gezwungen hatte auszusteigen, drängten die Kollegen an ihn heran, um ihm die Hand zu schütteln.

Er flüsterte, ich werde keinem von Ihnen die Hand geben! Er stellte fest, dass seine Stimme völlig fremd klinge. Er fuhr fort, Sie alle haben sich unkollegial verhalten!

Herr Mondiani flüsterte, Sie haben ja eine ganz hohe Stimme bekommen, Herr Busner, was ist denn mit Ihnen?

Herr Merker flüsterte, ach, Herr Busner, Sie haben uns missverstanden!

Herr Fein flüsterte, Sie zittern ja, Herr Busner!

Herr Mondiani flüsterte, und sind ganz blass, was ist mit Ihnen?

Ohne zu antworten, drängte er sich durch die Kollegen zum Fahrstuhl.

Herr Holz flüsterte, haben Sie die vielen Fotografien gesehen, Herr Busner?

Herr Amell flüsterte, man kann sagen, dass Sie uns ein berühmter Mann geworden sind, Herr Busner, wirklich!

Im selben Augenblick, in dem der Lift eintraf, flüsterte Herr Emmerich, in der ganzen Stadt trifft man Sie an, Herr Busner, das ist wahr, überall lacht uns Ihr Bild entgegen, an jeder Strasse und Strassenecke!

Herr Mondiani flüsterte, auf andere Weise als durch Ihre Opferung wären Sie wohl nie so berühmt geworden, Herr Busner — das soll nicht böse gemeint sein!

Herr Holz flüsterte, ich muss sagen, dass ich Sie bewundere, Herr Busner!

Herr Rasch flüsterte, ob man will oder nicht, muss man Herrn Busner bewundern!

Herr Amell flüsterte, meiner Meinung nach ist Herr Busner ein Held, das ist meine Meinung!

Als Herr Holz hinter Busner in dessen Zelle trat, während die übrigen Kollegen davor stehenblieben, flüsterte Busner, indem er sich bemühte, seine Stimme nicht wieder überschnappen zu lassen, gehen Sie, ich habe zu arbeiten!

Herr Holz flüsterte, alle Achtung vor dieser Haltung, Herr Busner!

Da er Stuhldrang verspürte, ging er gleich zum Abort, als die Kollegen ihn alleine gelassen hatten. In seine Zelle zurückgekehrt, versuchte er dahinterzukommen, welchen Zweck seine in der ganzen Stadt anzutreffende Fotografie erfülle, gelangte jedoch zu keinem Schluss, abgesehen davon, dass sie jedenfalls keinen Hinweis auf die Absicht der P.f.F., ihn hinzurichten, darstelle.

Gegen acht Uhr beschloss er, Herrn Brühl um Urlaub für den Besuch beim Präsidenten zu bitten, da er sich vorderhand derart verhalten wolle, als werde er auch zukünftig für die GESELLSCHAFT tätig sein.

Zu seiner Verwunderung erhob sich Herr Brühl vom Schreibtisch, als er in dessen Büro trat, rief gedämpft, oh, hallo, Herr Busner! und trat mit ausgestreckter Hand auf ihn zu.

Busner flüsterte, aber bleiben Sie doch sitzen, Herr Brühl!

Herr Brühl erklärte, es gehöre sich nicht, dass er sich setze, bevor eine derart berühmte Person wie Busner sich gesetzt habe, wobei er eine wohl scherzhaft gemeinte Verbeugung andeutete und auf den Lehnstuhl neben dem Schreibtisch wies.

Bevor Busner Gelegenheit fand, sein Anliegen vorzubringen, teilte Herr Brühl ihm mit, es habe sich ja jetzt für ihn eine völlig neue Zukunftsperspektive eröffnet und er halte sein Bild für eine technisch äusserst gelungene Aufnahme, was übrigens seine Frau, eine gelernte Fotolaborantin, bestätigt habe; er und seine Frau würden sich dafür interessieren, bei welchem Fotografen Busner dieses Bild habe anfertigen lassen.

Er antwortete, ich weiss nicht, woher das Bild stammt, Herr Brühl.

Herr Brühl flüsterte, Sie wissen es nicht? Sie finden es aber doch auch gut getroffen?

Busner flüsterte, gewiss ist es gut getroffen.

Herr Brühl versetzte, er und Busner seien ja auch selten

anderer Meinung, ob Busner dem nicht zustimme.

Busner flüsterte, gewiss stimme ich dem zu, Herr Brühl.

Herr Brühl fragte, ob er erfahren dürfe, was Busner zu ihm führe.

Busner flüsterte, Herr Brühl, ich will versuchen, wegen dieser Sache den Präsidenten zu sprechen ...

Herr Brühl rief gedämpft, oh, den Präsidenten gleich?

Busner fuhr fort, ja, und daher wollte ich Sie um vielleicht eine Stunde Urlaub bitten.

Herr Brühl flüsterte, selbstverständlich, Herr Busner, selbstverständlich gewähre ich Ihnen den Urlaub, wenn Sie den Präsidenten sprechen wollen.

Busner flüsterte, besten Dank, Herr Brühl!

Als er sich erheben wollte, flüsterte Herr Brühl, Herr Busner, ich wusste tatsächlich nicht, dass Sie selbstbeherrschungsunfähig sind — ich meine, ich glaubte vor Gericht die Wahrheit zu sagen, als ich äusserte, Sie seien selbstbeherrschungsfähig.

Busner versetzte, das bin ich auch, Herr Brühl.

Herr Brühl flüsterte, verstehn Sie, ich habe mir gestern wegen meiner diesbezüglichen Aussage einige Gewissensbisse gemacht!

Busner flüsterte, ich *bin* selbstbeherrschungsfähig, Herr Brühl!

Herr Brühl flüsterte, aber Herr Busner, wie können Sie so etwas behaupten, wenn unser oberstes Gericht feststellt, dass Sie es nicht sind?

Er flüsterte, das Gericht täuscht sich.

Herr Brühl flüsterte, aber Herr Busner, das werden Sie ja wohl selbst nicht glauben!

Als Busner sich erhob, streckte ihm Herr Brühl wieder die Hand hin und flüsterte, nichts für ungut, Herr Busner! Viel Glück bei Ihrem Versuch, den Präsidenten zu sprechen!

Den GESELLSCHAFTS-Platz überquerend, stellte Busner fest, dass die Plakattafeln, auf denen die P.f.F. während des Wahlkampfes geworben hatte, nun seine Fotografie und seinen Namen trugen.

Als er beim Betreten des „Weissen Hauses" Herzklopfen und Atemnot zu verspüren begann, wiederholte er sich einige Male, er müsse es fertigbringen, über den Dingen zu stehen.

Bevor er die Portierloge erreichte, trat einer der Pförtner auf ihn zu und flüsterte, guten Tag, Herr Busner, wollen Sie mir bitte folgen?

Er flüsterte, wohin?

Der Pförtner entgegnete, man wies mich an, Sie zu Ihrem Ausschuss zu führen.

Hinter dem Pförtner hergehend, flüsterte Busner, zu welchem Ausschuss?

Der Pförtner presste seine Hand auf den Rufknopf des Fahrstuhls und erwiderte, es wurde ein Ausschuss gebildet, der sich mit Ihrer Hinrichtung befasst, Herr Busner.

Busner flüsterte, was für ein Ausschuss?

Der Pförtner flüsterte, ich weiss es nicht, Herr Busner.

Im ersten Stockwerk führte er ihn zu einer Tür, an der er las: „Ausschuss für die Opferung Heinz-Harry Busner". Obwohl er enorm bemüht war, sich zusammenzunehmen, vermochte er sich nicht dagegen zu wehren, dass ihn abermals ein Zittern befiel. Um ruhiger zu werden, holte er seine Zigaretten hervor und steckte sich eine in den Mund. Im selben Augenblick, in dem der Pförtner ihm Feuer gab, wurde die Tür zu Busners Erstaunen von seinem Verteidiger geöffnet, der, während Busner versuchte, die Stimme in seine Gewalt zu bekommen, flüsterte, guten Tag, Herr Busner, wir erwarteten Sie, treten Sie ein!

Er flüsterte, Sie gehören diesem Ausschuss an?

Der Verteidiger flüsterte, der Präsident bestimmte es so — treten Sie doch bitte ein, die übrigen Mitglieder des Ausschusses sind Ihnen ebenfalls bekannt!

Wie er vermutet hatte, fand er im Büro den Richter und den Ankläger vor, die sich bei seinem Eintritt von ihren Schreibtischen erhoben, auf ihn zukamen und ihm die Hand reichten.

Nachdem sie sich an einen runden Tisch am Fenster gesetzt hatten, von wo aus Busner sein riesiges Bild am GESELL-SCHAFTS-Gebäude undeutlich zu sehen vermochte, fragte der Verteidiger, ob er ihm einen Kognac einschenken dürfe.

Als Busner sein Glas geleert hatte, flüsterte er, Sie also, Sie bilden diesen Ausschuss?

Der Richter entgegnete, meines Wissens informierten wir Sie doch gestern darüber, dass wir mit dem Aufziehen Ihrer Hinrichtung betraut sind?

Er flüsterte, ja, das taten Sie.

Nach kurzem Schweigen, während dessen Dauer er Mut zu fassen suchte, um sein Anliegen vorzubringen, wollte der Ankläger wissen, wie er sich denn heute morgen gefühlt habe, als er in der ganzen Stadt auf sein Bild gestossen sei. Er antwortete, er habe sich überrascht gefühlt.

Der Ankläger flüsterte, das glaube ich Ihnen, Herr Busner, wohl sehr überrascht!

Der Richter flüsterte, es muss ein seltsames, ja ein befremdendes Gefühl sein, überall auf seine Fotografie zu stossen — irgendwie. Oder ist es nicht so?

Busner flüsterte, doch, es ist so.

Der Verteidiger flüsterte, sagen Sie ehrlich: Hatten Sie Angst?

Er flüsterte, ich glaube, ich hatte einen Augenblick Angst.

Der Verteidiger flüsterte, mir ginge es ebenso, glaube ich.

Hinterher bemühte sich Busner, mit fester Stimme zu flüstern, er habe in der Zwischenzeit eingesehen, dass das mit seiner Opferung richtig sei.

Der Ankläger flüsterte, nun was haben wir gesagt, Herr Busner? Erinnern Sie sich nicht? Wir sagten doch gestern, dass Sie den Sinn Ihrer Hinrichtung bestimmt einsehen würden, nachdem Sie die Rede des Präsidenten gehört hätten — erinnern Sie sich nicht?

Er flüsterte, doch, doch.

Der Ankläger flüsterte, nun wir freuen uns, Herr Busner, dass Sie sich zu dieser Erkenntnis durchgerungen haben!

Der Richter flüsterte, ja!

Der Verteidiger flüsterte, noch einen Kognac, Herr Busner?

Nachdem er ihn ausgetrunken hatte, flüsterte der Ankläger, Sie wünschen den Präsidenten zu sprechen, Herr Busner?

Er flüsterte, woher wissen Sie das?

Der Richter flüsterte, nun, ... wir errieten es!

Der Ankläger flüsterte, so ist es!

Während der Verteidiger an seinen Schreibtisch schritt und den Telefonhörer abhob, teilten der Richter und der Ankläger Busner mit, dass sie die Fotografie für einen gelungenen Schnappschuss hielten, wobei der Richter auf das Bild am GESELLSCHAFTS-Gebäude wies.

Der Verteidiger kehrte mit der Nachricht an den Tisch zurück, der Präsident habe sich bereit erklärt, Busner zu empfangen.

Der Richter flüsterte, oh, wir gratulieren, Herr Busner!

Der Ankläger begleitete ihn im Aufzug ins vierte Geschoss des „Weissen Hauses". Durch zwei Vorzimmer — im zweiten hatten sich, wie Busner auf seine Frage hin vom Ankläger erfuhr, die Leibwächter der Minister aufgehalten — gelangten sie an eine Metalltür. Wieder fühlte Busner, während diese sich ihnen auftat, Angst hochsteigen. Um besser zu Atem zu kommen, öffnete er den Mund. Er sah in einen grossen Raum, in dessen Hintergrund fünf Herren an einem Tisch sassen. Dem Ankläger folgend, stellte er im Näherkommen fest, dass die Herren im Begriff waren zu frühstücken.

Der Ankläger trat an den Tisch und flüsterte, ich wünsche guten Appetit. Indem er auf Busner wies, fuhr er fort, darf ich bekannt machen? Heinz-Harry Busner!

Während ein untersetzter Herr mit einem schmalen, blassen Gesicht aufstand, wischte Busner seine schweissbedeckte Hand an der Hose ab.

Der Herr sagte, ich sehe, ich sehe!, streckte ihm die Hand hin und sagte, freut mich, Ihre Bekanntschaft zu machen!

Der Ankläger flüsterte, das ist unser Präsident, Herr Busner!

Busner ergriff die Hand des Präsidenten, brachte aber vor Überraschung, dass dieser kleine, bejahrte Herr der Präsident sein solle, den er vom Bildschirm her in ganz anderer Erinnerung hatte, kein Wort heraus.

Der Präsident sagte, während der Ankläger sich zurückzog, gestatten Sie, dass ich Sie mit den übrigen Herrschaften bekannt mache — hier unser Produktionsminister, Joe Pack!

Ein ebenfalls aussergewöhnlich kleingewachsener Herr, in dem Busner den Bruder des Präsidenten vermutete, sagte, freut mich, Sie zu treffen, Herr Busner!

Der neben dem Produktionsminister sitzende Herr wurde Busner vom Präsidenten als Justizminister John Kast vorgestellt. Bevor Minister Kast ihm die Hand hinstreckte, spülte dieser einen Bissen mit Kaffee hinunter. In der Zeit, während Präsident Pack die beiden übrigen Herren, Innenminister Dick Cally und den Minister für Gemeinschaftswesen, Rod Ralphson, vorstellte und Produktionsminister Joe Pack einen Stuhl für Busner zurechtrückte, nahm er auf, dass die Minister keine Namensschilder trugen und auch ihre Stimmen nicht dämpften.

Die Frage des Innenministers, ob er bereits gefrühstückt habe, bejahte er.

Der Justizminister sagte, aber bestimmt schlagen Sie uns eine Tasse Kaffee nicht aus, Herr Busner?

Während ihm der Innenminister eine Tasse holte und sie dem Justizminister hinhielt, der Kaffee eingoss, sagte der Präsident, er möchte mal wissen, wie Busner sich denn so fühle.

Busner räusperte sich und flüsterte, danke, Herr Präsident — ich möchte um Verzeihung bitten, dass ich Sie nicht gleich erkannte, ich hatte Sie von Ihren Fernsehauftritten etwas anders in Erinnerung, verzeihen Sie bitte!

Er freute sich darüber, die Stimme wieder in seiner Gewalt zu haben.

Der Präsident sagte, wissen Sie, dafür wird man zurechtgemacht.

Der Justizminister meinte, Busner werde sich in erster Linie vielleicht über den kleinen Wuchs seines Präsidenten gewundert haben, worauf die Minister in Lachen ausbrachen.

Der Präsident sagte, unsere Familie ist nun eben mal kleingewachsen, nicht wahr, Joe?

Der Produktionsminister sagte, freilich, freilich!

Abermals lachten die Herren.

Um etwas zu sagen, flüsterte Busner, Sie sind ja Brüder, nicht wahr?

Der Präsident sagte, Zwillinge sogar — übrigens brauchen Sie in unserer Gegenwart nicht zu flüstern.

Er flüsterte, Verzeihung!

Der Produktionsminister wollte von ihm wissen, ob er die heutige Zeitung schon gesehen habe?

Als er verneinte, stand der Justizminister auf, holte sie herbei und reichte sie ihm. Auf der Frontseite gewahrte er sein Bild. Es war dasselbe wie auf den Plakaten und nahm ein Viertel des Blattes ein. Der darunterstehende Artikel bezweckte, die Bevölkerung darüber aufzuklären, worin seine Gemeinschaftsunfähigkeit bestehe und weshalb er geopfert werden solle. Den Schluss des Berichts bildete die gestrige Fernsehrede des Präsidenten. Er faltete die Zeitung zusammen, gab sie an den Justizminister zurück und flüsterte, indem er sich aufs höchste darauf konzentrierte, seiner Stimme Festigkeit zu verleihen, ich kam hierher, Herr Präsident, um von Ihnen persönlich zu erfahren, ob es tatsächlich sinnvoll ist, mich hinzurichten; ich glaube nämlich, der Partei und der Gemeinschaft besser zu dienen dadurch, dass ich mein Wirken in den Dienst der Partei und der Gemeinschaft stelle.

Der Präsident schob seinen Teller zur Seite und antwortete, ich weiss, dass Sie uns deswegen aufsuchen. Es ist mir klar, dass wir Ihnen unsere Überlegungen erst darlegen müssen, bevor es Ihnen möglich ist, die Notwendigkeit Ihrer Opferung einzusehen.

Augenblicklich spürte er den Schweiss ausbrechen. Es dauerte einige Zeit, bis er sich so weit gefasst hatte, dass er dem Präsidenten mit der Erklärung ins Wort zu fallen vermochte, er frage sich, wie der Tod eines P.f.F.-Anhängers der Partei dienen könne! Dienen könne doch nur, wer lebe! Nur wenn er lebe und für die Partei arbeite, könne er ihr und der Gemeinschaft nützlich sein! Wenn er sterbe, verliere die Partei einen Anhänger!

Der Präsident sagte, es ist so ...

Er unterbrach ihn mit den Worten, ich will der Partei und der Gemeinschaft aber dienen, verstehen Sie? Das ist mein Lebensinhalt, verstehen Sie? Ich will unter allen Umständen der Partei dienen!

Wieder schnitt er dem Präsidenten das Wort ab, indem er sagte, Ihr Vorhaben wird schon deshalb scheitern, weil Sie diese Hinrichtung vor der Gemeinschaft nicht rechtfertigen können, wissen Sie! - Verstehn Sie, mein Vergehen an der Gemeinschaft ist nicht Anlass genug zu dieser Hinrichtung, so ist es!

Der Präsident sagte, das stimmt ja auch ... Mein Gott, wenn Sie mich mal zu Wort kommen liessen — es geht doch gar nicht darum, es geht ...

Busner sagte, ich sage ja bloss, dass der Anlass für diese Hinrichtung fehlt, dass kein Anlass vorhanden ist, verstehn Sie?

Der Präsident sagte, ja, jetzt hören Sie mir doch mal zu, Herr Busner! Lassen Sie mich doch bitte mal zu Wort kommen, ja?

Busner flüsterte, verzeihen Sie, Herr Präsident!

Der Präsident sagte, es verhält sich nämlich alles ganz anders! Und zwar sieht es so aus, dass wir zum jetzigen Zeitpunkt ein Individuum benötigen, irgendein Individuum, verstehen Sie, das sich selbst in eine Situation gebracht hat, die sich dazu eignet, es dem Volk, also der Gemeinschaft, als Opfer darzubringen — und genau das haben Sie getan, Herr Busner!

Der Minister für Gemeinschaftswesen ergänzte, dafür liegt Ihr Fall hundertprozentig richtig, Herr Busner!

Busner sagte, Augenblick — Sie sagten doch eben, Herr Präsident, dass ich mich nicht in einer Weise an der Gemeinschaft vergangen habe, die diese Hinrichtung rechtfertigen würde. Das sagten Sie doch?

Der Präsident sagte, das sagte ich.

Busner sagte, also ist es doch so, dass in meinem Fall ein Unschuldiger hingerichtet würde!

Der Präsident sagte, so ist es.

Busner sagte, so ist es?

Der Präsident sagte, ja, so ist es.

Busner sagte, aber wie lässt sich das denn verantworten? Ich meine, wie lässt sich das verantworten in bezug auf die Moral? So was ist doch nicht zu verantworten?

Der Präsident sagte, aber ja, das lässt sich mit der Anvisierung eines übergeordneten Prinzips rechtfertigen — damit, dass es um den unbeschadeten Fortbestand der Gemeinschaft geht, damit, dass uns der bestehende Zustand erhalten bleibt.

Busner sagte, aber die Gemeinschaft, die Gemeinschaft wird nicht zulassen, dass ein unschuldiger Mensch hingerichtet wird, verstehen Sie?

Der Präsident sagte, doch, das wird sie.

Busner sagte, ich glaube nicht, dass sie das wird.

Der Zwillingsbruder des Präsidenten, Produktionsminister Pack, nahm seine Pfeife aus dem Mund und sagte, wenn Sie schon moralische Massstäbe ansetzen, Herr Busner — man muss sich darüber im klaren sein, dass die Moral im Verlaufe der letzten Jahre sich entscheidend gewandelt hat. So ist es im Bewusstsein des heutigen Menschen nicht mehr von vornherein unmoralisch, die Tötung eines sogenannten Unschuldigen zu befürworten — nämlich dann nicht, wenn das Ableben dieses Unschuldigen sich für eine breitere Bevölkerungsschicht sichtbar vorteilhaft auswirkt, wie mein Bruder richtig bemerkte. Sehn Sie, in unserem Zeitalter, das ist wichtig in diesem Zusammenhang, hat der einzelne an Bedeutung verloren, sogar der schöpferische oder produktive einzelne, der für die Menschheitswerdung, die Menschheitsentwicklung von absoluter Notwendigkeit war, ist in unserer Zeit überflüssig geworden. Hätte es aber, dies nur nebenbei, das grüblerische, das erfinderische, das kritische Individuum, kurz den Aussenseiter, nicht gegeben, wäre der Mensch nicht entstanden. - Wenn ich sagte, dass der produktive einzelne überflüssig geworden ist, ja durch seine Aussenseiterposition, die seine Integration in den Gemeinschaftskörper ausserordentlich erschwert, eine Belastung für die Gemeinschaft darstellt, so sagte ich das, weil es unserer Gesellschaft nicht möglich ist, sich in höherem Masse zu entwickeln. Wir sind an die Grenzen unserer Entwicklungsmöglichkeit vorgestossen, das heisst, jede weitere Entwicklung wäre schädlich. So kann es dem Menschen nur noch darum gehen, das Bestehende zu erhalten, und das heisst unverändert zu erhalten! - Ich bin vom Thema abgeschweift, Herr Busner: Wenn es um das ungefährdete Fortbestehen eines Gesellschaftsgefüges und damit einer Regierung geht, so ist es moralisch durchaus vertretbar, unschuldige einzelne ... eben zu opfern.

Während der Produktionsminister einige Male heftig an seiner Pfeife zog, sagte der Justizminister, um der Argumentation des Produktionsministers folgen zu können, Herr Busner, ist es erforderlich, einen übergeordneten Standpunkt zu beziehen. Sie dürfen nicht den Fehler begehen, Ihren Fall persönlich zu verstehen, denn dies würde zu Missverständnissen führen. Drücke ich mich klar aus?

Busner flüsterte, Sie haben mir noch nicht gesagt, weshalb Sie diese Opferung durchführen wollen.

Der Präsident sagte, ja, jetzt lassen Sie mich mal zu Wort kommen, meine Herren!

Der Präsident zog den Mund in die Breite und sagte nach kurzem Schweigen, sehn Sie, es ist so, Herr Busner, und die Geschichte lehrt es uns, dass in einem Volk immer wieder Bestrebungen nach Veränderung des Bestehenden aufkommen. Der Mensch neigt dazu, den Rahmen, in dem sein alltägliches

Leben sich abspielt, von Zeit zu Zeit zu ändern. Er verspürt oft ein starkes Verlangen nach dem, was er nicht hat. Solche Bewegungen können unter Umständen einer Regierung äusserst gefährlich werden. Es gilt also, sie im Keime zu ersticken oder, was wir mit Ihrer Opferung beabsichtigen, die Leute erst gar nicht auf solche Gedanken kommen zu lassen. - Habe ich recht, Joe?

Der Produktionsminister nickte.

Der Präsident fuhr fort, b): Wenn es also auch nicht zu solchen grossen Bewegungen kommt, so ist es doch so, dass im Volk hin und wieder eine gewisse Unzufriedenheit um sich greift, in deren Folge es weniger produziert und so weiter. Dem lässt sich dadurch begegnen, dass man dem Volk seine Feste gibt. Je kürzer ein Volk an der Leine geführt wird, desto öfter muss man solche Feste abhalten und desto ausgefallener müssen sie werden, desto tiefer und nachhaltiger müssen sie eindringen in die Volksseele. — c): Da wir die natürlichen Triebe des Menschen in hohem Masse unterdrücken, zum Besten der Gemeinschaft allerdings, muss im Volk mit der Zeit eine erhebliche Aggression, und zwar eine destruktive, nicht zielgerichtete Aggression aufkommen. Diese gilt es abzufangen, ihr ein Ziel, eine Richtung zu weisen und sie auf geeignete Art abzuführen. Genau das bezwecken wir mit Ihrer Opferung!

Der Produktionsminister sagte, genau!

Der Innenminister erklärte, ausserdem erfahre das Zusammengehörigkeitsgefühl des Volkes eine intensive Stärkung, wenn man dem Volk einen Feind oder einen Helden schaffe.

Der Produktionsminister warf ein, oder einen Freund! Das hat dieselbe Wirkung! Wesentlich ist, dass ein gewisser Emotionsbereich mobilisiert und den durch diesen Vorgang freigelegten psychischen Kräften die Bahn gewiesen wird. In Ihrer Person, Herr Busner, haben wir beides vereint: Mit der Angabe, Sie hätten sich gegen die Gemeinschaft vergangen, machen wir einen Volksfeind aus Ihnen, und mit der Behauptung, Sie würden sich gerne opfern lassen, werten wir Sie wieder zum Volkshelden um! Sie werden also zu dem, was wir einen Freundfeind nennen!

Der Minister für Gemeinschaftswesen bemerkte, man solle nicht unerwähnt lassen, dass nach dieser Hinrichtung mit einer wesentlichen Produktionssteigerung gerechnet werden dürfe.

Der Produktionsminister sagte, weil der einzelne neu motiviert ist, neuen Antrieb verspürt und demzufolge mehr leistet.

Der Minister für Gemeinschaftswesen fügte hinzu, was für ein Land, welches anstrebt, die führende Industrienation zu werden, und zwar trotz den Boykotten gewisser Staaten, eh ... einen entscheidenden Anreiz in sich birgt.

Der Präsident sagte, auch aus diesem Grunde schliessen wir keineswegs aus, in gewissen Abständen solche Opferungen wie die Ihre durchzuführen, ohne dass ich hier vorgreifen will — leihst du mir bitte mal dein Brillentuch, Joe?

Nach kurzem Schweigen sagte Busner, es geht also darum, wenn ich Sie recht verstanden habe, es geht darum, jemanden zu einem Helden zu machen und gleichzeitig zu einem Gemeinschaftsschädling?

Der Präsident sagte, genau! und begann das zweite Brillenglas zu reinigen.

Busner sagte, aber ich begreife nicht, warum jemand, dessen Wirken der Partei nützlich ist und dessen Wirken der Gemeinschaft nützlich ist, warum ein solcher dazu bestimmt wird — denn wir haben doch in unseren Umschulungslagern sicher verschiedentlich Gemeinschaftsschädlinge, welche die Eingliederungsprüfung nicht bestehen.

Der Präsident sagte, das ist richtig, und setzte die Brille auf.

Busner sagte, aber logisch wäre doch, wenn Sie einen von diesen Gemeinschaftsschädlingen für Ihre Opferung hernähmen, das wäre doch viel logischer!

Der Justizminister sagte, täten wir dies, so liesse sich nicht mehr von einer Opferung sprechen, verstehn Sie?

Der Minister für Gemeinschaftswesen sagte, man könne dann nicht mehr von einem einzelnen sprechen, der von Anfang an ein Anhänger der P.f.F. war, es wäre ausserordentlich schwierig, einen solchen einzelnen zu einem Liebling des Volkes umzufunktionieren, zu einem Helden, welcher der Partei durch seine Opferung dienen will — es ist auch nicht zu vermuten, dass einer dieser Leute von sich behaupten liesse, er sehe die Notwendigkeit seiner Opferung ein. Deshalb müssten wir ihn einsperren, da er bei der ersten Gelegenheit flüchten würde, was aber wieder nicht unseren Zwecken entspricht, das Einsperren meine ich. Von

Ihnen hingegen wissen wir, dass Sie bereit sind, gegebenenfalls für die Partei zu sterben, wir wissen es, weil Sie es gegenüber dem Untersuchungsrichter Freudig selbst erwähnten, und wir wissen auch, dass Sie die Notwendigkeit Ihrer Opferung in Kürze einsehen werden!

Busner flüsterte, ja, ich sehe es wohl ein, Sie haben recht!

Der Justizminister sagte, von Ihnen wissen wir, Sie spielen mit, Sie helfen mit, wir wissen, Sie sehen ein, dass Sie der Partei auf keine andere Weise dienen können, darum ist niemand geeigneter für diese Opferung als Sie, respektive, es ist uns niemand bekannt, der geeigneter dazu wäre, verstehen Sie?

Busner sagte, gewiss, ich verstehe Sie.

Der Innenminister fragte ihn, ob er ihm Kaffee nachschenken dürfe.

Während des danach entstehenden Schweigens versuchte Busner sich einzugestehen, dass an der Absicht der Minister, ihn hinrichten zu lassen, keinerlei Zweifel bestehe. Um sich von dem würgenden Gefühl, das er mit einem Mal im Hals verspürte, zu befreien, hielt er die Hand vor den Mund, öffnete ihn und sagte sich schnell, es sei noch nichts verloren, es sei gar nichts verloren — weil er nicht eingesperrt werde, sei absolut nichts verloren, er habe sich bloss sofort an die Ausarbeitung eines Planes zu machen, wie er es anstellen wolle, um dieser Hinrichtung zu entgehen, müsse aber, um nicht in Verdacht zu kommen, gleichzeitig vorgeben, er sehe den Sinn seiner Opferung ein und lasse sich gerne opfern.

Er befeuchtete die Lippen und sagte, Sie haben selbstverständlich recht. Bloss werden Sie verstehn, dass ich mich daran gewöhnen muss. Ich meine, dass ich mich eben daran gewöhnen muss, dass ich sterben soll, nicht wahr? Aber Sie haben selbstverständlich recht, ich kann der Partei nicht besser dienen als durch diese Opferung, wissen Sie, ich sehe das ein! Das ist mir tatsächlich klar! Bloss gewöhnen muss ich mich daran, aber ich sehe es unbedingt ein!

Der Präsident sagte, na sehn Sie, Herr Busner!

Er sagte, ja, Sie haben mich davon überzeugt, ich muss das sagen!

Der Präsident sagte, nun, wir wussten doch, dass Sie zu dieser Einsicht gelangen würden!

383

Er sagte, ja, so ist es!

Der Präsident sagte, sollten übrigens unerwarteterweise irgendwelche Schwierigkeiten auftauchen, so müssten Sie sich an Ihren Ausschuss wenden.

Er flüsterte, gewiss!

Der Präsident fuhr fort, dazu wurde der Ausschuss nämlich ins Leben gerufen!

Er sagte, gewiss!

Die Minister erhoben sich und reichten ihm die Hand. Busner liess die Stuhllehne, auf die er sich gestützt hatte, los und bemühte sich, sicheren Schrittes zur Tür zu gelangen, während er fühlte, dass die Minister hinter ihm hersahen.

Der Pförtner nickte ihm zu, als er, aus der Toilette kommend, an ihm vorüberschritt.

Während er den GESELLSCHAFTS-Platz überquerte, dachte er daran, die ganze Gemeinschaft darüber aufzuklären, dass es sich bei seinem Prozess lediglich um ein Scheinverfahren gehandelt habe, dessen Urteil von Anfang an feststand; ebenso wollte er sie über die wahren Hintergründe seiner Opferung informieren. Als er versuchte, sich diese zurechtzulegen, stellte er fest, dass er nicht in der Lage sei, das, was ihm die Minister anvertraut hatten, zu formulieren, obwohl er doch genau begriffen habe, weshalb sie ihn töten lassen wollten. Es fiel ihm ein, möglicherweise würde ihm die Gemeinschaft gar nicht glauben, selbst wenn er es fertigbrächte, die wahren Motive seiner Opferung darzustellen, sondern sie würde ihm unterschieben, er belüge sie, um sich aus der Schlinge zu ziehen. Erschreckt dachte er daran, dass die Gemeinschaft, selbst wenn sie den wahren Sachverhalt erführe, das Vorgehen der P.f.F. billigen würde. Er sagte sich, um dieser Opferung gewiss zu entgehen, bliebe ihm allein die Flucht — allein die Flucht, und die Voraussetzung für ihr Gelingen bestehe darin, dass er es fertigbringe, seine Absicht geheimzuhalten und sich den Anschein zu geben, er lasse sich gerne opfern; so werde ihm die Flucht bestimmt gelingen, ganz bestimmt werde sie ihm gelingen. Er rechnete sich aus, dass ihm für ihre Verwirklichung noch neun Tage zur Verfügung ständen, wenn er den heutigen Tag nicht mitzähle. Er ertappte sich beim Anstarren seines Bildes am GESELLSCHAFTS-Gebäude, zwang sich, den Blick davon zu lösen, und dachte, er müsse möglichst gleich einen Fluchtversuch unternehmen, möglichst gleich, damit ihm, sollte der erste Versuch misslingen, Zeit für einen zweiten bleibe. Um aber möglichst viel Zeit für die Ausarbeitung eines Fluchtplanes zur Verfügung zu haben, müsse er seine Arbeit bei der GESELLSCHAFT kündigen. Er überlegte, ob dies nicht den Argwohn der P.f.F. hervorriefe, und gelangte zum Schluss, ein Mensch, der in nächster Zukunft seinen Tod zu erwarten habe, mache sich nicht verdächtig, wenn er sich mit anderen Dingen als mit seiner Arbeit beschäftige.

Herr Brühl flüsterte, als Busner in sein Büro trat, ah, schon zurück, Herr Busner?

Er flüsterte, jawohl, Herr Brühl.

Herr Brühl flüsterte, und? Sind Sie zum Präsidenten vorgedrungen?

Er flüsterte, jawohl.

Herr Brühl flüsterte, grossartig, Herr Busner, ich gratuliere!

Er bedankte sich. Bevor er weiterzufahren vermochte, fragte Herr Brühl, ob die Besprechung zu seiner Zufriedenheit verlaufen sei, und versetzte, als er antwortete, das lasse sich sagen, ich verstehe!

Er flüsterte, Herr Brühl, ich ...

Herr Brühl flüsterte, es muss ein eigenartiges Gefühl sein, nicht wahr? Vielmehr ein einzigartiges Gefühl, wohl?

Er flüsterte, was?

Herr Brühl flüsterte, zu wissen, wann einem die letzte Stunde schlägt.

Er flüsterte, ach so, ja, das ist es tatsächlich.

Herr Brühl flüsterte, das kann ich mir denken. Die Hinrichtung wird ja, wenn ich richtig verstanden habe, vom Fernsehen übertragen, nicht?

Er nickte.

Herr Brühl flüsterte, aber ich glaube, ich werde ihr in Begleitung meiner Frau direkt beiwohnen, falls es mir gelingt, Karten zu kriegen — ich meine, obwohl ich vor dem Bildschirm bequemer sässe. - Ich weiss nicht — irgendwie ... irgendwie glaube ich, Ihnen das schuldig zu sein. Ich weiss nicht, ob Sie das verstehen. Irgendwie habe ich dieses Gefühl. Vielleicht hängt es damit zusammen, dass wir uns zu Ihren Lebzeiten, wenn ich so sagen darf, ja ausgezeichnet verstanden, nicht wahr? Ich erinnere mich noch genau, sehr genau, wie Sie das erste Mal in mein Büro traten, damals, als Sie zum Funktionär befördert wurden und ich Ihnen Ihre Zelle zuwies. Dort bei der Tür kamen Sie herein und blieben beim Karteischrank stehen. Ich sehe das noch genau vor mir, wissen Sie! Ich forderte Sie zum Nähertreten auf, und ich sehe noch, wie Sie nähertraten! Das alles steht noch unausgelöscht in meinem Gedächtnis, und ich habe ein ausgezeichnetes Gedächtnis — wie lange ist das eigentlich schon her?

Er flüsterte, einige Jahre.

Herr Brühl flüsterte, ja, und es könnte gestern gewesen sein, wie? Ich weiss noch genau, wie Sie dastanden! Vielleicht glauben Sie mir nicht, dass ich Sie noch genau so dastehen sehe! Gestern, nach dieser Fernsehsendung, wir dachten an Sie, Herr Busner, erzählte ich meiner Frau, wie Sie damals dastanden und welchen Eindruck ich gleich von Ihnen hatte!

Er flüsterte, Herr Brühl, ich kam hierher ...

Herr Brühl flüsterte, bitte, Herr Busner, verstehen Sie mich richtig: Ich möchte nämlich ausdrücken, dass ich mit Ihnen fühle, verstehen Sie? Ich weiss nicht, ob es mir gelang? Denn tatsächlich ist es ja so, dass niemand gerne stirbt! Selbst dann nicht, wenn man für ein hohes Ziel stirbt. Ich glaube das wenigstens. Übrigens, ich finde es grossartig vom Präsidenten Pack, dass er Sie empfing! Ich finde das wirklich höchst menschlich, wirklich! Wissen Sie, ich, öh ..., ich kenne, wenn ich so sagen darf, den Präsidenten von früher her. Ich glaube zwar nicht, dass der Präsident sich an mich erinnern kann. Sie müssen wissen, dass der Präsident Direktor der Nationalbank war, als ich dort meine Banklehre absolvierte! Jawohl, so ist das, zu jener Zeit war er Direktor und ich Lehrling. Wir Lehrlinge bekamen den damaligen Direktor Pack dreimal zu sehen während unserer Lehrzeit. Herr Direktor Pack verliess dann die Bank kurz nachdem ich ins Angestelltenverhältnis übernommen worden war. - Sehen Sie den Präsidenten übrigens wieder mal?

Er flüsterte, das kann sein, Herr Brühl, ich ...

Herr Brühl flüsterte, oh, Sie sehen den Präsidenten also wieder? Hätten Sie in diesem Falle vielleicht die Freundlichkeit, den Präsidenten von mir zu grüssen? - Sagen Sie einfach, mein

Vorgesetzter Herr Brühl, oder mein ehemaliger Vorgesetzter Herr Brühl, Abteilungsleiter bei der GESELLSCHAFT, der damals, als Sie Nationalbankdirektor waren, die Lehre dort ..., nein, die Lehre in diesem Haus ..., Hause absolvierte, lässt Sie grüssen, oder lässt Sie freundlich grüssen und Ihnen sagen, dass er Sie bewundert! - Und dass er Sie schon damals bewunderte, so! Hätten Sie die Freundlichkeit, das zu tun, Herr Busner?

Er flüsterte, sicher, Herr Brühl.

Herr Brühl flüsterte, das ist sehr nett, Herr Busner, übrigens würde ich mich freuen, Sie nochmals zu sehen, bevor Sie ... bevor Sie ...

Er flüsterte, weswegen ich herkam, Herr Brühl ...

Herr Brühl rief gedämpft, ach so, ja, freilich, Ihre Lohnabrechnung! Beinahe vergessen, wie? Ich habe sie aber bereits ausstellen lassen!

Er flüsterte, wussten Sie denn, dass ich kündigen wollte?

Herr Brühl flüsterte, sicher. - Herr Kleidmann unterrichtete mich davon!

Busner flüsterte, woher hat Herr Kleidmann das erfahren?

Herr Brühl zuckte die Schultern und flüsterte, da bin ich überfragt, Herr Busner, wobei er seiner Schublade einen Briefumschlag entnahm.

Busner flüsterte, ich habe Herrn Kleidmann in keiner Weise von meinen Kündigungsabsichten in Kenntnis gesetzt!

Herr Brühl flüsterte, tatsächlich? Nun, jedenfalls wusste Herr Kleidmann davon, sonst hätte er mich nicht beauftragt, Ihre Gehaltsabrechnung anzufordern.

Nachdem Busner quittiert und das Geld eingesteckt hatte, reichte ihm Herr Brühl die Hand und flüsterte, während er sie fest in der seinen hielt, selbstverständlich, Herr Busner, bedaure ich, und ich darf sagen nicht ich alleine, dass die GESELLSCHAFT sich von Ihnen trennen muss. Trotz den jüngst aufgetretenen Verstimmungen waren Sie ein tüchtiger, ein pflichtbewusster und verantwortungsbewusster Funktionär, und ich darf sagen, dass unser persönliches Verhältnis als gut bezeichnet werden kann, nicht wahr, wenn nicht sogar als freundschaftlich?

Er flüsterte, freilich, Herr Brühl, freilich!

Herr Brühl fuhr fort, gerade daher, Herr Busner, würde es

mich freuen, und zwar ausserordentlich freuen, wenn Sie mich vor dem Tag der P.f.F. nochmals besuchten — glauben Sie, dass dies zu machen wäre?

Er flüsterte, sicherlich!

Herr Brühl liess seine Hand los. Als er die Tür öffnete, rief Herr Brühl gedämpft, und nicht die Grüsse an den Präsidenten vergessen, Herr Busner, wenn Sie so freundlich sein wollen!

In seiner Zelle stellte er fest, dass man seine Karteiarbeit in der Zwischenzeit weggebracht habe. Er setzte sich ans Pult und starrte an die Wand. Später, als er dachte, er habe sich doch gar nicht in seine Zelle setzen wollen, weshalb er sich denn gleichwohl hingesetzt habe und was er eigentlich hier tue, stand er auf und verliess sie.

Zu seiner Verwunderung erblickte er in der Garage auf dem ihm vorbehaltenen Parkplatz anstatt seines 12 SS einen fremden Wagen. Er fragte sich, ob er den seinen am Morgen aus Zerstreutheit woanders abgestellt habe, erinnerte sich jedoch, dass die Kollegen ihn auf seinem Parkplatz erwartet hatten. Als er die ganze Garage vergeblich nach seinem 12 SS abgesucht und sich nochmals davon überzeugt hatte, dass er auf seinem Platz zwischen dem Wagen Herrn Emmerichs und demjenigen Herrn Feins nicht stehe, gelangte er zum Schluss, der Parkhauswächter sei beauftragt worden, ihn woanders hinzustellen, um Platz für denjenigen des Funktionärs zu schaffen, der Busners Posten einnehmen würde. Er schritt zur Einfahrt der Garage, wo der Wärter wohnte, und drückte auf den Klingelknopf.

Als der Wärter öffnete, flüsterte er, guten Tag, haben Sie ...

Der Wärter rief gedämpft, aber nein — das ist doch Harry Busner! Herr Busner, hallo! Ich freue mich, Sie kennenzulernen! Ich arbeite nämlich erst seit zwei Wochen ...

Er flüsterte, ja, ja, hören Sie zu, haben Sie ...

Der Wärter flüsterte, ich arbeite erst seit zwei Wochen bei der GESELLSCHAFT und habe Sie noch gar nie angetroffen ...

Er flüsterte scharf, jetzt hören Sie zu, ja? - Haben Sie meinen Wagen weggestellt?

Der Wärter flüsterte, Augenblick!, drehte sich um, rief gedämpft ins Hausinnere, Jungens!, Jungens!, herkommen!, wandte sich wieder zu Busner und flüsterte, also nun, was ist mit Ihrem Wagen, Herr Busner?

Busner flüsterte, haben Sie meinen Wagen weggestellt?

Der Wärter flüsterte, weggestellt? Nee, wieso?

Er flüsterte, mein Wagen ist weg, verstehen Sie, ist nicht mehr da!

Der Wärter flüsterte, ist nicht mehr da?

Busner flüsterte, jawohl, ich parkte ihn heute morgen vorschriftsgemäss auf meinem Parkplatz, und nun steht ein anderer Wagen dort. Haben Sie den meinen weggestellt?

Anstatt zu antworten, flüsterte der Wärter zu den zwei Knaben, die aus dem Innern des Hauses getreten waren, sich neben ihn gestellt hatten und Busner anstarrten, Jungens, das ist Harry Busner, den ihr gestern im Fernsehen gesehen habt, wisst ihr? Gebt ihm die Hand!

Er zischte, nun gottverdammt nochmal, ich habe Sie was gefragt, Mann!

Der Wärter flüsterte, immer mit der Ruhe, ja! Also, Sie haben Ihren Wagen weg und sagen, Sie haben ihn richtig hingestellt, was?

Er flüsterte, jawohl! - Haben nicht Sie ihn weggestellt?

Der Wärter flüsterte, aber wo!

Busner flüsterte, wirklich nicht?

Der Wärter flüsterte, aber wo! Vielleicht hat ihn sonst einer weggestellt, aus Jux vielleicht?

Er flüsterte, das glaube ich nicht — zudem war der Wagen, soviel ich mich erinnere, abgeschlossen!

Der Wärter flüsterte, abgeschlossen? Wie kann ich ihn weggestellt haben, wenn er abgeschlossen war?

Busner flüsterte, dann muss er gestohlen worden sein!

Der Wärter flüsterte, ach, gestohlen! Hier wird doch nicht gestohlen! - Wissen Sie, was ich täte an Ihrer Stelle? Ich würde mal die ganze Garage nach dem Wagen durchkämmen!

Er flüsterte, das habe ich bereits getan!

Der Wärter flüsterte, bereits getan? Das kommt mir verdächtig vor!

Busner flüsterte, er muss gestohlen worden sein!

Der Wärter flüsterte, ich sagte Ihnen doch, dass hier nicht gestohlen wird!

Er flüsterte, haben Sie denn nichts bemerkt, Mann? Mein Wagen fällt auf! Ein roter 12 SS!

Der Wärter flüsterte, ach, der ist der Ihre? Nein, bemerkt habe ich nichts! Der muss noch in der Garage sein! Ein roter 12 SS, nein, das müsste doch auffallen, ein solcher Wagen wird nicht geklaut!

Busner flüsterte, ich sagte Ihnen, in der Garage ist er nicht!

Der Wärter flüsterte, muss er aber sein! Wissen Sie was? Fragen Sie doch mal bei der Polizei nach! Vielleicht weiss die Polizei was von dem Wagen! Inzwischen suche ich mit den Jungs die Garage nach ihm ab, ja?

Busner flüsterte, ja danke.

Er fuhr ins Erdgeschoss und verliess die GESELLSCHAFT durch den Haupteingang. Als er eine Vorstellung davon zu gewinnen versuchte, wo der Wagen bloss stecke, fiel ihm mit Schrecken ein, dass er ihn unter allen Umständen für die Bewerkstelligung seiner Flucht benötige: Weil man ihn selbstverständlich daran hindern werde, die Grenze zu überqueren, müsse er dies unter Umgehung der Kontrolle versuchen, also an einem abgeschiedenen Ort versuchen; um diesen abgeschiedenen Ort aber zu erreichen, brauche er den Wagen, brauche er unbedingt den Wagen, ganz abgesehen davon, dass er gerade den Wagen um keinen Preis zurücklassen möchte. Die Worte des Parkhauswärters, ein roter 12 SS müsse auffallen, ein solcher Wagen werde nicht geklaut, gingen ihm durch den Kopf, so dass er erwog, den 12 SS um des geringeren Risikos willen zu opfern.

Im Büro 101, wohin man ihn verwiesen hatte, sah er, als er eintrat, zu seiner Überraschung die etwa dreissig Beamten sich von ihren Pulten erheben. Auf ein Zeichen des vordersten Beamten begannen sie gedämpft zu singen, hoch soll er leben, hoch soll er leben, dreimal hoch! Er sah den vordersten Beamten einen grossen Blumenstrauss unter dem Pult hervorziehen. Der Beamte trat auf ihn zu und flüsterte, Herr Busner, nehmen Sie diese Blumen bitte mit den besten Wünschen der Polizeiabteilung 72 entgegen!

Während die übrigen Beamten gedämpften Beifall klatschten, flüsterte er, woher wussten Sie, dass ich hierher kommen werde?

Der Beamte, der, wie Busner feststellte, Feller hiess, flüsterte, wer etwas vermisst, kommt zu uns!

Er flüsterte, Sie wissen, dass ich meinen Wagen vermisse?

Herr Feller flüsterte, jawohl, Herr Busner, das wissen wir. So leid es uns tut — aber der Ausschuss für Ihre Opferung wies uns an, Ihren Wagen zu beschlagnahmen.

Er flüsterte, zu beschlagnahmen? Wieso?

Herr Feller entgegnete, ich bedaure, Herr Busner — wir versuchten, Sie bei der GESELLSCHAFT zu erreichen, um es Ihnen mitzuteilen, aber Sie waren nicht da. Vielleicht fragen Sie beim Ausschuss selbst nach, weshalb der Wagen beschlagnahmt werden musste.

Das Polizeigebäude verlassend und über den GES-Platz auf das „Weisse Haus" zugehend, überlegte er sich, ob der Ausschuss etwa hinter seine Fluchtabsichten gekommen sei, obwohl er diese durch sein Benehmen doch bestimmt nicht verraten habe.

Nachdem er sich im Büro des Ausschusses zwischen den Schreibtisch des Richters und denjenigen des Anklägers gestellt hatte, flüsterte er, Sie haben Anweisung gegeben, meinen Wagen zu beschlagnahmen, ich benötige aber meinen Wagen unbedingt und bitte Sie zu veranlassen, dass ich ihn wiederkriege!

Der Ankläger flüsterte, aber Herr Busner, nicht so aufgebracht! - Es ist richtig, dass Ihr Auto auf unsere Anweisung hin konfisziert wurde.

Er flüsterte, aber wieso? Ich benötige den Wagen!

Der Ankläger flüsterte, sorry, Herr Busner, tut uns leid, aber sehn Sie, das Risiko, dass Sie in einen Unfall verwickelt werden könnten, ist uns zu gross — ganz zu schweigen von einem Unfall mit tödlichem Ausgang!

Er flüsterte, meine Herren, ich fahre seit elf Jahren Auto, meine Herren, seit elf Jahren, ohne je in einen Unfall verwickelt gewesen zu sein!

Der Ankläger flüsterte, Sie waren zweimal in einen Unfall verwickelt, Herr Busner, falls Sie sich nicht mehr daran erinnern!

Er flüsterte, aber schuldlos!

Der Ankläger flüsterte, das erste Mal schuldlos, beim zweiten Mal mitschuldig.

Der Richter flüsterte, das ist ja auch nebensächlich, Herr

Busner, entscheidend ist, dass wir nicht gewillt sind, ein Unfallrisiko auf uns zu nehmen!

Der Verteidiger flüsterte, Sie wissen doch, Herr Busner, dass wir für den reibungslosen Ablauf der Opferung verantwortlich sind — wir dürfen nicht das allergeringste Wagnis eingehen, nicht das kleinste Wagnis!

Er flüsterte, aber ich brauche mein Auto, verstehn Sie doch! Ich hänge daran!

Der Richter flüsterte, wozu benötigen Sie denn dieses Auto?

Er flüsterte, ich benötige es beispielsweise, um zur Arbeit zu fahren!

Der Ankläger flüsterte, aber nun, da Sie gekündigt haben, brauchen Sie das Auto zu diesem Zwecke ja nicht mehr!

Er flüsterte, ja, aber sehn Sie, ich komme ohne den Wagen nicht aus, ich liebe meinen Wagen! Es ist ein 12 SS, wissen Sie, eine Spezialausführung, mein ganzes Geld steckt in diesem Wagen, sechs Jahre habe ich dafür gespart, ich kaufte ihn als Gebrauchtwagen, wissen Sie — also bitte, geben Sie ihn mir zurück!

Der Richter rief gedämpft, Herr Busner, Herr Busner!, erhob sich, trat lächelnd auf ihn zu, legte ihm die Hand auf die Schulter und flüsterte, ich bitte Sie, Herr Busner, die Angelegenheit mal nüchtern zu betrachten, ganz nüchtern mal: Sie haben nun noch neun oder zehn Tage zu leben, nicht wahr? In dieser Lage, meine ich, drängen sich Ihnen doch bestimmt andere Probleme auf als die Sorge um Ihren Wagen — dazu, Herr Busner, dazu fährt es sich mit unserer Metro und unseren Bussen ganz bequem!

Er flüsterte, bitte, Sie wollen mir den Wagen nicht geben, weil Sie befürchten, dass ich verunfalle — aber im Bus oder in der Metro kann mir genauso ein Unfall zustossen! Sogar als Fussgänger kann mir ein Unfall zustossen!

Der Richter flüsterte, prinzipiell ist das richtig! Aber die Wahrscheinlichkeit, dass Sie als Fussgänger oder Benützer eines öffentlichen Verkehrsmittels in einen Unfall verwickelt werden, ist so und so viel mal geringer, wie die Statistiken beweisen! Sehen Sie sich doch diese Statistiken mal an, das ist ganz interessant!

Er flüsterte, und was geschieht nach meiner Opferung mit

dem Wagen?

Der Verteidiger flüsterte, sein Erbe kann ihn bei uns abholen, sollte kein Erbe Anspruch darauf erheben, fällt er an den Staat.

Er flüsterte, wenn ich Ihnen aber verspreche, nicht damit zu fahren, dann kriege ich ihn doch?

Der Ankläger flüsterte, wozu, Herr Busner, brauchen Sie einen Wagen, mit dem Sie nicht zu fahren beabsichtigen?

Er flüsterte, ja sehn Sie, ich sagte Ihnen schon, ich hänge an dem Wagen! Ich hänge daran, verstehn Sie?

Der Richter flüsterte, wie wir bereits erwähnten, Herr Busner, wollen wir einfach nicht das geringste Wagnis eingehen! Es bestände ja die Möglichkeit, dass Sie, trotz Ihres Versprechens, der Versuchung, den Wagen zu fahren, nicht zu widerstehen vermögen — und das wollen und dürfen wir nicht riskieren!

Der Verteidiger flüsterte, ich bitte Sie, für unsere Situation etwas Verständnis aufzubringen, Herr Busner!

Aus seinen Überlegungen riss ihn der Verteidiger mit den Worten, falls er mal wirklich dringend einen Wagen benötige, stehe es ihm noch immer offen, einen solchen zu mieten.

Er flüsterte, ich fahre kein anderes Auto als den 12 SS und einen 12 SS wird niemand vermieten!

Der Verteidiger flüsterte, ich meinte nur, wenn Sie mal ganz dringend einen Wagen benötigen sollten!

Er flüsterte, ich meine, ich sehe schon ein, dass es für Sie ein gewisses Risiko bedeutet, wegen der Unfallgefahr und so.

Der Richter flüsterte, na sehn Sie, Herr Busner! Übrigens wussten wir wohl, dass Sie nach einer Aussprache Verständnis für unsere Situation aufbringen würden!

Busner flüsterte, ich muss mich eben damit abfinden, die Zeit, die mir bis zu meinem Tod bleibt, ohne Auto hinter mich zu kriegen, nicht wahr?

Der Ankläger flüsterte, sehr vernünftig gedacht, Herr Busner – woher haben Sie übrigens den netten Blumenstrauss?

Er flüsterte, von der Polizei geschenkt gekriegt.

Der Richter flüsterte, sehr aufmerksam von der Polizei, finde ich!

Er flüsterte, gewiss!

Auf dem Weg zur Busstation erwog er abermals, ob der Ausschuss hinter seine Fluchtpläne gekommen sei, und erinnerte sich an den Tonfall des Richters, der auf Busners Feststellung, er habe sich damit abgefunden, den Wagen entbehren zu müssen, entgegnet hatte, er habe schon gewusst, dass Busner für die Situation des Ausschusses Verständnis aufbringen werde.

Aus dem Auto, das er schon längere Zeit neben sich hatte herfahren sehen, hörte er eine der vier darin sitzenden Damen durch das geöffnete Fenster flüstern, aber bestimmt ist es Heinz-Harry, Sandie, setz doch deine Brille auf!; dann hörte er eine Stimme gedämpft rufen, hallo, Heinz-Harry!

Eine andere Stimme rief gedämpft, sind Sie Herr Busner oder sind Sie es nicht?

Er blickte auf die andere Seite. Abermals hörte er eine der Damen seinen Namen rufen und eine andere fragen, Sie sind doch Heinz-Harry Busner, nicht wahr?

Die erste flüsterte, aber Sandie, ich sage dir doch, dass er es ist!

Die zweite rief gedämpft, oh, geben Sie uns ein Autogramm, Heinz-Harry Busner!

Er drehte sich um und flüsterte, mögen Sie Blumen?, wobei er einen Teil seines Strausses durch das vordere Fenster und den andern durch das hintere Fenster schob.

Erst als er an der Busstation die Fahrkarte löste, kam ihm zum Bewusstsein, was ihm unterschwellig bereits aufgefallen war: dass im Vergleich zu andern Tagen heute entschieden mehr Leute unterwegs waren. Er wurde sich darüber klar, dass dies mit der vom Präsidenten gestern angekündigten neuen Einteilung der Arbeitszeit bis zum Tage seiner Opferung zusammenhängen müsse.

Unvermittelt hörte er jemanden dicht an seinem Ohr flüstern, Verzeihung ... Verzeihung, Herr Busner — darf ich Sie um ein Autogramm bitten, bitte schön, es ist für meine Mutter, sie ist eine Invalide, sie würde sich sehr darüber freuen ...

Als er dem Mann den Rücken zukehrte, sah er sich einer Frau gegenüber, die, nachdem sie ihn kurz gemustert hatte, sich zu ihren Kindern niederbeugte, ihnen etwas zuflüsterte und mit dem Kopf auf die Fähnchen über die Strasse deutete. Er sah die Kinder herschauen, ihre Augen eine Weile zwischen den Fähnchen und ihm wandern, um dann endgültig auf ihm haftenzubleiben. Obwohl er sich bemühte, die Kinder böse anzustarren, wandten sie ihren Blick nicht ab.

Er stellte fest, dass ein loser Kreis von Leuten, die ihn stumm und neugierig betrachteten, sich um seine Person gebildet hatte. Eine Zeitlang versuchte er so zu wirken, als stelle nicht er den Gegenstand ihrer Aufmerksamkeit dar, bis er sich sagte, dies gelinge ihm deshalb nicht, weil die Leute um ihn herum einen Leerraum entstehen liessen, während sie selbst recht dicht zusammenständen und es an der Busstation zudem nicht mal eine Möglichkeit gebe, sich anzulehnen und so wenigstens den Rücken freizuhaben.

Als er befürchtete, seine Fassung zu verlieren, schob er sich durch die bereitwillig zur Seite weichenden Leute. Im Begriff, in die Querstrasse zu biegen, in der das Optikergeschäft war, zu dem er gelangen wollte, stellte er fest, dass die Leute in einem gewissen Abstand folgten.

Bei seinem Eintritt flüsterte die Verkäuferin, oh, Herr Busner! Guten Tag!

Er verlangte eine Sonnenbrille.

Die Verkäuferin flüsterte, wenn die Sonne nur wieder mal scheinen wollte, finden Sie nicht?

Er ging auf ihre Bemerkung nicht ein. Aus dem Sortiment, das sie ihm vorlegte, wählte er eine grosse Brille mit dunklen Gläsern. Nachdem er sie aufgesetzt hatte und aus dem Geschäft trat, wurde er von ein paar Herren fotografiert. Bevor er begriffen hatte, was vor sich ging, sah er die Herren weglaufen. Er vermochte sich nicht zu enthalten, ihnen nachzurufen, freche Kerle!

In der darauf eintretenden Stille hörte er in der Menge, die auf ihn wartete und inzwischen, wie es schien, angewachsen war, jemanden flüstern, es ist Herr Busner!

Er stellte fest, dass die Leute ihm wieder zur Busstation folgten und ein Teil von ihnen später, nachdem der Bus eingetroffen war, durch die hintere Tür hineingelangte, indes er den vorderen Einstieg benutzte. Während der Fahrt versuchte er über die Bewerkstelligung seiner Flucht nachzudenken, aber es gelang Busner nicht, sich zu konzentrieren.

Als er seinem Wohnblock näherkam und entdeckte, dass eine

ansehnliche Menschenmasse sich davor angesammelt hatte, fühlte er wieder ein Zittern in den Knien. Bevor er die zuäusserst stehenden Leute erreichte, machten diese ihm eine enge Gasse frei. Um seine Angst zu verbergen, bemühte er sich, lächelnd und mit erhobenem Kopf zwischen den Leuten hindurchzuschreiten. Er vermochte festzustellen, dass vereinzelte Personen ihn grüssten.

Weil er an der Aufzugstür auf einem Schild las, der Fahrstuhl sei defekt, begann er zwischen den Leuten hindurch die Treppe hochzusteigen, um zu seiner Wohnung im fünften Stockwerk zu gelangen.

Eine Zeitlang befürchtete er dabei, selbst in der Wohnung irgendwelche Personen anzutreffen, fand jedoch zu seiner Beruhigung niemand darin vor. Eine Weile überlegte er, ob er den Kleiderschrank wieder vor die Tür rücken solle, beschloss aber, es bleibenzulassen, um in keiner Weise den Anschein zu erwekken, er habe sich mit seinem Schicksal nicht abgefunden. Er legte den Mantel ab, ging in die Küche und bereitete sich Kaffee. Nachdem er ihn ins Wohnzimmer getragen hatte, schlich er in den Socken zur Tür und guckte durch den Spion. Ins Wohnzimmer zurückschleichend, dachte er, es sei gar nicht damit zu rechnen gewesen, dass die Leute sich entfernen würden. Er stellte den Polstersessel derart hin, dass er, während er über die Verwirklichung seines Fluchtplanes nachdenken wolle, die Wohnungstür im Auge zu behalten vermöge. Als er sich setzte, ging seine Hausglocke. Er schritt zur Tür und rief halblaut, wer da sei.

Eine Männerstimme antwortete, Presse — dürfen wir eintreten, Herr Busner?

Im selben Augenblick hörte er das Telefon läuten.

Er flüsterte, Moment mal, ging ins Wohnzimmer und hob den Telefonhörer ab.

Jemand flüsterte, guten Abend, Herr Busner, hier spricht die Kon-Film AG ...

Er hängte ein und kehrte zur Wohnungstür zurück, hörte aber auf halbem Weg das Telefon erneut klingeln.

Halblaut rief er durch die Tür, was wollen Sie denn?

Der Herr antwortete, wir möchten Ihnen einige Fragen stellen, Herr Busner.

Er bemühte sich, in freundlichem Tonfall zu flüstern, bitte, kommen Sie morgen wieder! Ich fühle mich unwohl und müde, verstehen Sie? Ich habe nicht geschlafen diese Nacht, verstehen Sie?

Die Stimme flüsterte, zwei, drei kleine Fragen nur, Herr Busner — weshalb schliefen Sie nicht in der vergangenen Nacht?

Er flüsterte, ich bin nicht in der Lage, Fragen zu beantworten, haben Sie bitte Verständnis! Bitte, kommen Sie morgen wieder!

Als er von der Tür wegging, um den Telefonhörer abzuheben, wurde die Hausglocke abermals betätigt.

Er kehrte zurück und flüsterte scharf, ich sagte, Sie sollen morgen wieder kommen! Morgen! Haben Sie das nun endlich kapiert?

Der Herr flüsterte, eine einzige Minute, Herr Busner — widmen Sie uns eine einzige Minute!

Er rief morgen, ja?, morgen! und entfernte sich.

Als er zum Läuten des Telefons die Klingel gleich wieder gehen hörte, vermochte er sich nicht mehr zurückzuhalten: Er riss die Tür auf und zischte den Reportern entgegen, ich sagte morgen! Als einige Blitzlichter aufblinkten, rief er, verschwinden Sie!, verschwinden Sie augenblicklich!, wobei er zwei der zuvorderst stehenden Herren etwas zurückstiess.

Im Begriff, die Tür zu schliessen, hörte er einen der Reporter fragen, um welche Zeit? Er antwortete nicht. Als sich ein Illustriertenverlag am Telefon meldete, hängte er ein und legte den Hörer, anstatt ihn auf die Gabel zu setzen, wie gestern neben den Apparat. Einige Augenblicke erwog er, ob er nicht doch besser den Kleiderschrank vor die Tür schiebe, liess es letzten Endes aber wieder bleiben und begann, als ihm schien, nun werde er nicht mehr behelligt, über die Bewerkstelligung seiner Flucht nachzudenken. Die erste Schwierigkeit, sagte er sich, bestehe darin, unbemerkt aus seiner Wohnung zu schlüpfen. Vorausgesetzt, dies gelinge ihm, müsse er versuchen, sich heimlich zur Grenze durchzuschlagen, und angenommen, er bringe auch dies fertig, gehe es darum, die Grenze an einer unbewachten Stelle zu überschreiten. Es fiel ihm ein, die P.f.F. liesse, sobald sie ihn vermissen würde, augenblicklich im ganzen Land nach ihm suchen, die Aussicht aber, dass es ihr nicht glücke, ihn aufzuspüren, sei gering — er selbst dürfte nicht wagen, sich irgendwo zu zeigen, weil sein Gesicht aufgrund der Bilder in der Presse und am Fernsehen jedermann bekannt sei. Schliesslich dachte er, es sei sinnlos, irgendwelche Pläne zu schmieden, bevor er keine Möglichkeit gefunden habe, ungesehen aus der Wohnung zu kommen. Er gelangte zum Schluss, die Wahrscheinlichkeit, dass die Gemeinschaft seine Wohnung einen einzigen Augenblick unbewacht lasse, sei äusserst gering; da sie ihm folgen würde, gehe es darum, ihr unterwegs zu entwischen.

Er spielte mit der Vorstellung, auf irgendeine Weise unbemerkt den Bahnhof zu erreichen und in einem Güterwagen versteckt über die Grenze zu gelangen, nach Benwaland, wie er es in einem Film gesehen hatte. Hinterher sagte er sich, er wisse ja, dass zwischen Kattland und Benwaland kein Gütertausch stattfinde, dass Benwaland Kattland seit dem Regierungswechsel boykottiere und seine diplomatische Vertretung, wie die meisten andern Staaten, zurückgezogen habe — was aber die wenigen befreundeten Länder betreffe, wickle sich der Güterverkehr nur per Schiff und per Flugzeug ab. Den Flughafen unerkannt zu betreten, würde er aber ebensowenig fertigbringen wie es ihm gelänge, drei Wochen unentdeckt auf einem Schiff zu reisen, ganz davon abgesehen, dass die Regierungen der befreundeten Länder ihn gleich wieder an Kattland ausliefern würden.

Schliesslich kam er darauf, dass der Erfolg seiner Flucht allein davon abhänge, ob es ihm gelinge, sich unkenntlich zu machen. Lange Zeit dachte er darüber nach, wie er dies fertigbringen könne, bis ihm mit einem Male einfiel, die Gemeinschaft werde sich über seine Identität nicht täuschen lassen, wenn er — obwohl verkleidet — aus seiner Wohnung trete, da sie eine solche Person nicht hatte in seine Wohnung hineingehen sehen — zudem würde es nicht genügen, sich zu verkleiden, auch das Gesicht müsste einer Umgestaltung unterzogen werden, beispielsweise dadurch, dass er sich eine Perücke und eine Brille verschaffe und den Schnurrbart wegrasiere. Er sagte sich, da es ihm unmöglich sei, diese Dinge zu besorgen, weil man ihn in den Kaufhäusern doch erkennen und verraten würde, was er erstanden habe, müssten diese Gegenstände von jemand anderem erworben und ihm an einem dafür geeigneten Ort übergeben werden. Er dachte, das ist die Lösung! Er erhob sich und ging im Wohnzimmer hin und her.

Danach überlegte er, welcher seiner Bekannten dies für ihn täte und damit riskiere, die Gemeinschaft gegen sich aufzubringen — musste aber feststellen, dass er keine Person kenne, die der P.f.F. auch bloss in geringem Masse kritisch gegenüberstände.

Er dachte, er müsse jemanden dazu überreden, er müsse für jemanden eine *Motivation* schaffen, dies zu tun.

Später, nachdem er einen Plan zurechtgelegt hatte, wie dies zu bewerkstelligen sein müsste, rief er die Holb an. Als die Telefonistin auf der Bank, wo die Holb arbeitete, die Verbindung hergestellt hatte und die Holb sich meldete, flüsterte er, guten Abend, Michèle, Harry Busner spricht, ich ...

Die Holb liess ihn nicht ausreden, sondern rief recht laut, wie? Harry Busner? Heinz-Harry Busner ist da?

Es wurde ihm klar, dass die Holb nicht darum so überrascht und laut tue, weil sie seinen Namen nicht verstanden hätte oder weil es sie erstaune, dass er wieder mal anrufe, sondern darum, weil sie die Angestellten im selben Büro davon in Kenntnis setzen wolle, mit wem sie spreche.

Er flüsterte, ja, ich bin es.

Die Holb rief etwas gedämpfter, oh, Harry! Wie geht es dir denn immer? Du hast schon so lange Zeit nichts mehr von dir hören lassen, Harry Busner! Deine Fotografie ist ja wunderbar! Weisst du, dass deine Fotografie ganz ausgezeichnet ist, Harry Busner?

Er flüsterte, ich weiss — hör mal, meine Liebe, ich muss dich heute abend unter allen Umständen sprechen!

Sie rief gedämpft, aber selbstverständlich, Harry! Ich bin zwar bereits verabredet, aber wenn du mich unter allen Umständen sprechen musst, mache ich mich frei für dich, Harry!

Er flüsterte, ich bitte dich darum, ich warte nach Feierabend beim Haupteingang auf dich, am selben Ort wie früher jeweils, ja?

Die Holb flüsterte, aber erst um sechs Uhr, Harry, nicht um fünf! Wir arbeiten vor, weisst du, dafür kriegen wir übermorgen frei!

Er flüsterte, okay, Liebling, um sechs, und hängte ein.

Längere Zeit überlegte er, wie seine Aussichten, sich die Holb gefügig zu machen, ständen. Als ihm mit einem Male bewusst wurde, dass er noch immer den GESELLSCHAFTS-Anzug trage, stand er auf und vertauschte ihn mit einer anderen Kleidung. Es fiel ihm ein, seit dem Frühstück habe er nichts mehr gegessen. Er ging in die Küche und bereitete sich ein Abendbrot, liess es dann aber, weil er sich doch nicht hungrig fühlte, stehen. Nochmals überlegte er die Worte, mit denen er die Holb motivieren wolle.

Um viertel nach fünf schlüpfte er in den Regenmantel, schlug den Kragen hoch und setzte die Sportmütze auf, deren Schild er tief ins Gesicht zog. Im Spiegel stellte er fest, dass er, wenn er dazu die Sonnenbrille trage, schwer zu erkennen sei. Schliesslich löste er das Namensschild vom Mantel und heftete es schräg an. Bevor er die Wohnungstür öffnete, guckte er eine Weile durch den Spion. Als er hinaustrat, grüssten ihn die Leute. Er bemühte sich, freundlich zurückzugrüssen. Da der Fahrstuhl noch immer ausser Betrieb war, sah er sich wieder gezwungen, durch das Treppenhaus hinunterzusteigen, in dem die Menschen gedrängt standen.

Unten stellte er fest, dass die Menge vor seinem Haus beträchtlich angewachsen war und dass die Leute ihn, trotz seinem Versuch, sich unkenntlich zu machen, genauso erkannten wie diejenigen, welche im Treppenhaus gestanden waren. Als er durch die schmale Gasse schritt, die sie bildeten, wünschten ihm die Zunächststehenden einen guten Abend, ein jüngerer Herr klopfte ihm sogar auf die Schulter, und jemand flüsterte ihm zu, viel Glück, Heinz-Harry!, als ob er wisse, wozu Busner ausgehe.

Mit einem Male erblickte er unter den Fotografien am Bauzaun ein fünftes Bild, das ihn mit der Sonnenbrille zeigte. Er vermochte sich nicht zu enthalten, einen kurzen Augenblick stehenzubleiben und es zu betrachten. Darunter las er, Heinz-Harry Busners zweites Gesicht. Einige Male wiederholte er schnell, das ändere nichts, mit Hilfe der Holb werde er morgen oder übermorgen in Benwaland sein. Es gelang ihm, ein Lächeln aufzusetzen.

Abermals bemerkte er, dass ihm ein grosser Teil der Menge in einem gewissen Abstand folge. Es fiel ihm ein, die meisten Verfolger werde er dadurch los, dass sie im Bus keinen Platz fänden. Während er die Fahrkarte löste, konstatierte er, dass die

Leute am Strassenrand stehengeblieben waren. Erst als der Bus auftauchte, trat ein Teil von ihnen zu Busner auf die Insel. Der Fahrer, der wie Busner feststellte, ihn im Rückspiegel betrachtete, nickte, als er ebenfalls kurz in den Rückspiegel sah.

In der Vorkstrasse entdeckte er, dass man inzwischen — wohl weil die Fahnen in der Nacht schlecht zu sehen waren — dem Bürgersteig entlang beleuchtete Tafeln mit seinem Bild aufgestellt hatte. Als der Bus über den GESELLSCHAFTS-Platz fuhr, gewahrte er, dass auch hier die Plakate beleuchtet waren und die grosse Fotografie am GES-Gebäude von mehreren Scheinwerfern angestrahlt wurde. Er dachte, das nützt ihnen nichts!, nützt ihnen nicht das geringste! Morgen bin ich weg — vielleicht übermorgen!

An der nächsten Station stieg er aus und folgte der Vorkstrasse ein weiteres kleines Stück, um zur Bank zu gelangen, bei der die Holb arbeitete. Sich umdrehend, bemerkte er, dass die Menge, die ihm nahezu lautlos folgte, im Nu wieder gewaltig angewachsen war.

Kaum hatte er sich vor der Bank eingefunden, sah er die Holb an der Spitze einer grossen Anzahl Angestellter erscheinen, ihm zuwinken und, während er ihr kurz zurückwinkte, die Treppe heruntersteigen.

Auf ihn zutretend, rief sie gedämpft, Harry — wie siehst du denn aus, mit dieser Sonnenbrille und dieser Mütze! Man erkennt dich ja kaum mehr!

Er flüsterte, komm, gehen wir!

Sie flüsterte, warte, Harry!, wandte sich zu den hinter ihr stehengebliebenen Angestellten und rief halblaut, Julia!

Eine der Bürolistinnen trat neben die Holb.

Die Holb flüsterte, wir von der Sparkassenabteilung III erlauben uns nämlich, dir ein kleines Geschenk zu überreichen, Harry!

Die Angestellten hinter ihr begannen gedämpft zu applaudieren. Fräulein Julia, die ihm ein längliches Paket entgegenstreckte, in dem er einen Schlips vermutete, flüsterte, wir gratulieren Ihnen und wünschen Ihnen alles Gute, Heinz-Harry!

Er flüsterte, danke, und setzte, zur Holb gewandt, hinzu, nun komm!

Die Holb, deren breites Lächeln ihn aufzubringen begann,

flüsterte, weshalb denn so eilig, Harry? Ich will dir noch schnell zwei, drei Freundinnen vorstellen, wenn du erlaubst — das ist Fräulein Kummer, das ist Fräulein Fältery, das ist Fräulein Gack und das ist Frau Wiese!

Er nickte den Kolleginnen der Holb derart zu, dass sie merken mussten, er sei nicht gewillt, ihnen die Hand zu reichen.

Die Holb flüsterte, das sind meine besten Freundinnen, Harry! Er nickte.

Nach einem Augenblick flüsterte die Holb, übrigens, Julia — Sie wollten Heinz-Harry Busner doch um etwas bitten, nicht?

Fräulein Julia flüsterte, ja — ich wollte Sie um ein Autogramm bitten, Heinz-Harry, und ich glaube, meine Kolleginnen auch, nicht wahr, Mary?

Er flüsterte, verzeihen Sie, ich kann nicht schreiben im Augenblick — ich habe mir eben die Hand verstaucht!

Die Holb flüsterte, Harry! Das sind doch meine besten Freundinnen!

Er flüsterte, das ändert nichts daran, dass ich mir die Hand verstaucht habe, Darling! Wo steht dein Wagen?

Die Holb wandte sich zu ihren Kolleginnen und flüsterte, es tut mir leid — bis morgen!

Sie hakte sich bei ihm ein und wollte wissen, was er denn jetzt vorhabe. Er erklärte, er müsse ihr etwas Wichtiges anvertrauen, dies wolle er bei ihr zu Hause tun, wo niemand sie störe.

Die Holb flüsterte, ich möchte dich so gerne zum Abendessen einladen, Harry — ins „Sweet" am GESELLSCHAFTS-Platz, weisst du —, hinterher könnten wir in den „Neffari" zum Tanzen gehen, ja?

Er flüsterte, erst muss ich bei dir zu Hause mit dir sprechen. Je nachdem können wir hinterher in den „Neffari" gehen, wenn du noch willst.

Die Holb flüsterte, klar, Harry, ich möchte mich doch ein bisschen mit dir zeigen, verstehst du das?

Er flüsterte, nachher!

Als er mit ihr, von einer riesigen Menge gefolgt, zum Parkhaus ging, fragte er sie, weshalb sie sich dauernd umsehe.

Die Holb flüsterte, diese vielen Leute, Harry, die hinter uns herschreiten — das ist schon grossartig! Ich meine, das gibt ein grossartiges Gefühl! Fühlst du dieses Gefühl auch?

Er flüsterte, selbstverständlich.

Auf der Fahrt zur Wohnsiedlung der Holb stellte er fest, dass mehrere Autos, zum Teil Taxis, sich ihnen angeschlossen hatten. Als er mit ihr ausstieg, folgten ihnen einige Dutzend Menschen bis vor die Wohnungstür der Holb. Während sie drinnen die Mäntel auszogen und er die Sonnenbrille absetzte, legte er sich die ersten Worte zurecht, mit denen er das Gespräch anknüpfen wollte. Nachdem sie im Wohnzimmer Platz genommen hatten, flüsterte die Holb, bevor er dies zu tun vermochte, ich komme ja erst jetzt dazu, dir herzlich zu gratulieren, Harry!

Er flüsterte, gratulieren? Wozu gratulierst du mir, Liebling?

Die Holb flüsterte, nun, wozu wohl? Dazu, dass die P.f.F. dich als Opfer für die Gemeinschaft ausersehen hat!

Er flüsterte, ach? - Was gibt es da zu gratulieren?

Die Holb flüsterte, wie meinst du das? Du warst doch von jeher ein begeisterter Anhänger der P.f.F.! Ich erinnere mich sehr genau, wie du für den Präsidenten geschwärmt hast!

Er flüsterte, was willst du damit sagen?

Die Holb versetzte, Harry, welchem Menschen ist es vergönnt, für sein Ideal zu sterben, welchem Menschen, Harry? Weisst du, wer das sagte? Das sagte mein Chef, Herr Klick. Und er hat recht! Herr Klick ist unheimlich intelligent, weisst du — fast ein Genie! Wenn er was sagt, dann drückt er das so unheimlich gut aus, weisst du. Die P.f.F. ist doch dein Ideal, nicht wahr? Und die P.f.F., Harry, wählt nicht irgendeinen aus, um ihn zum Nationalhelden zu machen und in die Geschichte unseres Landes eingehen zu lassen! Bestimmt nicht! Sondern einen, der gewisse Qualitäten hat, ja? Und du, Harry, du hast diese Qualitäten! Dich hat sie dazu ausersehen, dich, Harry Busner, und ich bin stolz darauf, dich zu kennen, weisst du — stolz, weisst du, und dazu gratuliere ich dir! Du wirst späteren Generationen als Beispiel vorgehalten werden, als Beispiel eines einzelnen, der sich für die Erhaltung der Gemeinschaft opfert — wie bei den früheren Eidgenossen der Winkelritt!

Er flüsterte, du vergisst, dass die P.f.F. mich hinrichten will, weil ich gemeinschaftsunfähig sein soll, und nicht, weil ich charakterliche Qualitäten habe!

Die Holb flüsterte, wie kannst du das sagen, Harry? Wie kannst du das bloss sagen? Wenn die Partei dich für gemeinschaftsunfähig hielte, würde sie dich doch gleich in ein Umschulungslager bringen, verstehst du — und danach, nach dem Umschulungslager, würde sie dich ins Ausland abschieben oder sogar gleich abschieben, aber nie würde sie einen Volkshelden aus dir machen, nie, Harry! Und darum bin ich stolz auf dich, und jetzt trinken wir einen Aperitif!

Während sie an der Hausbar beschäftigt war, dachte er, offenbar sei auch einem Teil der Bevölkerung bewusst, dass er nicht hingerichtet werde, weil er sich gegen die Gemeinschaft vergangen habe.

Als die Holb mit zwei Gläsern an den Tisch trat, flüsterte er, warum, glaubst du denn, soll ich hingerichtet werden?

Die Holb flüsterte, sag nicht „Hingerichtet"! Das tönt nach Mittelalter — sag geopfert!

Er flüsterte, okay, geopfert.

Die Holb antwortete, nun, warum Harry? Das weisst du doch: Weil unser junges Land einen Helden braucht, einen Winkelritt, verstehst du — und die Partei beweisen will, dass sie bereit ist, Leute aus ihren Reihen zu opfern, um die Gemeinschaft zu erhalten. An deinem Beispiel will sie zeigen, dass diese Leute sich gerne opfern lassen, wenn es sein muss — das ist das Grosse daran!

Er flüsterte, findest du es richtig, dass ich hingeopfert werden soll?

Die Holb erklärte, es gehe nicht um richtig oder nicht richtig.

Er fragte, worum es denn gehe.

Die Holb flüsterte, es geht um die Gemeinschaft und die P.f.F.!

Er rückte seinen Sessel dicht an den ihren und tuschelte, ich will dir sagen, Liebling, weshalb die Partei mich opfern möchte — der Präsident selbst erklärte es mir heute morgen: Sie will mich opfern, um die Aggressionen der Leute auf mich zu lenken, verstehst du, und wenn die Leute nicht mehr aggressiv sind, arbeiten sie besser und denken nicht nach, dass es ihnen beschissen geht! Der Präsident sagte mir wörtlich, die Leute brauchen hin und wieder einen Freundfeind wegen ihrer Aggressionen und die P.f.F. werde öfters solche Freundfeinde aufziehen, verstehst du? Der Präsident sagte, dass er und niemand etwas gegen mich habe und dass ich kein Gemeinschaftsschädling sei!

Die Holb flüsterte, nun, das ist doch grossartig, Harry! Du wirst in der Geschichte Kattlands weiterleben, weil du mit deiner Opferung dafür sorgst, dass die Gemeinschaft weiterlebt! So was sagte der Präsident doch gestern abend auch!

Er tuschelte, Michèle, das ist alles fauler Zauber! Es geht gar nicht um mich! Es geht darum, dass die Leute mehr arbeiten und nicht über die Regierung nachdenken, begreifst du? - Darf ich dir etwas anvertrauen?

Die Holb flüsterte, was denn?

Er tuschelte, schwöre, dass du es niemandem weitersagst!

Die Holb flüsterte, ich schwöre — was ist es denn?

Er tuschelte, sprich leiser, bitte — solltest du mit dem, was ich dir jetzt anvertraue, nicht einverstanden sein und es weitersagen, werde ich veranlassen, dass sie dich in ein Umschulungslager stecken, verstehst du?

Sie tuschelte, aber Harry — wie sprichst du denn mit mir? Du konntest mir doch immer vertrauen, oder etwa nicht?

Busner tuschelte, das ist wahr, Michèle, verzeih bitte!

Er legte seine Hände auf ihre Oberarme und fuhr fort, also höre: Ich habe nicht die Absicht zu sterben und ...

Sie flüsterte, was?

Er tuschelte, nicht so laut, Michèle, nicht so laut! Hör zu und unterbrich mich nicht: Ich habe nicht die Absicht, für eine solche faule Regierung zu sterben, Michèle, und zwar aus einem einzigen Grund, Michèle: Darum, weil ich dich liebe, weil ich dich ganz unheimlich liebe, Michèle, darum will ich mich nicht opfern lassen, verstehst du? Allein deshalb! Ich will dich heiraten, ich will glücklich sein mit dir, ich will Kinder von dir haben, verstehst du?

Die Holb flüsterte, aber Harry ...

Er tuschelte, drum, Michèle, lass uns weggehen zusammen! Lass uns nach Benwaland gehen, wo wir glücklich sein können, lass uns ein ganzes Leben lang zusammen leben und glücklich sein, sehr glücklich! Schau, Michèle, ich liesse mich gerne opfern, wenn ich dich nicht lieben würde, wirklich — denn für sein Ideal sterben zu dürfen, ist tatsächlich grossartig! Aber weil ich dich liebe, weil ich dich unsäglich liebe, will ich leben, für unsere Liebe leben, verstehst du, für unsere Kinder, denn ich weiss, dass auch du mich sehr liebst, Michèle, meine kleine Michèle, und auch du weisst es!

Sie tuschelte, aber ich liebe dich nicht, Harry!

Er tuschelte, doch, das tust du! Selbst wenn du es vielleicht nicht weisst, tust du es! Schau, Michèle, ich habe dich seit etwa zwei Monaten nicht mehr angerufen, weisst du warum, Michèle? Ich wollte erst diesen Prozess hinter mich bringen, verstehst du! Erst dann wollte ich dir einen Heiratsantrag machen, verstehst du? Ich wollte unbefleckt vor dir stehen, ich wollte kommen und sagen, hier bin ich, Michèle, hier stehe ich mit einer reinen Weste und ich bin gekommen, um dich zu heiraten! - Du weisst, glaube ich, gar nicht, dass die GESELLSCHAFT mich nächstens zum Abteilungsleiter befördert hätte. Ich wollte, dass in der Woche nach der Beförderung die Hochzeit sei, verstehst du? Aber nun ist es nicht so gekommen, und wir müssen Kattland verlassen, Michèle, um miteinander glücklich zu sein. Wir werden sehr glücklich sein, weisst du, Michèle, sehr glücklich, weisst du? Wir, oder vielmehr ich, werden von vorne beginnen müssen. Aber du weisst, dass ich tüchtig bin, das weisst du, Michèle, und in fünf, sechs Jahren, vielleicht in drei oder vier, werden wir unser eigenes Haus haben und darin sehr glücklich sein, nicht wahr, Michèle, wir werden sehr glücklich sein, sehr glücklich, das weisst du, nicht wahr? Sag, dass du weisst, dass wir sehr glücklich sein werden!

Die Holb tuschelte, aber Harry, das ist ganz unmöglich! Ich denke nicht daran, Harry! Ich denke nicht daran, Kattland zu verlassen! Versteh mich bitte! Ich dächte selbst dann nicht daran, wenn ich dich lieben würde! Kattland ist meine Heimat! Ich bin glücklich in Kattland!

Er tuschelte, du musst mich richtig verstehen, Michèle — ich würde mich gerne opfern lassen, sehr gerne, aber ich kann nicht! Ich kann nicht, weil ich dich so unheimlich liebe! Ich will und muss leben, weil ich dich liebe! Einzig darum!

Die Holb tuschelte, es freut mich wahnsinnig, dass du mich liebst, wenn es wahr ist, aber ...

Er flüsterte, aber natürlich ist es wahr! Es ist wahr! Wie kannst du daran zweifeln, wenn ich es dir sage, in der Lage, in der ich bin!

Die Holb tuschelte, gut, nehmen wir an, es sei so — aber höre, Harry, selbst wenn ich dich lieben würde, Harry, selbst dann wäre ich stolz darauf, stolz, verstehst du?, meinen Geliebten der Gemeinschaft opfern zu lassen!

Es dauerte eine Weile, bis er den Sinn ihrer Worte begriffen hatte.

Er tuschelte, was, was sagst du?

Die Holb tuschelte, ja, so ist das, Harry! Ich wäre stolz darauf!

Er tuschelte, aber verstehst du nicht? Ich möchte leben! Ich möchte leben, weil ich dich liebe! Ich möchte selbst dann leben, wenn ich mein ganzes Leben lang, irgendwo fern von dir, bloss von dir träumen dürfte! Denn schon dafür lohnt es sich zu leben!

Er legte seinen Kopf an die Brust der Holb und wisperte, hilf mir, Michèle! Flüchte mit mir nach Benwaland!

Die Holb streichelte sein Haar und tuschelte, das ist mir ganz unmöglich, Harry! Ich dächte niemals daran, mit dir zu flüchten! - Ich muss dir gestehn, Harry, dass du mich ein klein wenig enttäuschst!

Er wisperte, für unsere Liebe, Michèle!

Sie tuschelte, niemals hätte ich geglaubt, dass du mich um etwas Derartiges bitten würdest! Niemals!

Den Kopf an ihrer Brust, gestand er sich ein, es sei zwecklos, sie weiter zu bedrängen, sie werde ihm nicht helfen. Längere Zeit, während er ihre Hand in seinem Haar spürte, dachte er, ohne sich zu rühren, darüber nach, wie es ihm doch gelingen könne, sie zu überreden, gestand sich aber schliesslich, dass keine Möglichkeit dazu bestehe. Er sagte sich, als nächstes müsse er, um jedes Risiko zu vermeiden, die Holb nun davon überzeugen, dass er sich mit seinem Schicksal abgefunden habe. Als er sich dazu in der Verfassung glaubte, setzte er sich langsam aufrecht hin und tuschelte, gut Michèle, wenn du mich nicht liebst, wenn du mich wirklich nicht liebst, gibt es auch nichts mehr, das mich am Leben hält. Dann fällt mir das Sterben auch nicht schwer. Nein, wirklich nicht! Weisst du, im Grunde genommen ist mir klar, dass ich der Gemeinschaft diese Opferung schulde! Das ist mir wirklich klar! Ich weiss auch, dass es völlig unbedeutend ist, aus welchem Grund ich geopfert werden soll, sondern dass es hier allein darum gehen kann, dass die Gemeinschaft überlebt. Weisst du, mir ist klar, dass der einzelne in unserer Zeit ausgespielt hat und nur noch die Gemeinschaft wichtig ist. Das habe ich dem Präsidenten heute morgen gesagt, und siehst du, trotzdem hätte mich unsere Liebe davon abgehalten, mich opfern zu lassen! Ja, ein Leben an deiner Seite hätte mich davon abgehalten! Da ich darauf verzichten muss, und ich glaube, letzten Endes ist es gut so, werde ich leicht sterben, Michèle!

Die Holb tuschelte, ja, das wirst du — und ich bin stolz darauf, dass ich dich gekannt habe und dass du ...

Er tuschelte, was?

Sie tuschelte, dass du in mir warst, verstehst du?

Er flüsterte, ja, Michèle — übrigens, weisst du, dass ich bereits weiss, wie ich sterben werde? Hör zu: In meiner Militärzeit wurde uns ein Film gezeigt, in dem die Kommunisten Freiheitskämpfer liquidierten. Ich sehe noch vor mir, wie einer der Freiheitskämpfer vor das Exekutionskommando schritt, sich weigerte, die Augenbinde anzulegen und sich an den Pfahl binden zu lassen. Furchtlos und erhobenen Hauptes schritt er zum Pfahl, verschränkte die Arme vor der Brust und rief, lange lebe die Freiheit! Verstehst du — er rief, lange lebe die Freiheit, und darauf erschossen sie ihn! - Wenn ich, Michèle, wenn ich zum elektrischen Stuhl schreiten werde, so werde ich ihn vor Augen haben! Ich werde rufen, lange lebe die Partei für Fortschritt! Lange lebe die Gemeinschaft! Mit diesen Worten werde ich sterben, Michèle!

Die Holb flüsterte, ich glaube dir, dass du das tun wirst, Harry!

Er tuschelte, ja, siehst du, Michèle, obwohl ich dich liebe, obwohl ich dich unsäglich liebe, weiss ich genau, dass es für mich nur diesen Weg gibt! Ich möchte dich bloss darum bitten, niemandem, niemandem, verstehst du, zu sagen, dass ich einen Sekundenbruchteil an meiner Aufgabe gezweifelt habe! Erführe es die Gemeinschaft, wäre ihr Glaube an mich und damit an die P.f.F. erschüttert, verstehst du?

Die Holb tuschelte, gewiss, Harry, ich werde schweigen! Verlass dich darauf! Du bist bloss ein Mensch, und einmal schwach zu werden, ist menschlich!

Er tuschelte, so ist es, Michèle — und ich habe also dein Ehrenwort, dass von dem Vorgefallenen nichts über deine Lippen kommt?

Die Holb tuschelte, du hast es, Harry! Ich möchte dich bloss noch um eine kleine Gefälligkeit bitten!

Er flüsterte, was ich für dich tun kann, Michèle, tue ich gerne!

Die Holb flüsterte, das ist lieb von dir, Harry! - Weisst du, mein Chef, Herr Klick, bewundert dich!

Er flüsterte, tatsächlich?

Die Holb flüsterte, ja, er bewundert dich sehr, und ich möchte dich bitten, wenn es dir nicht zuviel ausmacht, ihm einige persönliche Worte zu schreiben — eine Widmung oder einen Glückwunsch — würdest du das für mich tun, Harry?

Weil er sich sagte, er werde die Holb verärgern, wenn er es nicht tue, bejahte er und fragte, was er denn schreiben solle. Die Holb antwortete, er solle schreiben, sehr geehrter Herr Klick, Ihnen und Ihrer Gemahlin wünsche ich die besten Zukunftswünsche, Ihr Heinz-Harry Busner. Nachdem er es getan hatte, bat ihn die Holb um eine ähnliche Widmung für sich selbst. Hinterher ersuchte er sie, ihn nach Hause zu fahren und nicht, wie sie vorgehabt hätten, in den „Neffari" zu gehen, weil ihn jetzt geistigere Gedanken beschäftigen würden.

Wie er vermutet hatte, wurde er mehrere Male mit der Holb fotografiert, als sie aus ihrer Wohnung traten. Einer der Herren, dem es gelungen war, mit ihnen den Fahrstuhl zu besteigen, wies sich Busner gegenüber als Journalist aus und bat darum, eine einzige Frage an ihn richten zu dürfen. Als er seinem Drängen nicht nachgab, verabredete sich der Journalist mit der Holb zu einem Interview nach ihrer Heimkehr.

Als sie aus dem Haus traten, begann die Menge, die auf sie wartete, gedämpft zu applaudieren. Beim Wagen der Holb stand ein weiterer Journalist, der Busner vergeblich darum ersuchte, die Fahrt mit ihnen machen zu dürfen. Im Rückspiegel beobachtete er, dass ihnen abermals eine grosse Anzahl von Autos folgten.

Die Holb fragte, ob sie ihn vor dem Tag der P.f.F. nochmals sehen werde. Er versprach ihr, sie morgen oder übermorgen anzurufen, denn er sei jetzt auch sicher, dass er nie mehr an seiner Aufgabe zweifeln werde, auch dann nicht, wenn er sie, die Holb, treffe. Aus ihrer Antwort schloss er, es sei ihm gelungen, sie von seiner Bereitschaft zur Opferung zu überzeugen.

Als sie in die Austrasse einbogen und die Menge vor seinem Haus erblickten, flüsterte die Holb, all die Menschen, Harry! Auf dich warten sie, all diese Menschen!

Er überwand sich, sie zum Abschied auf die Wange zu küssen, stellte sich dabei aber ihr Gesicht vor, das sie aufsetzen würde, nachdem sie von seiner Flucht erfahren habe.

Da der Aufzug noch immer defekt war, sah er sich gezwungen, wieder durch das Treppenhaus hochzusteigen, wo die Leute nun derart dichtgedrängt standen, dass er nur langsam, in ständiger Berührung mit ihren Leibern, vorankam.

Als er die Wohnungstür aufklinkte, flüsterte ein junger Herr, der ihr am nächsten stand, erlauben Sie? und versuchte vor Busner ins Innere zu gelangen. Er zog ihn an der Kleidung zurück, wobei der Herr sich wehrte, und versetzte ihm einen leichten Stoss. Etliche Leute begannen zu zischen. Jemand rief gedämpft, Grobian!

Er schloss die Tür. Beim Schrank fand er ein Namensschild, das wohl dieser Herr verloren hatte. Er hob es auf und stellte fest, dass der Herr Turner heisse und am Fribbweg wohne. Als er die Türfalle bereits in der Hand hielt, um es hinauszuwerfen, beschloss er, das doch nicht zu tun, weil ihm ein falsches Namensschild unter Umständen einmal nützlich sein könnte.

Er sah nach, ob sich niemand in seiner Wohnung versteckt halte, überzeugte sich, dass die Rolläden heruntergelassen waren, stellte die Nachttischlampe mit dem Lichtkegel gegen die Wand und setzte sich an den Tisch, um nachzudenken, auf welche Weise er seine Flucht nun, wo die Holb sich geweigert habe, ihm zu helfen, bewerkstelligen wolle. Etliche Zeit verbrachte er damit, die Holb zu verwünschen. Hinterher erwog er, ob sie seine Fluchtpläne verraten werde. Um munter zu bleiben, ging er in die Küche und bereitete sich Kaffee. Dabei suchte er im Gedächtnis nach einer Person, die unter Umständen bereit wäre, ihm bei der Verwirklichung seiner Flucht zu helfen. Er dachte an die Wild, musste sich aber nach längerem Hin und Her gestehen, dass diese noch weniger in Betracht komme als die Holb, da sie, argwöhnischer als diese, seinen Hochzeitsabsichten nicht trauen würde. Seine neue Bekanntschaft, die Verkäuferin, scheide, wie er einsah, deshalb aus, weil er sie zu kurze Zeit kenne und sich zuwenig um sie gekümmert habe, um ihr nun vorzumachen, er wünsche nichts sehnlicher, als sie zu heiraten. Den Plan, seinen Bruder dafür zu gewinnen, liess er fallen, weil er erstens jedem Kontakt mit ihm ausgewichen sei, so dass der Bruder schon deswegen kaum bereit wäre, ihm zu helfen — vor allem aber deshalb, weil man seinen Bruder vom Augenblick an, da er mit ihm in Verbindung träte, überwachen würde, was man im Falle einer seiner Freundinnen möglicherweise unterliesse, während der Bruder es nicht fertigbrächte, ihm irgendwelche Verkleidungsgegenstände zu besorgen.

Nachdem er abermals lange Zeit am Tisch nachgedacht hatte, wurde ihm klar, dass er die Flucht allein auf sich gestellt zustande bringen müsse und keine andere Möglichkeit existiere als die, sich nach Benwaland abzusetzen.

Einige Stunden später kam er darauf, dass er bei der Bewerkstelligung der Flucht in hohem Masse auf den Zufall angewiesen sei, weil es innerhalb Kattlands niemanden und nichts gebe, das nicht in den Gemeinschaftskörper eingezogen wäre, und dass gegen die P.f.F. keinerlei Widerstand existiere, den er für seine Fluchtabsichten auszunutzen vermöchte. Er sagte sich, deshalb sei es sinnlos, nach einem detaillierten Plan vorzugehen, vielmehr müsse er aus der augenblicklichen Situation heraus improvisieren, und solche Situationen, aus denen heraus sich die Flucht improvisieren liesse, ergäben sich am ehesten in der Nähe der Grenze. Längere Zeit verbrachte er über der Landkarte. Letztlich beschloss er, ein Dorf namens Xamon aufzusuchen, in dem, wie er annahm, sich bloss ein unbedeutender Grenzübergang fände.

Die Auskunftsstelle beschied ihm, dass der erste Zug nach Xamon Rask um 06.03 Uhr verlasse und er in Silk umzusteigen habe, wo ein direkter Anschluss nach Xamon bestehe.

Er legte den Telefonhörer neben den Apparat und richtete den Wecker. Seine Reise nach Xamon beschloss er als Ausflug zu tarnen, derart, als wolle er vor seinem Tod gewisse Landstriche Kattlands besichtigen, an die ihn irgendwelche Erinnerungen bänden oder die er noch nicht kenne, was ihm überdies erlauben würde, eine Reisetasche mit sich zu tragen, um einige kleine Dinge, an denen ihm gelegen sei, mitzunehmen. Während er die

Tasche füllte, beschloss er, das Geld, welches sich im Tresor befand, einzustecken, sein Bankguthaben aber nicht anzurühren, um in keiner Weise irgendwelchen Verdacht zu erregen.

Obwohl er grosse Müdigkeit verspürte und sich sagte, er müsse morgen ausgeruht sein, vermochte er keinen Schlaf zu finden. Etliche Male überkam ihn der Zwang, zur Tür zu schleichen, um festzustellen, ob sich noch immer Leute davor befänden. Gegen drei Uhr, als er durch den Spion niemanden mehr zu erspähen und auch keine flüsternden Stimmen zu vernehmen vermochte, öffnete er vorsichtig, um zu konstatieren, dass tatsächlich niemand mehr sich davor befinde. Er trat ans Treppengeländer und beugte sich darüber. Im dritten Stockwerk vermochte er zwei Personen zu entdecken, die sich über je eine Treppenstufe gelegt hatten und zu schlafen schienen.

SAMSTAG, 13.

Im leichten Schlummer, in den er endlich doch verfiel, hörte er jemanden Holz hacken. Er wusste, dass er das Geräusch darum gleich wiedererkannte, weil er als Kind auf dem elterlichen Bauernhof seinem Grossvater oft beim Holzspalten zusah. Erst als sich mit zunehmender Eindringlichkeit der Gedanke aufdrängte, zu welchem Zweck in Rask Holz gehackt werde, wurde ihm, während der Schlaf allmählich abfiel, immer klarer, dass das Geräusch eine andere Ursache haben müsse, bis er — im selben Augenblick vollends erwachend — begriff, dass in regelmässigen Abständen und unterschiedlicher Lautstärke an seine Tür geklopft wurde. In dem Moment begann sein Wecker zu rasseln. Jählings trat die Wirklichkeit wieder in sein Bewusstsein — gleichzeitig stellte er fest, dass er heftige Kopfschmerzen verspüre. Er fuhr sich durch das Haar, schlüpfte in die Hose und ging, während er sich sagte, er dürfe den Zug nach Xamon keinesfalls versäumen, zur Tür, an die noch immer gepocht wurde. Zu seiner Überraschung sah er den Treppenvorplatz und das Treppenhaus bereits zu dieser frühen Stunde von Menschen vollgestopft, so dass er die Leute eine Zeitlang anstarrte, ohne ein Wort über die Lippen zu bringen.

Schliesslich flüsterte er, Sie haben mich geweckt! Es ist erst fünf!

Er hörte jemanden entgegnen, guten Morgen, Heinz-Harry!, was die übrigen Leute veranlasste, ihn ebenfalls zu grüssen. Er nickte. Ein Herr flüsterte, verzeihen Sie, Herr Busner, dass wir Sie aus dem Schlaf gerissen haben, wir wollten bloss mal nachsehn, ob Sie überhaupt zu Hause sind, verstehen Sie?

Er flüsterte, ich bin zu Hause.

Der Herr flüsterte, ein Autogramm, Herr Busner? und hielt ihm blöde lächelnd einen Taschenkalender entgegen.

Er flüsterte, verzeihen Sie! und schloss die Tür.

Dahinter ballte er die Fäuste. Es fiel ihm ein, er müsse sich beeilen, um den Zug nicht zu verpassen. Im Badezimmer suchte er nach Schmerztabletten. Später, als er im Wohnzimmer das Hemd zuknöpfte, hörte er die Klingel gehen.

Mit einem Male, als er sich mit seiner Reisetasche durch die Menge vor seinem Block zur Busstation schreiten sah, befiel ihn — während er von der Tür her wieder Klopfen vernahm — die Vorstellung, eine grössere Anzahl von Menschen umschliesse ihn derart dicht, dass er sich nicht mehr zu rühren vermöge.

Erst nach einigen Augenblicken half ihm der Umstand, dass nun an der Tür ununterbrochen geläutet wurde, über seine Lähmung hinweg.

Vom Wohnzimmer aus rief er, was ist denn? und hörte mehrere Stimmen antworten, amtlich!

Als er öffnete, sah er sich einem schwarzgekleideten Herrn gegenüber, welcher flüsterte, guten Tag, Herr Busner, ein Schreiben des Ausschusses für Ihre Opferung, bitte — würden Sie hier den Empfang bestätigen?

Mit Herzklopfen kehrte er ins Wohnzimmer zurück, setzte sich auf das Bett und riss den Umschlag auf.

Der Richter schrieb, er schlage Busner vor, den heutigen frühen Nachmittag daheim zu verbringen, da ein in seine Angelegenheit verwickelter Herr ihn aufzusuchen wünsche.

Es wurde ihm klar, dass er seine Fahrt an die Grenze verschieben müsse: Unternähme er sie ungeachtet der Anweisung seines Ausschusses, käme dieser darauf, dass ein triftiger Grund ihn zu der Reise veranlasse.

Er legte sich auf das Bett und verschränkte die Arme hinter dem Kopf. Eine Zeitlang dachte er darüber nach, inwieweit der Besuch dieses Herrn auf die Opferung eine Auswirkung habe. Dabei sagte er sich, keineswegs sei auszuschliessen, dass ihm der Herr die Mitteilung überbringe, man beabsichtige in Wahrheit doch nicht, diese Opferung durchzuführen — ob er denn die P.f.F. tatsächlich zu so was imstande gehalten habe? Es fiel ihm ein, möglicherweise habe der Ausschuss vermutet, dass er, Busner, wegfahren werde, weil er sonst kaum um fünf Uhr in der Früh einen Besucher für den Nachmittag hätte anzeigen lassen.

Als er nach dem Morgenessen wieder darüber nachdachte, welche Neuigkeit dieser Besucher ihm auszurichten habe, und dahinterzugelangen versuchte, um wen es sich überhaupt handeln werde, verstärkte sich seine Vermutung, es müsse eine Wende zum Guten eingetreten sein, da eine schlechtere Situation als die, in der er jetzt stecke, schwerlich auszudenken sei.

Später, als er bemerkte, dass der Tag angebrochen war, löschte er das Licht und zog die Rolläden hoch. Längere Zeit vermochte er sich vom Anblick der riesigen, stummen Menge vor seinem Haus nicht zu lösen. Er sagte sich, heute ist ja Samstag, wohl wegen des arbeitsfreien Samstags ist sie derart unüberblickbar angewachsen. Mit einem Male fiel ihm ein, er müsse sich geschmeidig halten.

Später, während er sich am Boden mit seiner Beinmuskulatur beschäftigte, wurde an der Tür gleichzeitig geklopft und geläutet. Er dachte an den vom Ausschuss angekündigten Besucher. Um die Worte „Wer ist da?" möglichst gleichmütig zu rufen, holte er tief Atem.

Er hörte jemanden antworten, die Presse, Herr Busner!

Er dachte, ach so, ja, die Presse.

Der Herr an der Tür rief, Sie versprachen uns gestern ein Interview.

Er rief, ich komme gleich!, zog den Pullover wieder über und ging ins Badezimmer, um sich zu kämmen.

Im Moment, als er die Tür öffnete, flammten Dutzende von Blitzlichtern auf. Die hereinströmende Masse der Reporter drängte ihn ins Wohnzimmer zurück, das im Nu von ihnen ausgefüllt war. Er rief, gemach, gemach, werfen Sie mir die Möbel nicht um!, ich gebe keine Auskunft, wenn sie zwängen!

Der Scheinwerfer, den man auf Busner richtete, verunmöglichte, etwas zu erkennen, während er das Surren der Kameras und das Klicken der Fotoapparate wahrnahm.

Er hörte einen der Reporter gedämpft rufen, Herr Busner, wie fühlen Sie sich im allgemeinen — wie ist Ihr Befinden, bitte?

Er rief, ich antworte erst, wenn Sie diesen Scheinwerfer ausschalten!

Nachdem die Reporter dies getan hatten, gewahrte er erst, dass einige von ihnen auf seinem Bett standen, von wo aus sie ihm an langen Stangen befestigte Mikrophone entgegenhielten.

Er rief, meinen Lehnstuhl, ich will mich setzen!

Über ihre Köpfe hinweg reichten die Reporter Busner einen seiner Stühle. Von jenen, die auf dem Bett standen, wiederholte einer die Frage nach seinem Befinden.

Er flüsterte, mein Befinden ist gut, denn ich habe meine Aufgabe klar erkannt.

Ein anderer Reporter fragte, wirkt sich die Kenntnis Ihres Todestages nicht negativ auf Ihr Befinden aus?

Er flüsterte, keineswegs — wie ich bereits sagte, sehe ich die Notwendigkeit dieser Opferung ein.

Ein weiterer Reporter flüsterte, es ist menschlich und natürlich, dass der Mensch den Tod fürchtet, Herr Busner — bilden Sie eine Ausnahme?

Er flüsterte, ja, ich habe den Tod bis jetzt noch nicht gefürchtet.

Einer der Herren flüsterte, haben Sie noch nie mit dem Gedanken gespielt, sich Ihrer Opferung auf irgendeine Weise zu entziehen?

Er flüsterte, nein — ich sagte bereits, dass meine Opferung eine Notwendigkeit ist, die der Gemeinschaft und der Partei zugute kommt.

Die Reporter forderten ihn auf, seinen Lebenslauf zu schildern und die markantesten Ereignisse in seinem Leben zu nennen — beispielsweise, was ihn dazu gebracht habe, sich von allem Anfang an hinter die P.f.F. zu stellen. Danach baten sie ihn um eine Schilderung der Ereignisse in Gausen-Kulm. Hinterher wollte einer der Reporter wissen, welches Spielzeug Busner als Kind bevorzugt habe, wo seine Familie sich aufhalte, wer seine besten Freunde seien und welche Personen ihn auf seinem Lebensweg am entscheidensten beeinflusst hätten.

Hinterher baten die Fernsehreporter darum, Busner bei einer Beschäftigung in der Küche und im Badezimmer filmen zu dürfen, um in der Lage zu sein, ihren Zuschauern ein Bild seiner häuslichen Atmosphäre zu vermitteln. Im Anschluss daran wünschten sie ihn dabei zu filmen, wie er die Leute vor seiner Wohnung begrüsse und der Menge vor seinem Haus zuwinke.

Als er sich nach etwa einer Stunde wieder allein fand, entdeckte er, im Begriff, die Möbel an ihren Platz zurückzuversetzen, die Morgenzeitung, die wohl einer der Reporter mitgebracht und vergessen hatte. Er setzte sich hin und schlug sie auf. Die Schlagzeile lautete „Eine Freundin Heinz-Harry Busners". Darunter erblickte er eine Fotografie von sich und der Holb. Mit einiger Befürchtung las er den Artikel, stellte aber zu seiner Erleichterung fest, dass die Holb seine Fluchtabsichten nicht ausgeplaudert habe.

Etliche Zeit überlegte er sich, ob keine andere Möglichkeit als die Flucht existiere, um sich dieser Opferung zu entziehen. Schliesslich sagte er sich, er wolle erst mal abwarten, ob der vom Ausschuss angekündigte Besuch nicht eine Wende erbringe, bevor er sich mit weiterem Nachdenken abquäle.

Weil, wie er bereits gestern abend festgestellt hatte, seine Vorräte aufgebraucht waren, beschloss er — da ihm vor dem Besuch dieses Herrn, der ja erst am frühen Nachmittag stattfinden sollte, ohnehin nichts zu tun bleibe — nach einigem Zögern welche einzukaufen. Eine Weile versuchte er sich innerlich auf die Begegnung mit der Menge, die ihn erwarte, vorzubereiten.

Aus der Wohnung tretend, sah er die Leute auf dem Treppenvorplatz weisse Fähnchen hochheben und diese schwenken. Er dachte, eben hatten sie doch noch keine Fähnchen. Nach einem Moment gewahrte er, dass er selbst darauf abgebildet war. Sogleich sagte er sich, dies erstaune ihn keineswegs.

Als er sich die Treppen hinuntergezwängt hatte und durch die Haustür trat, versuchte er am Anblick der unzähligen Fähnchen, die augenblicklich über den Köpfen der Menge erschienen, Spass zu haben. Während er sich zur Strasse schob, versuchte eine Frau, ihm ein Fähnchen zuzustecken, aber er verhielt sich so, als erkenne er die Absicht der Dame nicht. Ein grosser Teil der Leute folgte ihm zum Shopping-Center, wobei sie wieder, ohne dass er sich dies zu erklären vermochte, einen gewissen Abstand zu ihm hielten.

Im Shopping-Center sah er sein Bild in Dutzenden von Exemplaren an der Decke baumeln. Er verfiel darauf, die Leute, welche ihn anzusprechen wagten, lächelnd zu betrachten, als hätte er das, was sie ihm sagten, nicht verstanden.

Nachdem er seinen Einkaufswagen gefüllt hatte, reihte er sich vor der Kasse in die Schlange der Wartenden ein. Sogleich boten ihm die Leute den Vortritt an. Über das Gesicht der Kassiererin sah er ein breites Lächeln gehen, als sie ihn erblickte. Ungewollt stellte er fest, dass die Kassiererin Hedwig Barth heisse, während sie flüsterte, guten Morgen, Herr Busner! Als er zwei Plastiktüten verlangte, um seine Einkäufe zu versorgen, bemerkte er, dass auch diese mit seinem Bild versehen waren.

Draussen trat ein Herr auf ihn zu und flüsterte, er sei einer seiner Nachbarn, ob er sich erbieten dürfe, seine Säcke zu tragen. Schweigend hielt er sie ihm hin, musste aber warten, bis der Herr sein Fähnchen zusammengerollt und in die Manteltasche gesteckt hatte.

Während sie zur Wohnsiedlung zurückschritten, flüsterte der Herr, ich glaube nicht, dass Sie mich schon mal gesehen haben, ich wohne Ihnen schräg gegenüber. Noch nicht lange. Also nicht im selben Block. Mein Name ist Klassen, früher haben Sie Ihren Wagen öfters mal unter meinem Fenster geparkt, aber ich stellte fest, dass Sie das seit einigen Tagen nicht mehr tun, so dass ich annehme, dass Sie jetzt den Wagen wohl woanders parken, vielleicht in der Grünanlage? Ich weiss natürlich nicht, ob unsere Strasse, die ja jetzt für den Verkehr gesperrt ist, auch für Anwohner, auch für Sie, das heisst für Ihren Wagen, gesperrt ist?

Busner flüsterte, unsere Strasse ist für den Verkehr gesperrt?

Herr Klassen flüsterte zurück, freilich, gesperrt, ich nehme an, die P.f.F. hat dies deshalb angeordnet, weil seit gestern derart massenhaft Leute in unsere Strasse kommen, speziell vor Ihren Block natürlich, um Sie zu sehen. Ich meine, es wäre sonst zu gefährlich für die Leute, nicht?, und die Anwohner können ihre Wagen ja in der Grünanlage hinter der Austrasse parken, die vorübergehend in einen riesigen Parkplatz umgewandelt wurde, die Grünanlage, nun ich verstehe, dass man den Leuten, die ja extra herkommen, um Sie zu sehen, dass man ihnen ermöglicht, mit ihren eigenen Verkehrsmitteln herzugelangen, obwohl der Motorenlärm natürlich nicht sehr angenehm sein wird, besonders in der Nacht, aber das wird ja bald vorüber sein, und solange, meine ich, ist das schon auszuhalten, nicht?, und schliesslich geht es dabei um ein Gemeinschaftsinteresse, und da dürfen wir als Ihre Nachbarn ja eigentlich stolz sein, unser Scherflein, wenn Sie so wollen, beitragen zu dürfen.

Vor Busners Wohnungstür erklärte Herr Klassen, er hätte eine Bitte an ihn.

Busner flüsterte, und die wäre?

Herr Klassen flüsterte, ich möchte Sie bitten, mir etwas zu verkaufen, das Ihnen persönlich gehörte. Irgendeinen kleinen Gegenstand, meine ich. Einen, den Sie vielleicht bis zu Ihrer Opferung nicht mehr benötigen, wissen Sie! Selbstverständlich bezahle ich dafür, das ist klar!

Ein Herr neben Herrn Klassen flüsterte, ich würde mich ebenfalls sehr für etwas Derartiges interessieren, Herr Busner, wenn Sie erlauben und zufällig etwas Geeignetes in der Nähe hätten.

Busner nahm Herrn Klassen die Tüten aus den Händen.

Herr Klassen flüsterte, wenn es bloss ein Schnupftuch wäre, vielleicht!

Er stellte die eine Tüte nieder, langte in seine Hosentasche, drückte Herrn Klassen sein zerknittertes Schnupftuch in die Hand und flüsterte, für Sie kostet es nichts.

Herr Klassen flüsterte, oh, besten Dank, Herr Busner!

Da Busner, durch die Äusserungen Herrn Klassens abgelenkt, es versäumt hatte, sich auf die Möglichkeit vorzubereiten, jemanden in der Wohnung anzutreffen, fuhr er heftig zusammen, als er im Wohnzimmer angelangt und sich gegen den Korridor kehrend, um den Mantel hinzuhängen, einen Herrn aus dem Badezimmer treten sah, der im Näherkommen flüsterte, verzeihen Sie, Herr Busner, ich musste Sie in Ihrem Interesse unbedingt aufsuchen, verzeihen Sie, dass ich Ihre Wohnung bereits betrat, es geschah in Ihrem Interesse, ich habe nichts angerührt und mich auch nicht umgesehen, mein Ehrenwort, ich ...

Er flüsterte scharf, sind Sie der Besucher vom Ausschuss oder nicht?

Der Herr flüsterte, von welchem Ausschuss?

Busner zischte, was wollen Sie?

Der Herr flüsterte, verzeihen Sie, bitte, verzeihen Sie, Herr Busner, es geschieht tatsächlich in Ihrem eigenen Interesse, mein Name ist Held, Verleger, ich biete Ihnen hunderttausend Rondos für Ihre Memoiren!

Er zischte, verschwinden Sie!

Herr Held flüsterte, fünfzigtausend lege ich jetzt auf den Tisch, fünfzigtausend erhalten Sie nach Beendigung der Arbeit!

Während er erklärte, er sende bis zu Busners Opferung täglich zwei Sekretärinnen her, denen Busner seine Erinnerungen und die Begebenheiten, welche zu seiner Opferung geführt hätten, diktieren solle, ging Busner, der sich nicht mehr zu beherrschen vermochte, auf ihn zu, indes Herr Held sich ihm dadurch zu entziehen versuchte, dass er um die Polstergruppe und den Tisch lief. Als Busner Herrn Held zu packen kriegte, ihm den Arm umdrehte und mit der flachen Hand auf dessen Rücken hieb, rief Herr Held, hundertzwanzigtausend! Und als Busner ihn, anstatt zu antworten, zur Tür führte, schnatterte er, hat Ihnen jemand ein besseres Angebot gemacht? Sagen Sie? Sagen Sie ehrlich, hat Ihnen jemand einen grösseren Betrag geboten? Sagen Sie mir, wieviel!

Busner öffnete die Tür und stiess ihn in die Leute. Bevor er schloss, hörte er Herrn Held gedämpft rufen, hundertfünfzigtausend, mein letztes Angebot, hundertfünfzigtausend!

Kaum hatte er den Mantel ausgezogen, ging seine Klingel. Durch den Spion stellte er fest, dass Herr Held sie betätigt haben musste. Er öffnete die Tür und flüsterte, wagen Sie nie mehr, mich zu stören, Herr! Nie mehr, verstehn Sie?

Herr Held flüsterte, hundertfünfzigtausend, Herr Busner, hundertfünfzigtausend!

Er schloss die Tür. Drinnen befürchtete er mit einem Male, der Umstand, dass er seine Selbstkontrolle verloren habe, werde seinen Widerstand gegen die Hinrichtung verraten, gelangte dann aber doch zur Überzeugung, dass sein Verhalten, als dasjenige einem Eindringling gegenüber, nicht als gemeinschaftswidrig zu bewerten sei.

Er versorgte die Vorräte, trat nachher, obwohl er keinen Hunger verspürte, an den Eisschrank, legte sich einige Wurstscheiben auf einen Teller, tat eine Scheibe Brot dazu, öffnete eine Bierflasche, kehrte ins Wohnzimmer zurück und setzte sich an den Tisch. Als er sich sagte, nun werde der vom Ausschuss hergesandte Besucher wohl jeden Augenblick eintreffen, begann er sich unruhig zu fühlen. Statt weiter zu essen, schritt er im Wohnzimmer und im Korridor auf und ab, wobei er mitunter durch den Spion auf den Treppenvorplatz schaute.

Als die Klingel ging, erschrak er zutiefst.

Er rief, wer ist da?

Mehrere Stimmen antworteten, amtlich!

Gedämpft rief er, ich komme!

Mit Herzklopfen sagte er sich, ich muss ruhig bleiben!, ruhig und gelassen bleiben! Er zwang sich, langsam zur Tür zu schreiten.

Ein junger, grossgewachsener Herr in einem schwarzen Ledermantel reichte ihm die Hand und flüsterte, guten Tag, Herr Busner, Julian ist mein Name, Ihr Ausschuss schickt mich her.

Mit einer abrupten Wendung stellte er sich, ohne Busners Hand loszulassen, neben ihn, worauf gleich einige Blitzlichter aufflammten.

Busner flüsterte, was soll das? - Kommen Sie herein!

Herr Julian flüsterte, freilich, gerne!

Nachdem Busner ihm im Wohnzimmer einen Sessel angeboten und Herr Julian sich darin zurückgelehnt hatte, flüsterte er, ehrlich, Herr Busner, Ihre Wohnung sieht sehr schick aus, tatsächlich sehr schick!

Busner flüsterte, finden Sie?

Herr Julian flüsterte, und ob!

Im Anschluss daran erkundigte er sich nach dem Mietpreis und dem Hauseigentümer.

Busner flüsterte, die Wohnung gehört der GESELLSCHAFT.

Herr Julian versetzte, so, der GESELLSCHAFT? Wissen Sie, Herr Busner, ich werde mich jetzt um Ihre Wohnung bewerben, wirklich!

Busner flüsterte, soviel ich weiss, haben Sie mir eine Botschaft des Ausschusses zu überbringen?

Herr Julian flüsterte, eine Botschaft? Nein, eine Botschaft habe ich Ihnen nicht zu überbringen.

Er flüsterte, Sie sagten doch, der Ausschuss habe Sie hergeschickt?

Herr Julian flüsterte, freilich!

Busner flüsterte, schickt Sie nun also der Ausschuss her oder schickt er Sie nicht her?

Herr Julian flüsterte, freilich schickt mich der Ausschuss her!

Busner flüsterte, ja und? Was trug er Ihnen auf?

Herr Julian flüsterte, gar nichts! Gar nichts trug er mir auf! Er wies mich lediglich an, bei Ihnen vorstellig zu werden, warum weiss ich auch nicht.

Busner flüsterte, was haben Sie denn mit dem Ausschuss zu tun? Arbeiten Sie für ihn? Oder was?

Herr Julian flüsterte, ach, Sie wissen das nicht? Ach so! Nun, ich bin der, der Ihre Opferung vollziehen soll, gewissermassen.

Er flüsterte, was? Was sollen Sie?

Herr Julian flüsterte, wie ich sagte, ich bin der, der Ihre Opferung vollziehen soll. Der Ausschuss wählte mich dazu aus. Verstehn Sie nicht? Ich bin Ihr Henker, gewissermassen. Ich glaubte, dass Sie das wussten!

Unfähig, ein Wort hervorzubringen, starrte er den Henker mit offenem Munde an, schob seine rechte Hand langsam in die Hosentasche und krallte die Finger in den Oberschenkel.

Herr Julian flüsterte, tatsächlich dachte ich, dass Sie informiert seien.

Schliesslich flüsterte Busner, die Opferung findet ja noch nicht statt — ich meine, was führt Sie denn jetzt hierher?

Herr Julian flüsterte, wie ich eben sagte, beauftragte mich der Ausschuss, mal bei Ihnen reinzuschauen, nichts weiter, verstehn Sie?

Er flüsterte, der Ausschuss trug Ihnen keine Nachricht für mich auf?

Herr Julian verneinte, wies auf den Tisch und flüsterte, wie ich sehe, störte ich Sie beim Mittagessen; bitte, lassen Sie sich nicht abhalten!

Er flüsterte, ich bin nicht hungrig.

Herr Julian flüsterte, ja, das verstehe ich, nach dieser Überraschung!

Busner flüsterte, wieso? Ich habe eben gefrühstückt, deshalb verspüre ich keinen Appetit.

Herr Julian flüsterte, ach so, dann täuschte ich mich.

Busner bemühte sich, seine Zigarette ohne Zittern in Brand zu setzen.

Herr Julian knöpfte seinen Mantel auf und flüsterte, sagen Sie ehrlich — finden Sie den Beruf eines Henkers abstossend?

Er antwortete, einer muss es ja tun.

Herr Julian flüsterte, finde ich auch — zudem, ich bin noch gar kein Henker, wissen Sie, ich habe noch niemanden hingerichtet und also auch keine Erfahrung in diesen Dingen. Sie werden der erste Fall sein, bei dem ich mir einige praktische Kenntnisse holen kann, aber es ist so, wie Sie sagen: Einer muss es ja tun! Ich meine, es hat keinen Wert, sentimental zu sein, ich weiss, was mir bevorsteht, Sie wissen, was Ihnen bevorsteht. Nun, was will das denn wieder heissen, einer muss es ja tun? Das will heissen, eine Gemeinschaft von Menschen braucht zuweilen eine Person, die als Henker für sie einspringt. Aus diesem Grunde, was nämlich ein Pflichtgefühl der Gemeinschaft gegenüber ist, habe ich mich für das Amt des Henkers beworben, weil einer das ja tun muss, wie Sie sagen, und es nicht gerade eine schöne Arbeit ist. Nicht dass Sie etwa glauben, dass ich es gerne tue! Nee, gar nicht! Wissen Sie, in früheren Zeiten hätte ich mich überhaupt gar nicht gemeldet. Und wäre ich dazu bestimmt worden, hätte ich mich geweigert! Wieso? Weil der Henker früher denjenigen, die er zu henken hatte, oft erst die Knochen brechen musste oder die Hand abschlagen oder so was. Oder er musste sie sogar köpfen, und die Geköpften, vielleicht wissen Sie das, die leben noch eine Weile, nachdem sie geköpft sind. Drei Minuten etwa sind es, die sie noch leben. Ich habe mich informiert, wissen Sie, Herr Busner. Wie gesagt, früher hätte ich mich geweigert, so was zu tun. Aber heutzutage sieht sich das alles ja ganz anders an. Heute geht das ja alles automatisch, verstehn Sie? Ich meine, es fliesst kein Tropfen Blut, das Knochenbrechen ist vorbei, das Köpfen ebenfalls, all diese hässlichen Szenen, das alles gehört einer längst vergangenen Epoche an! - Wissen Sie, ich mache mir eine ungeheure Menge Gedanken über den Tod und was hinterher geschieht, nach dem Tod, nach dem Ableben, wirklich! Glauben Sie persönlich, dass nach dem Tod etwas geschieht, Herr Busner?

Busner flüsterte, ich weiss nicht.

Herr Julian flüsterte, ich dachte, Sie in Ihrer Lage hätten sich vielleicht Gedanken darüber gemacht?

Er flüsterte, selbstverständlich habe ich das, trotzdem weiss ich es nicht.

Herr Julian flüsterte, ja, was heisst eigentlich wissen, Herr Busner? Wissen tut es ja im Grunde genommen keiner. Weder Sie noch ich noch irgendwer! Aber man kann seine Ansicht darüber haben, das meine ich, verstehn Sie? Mich persönlich, wenn Sie mich fragen, interessiert das Drum und Dran am Tod unheimlich — wissen Sie, ich weiss ganz genau, dass ich früher schon mal gelebt habe! Wirklich! Ich weiss es, weil ich mich an Vorkommnisse erinnere, an die ich mich gar nicht erinnern kann, verstehn Sie? - Sie interessieren sich nicht für solche Dinge, wie?

Er flüsterte, mir geht es darum, meine Funktion in der Gemeinschaft zu erfüllen. Für mich ist nur das entscheidend.

Herr Julian flüsterte, bestimmt, bestimmt — bloss: Ein interessierter Mensch kann sich ja schliesslich auch Gedanken darüber hinaus machen, nicht? Mich interessiert es zum Beispiel unheimlich, ob man den Augenblick, in dem der Tod sich einstellt, egal ob bei Tier oder Mensch, ob man diesen Augenblick exakt bestimmen kann — wissen Sie, ob man sagen kann, in dieser bestimmten Sekunde hat er noch gelebt und in dieser bestimmten Sekunde ist er bereits tot. Die praktische Medizin sagt darüber, tot ist einer, wenn im EEG während vierundzwanzig Stunden keine Aktivität mehr erfolgt. Das sagt die Medizin, aber es gibt Fälle in der Medizin, wo im EEG während vierundzwanzig Stunden keine Aktivität mehr erfolgte und das Herz schlug noch! Verstehn Sie? Das Herz schlug noch, und im EEG war keine Aktivität mehr! Ich meine, kann man, wenn einer vom Leben in den Tod geht, von Sekunden sprechen oder sind es Minuten? Verstehn Sie, was ich meine? Und ist einer tot, wenn im EEG während vierundzwanzig Stunden keine Aktivität mehr erfolgte, oder ist er tot, wenn das Herz aussetzt, oder braucht es beides, damit er endgültig tot ist? - Nun, Herr Busner, das sind

Fragen der Wissenschaft, Fragen der Wissenschaft, die Sie und ich nicht entscheiden können, so ist das! Ich persönlich glaube, und ich möchte hier mal *glaube* betonen, weil ich es nicht weiss, dass beim Sterben ein Augenblick existieren muss, vielleicht ein ganz winziger Augenblick, verstehen Sie, in dem der Mensch weder tot noch lebendig ist, ich meine jenen Augenblick, wenn Sie mir folgen, wo er, der Mensch, vom lebendigen Zustand in den toten übergeht — aber was ist er dann in jenem Augenblick, Herr Busner, ist er tot oder lebendig oder etwas, wofür es noch gar kein Wort gibt, und wie lange dauert dann dieser wortlose Augenblick, wissen Sie? - Das sind Fragen, nicht wahr, Herr Busner, Fragen! Fragen, die ein Sterblicher schwer beantworten kann, und auch die Medizin widerspricht sich selbst.

Herr Julian holte ein Paket Zigaretten aus der Tasche.

Als Busner ihn anblickte, zog er die Augenbrauen hoch und flüsterte, Fragen, Fragen, Herr Busner!

Schliesslich flüsterte Busner, ich will Sie nicht länger aufhalten, Herr Julian.

Herr Julian flüsterte, oh, Sie halten mich keineswegs auf! Aber vielleicht wollen Sie mich loshaben, wie?

Er antwortete nicht.

Herr Julian flüsterte, okay, Herr Busner, ich gehe schon! Während er zur Tür schritt, erklärte er, er und Busner würden sich bestimmt vor dem Tag der P.f.F. nochmals treffen.

Im Wohnzimmer schüttelte ihn mit einem Male ein heftiger Weinkrampf. Lange Zeit fühlte er sich vollkommen leer, weil es ihm nicht gelang, irgendeinen Gedanken zu fassen. Später repetierte er sich immer wieder, dass er die Zeit, die ihm bis zur Opferung bleibe, unter allen Umständen ausnützen müsse. So brachte er es dann fertig, sich ins Badezimmer zu schleppen, wo er, um seine Fassung wiederzugewinnen, vier Schmerztabletten schluckte.

Später, als er, im Fauteuil lehnend, ihre Wirkung zu spüren begann, ärgerte er sich darüber, dass er sich durch den vom Ausschuss arrangierten Besuch Herrn Julians davon habe abhalten lassen, an die Grenze zu fahren. Hinterher erinnerte er sich, überlegt zu haben, dass dies, wäre er trotz der Bitte des Ausschusses, zu Hause zu bleiben, dessen Argwohn erweckt hätte.

Als er ans Fenster trat und über die Menge blickte, befielen ihn abermals Zweifel, ob es ihm gelingen werde, der Gemeinschaft zu entkommen — erst im Lehnsessel brachte er es fertig, seine Zuversicht wiederzuerlangen. Aus seiner Vision, in der er sich in Soof, der Hauptstadt Benwalands, als Versicherungsinspektor sein geräumiges Büro betreten sah, riss ihn das Läuten der Hausglocke.

Er schritt zur Tür und rief gedämpft, wer ist da?, erhielt jedoch keine Antwort.

Als er sich entfernte, ging die Glocke wieder. Nachdem er auf seine Frage, wer da sei, abermals keine Antwort erhalten hatte, öffnete er die Tür. Er sah sich einer schweigenden, lächelnden Menge gegenüber, die ihre Fähnchen zu schwenken begann, was, wie er registrierte, ein eigenartiges Geräusch hervorbrachte. Er flüsterte, was ist denn? Wer hat geklingelt? Aber die Leute lächelten bloss.

Er flüsterte, ich frage, wer geklingelt hat?

Nach einem Augenblick flüsterte eine Dame, wir alle haben geklingelt! Nicht einer, alle! Wir wollten Sie sehen, Herr Busner! Wir sind den weiten Weg hergefahren, um Sie zu sehen! Wir haben ein Anrecht darauf, Sie zu sehen!

Als er die Tür zuschob, hielt ein Herr seinen Schuh dazwischen und grinste Busner an. Er öffnete die Tür wieder und fasste den Herrn ins Auge. Der Herr zog seinen Schuh lächelnd zurück. Kaum hatte er geschlossen, ging die Klingel abermals. Nach einiger Überlegung verfiel er darauf, die Glockenschale zu entfernen, musste jedoch feststellen, dass im selben Moment, in dem das Läuten der Glocke nicht mehr zu hören war, gegen die Tür gehämmert wurde.

Er schrie, Ruhe!, bemerkte aber, dass dies die Leute veranlasste, noch stärker gegen die Tür zu poltern. Schliesslich montierte er die Glockenschale wieder an.

Als er, im Begriff darüber nachzudenken, auf welche Weise er sich Ruhe verschaffen könne, mit einem Male nicht mehr von der Vorstellung loskam, die Menge werde über ihn herfallen, erwog er, seinen Ausschuss um Hilfe zu bitten — aber erst seine Befürchtung, er werde den Ausschuss nicht erreichen, da dieser am Samstagnachmittag nicht arbeite, veranlasste ihn dazu, die

Nummer des „Weissen Hauses" zu wählen und sich mit dem Ausschuss verbinden zu lassen.

Der Richter fragte ihn, wie es ihm gehe.

Er flüsterte, danke, Herr Dr. Herr — ich möchte Sie bitten ...

Der Richter unterbrach ihn mit den Worten, sie seien bereits unterwegs.

Er flüsterte, wer?

Der Richter flüsterte, die Wachposten.

Er flüsterte, die Wachposten? Ach so, ja, selbstverständlich!

Der Richter flüsterte, Sie wollten uns doch um Wachposten bitten, weil die Gemeinschaft Sie zu sehr bedrängt, oder riefen Sie aus einem andern Grunde an?

Er flüsterte, es erstaunt mich, dass Sie das wissen!

Der Richter flüsterte, nun, Herr Busner, als ehemaliger GE-SELLSCHAFTS-Angestellter wird Ihnen ja bekannt sein, dass manches, was menschliches Handeln anbelangt, sich voraussagen lässt?

Er flüsterte, ganz gewiss, Herr Doktor!

Der Richter flüsterte, ich nehme an, dass die Wachposten jeden Augenblick bei Ihnen eintreffen, geht das in Ordnung?

Er flüsterte, selbstverständlich — besten Dank, Herr Doktor!

Der Richter wünschte ihm ein schönes Wochenende.

Im Wohnzimmer hin und her gehend, kam er darauf, dass die Wachposten, die ihm der Ausschuss zur Verfügung stelle, ihn wohl vor der Gemeinschaft schützen, damit aber gleichzeitig überwachen würden, so dass der Verwirklichung seiner Flucht ein weiteres Hindernis entgegenstehe.

Mit einem Male hörte er in das Gepolter sich ein Klopfen vom Fenster her mischen. Er erschrak heftig, am Wohnzimmerfenster einen grinsenden Herrn zu sehen, der mit den Fingerspitzen an die Scheibe pochte. Er riss das Fenster auf, packte den Herrn am Kragen und zischte, verschwinden!, augenblicklich!

Der Herr flüsterte, wir sind doch die Gemeinschaft, Herr Busner!

Er zischte, verschwinde, oder ich stosse dich von der Leiter, klar?

Er beobachtete, wie der Herr sich beeilte, die Sprossen hinunterzuklettern. Da niemand aus der riesigen Menge vor seinem

Haus Anstalten traf, die Leiter zu entfernen, nachdem der Herr unten angelangt war, die Leute stattdessen zu ihm hochsahen und ihre Fähnchen schwenkten, stiess Busner die Leiter um. Er hörte jemanden „Achtung!" rufen, schloss das Fenster und zog die Rolläden herunter.

Im Polstersessel überkam ihn abermals eine schwere Mutlosigkeit, die dermassen Besitz von ihm ergriff, dass er zum ersten Mal einen Augenblick daran dachte, seinem Leben ein Ende zu setzen.

Als das Gepolter an der Tür nach längerer Zeit mit einem Male verstummte, sagte er sich, die Wachposten hätten ihren Dienst angetreten. Er erhob sich und schlich zur Tür. Als er auf halbem Weg in die nun eingetretene Stille hinein die Glocke gehen hörte, fuhr er zusammen. Eine Weile wartete er und vollendete dann den Weg normalen Schrittes. Die Tür öffnend, erblickte er zwei Herren in grünen Uniformen.

Der eine flüsterte, guten Tag, Herr Busner, der Ausschuss für die Opferung Heinz-Harry Busner schickt uns her, um Sie vor etwaigen Unannehmlichkeiten von Seiten der Bevölkerung zu schützen.

Er flüsterte, ja danke.

Der Herr fuhr fort, wir wollten bloss melden, dass wir eingetroffen sind und vor Ihrer Tür Stellung bezogen haben, bitte.

Er flüsterte, ja danke.

In der Annahme, man werde ihn nun nicht mehr stören, verbrachte er nachher einige Zeit über der Landkarte, um sich letzten Endes zu bestätigen, fürs erste sei es richtig, sich unter Vortäuschung eines Ausfluges nach Xamon zu begeben und dort, wo man ihn eventuell nicht kenne, eine Möglichkeit auszuspähen, wie es ihm gelinge, nach Benwaland zu entkommen.

Irgendwie musste er eingeschlafen sein. Als er erwachte, war er sich einen Augenblick unschlüssig, ob die Dunkelheit bloss von den heruntergelassenen Rolläden herrühre oder ob es Nacht geworden sei. Sein Wecker zeigte acht Uhr. Er knipste die Bettleselampe an. Da er plötzlich befürchtete, auf die Wachposten sei kein Verlass, warf er die Bettdecke ab und durchsuchte die Wohnung, fand aber niemanden vor. Nachdem er sich eine Zigarette angesteckt hatte, schlich er zur Tür, um zu ermitteln, ob sich noch viele Leute auf dem Treppenvorplatz aufhielten, was, wie er durch den Spion feststellte, zutraf. Nach einer Weile öffnete er, flüsterte den Wachposten zu, niemanden reinlassen, ja? und schob die Tür wieder zu.

Zum Abendessen schaltete er den Fernseher ein, dessen Lautstärkeregler er beinahe bis zum Anschlag zurückdrehte.

Später, als die Sprecherin den Film über ihn ankündigte, den man heute erstellt habe, drehte er ab.

Längere Zeit versuchte er eine Vorstellung davon zu gewinnen, wie die Aussichten für das Gelingen seiner morgigen Flucht ständen und ob sich wohl eine Situation ergebe, die dazu geeignet sei, aus ihr heraus die Flucht zu improvisieren. Schliesslich sagte er sich, er werde es bestimmt schaffen. Weil er es schaffen müsse, werde er es bestimmt schaffen.

Bevor er sich zu Bett legte, steckte er zwei Stripe-Point-Hemden, die er noch vor den Wahlen gekauft hatte, in seine Reisetasche, welche er nun kaum mehr zu schliessen vermochte.

SONNTAG, 14.

Morgens, als er kurz nach fünf Uhr mit Sonnenbrille und Mütze aus der Wohnung trat, wunderte er sich, dass die beiden Wachposten, die ihn freundlich grüssten, nicht wissen wollten, wohin er um diese Zeit mit seiner Reisetasche gehe. Während er die Wohnung absperrte, versuchte er sich an die Gesichter der Wachposten zu erinnern, die ihn gestern aufgesucht hatten, um auf diese Weise herauszufinden, ob sie inzwischen abgelöst worden seien oder noch immer Dienst vor seiner Tür täten.

Die Leute, die er im Treppenhaus antraf, schliefen auf den Stufen. Im Begriff, über sie hinwegzusteigen, bemühte er sich, sie nicht zu wecken, aber diejenigen, bei denen ihm dies gelang, wurden von jenen geweckt, die er trotz aller Vorsicht aus dem

Schlaf gerissen hatte.

Er stellte fest, dass ihm dann doch etwa dreissig Menschen zur Busstation folgten, von denen zwei ihre Fähnchen lustlos schwenkten.

Wegen der zeitigen Stunde waren auf dem Bahnhof nahezu keine Leute anzutreffen. Er erinnerte sich, dass die Bahnhofshalle früher immer von Unrat bedeckt gewesen war, während man jetzt auf keine Abfälle und keinen Schmutz stiess.

Über dem Fahrkartenschalter entdeckte er sein Bild. Beinahe hätte er sich dadurch verraten, dass er die Fahrkarte einfach löste; erst als er den Beamten stutzen sah, gelang es ihm, noch rechtzeitig, wie er meinte, hinzuzufügen, und zurück selbstverständlich!

Der Beamte flüsterte, also Xamon retour, Herr Busner?

Er flüsterte, freilich!

Während er Wechselgeld und Billet entgegennahm, flüsterte der Beamte, viel Vergnügen, Herr Busner!

Er bedankte sich.

Als ihm von hinten jemand die Hand auf seine Schulter legte, zuckte er zusammen. Sich umdrehend, vermochte er nicht gleich zu fassen, dass sein Henker, Herr Julian, vor ihm stand. Herr Julian flüsterte, es gibt sich, es gibt sich! Schönen guten Tag, Herr Busner! Ich sehe, Sie sind erstaunt, mich schon wieder anzutreffen! Allerdings muss ich sagen, dass ich nicht ganz vollständig sicher war, ob Sie es seien, als ich Sie eben mit dieser Mütze vor dem Fahrkartenschalter stehen sah, ich sagte mir, ist es nun Herr Busner oder ist er es nicht, aber dann sah ich die Leute hinter Ihnen und wusste, er ist es!

Busner ergriff endlich die Hand Herrn Julians und flüsterte, bemüht, gleichgültig zu scheinen, guten Tag, Herr Julian.

Herr Julian flüsterte, ich kenne Leute, Herr Busner, Leute die behaupten, es gebe keine Zufälle! Gibt es Zufälle oder gibt es keine?

Busner flüsterte, bestimmt.

Herr Julian flüsterte, na also! - Und? Wie fühlen Sie sich denn heute, Herr Busner?

Er flüsterte, danke.

Herr Julian flüsterte, es scheint, dass auch Sie ein Frühaufsteher sind wie ich, oder wie?

Busner flüsterte, es scheint so.

Herr Julian flüsterte, ja, es verspricht ein schöner Tag zu werden heute, nicht?

Busner flüsterte, ich sollte mich beeilen, Herr Julian!

Herr Julian flüsterte, ein Tag, wie geschaffen für einen Ausflug, nicht?

Er flüsterte, gewiss — verzeihen Sie, Herr Julian, ich verpasse meinen Zug!

Herr Julian flüsterte, Sie unternehmen einen Ausflug, Herr Busner?

Er flüsterte, ich möchte mir mein Land noch ein bisschen ansehn, bevor es soweit ist.

Herr Julian flüsterte, ich verstehe — heute ist das Ereignis ja bereits wieder um einen Tag näher gerückt — ich meine, um einen Tag näher als gestern.

Er flüsterte, es gibt Gegenden, wo ich noch nie war — aber ich sollte jetzt wirklich gehen, Herr Julian!

Herr Julian rief gedämpft, wissen Sie was? Ich dachte mir gleich, als ich zum ersten Mal Ihr Bild sah, das da muss ein Freund der Natur sein! Ich selbst bin nämlich auch ein Freund der Natur, falls Sie das interessiert!

Er flüsterte, tatsächlich?

Herr Julian flüsterte, so ist es — aber Sie sagten, Sie würden den Zug verpassen, wo fahren Sie denn hin?

Er flüsterte, ich fahre in Richtung Silk.

Herr Julian flüsterte, Sie haben eine Fahrkarte nach Silk gelöst?

Er flüsterte, ich habe für alle Fälle eine Fahrkarte nach Xamon gelöst, falls ich nämlich über Silk hinausfahren möchte, ich ...

Herr Julian rief gedämpft, wie, nach Xamon?

Er fuhr fort, ich weiss nämlich noch nicht genau, wo ich aussteigen werde, verstehen Sie, ich möchte dort aussteigen, wo mir die Landschaft zusagt, verstehn Sie, ich war aber noch nie in der Silker Gegend, verstehn Sie, es soll ja dort sehr schön sein, nun muss ich aber gehen, auf Wiedersehen, Herr Julian!

Herr Julian rief gedämpft, ist es auch, ist es auch! Stellen Sie sich vor, ich fahre ebenfalls in Richtung Xamon!

Er flüsterte, nach Xamon?

Herr Julian flüsterte, das ist doch gelungen! Das ist doch ein gelungenes Zusammentreffen, finde ich wenigstens, Herr Busner! Nämlich alljährlich benutze ich einen der ersten Frühlingstage zu einem Ausflug in eine schöne Gegend! Ich meine, es ist doch viel unterhaltsamer und anregender nicht alleine zu reisen, ich bin Junggeselle, wissen Sie, und jetzt führt der Zufall Sie mir in die Arme! Sagen Sie, Sie benutzen doch auch den sechs Uhr null drei?

Er flüsterte, ja.

Herr Julian flüsterte, dann kommen Sie schnell, Herr Busner, wir müssen uns beeilen, meine Fahrkarte habe ich bereits gelöst!

Während sie sich durch die wenigen Leute schoben, die sich um sie gruppiert hatten, überlegte er sich fieberhaft, wie es ihm gelinge, Herrn Julian loszuwerden.

Herr Julian unterbrach ihn mit der Bemerkung, er finde es reizend, wie die Leute ihre kleinen Fähnchen schwenkten.

Er flüsterte, tatsächlich?

Herr Julian flüsterte, oder ist Ihnen meine Gesellschaft etwa unangenehm? Ist es Ihnen unangenehm, mit mir zu reisen, Herr Busner? Ich muss sagen, ich halte Sie für einen Gemeinschaftsmenschen und nicht für einen Einzelgänger!

Er flüsterte, ich reise gerne in Gesellschaft.

Im Innern des Eisenbahnwagens sah er in jedem Abteil eine Fotografie von sich hängen. Er stellte fest, dass nur wenige Reisende den Zug benutzten. Die Leute, die ihnen gefolgt waren, guckten vom Bahnsteig aus herein. Als der Zug sich in Bewegung setzte, schwenkten sie ihre Fähnchen. Herr Julian winkte ihnen zu und flüsterte zu Busner, wir fahren!

Hinterher deutete er auf die Fotografie über Busners Kopf und flüsterte, man begegnet Ihnen überall, Herr Busner!

Er flüsterte, allerdings!, fügte aber, da er befürchtete, dieses „Allerdings" in einem zu schroffen Tonfall geäussert zu haben, hinzu, so soll es ja auch sein!

Herr Julian flüsterte, freilich soll es so sein!

Er sagte sich, es sei sinnlos, vorauszuplanen, auf welche Weise er Julian entwische. Wie er letzthin erkannt habe, gehe es darum, eine günstige Gelegenheit abzuwarten und aus ihr heraus zu improvisieren.

Während Herr Julian von der Luftverschmutzung sprach, der ein Stadtmensch ausgesetzt sei, was ihn geradezu zwinge, hin und wieder die Natur aufzusuchen, überlegte er sich, ob die Begegnung mit Herrn Julian eigentlich zufällig erfolgt sei oder ob man Herrn Julian beauftragt hätte, ihn zu überwachen. Er erwog, ob die Tatsache, dass Herr Julian seine Fahrkarte früher als er gelöst habe, und zwar nach Xamon, darauf hindeute, dass der Ausschuss von seiner, Busners, Fahrt an die Grenze wisse. Abermals riss ihn Herr Julian aus seinen Gedanken, indem er fragte, ob er in seiner Tasche Proviant mitführe.

Er flüsterte, ja, und einen Regenmantel.

Herr Julian erklärte, er glaube nicht, dass es heute regnen werde.

Er flüsterte, das kann man nie wissen.

Herr Julian flüsterte, da haben Sie recht — ich freilich habe keinen Regenmantel mit. Sie allerdings tragen ja auch eine Sonnenbrille! Weshalb tun Sie das eigentlich, die Sonne scheint ja noch nicht?

Er flüsterte, weil es mir Spass macht.

Herr Julian flüsterte, ach so, es macht Ihnen Spass, das ist was anderes!

Übergangslos fing Julian an, aus seiner, wie er sagte, äusserst schweren Jugendzeit zu erzählen, in der er vor allem unter einer ungewöhnlich schlechten Beziehung zu seinem Vater gelitten habe. Busner versuchte seinen eigenen Gedanken nachzuhängen, ohne sich die Worte Herrn Julians vollständig entgehen zu lassen, der nun berichtete, wie er sich zu einem Homosexuellen entwikkelt habe.

Mit einem Male kam er darauf, dass der Ausschuss deshalb von seiner Fahrt an die Grenze informiert gewesen sei, weil er, Busner, sich telefonisch nach den Abfahrtszeiten der Züge erkundigt habe, der Ausschuss sein Telefon aber mit Sicherheit abhören lasse. Wieder sagte er sich, er vermöge Herrn Julian nur abzuschütteln, indem er eine dazu günstige Gelegenheit abwarte und aus ihr heraus improvisiere.

Nachdem Herr Julian den Bericht über seine Entwicklung zum Homosexuellen beendet und eine Zeitlang schweigend geraucht hatte, flüsterte er, indem er die Zigarette im Aschenbecher ausdrückte, ich fragte Sie noch gar nicht, ob Sie Schach spielen, Herr Busner, wobei er ein kleines Schachspiel aus seiner Jackentasche zog.

Busner antwortete, er spiele kein Schach.

Herr Julian flüsterte, es wäre mir ein Vergnügen, Ihnen das Schachspiel beizubringen, Herr Busner, wenn Sie mögen, das Wichtigste dabei ist der Siegeswille und die Raffinesse, den Gegner dort zu schlagen, wo er es nicht vermutet. Schach, wissen Sie, ist ein Spiel für führende Menschen!

Er flüsterte, verstehn Sie, Herr Julian, ich habe keine Lust, das Schachspiel zu erlernen.

Herr Julian erklärte, er verstehe das. Während er das Schach in die Tasche zurücksteckte, fügte er hinzu, es gibt keinen vernünftigen Grund, weshalb Sie vor Ihrem Tod noch irgend etwas erlernen sollten, nicht? Das ist real gedacht! Ein Mensch vor seinem Tod beschäftigt sich mit anderen Dingen, selbstverständlich, und ein Mensch, der völlig unerwartet aus der Mitte seines Lebens gerissen wird, erst recht, nicht? Wissen Sie, man muss sich in einen solchen Menschen versetzen, um das zu verstehen, ich meine, um die Handlungsweise eines solchen Menschen zu verstehen?

Er flüsterte, vielleicht muss man das.

Herr Julian flüsterte, jedenfalls ist es äusserst interessant — wissen Sie, ich denke, um einen solchen Menschen oder überhaupt einen Menschen zu verstehen, sollte man einmal kurz die Rollen vertauschen können! Was meine ich damit? Damit meine ich, so vertauschen, dass beispielsweise ich geopfert werden soll, Sie mein Töter sind und dann sich ganz in den anderen, beziehungsweise in dem Fall in sich selbst, einfühlen — verstehn Sie mich? Ich glaube, man würde dann den anderen und damit natürlich auch sich selbst besser verstehen! - Solche Gedanken von mir überraschen Sie, nicht, Herr Busner? Wissen Sie, ich bin ein bisschen ein Philosoph! Warum sollte ich nicht, wie? - Sagen Sie mal ehrlich, Herr Busner, als Philosoph interessiert mich das — sagen Sie ehrlich: Fällt es Ihnen schwer zu sterben oder fällt es Ihnen nicht schwer?

Busner flüsterte, ich sagte Ihnen bereits, ich sähe ein, dass mein Tod für die Gemeinschaft notwendig sei. Die Frage, ob ich gerne stürbe, stellt sich deshalb nicht für mich! Ich hoffe, Sie geben sich damit zufrieden und wechseln jetzt das Thema!

Herr Julian flüsterte, bestimmt, bestimmt — nur verstehn Sie, ich kann mir keinen Menschen vorstellen, der tatsächlich gerne stirbt! Ich kann das nicht, verstehn Sie? Und deshalb interessiert es mich so brennend! Ich kann mir nicht mal einen Selbstmörder vorstellen, der gerne stirbt! Und ich habe mich mit dem Tod und dem Sterben befasst, mein Lieber! Und zwar philosophisch befasst! Ich rede nicht einfach was daher, meine ich! Den Menschen, der gerne stirbt, gibt es nicht für mich! Ein für allemal! Gibt es nicht! Selbst ein Krebskranker, der unsäglich leidet — sogar einer, der darum bittet, getötet zu werden, stirbt nicht gerne, auch dann nicht, wenn er schon nicht mehr bei Sinnen ist; denn dann wehrt sich noch sein Unterbewusstes gegen das Sterben! Und einer, der hingerichtet werden soll, der stirbt erst recht nicht gerne, das gibt es nicht; das gibt es nicht, dass ein solcher gerne stirbt, und dass die Hinrichtungsmethoden gegenüber früher viel humaner geworden sind, ändert nicht einen Deut daran, verstehn Sie? Früher, das ist noch gar nicht lange her, wurde ein zum Tode Verurteilter gehängt, aber oft erst nachdem ihm die Knochen gebrochen waren oder sonst etwas abgezwackt, das heisst, es wurden dem Opfer absichtlich Schmerzen zugefügt, obwohl dies nicht nötig gewesen wäre, um es in den Tod zu befördern, verstehn Sie? Die Zeitspanne also zwischen Leben und Tod wurde künstlich verlängert, und sicher war sie viel länger als heutzutage, wo sich dies alles auf dem E.S. automatisch abspielt und die Zeitspanne zwischen Leben und Tod mit grösster Wahrscheinlichkeit Sekunden oder gar Sekundenbruchteile beträgt und die Delinquenten im Sitzen sterben. - Ich weiss nicht, ob ich Ihnen schon sagte, dass ich gerne wissen möchte, wie lange diese Frist dauert zwischen Leben und Tod, ob es sich dabei um Sekunden oder Sekundenbruchteile handelt?

Busner flüsterte, das sagten Sie schon — ich bitte Sie, jetzt das Thema zu wechseln!

Herr Julian flüsterte, interessieren Sie sich denn nicht für Wissenschaften?

Er flüsterte, sehn Sie, für mich besteht die Aufgabe des Lebens darin, die Funktionen innerhalb der Gemeinschaft zu erfüllen!

Alles andere interessiert mich nicht, verstehn Sie? Ich weiss, dass ich sterben muss, ich weiss, dass mein Tod sinnvoll ist, was der Ihre wahrscheinlich nicht sein wird, und ich sterbe gerne für die Gemeinschaft.

Herr Julian flüsterte, und ich behaupte, einen Menschen der gerne stirbt, gibt es nicht!

Plötzlich fiel Busner ein, dass er sich Herrn Julian, ohne seinen Argwohn zu erregen, entziehe, indem er erkläre, er bevorzuge es, allein zu reisen, weil ihm Herr Julian mit seinem andauernden Gerede vom Tod lästig werde. Er dachte, auf diese Weise ergebe sich vielleicht die Möglichkeit, in einem der nächsten Dörfer, von Herrn Julian unbemerkt, auszusteigen. Auszusteigen, sich während des Tages versteckt zu halten und zu versuchen, in der Nacht die Grenze zu überqueren.

Herr Julian sprach nun, wie Busner allmählich begriff, davon, welcher von ihnen mächtiger sei als der andere — Busner, der ein Volksheld sei und in die Geschichte eingehen werde, oder er, Herr Julian, der ja letzten Endes Busner zu Fall bringen werde.

Er beschloss, Herrn Julian nicht mehr zu antworten, bis sie in Silk umgestiegen seien.

Nachdem sie es getan hatten, ohne dass die Leute, denen sie begegneten, Busner irgendwelche Aufmerksamkeit geschenkt hätten, so dass er zur Annahme gelangte, er sei nicht erkannt worden, flüsterte Herr Julian, kaum hatten sie ein Abteil gefunden und sich gesetzt, ich habe nämlich tatsächlich kein Interesse daran, den Tod des Delinquenten hinauszuzögern, wissen Sie. Vielleicht besteht eine Möglichkeit, eine Möglichkeit, die wir nicht kennen, die selbst die Wissenschaft nicht kennt, die Zeitspanne zwischen Leben und Tod zu verringern. Vielleicht, indem man die Voltzahl, die in den Körper des Delinquenten einzuschiessen ist, anders dosiert, als das bisher gehandhabt wurde, oder so. Ich selbst verfüge, wie ich glaube bereits gesagt zu haben, über keine Praxis in der Tätigkeit des Henkers, Sie sollen ja, wie Sie wissen, mein erster Fall werden, das heisst aber, ich kann nicht auf Erfahrung zurückgreifen. Aber ich finde, dass es die Pflicht eines Henkers ist, sich darüber zu orientieren, auf welche Weise er, im Augenblick, wo er hinrichtet, dem Täter auf dem E.S. die grössten Schmerzen erspart — verstehn Sie, das ist heutzutage die wahre Aufgabe des Henkers, während es früher, in früheren Zeiten die Aufgabe des Henkers war, das Opfer möglichst qualvoll verenden zu lassen — so wandelt sich die Zeit, Herr Busner, und diejenigen, die behaupten, es bleibe sich alles gleich, wären ein weiteres Mal widerlegt. Schmerz, Herr Busner, lässt sich messen, ich meine die Intensität des Schmerzes. Ich habe Anhaltspunkte dafür, dass von den früheren Hinrichtungsmethoden das Schinden den stärksten und andauerndsten Schmerz hervorrief und nicht das Zersägen, wie einige behaupten. Das Schinden bestand ja darin, dass ...

Busner flüsterte, hören Sie, Herr Julian, Ihr Geschwätz geht mir tatsächlich auf die Nerven! Ich sagte es Ihnen schon! Wechseln Sie bitte das Thema, oder ich setze mich woanders hin!

Herr Julian flüsterte, bitte, Herr Busner, verzeihen Sie! Es war nicht meine Absicht, Sie zu ärgern! Nur, Herr Busner, Geschwätz war das bitte beim besten Willen nicht! Sehn Sie, warum ich immer wieder auf dieses Thema zurückkomme, geschieht, weil mich die Frage, wie lange die Zeitspanne zwischen dem Tod einerseits und dem Leben andererseits dauert, diese Frage unausgesetzt beschäftigt! Weshalb wollen Sie nicht verstehn, dass mich das beschäftigt, Herr Busner?

Im Hinblick auf sein Vorhaben schien es ihm besser, nicht zu antworten.

Nachdem Herr Julian einige Minuten geschwiegen hatte, sich dann über das Wetter geäussert und über Umwege erneut auf Busners Opferung gekommen war, hörte dieser erst stumm zu, bis ihm schien, nun dürfte Herr Julian, da Busner ihn gewarnt habe, keinen Argwohn mehr schöpfen, ergriff seine Tasche und verliess das Abteil wortlos, wobei er Herrn Julian gedämpft rufen hörte, Verzeihung, Herr Busner!, wir sehen uns in Xamon wieder, ja?

Er beschloss, sich in den hintersten Wagen zu setzen. Während er hinging, stellte er fest, dass keiner der wenigen Reisenden ihn zu erkennen schien.

Er nahm im letzten Abteil Platz, wo er von keinem der Mitreisenden gesichtet wurde. Eine Zeitlang befürchtete er, Herr Julian werde auftauchen und sich zu ihm setzen.

Schliesslich holte er die Landkarte aus der Reisetasche. Bevor er sie vollständig entfaltet hatte, registrierte er, dass der Zug sein Tempo drosselte. Das Fenster öffnend, gewahrte er, dass ein geschlossenes Signal den Zug in einer einsamen Gegend zum Stehen gebracht habe. Augenblicklich wurde ihm klar, dass er diese Gelegenheit ausnützen müsse. Er steckte die Landkarte in die Tasche zurück und öffnete gemächlich die Tür, als beabsichtige er, die Toilette aufzusuchen. Eine Weile blieb er, den Griff der Einstiegstür in der Hand, auf der Innenplattform stehen. Als der Zug ruckartig anfuhr, bemühte er sich, die Tür lautlos aufzuriegeln, glitt hinaus und sagte sich, sofort flach auf die Bahnschwellen legen!

Dem davonfahrenden Zug nachsehend, wiederholte er einige Male, er sei Herrn Julian entwischt. In ziemlicher Entfernung entdeckte er eine Häusergruppe. Er liess sich die Böschung hinunterrollen. Als er überlegte, wie er nun vorgehen wolle, wurde ihm klar, dass er in diesem Augenblick seine Absicht, der Opferung zu entgehen, habe erkennen lassen. Er sagte sich, das heisse, er müsse seine Chance nützen; unbedingt die Chance nützen und alles riskieren, um zu entkommen, denn sollte ihm dies nicht gelingen, werde man ihn bis zum Tag seiner Opferung bestimmt so bewachen, dass er niemals mehr Gelegenheit zu einem Fluchtversuch fände. Er dachte, es geht darum, alles auf eine Karte zu setzen! Als erstes aber müsse er das weitere Vorgehen in aller Ruhe überlegen. Zunächst erwog er, sich tagsüber in den Wäldern versteckt zu halten und während der Nacht zur Grenze vorzustossen, was ihm im Verlauf der morgigen Nacht gelingen müsste. Da er nach einiger Besinnung zum Schluss gelangte, Herr Julian, der ihn in Xamon vermissen würde, dürfte sogleich eine Suchaktion nach ihm in die Wege leiten, verwarf er diesen Einfall wieder. Eine Zeitlang dachte er darüber nach, ob keine Möglichkeit existiere, Xamon zu erreichen, bevor Herr Julian dort eintreffe, sagte sich aber, selbst wenn er dies auf irgendeine Weise fertigbrächte, wäre ihm damit nicht geholfen, da es kaum gelingen werde, die Grenze während des Tages unbemerkt zu überschreiten.

Schliesslich fasste er den Plan, sich ins nächste Dorf zu begeben, von da aus in das vor Xamon gelegene Dorf zu fahren, sich dort zu verstecken und während der Nacht zu versuchen, über die Grenze zu gelangen — dabei setze er zum einen aufs Spiel, dass Leute, denen er begegne, ihn trotz Mütze und Brille erkennen würden, und zum andern, dass man ihn im Zuge der Suchaktion aufspüren werde; doch schien ihm, dass dieser Plan die geringsten Risiken in sich berge.

Er stand auf und begann dem schmalen, unterhalb der Böschung parallel zum Geleise verlaufenden Weg zu folgen, der, wie er meinte, zu jener fernen Häusergruppe führe. Mit einem Mal erinnerte er sich an das Namensschild, welches er vorgestern jemandem von der Kleidung gerissen hatte. Er holte es aus der Jackentasche und tauschte es mit dem seinen.

Später fiel ihm ein, falls man ihn aufstöbern sollte, würde er, um die P.f.F. über seine Fluchtpläne zu täuschen, erklären, er habe den Zug deshalb verlassen, weil die Landschaft ihn zu einem Spaziergang angeregt habe. Auf das Namensschild des Herrn Turner angesprochen, welches er anstelle des seinen trage, würde er antworten, er habe den Wunsch verspürt, einmal unerkannt zu bleiben. Das Nahen eines Zuges zwang ihn, den Weg zu verlassen und sich an die Böschung zu legen. Nachdem er eine Weile gegangen war, ohne jemandem zu begegnen, sah er aus der Häusergruppe, die er ausgemacht hatte, allmählich ein kleines Dorf entstehen. Die ersten Anwesen erreichend, erschrak er doch etwas darüber, auch hier Bilder von sich anzutreffen. Als er auf dem ausgestorbenen Dorfplatz, wo die Fotografien am dichtesten hingen — selbst an die Schreikabine hatte man eine geklebt — , keine zu entdecken vermochte, die ihn mit Sonnenbrille und Hut gezeigt hätte, fühlte er sich erleichtert.

Auf der Bahnstation suchte er nach einem Fahrplan, den er im Wartesaal entdeckte, wo ein sonntäglich gekleideter Knabe sass, der ihn betrachtete. Bevor er an den Fahrplan trat, fiel ihm ein, dass er den Namen des Dorfes, in dem er sich befand, nicht wisse. Obwohl er am Knaben vorbeisah, hörte er, dass dieser ihm guten Tag wünschte. Um sein Misstrauen nicht zu erwecken, stellte er sich dann doch vor den Fahrplan. Nachher lächelte er dem Jungen zu, trat langsam hinaus und sah auf dem Bahnsteig unauffällig nach der Ortstafel. Er entdeckte, dass das Dorf Entwilen heisse, kehrte gemächlich in den Wartesaal zurück, lächelte dem Knaben wieder zu und stellte sich erneut vor den Fahrplan, um zu ermitteln, dass zwischen Entwilen und Xamon fünf Stationen lägen und die Züge, die in Entwilen anhielten, dies auch an den übrigen fünf Stationen täten, dass das Dorf vor Xamon Berchfelden heisse und der nächste Zug in vierzig Minuten fahre.

Als er den Wartesaal mit der Absicht eine Zeitung zu kaufen verliess, fiel ihm ein, um klug zu handeln, müsse er hier in Entwilen eine Fahrkarte nach Berchfelden lösen, denn ein Reisender, der in Entwilen zusteige und dem Schaffner eine in Rask gelöste Fahrkarte vorweise, werde dessen Argwohn erregen. Da er befürchtete, vom Beamten am Fahrkartenschalter erkannt zu werden, überdachte er einen Augenblick die Möglichkeit, den Jungen mit der Besorgung des Fahrscheins zu beauftragen, entschied sich dann aber, es doch selbst zu tun. Aus dem Benehmen des Beamten schloss er, dieser wisse genausowenig wen er bediene — obwohl über dem Fahrkartenschalter Busners Fotografie hing — wie die Verkäuferin am Kiosk, an dem er die Zeitung erstanden hatte.

Da er hungrig war, veranlasste ihn dies, das Wirtshaus gegenüber der Bahnstation aufzusuchen. Trotz allem fühlte er sich erleichtert, als er es leer vorfand. Er bemerkte, dass die Kellnerin, während sie auf seine Bestellung wartete, ihn neugierig musterte. Er sagte sich, das tut sie, weil ich selbst im Innern des Lokals Sonnenbrille und Mütze nicht absetze. Bevor er bestellte, flüsterte er, ich habe eben eine Kopfhautoperation hinter mir, wissen Sie — deshalb Mütze und Sonnenbrille, die Wunden sind noch frisch, verstehn Sie?

Die Kellnerin sagte gedämpft, bitte sehr.

Während er ass — wobei er sich den Anschein gab, die Zeitung zu lesen, um sie gegebenenfalls vor das Gesicht zu ziehen —, traten zwei bäuerlich gekleidete Männer ein, nickten ihm zu und setzten sich zwei Tische entfernt von ihm hin. Aus ihrer Unterhaltung, die sie in gedämpftem Ton, aber nicht flüsternd führten, schloss er, dass der Jüngere der Sohn des Älteren sei und sie gemeinsam einen Bauernhof betrieben.

Obwohl er zu lesen vortäuschte, suchten sie nach einigen Minuten, ins Gespräch mit ihm zu kommen. Als sie dabei wissen wollten, aus welcher Gegend er stamme, und er geantwortet hatte, er stamme aus Rask, befürchtete er einen Augenblick, sich verraten zu haben, aber den Männern war, wie er der Entgegnung des Älteren, „So, aus Rask?", entnahm, nichts aufgefallen.

Nach einer Weile sagte der Jüngere, da soll ja jetzt einer öffentlich getötet werden in Rask, wie? Dieser Heinz-Harry Busner!

Er flüsterte, ja.

Nach einem Augenblick sagte der Jüngere, im Fernsehen haben sie gestern einen Film über ihn gezeigt.

Er nickte.

Der Jüngere sagte, haben Sie den Film gesehen?

Er antwortete, er habe den Film nicht gesehen.

Der Jüngere sagte, wir haben ihn gesehen.

Der ältere Bauer sagte, der Mann ist nicht zu beneiden — obwohl er sagt, dass er sich der Gemeinschaft gerne opfere, ist er nicht zu beneiden. Für mich braucht keiner sich opfern zu lassen. Mir bringt das nichts ein.

Busner flüsterte, ich glaube, dass sein Tod für die Gemeinschaft sehr wichtig ist.

Der Bauer wandte den Blick von ihm ab. Nach einer Weile sagte er, ich kenne Sie nicht, Herr, ich weiss nicht, wer Sie sind, aber ich sage Ihnen offen, mir gefällt es nicht, dass sie einen öffentlich hinrichten! Gefällt mir nicht! Allerdings muss ich sagen, dass ich mich nicht gross darum kümmere. Ich mische mich nicht in die Politik ein, weil ich nichts davon verstehe. Und trotzdem sage ich, das gefällt mir nicht!

Busner nickte.

Der Bauer fuhr fort, wir haben eine Regierung für menschlichen Fortschritt, nicht — aber einen hinzurichten, ist kein menschlicher Fortschritt, das ist überhaupt kein Fortschritt, das sage ich Ihnen, obwohl ich nicht weiss, wer Sie sind, und obwohl ich mich um Politik nicht kümmere.

Busner flüsterte, auch ich befürworte die Politik der P.f.F. nicht in jeder Hinsicht.

Die Bauern schwiegen.

Er flüsterte, gibt es noch mehr Leute in der Gegend, die über die Opferung so denken wie Sie?

Der ältere Bauer sagte, weiss ich nicht.

Der Jüngere sagte, nee, wissen wir nicht.

Der Ältere sagte, das mit dieser Opferung ist ja erst einige Tage her, unsereiner kommt aber nur sonntags ins Wirtshaus und während der Woche triffst du niemanden, und wenn du einen triffst, hast du keine grosse Zeit, um dich zu unterhalten.

Busner nickte.

Der Ältere sagte, glauben Sie nicht, dass ich was gegen die Regierung hätte! Wirklich nicht!

Der Jüngere sagte, nee.

Der Ältere sagte, ich kann nichts Nachteiliges sagen. Eher das Gegenteil: Die Preise stimmen besser als früher, entschieden besser! Mir ist egal, was sie in Rask machen, solange sie mich in Ruhe lassen und solange die Preise stimmen. Hauptsache ist der Hof. Ein Bauer verlässt seinen Hof nicht.

Der Jüngere sagte, für uns hat sich nicht viel geändert seit der neuen Regierung. Die Namensschilder — ja. Wir hier kennen uns ohnehin, und wenn die Regierung wünscht, dass wir Namensschilder tragen sollen, tragen wir eben welche, obwohl wir nicht wissen, wozu.

Busner flüsterte, wurden bei Ihnen auch Einheitsschlösser eingeführt?

Der ältere Bauer sagte, Einheitsschlösser, nein.

Der Jüngere sagte, es soll noch kommen, haben sie gesagt.

Der Ältere sagte, davon weiss ich nichts.

Busner flüsterte, ich bin Psychologe ... Verstehen Sie, ich interessiere mich für die Psychologie der Menschen. Darf ich Sie etwas fragen als Psychologe?

Der Jüngere sagte, Psychologe, so!

Der Ältere sagte, immer zu, Herr!

Busner flüsterte, nehmen wir einmal an, dieser Heinz-Harry Busner lässt sich tatsächlich nicht gerne opfern und versucht, dieser Hinrichtung zu entgehen — glauben Sie, dass ihm jemand aus dieser Gegend dabei helfen würde?

Der ältere Bauer sagte, das glaube ich nicht.

Der Jüngere schüttelte den Kopf.

Busner flüsterte, Sie dürfen mir vollkommen vertrauen. Ich sage Ihnen ein Geheimnis: Ich bin gegen die P.f.F., verstehn Sie? - Nun sagen Sie ehrlich: Würden auch Sie ihm nicht helfen, um zum Beispiel nach Benwaland zu entkommen?

Der Jüngere sagte, das ist nicht unsere Sache.

Der Ältere sagte, warum sich die Finger verbrennen? Wir kümmern uns nicht um die Politik!

Der Jüngere sagte, sagen Sie — waren Sie schon öfters hier?

Busner flüsterte, nein, wieso?

Der Jüngere sagte, mir ist, als hätte ich Sie schon irgendwo gesehen, Ihre Stimme vor allem kommt mir bekannt vor.

Busner flüsterte, ich bin zum ersten Mal hier und kenne Sie nicht.

Der Ältere sagte zum Jüngeren, wegen der Stimme kann man sich täuschen, wenn man so leise spricht wie der Herr.

Der Jüngere stand auf und trat auf Busner zu. Er erschrak, aber der Jüngere sagte bloss, Turner heissen Sie!

Busner flüsterte, nein, wir kennen uns nicht, aber ich werde vielleicht jetzt öfters hierherkommen, so dass wir uns vielleicht besser kennenlernen werden — ich sehe, dass Sie Haftlen heissen.

Während der Jüngere auf seinen Stuhl zurückkehrte, sagte der Ältere, Sie machen wohl einen Frühlingsausflug?

Busner flüsterte, so ist es.

Er rief die Kellnerin und verlangte die Rechnung.

Der ältere Bauer sagte, das kommt daher, weil viele Leute gleich aussehen oder ähnlich.

Der Jüngere sagte, in Rask war ich noch nicht.

Auf der Bahnstation hatten sich inzwischen einige Leute eingefunden. Er stellte sich ans vordere Ende des Steigs. Plötzlich fiel ihm ein, vielleicht finde er in Berchfelden jemanden, der sich mit den Verhältnissen an der Grenze auskenne und ihm bei der Bewerkstelligung der Flucht helfe, da es, wie der ältere Bauer angedeutet habe, auf dem Lande Leute gebe, die gewisse Bestimmungen der P.f.F. missbilligten. Die Bemerkung des Bauern, er selbst würde sich nicht in die Politik der P.f.F. einmischen, kam ihm in den Sinn. Er sagte sich, es gehe darum, jemanden zu finden, der bereit wäre, gegen die Anordnungen der P.f.F. zu handeln. Mit einem Male fiel ihm das Geld ein, das er bei sich trug. Er sagte sich, ich brauche in Berchfelden bloss jemanden aufzutreiben, der mich, ohne dass ich mich zu erkennen gebe, gegen Bezahlung über die Grenze schmuggelt!

Vor Freude über diesen Einfall wurde ihm heiss. Er stellte sich vor, dass er einen Freudenschrei ausstosse, und ging einige Schritte hin und her, wobei er sich vergewisserte, dass er die beiden Tausenderscheine eingesteckt hatte.

Im Zug setzte er sich zu einem kräftigen, stumpenrauchenden Herrn, welcher zum Fenster hinausblickte, ihn, als er fragte, ob der Platz frei sei, kurz musterte, nickte und sich abermals gegen das Fenster kehrte.

Der Schaffner lochte den Fahrschein wortlos. Bevor es Busner gelungen wäre, mit seinem Gegenüber ins Gespräch zu kommen, hielt der Zug an der nächsten Station, und der Herr stieg aus.

Er holte seine Landkarte aus der Tasche und entfaltete sie.

Da er sich offenbar in den Ortschaften verzählt hatte, wäre er beinahe über Berchfelden hinausgefahren. Im letzten Augenblick erst gewahrte er an der Station, die er für diejenige vor Berchfelden hielt, ein Schild, das diesen Namen trug. In der Aufregung stieg er auf der falschen Seite aus. Als er den Irrtum bemerkte und die Tür wieder öffnete, um durch die Innenplattform auf die richtige Bahnsteigseite zu gelangen, fuhr der Zug an.

Nachdem dieser den Blick auf den Bahnsteig freigegeben hatte, bemerkte Busner dort eine grössere Gruppe von Leuten, welche sich hinter einer Dorfmusik aufgestellt hatten, wohl in der Absicht, irgend jemandem einen Empfang zu bereiten.

Da er es dann doch nicht wagte, an ihnen vorüberzugehen, eine andere Möglichkeit den Bahnsteig zu verlassen, ohne über die Umzäunung zu klettern, jedoch nicht existierte, beschloss er, in der gegenüberliegenden Bedürfnisanstalt abzuwarten, bis die Leute sich entfernt hätten.

Auf dem Abort verfiel er dann darauf, bis zur Eindämmerung hier zu bleiben — da Herr Julian möglicherweise bereits nach ihm suchen lasse, der Bahnhofabort jedoch ein geradezu ideales Versteck abgebe —, anschliessend Berchfelden im Schutze der Dunkelheit Richtung Grenze zu verlassen und je nachdem eine Person aufzutreiben, die ihn gegen Bezahlung über die Grenze schmuggle, oder diese ohne fremde Hilfe zu überschreiten. Abermals vertiefte er sich in die Landkarte.

Er hörte die Tür gehen und jemanden eintreten. Als er während längerer Zeit nicht festzustellen vermochte, ob der Herr den Abort wieder verlassen hätte, zog er die Spülung und begann vernehmbar Toilettenpapier entzweizureissen, wobei er sich bemühte, das aus dem Öffnen und Schliessen der Tür entstehende Geräusch nicht zu überhören. Nach einer Weile sagte er sich, der Mann werde das W.C. doch verlassen haben, wobei die entsprechenden Geräusche in dem durch die Spülung hervorgebrachten Brausen untergegangen seien. Als mit einem Male jemand gegen die Kabinentür pochte, erschrak er heftig. Wieder zog er die Spülung und riss Toilettenpapier entzwei. Nachdem ihm eingefallen war, der Mann beabsichtige bloss, die Kabine zu benutzen, rief er gedämpft, bin gleich soweit, erhielt aber keine Antwort. Als er hinaustrat, fand er niemanden vor. Er ging zum Waschbecken und reinigte sich die Hände. Hinter sich hörte er jemanden eintreten und eine Münze in die Öffnungsvorrichtung an der Kabinentür stecken. Er beschloss, in der Bedürfnisanstalt abzuwarten, bis die Kabine wieder frei werde, und sie danach erneut zu betreten. Abermals hörte er die Tür gehen. Er spürte, dass jemand sich in seinen Rücken gestellt hatte. Er gab den Platz am Waschbecken frei und begann, sich mit seinem Taschentuch die Hände zu trocknen. In diesem Augenblick trat der Mann, welcher die Kabine besetzt gehalten hatte, heraus und stellte sich ebenfalls zum Waschbecken, während der andere auf die Kabine zuschritt. Um nicht den Argwohn des ersten zu erwecken, beschloss Busner, das W.C. vorübergehend zu verlassen. Die Tür öffnend, sah er sich zu seiner Überraschung der Dorfmusik gegenüber, welche direkt vor dem Abort einen dichten Halbkreis gebildet hatte. Er versuchte, sich seinen Schreck nicht anmerken zu lassen. Er dachte, ich muss mich gleichgültig geben. Die Kapelle intonierte einen Tusch. Unauffällig spähte er nach einer Möglichkeit, um zwischen den Musikanten durchzuschlüpfen, stellte aber fest, dass es nirgendwo einen Zwischenraum gab, der ihm erlaubt hätte, sich davonzumachen. Es fiel ihm ein, dass er den Verdacht der Leute auf sich zöge, wenn er in den Abort zurückginge. Die hinter den Musikanten stehende, festlich gekleidete Menge applaudierte, nachdem der Tusch verklungen war. Er senkte den Kopf und sagte sich, der Applaus gilt einem der Männer auf dem Abort! Mich erkennt hier keiner! Die

Dorfmusik begann einen Marsch zu spielen. Er sagte sich, die spielen nicht wegen mir, weil niemand wusste, dass ich in Berchfelden auftauchen würde! Die spielen für einen der Kerle in der Toilette! Ich muss bloss ruhig bleiben! Vor allem ruhig bleiben und abwarten! Einer der Männer öffnete die W.C.-Tür.

Busner stellte sich seitwärts und flüsterte, für Sie?, wobei er auf die Musikanten deutete.

Der Herr schüttelte lächelnd den Kopf.

Busner lächelte ebenfalls und flüsterte, ach so, für den andern Herrn!

Der Herr legte den Zeigefinger an den Mund.

Nachdem die Musik das Stück beendet hatte, schritt unter dem Applaus der Leute ein schwarzgekleideter Herr mit einem mächtigen Blumenstrauss gegen den Abort und rief auf halbem Weg, willkommen!, willkommen in Berchfelden, Heinz-Harry Busner!

Es schien ihm, dass sein Brustkorb sich zusammenziehe. Er tastete nach dem Türrahmen und lehnte sich dagegen. Von ferne hörte er den Herrn fortfahren, als Gemeindevorsteher von Berchfelden entbiete ich Ihnen im Namen unserer Gemeinderäte und der Einwohnerschaft die besten Wünsche!

Er begriff, dass der Gemeindevorsteher ihm die Blumen in der Absicht hinhielt, dass er sie entgegennehme. Er sah vier Männer mit einem Podest sich den Weg durch die Leute und die Musikanten bahnen, indessen die beiden Herren hinter ihm sich vorbeidrängten.

Der Gemeindevorsteher half ihm auf das Podest. Während dieser sich räusperte und danach rief, er möchte die Gelegenheit nicht ungenutzt verstreichen lassen, um einige Worte an die Bevölkerung von Berchfelden, die Honoratioren aus den benachbarten Gemeinden sowie an die anwesenden Reporter zu richten, versuchte Busner zu fassen, dass sein Fluchtvorhaben misslungen sei. Er hörte den Gemeindevorsteher sagen, man möge ihm etwaige Ungeschliffenheiten in seiner Rede nachsehen, da er aus dem Kopf spreche. Er bemühte sich, die Worte des Gemeindevorstehers aufzunehmen. Er hörte ihn sagen, uns und Berchfelden fällt die Ehre zu, der erste Ort zu sein, dem Heinz-Harry Busner offiziell einen Besuch abstattet, seit er sich zur Opferung für die Gemeinschaft entschlossen hat. Diese Ehre werden wir zu schätzen wissen.

Busner sah, ohne dass er überrascht gewesen wäre, die lange Gestalt seines Henkers, Herrn Julians, auftauchen und sich zu den hintersten Leuten der Menge stellen. Er versuchte Mütze und Sonnenbrille unauffällig abzusetzen. Der Gemeindevorsteher sagte, ... und gerade deshalb, weil ein so hoch geehrter Mann, ich muss sagen, ein so berühmter Mann wie Heinz-Harry Busner unser wirtschaftlich nicht besonders bedeutendes Dorf zu seinem ersten offiziellen Besuch auserwählt hat, glaubt der Gemeinderat, dass er dies tun muss — und zwar erst recht tun muss!

Er steckte die Sonnenbrille in die Manteltasche, die Mütze behielt er in der Hand. Das falsche Namensschild fiel ihm ein. Er wandte sich gegen die Bedürfnisanstalt, riss es weg und liess es in die Hosentasche gleiten. Nachher begriff er, dass er Ehrenbürger von Berchfelden geworden sei, dass die Urkunde, die ihm der Gemeindevorsteher entgegenstreckte, dies festhalte und die Leute deswegen klatschten, weil er Ehrenbürger von Berchfelden geworden sei. Erst als der Gemeindevorsteher, nachdem er Busner längere Zeit lächelnd angesehen hatte, zu reden fortfuhr, verstand er, dass man von ihm einige Worte des Dankes für die Ehrenbürgerschaft erwartet hatte. Anstatt sich auf die Ansprache des Gemeindevorstehers zu konzentrieren, der nun erläuterte, wie gekonnt die P.f.F. die Probleme des Landes gelöst habe, dachte er darüber nach, wie bloss bekannt geworden sei, dass er sich in Berchfelden aufhalte, wie man herausgebracht habe, dass er diesen bestimmten Zug von Entwilen nach Xamon benutzen und ihn in Berchfelden verlassen werde — denn die Anwesenheit der Dorfmusik und der Leute bei seiner Ankunft habe ja ihm gegolten.

Er hörte den Gemeindevorsteher sagen, ... und dazu darf Berchfelden heute einen weiteren Prominenten begrüssen: Den von der Partei für Fortschritt zum Umbringer Herrn Busners ernannten Herrn Julian!

Während die Leute applaudierten, drängte Herr Julian sich vor, stellte sich neben Busner, legte den rechten Arm um seine Schulter und hob die linke Hand in die Höhe. Ein Trachtenmädchen überreichte Herrn Julian einen Blumenstrauss. Der Gemeindevorsteher erklärte, Busner und Herr Julian würden sich nun, von der Dorfmusik begleitet, ins Hotel „Grenzhaus" begeben und dort ein von der Gemeinde Berchfelden offeriertes Mittagessen zu sich nehmen.

Er führte sie um die Bedürfnisanstalt herum hinter das Stationshaus, wo ein grosses, blumengeschmücktes Kabriolett stand, bat sie, im Fond des Wagens Platz zu nehmen, und machte sich wieder davon.

Während sie darauf warteten, bis die Musikanten sich vor dem Wagen gruppiert hatten, flüsterte Busner, ich dachte, Sie wollten nach Xamon fahren, Herr Julian?

Herr Julian flüsterte, Sie ja auch!

Busner flüsterte, nicht unbedingt!

Herr Julian flüsterte, ich auch nicht unbedingt. Ich sollte die Fahrkarte nach Xamon lösen, falls Sie aber nicht in meiner Begleitung fahren würden, bereits in Berchfelden aussteigen, also nicht durchfahren bis Xamon, verstehn Sie, und da auf Sie warten, auf der Station. So lautet mein Tagesbefehl!

Er flüsterte, welcher Tagesbefehl?

Herr Julian flüsterte, nun, mein Tagesbefehl, den ich gestern vom Ausschuss erhielt.

Er flüsterte, Sie fanden sich also nicht zufällig auf dem Bahnhof ein, heute morgen?

Herr Julian flüsterte, nee! Aber das durfte ich Ihnen nicht sagen, mein Lieber, heute morgen, jetzt darf ich es aber!

Er fragte, ob der Ausschuss Herrn Julian also angewiesen habe, ihn zu überwachen.

Herr Julian flüsterte, aber keineswegs!

Er flüsterte, was steht denn in Ihrem Tagesbefehl?

Herr Julian erklärte, darin stehe, wie er sich zu verhalten habe, worauf Busner fragte, wie Herr Julian sich denn jetzt verhalten müsse.

Herr Julian flüsterte, Sie werden nun nicht mehr versuchen, mir davonzulaufen. Wir werden heute abend um 21.18 zusammen auf dem Rasker Hauptbahnhof eintreffen.

Busner flüsterte, warum davonlaufen? Ich bin Ihnen nicht davongelaufen, Herr Julian! Das müssen Sie dem Ausschuss melden! Ich bin ausgestiegen, weil mir die Landschaft dort so gut gefiel! Ich sagte mir, dass ich, weil mir die Landschaft so gut gefalle, ins nächste Dorf spazieren wolle, verstehn Sie? Und weil mir Berchfelden so gut gefiel, verstehn Sie, auf der Fahrt nach Xamon, deshalb stieg ich auch in Berchfelden aus!

Herr Julian flüsterte, das glaube ich Ihnen, Herr Busner!

Busner flüsterte, von Davonlaufen kann keine Rede sein, Herr Julian, das müssen Sie dem Ausschuss melden!

Herr Julian flüsterte, gewiss, Herr Busner, nur steht das Wort „Davonlaufen" im Tagesbefehl, verstehn Sie?

Der Gemeindevorsteher erschien, setzte sich neben den Fahrer und gab ein Zeichen.

Während die Dorfmusik einen Marsch zu blasen begann, sich dabei in Bewegung setzte und der Wagen ihr folgte, dachte Busner, der Ausschuss habe vorausberechnet, dass er in Berchfelden eintreffen werde, was zu jener Zeit nicht einmal er selbst gewusst habe. Er dachte, den 12 SS hätten sie beschlagnahmt, weil sie vorausberechnet haben, dass ich versuchen werde, damit zu fliehen. Obwohl sie sich so verhielten, als glaubten sie daran, dass ich mich gerne hinrichten lassen werde.

Er sah die Hauptstrasse des Dorfes, in die sie nun gelangten, beidseitig von Leuten gesäumt, welche Blumen warfen und — wie die Rasker — Fähnchen mit seinem Bild schwenkten. Er zwang sich, mit Herrn Julian und dem Gemeindevorsteher, der im Wagen aufgestanden war, den Leuten zuzuwinken. Es fiel ihm ein, dass der Ausschuss den Zug möglicherweise absichtlich zum Stehen gebracht und berechnet habe, dass er ihn verlassen werde, um zu flüchten. Nach weiterer Überlegung gelangte er zum Schluss, es sei unmöglich, die Reaktionen eines Menschen vorauszuberechnen — beispielsweise hätte er absolut nicht aussteigen müssen, es sei ihm offen gestanden, dies zu tun oder es zu lassen. Er nahm sich vor, beim nächsten Fluchtversuch klüger zu handeln und sich gerade nicht so zu verhalten, wie der Ausschuss es erwarte; vorderhand bleibe ihm aber nichts anderes übrig, als nach Rask zurückzukehren und einen neuen Fluchtplan zu entwerfen — da ihm noch sieben Tage zur Verfügung ständen, werde er bestimmt entkommen, und durch seine Flucht werde er dem Ausschuss schon beweisen, dass die Reaktionen eines Menschen sich nicht vorausberechnen liessen, weil ein Mensch keine Maschine sei.

Vor dem Hotel wurden sie von einer Folklorengruppe empfangen. Nach ihrer Darbietung führte der Gemeindevorsteher Busner und Herrn Julian zwischen den applaudierenden Leuten hindurch ins Hotel, wo in einem für sie reservierten, festlich gedeckten Saal das Bankett gegeben werden sollte. Der Gemeindevorsteher, der zwischen Busner und Herrn Julian Platz genommen hatte, gab ihnen bekannt, nach dem Bankett sei ein Ausflug in das Grenzdorf Xamon geplant.

Während des Essens wollte er allerlei von Busner wissen, ebenso der Gemeinderat, der zu seiner Linken sass und später eine Ansprache an die Festgemeinde hielt, was ein weiterer Gemeinderat dazu benutzte, ebenfalls eine Rede zu halten.

Als der Gemeindevorsteher Busner fragte, ob ihm die Kost nicht schmecke, da er nichts esse, antwortete er, er habe bereits gegessen.

Später traf der Gemeindepräsident aus Xamon ein, um Busner und Herrn Julian dorthin zu begleiten.

Am Dorfeingang hatte man ein Tor aus Holz errichtet und darüber Rosen derart angebracht, dass sie die Worte „Willkommen in Xamon, Heinz-Harry Busner" bildeten. Auch hier sah er blumenwerfende und fähnchenschwenkende Leute die Strasse säumen.

Der Gemeindevorsteher erklärte Busner, sie würden bis zum Grenzübergang fahren, wo die Gemeinde Xamon ihnen im Speiserestaurant „Zum Zöllner" einen Lunch offeriere. Dort wurden sie von der Xamoner Dorfmusik erwartet, welche die Nationalhymne vortrug, worauf sich der Xamoner Gemeindevorsteher mit einer Ansprache an die Bevölkerung von Xamon und die anwesenden Gäste wandte.

Im ersten Stock des Speiserestaurants „Zum Zöllner" wies man Busner einen Platz am Fenster zu, von dem aus es ihm möglich war, die Kirche des ersten Benwalander Dorfes zu sehen.

Die Ereignisse, welche er während des Lunches wahrnahm, glichen denjenigen, die sich beim Mittagessen in Berchfelden abgespielt hatten, so sehr, dass es ihm, als er im Verlaufe des späteren Nachmittags mit Herrn Julian den für sie und die Reporter bereitgestellten Extrazug nach Rask bestieg, nicht gelungen wäre, sie von denen in Berchfelden auseinanderzuhalten.

Während Herr Julian wieder auf ihn einredete, überlegte Busner, gegen seine Müdigkeit ankämpfend, was er nun unternehmen wolle, um sich der Hinrichtung zu entziehen. Er kam darauf, dass ihm die Flucht bestimmt gelänge, wenn er es fertigbringe, unbemerkt in die Nähe der Grenze zu fahren, denn offensichtlich sei er heute mit der Mütze und der Sonnenbrille nicht erkannt worden. Wenn er nun aber in Rechnung stelle, dass sein Ausschuss auch jetzt, nachdem er seine Fluchtabsichten verraten habe, davon absehen würde, in den Dörfern Fotografien auszuhängen, die ihn in dieser Aufmachung zeigten, selbst dann bestände noch immer die Schwierigkeit, von der Gemeinschaft unbemerkt aus Rask zu verschwinden, zumal er, wie sich gezeigt habe, niemanden fände, der ihm dabei behilflich sei.

Kurz bevor die Eisenbahn Rask erreichte, durchfuhr ihn der Gedanke an eine Geiselnahme. Er sagte sich, das sei die Lösung! Mit einer Geisel wolle er sich die Ausreise nach Benwaland erzwingen! Er dachte daran, jemanden vom Ausschuss in seine Gewalt zu bringen, aber als ihm einfiel, dass er sogar Zugang zum Präsidenten habe, erwog er, diesen oder einen der Minister zu kidnappen. Es kam ihm in den Sinn, dass er sich zuallererst eine Waffe beschaffen müsse, fand aber, bis der Zug in Rask einfuhr, nicht heraus, wie ihm dies ohne einen Vermittler gelinge, denn selbstverständlich würde man ihm in keinem der Waffengeschäfte eine Waffe aushändigen.

Herr Julian und er wurden von einer riesigen Menschenmenge empfangen. Er brachte es fertig zu lächeln, während sie zum Ausgang schritten, da er sich vom Gedanken an die Geiselnahme ausserordentlich gestärkt fühlte, und warf, wie Herr Julian, Blumen aus seinem Strauss unter die Leute.

Mit einem Taxi liess er sich nach Hause bringen, wo er abermals eine unübersehbare Menge antraf. Zu den Wachposten flüsterte er, ich verlasse mich darauf, dass Sie niemanden einlassen, ich bin todmüde und will nicht gestört werden!

Einer der Wachposten flüsterte, selbstverständlich, Herr Busner, werden wir niemanden einlassen! Ich wünsche, angenehm zu ruhen.

Da er sich vor Müdigkeit nicht in der Lage fühlte, darüber nachzudenken, wie er zu einer Waffe komme, beschloss er, jetzt zu schlafen und dies morgen zu tun, wenn er ausgeruht sei.

MONTAG, 15.

Er fuhr aus dem Schlaf und rief, was ist?

Während er den neben seinem Bett stehenden Wachposten wahrnahm und dieser antwortete, begriff er, dass es nicht mitten in der Nacht sei, sondern Morgen, und der Posten ihn wachgerüttelt habe.

Er unterbrach ihn mit der Frage, wie er dazu komme, ihn aufzuwecken.

Der Posten sagte, verzeihen Sie, Herr Busner — wie ich sagte, sind einige Journalisten da, die eine auf acht Uhr ausgestellte Genehmigung Ihres Ausschusses vorwiesen.

Er sagte, was, es ist schon acht Uhr?

Der Posten entgegnete, acht vorüber.

Er liess sich ins Kissen fallen und sagte, sie sollen in einer Stunde wiederkommen.

Der Posten sagte, sie werden geltend machen, dass die Genehmigung auf acht Uhr ausgestellt ist, Herr Busner.

Er fragte, wieviele es seien.

Der Posten antwortete, ein Dutzend vielleicht.

Er sagte, lassen Sie sie rein.

Während er die Bettdecke abwarf und in den Morgenrock schlüpfte, sagte er sich, du musst unbedingt den Anschein erwekken, dich in dein Schicksal ergeben zu haben. Unbedingt, sonst sperren sie dich ein.

Den eintretenden Journalisten rief er zu, kommen Sie, kommen Sie! und setzte sich in den Fauteuil.

Einer der Journalisten erklärte, es tut uns leid, dass Sie wegen uns aufgeweckt wurden, Herr Busner.

Er erwiderte, ja, wissen Sie, ich bin der Meinung, dass die Gemeinschaft ein Anrecht darauf hat zu erfahren, wie ich meine letzten Tage verbringe — das ist meine Meinung. Und Sie, meine Herren, sind ja irgendwie die Mittelsperson zwischen mir und der Gemeinschaft, nicht?

Der Journalist bemerkte, das sei entschieden gemeinschaftsgeistig gedacht.

Er sagte, also bitte, stellen Sie Ihre Fragen!

Der Journalist sagte, Herr Busner, es wurde die Vermutung

geäussert, dass Sie gestern versucht haben sollen, durch eine Flucht nach Benwaland sich der Opferung zu entziehen?

Er rief, aber woher! Aber nicht im geringsten! Wer sagt denn so was? Mich der Opferung entziehen, das fiele mir niemals ein! Wirklich nicht! Wo denken Sie hin! Ich bin mir über meine Verpflichtung der Gemeinschaft gegenüber im klaren! Und zwar hundertprozentig im klaren! Diese Vermutung, mich der Opferung entziehen zu wollen, hat wohl Herr Julian geäussert, wie?

Einer der Journalisten erklärte, Herr Julian habe gestern abend in einem Interview mit der „Morgenpost" etwas in dieser Richtung angedeutet; die Journalisten aber habe der Ausschuss gebeten, im Interesse der Gemeinschaft zu klären, was an dem Gerücht wahr sei und was nicht.

Busner rief, gar nichts ist wahr daran, gar nichts! Wie ich bereits sagte, liegt es mir völlig fern, mich meiner Verpflichtung zu entziehen! Denn eine Verpflichtung ist es ja gar nicht für mich, sondern eine Aufgabe! Eine Aufgabe, die ich äusserst gerne erfülle! So ist es, und in keiner Weise dachte ich je daran, mich dieser Aufgabe zu entziehen — kommen Sie mal her, ich will Ihnen was zeigen!

Er schob sich durch die Journalisten zum Fenster, zog den Rolladen hoch, wies auf die vor seinem Haus stehende Menge und sagte, glauben Sie, es bestände eine Chance, einer solchen Gemeinschaft zu entkommen, selbst wenn man es wollte? Nein, meine Herren, man muss die Sachlage doch realistisch sehen, finde ich, selbst dann, wenn man Gerüchte in die Welt setzt! Ich schwöre Ihnen, ich dachte nie, nie und nimmer je daran, mich meiner Aufgabe zu entziehen! Es gibt gar keinen Grund, weshalb ich das tun sollte! Jedermann weiss, dass ich mich gerne opfere! Schreiben Sie das in Ihren Zeitungen!

Einer der Journalisten bat ihn, den Ablauf der gestrigen Ereignisse für die Gemeinschaft zu schildern, um alle aufgekommenen Verdachtsmomente zu entkräften.

Er sagte, aber sicher! Das tue ich sehr gerne, denn da war nicht der geringste Gedanke an Flucht, und ich verstehe auch nicht, wie man auf eine solche Vermutung kommen kann! Sehn Sie, das war so: Ich unternahm gestern diesen Ausflug, um mir vor meiner Opferung eine Gegend anzusehen, die ich noch nicht kannte. Ich wollte einfach in die Gegend, verstehn Sie? Ein Ziel hatte ich mir nicht gesetzt, ich ...

Der Journalist unterbrach ihn, Sie wollten einfach in die Gegend der Benwaländer Grenze, weil Sie diesen Landstrich nicht kannten?

Er sagte, genau! Genau!

Der Journalist sagte, und dann? Was geschah dann?

Er sagte, und dann geschah folgendes: In der Nähe von Xamon hielt der Zug mitten auf der Strecke an wegen einem geschlossenen Signal. Und weil die Landschaft gerade dort sehr reizvoll war, beschloss ich auszusteigen und ein Stück zu marschieren. - Das war alles! Weiter geschah nichts!

Der Journalist sagte, also wäre lediglich noch zu erklären, weshalb Sie Ihr Namensschild mit einem anderen vertauschten und eine Mütze und eine Sonnenbrille trugen?

Er sagte, ja, sehn Sie, das war deshalb, weil ich einmal unerkannt unter die Leute gehen wollte, um mich mal ein bisschen umzuhören, verstehn Sie?

Der Journalist sagte, bestand denn Anlass, irgendwem zu misstrauen?

Er sagte, nein, das nicht — aber verstehen Sie, ich wollte einfach mal wissen, wie man von mir spricht, verstehn Sie?

Der Journalist sagte, das alles taten Sie also, um zu erfahren, wie die Gemeinschaft von Ihnen spricht?

Er sagte, genau! Ich unterhielt mich zum Beispiel mit einigen Bauern, sehn Sie.

Der Journalist sagte, meinen Sie, dass es gemeinschaftsrichtig war, verkleidet unter die Leute zu gehen? Tut so was nicht nur einer, der der Gemeinschaft misstraut?

Er sagte, ja, ich glaube, Sie haben recht. Ich glaube, das war wohl falsch.

Der Journalist sagte, ich weiss nicht, ob Sie mit dem Präsidenten darin einig gehen, dass Sie seit der Urteilsfällung der Gemeinschaft gehören — damit hätten Sie aber kein Recht, sich der Gemeinschaft zu irgendeinem Zeitpunkt zu entziehen?

Er sagte, selbstverständlich gehe ich mit dem Präsidenten darin einig und ich sagte ja, dass es ein Fehler war!

Der Journalist bat ihn darum, die weiteren Ereignisse zu

schildern, die sich gestern, nachdem er den Zug auf freier Strecke verlassen habe, abgespielt hätten.

Hinterher sagte einer der Journalisten, Herr Busner, es bleibt uns noch etwas Zeit, bis unsere Besuchergenehmigung abläuft: Welches Erlebnis würden Sie als das Schönste Ihres Lebens bezeichnen?

Er sagte, das schönste Erlebnis meines Lebens?

Schliesslich erklärte er, sein schönstes Erlebnis sei vielleicht gewesen, zum GESELLSCHAFTS-Funktionär befördert zu werden; aber ein schönes Erlebnis sei es auch gewesen, ins Korps der GESELLSCHAFTS-Angestellten überhaupt aufgenommen zu werden, und ein schönes Erlebnis sei es gewesen, als er zum ersten Mal mit seinem 12 SS gefahren sei, er sei die ganze Vorkstrasse hinuntergefahren an einem Frühlingsabend, langsam an den Boulevardcafés vorüber, von denen aus die Leute ihm nachgesehen hätten; er habe sich grossartig gefühlt; um den Wagen mal ein bisschen auszufahren, habe er ihn zur Autobahn gelenkt, sei bis nach Dist gefahren, habe dort zu Abend gegessen und sei nach Rask zurückgekehrt.

Einer der Journalisten sagte, Herr Busner, wie geht es Fräulein Becker?

Er sagte, Fräulein Becker — ich weiss es nicht.

Der Journalist sagte, aber Sie haben den Kontakt zu ihr doch nicht abgebrochen?

Er sagte, ich kam leider aus Zeitgründen gar nicht dazu, mit Fräulein Becker wieder Kontakt aufzunehmen.

Auf die Frage eines weiteren Journalisten, ob er an ein Leben nach dem Tode glaube, antwortete er, der Sinn eines menschlichen Lebens bestehe, wie er glaube, darin, seine Funktion innerhalb der Gemeinschaft zu erfüllen, und zwar die Funktion, welche die Gemeinschaft einem zugedacht habe. Was hinterher geschehe, sei im Vergleich dazu bedeutungslos; und weil er selbst sich ausschliesslich darum gekümmert habe, die Anforderungen der Gemeinschaft an ihn zu erfüllen, habe er nicht darüber nachgedacht, was einmal geschehen werde, wenn die Gemeinschaft ihn nicht mehr benötige. Selbst jetzt, wo er wisse, wann er sterben werde, sei für ihn allein entscheidend, dass sein Tod der Gemeinschaft diene.

Der Journalist sagte, Herr Busner, haben Sie sich für die Tage, die Ihnen noch bleiben, etwas Bestimmtes vorgenommen?

Er sagte, wie ich bereits sagte, nahm ich mir vor, einige Gegenden zu besuchen, die ich noch nicht kenne.

Der Journalist sagte, und sonst?

Er sagte, sonst? Nun, ich werde wohl noch einige Freunde besuchen, vor allem werde ich Fräulein Becker besuchen.

Später, nachdem die Journalisten ihn allein gelassen hatten, dachte er, er habe sich grossartig angestellt beim Interview.

Während er sich wusch, überlegte er fieberhaft, wie er zu einer Waffe komme, denn das müsse er jetzt unbedingt rauskriegen mit der Waffe. Er habe nicht mehr viel Zeit. Er müsse unbedingt noch heute morgen dahinterkommen, wie er sich das Ding beschaffe. Eine Zeitlang erwog er, die Geiselnahme mit seinem Tranchiermesser durchzuführen.

Kaum hatte er sich gekämmt, wurde wieder geklingelt. Einen Augenblick war er versucht, nicht zu antworten, sagte sich aber schliesslich, dass das nichts nütze. Von drinnen fragte er, wer da sei. Der Wachposten antwortete, es seien Besucher da mit einer Besuchererlaubnis des Ausschusses. Während er den Schlüssel umdrehte und die Tür aufklinkte, verfluchte er den Ausschuss, der, indem er fortwährend Leute zu ihm schicke, ihn nie zum Nachdenken kommen lasse. Er sah sich einer ländlich gekleideten Frau gegenüber, die ein Kopftuch trug. Neben ihr stand ein grossgewachsener Herr. Nach einem Moment erkannte er in ihm seinen Bruder.

Der Posten sagte, das sind die Herrschaften, Herr Busner.

Er sagte, Alex!

Im selben Augenblick begriff er, dass die Frau neben dem Bruder seine Mutter sein müsse, die er seit mehr als zehn Jahren nicht mehr gesehen habe.

Er hörte den Bruder sagen, grüss dich, Heinz.

Er sagte, mein Gott, Mutter! ... Grüss dich, Mutter!

Die Mutter sagte, grüss dich.

Er sagte, aber kommt doch rein! Kommt doch herein!

Der Bruder sagte, danke.

Im Wohnzimmer setzte er sich gegenüber der Mutter hin und betrachtete sie. Nach einigen Sekunden sah die Mutter zur Seite.

Er sagte, Mutter — auf euren Besuch war ich nicht vorbereitet, euch hätte ich zuletzt erwartet! Ich meine, ich bin unheimlich überrascht, euch zu sehen! Und es freut mich sehr!

Die Mutter fragte, ob ihm lieber sei, wenn sie wieder gingen.

Er sagte, aber nein, Mutter, nein, keinesfalls — ich war bloss überrascht, euch zu sehen, verstehst du? Ich freue mich wirklich, dass ihr da seid!

Er wünschte, der Bruder oder die Mutter würden etwas sagen, aber die Mutter blickte zum Fenster, der Bruder hielt den Kopf gesenkt und fuhr sich andauernd mit der Hand durch das Haar.

Schliesslich sagte Busner, sag Mutter, wie geht es bei euch?

Als sie ihn kurz ansah, bemerkte er, dass sie weinte.

Sie senkte den Kopf und sagte, es geht.

Er kniff die Lippen zusammen.

Nach einer Weile setzte sie hinzu, wir lasen es in der Zeitung, das mit dir.

Der Bruder sagte, ich erfuhr es Donnerstag am Fernsehen. Erst konnte ich nicht glauben, dass sie dich meinten, ich sagte mir, das kannst doch nicht du sein, aber als ich dann deine Fotografie sah, da wusste ich, dass sie doch dich meinten.

Die Mutter sagte, wir wollten schon Samstagnachmittag zu dir kommen, aber diese Menge von Leuten vor dem Haus — es war unmöglich, zu deiner Wohnung zu gelangen.

Der Bruder sagte, ja, wir sahen dich die Leiter umstossen.

Die Mutter fuhr fort, so dachten wir, wir wollen warten, bis die Leute weggegangen sind, und dann zurückkommen. Um drei Uhr in der Früh standen wir dann vor deiner Wohnung, aber die Polizisten davor sagten uns, wir brauchten eine Besuchererlaubnis von diesem Ausschuss. Ich sagte, ich sei deine Mutter und Alex sei dein Bruder, aber die Polizisten sagten, das nütze nichts und wir brauchten diese Genehmigung; sie sagten dann, wo wir sie kriegen. Also gingen wir um acht Uhr hin, und der Mann dort meinte, es habe gar keinen Sinn, weil du heute nicht zu Hause seiest, du habest einen Ausflug gemacht und kämest erst am Abend zurück, aber er gebe uns eine Genehmigung für Montag um neun Uhr, dann seist du da, und die Leute liessen uns auch durch, weil wir sagten, wir haben die Genehmigung — darum sind wir da, jetzt.

Er sagte, ja, ich war weg gestern.

Das entstehende Schweigen empfand er wieder als äusserst unangenehm.

Mit einem Mal schluchzte die Mutter auf und meinte, sie hätte nie geglaubt, dass es mit ihm so kommen werde, so was hätte sie nie geglaubt.

Er flüsterte, noch bin ich nicht tot, Mutter!

Der Bruder sagte, ist es wahr, dass du dich gerne opfern lässt, wie sie behaupten?

Er sagte, doch, das ist wahr; ich werde meine Pflicht erfüllen, Alex!, schüttelte dazu aber den Kopf und flüsterte, ich werde nicht sterben! Hörst du, Mutter — ich werde nicht sterben!

Die Mutter sagte, ich wusste das! Ich wusste, dass ...

Er flüsterte, pssssst!

Die Mutter fuhr leiser fort, manchen Leuten im Dorf, von denen, die dich noch kannten, tust du leid ...

Er legte den Finger an den Mund.

Die Mutter flüsterte, sie sagen es zwar nicht, aber ich spüre es im Gespräch. Die Frau Helms gab mir Gebäck mit für dich, von dem, das du früher so mochtest.

Während sie sich zu ihrer Tasche niederbeugte und ein Paket auf den Tisch legte, sagte sie, sie fragt, die Frau Helms, weshalb man dich nie mehr gesehen hat, im Dorf?

Er sagte, eben Mutter, weisst du, ich hatte immer unheimlich viel zu tun, daran lag das. Oft hatte ich eine solche Menge Arbeit, dass ich auch samstags und sonntags arbeiten musste, und war das mal nicht der Fall, so war ich froh, mich einen Tag ausruhen zu können. Deshalb kam ich nicht, verstehst du? Es blieb mir kaum mal ein Wochenende, um mich auszuruhen, verstehst du, Mutter? Aber ich hatte vor, euch zu besuchen, wirklich! Schon lange hatte ich das vor!

Die Mutter legte ein zweites Paket neben das erste und sagte, weil du nie schriebst und auch nie anriefst, wussten wir nicht, wo du wohnst.

Er sagte, ich stehe doch im Telefonverzeichnis!

Die Mutter sagte, wir dachten eben, dass du nichts mehr von

uns wissen möchtest.

Er sagte, wie kannst du so was sagen? Wie kannst du so was sagen, Mutter? Ich hatte einfach keine Zeit! Wirklich keine Zeit, verstehst du? Auch keine Zeit, um zu schreiben!

Die Mutter sagte, der Alex sah dich einige Male in der Stadt.

Der Bruder sagte, ja, aber du sahst immer aus, als ob du sagen wolltest, lass mich in Ruh.

Er sagte, aber geh!

Der Bruder sagte, deshalb sprach ich dich nicht an. Du warst auch immer so fein gekleidet.

Er sagte, aber geh, Alex — ich hätte mich sehr darüber gefreut, mit dir zu sprechen! Ich wusste nicht, dass du in Rask lebst! Ich habe dich nie gesehen! Warum bloss hast du nie was gesagt? Wir sind doch schliesslich Brüder!

Die Mutter sagte, ja, er arbeitet schon vier Jahre in Rask.

Der Bruder sagte, zweimal sah ich dich in Begleitung.

Die Mutter sagte, er kommt jetzt wieder nach Hause auf den Hof.

Der Bruder sagte, nein, mir gefällt es nicht mehr im Betrieb. Einiges hat sich geändert seit der neuen Regierung. Wir müssen ein Soll erfüllen jetzt, weisst du. Die Arbeit macht keinen Spass mehr. Die Fliessbänder laufen schneller seit dem Soll. Ich hatte Glück, dass sie die Kündigung akzeptierten. Sie taten es, weil sie Bauern dringender benötigen als Fabrikarbeiter.

Busner sagte, ja? Da hattest du Glück, wie?

Der Bruder sagte, ja, da hatte ich Glück.

Er sagte, rauchst du?

Der Bruder sagte, nein, ich spiele noch immer in unserer Fussballmannschaft, weisst du.

Er steckte sich eine Zigarette an.

Die Mutter sagte, er ist Kapitän geworden.

Der Bruder sagte, ja, aber erst vor kurzem, weil der Gerber zu den Senioren übergetreten ist. Den kanntest du doch, den Gerber?

Er sagte, ja.

Schliesslich sagte er, möchtet ihr etwas trinken?

Die Mutter sagte, wir haben Kaffee getrunken, bevor wir herkamen.

Er sagte, willst du ein Bier haben, Alex?

Der Bruder sagte, ein Bier nähme ich gerne.

In der Küche kam Busner mit einem Mal in den Sinn, dass ihm der Bruder zu einer Pistole verhelfen werde. Während er die Flasche öffnete, dachte er, weshalb ihm das nicht früher eingefallen sei, es sei doch ganz klar, dass allein der Bruder ihm dazu verhelfen könne. Er überlegte sich, es sei nicht auszuschliessen, dass der Bruder überwacht werde. Falls er überwacht werde, müsse man einen präzisen Plan ausarbeiten, wie er sich die Pistole beschaffe und sie ihm übergebe.

Ins Wohnzimmer zurückgekehrt, fragte er nach seinem Vater.

Die Mutter sagte, Vater? Vater ist tot.

Er sagte, Vater ist tot?

Der Bruder nickte.

Die Mutter sagte, im Mai sind es fünf Jahre her.

Er sagte, aber weshalb habt ihr mir nichts gesagt, damals? Weshalb habt ihr nicht geschrieben?

Die Mutter sagte, weil du nie schriebst, hatten wir deine Adresse nicht. Wir dachten, du willst nichts mehr zu tun haben mit uns. Wir dachten auch, irgendwie wirst du es erfahren, denn wir erwarteten dich zur Beerdigung. Wir dachten, du liest noch immer unsere Zeitung, weil du sie früher immer gelesen hast, und wirst da die Anzeige sehen.

Er sagte, nein, ich las diese Zeitung nicht mehr — aber wie geschah das denn?

Die Mutter sagte, auf der Strasse. Er kam unter einen Fernlastzug. Er war auf der Stelle tot.

Der Bruder sagte, ja.

Busner sagte, du meine Güte!

Die Mutter sagte, ja, so ist das. Wir wussten nicht, was sagen, als die Leute an der Beerdigung fragten, wo du bist.

Er sagte, das tut mir sehr leid, Mutter, wirklich!

Schliesslich sagte er, weisst du, Mutter, ich muss dir das sagen, ich hatte keinen Kontakt mehr zum Dorf, weisst du, ich hatte die Dinge dort vergessen. Ich hatte hier eine ausgezeichnete Stellung, weisst du. Ich war GESELLSCHAFTS-Funktionär, weisst du! Ich hätte es zu etwas gebracht, wenn das nicht dazwischengekommen wäre, ich wäre einer der führenden Männer geworden, ich hätte ...

Er hielt inne, als er bemerkte, dass die Mutter wieder zu weinen begann.

Schliesslich sagte er doch, ich stand kurz vor der Beförderung zum GESELLSCHAFTS-Abteilungsleiter, Mutter; ich war weitaus der jüngste Funktionär!

Er fasste sie am Arm und flüsterte, und ich bin auch noch nicht tot, Mutter! Ängstige dich nicht! Sie kriegen mich nicht! Wie ich vorhin sagte, gebe ich nur vor, mich gerne opfern zu lassen, weisst du! Ich gebe das nur vor, es ist ein Trick, eine Finte, um sie zu täuschen! In Wahrheit denke ich nicht daran, mich umbringen zu lassen, aber ich brauche diesen Trick, um ihnen zu entwischen, verstehst du? Ich darf mir nichts anmerken lassen, verstehst du? Ich weiss übrigens schon, wie ich ihnen entwische!

Die Mutter flüsterte, deshalb kamen wir auch her. Wir dachten nämlich daran, dich fürs erste bei uns zu verstecken. Wir wissen bloss nicht, wie wir dich im geheimen hinbringen!

Der Bruder beugte sich ebenfalls vor und flüsterte, nicht in unserm Haus, weisst du! Da sehen sie zuerst nach — aber ich habe etwas in der Nähe gefunden. Es wäre leicht zu machen. Ich brauche bloss einige Bretter zusammenzunageln. Dort würde dich keiner entdecken. Auch ein Polizeihund nicht.

Die Mutter flüsterte, bloss wissen wir nicht, wie wir dich hinbringen! Die Polizisten vor deiner Tür und diese schrecklichen Menschenmassen im Haus und davor! Und weil sie überall deine Fotografie hingehängt haben, kennen dich alle!

Er schaltete das Radio ein.

Nachdem er sich wieder hingesetzt hatte, flüsterte er, ich weiss, wie ich ihnen entkomme, Mutter! Ich habe bereits einen Plan! Aber ich brauche tatsächlich eure Hilfe!

Der Bruder nickte.

Er flüsterte, mich unbemerkt ins Dorf zu schaffen, ist unmöglich. Ich kann keinen Schritt tun, ohne überwacht zu werden, denn mich überwacht ganz Kattland! Ganz Kattland, versteht ihr? Es ist schrecklich — wenn ich im Ausland bin, schreibe ich euch davon. Gestern versuchte ich übrigens zu flüchten, aber es ging nicht. Nein, ich habe mir das alles sehr genau überlegt: Die einzige Möglichkeit ist die — und das kann niemand vorausberechnen — , dass ich jemanden als Geisel nehme und so versuche, nach Benwaland zu entkommen! Versteht ihr? Das ist tatsächlich die einzige Möglichkeit! Ich kidnappe jemanden vom Ausschuss oder gar einen der Minister. Ich habe sogar Zugang zum Präsidenten! Noch weiss ich nicht ganz genau, wie ich vorgehe im einzelnen. Das Wichtigste im Augenblick ist die Waffe! Ich brauche eine Waffe! Eine Pistole! Die müsstest du mir beschaffen, Alex — denn wie gesagt, ich kann keinen Schritt tun, ohne überwacht zu werden! Selbstverständlich sollst du nicht einen Waffenschein beantragen, das fiele natürlich auf, verstehst du? Du müsstest jemanden finden, der nicht weiss, wer du bist und der dir eine Pistole besorgt oder verkauft. Und dabei gut aufpassen, weil sie vielleicht auch dich überwachen, verstehst du?

Die Mutter flüsterte, Vater hatte doch eine Pistole! Die ist noch da! In der Truhe liegt sie, auf dem oberen Korridor!

Er flüsterte, richtig! Mein Gott, dass ich daran nicht dachte! Vielleicht ist auch Munition da! Sonst müsst ihr die Munition beschaffen, versteht ihr? Die Munition! - Könnt ihr das? Könnt ihr mir die Pistole bringen und die Munition? Ich müsste die Dinge möglichst gleich haben!

Die Mutter flüsterte, ich fahr nach Hause und bringe sie dir morgen! Ich werde doch eine Besuchergenehmigung kriegen?

Er flüsterte, sicherlich — verstecke aber Pistole und Munition! Stecke sie in einen Kuchen oder in ein Brot oder so! Okay?

Die Mutter flüsterte, und dann? Wie wirst du es dann tun?

Er flüsterte, sprechen wir von was anderem! Ich schreibe euch dann! Wenn jemand horchen sollte und uns nicht mehr sprechen hört während längerer Zeit, könnte das Verdacht erwecken!

Die Mutter flüsterte, ich bete zu Gott, dass es gelingt.

Er sagte, und auf dem Hof, Mutter, wie steht es auf dem Hof?

Die Mutter sagte, auf dem Hof haben wir uns nicht zu beklagen. Nach Vaters Tod haben wir einen Knecht eingestellt. Er ist tüchtig und aufrichtig. Er bleibt, obwohl Alexander jetzt zurückkehrt. Arbeit ist für beide da.

Er sagte, das ist ja ausgezeichnet, Mutter, und fuhr, während er ihr den Arm tätschelte, fort, weisst du, so sterbe ich noch viel ruhiger!

Die Mutter sagte, ja, würde Vater noch am Leben sein und

461

wäre es mit dir anders gekommen, stände alles zum besten, aber Gottes Ratschlüsse sind unerforschlich.

Er sagte, weisst du Mutter, es ist eine grossartige Aufgabe, die der Präsident mir zugedacht hat!

Die Mutter sagte, ja, ja.

Er flüsterte, bitte, Mutter, verrate dich nicht! Gib acht! - Übrigens, wollt ihr mir nicht folgen nach Benwaland?

Die Mutter flüsterte, wir verlassen den Hof nicht. Es werden gewiss andere Zeiten kommen! Man muss auf Gott vertrauen! Ich weiss, dass wir dich eines Tages auf dem Hof wiedersehen werden! Ich weiss das ganz bestimmt!

Er sagte, selbstverständlich, Mutter, ging zum Radio, schaltete es aus und sagte, ich freue mich ganz riesig auf den Kuchen, den du mir morgen bringen wirst! Das ist sehr lieb von dir, Mutter, dass du mir noch meinen Lieblingskuchen bäckst!

Zum Abschied küsste sie ihn. Der Bruder drückte ihm fest die Hand und sagte, alles Gute, Heinz!

Er zwinkerte ihm zu und sagte, ich sehe dich also morgen, Mutter, ja?

Als er die Tür öffnete, bat ihn einer der Reporter, sich mit der Mutter und dem Bruder in der Wohnung fotografieren zu lassen.

Er sagte, okay, aber in einer Minute muss alles vorüber sein!

Die Mutter sträubte sich dagegen, von den Zeitungsleuten fotografiert zu werden.

Er sagte, Mutter, erweise den Herren doch den Gefallen!

Nachher, nachdem er die Tür geschlossen hatte, setzte er sich an den Tisch und dachte nach, wie er die Geiselnahme durchführen wolle.

Mit einem Male, als ihm einfiel, die Mutter sei sehr gealtert, weinte er.

Später befürchtete er, sie vergesse die Munition mitzubringen, sagte sich dann aber, notfalls führe er die Geiselnahme mit einer ungeladenen Pistole durch.

Beim Kaffee beunruhigte ihn eine Weile der Gedanke, die Mutter werde sich verraten. Dann dachte er, es sei sinnlos, solche Dinge zu denken, das koste ihn Nerven und er benötige seine Nerven für die Geiselnahme; er wolle die Dinge auf sich zukommen lassen, ein Buddhist sein, ruhig und gelassen die Dinge ankommen lassen — und es sei auch sinnlos zu überlegen, ob der Ausschuss etwas von seinem Vorhaben ahne, absolut sinnlos, obwohl der Ausschuss das nicht tue.

Nach längerer Zeit fasste er den Plan, den Richter zu kidnappen, weil der Richter am ungelenkigsten sei, und sich mit ihm in der Toilette einzusperren, die an den Raum des Ausschusses grenze. Seine Forderung wolle er auf einen oder mehrere Zettel notieren und diese vor der Toilettentür deponieren. Er werde verlangen, dass innerhalb zweier Stunden auf dem GESELL-SCHAFTS-Platz, direkt vor dem „Weissen Haus", ein Helikopter bereitgestellt werde, um ihn und den Richter nach Benwaland zu fliegen, sonst bringe er den Richter um. Als er überlegte, wie er den Weg von der Toilette zum Helikopter möglichst kurz halte, um sich während äusserst geringer Zeit der Gefahr auszusetzen, von einem Scharfschützen erschossen zu werden, wurde an der Tür geklingelt. Während er hinging, beschloss er, die Wohnung nachher zu verlassen, um nicht andauernd gestört zu werden, und seinen Plan während eines Spazierganges auszuarbeiten.

Jemand antwortete, der Bote Ihres Ausschusses ist da, Herr Busner.

Ins Wohnzimmer zurückkehrend, sagte er sich, das Schreiben werde eine ähnliche Mitteilung enthalten wie der letzte Brief des Ausschusses, der ihm den Besuch seines Elektrikers angekündigt habe.

Er benötigte einige Zeit, bis er begriff, dass in seinem Verfahren ein Revisionsprozess stattfinde, zu dem er sich morgen um zehn im „Weissen Haus", Saal 55, einzufinden habe.

Er sagte sich, es handle sich um einen Spass. Der Ausschuss leiste sich einen Spass. Er wolle sich keine Hoffnungen machen. Keine Illusionen. Morgen werde er eine Pistole haben. Darauf wolle er bauen. Auf die Pistole. Auf nichts anderes.

Schliesslich wählte er die Telefonnummer des Ausschusses. Sein Verteidiger meldete sich.

Möglichst gleichgültig versuchte er zu sagen, hier Busner ...

Herr Kehrer rief, Herr Busner, eben sagte ich zu den Kollegen, das wird Ihr Anruf sein! Wie geht es Ihnen, Herr Busner?

Er sagte, danke — Herr Kehrer, ich erhalte da einen Brief, einen merkwürdigen Brief muss ich sagen, da steht was drin von einem Revisionsprozess — wie soll ich das verstehen?

Herr Kehrer antwortete, so, wie es in dem Schreiben steht, Herr Busner.

Er sagte, das soll wohl ein Scherz sein, oder wie?

Herr Kehrer sagte, oh, keineswegs! Glauben Sie, wir hätten Zeit, uns irgendwelche Scherze zu leisten, Herr Busner?

Er sagte, Sie meinen, dieser Revisionsprozess findet tatsächlich statt?

Herr Kehrer sagte, dieser Revisionsprozess findet tatsächlich statt und die Wahrscheinlichkeit, dass Sie freigesprochen werden, ist erheblich.

Er sagte, freigesprochen? Wie denn, freigesprochen?

Herr Kehrer sagte, wissen Sie was, Herr Busner? Herr Dr. Herr schlägt gerade vor, dass Sie uns aufsuchen, die Sache ist zu umständlich, um sie am Telefon zu besprechen.

Er sagte, selbstverständlich, ich komme gleich, Herr Dr. Herr, nein…, Herr Kehrer!

Er schlüpfte in die Schuhe, warf den Mantel über den Arm, öffnete die Tür, sagte zu den Wachposten, bin gleich wieder da, und schob sich, so schnell es ihm möglich war, durch die Menge im Treppenhaus. In der Hoffnung, auf der zu einem Parkplatz umgewandelten Grünanlage ein freies Taxi zu finden, drängte er sich dorthin.

Als der Fahrer in die Vorkstrasse bog, sagte er sich, ich muss ruhig bleiben. Vielleicht ist es eine Finte. Ich muss mich zur Ruhe zwingen! Ja nicht mich verraten, falls es eine Finte ist! Also ruhig, ruhig; ruhig und gelassen!

Er bemühte sich, die Stufen zum „Weissen Haus" *bedächtig* hochzusteigen.

Der Verteidiger sagte, nachdem er ihm geöffnet hatte, Sie waren erstaunlich schnell da, Herr Busner!

Er sagte, ich fand ein freies Taxi direkt vor dem Haus, deshalb. Guten Tag, die Herren.

Der Verteidiger stellte ihm einen Stuhl zwischen den Schreibtisch des Anklägers und denjenigen des Richters. Der Richter wollte wissen, ob seine Mutter und sein Bruder ihn aufgesucht hätten, er habe ihnen eine Besuchergenehmigung auf heute morgen ausgestellt.

Er sagte, ja, sie haben mich besucht.

Der Richter sagte, das freut mich, Herr Busner, es ist doch immer nett, seine Mutter zu sehen, nicht wahr? Mir jedenfalls geht es so!

Er sagte, freilich, freilich!

Der Ankläger sagte, ich erhielt den Eindruck, dass auch Ihre Mutter sich entschieden auf die Begegnung freue.

Er sagte, ja, das glaube ich.

Der Ankläger sagte, ja? Jedenfalls erhielt ich diesen Eindruck.

Der Richter sagte, bestimmt war dieser Eindruck richtig, Alfred!

Der Verteidiger sagte, das würde ich auch sagen.

Der Richter sagte, wenn man nämlich einbezieht, dass Herr Busner seine Mutter seit einer erheblichen Anzahl von Jahren nicht mehr gesehen hat!

Der Ankläger sagte, sicher, andererseits war ich ehrlich überrascht davon, wie wenig Herrn Busners Bruder Herrn Busner ähnlich sieht!

Der Richter sagte, nein, sie gleichen sich nicht besonders.

Der Verteidiger sagte, Herr Busners Bruder bedauert dies im Augenblick sicherlich nicht, denn ich glaube, für ihn wäre es unangenehm, zum jetzigen Zeitpunkt fortwährend mit Herrn Busner verwechselt zu werden.

Der Richter sagte, und doch würde ich das bezweifeln, denn andererseits muss es Herrn Busners Bruder mit Stolz erfüllen, zwar nicht Herr Busner zu sein, aber verraten zu dürfen, dass er Herrn Busners Bruder ist!

Der Ankläger sagte, dieser Ansicht würde ich für meinen Teil beipflichten.

Der Verteidiger sagte, wie stellen Sie sich eigentlich dazu, Herr Busner?

Er sagte, ja, ja, Sie haben recht — nun, sagen Sie, wie steht es mit diesem Revisionsprozess? Wird tatsächlich ein Revisionsprozess durchgeführt?

Der Verteidiger sagte, wie wir Ihnen schrieben, wird tatsächlich ein solcher Revisionsprozess durchgeführt.

Er sagte, Sie sagten mir doch am Telefon, es bestände eine reelle Chance, dass ich freigesprochen werde — wie ist das zu verstehen?

Der Richter sagte, so ist es, Herr Busner.

Er sagte, ja wie denn? Wie kommt das?

Der Richter sagte, das kommt daher, Herr Busner, dass der Präsident persönlich uns anwies, in einem neuen Verfahren zu überprüfen, ob Sie sich seit Ihrem Prozess nicht zu einem selbstbeherrschungsfähigen und damit gemeinschaftsfähigen Menschen entwickelt haben. Sollte das der Fall sein, wäre es, wie der Präsident uns auseinandersetzte, sinnlos, Sie zu opfern, da Sie dann der Gemeinschaft mehr bringen, indem Sie Ihre Kräfte in ihren Dienst stellen, verstehen Sie? Als Opfer müsste dann ein einzelner herangezogen werden, der tatsächlich gemeinschaftsunfähig ist und damit nicht nutzbar für die Gemeinschaft.

Er sagte, nein, ich verstehe das nicht. Sie sagten mir doch, und auch der Präsident sagte, dass es gar nicht um meine Person geht, also nicht darum, ob ich gemeinschaftsfähig oder gemeinschaftsunfähig bin, beziehungsweise selbstbeherrschungsfähig, sondern darum, dass Sie jemanden benötigen, dessen Situation sich dazu eignet, ihn als Opfer für die Gemeinschaft aufzuziehen?

Der Ankläger sagte, das sei richtig.

Er fragte, wie er das verstehen solle.

Der Richter sagte, Sie denken sehr klar, Herr Busner!

Der Verteidiger pflichtete dem Richter bei. Der Ankläger sagte, die Sache habe tatsächlich einen Hintergrund.

Er sagte, und der wäre?

Der Richter sagte, nun, um es geradeheraus zu sagen, Herr Busner, der Präsident glaubt, dass Sie die charakterlichen Qualitäten, die wir an einen Volkshelden stellen, an einen einzelnen, der als Beispiel herhalten soll, dass Sie diese charakterlichen Qualitäten nicht mitbringen und aus diesem Grunde die richtige Einstellung zur Opferung nicht gefunden haben.

Er sagte, selbstverständlich habe ich die richtige Einstellung zur Opferung gefunden! Selbstverständlich habe ich das — wollen Sie sagen, dass Sie jemand anderen als Opfer auswählen müssen?

Der Richter sagte, exakt.

Er versuchte über der Situation zu stehen, als er sagte, wieso glaubt der Präsident, dass ich die richtige Einstellung zur Opferung nicht gefunden habe?

Der Richter sagte, nun, Herr Busner, der Präsident glaubt, dass

Sie nicht zur Opferung taugen, weil Sie — nach der Ansicht des Präsidenten — versucht haben sollen, sich ihr zu entziehen, indem Sie planten, nach Benwaland zu flüchten.

Er rief, das ist nicht wahr! Ich habe nicht zu fliehen versucht! Das ist eine Lüge von Herrn Julian! Ich sehe den Sinn meiner Opferung ein! Es liegt mir fern, irgendwie fliehen zu wollen, völlig fern!

Der Richter sagte, tatsächlich?

Er sagte, ganz gewiss, Herr Dr. Herr! Ganz gewiss! Ehrenwort!

Der Richter sagte, wenn das so ist, Herr Busner, täuscht der Präsident sich allerdings in Ihnen und täuscht sich über Ihre Opferungsbereitschaft, denn dann eignen Sie sich eben doch zur Opferung! Dem Präsidenten muss das nun gleich mitgeteilt werden, da ja in diesem Fall das Revisionsverfahren nicht eingeleitet zu werden braucht, womit wir uns übrigens etwelche Umtriebe ersparen!

Der Richter griff zum Telefonhörer.

Er sagte, Augenblick ..., warten Sie einen Augenblick, Herr Doktor, ich habe ..., der Präsident meint also, ich tauge nicht zur Opferung, er meint, mir fehle die Einsicht, weil ich zu flüchten versuchte, nicht?

Der Richter sagte, das glaubt der Präsident, aber wie Sie uns ja eben versicherten, trifft das nicht zu, denn Sie wollten ja gar nicht flüchten ..., oder?

Er sagte, nein.

Der Richter sagte, folglich können wir uns den Revisionsprozess ersparen.

Er sagte, warten Sie ...

Der Richter legte den Hörer wieder auf und sagte, Sie haben eine weitere Angabe zu machen, Herr Busner?

Er sagte, ja, ich ..., eh ..., verstehn Sie ...

Der Richter sagte, sprechen Sie ungeniert, Herr Busner!

Er sagte, es ist so ..., es war so ..., dass ich nicht eigentlich zu flüchten beabsichtigte, dass mir aber doch einfiel, jetzt könnte ich flüchten, ich meine, ich hatte den Gedanken an die Flucht, aber nicht die Absicht zu flüchten, verstehn Sie?

Der Richter sagte, wenn Sie nicht die Absicht hatten, zu

flüchten, ist alles in bester Ordnung, denken kann man, was man will, auf die Absicht kommt es an, und hier täuscht sich der Präsident, denn Sie hatten ja, wie Sie sagten, nicht die Absicht zu flüchten?

Er sagte, warten Sie ..., es ist so ...

Der Richter liess den Hörer auf der Gabel liegen, zog die Hand zurück und fragte, bitte, Herr Busner?

Er sagte, sehn Sie, ich hatte nicht die Absicht zu flüchten, das stimmt, aber als der Zug mit einem Male anhielt auf der freien Strecke, da ..., da habe ich mir doch irgendwie vorgenommen zu flüchten, mich nach Benwaland abzusetzen — so war es!

Der Richter sagte, also täuschte der Präsident sich doch nicht!

Als er zögerte, sagte der Ankläger, jetzt mal ehrlich, Herr Busner: Fuhren Sie nicht schon mit der Absicht an die Grenze, zu flüchten? Antworten Sie jetzt mal ehrlich!

Er sagte, also gut, Sie haben recht.

Der Richter sagte, übrigens finde ich das gar nicht unnatürlich!

Der Verteidiger sagte, bestimmt nicht!

Busner sagte, so ist es — es ist natürlich.

Der Ankläger sagte, und bestimmt fassten Sie schon am Tag Ihrer Verurteilung den Plan zu flüchten?

Er sagte, wie Herr Dr. Herr sagte, ist das ja ganz natürlich.

Der Richter sagte, selbstverständlich.

Der Ankläger sagte, das alles bleibt ja unter uns. Es wäre abträglich, der Öffentlichkeit gegenüber etwas davon verlauten zu lassen.

Er sagte, also, sagen Sie, ich soll morgen tatsächlich freigesprochen werden?

Der Richter sagte, da Sie für die Opferung nicht taugen, hält der Präsident es für das klügste, Sie freisprechen zu lassen.

Er sagte, freigesprochen ..., ich kann das noch gar nicht fassen, wissen Sie! Diesen Druck, den ich die ganze Zeit auf mir spürte, diesen Alptraum, wissen Sie! Ich stehe wie vor einem Wunder, wissen Sie! Ich ..., ich könnte an die Decke springen vor Freude, wissen Sie!

Der Ankläger sagte, aber gegen aussen nichts verlauten lassen, Herr Busner! Da müssen Sie konsequent sein! Nicht ein Wort vom bereits feststehenden Ausgang des Prozesses!

Er sagte, nein, nein, befürchten Sie nichts! Aber meine Herren, meine Herren, wenn wir schon mal ehrlich spielen: Ich glaube nicht, dass der Präsident mich nicht opfern lassen will, weil ich nicht die richtige Einstellung zu dieser Opferung gefunden habe und zu flüchten beabsichtigte, das glaube ich nicht! Das ist Unsinn, meine Herren! Sagen Sie, ist es nicht so, dass der Präsident genau weiss, dass es mir gelänge zu entkommen, wenn ich wollte, und der Präsident dieses Risiko natürlich nicht eingehen darf? Ist es nicht so?

Der Richter sagte, no comment, Herr Busner!

Busner sagte, na also! Warum nicht gleich die Wahrheit sagen, meine Herren?

Der Ankläger sagte, das wichtigste ist, dass gegen Aussen alles korrekt verläuft, verstehn Sie?

Er sagte, versteht sich.

Der Ankläger sagte, wir müssen diesen Revisionsprozess, diesen Schauprozess meinetwegen, so durchführen, als ahnten wir nichts von seinem Ausgang, verstehn Sie? Es ist ganz gleichgültig, warum Sie nicht geopfert werden! Der Prozess soll ja zum Urteil führen, dass Sie gemeinschaftsfähig sind und deshalb nicht geopfert werden sollen, verstehen Sie mich?

Er sagte, gewiss, Herr Staatsanwalt.

Der Ankläger sagte, es kommt also darauf an, dass Sie mit uns mitspielen, Herr Busner, ja?

Er sagte, freilich, freilich, ich habe verstanden, aber ich kann noch gar nicht begreifen, dass ich nun plötzlich freigesprochen werden soll! Sagen Sie, soll ich eigentlich völlig freigesprochen oder doch irgendwie bestraft werden, in ein Umschulungslager gesteckt oder so?

Der Richter sagte, soviel wir verstanden haben, hat der Präsident bestimmt, dass Sie straffrei ausgehen sollen.

Später, während er zum Ausgang des „Weissen Hauses" schritt, dachte er, nun fühle er sich so, wie man sich fühle, wenn sich einem die Gedanken im Kopf drehten.

Der Taxichauffeur, der ihn hergefahren hatte, löste sich aus der Menge vor dem „Weissen Haus", kam ihm entgegen und sagte, Sie vergassen die Fahrt zu bezahlen, Herr Busner, und hörten gar nicht auf mein Rufen! Sie waren wohl mit etwas anderem beschäftigt.

Er sagte, ja, bringen Sie mich wieder nach Hause!

Auf der Fahrt fiel ihm die Melodie ein, die er in Gausen-Kulm so oft gehört hatte: „Warum ist die Welt so schön, non, non".

Als er die fähnchenschwenkenden Leute vor seinem Haus erblickte, schüttelte ihn ein derart heftiger Lachkrampf, dass es ihm unmöglich war, die Frage des Fahrers, was denn so lustig sei, zu beantworten. Er dachte, er gehöre nun selbst zu den Planern seiner Opferung, die nicht stattfinden solle. Er sei als Akteur an diesem Spiel beteiligt, das für das Volk gegeben werde, so wie die Minister und der Ausschuss beteiligt seien. Er kenne die Hintergründe des Spiels wie sie, während die Bevölkerung nicht ahne, dass sie für dumm verkauft werde. Da der Ausschuss ihn aufgefordert habe, mitzuspielen, müsse er nun in die Richtung agieren, dass er sich darauf einstelle, unter Umständen nun doch nicht als Opfer ausgewählt zu werden, das sei vorläufig seine Rolle.

Er bemühte sich, wie gewöhnlich durch die Gasse zu gehen, welche die Leute ihm auftaten. Die ernsten Gesichter der Wachposten vor seiner Tür reizten ihn wieder zum Lachen.

Um den Bewegungsdrang zu stillen, den er im Appartement mit einem Male verspürte, zog er sich bis auf die Unterhose aus, stülpte die Boxhandschuhe über und schlug sich mit einem imaginären Gegner. Erst als ihm der Atem auszugehen drohte, hörte er auf und stellte sich unter die Brause. Ins Wohnzimmer zurückgekehrt, legte er eine Schallplatte auf. Während er sich trocknete, tanzte er zum Rhythmus der Musik durch das Zimmer.

Er stellte sich vor, die P.f.F. habe seinen Prozess mit dem ganzen Drum und Dran aufgezogen, um ihn zu prüfen, und er habe diese Prüfung nun bestanden. Darauf sagte er sich, in irgendeiner Form hätten die Minister einen Kampf mit ihm ausgetragen, den er, weil er genauso intelligent sei wie sie, nun gewonnen habe. Erst jetzt fiel ihm ein, dass er nun wohl auch wieder bei der GESELLSCHAFT arbeiten werde, dass er seinen 12 SS wiederkriege und dass alles wieder so sein werde, wie zu der Zeit, bevor man diesen idiotischen Prozess gegen ihn eingeleitet habe.

Während er die Unterwäsche überzog, sagte er sich, er wolle

nun doch mal überlegen, ob ein Grund existiere, Kattland zu verlassen, was ihm ja von morgen an freistände. Er gelangte zum Schluss, dazu bestehe kein Anlass, denn ganz gewiss werde man ihn nie mehr als Opfer zu einer dieser Opferungen bestimmen, welche der Präsident ja jährlich durchführen wolle. Es fiel ihm ein, er wisse vom Präsidenten, der ihn in die Hintergründe dieser Opferungen eingeweiht habe, dass diese gerade das Fortbestehen der Gemeinschaft garantierten, womit also auch seine Karriere irgendwie gesichert sei.

Er beschloss, wieder den GESELLSCHAFTS-Anzug zu tragen. Als er sich vor dem Spiegel kämmte, nahm er sich vor, am Nachmittag zum Friseur zu gehen.

Er zog den Rolladen hoch, öffnete das Fenster und betrachtete die Menge, die vor dem Haus stand. Als die Leute ihn entdeckten, begannen sie ihre Fähnchen zu schwenken. Er grüsste sie, indem er den rechten hochgehobenen Arm mit ausladender Geste hin und her bewegte. Mit einem Male brachen die Leute in gedämpften Beifall aus. Er hob beide Hände in die Höhe. Es fiel ihm ein, so müsse sich ein Führer fühlen. Er glaubte zu spüren, wie das Blut durch seine Adern floss. Er hörte den Applaus der Menge anschwellen.

Nach längerer Zeit fiel ihm ein, er dürfe nicht aus seiner Rolle fallen. Langsam schloss er das Fenster. Während er eine Zigarette ansteckte, sagte er sich, was er eben gefühlt habe, sei der Rausch der Macht gewesen. Als ihm nachher in den Sinn kam, es stehe ja gar nicht fest, ob die GESELLSCHAFT ihn wieder einstelle, beschloss er, Herrn Brühl anzurufen. Er schaltete den Plattenspieler aus, wählte die Nummer der GESELLSCHAFT und liess sich mit Herrn Brühl verbinden.

Herr Brühl rief, hallo, Herr Busner, hallo, hallo, mein Lieber, das ist vielleicht ein Überraschung!

Er sagte, oh wirklich? Das freut mich aber! Guten Tag, Herr Brühl!

Herr Brühl sagte, sagen Sie, Herr Busner, wie geht es Ihnen?

Er sagte, danke, Herr Brühl, es geht mir ausgezeichnet! Und wie geht es Ihnen?

Herr Brühl sagte, sehr erfreut, das zu hören, Herr Busner, sehr erfreut!

Er sagte, wirklich? Und wie geht es Ihnen, Herr Brühl?

Herr Brühl sagte, besten Dank für die Nachfrage, Herr Busner, mir geht es up to date, wenn Sie den Ausdruck kennen.

Er sagte, selbstverständlich, Herr Brühl. Obwohl ich zur Zeit nicht mehr bei der GESELLSCHAFT arbeite, versuche ich mich auf dem laufenden zu halten. Ich freue mich übrigens sehr, dass auch bei Ihnen alles zum besten steht — ich hoffe, auch Ihre Familie ist bei guter Gesundheit?

Herr Brühl sagte, danke, danke für die Nachfrage.

Er sagte, und in der GESELLSCHAFT, auch alles okay?

Herr Brühl sagte, okay, Herr Busner, okay — Ihr Nachfolger übrigens, ein Herr Gütz, hat sich bereits zu unserer Zufriedenheit eingearbeitet.

Er sagte, aha!

Herr Brühl sagte, ich nehme an, Herr Busner, Sie wollen mir das Datum Ihres Besuches bei uns zu Hause angeben?

Er sagte, oh, sehr gerne, Herr Brühl, sehr gerne nehme ich Ihre Einladung an, aber der Grund meines Anrufes ist der, dass ich fragen möchte ..., Sie wissen wahrscheinlich gar nicht, dass in meiner Sache ein Revisionsverfahren stattfindet?

Herr Brühl sagte, tatsächlich? Ein Revisionsverfahren? Nein, das war mir nicht bekannt, Herr Busner!

Er sagte, so ist es, und ich wollte Sie fragen, ob, falls ich, angenommen, freigesprochen werden sollte, man weiss nie, verstehen Sie?, ob dann mein Arbeitsplatz bei der GESELLSCHAFT noch vorhanden wäre?

Herr Brühl sagte, oh, eh ..., ich denke, ich kann das eigentlich im Augenblick gar nicht entscheiden, Herr Busner, ich verbinde Sie mal mit Herrn Kleidmann, Augenblick, Herr Busner!

Herr Kleidmann teilte ihm mit, man werde für ihn, falls er tatsächlich wieder in die Gemeinschaft eingegliedert werden sollte, bestimmt einen Aufgabenbereich bei der GESELLSCHAFT finden; wenn es aus organisatorischen Gründen nicht machbar sei, ihm seinen Funktionärsposten zurückzugeben, werde man ihn in einer anderen Abteilung zum Einsatz bringen.

Während er den Lautstärkeregler des Plattenspielers wieder aufdrehte, sagte er sich, Herrn Kleidmanns Antwort deute darauf hin, dass er möglicherweise zum Abteilungsleiter befördert werde.

Er beschloss auszugehen. In die Schuhe schlüpfend, ermahnte er sich, so aufzutreten, als wisse er nichts von seinem morgigen Freispruch.

Wie immer folgte ihm eine grössere Anzahl von Leuten zur U-Bahnstation und stieg mit ihm ein. Auf dem GESELLSCHAFTS-Platz betrachtete er einige Augenblicke sein riesiges Bild am GESELLSCHAFTS-Gebäude. Von der Menge gefolgt, spazierte er zu „Sardin", bei dem sich einige Funktionäre seiner Abteilung die Haare pflegen liessen.

Herr Sardin persönlich kam ihm entgegen, als er ihn erblickte, und rief, oh, Herr Busner! Guten Tag, was führt Sie zu mir, Herr Busner?

Er sagte, guten Tag, Herr Sardin, das Haar schneiden, bitte!

Herr Sardin sagte, aber doch nicht schon für den Tag, Herr Busner?

Er sagte, für den Tag?

Herr Sardin sagte, für den Tag der P.f.F., Herr Busner.

Er sagte, für den Tag der P.f.F., wieso?

Herr Sardin sagte, nichts, Herr Busner, gar nichts. Sie wünschen einen Haarschnitt, nicht wahr?

Er sagte, wie immer, Herr Sardin, wenn ich zu Ihnen komme!

Herr Sardin erklärte, er lasse es sich schon darum nicht nehmen, Busner persönlich zu bedienen, weil ihm seine Haltung Bewunderung abnötige, auch in seinen letzten Tagen Wert auf ein gepflegtes Äusseres zu legen. Während Herr Sardin ihm den Haarschneidemantel umband, teilte er ihm mit, dass er ein Revisionsverfahren kriege, dessen Ausgang natürlich noch ungewiss sei.

Herr Sardin sagte, ungewiss? Meinen Sie, Herr Busner?

Er sagte, immerhin ist ein Revisionsverfahren ein Revisionsverfahren, meine ich.

Herr Sardin sagte, hoffen wir, dass es so ausgeht, wie Sie wünschen, Herr Busner!

Er sagte, ja, das hoffe ich auch.

Herr Sardin fragte, ob es eine arge Enttäuschung für ihn wäre, wenn man ihn als Opfer nun plötzlich zurückwiese.

Er sagte, das wäre es allerdings, aber verstehn Sie, man muss mit allem rechnen, ich meine, man muss auch diese Möglichkeit in Erwägung ziehen und sich darauf einstellen, verstehen Sie?

Herr Sardin sagte, selbstverständlich, man muss immer jede Möglichkeit in Erwägung ziehen, das ist ganz klar.

Auf seine Frage, ob das Geschäft um diese Zeit stets so leer sei, antwortete Herr Sardin, es sei den Leuten doch jetzt verboten, während der Arbeitszeit zum Friseur zu gehen. Dafür entstehe nach Feierabend und in den Mittagspausen ein Gedränge, so dass er zu dieser Zeit oft mit sechs weiteren Friseuren arbeite.

Busner sagte, meine Kollegen kommen noch immer zu Ihnen, nicht wahr?

Herr Sardin bejahte.

Er sagte, lassen Sie mir sie bitte grüssen, Herr Sardin!

Herr Sardin sagte, werde ich gerne tun, Herr Busner!

Während Herr Sardin ihm die Nackenhaare schnitt, betrachtete er sein Gesicht im Spiegel. Er dachte, dass er morgen frei sein werde. Morgen werde er frei sein, was weder Herr Sardin wisse noch einer aus der Menge vor dem Geschäft.

Herr Sardin verwahrte sich dagegen, dass er für das Haareschneiden bezahle.

Er sagte, wer weiss, Herr Sardin, vielleicht werde ich in Zukunft doch wieder zu Ihren Kunden zählen!

Herr Sardin sagte, überlassen wir das der P.f.F., Herr Busner.

Im „Neffari" bestellte er ein Filet und einen halben Liter Wein. Hinterher rief er seine neue Bekanntschaft an und fragte, ob sie ihn am Abend zu sich einlade. Die neue Bekanntschaft sagte, sie finde es toll, dass er in seiner Situation an seine alten Freunde denke.

Er hielt die Hand vor die Muschel und flüsterte, ich werde dich lieben, meine Süsse, dass du ..., dass du nicht mehr auf die Füsse kommst!

Es erstaunte ihn, sie nach einem Augenblick sagen zu hören, sie glaube nicht, dass das gehe.

Er sagte, wieso? Was geht nicht? Magst du mich nicht mehr?

Sie sagte, ich mag dich, aber schlafen kann ich nicht mit dir.

Er sagte, wieso? Hast du Periode?

Sie sagte, nein, aber ich kann nicht mit jemandem schlafen, von dem ich weiss, wann er sterben wird. Für so was bin ich zu sensibel.

Er sagte, wer sagt dir denn, dass ich sterben werde?

Sie sagte, wieso?

Er sagte, ich bekomme ein Revisionsverfahren! Morgen findet es statt, und dass ich sterben werde, steht überhaupt nicht fest!

Sie sagte, das glaube ich nicht, Harry.

Er sagte, was heisst, das glaube ich nicht? Was weisst denn du? Kennst du dich vielleicht aus, du dumme Gans?

Als der Taxifahrer anfuhr, erklärte er ihm, normalerweise suche er kein Bordell auf, er hoffe, dass er ihn in ein gutes Haus führe.

Der Fahrer sagte, es gebe nur dieses eine Haus, wo nachmittags gearbeitet werde.

Er nahm sich eine langbeinige Negerin, obwohl er den Geruch von Negerinnen nicht mochte.

Als er das Bordell verliess und durch die auf ihn wartende Menge schritt, fiel ihm ein, ob er wohl mit der Prostituierten allein gewesen sei oder ob man ihn auch dabei überwacht habe.

In einem Quicklunch ass er einige Tartarbrote und kehrte ins Bordell zurück.

Zu Hause beschloss er, seine Mutter anzurufen, um ihr mitzuteilen, er benötige den Kuchen nicht. Eine Männerstimme, es war wohl der Knecht, beschied ihm, die Mutter sei noch nicht zurückgekehrt. Im nachhinein wunderte er sich darüber, dass die Telefonnummer noch dieselbe sei wie früher, wo er noch auf dem Hof gelebt habe.

Wie er vermutet hatte, kündete die Fernsehsprecherin eine der Tagesschau folgende Rede des Prädidenten an. Aufs neue überraschte ihn, dass der Präsident am Bildschirm ganz anders aussah als in Wirklichkeit.

Der Präsident fuhr fort, ich möchte unsere freie Gemeinschaft mit einem gigantischen Apparat vergleichen. Jeder einzelne von uns ist in diesem Apparat ein Rädchen. Fällt eines der Rädchen aus, so ist der Apparat funktionsuntüchtig. Das heisst, jeder einzelne unserer Gemeinschaft ist innerhalb dieses Apparates von derselben Wichtigkeit. Wir alle sind gleich, die Aufgabe des Kanalräumers ist so wichtig wie die Aufgabe des Präsidenten.

Jeder Gemeinschaftsteilhaber hat das Recht, andere zu kritisieren. Von der Kritik ist auch der Präsident nicht ausgenommen.

Während der Präsident einen Brief zum Vorschein brachte, sagte er, meine Damen und Herren, Fräulein A. Schnipp, Sekretärin aus Kotletten, schreibt: Sehr geehrter Herr Präsident, es ist mir ein Anliegen, Sie auf eine Diskussion aufmerksam zu machen, die ich mit zwei Berufskolleginnen hatte. Diese Diskussion betraf Heinz-Harry Busner. Wir diskutierten nämlich, ob es nicht möglich sei, dass Heinz-Harry Busner in der Zwischenzeit gemeinschaftsfähig geworden ist. Da unsere Gemeinschaft auf jeden gemeinschaftsfähigen einzelnen angewiesen ist, wäre es falsch, Heinz-Harry Busner der Gemeinschaft zu opfern, wenn er in der Zwischenzeit gemeinschaftsfähig geworden sein sollte. Wir finden, das müsste vor der Opferung überprüft werden und gegebenenfalls müsste man die Konsequenzen ziehen und einen wirklich Gemeinschaftsunfähigen opfern. Mit vorzüglicher Hochachtung, Anita Schnipp.

Der Präsident sah auf und sagte, meine Damen und Herren, Fräulein Schnipp aus Kotletten hat vollkommen recht. Es muss im Interesse der Gemeinschaft überprüft werden, ob Heinz-Harry Busner seit seinem Prozess nicht gemeinschaftsfähig geworden ist und der Gemeinschaft somit besser dient, wenn er sich in ihren Dienst stellt. Für die Opferung müsste dann jemand anderer herangezogen werden. Wir entschlossen uns, dies in einem Revisionsverfahren zu überprüfen. Dasselbe wird morgen um zehn Uhr stattfinden und vom Fernsehen direkt übertragen. Guten Abend, meine Damen und Herren.

Busner lehnte sich zurück und dachte, der Präsident ist schon ein tüchtiger und schlauer Kerl. Er dachte, niemand käme darauf, dass diese Briefschreiberin wahrscheinlich gar nicht existiere oder dann in die Hintergründe der Affäre eingeweiht sei und der Präsident ihn bloss nicht opfere, weil er wisse, dass ein Heinz-Harry Busner zu intelligent ist, um dieser Opferung nicht zu entgehen. Nochmals sagte er sich, es sei so, dass der Präsident denke, er sei zu schlau, um die Flucht nicht zustande zu bringen, zu schlau und zu intelligent sei er, das sei der Grund!

Er holte sich ein Bier aus dem Eisschrank. Es fiel ihm ein, dass er beinahe vergessen hätte, seine Mutter anzurufen.

Sie sagte, sie bereite eben den Teig für den Kuchen. Er fragte, ob sie die Tagesschau nicht gesehen habe.

Die Mutter sagte, nein.

Er sagte, höre, ich kriege einen Revisionsprozess! Verstehst du? Mein Verfahren wird neu aufgenommen! Morgen um zehn Uhr! Es wird vom Fernsehen übertragen!

Die Mutter sagte, ja?

Er sagte, jawohl, Mutter, und die Chance, dass ich freigesprochen werde, dass ich sogar straffrei ausgehe, ist ungeheuer gross, verstehst du?

Sie sagte, das glaube ich nicht.

Er sagte, bestimmt, Mutter, ganz bestimmt!

Sie sagte, ich glaube es nicht.

Er sagte, du wirst schon sehn, Mutter! Jedenfalls hat es keinen Zweck, dass du mir morgen den Kuchen bringst, verstehst du? Ich werde dich nämlich besuchen, in drei, vier Wochen etwa, sobald ich Zeit haben werde, und ich werde dann den Kuchen bei dir essen, wo es gemütlich ist. Das ist mir viel lieber, und du brauchst morgen gar nicht mehr nach Rask zu reisen, verstehst du mich, Mutter?

Er sagte, also dann, bis in drei, vier Wochen, Mutter, ja?

Sie sagte, viel Glück morgen!

Er sagte, danke, Mutter, bye-bye!

Nachdem er eingehängt und den Hörer neben den Apparat gelegt hatte, nahm er sich vor, die Mutter wirklich zu besuchen, wenn erst seine beruflichen Angelegenheiten bei der GESELLSCHAFT in Ordnung gebracht seien und er sich wieder etwas eingearbeitet habe.

Er schaltete den Fernseher von neuem ein. Da ihn die Sendung, eine Reportage über Schweinezucht, nicht interessierte, stellte er ab. Schliesslich löschte er das Licht, zog den Vorhang auf und besah sich die Menge vor dem Haus. Er bemerkte, dass zwei Personen Lichter schwenkten. Weil sie Ferngläser besitzen! dachte er; sie haben mich entdeckt, weil sie Ferngläser besitzen. Es kam ihm in den Sinn, dass die Leute sich ab morgen nicht mehr einfinden würden.

Unvermittelt fiel ihm ein, er werde ein Buch schreiben. Er werde über seine Erlebnisse ein Buch schreiben, wie jener Verleger, den er aus der Wohnung geworfen, ihm vorgeschlagen habe, und eine Menge Geld verdienen mit diesem Buch. Er sperrte das Fenster zu und liess den Rolladen herunter.

Nochmals sagte er sich, dieses Buch werde ihn zu einem reichen Mann machen.

Hinterher beschloss er, gleich damit anzufangen, holte Briefpapier aus der Schublade, setzte sich an den Tisch und suchte nach dem Titel, den sein Buch tragen solle. Schliesslich schrieb er: „Opferung oder nicht? Die Memoiren eines halben Jahres aus dem Leben Heinz-Harry Busners, von Harry Busner". Als ihm nach längerer Überlegung nicht einfiel, wie er sein Buch beginnen wolle, nahm er sich vor, auf diese blendende Idee, die ihn mit einem Schlag zum reichen Manne mache, erstmal etwas zu trinken. Er erinnerte sich an den Hauswart Kehrig, der ihn am Tage seiner Verurteilung zu einer Flasche Wein habe einladen wollen.

Von den Leuten im Treppenhaus wünschten ihm verschiedene viel Glück für den morgigen Tag, als er ins Erdgeschoss ging, um den Hauswart und seine Frau zu holen.

Herr Kehrig sagte, oh, Herr Busner! Guten Abend!

Er sagte, sagen Sie, Herr Kehrig, Sie wollten doch letzthin eine Flasche Wein mit mir trinken?

Herr Kehrig sagte, gewiss, Herr Busner, der Wein steht griffbereit — wieso? Würde es Ihnen denn jetzt passen?

Er sagte, jawohl, holen Sie Wein und Frau und kommen Sie hoch!

Herr Kehrig näherte seinen Mund Busners Ohr und flüsterte, die Frau lass ich mal zu Haus, Herr Busner, wenn Sie nichts dagegen haben!

Er sagte, wie Sie wollen, ich geh schon wieder hoch, ja?

Als Herr Kehrig mit der Flasche und einer Mappe eintrat, sagte er, beinah hätte sie Wind davon bekommen, meine Alte ... Frau. Sie haben doch Gläser da?

Bevor sie anstiessen, sagte er, ich möchte auf etwas Bestimmtes trinken, Herr Kehrig.

Herr Kehrig sagte, so? Und das wäre?

Er sagte, das wäre ein glücklicher Einfall, wenn Sie so wollen!

Herr Kehrig sagte, freilich!

Er sagte, ich werde nämlich ein Buch schreiben, wissen Sie!

Herr Kehrig sagte, Sie, das wollte ich auch schon mal, ehrlich! Über meine Lehrjahre sollte es handeln, ein solches Buch gibt es nämlich noch nicht, ich bin ein gelernter Schreiner, wissen Sie, vielleicht schreibe ich das Buch auch noch; wissen Sie, ein richtig gutes Buch mit gutem Deutsch!

Busner sagte, was ihn anbelange, werde er ein Buch über seine Erlebnisse des letzten halben Jahres schreiben, aber er möchte im Augenblick nicht zuviel verraten.

Herr Kehrig fragte, ob er das denn könne, ein solches Buch in sieben Tagen schreiben.

Er sagte, wieso?

Herr Kehrig sagte, weil es noch sieben Tage sind.

Er sagte, wussten Sie nicht, dass ich morgen ein Revisionsverfahren habe?

Herr Kehrig sagte, ich guck mir schliesslich auch die Tagesschau an!

Busner erklärte, es bestehe also die Möglichkeit, dass er freikommen werde, und dann wolle er sein Buch schreiben.

Der Hauswart meinte, die Möglichkeit, dass Busner freigesprochen werde, sei äusserst gering, da man nicht innerhalb von vier Tagen gemeinschaftsfähig werde, wenn man es vorher nicht gewesen sei, das sei seine Überlegung.

Er sagte, überlassen wir das mal dem Gericht, Herr Kehrig, ja?

Der Hauswart sagte, nee, Herr Busner, die P.f.F. wird Sie nicht aussparen! Überlegen Sie sich nur schon mal das: Die Partei hat soundsoviele Rondos in Sie investiert, mit all den Plakaten und so — glauben Sie, die Partei geht ein solches Verlustgeschäft ein?

An der Wohnungstür wurde geläutet.

Er rief, ja, was ist?

Als erstes wollten die Reporter wissen, mit welchem Ausgang er in seinem Revisionsverfahren rechne. Er antwortete, er hoffe, die P.f.F. werde ihn als Opfer an die Gemeinschaft würdig finden, andererseits würde er sich darüber freuen, wenn man ihn als gemeinschaftsfähig beurteilte. Einer der Reporter bemerkte, er würde sich also über beide Urteile freuen, darüber, als Opfer bestätigt, und darüber, als Opfer zurückgewiesen, dafür jedoch in den Gemeinschaftskörper integriert zu werden?

Er sagte, so ist es. Gelangt das Gericht zur Ansicht, ich sei der

Gemeinschaft nutzbringender, wenn ich meine Kräfte in ihren Dienst stelle, als wenn ich mich ihr opfere, so werde ich den Entscheid des Gerichts mit Freude akzeptieren und dem Wunsch der P.f.F. selbstverständlich entsprechen. Ebenso bin ich nach wie vor zur Opferung bereit, falls das Gericht entscheidet, dass dies gemeinschaftsnützlicher ist.

Nachdem die Reporter einige weitere Fragen gestellt und ihn dann mit Herrn Kehrig alleingelassen hatten, erklärte dieser, dass es von der P.f.F. irgendwie ungerecht wäre, Busner nicht zu opfern, der Gemeinschaft gegenüber sowie Busner gegenüber. Er zog ein Fähnchen mit seinem Bild aus der Mappe und bat ihn, sein Autogramm unter die Fotografie zu setzen. Als er das Fähnchen behutsam zusammengerollt und wieder in die Mappe gesteckt hatte, kam er auf die Treppenhausreinigung zu sprechen, die, wie er mitteilte, momentan ungeheuer schwierig durchzuführen sei. Die Schwierigkeit bestehe darin, dass sich sozusagen permanent Leute im Stiegenhaus aufhielten. Das dauernde Hin und Her bringe einerseits ungeheuren Schmutz mit sich, andererseits verunmögliche es eine gründliche Reinigung des Treppenhauses. Die günstigste Zeit für die Säuberung sei morgens zwischen vier und fünf, was heisse, dass er täglich zu dieser Stunde aus dem Bett müsse, damit das Haus nicht im Schmutz versinke.

DIENSTAG, 16.

Sein erster Gedanke beim Erwachen war, dass er mit grosser Wahrscheinlichkeit seinen 12 SS heute wiederbekomme und deshalb die Autoschlüssel nicht vergessen dürfe.

Als er durch die Menge ging, fiel ihm ein, seine letzten Tage seien wie ein böser Alptraum gewesen. Er beschloss, diesen Satz in sein Buch aufzunehmen.

Vor dem „Weissen Haus" hatten sich unzählige Fotografen und Filmleute eingefunden. Lächelnd, die linke Hand leicht angehoben, schritt er zwischen ihnen hindurch. Sein Eintritt in den

Gerichtssaal, den er bereits bis auf den letzten Platz gefüllt sah, wurde, wie er feststellte, vom Fernsehen aufgezeichnet. Das Wort „Feierlich" fiel ihm ein, als er sich langsam zur Anklagebank begab. Auf deren äusserstem Ende sah er seinen Elektriker, Herrn Julian, sitzen.

Er sagte, guten Tag, Herr Julian! Sind Sie jetzt der Angeklagte?

Herr Julian stand auf, reichte ihm die Hand und sagte ernst, ich möchte Ihnen viel Glück wünschen, Herr Busner.

Nachdem er sich darüber klar geworden war, dass Herr Julian offenbar vom bereits feststehenden Ausgang des Prozesses nichts wisse, sagte er, danke, danke, Herr Julian, sehr freundlich von Ihnen!

Herr Julian sagte, ich möchte Ihnen auch sagen, Herr Busner, falls wir uns nun nicht mehr sehen sollten, dass Sie mir ein Freund geworden sind, irgendwie, in der Zwischenzeit.

Er sagte, ja, Herr Julian, nun wird vielleicht nichts aus dem Elektrisieren!

Herr Julian sagte, ja, wir wollen sehen, Herr Busner.

Er sagte, Sie werden dafür einen anderen elektrisieren dürfen!

Herr Julian sagte, ja, es ist noch nichts entschieden.

Er sagte, nehmen Sie die Sache mal nicht so schwer, Herr Julian, ich muss sagen, dass auch Sie mir recht sympathisch sind, obwohl ich mit Homosexuellen normalerweise keinen Umgang pflege — sagen Sie, Sie wohnen der Verhandlung doch bei?

Herr Julian sagte, freilich.

Er sagte, wissen Sie was, Herr Julian? Ich werde mir erlauben, Sie danach zu einer Flasche Wein einzuladen!

Sein Verteidiger zwinkerte ihm unmerklich zu, als er ihn begrüsste. Kaum hatte er sich gesetzt, erschienen die Gemeinschaftsrepräsentanten und hinter ihnen der Richter mit dem Ankläger. Während er beobachtete, wie sie ihre Plätze einnahmen, dachte er, wie unrealistisch, ja, wie kindisch sein Plan, den Richter zu kidnappen, gewesen sei. In der entstehenden Stille begann er sich doch etwas ängstlich zu fühlen.

Endlich sagte der Richter, meine Damen und Herren, wie Sie vom Fernsehen und aus der Presse erfuhren, ordnete der Präsident an, zu überprüfen, ob unser Heinz-Harry Busner, der dazu ausgewählt wurde, sein Leben der Gemeinschaft zu opfern, seit Ergehen des Urteils sich zu einem selbstbeherrschungsfähigen und damit gemeinschaftsfähigen Glied gewandelt hat und somit der Gemeinschaft besser dient, wenn man ihn wieder in sie eingliedert, als wenn er sich ihr opfern liesse. Sollte das Gericht auf Gemeinschaftsfähigkeit erkennen, hiesse das, dass Heinz-Harry Busner in den Gemeinschaftskörper eingefügt wird — beurteilt es H.H.B. als gemeinschaftsunfähig, bedeutet dies, dass er sich opfern lassen darf. Der Herr Staatsanwalt hat das Wort!

Als der Ankläger langsam auf ihn zutrat und sagte, nun, Herr Busner, wie beurteilen Sie selbst Ihr Gemeinschaftsverhältnis?, irritierte ihn, dass der Ankläger, der doch vom Ausgang des Verfahrens wusste, ihm überhaupt eine Frage stelle, worauf man ihn nicht vorbereitet habe — diese Frage überdies schroff und herausfordernd äussere, während man unterlassen habe, ihn anzuweisen, wie er sich verhalten müsse.

Nach einem Augenblick sagte er, mein Gemeinschaftsverhältnis ist gut.

Der Ankläger sagte, wenn Ihnen drei Gemeinschaftsglieder Selbstbeherrschungsunfähigkeit nachweisen, Herr Busner, ohne dass es Ihnen gelingt, diese Beschuldigungen zu entkräften, würden Sie dann Ihre Gemeinschaftsunfähigkeit eingestehen?

Nachdem Busner sich vergegenwärtigt hatte, dass das Urteil, wie der Präsident persönlich angeordnet habe, auf Freispruch lauten werde, antwortete er, dass er seine Gemeinschaftsunfähigkeit dann selbstverständlich eingestehen wolle.

Der Ankläger sagte, Sie gehen doch mit mir darin einig, Herr Busner, dass ein einzelner solange als gemeinschaftsfähig gilt, bis ein Gemeinschaftsglied oder mehrere ihn der Selbstbeherrschungsunfähigkeit anklagen?

Er sagte, selbstverständlich, Herr Staatsanwalt!

Der Ankläger fuhr fort, und Gemeinschaftsunfähigkeit dann besteht, wenn das Gericht auf Selbstbeherrschungsunfähigkeit erkennt?

Er sagte, jawohl, Herr Staatsanwalt.

Beinahe wäre er, nachdem der Ankläger dem Gerichtsdiener ein Zeichen gegeben hatte, aus der Rolle gefallen und hätte gesagt, was diese Fragen denn sollen.

Der Herr, den er eintreten sah, kam ihm bekannt vor, aber erst bei der Vereidigung, als der Herr seinen Namen nannte, wurde ihm klar, dass es sich um jenen Herrn Turner handle, dem er das Namensschild von der Kleidung gerissen habe. Herr Turner schilderte ausführlich, wie er Freitagabend lange vor Busners Wohnung auf dessen Erscheinen gewartet habe, um ihm eine Frage von gemeinschaftlichem Interesse zu stellen, wie Busner dann, als er endlich gekommen sei, ihn am Rockkragen gepackt und ihm einen Stoss versetzt habe, wobei er, Herr Turner, seines Namensschildes verlustig gegangen sei, das man ihm bis heute nicht zurückgegeben habe.

Der Ankläger fragte, ob er diese Aussage als wahrhaftig anerkenne. Er bejahte.

Als Verleger Held — der, wie er jetzt erfuhr, ein Bruder des Abgeordneten Held war — schilderte, wie er ihm den Arm umgedreht, ihn mit der Faust in den Rücken geschlagen und ihn in die Menschen auf dem Treppenvorplatz gestossen habe, raunte der Verteidiger Busner zu, zeigen Sie mehr Anteilnahme, Herr Busner, spielen Sie mit, um Gottes Willen!

Nachdem Herr Kudi ausgesagt hatte, Busner habe gedroht, ihn von der Leiter zu stossen, wenn er nicht augenblicklich verschwinde, und, kaum sei er unten angelangt, habe Busner die Leiter umgeworfen und dabei etliche Menschenleben gefährdet, trat der Ankläger auf die Gemeinschaftsrepräsentanten zu und sagte, meine Damen und Herren, ich habe nichts zu sagen, gar nichts. Ich frage Sie: Ist unser Heinz-Harry nach dem, was Sie gehört haben, ist er gemeinschaftsfähig geworden? Sie werden es zu beurteilen wissen, meine Damen und Herren Gemeinschaftsrepräsentanten!

Busner dachte, wenn er vom Ausgang des Prozesses nicht wüsste, hätte ihn das bedrohliche Auftreten des Anklägers sehr geängstigt.

Der Richter erteilte dem Verteidiger das Wort.

Der Verteidiger sagte, ich möchte, hohes Gericht, erstmal klarstellen, dass der Ausgang dieses Verfahrens für meinen Mandanten belanglos ist. Belanglos deshalb, weil Heinz-Harry die Anliegen der Gemeinschaft zu seinen eigenen gemacht hat. Sollten Sie auf Selbstbeherrschungsunfähigkeit erkennen, bedeutet dies für H.H.B., dass man ihn als Gemeinschaftsopfer akzeptiert, und wir alle wissen, dass er sich gerne opfert. Sollte das Urteil andererseits auf Selbstbeherrschungsfähigkeit lauten, wird Heinz sich bemühen, seine Funktion in der Gemeinschaft zu erfüllen. Für ihn steht also nichts auf dem Spiel, das wollte ich klarstellen.

Nach kurzem Schweigen fuhr der Verteidiger fort, er möchte dem hohen Gericht zu bedenken geben, dass Busner sich trotz allem in einer psychisch belastenden Situation befinde, da er — allerdings in legitimer Weise — von der Gemeinschaft fast dauernd beansprucht werde: von Reportern, Verwandten, dem Ausschuss und so fort. Es sei natürlich, dass ein Mensch, der so gut wie nie zur Ruhe komme, auf gewisse Dinge gereizt reagiere. Er finde, diesem Umstand müsse bei der Urteilsfällung Rechnung getragen werden, denn es wäre, wie der Präsident ausgeführt habe, schade, einen gemeinschaftsfähigen einzelnen aus dem Gemeinschaftskörper zu entfernen.

Der Richter fragte Busner, ob er sich äussern wolle.

Er sagte, es ist so, wie mein Verteidiger sagte, Herr Richter.

Es überraschte ihn, dass der Richter danach bekanntgab, das Gericht ziehe sich zur Urteilsberatung zurück, die übrigens in Anwesenheit des Präsidenten Pack persönlich stattfinde — da er erwartet hatte, sein Ausschuss werde, damit das Urteil glaubwürdiger ausfalle, mindestens einen Entlastungszeugen mitspielen lassen. Der Verteidiger, dem er dies mitteilte, erklärte, die Gestaltung des Prozesses sei vom Ankläger und dem Produktionsminister festgelegt worden, ihn selbst habe man lediglich angewiesen, Busner nach eigenem Gutdünken zu verteidigen.

Er sagte, glauben Sie persönlich denn nicht, dass nun das Urteil etwas unglaubwürdig klingen wird?

Der Verteidiger sagte, das ist nicht unsere Sorge, Herr Busner!

Er sagte, ihm jedenfalls würde das suspekt erscheinen.

Nachdem er einem Fernsehreporter auf dessen Bitte einige Fragen beantwortet hatte, verliess Busner mit dem Verteidiger den Saal. Er erkundigte sich, ob die Möglichkeit bestehe, dass er seinen 12 SS gleich nach der Verhandlung abholen könne.

Der Verteidiger erwiderte, meiner Meinung nach sollte diese Möglichkeit existieren.

Er sagte, das wäre grossartig, wissen Sie! Das wäre tatsächlich grossartig! - Wissen Sie was? Ich lade Sie, den Herrn Staatsanwalt und den Herrn Richter nach der Verhandlung zu einer Flasche Wein ein! Ich habe bereits Herrn Julian eingeladen. Nehmen Sie die Einladung an?

Der Verteidiger sagte, aber gerne, Herr Busner, gerne!

Er flüsterte, ich habe Ihnen so viel zu verdanken, wissen Sie!

Der Verteidiger flüsterte, nun, nun, es hätte ja auch anders ausgehen können.

Er flüsterte, daran darf ich gar nicht denken, Herr Kehrer, ehrlich nicht!

Nachher, als die Gemeinschaftsrepräsentanten mit dem Richter und dem Ankläger eintraten, wurde ihm heiss, obwohl er sich immerzu sagte, er wisse ja, wie das Urteil lauten werde.

Der Richter sagte, wer von Ihnen, meine Damen und Herren Gemeinschaftsrepräsentanten, unsern Heinz noch immer als selbstbeherrschungsunfähig beurteilt und damit den Entscheid des ersten Verfahrens bekräftigt, erhebe die Hand.

Zu seiner Überraschung sah er die Hände sämtlicher Gemeinschaftsrepräsentanten in die Höhe gehen. Rasch sagte er sich, der Präsident hat sich den Freispruch vorbehalten! Der Präsident will das selbst tun. Propaganda.

Er hörte den Richter sagen, das Gericht ist, meine Damen und Herren, im Einvernehmen mit dem Präsidenten zum Schluss gelangt, dass unser Heinz nach wie vor selbstbeherrschungsunfähig ist und damit der Gemeinschaft geopfert wird.

Er zerrte den Verteidiger an der Schulter und flüsterte, was soll das? Wer fällt jetzt den Freispruch?

Der Verteidiger flüsterte, beherrschen Sie sich, um Gottes Willen! Spielen Sie mit! Der Richter wird uns gleich sagen, wie es nun weitergeht! Bleiben Sie ruhig, Herr Busner! Kommen Sie!

Von der Tür aus rief er dem Richter zu, Herr Herr, wie geht es nun weiter?

Der Richter sagte, nicht so laut, Herr Busner! Setzen Sie sich!

Der Verteidiger schloss die Tür.

Er sagte, ich verstehe nicht, Herr Herr, wie wollen Sie mich denn jetzt noch freisprechen?

Der Richter sagte, ja, Herr Busner, der Präsident hat sich anders entschieden.

Er hörte sich sagen, wie?

Der Richter wiederholte, dass der Präsident sich anders entschieden habe, und setzte hinzu, Ihnen wird das einigermassen egal sein, da Sie sich ja gerne opfern.

Die Mutter fiel ihm ein, die Pistole, die Geiselnahme. Er dachte, beherrschen, beherrschen! Unter allen Umständen beherrschen, um keinen Argwohn zu erwecken.

Er sagte, aber das kann doch nicht sein, Herr Dr. Herr! Das kann doch nicht sein! Sie haben mir doch zugesichert, dass ich freigesprochen werden soll! Sie alle hier! Sie alle hier haben mir das zugesichert!

Der Richter sagte, Herr Busner, bitte, beherrschen Sie sich!

Er sagte, Sie sagten mir doch, dass der Präsident gesagt hat, ich eigne mich nicht als Opfer! Ich eigne mich nicht, hat er gesagt! Ich eigne mich nicht, was wollen Sie denn noch?

Der Richter sagte, der Präsident hat sich nun anders entschieden. Sprechen Sie mit dem Präsidenten, anstatt uns hier anzuschreien, die wir auf Weisung des Präsidenten handeln! Doch rate ich Ihnen sehr, erstmal einen Kognac zu trinken! Als väterlicher Freund rate ich Ihnen das!

Während der Verteidiger die Flasche holte, hämmerte Busner sich ein, er müsse sich beherrschen, er müsse sich beherrschen, er müsse sich beherrschen, man sperre ihn sonst ein und dann sei alles verloren. Er sagte sich, er werde schon freikommen, auch wenn der Präsident sich tatsächlich anders entschieden habe. Das mit der Geiselnahme werde bestimmt klappen. Es gehe darum, den Anschein zu wahren, dass er sich gerne opfere.

Nachdem er den Kognac getrunken hatte, sagte er, um zu prüfen, ob er seine Fassung wiedererlangt habe, wissen Sie, wie mir das alles vorkommt?

Der Richter sagte, er wisse es nicht, und schenkte ihm nach.

Er sagte, wie ein Katz- und Maussspiel, wissen Sie!

Der Richter sagte, so?

Er sagte, würden Sie den Präsidenten jetzt vielleicht fragen, ob ich ihn sprechen kann?

Der Verteidiger schritt zum Telefon. Anstatt auf die Worte des Richters zu hören, schärfte er sich wieder ein, er dürfe seine Absichten nicht verraten, er müsse sich beherrschen, er müsse vortäuschen, er opfere sich gerne — alles hänge davon ab, ob es ihm gelinge, Opferungsbereitschaft vorzutäuschen.

Es fiel ihm ein: Wo ein Wille ist, ist auch ein Weg.

Der Verteidiger meldete, der Präsident habe sich bereit erklärt, ihn während vier Minuten anzuhören. Seine Hand zitterte, als er den Hörer ergriff. Um es sich nicht anmerken zu lassen, drehte er sich gegen die Wand.

Er sagte, Herr Präsident ..., vermochte aber nicht weiterzufahren.

Er hörte den Präsidenten sagen, Herr Busner, Sie wollten mich sprechen?

Er sagte, ja — ich dachte, ich soll freigesprochen werden, Herr Präsident?

Der Präsident sagte, in der Tat hatten wir einen Freispruch ins Auge gefasst, Herr Busner.

Er sagte, nicht dass Sie glauben, ich würde mich nicht gerne opfern!

Der Präsident sagte, ich weiss, Herr Busner.

Er sagte, Sie meinten doch, Sie fänden mich unwürdig dazu?

Der Präsident sagte, nun, ich finde Sie nicht gerade unwürdig, das wäre übertrieben, aber tatsächlich könnte ich mir einen einzelnen vorstellen, der sich besser dazu eignete als Sie.

Er sagte, eventuell müsste man nach diesem einzelnen Menschen suchen.

Der Präsident sagte, das hätte man tun können.

Er sagte, ich möchte bloss wissen, Herr Präsident, aus welchem Grund dieser Revisionsprozess dann durchgeführt wurde?

Der Präsident sagte, da müssten Sie meinen Bruder, den Produktionsminister fragen, er managt ja diese ganze Opferungsgeschichte — aber im Augenblick ist er leider nicht hier.

Er hörte den Ankläger sagen, ich meine, es sollte ihn doch freuen, nun doch als Opfer akzeptiert zu werden, nicht?

Er sagte, ich freue mich natürlich sehr darüber, Herr Präsident, nun doch als Opfer akzeptiert zu werden, das freut mich sehr!

Der Präsident sagte, das freut mich, dass Sie ... das freut, Herr Busner!

Er sagte, sicher, Herr Präsident, wissen Sie, ich weiss nicht, ob

Ihnen zu Ohren gekommen ist, dass ich aussagte, ich hätte daran gedacht zu flüchten?

Der Präsident sagte, ja, das ...

Er sagte, das ist ja gar nicht wahr, Herr Präsident, das stimmt ja gar nicht! Ich hatte nie die Absicht zu flüchten, nie! Ich habe das bloss gesagt, verstehn Sie? Verstehn Sie? Ich habe es bloss gesagt, damit dieses Revisionsverfahren eingeleitet wird, verstehn Sie mich?

Der Präsident sagte, ich verstehe Sie, Herr Busner, aber ich verstehe nicht, aus welchem Grund Sie ein Revisionsverfahren haben wollten. Könnte das nicht nur deswegen gewesen sein, weil Sie damit rechneten, freigesprochen zu werden?

Es dauerte eine Weile, bis Busner sich soweit zu fassen vermochte, dass es ihm gelang zu sagen, dieses Revisionsverfahren, Herr Präsident, wollte ich bestimmt nicht, um der Opferung zu entgehen. Wirklich nicht, Herr Präsident, das war absolut nicht meine Absicht und auch kein Hintergedanke!

Der Präsident sagte, wenn es so ist, Herr Busner, dann habe ich Sie wohl nicht ganz richtig eingeschätzt.

Er sagte, jawohl, Herr Präsident, es ist so!

Der Präsident erkundigte sich, ob er noch weitere Fragen habe.

Nachdem er dies verneint und eingehängt hatte, wollte der Richter wissen, was der Präsident gesagt habe.

Er sagte, der Präsident sagte, er sei überzeugt, dass ich nicht flüchten wollte.

Der Richter sagte, sicher, sicher, Herr Busner, aber sind Sie denn mit der Antwort des Präsidenten betreffend Ihr Revisionsverfahren zufrieden?

Er sagte, bestimmt, Herr Dr. Herr! - Ich muss Ihnen übrigens nun eingestehen, dass ich Sie belog.

Der Richter sagte, wirklich? Sie belogen uns?

Er sagte, ja, es war eine Notlüge. Ich sagte Ihnen doch, dass ich beabsichtigte zu flüchten, nicht?

Der Richter nickte.

Er sagte, nun, das stimmt gar nicht! Das entsprach nicht der Wahrheit, verstehn Sie? Ich beabsichtigte nicht zu flüchten! Ich sagte das bloss, damit das Revisionsverfahren eingeleitet wurde, verstehen Sie? Und ich wollte, dass das Revisionsverfahren eingeleitet wurde, aus Spass, verstehen Sie?

Der Richter sagte, nein, das verstehe ich nicht. Da wäre ich wirklich nie dahintergekommen! Sie haben uns tatsächlich schön angeführt, Herr Busner!

Er sagte, ja wissen Sie, Herr Doktor, ich dachte, die Gemeinschaft werde Spass haben am Revisionsverfahren, wissen Sie!

Der Ankläger sagte, da haben Sie Ihre Rolle aber einwandfrei durchgehalten, Herr Busner! Ich wäre nie auf den Gedanken gekommen, dass Sie Ihr Spiel mit uns treiben!

Der Verteidiger sagte, ja, da hat Herr Busner uns schön angeführt!

Nachdem er sich von den Herren seines Ausschusses verabschiedet hatte und zum Aufzug schritt, sagte er sich, es sei unerheblich, ob der Ausschuss und die Minister seine Angaben glaubten oder seine Fluchtpläne durchschaut hätten, wenn er erstmal im Besitz der Pistole sei, werde er sich der Opferung so oder so entziehen; als erstes müsse er nun von seiner Wohnung aus die Mutter anrufen, sie solle ihm den Kuchen doch bringen, was die Mutter bestimmt richtig verstehen werde, vor allem dann, wenn sie die Gerichtsverhandlung am Fernsehen verfolgt habe.

Der Anblick der unüberblickbaren Menge, die vor dem „Weissen Haus" auf ihn wartete und bei seinem Erscheinen begeistert ihre Fähnchen schwenkte, ängstigte ihn derart, dass ihm mit einem Male die Beine versagten und er sich an eine der Säulen anlehnen musste. Er dachte, er müsse sich fassen, er dürfe sich nicht unterkriegen lassen. Gerade jetzt müsse er alle Kräfte zusammennehmen. Er sah Herrn Julian aus der Menge kommen und die Stufen hochsteigen. Er stiess sich von der Säule ab und setzte den Weg fort. Herr Julian fragte, in welchem Lokal sie nun den Wein trinken wollten. Er sagte, den Wein? - Ach so, verschieben wir es auf morgen, Herr Julian, ich habe eine Verabredung.

Vor dem Taxistandplatz klammerte sich mit einem Male ein älterer Mann an ihn. Erst nachdem er eine Zeitlang vergeblich versucht hatte, ihn abzuschütteln, merkte er, dass der Alte versuchte, ihm einen Zettel zuzustecken.

Er sagte, was wollen Sie denn? Lassen Sie mich in Ruhe!

Der Alte raunte, wichtig, wichtig für Sie, wichtig! und schob ihm den Zettel schliesslich in die Rocktasche.

Nachdem das Taxi, dem zahlreiche Autos und Motorräder folgten, den GESELLSCHAFTS-Platz verlassen hatte, holte er ihn hervor. Er las, „Fluchthilfeunternehmen, Altstadtstr. 35, Garsen. Sobald wie möglich".

Er bemühte sich, den Zettel mit gleichgültiger Miene einzustecken. Er dachte, in Kattland gebe es kein Fluchthilfeunternehmen. Um sich davon zu überzeugen, hätte er den Fahrer beinahe angewiesen, umzukehren, aber es fiel ihm rechtzeitig ein, dass dies womöglich Argwohn erwecken könnte. Der Fahrer machte eine Bemerkung über den Ausgang seines Prozesses.

Er sagte, ja.

Er dachte, ob dieses Fluchthilfeunternehmen vielleicht nicht doch existierte? Als ihm einfiel, wozu es in Kattland, dessen Grenzen offenstünden, ein Fluchthilfeunternehmen geben solle, kam er zur Überzeugung, dass der Ausschuss ihm wieder mal einen Streich spiele. Schliesslich beschloss er, der Sache auf den Grund zu gehen, um sich später keine Vorwürfe machen zu müssen. Sollte es eine Finte des Ausschusses sein, werde er angeben, er habe sich von der Existenz dieses Unternehmens einzig deshalb überzeugen wollen, um es hochgehen zu lassen.

Bevor der Fahrer vor seinem Haus anhielt, sagte er, warten Sie auf mich, ich bin in zehn Minuten wieder da und muss dann in die Altstadt.

Während er beim Aufzug vorüberschritt, fiel ihm ein, der Aufzug sei wohl gar nicht defekt, sondern der Hauswart habe den Betrieb entweder aus eigener Initiative oder auf Geheiss des Ausschusses eingestellt.

Nachdem er geprüft hatte, ob niemand in seiner Wohnung sei, sperrte er sich in die Toilette und holte den Zettel hervor. Während er darauf starrte, dachte er, er wolle sich keinen Hoffnungen hingeben, bevor er nicht genau wisse, worum es sich handle.

Als er zum Telefon schritt, um seine Mutter anzurufen, wurde an der Tür geklingelt.

Er fragte, was ist los?

In der Türöffnung erschien der Kopf des einen Wachposten. Er sagte, es ist amtlich, Herr Busner, und liess einen schwarzgekleideten Herrn eintreten.

Der Herr sagte, guten Tag, Herr Busner, ich komme vom Städtischen Sterbeamt, mein Name ist Küdi, wie Sie sehen.

Herr Küdi gab an, es sei wegen des Sarges.

Er sagte, was ist wegen des Sarges?

Herr Küdi sagte, ich weiss nicht, ob Sie wissen, Ihr Ausschuss hat bestimmt, dass die Leiche sofort nach Feststellung des Eintritts des Todes, also noch am Hinrichtungsort, in den Sarg zu legen ist, so dass wir also schon jetzt den Sarg stellen müssen. Deshalb muss ich Ihre Körpergrösse wissen und wissen, welche Sargausführung Sie wünschen — haben Sie vielleicht Ihren Pass in der Nähe?

Er sagte, den Pass, wieso?

Herr Küdi sagte, wegen der Grösse. Im Pass finde ich Ihre Körpergrösse, die steht dort drin.

Er sagte, ich messe 1.81, das weiss ich auswendig.

Gleichwohl wollte Herr Küdi, bevor er sich die Zahl notierte, wissen, ob er auch wirklich sicher sei wegen der Grösse.

Nachdem er bejaht hatte, sagte Herr Küdi, Sarg also 1.90, oder nee, nehmen wir mal 1.95, der Sarg muss passen, wissen Sie! - Gut, das hätten wir also. Nun zur Ausführung. Ich habe Ihnen hier einige Fotos mitgebracht, Herr Busner, Sie dürfen sich einen Sarg aussuchen, die Stadt trägt die Unkosten, hat man uns gesagt, Sie können also den schönsten Sarg haben, wenn Sie wollen. - Oder setzen wir uns in Ihren Wohnraum, damit Sie die Wahl in Ruhe treffen können?

Nachdem sie Platz genommen hatten, sagte Herr Küdi, die erste Frage, die wir den Angehörigen des Verblichenen jeweils stellen, ist eine reine Routinefrage — die Frage, war der Verblichene jüdischen Glaubens. Sind Sie jüdischen Glaubens, Herr Busner?

Busner schüttelte den Kopf.

Herr Küdi erklärte, dann falle der Israelitensarg weg.

Er sagte, hören Sie, mir ist es egal, in was für einem Sarg ich begraben werde!

Herr Küdi sagte, nein, das darf Ihnen nicht egal sein, Herr Busner, sondern wichtig! Sehn Sie, hier zum Beispiel haben wir einen einfachen Sarg ohne Polster. Dieses Modell wird braun gebeizt, mit Klarlack lackiert geliefert oder weiss lackiert, aber ich glaube, der ist nun also doch zu schäbig für Sie; nur zeigen muss ich ihn, verstehn Sie? Unser nächstes Modell ist dieser Sarg da — eicheriert, hell und mit Polster versehen, aber ich meine, Sie haben was Besseres verdient. Unser drittes Modell ...

Er sagte, wieviele haben Sie?

Herr Küdi sagte, im ganzen haben wir zwölf Modelle.

Er sagte, zeigen Sie mal das zwölfte her!

Herr Küdi sagte, das zwölfte, das wäre dieser Sarg da. Sehr schön, nicht wahr? Das ist massives Eichenholz mit Filets und ...

Er sagte, Filets?

Herr Küdi sagte, ja, diese Silberverzierungen hier, das sind die Filets. Dieser Sarg ist, wie Sie sehen, sehr schön gepolstert ...

Er sagte, den nehme ich!

Herr Küdi sagte, ... er hat Rahmenfüsse und vier Griffe. Es ist unser schönster Sarg. Die Griffe werden allerdings im Krematorium abmontiert, bevor der Sarg ins Feuer geht, weil sonst bloss ein Metallklumpen zurückbleibt, und das ist ja nicht der Sinn der Sache.

Er sagte, okay, ich nehme diesen Sarg!

Herr Küdi sagte, gut, Nummer 12, hätten wir das. Dieser Sarg nun, Herr Busner, ist hell und dunkel lieferbar. Welche Ausführung wünschen Sie?

Er sagte, hell.

Herr Küdi sagte, hell — schön, Herr Busner, ich persönlich ziehe hell übrigens dunkel auch vor.

Seine Mutter sagte, sie habe auf seinen Anruf gewartet, sie fahre heute abend weg, um den Kuchen zu bringen.

Er sagte, fein Mutter, weisst du, ich freue mich sehr darüber, dass ich nun doch als Opfer würdig erachtet wurde.

Die Mutter sagte, ja, das ist schön.

Er sagte, du musst wohl wieder eine Besuchergenehmigung beim Ausschuss holen, komm einfach sobald wie möglich!

Krampfhaft dachte er nach, wie es ihm gelinge, der Mutter mitzuteilen, sie solle die Munition nicht vergessen.

Schliesslich sagte er, ist auch alles dabei, beim Kuchen, Mutter?

Sie sagte, es sei alles dabei.
Er sagte, also, bis morgen, Mutter, ja?

Zu den Wachposten sagte er, er sei bald wieder da. Beim Nationalmuseum stieg er aus, bezahlte den Fahrer und ging durch die Altstadtstrasse zu Fuss. Die Nummer 35 war ein grosses Geschäftshaus, das an die U-Bahnstation Altstadtkreuz angrenzte. Er stellte fest, dass Herr Garsen im fünften Stockwerk wohne. Einige von den Leuten, die ihm gefolgt waren, betraten mit ihm den Aufzug. Er fühlte sein Herz heftig klopfen.

Es dauerte ein Weile, bis ihm, nachdem er an Herrn Garsens Tür geläutet hatte, eine Frau öffnete. Einen Augenblick war er überrascht, sie sagen zu hören, du hast dich verspätet, mein Lieber!

Nach einem Moment sagte er, ja.

Sie fuhr fort, Hermann wartet schon eine Stunde auf dich! Komm rein!

Sie schloss die Tür, wobei er feststellte, dass diese ein Privatschloss aufwies, zog ihn in ein einfach möbliertes Zimmer und flüsterte, wir tarnen es so, als ob Sie einen Freund besuchen, verstehn Sie? Der Freund heisst Hermann Garsen.

Er flüsterte, jawohl — sagen Sie, können Sie mir wirklich helfen?

Die Frau flüsterte, geben Sie mir den Zettel!

Er flüsterte, welchen Zettel?

Sie flüsterte, den Zettel mit unserer Adresse!

Er holte ihn aus der Tasche. Die Frau knüllte ihn zusammen, steckte ihn ein und flüsterte, wir gehen jetzt zu Herrn Wecker. Erlauben Sie, ich muss Ihnen ein Tuch um die Augen binden.

Er flüsterte, ist das auch keine Finte?

Die Frau fragte, ob er lieber wieder weggehen möchte.

Er flüsterte, nein, nein, aber verstehen Sie, ich bin ein wenig misstrauisch, selbstverständlich traue ich Ihnen.

Sie wiederholte, dass es ihm freistehe, wieder wegzugehen. Nachdem sie ihm die Binde umgelegt hatte, nahm sie seine Hand. Er fand heraus, dass sie ihn in einen anderen Raum führe, dort eine Stiege mit ihm hochgehe und längere Zeit über eine Wendeltreppe in die Tiefe steige. Er nahm sich vor, beim nächsten Mal die Stufen zu zählen.

Er hörte die Frau eine Tür aufschieben. Als sie ihm die Binde abnahm, sah er einen winzigen, spärlich erleuchteten, kahlen Raum.

Sie sagte, gehen Sie rein, Herr Wecker wird gleich kommen; dann schob sie die Tür hinter ihm zu.

Er setzte sich auf einen der beiden Hocker, zwischen denen ein kleiner, runder Tisch stand, und lehnte sich an die Wand. Er dachte, dass das alles verdammt echt aussehe, mit der Augenbinde, der Wendeltreppe, diesem unterirdischen Raum und so; falls es tatsächlich keine Falle des Ausschusses sei, hätte er nie geglaubt, dass in Kattland ein Fluchthilfeunternehmen existiere.

Während er den schweren, dunklen Vorhang gegenüber betrachtete, stellte er fest, dass man von nirgendwo ein Geräusch vernahm. Es fiel ihm ein, wozu denn bloss in Kattland ein Fluchthilfeunternehmen nützlich sei. Hinterher sann er darüber nach, wie es ihm gelinge — falls er doch gezwungen sein sollte, seine Freiheit durch Geiselnahme zu erwirken —, den Weg zum Helikopter tunlichst kurz zu halten, damit das Risiko, von einem Scharfschützen erschossen zu werden, möglichst gering sei.

Als der Vorhang plötzlich zur Seite geschoben wurde, ohne dass zuvor ein Geräusch das Nahen einer Person angekündigt hätte, fuhr er zusammen. Der dickliche, in einen schwarzen Kimono gekleidete Herr schritt wortlos auf den anderen Hocker zu und setzte sich.

Busner stand auf und sagte, guten Tag.

Der Herr sagte, guten Tag, und schwieg.

Schliesslich setzte sich Busner wieder hin.

Als der Herr sein Schweigen nicht brach, sagte er, ich weiss nicht, ob Sie im Bilde sind, mein Name ist Busner, jemand gab mir Ihre Adresse?

Der Herr sagte, doch, ich bin im Bild, und schwieg.

Er sagte, sind Sie nicht Herr Wecker?

Der Herr sagte, doch.

Er sagte, ich weiss nicht — man sagte mir, dass Sie mir zur Flucht verhelfen können?

Der Herr sagte, ja, und verstummte wieder.

Während er dachte, der Ausschuss stecke hinter der Sache, sagte er, was tut eigentlich Ihr Fluchthilfeunternehmen, wenn ich fragen darf? - Ich meine, ein Fluchthilfeunternehmen kann es ja nicht sein, weil bei uns jeder eine Ausreisegenehmigung kriegt und anstandslos weggehen kann?

Herr Wecker sagte, nicht jeder.

Er sagte, so? Wer denn nicht?

Herr Wecker sagte, Sie zum Beispiel.

Er sagte, ich bin ein Sonderfall — aber was tut denn dieses Fluchthilfeunternehmen sonst?

Herr Wecker sagte, wir schaffen Leute ins Ausland.

Er sagte, was für Leute?

Herr Wecker sagte, zum Beispiel Leute aus dem Untergrund.

Er sagte, aus welchem Untergrund? Es gibt ja gar keinen Untergrund in Kattland!

Herr Wecker sagte, doch.

Er sagte, die Regierung behauptet aber, es gebe keinen Untergrund?

Herr Wecker antwortete nicht.

Er sagte, ich meine, ich habe noch nie von Aktionen aus dem Untergrund gehört.

Herr Wecker erklärte, es stehe ihm frei, seinen Worten zu glauben oder nicht.

Er sagte, ich meine, ich will Sie nicht beleidigen! Verstehen Sie mich bitte nicht falsch!

Da Herr Wecker wieder schwieg, fuhr er fort, sind es viele Leute, die Sie ins Ausland bringen?

Herr Wecker sagte, nein.

Er sagte, vielleicht möchten Sie keine Auskunft darüber geben?

Herr Wecker antwortete nicht.

Er sagte, bitte, ich verstehe das, ich will auch gar nicht in Sie dringen, Sie kennen mich ja nicht — aber sagen Sie, weshalb wollen Sie mir eigentlich helfen? Ich meine, ich arbeite ja nicht für den Untergrund? Sie konnten gar nicht wissen, dass ich mich nicht opfern lassen will?

Herr Wecker sagte, doch.

Er sagte, woher?

Herr Wecker sagte, Sie werden daraufkommen.

Madeleine fiel ihm ein, seine Bekannte aus den Tagen vor den Wahlen, die, wie man ihm gesagt hatte, verhaftet worden sei. Er legte sich zurecht, dass man sie gar nicht gefunden habe, dass sie weiter für den Untergrund arbeite — dass dies übrigens der Beweis von der Existenz des Untergrundes sei und dass sie bestimmt wisse, er werde versuchen, der Opferung zu entgehen, und er Madeleine zu verdanken habe, dass der Untergrund ihm helfen wolle.

Schliesslich, um die letzten Zweifel, wie er sich sagte, aus dem Weg zu räumen, versetzte er, ich möchte nur eines wissen, Herr Wecker: Weshalb wollen Sie mir helfen?

Herr Wecker sagte, ich wurde angewiesen, es zu tun.

Er sagte, aha, ich verstehe! Ich verstehe, Herr Wecker! Sie sind kein Fluchthilfeunternehmen, wie Sie auf den Zettel schrieben, sondern ein Mann aus dem Untergrund, und sind angewiesen worden, mich wegzubringen, ist es nicht so? Das freut mich natürlich ganz gewaltig! Sagen Sie mal — befürchten Sie eigentlich nicht, dass ich Sie und Ihren Untergrund verraten könnte?

Herr Wecker sagte, nein.

Er sagte, Sie haben vielleicht Gottesvertrauen, dabei werden Sie es doch sonst schon sehr schwer haben in Kattland, nicht?

Herr Wecker sagte, doch.

Er sagte, nun, ich will nichts mehr fragen, verzeihen Sie, ich würde vorschlagen, dass wir jetzt mal einen Plan entwerfen, nicht wahr?

Herr Wecker sagte, gewiss, betrachtete aber, statt sein Konzept aufzudecken, wie Busner erwartet hatte, stumm den Vorhang.

Schliesslich sagte er, Sie sagen also, Sie können mich aus Kattland bringen?

Herr Wecker sagte, ja.

Er sagte, aber wie gedenken Sie das zu tun, das ist die Frage, nicht? Ich meine, das darf ich doch wissen?

Herr Wecker sagte, selbstverständlich — es existieren verschiedene Möglichkeiten.

Er sagte, aha, was für welche denn?

Herr Wecker sagte, man müsste erstmal ausfindig machen,

welche Variante für Sie in Betracht käme.

Er sagte, genau — und welche wäre das?

Herr Wecker sagte, man müsste das zuerst überdenken.

Er sagte, genau, ich meine, man sollte jene Möglichkeit wählen, welche die geringsten Risiken in sich birgt, nicht?

Herr Wecker sagte, das meine ich auch.

Busner sagte, das wichtigste ist doch, dass die Sache gelingt, nicht wahr?

Herr Wecker sagte, das ist auch meine Meinung.

Nach einer Weile sagte er, vielleicht wäre es richtig, sich gleich mal einen Plan zurechtzulegen, was glauben Sie?

Herr Wecker sagte, das glaube ich bestimmt.

Als er abermals schwieg, kam Busner darauf, dass Herr Wecker seinen Plan selbstverständlich erst verrate, nachdem sie sich über den Betrag, den er dem Untergrund zu entrichten habe, geeinigt hätten.

Er sagte, oh, ich vergass ganz — nennen Sie mir doch bitte den Betrag, den ich für Ihre Arbeit zu bezahlen habe!

Zu seiner Überraschung sagte Herr Wecker, das ist vorderhand nicht so wichtig.

Er sagte, ich kann Sie bezahlen, wissen Sie!

Herr Wecker sagte, ich weiss.

Er sagte, vielleicht sprechen wir später darüber?

Herr Wecker sagte, Sie brauchen nichts zu bezahlen.

Er sagte, nichts zu bezahlen? - Verrichten Sie Ihre Arbeit denn umsonst?

Herr Wecker sagte, ja.

Er sagte, ja? Wollen Sie wirklich kein Geld dafür haben?

Herr Wecker schwieg.

Er sagte, falls Sie es sich anders überlegen, können wir ja später darauf zurückkommen, nicht?

Herr Wecker antwortete nicht.

Busner sagte, nun gut, ich meine, in erster Linie sollte man sich jetzt mal überlegen, wie wir die Sache überhaupt anpacken wollen, nicht?

Herr Wecker sagte, genau.

Schliesslich sagte er, ich meine, ich bin nicht vom Fach, aber ich glaube, es ginge darum, mich unkenntlich zu machen, denn alle Fluchtversuche müssen daran scheitern, dass mich jedermann erkennt?

Herr Wecker sagte, das ist vollkommen richtig überlegt.

Da er abermals schwieg, sagte er, das hiesse also, dass man mich irgendwie unkenntlich machen müsste, verkleiden und so?

Herr Wecker sagte, ich glaube, ja.

Als er wieder innehielt, sagte er, verzeihen Sie Herr Wecker, ich muss sagen, dass mir das Ganze etwas merkwürdig vorkommt, offen gestanden, weil Sie nie einen Vorschlag machen und auch kein Geld haben wollen — sagen Sie ehrlich: Wollen Sie mir zur Flucht verhelfen oder nicht?

Herr Wecker sagte, gewiss.

Er sagte, und Sie können das auch?

Herr Wecker sagte, ich glaube wohl, dass wir das können.

Er sagte, gut — so ist doch die Frage, wie wir die Sache anpacken, nicht?

Herr Wecker sagte, freilich.

Nach einem Moment sagte Busner, Sie halten den Plan mit der Verkleidung also für eine gute Idee?

Herr Wecker sagte, ich würde sagen, dass das eine gute Idee ist.

Er sagte, also versuchen wir es auf diese Weise, nicht wahr?

Herr Wecker sagte, warum nicht?

Er sagte, ich stelle mir vor, dass ich dann einfach die Grenze überquere, nicht wahr?

Herr Wecker sagte, das meine ich auch.

Er sagte, die Frage ist bloss, wann und wo?

Herr Wecker sagte, genau, das ist die Frage.

Er sagte, ich möchte nach Benwaland flüchten, wenn das geht.

Herr Wecker sagte, das steht Ihnen selbstverständlich frei.

Er sagte, Sie sagen das so, als ob es Ihnen nicht besonders gefiele?

Herr Wecker sagte, mit der Benwaländer Grenze haben wir keine Erfahrungen.

Er sagte, Sie meinen, Sie würden abraten?

Herr Wecker sagte, das meine ich nicht.

Er sagte, aber Sie würden es nicht empfehlen?

Herr Wecker sagte, unsere Leute benutzen diesen Weg nie.

Er sagte, welchen Weg benutzen denn Ihre Leute?

Herr Wecker sagte, um nach Benwaland zu gelangen, benutzen unsere Leute den Weg über Hobland.

Er sagte, über Hobland? Aber Hobland ist doch befreundet mit Kattland?

Herr Wecker sagte, ja.

Er sagte, Hobland würde mich ausliefern; denn ich kann doch nicht mein Leben lang in dieser Verkleidung rumrennen!

Herr Wecker sagte, ja.

Um ihn nicht anzubrüllen, kniff er sich in den Oberschenkel während er sagte, also kann ich doch nicht nach Hobland fliegen, oder nicht?

Herr Wecker sagte, doch.

Er fragte, wie?

Herr Wecker sagte, wir haben Freunde bei der Hobländer Flughafenkontrolle.

Er sagte, aha! Sie meinen also, ich soll von Hobland aus weiterfliegen, zum Beispiel nach Benwaland?

Herr Wecker sagte, unsere Leute tun es so.

Im selben Augenblick, in dem er weiterfragen wollte, hob Herr Wecker zu einer Bemerkung an.

Er sagte, ja, Verzeihung, was wollten Sie sagen?

Herr Wecker sagte, bitte, sprechen Sie nur zuerst!

Er sagte, nein, nein, bitte, was wollten Sie sagen?

Herr Wecker sagte, ich wollte vorschlagen, zu berücksichtigen, dass der Zeitfaktor wichtig ist. Wenn Sie sich in den Zug nach Benwaland setzen — der Flugverkehr ist ja eingestellt —, benötigen Sie vier Stunden bis zur Grenze, Minimum. Da man Sie vermissen wird, könnte man Verdacht schöpfen und natürlich annehmen, dass Sie nach Benwaland zu entkommen versuchen. Das heisst, dass man die Reisenden nach Benwaland sehr genau überprüfen wird und dass Sie, selbst in der Verkleidung ...

Er sagte, gewiss, das ist sehr gut überlegt! Niemand wird mich nämlich in einem Flugzeug nach Hobland suchen — das ist doch der Trick dabei, nicht?

Herr Wecker sagte, natürlich steht es Ihnen aber frei, den Zug nach Benwaland zu benutzen.

Er sagte, nein, das scheint mir keine gute Idee zu sein!

Herr Wecker sagte, eben.

Er sagte, wissen Sie, ich verlasse mich da ganz auf Sie — besonders wenn Sie sagen, dass Ihre Leute auch über Hobland reisen. Die Frage ist nur, wie bringen Sie mich nach Hobland?

Herr Wecker sagte, Sie benutzen das normale Verkehrsflugzeug.

Er sagte, sehr schön, das werde ich tun. So bestände also das entscheidende Problem vorerst darin, mich unkenntlich zu machen und mir einen Pass und eine Ausreisegenehmigung zu besorgen, die auf einen falschen Namen lauten, natürlich?

Herr Wecker sagte, so ist es.

Er sagte, den Flug muss man wohl vorausbuchen?

Herr Wecker sagte, nein.

Er sagte, aber für die gefälschten Papiere muss eine Fotografie von mir gemacht werden, die mich in der Verkleidung zeigt?

Herr Wecker sagte, so ist es.

Er sagte, also gut, was meinen Sie, sollen wir das gleich tun?

Herr Wecker sagte, ich meine, das wäre das beste, rührte sich aber nicht.

Er sagte, also, wollen wir? Wissen Sie, mir scheint sehr wichtig zu sein, dass dabei keine Zeit verlorengeht, wenn nämlich der erste Versuch trotz allem fehlschlagen sollte, könnte man einen zweiten unternehmen, nicht?

Herr Wecker sagte, ja.

Er sagte, wissen Sie, es sind jetzt noch sechs Tage bis zur Opferung, noch sechs Tage bloss, darum glaube ich, ist es am besten, wenn wir sogleich mit den Vorbereitungen beginnen?

Herr Wecker sagte, wie Sie wünschen.

Er sagte, vielleicht sollte man mit der Veränderung meines Gesichtes anfangen?

Herr Wecker sagte, das wäre von Vorteil.

Er sagte, natürlich keine chirurgische Veränderung! Dazu fehlt uns vor allem die Zeit — die Zeit, wissen Sie. Ich denke dabei an eine Perücke oder etwas Ähnliches, einen Bart vielleicht und vielleicht eine Brille oder so?

Herr Wecker sagte, das sind ganz brauchbare Vorschläge.

Er sagte, also, was meinen Sie, wollen wir das mal tun?

Herr Wecker sagte, warum nicht?

Er sagte, Sie besitzen solche Dinge?

Herr Wecker sagte, gewiss.

Busner sagte, und Sie können auch einen Pass und eine Ausreisegenehmigung fälschen, denn ohne diese Dinge komme ich ja nicht durch die Flughafenkontrolle?

Herr Wecker sagte, nein.

Er sagte, Sie können diese Dinge also fälschen?

Herr Wecker sagte, ja.

Er sagte, prima — wissen Sie, ich würde vorschlagen, dass Sie diese Verkleidungsgegenstände jetzt gleich mal herholen und wir dann eine Fotografie machen, damit die Sache ein bisschen ins Rollen kommt.

Herr Wecker sagte, das wäre vielleicht ganz gut.

Er sagte, besitzen Sie einen Apparat mit Blitzlicht, ich befürchte, hier ist es zu dunkel, um ohne Blitzlicht zu fotografieren?

Herr Wecker sagte, nein.

Er sagte, Sie meinen, es gehe hier ohne Blitz?

Herr Wecker sagte, nein, aber ich besitze keinen Apparat.

Er sagte, Sie besitzen keinen Apparat? Ja, was tun wir denn da? Kaufen wir einen!

Herr Wecker sagte, das wäre zu überlegen.

Er sagte, oder wissen Sie was? Bringen Sie die Verkleidung gleich jetzt her, dann gehe ich zu einem Fotografen und lasse mich knipsen — so kriegen wir auch garantiert ein gutes Bild!

Herr Wecker sagte, wie Sie wünschen.

Er sagte, weil die Sache eilt, wissen Sie, das Bild muss dann ja auch entwickelt werden!

Herr Wecker sagte, das ist richtig.

Er sagte, aber halt — ich komme ja nicht raus! In Ihrem Treppenhaus steht doch die Menge! Ich meine, wenn ich derart dicht zwischen den Leuten hindurchgehen muss, erkennt mich vielleicht einer trotz der Verkleidung, am Gang oder so — und vor allem könnte einer Verdacht schöpfen, weil er den, der ich dann bin in der Verkleidung, nicht hineingehen sah bei Ihnen? Mein Gott, wie machen wir das bloss?

Herr Wecker sagte, es gibt einen zweiten Ausgang.

Er sagte, einen zweiten Ausgang? Wirklich? Das ist ja phantastisch — ich meine, wenn Sie einen zweiten Ausgang haben, ist das Problem gelöst!

Herr Wecker sagte, ja.

Er sagte, Sie sagen das so obenhin, als ob es völlig bedeutungslos wäre, dabei ist dieser zweite Ausgang doch unsere Rettung! Er fuhr fort, sagen Sie, Herr Wecker, wie lange wird es denn eigentlich dauern, bis die gefälschten Papiere bereit sind?

Herr Wecker sagte, das käme darauf an.

Er sagte, also doch darauf, wieviel ich bezahlen kann?

Herr Wecker sagte, nein.

Er sagte, worauf denn?

Herr Wecker sagte, es käme auf die weiteren Umstände an.

Er sagte, ach so! - Und wann, glauben Sie, wären die Papiere denn frühestens zu haben?

Herr Wecker sagte, morgen.

Er sagte, morgen schon? Das ist ja grossartig! Und spätestens?

Herr Wecker sagte, übermorgen.

Er sagte, grossartig, grossartig — in diesem Fall habe ich die Papiere spätestens Donnerstag, wie Sie sagen, und werde im allerschlimmsten Fall Freitag fliegen, nicht?

Herr Wecker sagte, Freitag werden Sie weg sein.

Er sagte, weg sein, nicht wahr? - Klasse! Wissen Sie, Freitag muss ich weg sein! Samstag beginnt doch das Opferungsfest, und ich glaube, dann gibt es kein Entrinnen mehr.

Herr Wecker sagte, das glaube ich auch.

Er sagte, sagen Sie, um wieviel Uhr fliegt denn dieses Flugzeug?

Herr Wecker sagte, es gibt täglich einen Flug um dreizehn Uhr.

Er sagte, schön, dann werde ich Freitag um dreizehn Uhr spätestens fliegen, nicht?

Herr Wecker sagte, ja.

Er sagte, höchstwahrscheinlich aber bereits Donnerstag, nicht?

Herr Wecker bejahte.

Er sagte, jetzt sagen Sie mal, Herr Wecker: Sie wollen kein Geld von mir annehmen — was schulde ich Ihnen für Ihre Arbeit? Ich meine, wie muss ich mich erkenntlich zeigen?

Herr Wecker sagte, Sie schulden uns nichts.

Er sagte, Sie wollen sagen, dass Sie Ihre Arbeit umsonst

verrichten?

Herr Wecker sagte, wir helfen aus humanitären Gründen.

Er sagte, tatsächlich? Ich weiss gar nicht, wie ich Ihnen dafür danken soll — ich meine, Sie retten mir doch das Leben! Ohne Ihre Hilfe wäre es mir, ehrlich gesagt, nicht gelungen, dieser Opferung zu entgehen, das weiss ich genau, wissen Sie — ich wusste aber auch genau, dass mir im entscheidenden Moment, im letzten Augenblick, jemand helfen wird, ich ahnte es, wissen Sie, ich wusste es genau! - Wissen Sie, ich plante, den Richter zu kidnappen, aber dieser Plan ist völlig kindisch, das ist mir klar, und es wäre auch nie gegangen, aber ich hätte es versucht. - Sagen Sie mal, sind Sie hier eigentlich gut versteckt? Ich meine, findet die Polizei Sie nicht?

Herr Wecker sagte, kaum.

Er sagte, das ist auch meine Meinung, dass Sie hier vorzüglich getarnt sind, nicht?

Herr Wecker antwortete nicht.

Schliesslich sagte er, also, nun genug geredet, nicht wahr, Herr Wecker, und mal rangegangen an die Arbeit, nicht?

Herr Wecker sagte, ja, erhob sich aber nicht.

Er sagte, ja? Meinen Sie, dass wir uns mal an die Arbeit machen wollen?

Herr Wecker sagte, ja, sicher.

Da er sich nicht rührte, sagte er, als erstes brauchen wir, glaube ich, mal die Verkleidungsgegenstände oder so, ich meine, ich habe keine Erfahrung, Sie müssen bestimmen, wie wir die Sache anpacken!

Herr Wecker nickte.

Er sagte, wäre es Ihnen also recht, diese Verkleidungsgegenstände vielleicht zu holen?

Herr Wecker sagte, sicher.

Er stand auf und verschwand hinter dem Vorhang.

Während Busner sich eine Zigarette ansteckte, dachte er, er hätte nie geglaubt, dass in Kattland ein Untergrund existiere; ebensowenig hätte er je geglaubt, dass Madeleine sich für ihn verwenden und der Untergrund, für den der Kontakt mit ihm doch ein Risiko darstelle, sich für ihn einsetzen würde.

Es fiel ihm ein, vielleicht habe Madeleine erkannt, dass er

einen persönlicheren Charakter besitze als diese Kattländer Gemeinschaftsmenschen, dass er trotz allem über Individualität verfüge.

Später sagte er sich, wenn die Leute aus dem Untergrund alle so lahme Typen seien wie dieser Wecker, komme der Untergrund nicht weit. Er dachte, er wolle mal ganz sachlich überlegen, ob nicht etwa doch der Ausschuss die ganze Angelegenheit eingefädelt habe, und gelangte bald zum Schluss, dies könne deshalb nicht der Fall sein, weil der Ausschuss niemals mit derart weltfremden Typen wie diesem Wecker zusammenarbeitete. Nachher sagte er sich, Herr Wecker sei wohl sehr weltfremd und linkisch, was sich in seinem unbeholfenen Benehmen zeige, verfüge wahrscheinlich aber über eine unheimliche Intelligenz und sei möglicherweise der Theoretiker und Ideologe der Untergrundbewegung.

Mit einem Male kam er darauf, weshalb Herr Wecker es ihm überlasse, die Flucht zu planen, und die Initiative nicht selbst ergreife: Herr Wecker war angewiesen worden, ihn auf seine Tauglichkeit für die Arbeit im Untergrund zu prüfen! - Er wurde sich darüber klar, dass er dazu geeignet wäre, da er den Fluchtplan entworfen habe, ohne dass Herr Wecker widersprochen hätte. Deshalb wolle Herr Wecker doch auch kein Geld von ihm nehmen: Herr Wecker war beauftragt worden, ihn für die Arbeit im Untergrund zu gewinnen, und zwar deshalb, weil er über Informationen verfüge, die der Untergrund gebrauchen könne; zum Beispiel, wie das Amtszimmer des Präsidenten gestaltet sei, wie man dorthin gelange, wie der Präsident und die Minister geschützt würden, wie die Sicherheitsanlagen aussähen und so — ganz zu schweigen von den Informationen, die er dem Untergrund über die GESELLSCHAFT liefern könnte.

Er überlegte sich, dass er Herrn Weckers Angebot auf Mitarbeit im Untergrund vorerst bejahend beantworten wolle, um Herrn Wecker nicht zu brüskieren, diese Zusage aber, sobald er in Benwaland sei, zurückziehen werde, da er mit Politik nichts mehr zu schaffen haben wolle; die Informationen hingegen, über die er verfüge ...

Wieder fuhr er zusammen, als der Vorhang zur Seite geschoben wurde und Herr Wecker eintrat.

Herr Wecker sagte, so, legte eine Perücke, einen Bart, eine Brille auf das Tischchen, hängte einen Anzug neben den Vorhang und setzte sich.

Busner sagte, vorzüglich, Herr Wecker, vorzüglich! und setzte sich ebenfalls wieder hin.

Herr Wecker sagte, einen Augenblick, ich habe etwas vergessen, und verschwand hinter dem Vorhang.

Er besah sich die Gegenstände auf dem Tischchen. Herr Wecker kehrte mit einem Paar Schuhe in der Hand zurück.

Er sagte, ach so ja, die Schuhe, selbstverständlich!

Herr Wecker stellte sie wortlos vor ihn hin und setzte sich auf den Hocker.

Er sagte, was meinen Sie — ich ziehe mich gleich um, nicht? Um zum Fotografen zu gehen, nicht?

Herr Wecker sagte, ich meine, das wäre gut.

Zu seiner Verwunderung stellte er fest, dass der Anzug passte.

Herr Wecker antwortete, ja, er passt.

Er sagte, und auch die Schuhgrösse ist richtig, sagen Sie mal!

Herr Wecker sagte, ja.

Er sagte, als ob Sie meine Masse gekannt hätten!

Herr Wecker antwortete nicht.

Er sagte, wissen Sie, Herr Wecker — ich weiss, dass Sie meine Masse gekannt haben!

Herr Wecker sagte, tatsächlich?

Er sagte, ja, ich bin nämlich auch nicht blöde, wissen Sie! - Sagen Sie, haben Sie nicht einen Spiegel in der Nähe, wegen der Perücke?

Herr Wecker trat hinter den Vorhang. Er dachte, dass Madeleine sich an seine Schuhgrösse erinnert habe, berühre das Unheimliche. Herr Wecker kehrte zurück und stellte den Spiegel auf das Tischchen.

Während er die Perücke überstülpte, sagte er, woher Sie diese Dinge bloss haben!

Herr Wecker antwortete nicht.

Er befestigte den Bart und sagte, selbstverständlich geht mich das nichts an, nicht wahr?

Nachdem er die Brille aufgesetzt hatte, sagte er, sitzt alles wie angegossen! Wie angegossen! Sagen Sie, ich erkenne mich selbst

505

nicht mehr! - Ich weiss nicht, wie ich Ihnen danken soll! Wirklich nicht! Ich finde es einfach grossartig, dass Sie das für mich tun!

Da Herr Wecker schwieg, sagte er, ich nehme an, Sie tun es aus politischen Gründen, nicht? Und natürlich aus humanitären, wie Sie sagten?

Er setzte hinzu, er sei Herrn Wecker wohl lästig mit der dauernden Fragerei, aber Herr Wecker beantwortete selbst diese Äusserung nicht.

Sich im Spiegel betrachtend, sagte er, glauben Sie, es käme jemand darauf, in mir Harry Busner zu vermuten?

Herr Wecker versetzte, das glaube er nicht.

Er sagte, mindestens zehn Jahre älter sehe ich aus, wie?

Herr Wecker sagte, bezüglich Ihrer Stimme: Ich würde sie nicht verstellen, beim Sprechen ist es ohnehin schwierig, jemanden nach der Stimme zu erkennen.

Er sagte, das ist ganz logisch, Herr Wecker.

Herr Wecker sagte, bezüglich Ihrer Bewegungsweise: Ich würde auch daran nichts ändern. Sie bewegen sich wie tausend andere auch, nichts Auffallendes.

Er sagte, selbstverständlich, Herr Wecker. Gut, ich gehe jetzt also zum Fotografen, nicht wahr, und lasse mich in dieser Aufmachung knipsen, nicht wahr?

Herr Wecker sagte, diesem Vorschlag würde ich beipflichten.

Er sagte, ich meine, wo finde ich den nächsten Fotografen, und wie komme ich hier raus?

Herr Wecker sagte, der nächste Fotograf ist an der Wasserwerkstrasse, das ist die erste Querstrasse zur Altstadtgasse, wenn Sie Richtung Joe-Pack-Brücke, früher Westbrücke, gehen.

Er sagte, okay, und wo ist dieser zweite Ausgang?

Herr Wecker sagte, kommen Sie!

Er sagte, Sie, das Namensschild! Das Namensschild haben wir vergessen!

Herr Wecker sagte, in der rechten Jackentasche.

Während er es herauszog, sagte er, Sie sind tatsächlich tadellos organisiert, muss ich sagen, ich meine Ihre Untergrundbewegung ist tadellos organisiert!

Herr Wecker blickte ihn an, ohne zu antworten.

Er sagte, aha, ich heisse nun Fenno!

Herr Wecker sagte, das Ersatzschild steckt in der Brusttasche.

Er sagte, grossartig! Übrigens ein merkwürdiger Name, Fenno. So, ich bin bereit. Warten Sie hier, bis ich zurückkehre?

Herr Wecker sagte, ja.

Er sagte, ach so, ich muss mir wohl was einfallen lassen, wie ich den Fotografen dazu bringe, das Bild gleich zu entwickeln!

Herr Wecker sagte, ja.

Er sagte, was sage ich denn bloss?

Herr Wecker sagte, wir brauchen das Bild erst, wenn die Papiere fertig sind.

Er sagte, ja, aber das ist ja bereits morgen!

Herr Wecker sagte, Sie müssen mit dem Fotografen eine Abmachung treffen.

Er sagte, ich sage einfach, dass ich das Bild ganz dringend benötige, weil ich morgen ins Ausland reise, nicht? Ich meine, für den Pass benötige?

Herr Wecker sagte, ja.

Er sagte, gut — wären Sie also so freundlich, mir den Weg zu zeigen?

Herr Wecker sagte, gewiss.

Er schob die Tür auf, ergriff Busners Hand und stieg mit ihm in der Dunkelheit die Wendeltreppe hinunter, wobei er sich wunderte, dass diese noch weiter in die Tiefe führe. Wie er feststellte, gingen sie nach kurzer Zeit einen Gang entlang.

Herr Wecker blieb stehen und flüsterte, tasten Sie mal die Wand runter!

Er flüsterte, ein Türgriff — wo sind wir?

Herr Wecker flüsterte, diese Tür führt in die U-Bahnstation Altstadtkreuz.

Er flüsterte, in die U-Bahnstation? Wenn ich die Tür öffne, bin ich in der Station?

Herr Wecker flüsterte, ja.

Er flüsterte, phantastisch! Ein Spionagefilm ist rein nichts dagegen!

Herr Wecker flüsterte, den Schlüssel finden Sie in der linken Jackentasche.

Er flüsterte, tatsächlich, hier ist er!

Herr Wecker flüsterte, und eine Wochenfahrkarte auf den

Namen Fenno sollte ebenfalls da sein.

Er flüsterte, sagenhaft! Sagenhaft! Sie waren also auf mein Kommen vorbereitet, wie? Sie haben damit gerechnet?

Herr Wecker flüsterte, von der letzten Treppenstufe bis hierher sind es zwanzig Schritte, dann müssen Sie nach dem Türgriff suchen. Wir verwenden prinzipiell keine Taschenlaternen.

Er flüsterte, kein Problem, Herr Wecker!

Herr Wecker flüsterte, haben Sie begriffen?

Er flüsterte, ja, und wie komme ich zurück?

Herr Wecker flüsterte, durch dieselbe Tür. Sie müssen Sie von aussen zuschliessen beim Herausgehen und dementsprechend wieder öffnen beim Hereingehen, den Schlüssel haben Sie ja. Sie sperren dann von innen wieder zu, tasten sich den Gang entlang, zwanzig Schritte ungefähr, steigen die Treppe zwanzig Stufen hoch und schieben oben die Tür zur Seite. Zweimal die Zahl zwanzig also.

Er flüsterte, das ist dann der Raum, in dem wir eben waren?

Herr Wecker flüsterte, ja.

Er flüsterte, das ist ja sagenhaft, so was hätte ich mir nie träumen lassen!

Herr Wecker flüsterte, Sie haben also begriffen?

Während Herr Wecker sich entfernte, schloss er die Tür auf. Auf dem Bahnsteig war kein Mensch zu sehen. Als er die Tür wieder zusperrte, bemerkte er, dass das Wort „Privat" darauf stand, wie an jenen Türen, welche dem Personal vorbehalten waren. Er dachte, sagenhaft — die tarnen mich als einen U-Bahnangestellten! Er sagte sich, ich muss mir den Standort der Tür, gegenüber dem Whiskyplakat, etwas schräg unter der Uhr, diesen Standort genau einprägen! Genau! Ich befinde mich auf Bahnsteig vier. Während er zur Rolltreppe schritt, dachte er wieder, so was hätte er sich nie träumen lassen. Einen Augenblick irritierte ihn der Umstand, dass der Kontrolleur ihn bloss kurz ansah und ohne weiteres passieren liess, während an den Mauern unzählige Fotografien von ihm angebracht waren. Einen Augenblick musste er an sich halten, um nicht herauszulachen.

Beim Ausgang stiess er auf eine unüberblickbare Menschenansammlung. Er trat hinzu und fragte einen Herrn, was los sei.

Der Herr sagte, das wissen Sie nicht? Unser Heinz hält sich in dem Haus dort auf.

Er sagte, oh, tatsächlich?

Der Herr sagte, ja, schon seit mehr als einer Stunde ist er drin im Haus, sagen sie.

Er sagte, was tut er denn da?

Der Herr sagte, er besucht einen Freund.

Er sagte, sagen Sie, ich hab grad kein Fähnchen dabei — wissen Sie, wo ich in der Nähe eines kriege?

Der Herr deutete auf das Warenhaus gegenüber und sagte, im „B&W" werden welche zu haben sein.

Er sagte, ja, danke.

Weil ihm einfiel, dass er kein Geld bei sich trage und nicht wisse, ob die Fähnchen etwas kosteten oder gratis abgegeben würden, liess er es bleiben.

Auf dem Weg zum Fotografenladen kam ihm in den Sinn, dass er jetzt, besässe er die Ausreisegenehmigung, sich in den Zug setzen und unerkannt nach Benwaland fahren könnte.

Die Verkäuferin, die er im Türrahmen lehnend antraf, folgte ihm ins Geschäft.

Er antwortete, er möchte ein Passbild haben, die Sache habe aber einen Haken, er benötige es nämlich bereits morgen.

Die Verkäuferin sagte, normalerweise dauert die Wartefrist eine Woche, Herr Fenno, aber ich will meinen Mann mal fragen, bitte nehmen Sie Platz, ich muss ihn erst holen lassen, aber es dauert nicht lang.

Nachher begriff er, dass der Fotograf auf dem Weg zur Altstadtgasse war, um einige Aufnahmen von ihm zu machen, und die Verkäuferin ihn von der Lehrtochter zurückholen liess. Die Verkäuferin berichtete, ihr Mann habe schon öfters versucht, zu H.H.B. vorzudringen, um ihn zu knipsen, aber es sei nahezu unmöglich, an ihn heranzukommen, weil er ohne Unterlass von einer riesigen Menschenmenge umgeben sei.

Er sagte, ja, ich weiss.

Die Verkäuferin sagte, er wird auch jetzt nicht dazu kommen. - Wissen Sie, die Fotos von H.H.B. liessen sich ausgezeichnet verkaufen! Wir versuchten auch schon, ihn anzurufen, aber die Linie ist natürlich dauernd besetzt — fahren Sie ins Ausland, Herr Fenno?

Er sagte, ja, morgen, ich hatte keine Zeit, um mich vorher um das Passbild zu kümmern, wissen Sie.

Sie sagte, aber Sie bleiben nicht im Ausland?

Er sagte, wo denken Sie hin! Sehe ich so aus?

Sie erklärte, er sehe nicht so aus.

Der Fotograf versprach das Bild auf den folgenden Tag um vier Uhr.

Auf dem Weg zur U-Bahnstation überholte ihn der Fotograf, der, wie er dachte, die Hoffnung, ein Bild von ihm zu knipsen, nicht aufgegeben habe — obwohl er dies, allerdings ohne es zu wissen, ja getan habe, wenn er auf dem Bild auch nicht zu erkennen sei.

Auf dem Bahnsteig vier standen jetzt ziemlich viele Leute. Einen Augenblick war er versucht, das Eintreffen der Bahn abzuwarten, um die Tür nicht vor all den Leuten aufsperren zu müssen, aber dann schritt er entschlossen auf sie zu, öffnete sie, zog sie hinter sich zu und sperrte sie ab. Er tastete sich den Gang entlang, zählte die zwanzig Stufen der Wendeltreppe und suchte nach dem Griff, um die Tür zu Herrn Weckers Raum aufzuschieben. Herr Wecker war nicht anwesend.

Einen Augenblick überlegte er, ob er sich bereits umziehen solle, beschloss dann, es bleiben zu lassen, weil Herr Wecker vielleicht noch etwas plane, wozu er die Verkleidung benötige, und setzte sich auf den Hocker.

Herr Wecker sagte, als er nach geraumer Weile eintrat, sind Sie zurück, Herr Busner?

Er stand auf und sagte, jawohl, Herr Wecker, es verlief alles wie geplant, ich liess mich fotografieren und kann die Bilder morgen um vier Uhr haben.

Herr Wecker setzte sich.

Er nahm ebenfalls wieder Platz und sagte, es erkannte mich kein Mensch! Die Verkleidung ist tadellos!

Herr Wecker erklärte, er würde Busner auch nicht erkennen.

Er sagte, oh, das glaube ich bestimmt, Herr Wecker! Übrigens war es ein sehr seltsames Gefühl, wissen Sie! - Was meinen Sie, soll ich mich jetzt wieder umziehen?

Herr Wecker sagte, wie Sie wünschen.

Er sagte, besteht ein Grund, es nicht zu tun?

Herr Wecker sagte, nicht dass ich wüsste.

Er sagte, ja, dann glaube ich, ziehe ich mich jetzt mal wieder um, nicht?

Während er die Jacke auszog, sagte er, Herr Wecker, weshalb dämpfen wir hier unsere Stimmen eigentlich? Ich meine, es würde uns ja niemand hören, wenn wir in normaler Lautstärke sprächen?

Herr Wecker sagte, aus Gewohnheit.

Er sagte, ach so, ja, natürlich, damit man sich draussen dann nicht plötzlich verrät, nicht wahr?

Auf seine Frage, um welche Zeit er morgen vorbeikommen solle, entgegnete Herr Wecker, wann es ihm beliebe.

Er sagte, vielleicht gegen drei Uhr? So habe ich reichlich Zeit, mich umzuziehen, denn das Bild kann ich ja um vier Uhr holen?

Herr Wecker sagte, wie Sie wollen.

Er setzte sich wieder hin und sagte, weil ihm nichts anderes einfiel, er sich aber noch nicht von Herrn Wecker trennen wollte, und Sie möchten also tatsächlich kein Geld annehmen für Ihre Arbeit?

Herr Wecker sagte, nein.

Er sagte, aber der Untergrund könnte das Geld doch sicher gebrauchen?

Herr Wecker sagte, ja.

Er sagte, wissen Sie was, Herr Wecker? Ich werde Ihnen, sobald ich in Benwaland bin, ein Geldgeschenk zukommen lassen, und zwar kein geringes!

Herr Wecker sagte, so?

Er sagte, doch, doch, Herr Wecker, schliesslich retten Sie mir das Leben!

Als er dem schweigenden Herrn Wecker einige Sekunden lang in die Augen sah, dünkte ihn auf einmal, er kenne ihn von irgendwoher, so dass er sagte, seltsam, ich habe das Gefühl, dass ich Sie kenne!

Herr Wecker sagte, so?

Er sagte, ja, dass ich Sie schon irgendwo gesehen habe! Bloss weiss ich nicht wo! Komme ich Ihnen nicht bekannt vor?

Herr Wecker sagte, man begegnet Ihrem Bild überall.

Als die Tür plötzlich aufgeschoben wurde, erschrak er. Er sah die Frau eintreten, die ihn in Herrn Weckers Raum geführt hatte.

Herr Wecker sagte, er wünscht zu gehen.

Als ihm die Frau das Tuch umband, sagte er, ach so, ich darf ja nichts sehen! Bis morgen also, Herr Wecker!

Herr Wecker sagte, ja.

Da ihm die Frau auf dem Weg eine Frage stellte, kam er nicht dazu, die Stufen zu zählen. Oben, als sie ihm die Binde abnahm, sah er einen Herrn zum gegenüberliegenden Fenster hinaussehen.

Er sagte, guten Tag.

Der Herr hob die Hand.

Die Frau flüsterte, Sie kennen Herrn Garsen ja.

Der Herr drehte sich um.

Er flüsterte, nein, ich kenne ihn nicht.

Die Frau flüsterte, Sie waren eben mit ihm zusammen. Herr Garsen ist Herr Wecker.

Er flüsterte, Herr Wecker? - Ich hätte Sie niemals wiedererkannt!

Herr Wecker flüsterte, die Presseleute wünschen uns miteinander zu fotografieren.

Erst jetzt war er sich vollends klar darüber, dass Herr Garsen wirklich Herr Wecker sei.

Er flüsterte, ja, aber ist das nicht gefährlich für Sie? Ohnehin wird doch Verdacht auf Sie fallen, wenn ich plötzlich weg sein werde und zuletzt in Ihrem Haus gesehen wurde!

Herr Wecker flüsterte, das wird nicht der Fall sein.

Er flüsterte, wirklich? Wieso?

Herr Wecker flüsterte, Sie werden verstehen, dass ich das für mich behalten möchte.

Er flüsterte, selbstverständlich, das geht ja nur den Untergrund was an, nicht?

Herr Wecker flüsterte, denken Sie beim Fotografieren daran, dass wir alte Freunde sind.

Die Frau ging zur Tür und öffnete sie für die Reporter.

Nachher begleitete ihn Herr Wecker durch die fähnchenschwenkenden Leute auf dem Treppenvorplatz zum Aufzug.

Bevor er die Tür schloss, sagte er, ich erwarte dich also morgen, Harry, nicht?

Als er aus dem Haus trat, begannen die Leute gedämpft zu applaudieren. Mehrere klopften ihm auf die Schulter, als er mit erhobenem Arm zwischen ihnen durchging.

Er beschloss, in einem feinen Lokal zu essen. Auf dem Weg fragte er sich, welches denn nun das wahre Gesicht Herrn Weckers respektive Herrn Garsens sei — dasjenige Herrn Weckers oder das Herrn Garsens oder gar ein drittes, das er nicht kenne, so dass also Herrn Weckers Gesicht und Herrn Garsens Gesicht Masken wären — und ob Herr Wecker respektive Herr Garsen in Wirklichkeit Wecker heisse oder Garsen respektive Garsen heisse oder Wecker oder sein wirklicher Name anders laute.

Als er bezahlen wollte, erschien der Direktor und erklärte, es sei für ihn eine Ehre, dass Busner in seinem Haus gespiesen habe; da es sich um eine seiner letzten Mahlzeiten handle, bitte er ihn, Essen und Getränke als Geschenk anzunehmen.

Im Taxi spielte er mit dem Gedanken, der P.f.F. Herrn Weckers Aufenthaltsort zu verraten gegen die Zusicherung, nicht geopfert zu werden. Hinterher rätselte er darüber, weshalb er den geheimen Eingang in der U-Bahnstation zu Herrn Weckers Haus kennen dürfe, nicht aber den Weg, der von der Wohnung Herrn Garsens in Herrn Weckers Raum führe.

Der Chauffeur sagte, meine Kollegen werden mir nicht glauben, dass ich Sie gefahren habe.

Er antwortete nicht.

Der Fahrer sagte, ich meine, wenn ich keinen stichhaltigen Beweis vorbringen kann.

Er sagte, wirklich?

Der Fahrer sagte, es sei denn, Sie bestätigen es mir mit Ihrer Unterschrift.

Die Wachposten verneinten die Frage, ob seine Mutter da gewesen sei oder jemand ein Paket für ihn abgegeben habe.

Drinnen gelangte er zum Schluss, dass er die Pistole mit Bestimmtheit nicht benötigen werde: An der Redlichkeit Herrn Weckers in bezug darauf, dass er ihn nach Benwaland schaffen wolle, sei nicht zu zweifeln, und um vom Ausschuss ausgeheckt zu sein, sei die Sache mit den Gängen, dem Zimmer Herrn Weckers mitten auf der Wendeltreppe und der Verbindung zur U-Bahnstation zu ausgeklügelt.

MITTWOCH, 17.

Anderntags, als er erwachte und auf die Uhr sah, war er überrascht, dass man ihn bis zehn ungestört hatte schlafen lassen. Er erinnerte sich, geträumt zu haben, dass Herr Julian eigentlich Herr Garsen sei und Herr Wecker in Wirklichkeit Herr Julian.

Unter der Brause befielen ihn Zweifel, ob es Herrn Weckers Organisation gelingen werde, ihn aus Kattland zu schmuggeln. Hinterher, während er sich trockenrieb, sagte er sich, da er keinen Grund finde, weshalb Herr Wecker dies nicht fertigbringen solle, müsse die Sache glücken.

Um sich anzuziehen, stellte er sich ans Fenster und blickte über die Menge vor dem Haus. Nachher ging er zur Wohnungstür und erkundigte sich bei den Wachposten, ob jemand ihn habe besuchen wollen oder ob man etwas für ihn abgegeben habe. - Er fragte, ob jemand so freundlich wäre, ihm einige Zeitungen zu besorgen, wozu sich gleich mehrere Leute auf dem Treppenvorplatz anboten.

Nach dem Frühstück steckte er sich eine Zigarette an und schlug eines der Blätter auf. Um sich zu amüsieren, las er die Berichte, welche über ihn darin standen. Im „Rasker Tagesspiegel" entdeckte er ein Interview, das Herr Garsen gestern gegeben hatte. Eine Weile beschäftigte ihn der Gedanke, ob es Herrn Wecker gelingen werde zu entkommen und ob man nach seiner, Busners, Flucht das Versteck des Untergrunds nicht fände.

Im Inseratenteil stiess er auf eine Anzeige, die den Billetvorverkauf für seine Opferung auf Freitag ankündete. Obwohl er sich einredete, dann bin ich schon längst weg, schon längst weg, weg in Benwaland, begannen seine Hände zu zittern. Um sich zu beruhigen, überlegte er hinterher wieder längere Zeit, wie er sein Leben in Benwaland einrichten wolle.

Im Reklameteil eines Provinzblattes entdeckte er verschiedene Annoncen von Reiseunternehmen, die unter Überschriften wie „Heinz-Harry Busner Live!" täglich Fahrten nach Rask zu reduzierten Preisen offerierten, um der Bevölkerung ausserhalb Rasks zu ermöglichen, ihn oder zumindest sein Haus in Augenschein zu nehmen.

Gegen Mittag meldete einer der Wachposten den Besuch Herrn Julians.

Herr Julian rief, hallo, mein Freund! Sie erinnern sich an den Wein, den wir miteinander trinken wollten, Sie sagten gestern, wir wollen es auf heute verschieben — ich habe ihn gleich selbst mitgebracht, den Wein!

Er sagte, okay, Herr Julian, aber nicht mehr als ein Glas!

Herr Julian sagte, wie Sie wollen, übrigens habe ich auch nicht allzuviel Zeit, ich sage Ihnen gleich weshalb — es gibt nämlich einen Grund zum Feiern, raten Sie mal!

Er sagte, zum Feiern? Nun, Sie haben eine gute Stellung gefunden?

Herr Julian rief, nee!

Er sagte, Sie wissen die Antwort auf Ihr Dingsda, das Sie beschäftigt; was war es doch schon? Ah, die Zeitspanne zwischen Leben und Tod?

Herr Julian rief, nee, weiss ich leider nicht!

Er sagte, nun, was denn? Sie haben einen neuen Freund?

Herr Julian sagte, nee, ich hab gar keinen Freund augenblicklich — auch Sie kommen nicht darauf, Herr Busner: Ich habe Ihre Wohnung gekriegt!

Er sagte, meine Wohnung, ach so!

Herr Julian sagte, genau, und das wird nun gefeiert!

Als er mit den Gläsern zurückkehrte, sagte Herr Julian, deshalb habe ich nämlich nicht viel Zeit, ich bin bereits am Einpacken, wissen Sie!

Nachdem sie angestossen hatten, erklärte Herr Julian, er sei wegen zwei Dingen hergekommen.

Er sagte, und die wären?

Herr Julian entgegnete, ich wollte Sie fragen, ob Sie mir erlauben würden, zwei, drei Dinge bereits jetzt, das heisst heute, bei Ihnen unterzustellen? Ich werde nämlich gleich nach Ihrem Ableben einziehen, damit nicht alles auf einmal kommt mit dem Umzug, verstehn Sie?

Während Busner sich überlegte, dass er morgen, spätestens aber übermorgen weg sei, so dass ihn die Dinge, die Herr Julian einstellen wolle, nicht störten, erklärte Herr Julian, ein Kollege hätte nämlich gerade Zeit, einige Dinge herzufahren, da er heute im Zusammenhang mit Busners Opferung frei habe.

Er sagte, selbstverständlich dürfen Sie einige Dinge bei mir einstellen, Herr Julian, ich frage mich bloss, wie Sie es schaffen, mit diesen Dingen durch die Leute vor dem Haus und im Treppenhaus selbst zu kommen?

Herr Julian sagte, kein Problem, Herr Busner, im Gegenteil! Die Leute wissen ja, wer ich bin! Die helfen mir doch, die Dinge raufzukriegen! Hilfsbereitschaft ist doch gerade eines von den wesentlichen Dingen in unserer Gemeinschaft! Schmeckt Ihnen der Wein überhaupt?

Er sagte, bestimmt, Herr Julian, ein guter Wein.

Herr Julian fragte, wie es denn sonst so gehe.

Er sagte, danke, Herr Julian, wissen Sie, innerlich habe ich mich bereits von all dem da, all diesem Irdischen losgelöst!

Herr Julian sagte, das ist ja ausgezeichnet, Herr Busner — übrigens bringen Sie mich damit auf den zweiten Grund meines Kommens. Es ist so, Herr Busner, dass der Tötungsvorgang auf dem E.S. um so schmerzloser und reibungsloser vor sich geht, je entspannter Sie sind, obwohl bestimmt keine Schmerzen auftreten werden. Aber das Entspanntsein ist unheimlich wichtig! Es ist der Beitrag, den das Opfer zum Tötungsvorgang zu leisten hat. Denn wissen Sie, in jenem Augenblick, im Augenblick also, in dem der erste Stromstoss verabreicht wird, müssen Elektriker und Opfer eines werden! Da muss in diesem Augenblick vollkommene Einheit herrschen zwischen Elektriker und Opfer, da muss in höchstem Grade kooperativ gearbeitet werden, und das sollten wir ein bisschen üben! Nicht dass uns bei der Vorführung vor all den Leuten eine Panne unterläuft!

Er sagte, also hat Sie wohl der Ausschuss hergeschickt?

Herr Julian antwortete, in der Tat hat mir der Ausschuss vorgeschlagen, die Sache mit Ihnen ein wenig zu üben. Geht das in Ordnung?

Er sagte, wenn's sein muss ...

Herr Julian sagte, haben Sie keine anderen Stühle als diese Sessel da?

Er sagte, in der Küche habe ich noch welche.

Herr Julian trug einen der Stühle ins Wohnzimmer, stellte ihn in die Mitte des Raumes und sagte, also, Herr Busner, setzen Sie sich hin! Stellen Sie sich vor, dass dieser Stuhl der E.S. ist! Nein, warten Sie, kommen Sie, stehen Sie auf, wir wollen das Ganze probieren!

Er zog ihn zur Wohnungstür und sagte, also, wir kommen vom „Weissen Haus", betreten den GESELLSCHAFTS-Platz und gehen, so kommen Sie!, auf den E.S. zu. Dort angelangt, setzen Sie sich hin, erhobenen Hauptes, tun Sie es!, und ich gehe zum Elektrowagen. Bereits jetzt, Herr Busner, müssen Sie sich zu lockern beginnen, vollständig locker werden. Ich habe studiert, wie das vor sich geht. Sie müssen sich einfach die ganze Zeit sagen, ich bin locker, ich bin locker, ich bin ganz locker, ich bin unheimlich locker, verstehen Sie?

Er sagte, ja.

Herr Julian sagte, also tun Sie das mal! - Schön locker! Fühlen Sie sich jetzt locker?

Er sagte, ja.

Herr Julian sagte, ich kann es natürlich nicht kontrollieren, Sie müssen da also hundertprozentig ehrlich sein, Herr Busner! Ich muss mich auf Sie verlassen können, verstehn Sie? Nicht dass wir uns blamieren vor all den Leuten, verstehn Sie? Kommen Sie, üben wir es nochmals! - Also, wir kommen ..., nein, halt! Sie müssen sich schon auf dem Gang zum E.S. dauernd sagen, ich bin locker, ich bin locker und so weiter! So ist es! Verstehn Sie? Schon auf dem Gang zum E.S. sagen Sie sich, ich bin locker, ich bin locker! - Also kommen Sie, noch einmal! - Sagen Sie sich, ich bin locker?

Er nickte.

Herr Julian sagte, gut, hinsetzen, ich bin locker sagen, ich gehe zum Elektrowagen, Sie sagen sich immerzu, ich bin locker, ich werfe Ihnen einen letzten Blick zu und verabreiche Ihnen den ersten Stromstoss. - Okay, Herr Busner? Haben Sie sich locker gefühlt?

Er sagte, ja.

Herr Julian sagte, ehrlich, Herr Busner?

Er sagte, ehrlich!

Herr Julian sagte, vollständig locker oder nur so ein bisschen locker?

Er sagte, vollständig locker.

Herr Julian sagte, ich muss mich in dieser Hinsicht wirklich hundertprozentig auf Sie verlassen können, Herr Busner! - Wissen Sie was? Machen Sie diese Übung täglich! Damit nichts schiefgeht, wissen Sie!

Er sagte, das wird schon gehen, Herr Julian, ich habe keine Angst, dass es schiefgeht!

Herr Julian sagte, hoffen wir es! Wissen Sie, für mich wäre es irgendwie blamabel, wenn gleich mein erster Auftritt ein Fehlschlag wäre. Wissen Sie was, Herr Busner? Wollen Sie nicht mir zuliebe diese Übung mit dem Lockersein täglich machen? Mir zuliebe, wissen Sie?

Nachdem Herr Julian gegangen war, versuchte Busner eine Weile, sich Herrn Julians Gesicht in dem Augenblick vorzustellen, in dem er erfahre, dass er entwischt sei. Er beschloss, ihm aus Benwaland eine Ansichtskarte zu schreiben.

Aus Angst, durch jemanden, den der Ausschuss ihm schicke, aufgehalten zu werden und dadurch den Termin bei Herrn Wekker zu versäumen, verliess er die Wohnung und nahm die U-Bahn zum GESELLSCHAFTS-Platz. Mit der ihm folgenden Menge bummelte er in die Unterstadt und spazierte die Altstadtgasse entlang. Er dachte, eigentlich verspüre er Lust auf eine Frau, beschloss aber, nicht ins Bordell zu gehen. Im Fotogeschäft, in dem er sich gestern als Herr Fenno hatte aufnehmen lassen, sah er die Verkäuferin hinter dem Ladentisch hantieren, einen Augenblick stutzen, als sie ihn erblickte, und in den hinteren Teil des Geschäftes laufen, wohl, wie er sich sagte, um ihren Mann zu holen, der sich schon längere Zeit vergeblich darum bemühte, ein Bild von ihm zu knipsen.

Später setzte er sich in ein Café und beantwortete die Fragen zweier Journalisten.

Herr Wecker war noch nicht im Raum. Es setzte sich auf seinen Hocker und wartete. Als es zehn Minuten nach drei wurde, ohne dass Herr Wecker erschienen wäre, befürchtete er, entweder habe

Herr Wecker die Verabredung vergessen oder die Frau habe es versäumt, ihn von Busners Anwesenheit zu unterrichten. Er dachte, wenn der Anzug wenigstens da wäre, könnte er sich schon umziehen. Schliesslich wurde ihm klar, weshalb Herr Wecker sich verspätet habe: Er war mit der Ausstellung der gefälschten Papiere beschäftigt, so dass er, wenn Busner die Fotografie bringe, bloss noch diese in den Pass zu kleben und abzustempeln habe, damit alles in Ordnung sei. Während er eine Zigarette anzündete, sagte er sich, um nicht unruhig zu werden, wolle er sich seine Zukunft in Benwaland vorstellen. Stattdessen dachte er längere Zeit darüber nach, wie es ihm gelinge, seinen 12 SS nach Benwaland zu bringen. Er beschloss, Herrn Wecker zu fragen, ob das nicht machbar sei.

Wieder zuckte er zusammen, als um halb vier der Vorhang endlich zur Seite geschoben wurde und Herr Wecker eintrat. Er erhob sich und sagte, guten Tag, Herr Wecker!

Herr Wecker sagte, Herr Busner, guten Tag, drückte ihm matt die Hand, setzte sich auf den Hocker und sah zum Vorhang.

Er sagte, wie geht es, Herr Wecker?

Herr Wecker antwortete, danke, und Ihnen?

Er sagte, gut. Ich freue mich, Kattland morgen endlich den Rücken zu kehren, wissen Sie!

Herr Wecker antwortete nicht.

Er sagte, Sie erinnern sich, Herr Wecker — ich muss um vier Uhr das Bild abholen beim Fotografen und jetzt ist es halb vier!

Herr Wecker sagte, ja.

Er sagte, das heisst, ich brauche jetzt wohl die Verkleidung, nicht?

Herr Wecker sagte, sicherlich, rührte sich aber nicht.

Nach einer Weile sagte er, dürfte ich Sie also vielleicht bitten, die Verkleidung zu holen?

Herr Wecker entgegnete, selbstverständlich, stand auf und verschwand hinter dem Vorhang.

Längere Zeit überlegte er sich, ob er Herrn Wecker fragen solle, wie weit die Arbeit an den gefälschten Papieren gediehen sei. Da ihm einfiel, Herr Wecker würde dies unter Umständen so auffassen, als beabsichtige er, ihn zur Eile anzutreiben, nahm er sich vor, es zu unterlassen. Gleichwohl sagte er, als Herr Wecker wieder eintrat, mit den Papieren sind Sie wohl noch nicht ganz soweit, nicht wahr, Herr Wecker?

Herr Wecker entgegnete, noch nicht ganz, und legte ihm den Anzug über den Arm.

Beinahe hätte er vergessen, Geld einzustecken. Beim U-Bahnausgang stiess er wieder auf eine riesige Menschenansammlung.

Auf dem Weg zum Fotogeschäft dachte er darüber nach, wie der Präsident es anstelle, der Bevölkerung mitzuteilen, er sei verschwunden, und auf welche Weise dann die Aggression aufgefangen werde, von der Produktionsminister Pack gesprochen habe.

Im Fotoladen erfuhr er von der Verkäuferin, H.H.B. sei heute am Geschäft vorbeispaziert, ihr Mann, der gerade in der Dunkelkammer gewesen sei, habe aber diese einmalige Chance, ihn zu knipsen, wiederum verpasst.

Abermals liess ihn Herr Wecker lange Zeit in seinem Raum warten. Als er endlich eintrat, sagte er, Sie sind schon zurück?

Busner sagte, ja, hier sind die Bilder.

Da Herr Wecker gleich wieder hinter dem Vorhang verschwand, ohne sie zu betrachten, dachte er, Herr Wecker scheine es nun endlich eilig zu haben.

Wieder überlegte er längere Zeit hin und her, ob er sich umziehen solle oder nicht, da Herr Wecker ihm keine diesbezügliche Anweisung erteilt hatte. Schliesslich nahm er sich vor, es schon darum zu tun, damit er nicht untätig auf Herrn Wecker warten müsse.

Hinterher, als er bereits geraume Weile auf dem Hocker sass, redete er sich ein, er warte gerne noch zwei, drei Stunden, wenn er danach seine Papiere kriege. Nachdem er einige Zeit in dem kleinen Raum hin und her gegangen war und sich abermals hingesetzt hatte, sagte er sich, da Herr Wecker die Papiere wohl äusserst genau und sorgfältig anfertige, um kein Risiko einzugehen, benötige er natürlich eine gewisse Frist dazu, am Schluss komme der Umstand, dass die Papiere in qualitativer Hinsicht nichts zu wünschen übrigliessen, ja ihm zugute. Überdies habe Herr Wecker die Fertigstellung der Papiere nur im günstigsten Fall auf heute angekündigt, so dass jetzt in keiner Weise Grund zur Unruhe bestehe, denn morgen werde er mit Sicherheit in ihrem Besitz sein. Sollte Herr Wecker sie ihm bereits heute aushändigen, so sei dies als Zeichen seiner Güte und Freundlichkeit zu werten, verpflichtet habe Herr Wecker sich jedoch nicht dazu.

Als endlich der Vorhang erneut zur Seite geschoben wurde und Herr Wecker eintrat, sagte er wieder gegen seinen Willen, ist es soweit?

Herr Wecker trat zum Hocker, setzte sich und sagte, noch nicht ganz.

Er sagte, verzeihen Sie mir bitte meine Ungeduld, aber ich glaube, Sie verstehen, dass ich etwas nervös bin, nicht wahr, obwohl mir selbstverständlich klar ist, dass Sie mir die Papiere bloss im günstigsten Fall auf heute — mit Sicherheit aber auf morgen versprochen haben?

Herr Wecker schwieg.

Um ihn zu veranlassen, sich wieder an die Arbeit zu machen, sagte er nach einiger Zeit, lassen Sie sich durch mich keinesfalls von Ihrer Tätigkeit abhalten!

Herr Wecker sagte, nein.

Schliesslich sagte er, lässt sich eigentlich voraussagen, wann ungefähr Sie dazukommen, die Papiere fertigzustellen, Herr Wecker?

Herr Wecker versetzte, schwerlich.

Er sagte, fertigen Sie die Papiere nicht persönlich an?

Herr Wecker entgegnete, nein.

Er sagte sich, dass es keinen Sinn habe, sich bei Herrn Wecker zu erkundigen, wer denn die Papiere herstelle, da Herr Wecker diese Frage mit Sicherheit überginge.

Nach einer Weile sagte er, Herr Wecker, verzeihen Sie, aber ich halte es kaum mehr aus in diesem engen Raum! Ich glaube, wenn Sie nichts dagegen haben, gehe ich etwas ins Freie! Wenn Sie nichts dagegen haben, ziehe ich mich wieder um und gehe etwas ins Freie?

Herr Wecker sagte, keineswegs.

Während er aus der Jacke schlüpfte, sagte er, nehmen Sie mir bitte meine Nervosität nicht übel, ja?

Herr Wecker erklärte, er verstehe ihn.

Er sagte, wann, meinen Sie, soll ich zurück sein, um nach den Papieren zu sehen?

Herr Wecker sagte, vielleicht kommen Sie gegen sieben vorbei, wenn Ihnen das recht ist?

Er sagte, selbstverständlich, Herr Wecker!

Herr Wecker stand auf und verschwand hinter dem Vorhang.

Im Begriff, hinauszugehen, befürchtete er mit einem Male, der U-Bahnkontrolleur werde Verdacht schöpfen, wenn er heute zum zweiten Mal an ihm vorübergehe. Trotzdem er sich sagte, es sei nichts Aussergewöhnliches, zweimal an einem U-Bahnkontrolleur vorüberzugehen, nahm er sich vor, doch lieber in Herrn Weckers Raum zu warten als sich einem gewissen Risiko auszusetzen.

Später, obwohl er eigentlich nicht wollte, verliess er den Raum und tastete sich zur Tür vor. Beim Kontrolleur vorübergehend, versuchte er, unauffällig herauszukriegen, ob dieser Argwohn geschöpft habe, fand aber keinen Anhaltspunkt dafür.

In der Menge vor der U-Bahnstation glaubte er, Herrn Holz, seinen Kollegen von der GESELLSCHAFT, zu erkennen. Er bog in eine Seitengasse und folgte ihr bis zum Waffenmuseum, ohne jemanden anzutreffen. An einem Zeitungsstand kaufte er das eben erschienene Abendblatt und setzte sich in ein Café. Als er auf der Frontseite eine Fotografie des Sarges erblickte, den er ausgewählt habe, lachte er. Mit einem Male musste er denken, wenn die Flughafenkontrolleure dahinterkommen sollten, dass seine Papiere gefälscht seien, habe er alles verspielt, denn dann würde man ihn sicherlich einsperren oder zumindest derart bewachen, dass keine Aussicht mehr bestünde, der P.f.F. zu entwischen. Er sagte sich, nein, die werden das nicht rauskriegen. Niemals! Deshalb gibt der Wecker sich doch diese ungeheure Mühe! Deshalb braucht er doch diese Unmenge Zeit! Der weiss doch, was auf dem Spiel steht! Drum geht es auch nicht vorwärts! Der Wecker und sein Mitarbeiter nehmen das alles äusserst genau!

Mit einem Male hatte er das Gefühl, beschattet zu werden. Vorsichtig sah er sich im Café um, stellte aber fest, dass er der einzige Gast sei; selbst den Kellner vermochte er nirgendwo zu entdecken. Er dachte, dass er unter Verfolgungswahn leide. Schliesslich schrieb er dies seiner Nervosität zu — aus Nervosität sei er gereizt, und seine Nervosität rühre daher, dass ihm nun bloss noch zwei Tage zur Realisierung der Flucht blieben: der Donnerstag und der Freitag, er aber noch nicht im Besitz der Papiere sei.

Als er sich später plötzlich nicht mehr von der Vorstellung zu lösen vermochte, die Polizei entdecke Weckers Versteck und der Untergrund werde ausgehoben, legte er ein Geldstück auf den Tisch, verliess das Café und machte sich auf den Rückweg. Längere Zeit redete er sich ein, es sei höchst unwahrscheinlich, dass die Polizei Herrn Weckers Versteck gerade jetzt ausmache, dies wäre ein ungeheurer Zufall und ungeheure Zufälle gebe es nicht. Er wurde sich klar darüber, dass er Herrn Wecker ausgeliefert sei. Sollte Herr Wecker die Papiere nicht rechtzeitig beschaffen, so werde er, Busner, geopfert. Er erwog, Herrn Wecker zu erpressen, um ihn zur Eile anzutreiben: Er wolle ihm das Ultimatum stellen, dass er sein Versteck und den ganzen Untergrund verraten werde, wenn er bis morgen Donnerstag um sechzehn Uhr nicht im Besitz der Papiere sei. Es fiel ihm ein, Herr Wecker sei sich im klaren darüber, dass sein Schicksal genauso in Busners Händen liege wie Busners Schicksal in den seinen, als kühler Stratege rechne er mit der Möglichkeit, dass Busner ihn und den Untergrund hochgehen lasse, wenn er ihn nicht aus Kattland schaffe, also werde er schon aus diesem Grunde alles daran setzen, um seine Flucht zu ermöglichen. Er dachte, dieser Gedanke beruhige ausserordentlich. Als er die U-Bahnstation betrat, beschloss er, Herrn Wecker zu fragen, ob schon je ein Mitglied des Untergrundes gefasst worden sei, weil man entdeckt habe, dass seine Papiere gefälscht seien.

In Herrn Weckers Raum bereute er, so früh zurückgekehrt zu sein. Während er Herrn Fennos Kleidung mit der seinen vertauschte, packte ihn die Frage, womit Herr Wecker sich denn die ganze Zeit über beschäftige, wenn nicht er selbst, wie er erklärt habe, die Papiere fälsche. Im Anschluss daran fragte er sich, wo

Herr Wecker überhaupt hingehe, wenn er hinter den Vorhang trete, woher er komme, wenn er den Raum hier aufsuche, und wo der Kerl stecke, der die Fälschung der Papiere besorge.

Schliesslich wagte er doch nicht nachzusehen, was sich hinter dem Vorhang verberge, da er befürchtete, Herr Wecker würde das übelnehmen. Um nicht auf unsinnige Eingebungen zu kommen, trommelte er auf seine Oberschenkel.

Wieder erschrak er sehr, als der Vorhang zur Seite geschoben wurde. Sein Schreck hielt an, als während einigen Sekunden niemand dahinter sichtbar wurde.

Als dann doch Herr Wecker eintrat, sagte er, Gott, bin ich jetzt erschrocken, Herr Wecker!

Während Herr Wecker sagte, vielleicht sind Sie nervös?, stellte er fest, dass Herr Wecker die Papiere nicht in der Hand halte.

Er sagte, Sie haben die Papiere noch nicht mitgebracht, Herr Wecker?

Herr Wecker erwiderte, sie sind noch nicht ganz soweit.

Während Herr Wecker auf den Hocker zuschritt, sagte Busner, was glauben Sie — bekomme ich sie heute noch?

Herr Wecker sagte, das kann sein.

Er sagte, Sie wissen ja, dass ich morgen reisen sollte!

Herr Wecker sagte, selbstverständlich, so was vergesse ich nicht.

Er sagte, sollte etwas schiefgehen, so bliebe uns nämlich nur noch der Freitag!

Herr Wecker nickte.

Nach einer Weile sagte er, erlauben Sie — haben Sie, respektive Ihr Mitarbeiter, schon öfters falsche Papiere ausgestellt?

Herr Wecker sagte, ja.

Er sagte, kam es schon vor, dass jemand, den Sie mit gefälschten Papieren ausstatteten, hochging, ich meine, verhaftet wurde?

Herr Wecker sagte, meines Wissens trat dieser Fall noch nie ein.

Er sagte, wäre dieser Fall eingetreten, hätten Sie doch davon erfahren?

Herr Wecker entgegnete, wahrscheinlich.

Nach einer Weile sagte er, Sie haben also einen Mitarbeiter, der das Ausstellen der Papiere besorgt, oder wie ist das?

Herr Wecker nickte.

Er sagte, und zur Zeit ist dieser Herr mit der Anfertigung meiner Papiere beschäftigt?

Herr Wecker antwortete, soviel ich weiss, ja.

Es fiel ihm ein, dass er Herrn Wecker motivieren müsse. Während er beobachtete, wie Herr Wecker den Vorhang betrachtete, fragte er sich, auf welche Weise er dies fertigbringe.

Schliesslich fragte er, wissen Sie eigentlich, dass ich schon beim Präsidenten war?

Herr Wecker sagte, ja.

Er sagte, ich meine, ich weiss genau, wie es im Amtszimmer des Präsidenten aussieht, nicht? Mit den Sicherheitsvorkehrungen und so, zum Schutz des Präsidenten und der Minister, wissen Sie!

Herr Wecker nickte.

Nach einer Weile fragte er, ob es ihm unter Umständen möglich wäre, nachzusehen, wie weit dieser Herr mit der Anfertigung seiner Papiere vorangekommen sei, er meine, wie lange er ungefähr noch zu warten brauche.

Herr Wecker erwiderte, bestimmt ist mir das möglich, wenn Sie es wünschen.

Nachdem Herr Wecker hinter dem Vorhang verschwunden war, erhob sich Busner und ging im Raum auf und ab. Später unterhielt er sich damit, den einen Fuss an den andern anzusetzen und dabei zu zählen, wie manche Schritte er auf diese Weise von der einen Wand zur andern tun könne. Er fand heraus, dass es neuneinhalb solche Schritte seien und die Länge des Raumes somit ungefähr zwei Meter fünfundachzig betrage. Bevor er dazu kam, die Breite des Raumes zu bestimmen, trat Herr Wecker wieder ein.

Er sagte, nun?

Herr Wecker entgegnete, es ist noch nicht ganz soweit.

Er sagte, wann wird es denn soweit sein?

Herr Wecker sagte, das ist schwer voraussagbar.

Nach einem Augenblick nahm er seinen Mut zusammen und sagte, was meinen Sie — wird es noch reichen für heute?

Herr Wecker sagte, das ist keinesfalls ausgeschlossen.

Er sagte, weshalb ist es denn so schwierig, vorauszuberechnen, wann die Papiere fertig sein werden? Ich verstehe das nicht.

Herr Wecker erklärte, der Zeichner hat eine eigenartige, etwas komplizierte Methode in der Anfertigungsweise der Papiere.

Er sagte, wieso? Wie macht er das denn?

Herr Wecker sagte, ich darf das nicht verraten.

Nach einem Augenblick sagte Busner, aber eines der Papiere wird inzwischen wohl fertig sein?

Herr Wecker sagte, es ist so, dass der Zeichner an beiden Papieren gleichzeitig arbeitet, um keine Zeit zu verlieren, wenn eines der Papiere trocknet.

Er sagte, ich hätte nie gedacht, dass das derart kompliziert ist, ich meine, dass man so lange dazu benötigt?

Herr Wecker antwortete nicht.

Er sagte, ich meine, ich weiss wohl, dass Sie mir die Papiere auf heute oder morgen versprochen haben! Nicht etwa, dass ich an Ihrem Wort zweifle! Ich bin einfach schrecklich nervös, wissen Sie! Verzeihen Sie also bitte, wenn ich Ihnen auf die Nerven gehe! Ja, ich muss mich wirklich bei Ihnen entschuldigen für mein Betragen!

Herr Wecker antwortete nicht.

Er sagte, dauert es eigentlich jedesmal so lange, bis er die Papiere hinkriegt?

Herr Wecker erklärte, ungefähr dauere es jedesmal so lange, obwohl die vom Zeichner für die Herstellung der Papiere benötigte Arbeitszeit sich nie vorausberechnen lasse.

Er sagte, ach so, deshalb sagten Sie mir, ich kriege die Papiere heute oder morgen, ich verstehe! Ich meine, ich kann mir schon vorstellen, dass es schwierig ist, so was vorauszuberechnen!

Herr Wecker antwortete nicht.

Nach einer Weile sagte er, wissen Sie, ich muss Ihnen ehrlich gestehen, dass ich befürchte, die Papiere nicht rechtzeitig zu erhalten! So ist es! Ich meine, ich ängstige mich einfach, verstehn Sie? Ich habe so ein dummes Gefühl, dass im letzten Augenblick etwas schiefgeht, verstehn Sie?

Herr Wecker entgegnete, es kann nicht unsere Absicht sein, Sie zu ängstigen.

Er erwiderte, selbstverständlich nicht, Herr Wecker, das weiss ich doch! Aber hören Sie: Sind Sie eventuell in der Lage, mir zu sagen, ob ich die Papiere heute noch erhalte oder ob es gar keinen Zweck mehr hat, noch länger zu warten, denn wissen Sie, das Warten in diesem Raum ist nicht sehr angenehm, wenn ich ehrlich sein will, verzeihen Sie, aber es ist so, und ich meine, frühestens reise ich ja doch morgen um dreizehn Uhr?

Herr Wecker entgegnete, wenn es Sie aber beruhigt, die Papiere in Ihrem Besitz zu wissen, würde ich Ihnen vorschlagen, heute gegen zehn Uhr vielleicht nochmals nachzusehen? Es ist sehr wohl möglich, dass der Zeichner seine Arbeit bis um diese Zeit fertiggebracht hat.

Er sagte, oder vielleicht warte ich lieber hier, bis zehn Uhr. Es ist zwar sehr unangenehm, aber ich befürchte, dass ein U-Bahnangestellter, der Kontrolleur oder so, Verdacht schöpfen könnte, wenn man mich zu oft auf der Station sieht oder wenn mich einer der Angestellten aus der Tür treten sieht, verstehn Sie?

Herr Wecker sagte, was ich sagen wollte — die Leute beginnen etwas unruhig zu werden. Es wäre klug gehandelt von uns, wenn Sie sich zeigen würden. Es genügt, dass Sie sich auf dem Balkon zeigen und den Leuten zuwinken, vielleicht. Mit einem Fähnchen, vielleicht. Vielleicht sollte ich mich neben Ihnen zeigen, wenn Sie nichts dagegen haben?

Er sagte, aber keineswegs! Ich meine, ich weiss das nicht, verstehn Sie? Sie sind doch der Planer! Sie werden doch wissen, was zu tun ist!

Herr Wecker sagte, wir sollten vielleicht gleich gehen, es ist nämlich schon dunkel draussen.

Er legte Busner die Augenbinde um und führte ihn in die Wohnung. Oben gab er ihm ein Fähnchen, öffnete die Balkontür, richtete den Schein seiner Stehlampe auf Busner und verschwand. Er hielt das Fähnchen in die Höhe. Die Leute begannen begeistert ihre Fähnchen zu schwenken. Nach einem Augenblick trat Herr Wecker als Herr Garsen neben ihn und sagte, die Leute geben ihrer Freude Ausdruck.

Später führte er Busner wieder nach unten und setzte sich neben ihn.

Nach einer Weile sagte er, verzeihen Sie, und trat hinter den Vorhang.

Er sagte sich einige Male, dass er vermutlich morgen zum letzten Mal erscheinen werde, um Herrn Fennos Kleidung anzuziehen und die seine abzulegen. Es fiel ihm ein, Herr Wecker müsse eine Tasche besorgen. Wenn Herr Wecker eine Tasche besorge, was Herr Wecker sicher tun werde, sei es möglich, seine Tasche morgen zu Herrn Wecker mitzunehmen und den Inhalt derselben in der von Herrn Wecker bereitgestellten Tasche unterzubringen, was den Zweck habe ..., was den Zweck habe, dass er als Herr Fenno nicht dadurch auffalle, dass er plötzlich im Besitz der Tasche Heinz-Harry Busners sei, falls jemand diese Tasche als diejenige Heinz-Harry Busners erkennen sollte. Er dachte, eben habe er logisch wie ein Stratege gedacht. Um sich zu unterhalten, sagte er sich, er wolle sich sämtliche Überlegungen, die er bezüglich der Tasche angestellt habe, wiederholen. Mit einem Mal wusste er, was er in Benwaland als erstes tun werde: Sich einen Verleger suchen, der ihm Geld gebe, und dann sein Buch schreiben. Sein Buch müsse so geschrieben werden, dass es der Menschheit als Warnung diene. Es fiel ihm ein, er könnte, um sich die Zeit zu vertreiben, bereits damit beginnen. Er holte seine Agenda aus der Tasche. Einige Zeit versuchte er, sich an den Titel zu erinnern, den er dem Buch gegeben habe. Schliesslich schrieb er „Erinnerungen an ein halbes Jahr des Heinz-Harry Busner, von Harry Busner". Darüber nachsinnend, wie der erste Satz lauten müsse, fiel ihm ein, es sei völlig zwecklos, ein Buch zu schreiben, bevor er einen Verleger gefunden habe — erst müsse er also einen Verleger finden, sonst habe das Ganze keinen Sinn. Er steckte die Agenda wieder ein. Um nicht andauernd nach der Zeit zu schauen, klinkte er das Armband auf und liess die Uhr in die Tasche gleiten. Es fiel ihm ein, dass er die Breite des Raumes noch nicht abgemessen habe. Nachher sagte er sich, da es sieben solcher Schritte seien, bei denen er den einen Fuss vor den andern setze, betrage die Breite des Raumes zirka zwei Meter zehn. Er beschloss, einige Turnübungen zu machen. Danach ging er eine Weile hin und her. Wieder war er versucht, hinter den Vorhang zu blicken, und wieder liess er es bleiben. Erst als er sich eine Zigarette anzündete, stellte er fest, dass der Aschenbecher verschwunden sei. Einige Zeit verbrachte er mit Mutmassungen, wie er sich das Abhandenkommen des Aschenbechers zu erklären habe. Am wahrscheinlichsten hielt er die Version, Herr Wecker habe ihn hinausgetragen. Er drückte den Stummel mit der Schuhspitze aus und legte ihn auf das Tischchen. Längere Zeit war er versucht, die Kleidung Herrn Fennos auszuziehen und hinauszugehen. Um der Versuchung zu widerstehen, gab er sich einen Ruck, stand auf und ging eine Weile im Raum hin und her, wobei er sich bemühte, an nichts zu denken. Danach versuchte er, ein Lied zu pfeifen und auf seinen Oberschenkeln Schlagzeug zu spielen. Als ihm die Melodie des Schlagers „Warum ist die Welt so schön, non, non" einfiel, unterhielt er sich einige Zeit damit, sich vorzustellen, was die Dicke in diesem Augenblick treibe. Er dachte, dass er jetzt wohl Vater sei. Darüber amüsierte er sich eine Weile. Als er gewahrte, dass noch eine Viertelstunde bis zehn Uhr fehlte, versuchte er längere Zeit, sich den Zeichner beim Anlegen des letzten Schliffes an den Papieren vorzustellen.

Um fünf nach zehn trat Herr Wecker ein.

Er sagte, fertig?

Herr Wecker sagte, es fehlt noch eine winzige Kleinigkeit.

Völlig gegen seinen Willen sagte er, aber ich möchte die Papiere heute haben, verstehn Sie! Ich möchte sie heute haben! Ich kann nicht mehr warten! Ich halte das nicht mehr aus!

Herr Wecker sagte, ich befürchte, es wird für heute nicht mehr reichen.

Er sagte, nicht mehr? Ach, gottverdammt nochmal! - Verstehn Sie, ich will mich nicht beklagen, wirklich nicht, aber mich reibt das auf, die dauernde Warterei hier, verstehn Sie?

Herr Wecker sagte, ich verstehe Sie sehr gut.

Busner stützte die Ellenbogen auf seine Oberschenkel und legte den Kopf in die Handflächen.

Nach einer Weile sagte er, ist es denn ganz unmöglich, dass dieser Zeichner die Sache heute noch hinkriegt?

Herr Wecker entgegnete, ich befürchte, denn der Zeichner fühlt sich sehr müde.

Er sah Herrn Wecker den Zigarettenstummel vom Tischchen nehmen, ihn betrachten und wieder hinlegen. Einen Augenblick lang kniff er sich in die Oberschenkel, um Herrn Wecker nicht anzubrüllen.

Er bemühte sich, möglichst gleichgültig zu sprechen, als er

sagte, aber morgen, Herr Wecker, morgen werde ich die Papiere doch in jedem Fall bekommen, nicht wahr? Morgen ist die allerletzte Chance, verstehn Sie? Entweder morgen oder nie, verstehn Sie? Sonst ist es aus, Herr Wecker, aus für immer, verstehn Sie? Morgen muss es einfach klappen! Ich meine, ich weiss, dass Sie mir die Papiere auf heute oder morgen versprochen haben, und ich weiss auch, dass es im alleräussersten Notfall genügt, wenn ich sie übermorgen um elf Uhr erhielte, aber versetzen Sie sich doch bitte mal in meine Lage! - Sagen Sie, morgen werde ich die Papiere doch in jedem Fall haben?

Herr Wecker sagte, das glaube ich bestimmt.

Er sagte, überlegen wir uns mal ganz ruhig und nüchtern, Herr Wecker, und sachlich: Morgen haben wir Donnerstag. Das Flugzeug startet um dreizehn Uhr. Das heisst, wenn ich morgen fliegen will, benötige ich die Papiere um elf Uhr! Kriege ich sie danach, was ich nicht hoffe, so kann ich allerdings schlimmstenfalls noch immer das Flugzeug vom Freitag nehmen. Das heisst also: Morgen muss ich die Papiere unbedingt kriegen, unbedingt, verstehn Sie?

Herr Wecker sagte, ich verstehe Sie sehr wohl.

Er sagte, Sie selbst müssen doch Interesse daran haben, dass ich verschwinde! Denn ich verfüge ja über Informationen, die keinesfalls aus mir herausgepresst werden dürfen, mit diesem Untergrundversteck und so! Nicht wahr?

Herr Wecker sagte, gewiss.

Er sagte, wie lange hat denn dieser Zeichner an der winzigen Kleinigkeit, die noch fehlt, zu arbeiten?

Herr Wecker sagte, wie ich bereits ausführte, lässt sich das schlecht voraussagen.

Nach einem Augenblick, während dem er die Zähne aufeinanderbiss, sagte Busner, Herr Wecker, ich wäre Ihnen äusserst dankbar, wenn Sie den Zeichner bäten, diese Kleinigkeit unbedingt jetzt noch anzufügen! - Bitte, Herr Wecker, tun Sie es! Sie wissen, dass ich Sie und Ihren Zeichner gerne für die Arbeit bezahle! Es gibt ja auch andere Zahlungsmittel als Geld! Aber ich bin auch jederzeit bereit, Ihnen mein Geld zu geben! Mein ganzes Geld, wenn Sie wollen! Ich meine, Ihre Organisation wird das Geld doch gebrauchen können! Am Geld soll es nicht liegen, verstehn Sie? Ich habe Geld!

Herr Wecker sagte, ich werde versuchen, den Zeichner dazu zu bewegen, Ihre Papiere heute noch fertigzustellen, aber ich rate Ihnen dringend, nicht mehr darauf zu warten. Es ist jetzt halb elf, und Sie sind seit drei Uhr hier. Das könnte Argwohn erwecken, und ich darf keinerlei Risiken eingehen.

Er sagte, ich verstehe das, Herr Wecker, ich begreife Sie sehr gut. Ich werde auch gehen, aber ich möchte Sie nochmals bitten, alles zu tun, was in Ihrer Macht steht, dass ich die Papiere morgen um elf Uhr erhalte!

Herr Wecker sagte, selbstverständlich, Herr Busner.

Er sagte, um wieviel Uhr soll ich morgen also vorbeikommen?

Herr Wecker sagte, wann Sie wollen.

Er sagte, gut, damit Sie sich in keiner Weise bedrängt fühlen, komme ich so spät wie möglich. Um das Flugzeug ohne Hast zu erreichen, müsste ich mich wohl gegen zehn Uhr bei Ihnen einfinden, denke ich. Sind Sie damit einverstanden?

Herr Wecker sagte, gewiss.

Er sagte, ich hoffe bloss, der Flug ist dann nicht ausgebucht!

Herr Wecker antwortete, nein, das ist er nicht. Es wird ein Platz für Sie da sein.

Er sagte, jetzt geht mir ja ein Licht auf! Jetzt verstehe ich das alles erst: Sie haben alle Plätze gebucht! Sie bringen nicht nur mich aus Kattland, sondern noch andere Leute! Jetzt wird mir auch klar, weshalb der Zeichner derart lange braucht, um die Papiere herzustellen, und sich jetzt müde fühlt: All diese Leute, die Sie rausschleusen wollen, müssen doch Papiere haben, und da hat der Zeichner alle Hände voll zu tun, ist es nicht so? - Ja, bestimmt ist es so! Deshalb verschwinden Sie doch auch dauernd! In diesem Haus gibt es noch mehrere Räume wie den da! Und in jedem dieser Räume wartet einer auf seine Papiere! Ist es nicht so, Herr Wecker? Sagen Sie ehrlich!

Herr Wecker blickte zu Boden und sagte, darüber möchte ich keine Auskunft geben.

Er sagte, in Ordnung, Herr Wecker, in Ordnung — ich habe verstanden! Ich habe sehr wohl verstanden! Jetzt kann ich Ihnen auch gestehen, dass ich nämlich schon an Ihnen gezweifelt habe, aber jetzt ist mir natürlich alles klar!

Auf dem Weg nach oben sagte er zu der Frau, die ihn führte, es gibt noch mehrere solche Räume hier im Haus, wie?, aber auch sie antwortete ihm ausweichend.

Die Menge im Treppenhaus und auf der Strasse empfing ihn noch begeisterter als gestern. Während er lächelnd durch sie schritt, dachte er andauernd den Satz, wenn die wüssten, welche Geheimnisse dieses Haus birgt!

Im Taxi, in dem er heimfuhr, sagte er sich, dass die Verzögerung in Herrn Weckers Arbeit sowie sämtliche verdächtigen Momente nun eine naheliegende und natürliche Erklärung gefunden hätten und er selbst das Vermögen des Untergrunds, bei dem Herr Wecker vielleicht bloss ein kleiner Angestellter sei, weit unterschätzt habe.

Einer der Wachposten teilte ihm mit, seine Mutter sei da gewesen und lasse grüssen. Auf die Frage, ob sie in der Wohnung war, antwortete der Wachposten, sie hätten ausser Herrn Julian niemanden hineingelassen.

Als er die Tür öffnete, stellte er erschreckt fest, dass Herrn Julians Möbel nur einen äusserst schmalen Gang zum Wohnzimmer freiliessen. Im Wohnzimmer selbst konnte er sich kaum rühren. Sogar seine Polstergruppe hatte Herr Julian in die Ecke geschoben. Um die Küche zu betreten, musste er unter einem Tisch durchkriechen. In der Küche hatte Herr Julian sein Bett an die eine Wand gestellt.

Um nichts zu zertrümmern, dachte er fortwährend, dass er sich an diesem Schweinehund Julian schadlos halte, indem er sich der Opferung entziehe. Als er sich an einem Schrank von Herrn Julian stiess, trat er kräftig gegen die Tür desselben. Um den Kühlschrank zu öffnen, war er gezwungen, eine Holzkiste beiseite zu schieben.

Während er ein Wurstbrot ass, überkam ihn die Versuchung, in eine der Kisten Herrn Julians zu urinieren. In der Toilette hatte Herr Julian einen grossen Spiegel und zwei weitere Kisten untergebracht. Die eine sah er, als er den Deckel hob, mit Herrn Julians Schuhen gefüllt, in der zweiten entdeckte er zahlreiche pornografische Magazine.

Schliesslich stieg er über Herrn Julians Ledersessel und legte sich zu Bett.

DONNERSTAG, 18.

Um zwei Uhr in der Früh erwachte er. Obwohl er sich fortwährend sagte, er müsse morgen ausgeruht sein, gelang es ihm nicht mehr, einzuschlafen.

Als er sich ausmalte, mit welchen Ehren ihn die Benwaländer empfangen würden, fiel ihm ein, er habe Herrn Wecker zu fragen vergessen, wie man es zuwege brächte, ihm seinen 12 SS nachfolgen zu lassen, vorausgesetzt, die P.f.F. gäbe den Wagen frei. Schliesslich nahm er sich vor, lieber seinem Bruder zu schreiben, er solle sich um den Wagen kümmern, statt Herrn Wecker damit zu belästigen.

Als er sich den ihn erwartenden Premierminister Benwalands über die politische Situation in Kattland informieren sah, kam ihm in den Sinn, er habe ebenfalls vergessen, Herrn Wecker darum zu bitten, eine Tasche für die Dinge bereitzustellen, die er mitnehmen wolle. Eine Zeitlang erwog er, sich von Herrn Wekker überdies einen Koffer beschaffen zu lassen, um darin Kleider mitzuführen, aber schliesslich schien es ihm vernünftiger, die Wohnung nicht mit einem Koffer zu verlassen, um auf keine Weise Argwohn zu erwecken.

Gegen sechs Uhr stand er auf, kletterte über Herrn Julians Ledersessel und stellte sich unter die Brause. Beim Kaffee dachte er, er werde seine Wohnung, in der er länger als zehn Jahre gelebt habe, nun nie mehr sehen, versuchte aber vergeblich, Bedauern darüber zu empfinden. Schliesslich schrieb er dies dem Umstand zu, dass ihm die Wohnung wegen Herrn Julians Möbel bereits fremd geworden sei. Er nahm sich vor, für sein Buch zu notieren, wie er sie eingerichtet hatte, liess es dann aber bleiben, weil er, um Briefpapier zu holen, etliche Möbel von Herrn Julian hätte zur Seite rücken müssen.

Als um sieben Uhr sein Wecker rasselte, fuhr er zusammen. Es fiel ihm ein, er habe vergessen, das Läutwerk zu blockieren, liess jedoch, weil es ihm zuwider war, abermals über Herrn Julians Sessel zu steigen, den Wecker ausklingeln.

Er erinnerte sich daran, sein Geld auf der Bank abheben zu wollen, bevor er Herrn Wecker aufsuche. Wieder gelangte er zum Schluss, es sei unverdächtig, wenn ein zum Tode Verurteilter sein Geld vor seinem Hinschied aufbrauche.

Als er gegen acht Uhr die Tasche holen wollte und feststellte, dass diese sich nicht mehr auf seinem Polstersessel befinde, wo sie während den letzten Tagen gelegen sei, dachte er erschreckt, man habe sie ihm weggenommen, weil man seine Fluchtabsichten entdeckt habe. Erst nach einem Augenblick fiel ihm ein, Herr Julian habe sie wahrscheinlich woanders hingestellt. Er fand sie auf dem Boden, zwischen Julians Fernsehapparat und seinem Heimsportgerät.

Eine Frau fragte ihn, als er das Treppenhaus hinunterstieg, ob das Hinrichtungsfest am Samstag oder am Freitag beginne.

Auf die Bemerkung des Bankbeamten, er werde sich wohl noch zwei schöne Tage machen mit dem Geld, entgegnete er, genau!

Zu seiner Verwunderung trat Herr Wecker im selben Augenblick hinter dem Vorhang hervor, in dem die Frau die Tür zuschob.

Er sagte, oh, Herr Wecker, Sie sind schon da? - Guten Tag!

Herr Wecker sagte, guten Tag, Herr Busner.

Während Herr Wecker auf seinen Hocker zuschritt, sagte er, das heisst wohl, dass die Papiere fertig sind, nicht wahr?

Herr Wecker sagte, ich denke, es wird gleich soweit sein.

Er sagte, was fehlt denn noch? Fehlt noch die selbe Kleinigkeit wie gestern?

Herr Wecker sagte, ich glaube ja.

Er sagte, aber ich werde doch bestimmt heute fliegen, nicht?

Herr Wecker sagte, ja.

Er sagte, ausgezeichnet, Herr Wecker! Wir fliegen alle heute, nicht wahr?

Herr Wecker sagte, wie?

Er sagte, ich meine, all die Leute, für die Sie Papiere gefälscht und das Flugzeug gebucht haben, fliegen heute?

Herr Wecker sagte, selbstverständlich.

Er sagte, ich habe noch eine Bitte, Herr Wecker, wie Sie sehen, habe ich eine Tasche mit einigen Dingen mitgebracht, die ich nach Benwaland nehmen möchte. Ich befürchte aber, dass jemand diese Tasche als die meine erkennen und dies Argwohn erwecken könnte, verstehn Sie? Deshalb wollte ich Sie bitten, mir eine andere Tasche zu besorgen respektive besorgen zu lassen, von Ihrer Frau vielleicht oder Ihrem Mitarbeiter?

Herr Wecker sagte, ja.

Er sagte, sehr schön. Sie sorgen also dafür, dass das in Ordnung kommt?

Herr Wecker schwieg.

Er sagte, also danke, Herr Wecker — und dann habe ich Geld mitgebracht, um wenigstens die Flugkarte zu bezahlen, wenn Sie für Ihre Arbeit schon kein Geld annehmen wollen?

Herr Wecker sagte, das ist nicht notwendig.

Er sagte, aber ich kann Sie den Flug nicht auch noch bezahlen lassen!

Herr Wecker antwortete nicht.

Er sagte, gut, wie Sie meinen, aber ich werde mir, wie schon gesagt, erlauben, Ihnen einen Geldbetrag aus Benwaland zukommen zu lassen — ich hoffe, Sie werden mir das nicht übel nehmen?

Herr Wecker sagte, nein.

Um das Schweigen zu brechen, beschloss er hinterher, die Sache mit dem 12 SS gleichwohl zur Sprache zu bringen, und sagte, ja, dann wollte ich noch fragen ..., ich besitze einen 12 SS, wissen Sie, an dem mir sehr viel liegt ... Ich wollte fragen, ohne mich aufdrängen zu wollen, ob Sie eine Möglichkeit sähen, diesen 12 SS irgendwie nach Benwaland zu schaffen? Selbstverständlich bezahle ich dafür! - Glauben Sie, das wäre zu machen?

Herr Wecker schüttelte den Kopf.

Er sagte, nein? Sie meinen, das geht nicht?

Herr Wecker schwieg.

Er sagte, schade! Wirklich schade! - Vielleicht fällt Ihnen doch noch eine Möglichkeit ein, wie das vielleicht gleichwohl zu schaffen wäre? ..., weil mir eben sehr viel an dem Wagen liegt, wissen Sie!

Er sah Herrn Wecker den Kopf senken.

Nach einem Augenblick sagte er, ich habe Sie doch nicht etwa erbost, Herr Wecker? - Falls dies so ist, bitte ich Sie, vielmals zu entschuldigen! Es war wirklich nicht meine Absicht, Sie zu erbosen! Verzeihen Sie also vielmals!

Als er den noch immer mit gesenktem Kopf dasitzenden Herrn Wecker betrachtete, fiel ihm ein, dieser Wecker sei empfindlich wie ein neugeborenes Kind.

Er liess einige Zeit verstreichen, bevor er sagte, eh ..., bitte, Herr Wecker, wären Sie vielleicht so freundlich, mir den Anzug Herrn Fennos zu holen, wenn es Ihnen nichts ausmacht?

Herr Wecker erhob sich wortlos und verschwand hinter dem Vorhang.

Er murmelte, du Arschleuchter!

Während er seine Kleider ablegte, dachte er, mit solch einem empfindlichen, linkischen, übergeschnappten Typen wie dieser Wecker sei, würde er nie in einer Untergrundbewegung zusammenarbeiten — den Umstand, dass er ausgerechnet einem solchen Typen sein Leben verdanke, finde er ja äusserst komisch. Nachdem er sich in der Unterhose auf den Hocker gesetzt hatte und er zu frieren begann, holte er den Mantel und legte ihn um die Schultern. Eine Weile unterhielt er sich damit, zu bedauern, dass er den Mantel in Kattland lassen müsse. Als er feststellte, dass es bereits halb elf Uhr sei und er unruhig zu werden beginne, redete er sich ein, es bleibe ihm noch eine Menge Zeit, bis das Flugzeug starte — mit einem Taxi schaffe er die Strecke zum Flughafen in zwanzig Minuten, was heisse, dass er um zwanzig vor zwölf aufbrechen müsse, wenn er um zwölf dort sein wolle — , so bliebe ihm jetzt noch mehr als eine Stunde Zeit.

Mit einem Mal hatte er die Eingebung, dass Herrn Weckers Mitarbeiter die Papiere in diesem Augenblick fertiggestellt habe, dass er aufstehe, zu Herrn Weckers Raum gehe und sie ihm übergebe.

Wieder dachte er längere Zeit darüber nach, was hinter dem Vorhang stecke, zwang sich jedoch, nicht nachzusehen. Er sah Herrn Wecker eintreten, den Anzug hinhängen und sich mit verschränkten Armen daneben an die Wand lehnen.

Er sagte, Herr Wecker, ich wollte Sie wirklich nicht verletzen vorhin, wirklich nicht!

Herr Wecker sagte, ich weiss.

Er sagte, es wäre ja entgegen jeglicher Logik, jemanden beleidigen zu wollen, dem ich mein Leben verdanke — ist es nicht so?

Nach einem Augenblick sagte er, haben Sie vielleicht die Papiere dabei, Herr Wecker?

Herr Wecker sagte, sobald Sie sich umgezogen haben, werde ich nachschauen.

Er stand auf und sagte, ja, wissen Sie, ich zweifle nicht daran, dass ich die Papiere gleich kriegen werde! Ich war schon immer ein Glückspilz und ein Optimist, wissen Sie!

Während er sich das Hemd zuknöpfte, sagte er, die Leute werden sich wundern, wenn ich mit einem Mal nirgends mehr zu finden bin, meinen Sie nicht?

Herr Wecker sagte, doch.

Er sagte, besonders mein Henker! Der freut sich wie ein Kind darauf, mich hinrichten zu dürfen, wissen Sie! Der ist richtig pervers, der Kerl! Gestern hat er mir die ganze Wohnung mit seinen billigen Möbeln vollgepfercht. Er ist schwul, wissen Sie, und besitzt kistenweise Pornomagazine! Sie haben ja schon sicher Fotos von ihm gesehen?

Er setzte sich auf den Hocker, schnürte die Schuhbänder und sagte, übrigens werde ich nach Kattland zurückkehren, sobald Sie es fertiggebracht haben, die P.f.F. zu stürzen — aber das wird wohl noch einige Zeit dauern, nicht wahr? - Ist es nicht so? Wird es nicht noch etwas dauern, bis Sie Ihr Ziel erreicht haben?

Herr Wecker sagte, doch.

Er sagte, es ist Ihnen wohl verboten, darüber zu sprechen?

Herr Wecker sagte, ja.

Mit einer grossen Geste hielt er sich die Uhr vor die Augen und sagte, verzeihen Sie, Herr Wecker, Sie wollten nach den Papieren sehen, sobald ich angezogen bin — um das Flugzeug zu erreichen, sollte ich nämlich spätestens in einer halben Stunde aufbrechen!

Herr Wecker stiess sich von der Wand ab und verschwand hinter dem Vorhang.

Busner spielte mit seinen Fingern. Nachher stand er auf und schritt im Raum hin und her. Schliesslich versuchte er, einen Spagat fertigzubringen.

Als Herr Wecker wieder eintrat und Busner keine Papiere in seinen Händen sah, sagte er, ja, wo haben Sie die Papiere? Ich muss doch gleich gehen!

Herr Wecker sagte, es fehlt noch immer diese Kleinigkeit.

Er sagte, grosser Gott, Herr Wecker, das kann nicht sein! - In zwanzig Minuten muss ich gehen, Herr Wecker! Wenn ich das Flugzeug erreichen will, muss ich in zwanzig Minuten gehen, verstehn Sie? Sie haben mir die Papiere doch auf heute versprochen, nicht wahr? Was tut denn dieser Zeichner jetzt?

Herr Wecker sagte, er arbeitet wahrscheinlich an Papieren, die dringender sind als die Ihren.

Er rief, dringender? Dringender als die meinen? Aber meine Papiere sind dringend! Äusserst dringend! Ich sterbe, wenn ich sie nicht kriege!

Er sah Herrn Wecker seine Schuhspitzen betrachten. Er sagte, Herr Wecker, bitte, Herr Wecker, Sie wissen doch, dass ich sterbe, wenn ich die Papiere nicht kriege!

Herr Wecker sagte, der Zeichner wird Ihre Papiere sicher bald in Arbeit nehmen.

Er sagte, was heisst bald! Ich muss in einer Viertelstunde gehen, Herr Wecker! - Führen Sie mich zu diesem Zeichner? Bitte, Herr Wecker, ich will mit dem Zeichner sprechen!

Herr Wecker sagte, das geht nicht.

Er sagte, wieso?

Herr Wecker sagte, der Zeichner ist äusserst leicht reizbar. Er ist ein Künstler und hat dementsprechend seine Allüren. Er ist empfindlich wie ein neugeborenes Kind. Ich darf nicht riskieren, ihn zu verärgern, da er imstande ist, die Arbeit von einer Minute auf die andere niederzulegen. Für uns aber ist er von enormer Bedeutung. Ich stehe nicht an zu behaupten, dass er einer unserer wichtigsten Mitarbeiter ist.

Er sagte, ja, aber denken Sie doch mal, Herr Wecker: Wenn ich die Papiere nicht innert zehn Minuten erhalte, versäume ich das Flugzeug!

Herr Wecker sagte, könnten Sie schlimmstenfalls denn nicht morgen fliegen?

Er sagte, aber Sie haben den Flug doch für heute gebucht, Mann!

Herr Wecker sagte, für heute und morgen.

Er sagte, auch für morgen? Sie haben auch für morgen gebucht?

Nachdem er vergeblich auf eine Antwort Herrn Weckers gewartet hatte, sagte Busner, Sie bringen also gleich zwei Ladungen Leute raus? - Grosser Gott, Sie sind vielleicht eine Nummer, Herr Wecker! Ich täusche mich fortwährend in Ihnen, wissen Sie! Aber verstehn Sie — das alles ist schön und gut, aber ich möchte doch heute fliegen! Ich halte das nicht mehr aus! Ich will heute fliegen, weil vielleicht etwas schiefgeht! Geht etwas schief, so habe ich wenigstens noch einen Tag zur Verfügung, verstehn Sie? Der Zeichner soll erst diese winzige Kleinigkeit, die an meinen Papieren noch fehlt, in Ordnung bringen und nachher an den anderen Papieren arbeiten! Wie Sie sagten, muss es sich bei den meinen ja um eine äusserst winzige Kleinigkeit handeln!

Herr Wecker sagte, vielleicht besorgen Sie sich in der Zwischenzeit eine andere Tasche?

Er sagte, es wäre mir lieber, wenn das einer Ihrer Angestellten für mich täte.

Herr Wecker sagte, momentan sind eben sämtliche Angestellte vollauf beschäftigt.

Er sagte, doch, das leuchtet mir ein — kurz vor der Abreise so vieler Untergrundleute!

Herr Wecker sagte, vielleicht besorgen Sie sich die Tasche selbst?

Nach einem Augenblick sagte er, nein! Ich warte hier! Ich rühre mich nicht mehr aus diesem Raum! Ich warte hier, bis ich meine Papiere kriege! Notfalls nehme ich diese Tasche oder lasse die Dinge da, und Sie schicken sie mir vielleicht an eine Deckadresse oder so. Oder mein Bruder bringt sie mit dem Wagen, aber den Raum hier verlasse ich nicht mehr, bis ich die Papiere habe! - Würden Sie jetzt bitte wieder nachsehen. Wenn Sie gleich wiederkommen, reicht es noch für heute!

Um nicht wahnsinnig zu werden, ging er in langen Schritten hin und her. Nachher schwang er die Arme beim Gehen. Als er feststellte, dass es halb zwölf sei, rechnete er sich aus, er werde das Flugzeug auch noch erreichen, wenn er in einer halben Stunde aufbreche. Eine Zeitlang versuchte er sich einzureden, es komme auf dasselbe heraus, ob er heute oder morgen fliege.

In einer plötzlichen Eingebung riss er den Vorhang zur Seite, wobei ihn überraschte, dass dieser erheblich schwerer war, als er ihn eingeschätzt hatte. Weil dahinter völlige Dunkelheit herrschte, vermochte er nichts zu erkennen. Er bemühte sich, ihn möglichst geräuschlos zuzuziehen, und ging abermals im Raum auf und ab. Etwas später zog er den Vorhang erneut zur Seite, starrte einen Augenblick ins Dunkel, holte sein Feuerzeug aus der Tasche und knipste es an. Er gewahrte in einem engen Schacht eine Eisenleiter, die nach oben sowie nach unten führte. Auf seinem Hocker versuchte er herauszufinden, ob Herr Wecker die Leiter jeweils hinunter- oder hochsteige, wenn dieser ihn aufsuche. Am wahrscheinlichsten schien ihm schliesslich, dass Herr Wecker, je nachdem, manchmal von unten und manchmal von oben komme. Er stand auf und ging wieder hin und her.

Nachher, als er feststellte, dass Herr Wecker sich seit mehr als zwanzig Minuten nicht mehr gezeigt habe und er das Flugzeug auch noch erreichen würde, wenn er in den nächsten zehn Minuten aufbräche, trat er auf den Vorhang zu, zerrte ihn zur Seite und rief in den Schacht, Herr Wecker!, Herr Wecker!

Hinterher erschrak er über sein unbedachtes Vorgehen. Nachdem er jedoch weitere fünf Minuten auf dem Hocker verbracht hatte, ohne dass Herr Wecker erschienen wäre, rief er abermals nach ihm.

Als er, den Schacht hochblickend, hinter sich die Tür gehen hörte, fuhr er zusammen.

Herr Wecker sagte, ich glaube, Sie riefen mich?

Er zog den Vorhang zu und sagte, entschuldigen Sie vielmals, Herr Wecker, aber wenn ich die Papiere in fünf Minuten erhalte, erreiche ich das Flugzeug noch!

Herr Wecker sagte, der Zeichner arbeitet immer noch an Ihren Papieren.

Er sagte, vielleicht ist er inzwischen fertig?

Herr Wecker sagte, das ist nicht ausgeschlossen.

Er sagte, bitte, bitte, Herr Wecker, sehn Sie nach!

Er lehnte sich an die Wand und schaute zur Decke. Nach einigen Sekunden spürte er den Schweiss an sich herunterlaufen. Er dachte, er habe Fieber. Mit dem Taschentuch trocknete er sich die Stirne.

Er sah Herrn Wecker wieder eintreten und rief, nun?

Herr Wecker schüttelte den Kopf. Er schlug die Hände vor das Gesicht. Immer wieder sagte er sich, es reicht auch noch morgen!

Schliesslich äusserte er, in Ihrem Raum hier bin ich zehn Jahre älter geworden, Herr Wecker! Zehn Jahre, so setzt mir das alles zu! - Also gut, dann eben morgen! Dass ich die Papiere heute kriege, das ist doch ganz gewiss, nicht?

Nachdem Herr Wecker zu seinem Hocker gegangen war und sich gesetzt hatte, sagte er, das glaube ich wohl.

Er sagte, was heisst, das glaube ich wohl — ist das denn nicht völlig sicher?

Herr Wecker sagte, was ist schon sicher? Ich selbst stelle die Papiere nicht aus. Täte ich dies, so könnte ich Ihnen sagen, Sie kriegen sie sicher, höhere Gewalt vorbehalten. Ist aber an einer Angelegenheit eine zweite oder mehrere Personen beteiligt, deren Mithilfe die Erreichung des anvisierten Zieles voraussetzt, so ist es unmöglich, in bezug auf den Ausgang dieser Angelegenheit eine bindende Zusage zu geben. Das ist eine einfache Lebensregel, Herr Busner.

Er sagte, der Zeichner muss es mir persönlich versprechen! Lassen Sie mich mit dem Zeichner reden! Führen Sie mich zu ihm!

Herr Wecker sagte, das geht nicht. Ich sagte es Ihnen bereits!

Er sagte, Herr Wecker, Sie wissen, dass ich sterben werde, wenn ich die Papiere bis heute abend nicht in der Hand habe! Sie wissen, dass keine Fluchtmöglichkeit mehr besteht, wenn das Hinrichtungsfest begonnen hat! Sie selbst, ja, der ganze Untergrund muss daran interessiert sein, dass ich verschwinde! Es könnte mir ja einfallen zu plaudern, wenn Druck auf mich ausgeübt wird, oder nicht?

Herr Wecker schwieg.

Er sagte, vielleicht bringen Sie es fertig, dies dem Herrn Zeichner beizubringen!

Auch darauf antwortete Herr Wecker nicht.

Er sagte, ich kann nicht mehr, Herr Wecker! - Hier, hier haben Sie tausend Rondos! Gehen Sie zum Zeichner, geben Sie ihm das Geld und richten Sie ihm aus, dass er nochmals tausend kriegt, wenn ich die Papiere bis in einer halben Stunde habe!

Herr Wecker griff nach dem Geld, erhob sich und verschwand.

Er sagte sich, jetzt klappt es! Erstens ist der Zeichner bereits mit meinen Papieren beschäftigt, wie der Alte sagte, zweitens ist der Mensch immer zu kaufen!

Eine Weile machte er sich Vorwürfe, weil er nicht eher auf den Gedanken gekommen sei, den Zeichner zu bestechen, womit er längst im Besitz der Papiere wäre. Im Anschluss daran legte er sich zurecht, der Alte habe von oben Anweisung erhalten, kein Geld von ihm anzunehmen — hätte er ihm persönlich aber ein Geldgeschenk gemacht, wäre er längst in Benwaland.

Er rauchte alle drei Zigaretten, die er noch im Paket fand, zerknüllte es, steckte es in die Jackentasche, holte es wieder hervor, stiess einen Fluch aus und schleuderte es zu Boden. Nachher hob er es auf und legte es auf den Tisch. Danach klinkte er sein Uhrarmband aus und stellte die Uhr neben das Zigarettenpaket. Um seine Erregung im Zaum zu halten, schritt er halblaut fluchend hin und her, wobei er die zur Faust geballte rechte Hand in die Fläche der linken schlug.

Mit einem Mal sah er Herrn Wecker beim Vorhang stehen und diesen mit der linken Hand aufhalten. In Herrn Weckers rechter Hand gewahrte er einen Briefumschlag.

Er rief, die Papiere!

Herr Wecker zischte, halt! Bleiben Sie da, wo Sie stehen!

Er sagte, wieso? Was ist? Was ist, Herr Wecker?

Herr Wecker sagte, treten Sie an die Wand zurück!

Während er es tat, sagte er, wieso? Was ist los? Geben Sie mir die Papiere!

Herr Wecker liess einen Augenblick verstreichen, bevor er sagte, nun, Herr Busner ...

Er sagte, ja was? Was ist los? Sie haben doch meine Papiere in der Hand?

Er sah ein widriges Lächeln auf Herrn Weckers Gesicht erscheinen.

Er sagte, was ist denn? Sprechen Sie!

Herr Wecker sagte, sagen Sie mal, Herr Busner ...

Er sagte, was?

Herr Wecker sagte, sagen Sie mal — glaubten Sie tatsächlich,

ich würde Ihnen gefälschte Papiere aushändigen?

Er sagte, wieso? Was meinen Sie?

Herr Wecker sagte, nahmen Sie tatsächlich an, ich würde Ihnen gefälschte Papiere aushändigen? Glaubten Sie wirklich, es gebe jemanden in Kattland, der Ihnen helfen würde, Ihrer Opferung zu entgehen?

Er rief, ich verstehe Sie nicht! Was wollen Sie sagen? Kriege ich die Papiere, oder bringen Sie mich ohne Papiere aus Kattland?

Herr Wecker sagte, oh, Sie verstehen nicht — glauben Sie, es lebe in Kattland ein einziger Mensch, der es wagen würde, die Gemeinschaft zu hintergehen?

Er rief, geben Sie endlich meine Papiere her!

Herr Wecker rief, stehnbleiben! und fuhr fort, war Ihnen denn nicht klar, dass es sich bei dem Ganzen um ein Spiel handelte, Herr Busner?

Während Herr Wecker den Briefumschlag unter das Tischchen warf, sagte er, hier ist Ihr Geld zurück.

Er schrie, Sie Schweinehund!, ich töte Sie! und stürzte auf Herrn Wecker los.

Bevor er ihn erreichte, zog Herr Wecker sich hinter den Vorhang zurück. Er riss ihn zur Seite und sah ein Gitter herunterrasen.

Er riss an den Stäben und brüllte, ich bringe dich um! Ich bringe dich um, du Sau!

Er sah Herrn Wecker gemächlich die Eisenleiter emporsteigen. Er versuchte das Gitter hochzustemmen. Er sah die Sandalen Herrn Weckers verschwinden.

Er brüllte, ich zerreisse dich, du Dreckschwein!

Eine Weile versuchte er das Gitter seitwärts wegzuzerren. Als sein Blick auf seinen Anzug neben dem Vorhang fiel und er bemerkte, dass er Herrn Fennos Kleidung trage und ihn in dieser Kleidung niemand erkenne, ergriff er die Tasche, bückte sich nach dem Briefumschlag, schob die Tür auf und eilte die Wendeltreppe hinunter. Während er sich den Gang entlangtastete, wiederholte er dauernd, ruhig bleiben, ruhig bleiben! Bevor er öffnete, hämmerte er sich ein, er dürfe sich nichts anmerken lassen, er müsse hundertprozentig gleichgültig erscheinen. Weil seine Hand zitterte, brachte er den Schlüssel nicht gleich in die

Öffnung. Er biss die Zähne zusammen und sagte sich, ruhig, ruhig, ruhig! Zu seiner Erleichterung sah er niemanden auf der Station. Die Tür zuschiebend, dachte er, in die erste U-Bahn rein und weg!

Als er an der Mauer, nahe der Tür Herrn Julian erblickte, erschrak er derart, dass er das Gefühl hatte, die Gesichtshaut sei ihm aufgeplatzt. Lange Zeit, wie ihm schien, starrte er Herrn Julian an. Endlich sagte er sich, ein Zufall! Ein Zufall, auch der kennt mich nicht! Er sah Herrn Julian lächeln und stumm auf die Mauer gegenüber weisen. Er schloss die Tür ab, steckte den Schlüssel ein und bemühte sich, unauffällig den Bahnsteig entlang zu gehen. Er hörte Herrn Julian rufen, Herr Busner!

Er biss die Zähne zusammen und sagte sich, er meint nicht mich! Er hörte Herrn Julian wieder rufen. Er dachte, bloss nicht auffallen! Er registrierte, dass Herr Julian ihm nachlaufe. Er dachte, ruhig, ruhig! und bog nach links, um zum Bahnsteig II zu gelangen, wobei er aufs höchste an sich halten musste, um nicht loszurennen. Dicht hinter sich hörte er Herrn Julian sagen, Herr Busner, so warten Sie doch!

Er erreichte den Bahnsteig II.

Herr Julian sagte, Herr Busner! und stellte sich neben ihn.

Er versuchte seine Stimme zu verstellen, als er, ohne stehenzubleiben, sagte, was wollen Sie? Ich kenne Sie nicht!

Herr Julian sagte, aber Herr Busner, Sie verraten sich schon, indem Sie behaupten, mich nicht zu kennen, wo mich doch jeder Kattländer kennt, aber schauen Sie doch mal dort an die Mauer!

Unfähig sich zu rühren, starrte er lange Zeit auf das Plakat, auf dem er Herrn Fenno abgebildet sah, und las immer wieder die darunterstehenden Worte, Heinz-Harry Busner alias Max Fenno.

Von ferne hörte er Herrn Julian sagen, das hat doch keinen Sinn, Herr Busner, Sie entgehen der Opferung nicht!

Mit einem Male schwindelte ihm alles vor den Augen.

Von weither hörte er Herrn Julian sagen, fallen Sie nicht um, Herr Busner, kommen Sie, setzen wir uns auf die Bank!

Er liess sich hinführen. Um besser zu Atem zu kommen, öffnete er den Hemdkragen.

Er hörte Herrn Julian sagen, mein Gott, wie Sie zittern, Herr Busner! Ist das denn so schlimm?

Als Herr Julian dabei seinen Arm um ihn legte, brach er in heftiges Schluchzen aus. Herr Julian drückte ihn an sich. Er hörte ihn sagen, aber Heinz, so arg kann das doch nicht sein! Was ist denn schon das Leben?

Lange Zeit danach, wie ihm schien, begann er allmählich zu fassen, dass also doch der Ausschuss hinter dem Fluchthilfeunternehmen gesteckt habe.

Hinterher, als er bemerkte, dass sich inzwischen ein Kreis von Leuten um sie herum gebildet hatte, begann nach und nach der Gedanke Besitz von ihm zu ergreifen, er dürfe nicht die geringste Zeit verlieren, um einen neuen Fluchtplan auszuhecken.

Während er vortäuschte, noch immer zu erschlagen zu sein, versuchte er sich zu überlegen, wie er nun verfahren müsse, um der Hinrichtung zu entgehen. Er kam darauf, da bloss noch der Ausweg mit der Geiselnahme übrigbleibe, habe er sich sofort um die Pistole zu kümmern. Er erinnerte sich an die Mitteilung der Wachposten, seine Mutter sei wohl dagewesen, habe das Paket aber nicht abgegeben, und legte sich zurecht, seine Mutter habe wahrscheinlich befürchtet, man händige es ihm nicht aus — zunächst gehe es also darum, die Mutter aufzufinden.

Er legte sich Rechenschaft darüber ab, dass bloss noch der morgige Tag zur Verwirklichung der Flucht bleibe und ihre Ausführung nun dadurch noch erschwert werde, dass er durch die Anspruchnahme von Weckers Fluchthilfeunternehmen seinen Willen offenbart habe, sich der Hinrichtung zu entziehen.

Schliesslich nahm er die Hände vom Gesicht und sagte, das alles ist so unglaublich, Herr Julian, so unglaublich!

Herr Julian fragte, was denn so unglaublich sei.

Busner sagte, das alles, mit diesem Untergrund — ich wusste doch, dass es keinen Untergrund gibt! Aber ich habe gelernt, Herr Julian!

Herr Julian sagte, was haben Sie gelernt, mein Lieber?

Er sagte, ich habe gelernt, dass es wirklich keine Möglichkeit gibt, der Opferung auszuweichen, selbst dann nicht, wenn ich dies wollte! Schon deshalb muss diese Opferung unbedingt stattfinden — unbedingt, finde ich!

Herr Julian sagte, endlich werden Sie vernünftig, Herr Busner, endlich! Es hat lange gedauert, wissen Sie!

Er sagte, ja, es hat lange gedauert, aber zum Schluss bin ich vernünftig geworden. Das steht fest! Wissen Sie — eigentlich wollte ich gar nicht fliehen! Das ist es ja! Ich wollte mich nur ein bisschen umhören bei diesem Untergrund, den es ja nicht gibt, aber Wecker drängte mich geradezu zur Flucht! So war es!

Herr Julian sagte, ich sehe, Sie fühlen sich nun besser, Herr Busner, nicht?

Er sagte, ja, ich weiss nun, wo mein Weg entlanggeht! Sie brauchen mich nicht mehr so zu halten!

Herr Julian zog seinen Arm zurück und sagte, erlauben Sie, dass ich Sie zum Mittagessen einlade, Sie haben ja noch nichts gegessen?

Er sagte, danke, Herr Julian, vielen Dank, aber Sie werden sicher verstehn, dass ich mich nach all der Aufregung erstmal ein bisschen ausruhen möchte, nicht?

Herr Julian sagte, sicher verstehe ich das, Herr Busner, nur bitte, vergessen Sie mir Ihre Lockerungsübungen nicht!

Während sie den Bahnsteig verliessen, sagte Herr Julian, Sie wollen wohl Ihren Anzug bei Herrn Garsen holen, nicht wahr?

Er sagte, ach so, ja, richtig. - Hätten Sie vielleicht die Freundlichkeit, das für mich zu tun, Herr Julian, ich möchte nicht mehr in diesen Raum gehen.

Herr Julian sagte, sicher, Herr Busner, geben Sie mir nur gleich den Schlüssel. - Was ich Ihnen noch sagen wollte — ich meine, Sie haben ja inzwischen herausgefunden, dass die ganze Sache mit dem Untergrund vom Ausschuss für Ihre Opferung aufgezogen war.

Er sagte, ja, zum Glück war es so.

Herr Julian sagte, Sie wissen aber noch nicht, dass Sie im Auftrag des Ausschusses die ganze Zeit über gefilmt wurden?

Er sagte, gefilmt?

Herr Julian sagte, ja, es gab vier versteckte Kameras in diesem Raum. Der Film soll Freitagabend im Fernsehen gezeigt werden.

Er sagte, oh, wirklich?

Herr Julian flüsterte ihm ins Ohr, brisante Dinge allerdings, die Sie allzusehr zum Volksfeind machen würden, werden aus dem Film entfernt, wie ich hörte. Mit normaler Stimme fuhr er fort, Sie wurden nämlich ohne Unterlass gefilmt, wissen Sie: bei Ihrem Gang zu Herrn Weckers Raum, beim Verlassen des Raumes und Betreten der U-Bahnstation, auf Ihren Spaziergängen, beim Fotografen und so weiter. Die eine Wand in Herrn Weckers Raum war übrigens ein Einwegfenster. Ich habe in der Gesellschaft Ihres Verteidigers manche Stunde dahinter gesessen. Oftmals taten Sie mir sehr leid, wegen Ihrer Verbissenheit, der Opferung zu entgehen! Ich meine, mit ansehen zu müssen, mit welchem Eifer und welchen Tricks Sie sich um die gefälschten Papiere bemühten. Und zu wissen, dass es keine Papiere für Sie gibt, war gelegentlich recht hart.

Er sagte, ja, aber wie gesagt, habe ich daraus gelernt, dass mein Leben, um wirklich einen Sinn zu bekommen, der Gemeinschaft geopfert werden muss!

Herr Julian sagte, das kann einen nur freuen, Herr Busner, dass Sie zu dieser Erkenntnis gekommen sind!

Als Julian mit seinen Kleidern wiederkehrte, sagte er, kommen Sie, Herr Busner, geben wir der Gemeinschaft was ihr gebührt — kommen Sie!

Er fragte, was Herr Julian vorhabe.

Herr Julian antwortete, kommen Sie, Sie werden sehen!

Vor der U-Bahnstation sah er eine riesige Menschenmenge stehen. Wie in Berchfelden hatte man ein Podium aufgestellt. Herr Julian zog ihn die Stufen hoch. Als sie oben erschienen, begannen die Leute begeistert ihre Fähnchen zu schwenken und verhalten in Bravorufe auszubrechen. Er sagte sich, er müsse mitspielen! Um keinen Argwohn zu erwecken, müsse er unbedingt mitspielen!

Herr Julian legte den einen Arm um ihn und hob seinen Anzug mit der anderen Hand in die Höhe. Jemand reichte Herrn Julian einen Schalltrichter. Herr Julian entfernte den Arm von seinen Schultern und erklärte, Busner werde sich nun umziehen und die Kleidung Herrn Fennos der Gemeinschaft schenken, er bitte die einzelnen dabei um gemeinschaftswürdiges Benehmen.

Er zog die Jacke aus und warf sie in die Menge, liess ihr Herrn

Fennos Brille, Bart und Perücke folgen, riss sich das Hemd vom Körper, anstatt es aufzuknöpfen, zog sich sein eigenes über, schleuderte die Hose und die Schuhe Herrn Fennos unter die Leute.

Die Wachposten antworteten, seine Mutter sei nicht da gewesen, seit sie um sechs Uhr früh ihren Dienst angetreten hätten.

Als er die Wohnungstür öffnete und in das mit Herrn Julians Möbeln vollgestopfte Appartement blickte, das für immer zu verlassen er am Morgen geglaubt hatte, befürchtete er einen Augenblick, wahnsinnig zu werden.

Er hörte einen der Wachposten sagen, ist Ihnen schlecht geworden, Herr Busner?

Er antwortete, nein, nein, schob die Tür zu und sagte sich, er müsse durchhalten! Alles hänge davon ab, dass er nervlich durchhalte.

Er stiess sich von der Wand ab und zwängte sich zwischen Herrn Julians Möbeln hindurch ins Wohnzimmer. Um etwas Platz zu schaffen, stapelte er zwei Kisten Herrn Julians aufeinander und versuchte, einen Polstersessel Julians zwischen Julians Schrank und die Decke zu pressen, was er aber nicht fertigbrachte. Hinterher schlüpfte er unter dem Tisch hindurch in die Küche und trank zwei Gläser Rum.

Nachdem er eingesehen hatte, dass es ihm kaum gelingen werde, zum Tresor zu gelangen, um sein Geld hineinzulegen, kam ihm in den Sinn, er tue ohnehin besser daran, dieses auf sich zu tragen, da nicht auszuschliessen sei, dass er in eine Situation gerate, in der er es zur Realisierung seiner Flucht benötige.

Nachdem der Knecht ihm mitgeteilt hatte, seine Mutter sei nicht zu Hause, sie halte sich seit Dienstag in Rask auf, fiel ihm ein, der Ausschuss werde wissen, wann die Mutter ihn besuchen wolle, weil die Mutter dort um die Besuchergenehmigung nachsuchen müsse. Er beschloss, die Begebenheit mit Wecker gar nicht zu erwähnen, sondern sich so zu verhalten, als wäre das alles nicht geschehen.

Bevor er die Nummer wählte, trank er einen weiteren Rum. Er sagte, hallo, Herr Kehrer, hier Busner.

Der Verteidiger sagte, guten Tag, Herr Busner.

Er sagte, ich erwarte seit einigen Tagen den Besuch meiner Mutter, Herr Kehrer — könnten Sie mir sagen, auf welchen Termin Sie ihr eine Besuchergenehmigung ausgestellt haben?

Als der Verteidiger ihm mitteilte, der Ausschuss habe die Pistole, welche die Mutter ihm habe überbringen wollen, im Interesse der Gemeinschaft konfisziert und die Mutter in Vorbeugehaft setzen müssen, da weder er noch seine Mutter einen Waffenschein besässen, wurde ihm schwarz vor den Augen; gleichzeitig spürte er eine derartige Hitze in seinem Körper aufsteigen, dass er das Gefühl hatte, er brenne innerlich aus.

Er wusste nicht, für wie lange Zeit er das Bewusstsein verloren hatte, als er den Verteidiger von weither sagen hörte, Herr Busner, sprechen Sie noch? - Herr Busner? Sprechen Sie noch, Herr Busner?

Er sagte, ja.

Er hörte den Verteidiger sagen, was beabsichtigten Sie eigentlich mit dieser Pistole? - Herr Busner! - Herr Busner! - Ich fragte Sie, was Sie eigentlich mit dieser Pistole beabsichtigten?

Er sagte, nichts.

Der Verteidiger sagte, wie, nichts?

Er sagte, ja.

Der Verteidiger sagte, verstehn Sie mich überhaupt, Herr Busner? Ich fragte Sie, was Sie mit dieser Pistole eigentlich wollten?

Er sagte, nichts.

Der Verteidiger sagte, wie, nichts?

Er sagte, ich weiss nicht.

Der Verteidiger sagte, Sie wissen es nicht?

Er sagte, nein.

Der Verteidiger sagte, das werden Sie doch wissen! - Das werden Sie doch wissen, Herr Busner! - Sprechen Sie noch?

Er sagte, ja.

Der Verteidiger sagte, Sie werden doch wissen, wozu Sie eine Pistole und Munition haben wollten?

Er sagte, nein, ich weiss es nicht.

Der Verteidiger sagte, aber Sie verstehen hoffentlich, dass wir

die Pistole sicherheitshalber beschlagnahmen mussten?
Er sagte, ja. - Bitte, lassen Sie meine Mutter frei! Sie hat nichts damit zu tun!
Der Verteidiger erklärte, am Tag seiner Opferung werde eine Generalamnestie erlassen, von der lediglich die Schweigelagerinsassen ausgenommen seien; seine Mutter falle also unter die Amnestie.
Er sagte, danke.
Der Verteidiger sagte, lassen Sie den Kopf nicht hängen, Herr Busner! Denken Sie daran, dass Sie nach Ihrem Tod für die Gemeinschaft weiterleben werden! Mir zum Beispiel ist das nicht vergönnt! Sie aber werden im Gedächtnis unserer Nachkommen weiterleben, während von mir niemand sprechen wird!
Er sagte, ja — nein, selbstverständlich, ich lasse den Kopf nicht hängen.
Nachher, als er weinend auf dem Fussboden sass, dachte er längere Zeit ernsthaft daran, sich das Leben zu nehmen.
Später überlegte er sich, ob nicht eine andere Möglichkeit existiere, um zu einer Waffe zu kommen, gestand sich aber schliesslich ein, dass dies nicht der Fall sei.
Abermals erwog er, mit seinem Fleischmesser jemanden zu kidnappen, verwarf den Einfall dann jedoch wieder.
Hinterher gelangte er zum Schluss, dass ihm, abgesehen vom Selbstmord, nur noch eines zu tun übrig bleibe, um der Opferung vielleicht zu entgehen: den Präsidenten um sein Leben zu bitten.

Er sagte, ich bin es nochmals, Herr Kehrer — würden Sie den Präsidenten bitte ersuchen, mich zu empfangen, es ist äusserst wichtig.
Der Verteidiger fragte, für wann?
Er sagte, gleich, wenn es geht.
Der Verteidiger beschied ihm, der Präsident sei bereit, ihm in einer halben Stunde eine Audienz zu gewähren.

Als er den Präsidenten in der Gesellschaft des Produktionsministers antraf, überlegte er sich einen Augenblick, ob er den

Präsidenten darum bitten solle, ihn alleine sprechen zu dürfen.
Der Präsident rief, kommen Sie nur, Herr Busner, hier ist ein Stuhl für Sie! Mögen Sie einen Kognac?
Er nickte. Der Produktionsminister schenkte ihm ein. Er beschloss, seine Bitte, den Präsidenten unter vier Augen sprechen zu dürfen, nicht vorzubringen.
Der Produktionsminister sagte, Kompliment, Herr Busner, Sie haben grossartig mitgespielt in dieser Geschichte mit den gefälschten Papieren — gerade hat man uns darüber berichtet.
Er sagte, ich habe ..., ich habe nicht mitgespielt. Ich wollte tatsächlich flüchten. Ich gebe es zu.
Der Produktionsminister sagte, weiss ich doch, weiss ich doch — gerade die Ernsthaftigkeit, mit der Sie sich um die Papiere bemühten, verlieh dem Ganzen ja den authentischen Anstrich!
Er wandte sich an den Präsidenten und sagte, Herr Präsident, ich ..., ich sehe den Sinn meiner Opferung nicht ein. Ich will nicht sterben! Schenken Sie mir das Leben! Ich bin kein gutes Gemeinschaftsglied, wissen Sie! Ich bin selbstbeherrschungsunfähig! Ich passe nicht in Ihre Gemeinschaft! Ich sehe den Sinn meiner Opferung nicht ein! Ich bin gemeinschaftsunfähig! Bitte, Herr Präsident, lassen Sie mich weggehen aus Kattland! Bitte, ich will nicht sterben! Ich kann nicht sterben für etwas, das ich nicht einsehe! Ich habe ja nichts getan, Sie wissen es! Ich habe ein Anrecht darauf, zu leben! Bitte, Herr Präsident, lassen Sie mich weggehen! Ich bitte Sie darum!
Der Präsident sagte, aber Herr Busner, das geht doch jetzt nicht mehr!
Er sagte, ich kann nicht sterben, Herr Präsident! Ich kann es nicht! Alles in mir wehrt sich dagegen! Seit ich weiss, dass ich sterben soll, versuche ich zu flüchten! Sie sind doch human! Sie sind doch eine humane Regierung! Sie sind doch für menschlichen Fortschritt! Im Mittelpunkt steht doch der Mensch, sagen Sie ...
Der Produktionsminister warf ein, die Errichtung einer humanen Gesellschaft geht nicht ohne Opfer vor sich, Herr Busner. Ohne Opfer vollzieht sich ein grundlegender Wandel nie, das habe ich Ihnen bereits einmal gesagt!
Busner fuhr fort, beweisen Sie, dass Sie human sind, Herr

Präsident! Schenken Sie mir das Leben! Sie können es jetzt beweisen! Lassen Sie mich weggehen, bitte, Herr Präsident!

Der Präsident entgegnete, es ist mir sehr peinlich, Herr Busner, aber Sie sollten doch wissen, dass es jetzt auf keinen Fall mehr geht!

Er sagte, nehmen Sie jemand anderen als Opfer! Jemanden, der den Sinn einsieht! Sie sagten doch selbst, ich eigne mich nicht dazu! Das ist richtig, ich eigne mich nicht dazu, Herr Präsident!

Der Präsident sagte, es tut mir leid, Herr Busner, aber ...

Er sagte, oder wissen Sie was? Sie sagten ja, die Opferungsfeierlichkeiten sollten den Fasching ersetzen — verbrennen Sie doch an meiner Stelle eine Puppe! Eine Wachspuppe, wissen Sie, eine Wachspuppe, die mich darstellt! Das ist die Lösung, Herr Präsident! Eine Puppe verbrennen! Sie müssten es so machen, dass Sie kurz vor der Opferung eine Rede halten. In dieser Rede sagen Sie, dass das mit mir und so bloss ein Spiel gewesen sei und dass die Regierung mich selbstverständlich nicht hinrichte, weil sie human und der Mensch für die Gemeinschaft das Wichtigste sei — dass an meiner Stelle aber eine Puppe verbrannt werde! - Das ist der Ausweg, Herr Präsident! Wirklich! Beweisen Sie damit Ihre humane Einstellung!

Der Präsident sagte, aber Herr Busner ...

Er sagte, es kommt auf dasselbe heraus, Herr Präsident! Ich meine, sie erzielen denselben Effekt damit!

Der Produktionsminister sagte, stimmt nicht! Stimmt leider nicht, Herr Busner! Der Mensch lässt sich eine Puppe nicht für einen Menschen vormachen! Da eine Puppe kein Lebewesen ist, lässt sie sich nicht in den Tod befördern! Eine Puppe mit Aggressionen zu besetzen, ist bloss bedingt möglich, wenn nicht gar unmöglich! Der entscheidende Moment einer Hinrichtung aber, auf den gerade wir in unserem Fall besonders Gewicht legen müssen, ist jener Augenblick, in dem der Beobachter den Tod des eben noch lebenden Wesens wahrnimmt!

Er sagte, aber ich will leben, Herr Präsident, bitte, ich will leben! und berührte dabei mit seiner Hand den Unterarm des Präsidenten.

Der Produktionsminister sagte, Ihre Opferung ist unumgänglich, Herr Busner! Selbst der Umstand, dass ein grosser Teil der

Weltöffentlichkeit, der Vatikan eingeschlossen, dagegen protestiert und uns unter moralischen Druck zu setzen versucht, vermag uns nicht umzustimmen!

Er sagte, die Weltöffentlichkeit protestiert?

Der Produktionsminister sagte, umsonst, Herr Busner! Es ist nicht unser Fehler, wenn gewisse Leute nicht erkennen, dass wir Ihre Opferung benötigen, um eine wahrhaft humane Gesellschaft heranzubilden! Geben Sie sich also keinen Illusionen hin! Sie müssen sterben! Lernen Sie sich damit abzufinden, dass Sie in vier Tagen aus dem Leben scheiden müssen, Sie vereinfachen sich damit das Sterben!

Er sagte, stimmt es, Herr Präsident, dass die Weltöffentlichkeit und der Vatikan gegen meine Hinrichtung protestieren?

Der Präsident sagte, ein Teil der Weltöffentlichkeit.

Der Produktionsminister sagte, denken Sie nicht daran, Herr Busner, es ist aussichtslos.

Busner sagte, ich spreche gar nicht mit Ihnen, ich spreche mit dem Präsidenten!

Der Produktionsminister fuhr fort, es scheint, dass Sie sich über einige Dinge noch im unklaren sind, obwohl sie Ihnen bereits mehrmals vorgetragen wurden: Unumgänglich ist Ihr Tod, weil wir gezwungen sind, dem Volk zum jetzigen Zeitpunkt ein solches Schauspiel wie Ihre Opferung zu bieten. Man kann nicht die Emotionsäusserungen einer Menschenmasse derart beschneiden, wie wir genötigt sind es zu tun, ohne die daraus entstehenden Aggressionen in gewissen Zeiträumen immer wieder abzuführen! Ich habe Ihnen das ja erklärt!

Busner sagte, geben Sie dem Volk mehr Freiheit!

Der Produktionsminister sagte, das lässt sich im Augenblick nicht durchführen. Die Umstände zwingen uns dazu, die Arbeitskapazität des Volkes, momentan wenigstens, voll auszuschöpfen. Wir liefen ansonsten Gefahr, uns wirtschaftlich zu ruinieren. Wir haben nämlich Schulden, Herr Busner — enorme Schulden! Das zwingt uns, den Stand der momentanen Produktion zumindest aufrechtzuerhalten, wenn wir eben, wie gesagt, nicht Gefahr laufen wollen, einen Bankrott zu riskieren, was wir unseren Wählern wiederum nicht zumuten dürfen!

Busner sagte, was habe ich mit all dem zu tun? Das ist alles

Ihre Sache! Zudem protestiert die Weltöffentlichkeit gegen meinen Tod, wie Sie sagen. - Sie tragen der Weltöffentlichkeit gegenüber aber auch eine Verantwortung!

Der Produktionsminister sagte, ich erkläre Ihnen nun bereits zum dritten Mal, Herr Busner, dass wir das Schauspiel Ihrer Opferung benötigen, damit das Zusammengehörigkeitsgefühl der einzelnen, das Gemeinschaftsgefühl gestärkt wird, damit die Aggressionen abgefangen werden, damit die Leute arbeiten, damit sie sogar mehr arbeiten als jetzt!

Während der Produktionsminister fortfuhr, regieren heisst Handel treiben, Herr Busner, eine Regierung ist ein Unternehmen und unsere Regierung ist dies in höchstem Masse, sah er einen Herrn eintreten und sich nähern.

Der Herr sagte, guten Tag, Herr Busner.

Er sagte, guten Tag.

Der Präsident sagte, unser Pressesprecher, Rock Gall.

Er sah Herrn Gall dem Produktionsminister etwas ins Ohr flüstern.

Der Präsident sagte, darf ich Ihnen noch etwas offerieren, Herr Busner?

Er sagte, nein danke.

Der Präsident sagte, wie Sie wünschen.

Er sagte, Herr Präsident, ich wollte Sie fragen ...

Der Pressesprecher sagte, auf Wiedersehn, Herr Busner, viel Glück!

Er sagte, auf Wiedersehn.

Der Produktionsminister sagte, wenn ich sage, dass wir ein Unternehmen sind, Herr Busner ..., Herr Busner! Wenn ich sage, dass wir ein Unternehmen sind, so ist das nicht so zu verstehen, dass wir produzieren, wir stellen nämlich nichts her, wir verwalten bloss; wir verwalten, wenn Sie so wollen, Kattland. Der Herr Präsident wird Ihnen das vielleicht erklären!

Der Präsident sagte, ich glaube, mein Bruder möchte Sie davon in Kenntnis setzen, dass wir, die Regierung, eine Art Konsortium bilden und unser Unternehmen gewissermassen Kattland ist. Damit Sie mir folgen können, muss ich wohl etwas weiter ausholen. Es sind zwölf Jahre her, dass mein Bruder und ich uns mit dem jetzigen Justizminister John Kast, dem jetzigen

Innenminister Dick Cally und dem jetzigen Minister für Gemeinschaftswesen, Rod Ralphson, zu einer gemeinnützigen Vereinigung zusammenschlossen, mit dem Ziel, dem Menschen einen neuen Lebenssinn zu geben, einen Lebenssinn, der die Errichtung des Weltfriedens beinhaltet. Wir alle waren früher, wie Ihnen vielleicht zu Ohren kam, leitende Manager in der freien Wirtschaft. Um unserem Ziel näherzurücken, gründeten wir zu jener Zeit die GESELLSCHAFT, bei der Sie ja früher angestellt waren. Mit dem Gewinn, den diese und andere unserer Unternehmen abwarfen, gelang es uns allmählich, eine gewisse Position auf dem Weltmarkt zu erobern, wozu wir allerdings in hohem Masse auf die finanzielle Hilfe in- und ausländischer Gesinnungsfreunde angewiesen waren. Nach langen Jahren kam dann der Augenblick, wo wir es wagen konnten, uns an den Wahlen zu beteiligen, mit der Gewissheit, diese auch zu gewinnen — das heisst, gewonnen hätten wir sie eben nicht, wenn uns nicht wiederum befreundete Institutionen weitgehend finanziell unterstützt hätten. Und dieses Geld muss jetzt zurückerstattet werden — denn um überhaupt eine Chance zu haben, gewählt zu werden, mussten wir erst die Bevölkerung gegen die damals regierenden Demokraten motivieren, wozu wir eben riesige Summen Geldes brauchten. Das geeignetste Mittel dazu, um die Demokraten ins Hintertreffen zu bringen, meine ich, erblickten wir in der Herbeiführung eines Nahrungsengpasses ...

Busner sagte, Sie haben absichtlich einen Nahrungsmittelengpass geschaffen, wie die Demokraten behaupteten?

Der Präsident sagte, sonst wären wir nicht gewählt worden!

Er sagte, das ist undemokratisch, Herr Präsident!

Der Präsident sagte, es geschah, um das Leben des Menschen wieder lebenswert zu machen.

Der Produktionsminister sagte, genau!

Er sagte, aber es ist doch so, dass Sie illegal an die Macht gekommen sind?

Der Produktionsminister sagte, aber auch ohne Gewaltanwendung und Blutvergiessen! Zudem — was heisst illegal? Innerhalb der Gesetze des freien Welthandels verlief alles korrekt! Und der Gebrauch solcher Hilfsmittel, wie die Errichtung eines Nahrungsmittelengpasses, kann absolut durch die Absicht legitimiert werden, die ihm zugrunde liegt! Unsere Absicht, unser Ziel aber ist die Zusammenführung der gesamten Menschheit zu einem einzigen Ganzen, ist die Errichtung des Weltfriedens, das Fallen der nationalen Grenzen, die Einführung eines einheitlichen Zahlungsmittels, eines einheitlichen Personalausweises — all das kommt auf die Beglückung und Befriedigung des einzelnen Menschen heraus. Eine integre Absicht also, Herr Busner! Oder meinen Sie nicht?

Busner sagte, aber die Bevölkerung weiss doch gar nicht, dass sie im Grunde genommen bloss für Sie arbeitet, damit Sie Ihre Schulden zurückbezahlen können?

Der Präsident sagte, ich weiss nicht, ob die Bevölkerung das auf diese Weise sieht.

Er sagte, und glauben Sie, die Bevölkerung weiss, dass die Weltöffentlichkeit und der Vatikan gegen meine Hinrichtung protestieren?

Der Produktionsminister sagte, sie weiss es noch nicht.

Er sagte, und sie weiss wohl auch nicht, dass Sie hier nicht gedämpft miteinander sprechen, wie Sie es von ihr verlangen.

Der Produktionsminister entgegnete lachend, nein, auch das wird sie nicht wissen.

Er sagte, und ich glaube auch nicht, dass die Leute wissen, dass Sie einen Nahrungsmittelengpass geschaffen haben, um die Wahlen zu gewinnen?

Der Produktionsminister sagte, anlässlich des Wahlkampfes hielt die grosse Mehrheit diese Behauptung der Demokraten für unwahr, wie aus Befragungen mehrerer Meinungsforschungsinstitute hervorgeht.

Er sagte, wenn die Bevölkerung das alles nun aber erführe, würde sie Rechenschaft von Ihnen fordern! Sie würde sogar Ihren Rücktritt verlangen!

Der Produktionsminister sagte, die Bevölkerung würde gar nichts verlangen!

Er sagte, wieso?

Der Produktionsminister sagte, weil keine Motivation dazu bestände. Der Bevölkerung ist es in materieller Hinsicht noch nie so gut ergangen wie heute. Noch nie wurden in einem solchen Umfang Luxusgüter gekauft wie während des letzten halben

Jahres. Für eine Änderung der bestehenden Verhältnisse fehlt jeglicher Beweggrund. Die Bevölkerung scheint, im Gegenteil, mit ihrer Regierung äusserst zufrieden zu sein. Das sehn Sie daran, dass nirgendwo Kritik an der P.f.F. laut wird — ich meine wesentliche Kritik — , wirklich, nirgendwo in Kattland! Unser Wahlversprechen, jedermann glücklich zu machen, der glücklich werden will, haben wir bereits jetzt erfüllt! Im Denken der meisten Menschen nimmt das Streben nach Wohlstand, nach materiellem Wohlstand, den ersten Platz ein. Der Mensch im allgemeinen ist der Ansicht, Wohlstand bedeute Freiheit. - Zudem, Herr Busner — woher sollte die Bevölkerung diese Dinge, die Sie uns eben vorwarfen, auch erfahren?

Er schwieg.

Der Produktionsminister fuhr fort, und wenn sie es erführe, von irgendwoher, so wäre gerade ihre Reaktion darauf — und ich versichere Ihnen, dass es keine feindselige wäre — die letzte lückenschliessende Bestätigung für die Undurchdringlichkeit unseres Systems.

Busner sah ihn eine winzige Pfeife zum Vorschein bringen und sie mit Tabak füllen.

Schliesslich sagte er, für mich ist mein Leben das Wichtigste. Ich sage Ihnen offen und ehrlich, dass mir jedes Mittel recht ist, um mein Leben zu retten!

Der Produktionsminister sagte, es ist verständlich, dass Sie um Ihr Leben kämpfen, wenn Sie den Sinn seines gewissermassen widernatürlich herbeigeführten Endes nicht einsehen.

Der Präsident sagte, gewiss!

Er sagte, ich wünsche guten Abend.

Während er die Treppe hinunterlief, sagte er sich, das Volk werde die Regierung stürzen. Zumindest werde es ihr Einhalt gebieten in ihrem Tun. Es werde ihren Rücktritt fordern. Niemals würde es zulassen, dass ein Mensch im Namen einer betrügerischen Regierung hingerichtet werde. Nicht er werde geopfert, sondern die P.f.F.!

Beinahe wäre er hingefallen, aber es gelang ihm, sich noch rechtzeitig am Treppengeländer zu halten. Er dachte, er müsse sich zur Ruhe zwingen! Es komme darauf an, dass er ruhig bleibe und gut rede. Davon hänge alles ab, gut zu reden und ruhig zu bleiben!

Als er aus dem „Weissen Haus" trat und die riesige, fähnchenschwenkende Menge erblickte, überkam ihn die Gewissheit, er sei der Opferung bereits entgangen. Auf der viertletzten Treppenstufe blieb er stehen. Einen Augenblick zögerte er. Schliesslich gab er sich einen Ruck, formte die Hände zu einem Trichter und rief über den stillen Platz, alles mal herhören!, ich habe euch etwas zu sagen!

Da ihm nicht einfiel, wie er fortfahren wolle, rief er nochmals, ich habe euch etwas zu sagen! Etwas sehr Wichtiges! Die P.f.F. hat uns angelogen! Eben sprach ich mit dem Präsidenten! Die P.f.F. hat uns angelogen und betrogen!

Er sah in der GESELLSCHAFT einige Fenster sich öffnen.

Er rief, der Präsident persönlich sagte es mir! Die P.f.F. ist ein Unternehmen, bei dem wir alle angestellt sind! Wir alle müssen für die P.f.F. arbeiten, damit sie ihre Schulden zurückbezahlen kann! Die P.f.F. hat enorme Schulden gemacht, um die Wahlen zu gewinnen! Diese Schulden muss sie nun zurückbezahlen, und wir müssen dafür arbeiten, dass sie das tun kann! Die P.f.F. hat die Wahlen gewonnen, weil sie einen Nahrungsmittelengpass schaffte! Das sagte mir der Präsident persönlich! Der Präsident persönlich sagte mir das, hört ihr! Die Demokraten hatten recht, damals! Weil wir nichts zu essen hatten, wählten wir die P.f.F.! Weil die P.f.F. uns zu essen versprach! Alles war ein Betrug! Fordern wir Rechenschaft von der Regierung! Lassen wir uns nicht belügen und betrügen! Die P.f.F. verlangt von uns, dass wir leise sprechen sollen — aber die Minister tun das nicht! Die Minister sprechen in normaler Lautstärke! Untereinander und mit mir sprechen sie in normaler Lautstärke! Das ist Betrug! Und die P.f.F. verschweigt, dass die ganze Weltöffentlichkeit und der Papst gegen meine Hinrichtung protestieren! Der Präsident persönlich sagte mir das eben! Die P.f.F. ist nämlich gar keine Regierung, sondern ein Unternehmen, wie irgendein Unternehmen! Auch das sagte mir der Präsident jetzt gerade persönlich! Ich sage, fordern wir Rechenschaft von der Regierung! Fordern wir ihren Rücktritt, wenn sie nicht beweisen kann, dass ich nicht recht habe!

Da er mit einem Mal befürchtete, von hinten erschossen zu werden, wandte er sich um. Er sah aus nahezu jedem Fenster des „Weissen Hauses" Menschen sich lehnen.

Er kehrte sich wieder nach vorne und rief, der Präsident sagte mir auch, weshalb ich geopfert werden soll! Er sagte mir, weshalb jedes Jahr eine solche Opferung durchgeführt werden soll! Das tut die P.f.F., um unsere Aggressionen abzufangen, die entstehen, weil sie uns keine Freiheit lässt! Wir sind ein Volk von Gefangenen! Weil wir nur leise sprechen dürfen und so, während die Minister in normaler Lautstärke sprechen! Weil wir uns immerzu beherrschen müssen, entstehen Aggressionen in uns! Diese Aggressionen will die P.f.F. mit den Opferungen abfangen, damit wir nachher besser arbeiten und nicht auf den Gedanken kommen, die Regierung zu stürzen! - Fordern wir Rechenschaft von der P.f.F.! Lassen wir nicht zu, dass jemand für das P.f.F.-Unternehmen sterben muss! Jeder von euch kann der nächste sein! Fordern wir den Rücktritt dieser Regierung, die uns betrogen hat und uns betrügt!

Nach einem Augenblick rief er, was steht ihr denn so gleichgültig da? Hört ihr nicht, was ich sage? - Wir müssen etwas tun, weil die P.f.F. ein Unternehmen ist wie irgendein Unternehmen! Die P.f.F. betrügt uns! Um die Wahlen zu gewinnen, hat sie einen Nahrungsmittelengpass konstruiert!

Er erschrak heftig, als er eine Hand auf seiner Schulter spürte. Er drehte sich um und sah auf dem Gesicht des dicken Herrn Fränzi ein Lächeln erscheinen.

Er brüllte, sie verhaften mich, seht ihr! Ihr dürft die Wahrheit nicht erfahren! Sie sperren mich ein! Fordert Rechenschaft, fordert Rechenschaft von der P.f.F.! Es dürfen keine unschuldigen Menschen geopfert werden! Dass sie mich jetzt holen, um mich einzusperren, ist der Beweis für die Wahrheit!

Herr Fränzi sagte, aber wer sagt denn was von einsperren, Herr Busner? Im Gegenteil soll ich Sie im Auftrag Ihres Ausschusses fragen, ob wir Ihnen eine Sprechanlage installieren sollen, weil der Ausschuss befürchtet, dass die zuhinterst stehenden Leute Sie nicht verstehen können und Sie sich noch heiser schreien!

Er sagte, okay, installieren Sie die Anlage.

Zu seiner Verwunderung sah er auf Herrn Fränzis Zeichen einige Männer mit Stangen und Lautsprechern die Treppe des „Weissen Hauses" hinunterlaufen.

Er rief in die Menge, gleich werde ich über eine Lautsprecheranlage reden! Bleibt alle da!

Herr Fränzi sagte, Sie haben eine mächtige Stimme, Herr Busner — wie geht es Ihnen übrigens? Wir haben uns ja schon lange nicht mehr gesehen!

Er sagte, gut — sagen Sie, Herr Fränzi, ist der Ausschuss wahnsinnig geworden, dass er mir eine Lautsprecheranlage zur Verfügung stellt?

Herr Fränzi sagte, was weiss ich, Herr Busner, die Ratschlüsse der P.f.F. sind unerforschlich, wissen Sie!

Er sagte, Herr Fränzi, Sie sind ein Polizeibeamter, aber Sie werden auch ausgenutzt von der P.f.F., wissen Sie das?

Herr Fränzi sagte, den Eindruck hab ich aber nicht.

Er sagte, aber bestimmt, Herr Fränzi! Wissen Sie denn nicht, dass Sie arbeiten, damit die P.f.F. ihre Schulden zurückbezahlen kann?

Herr Fränzi sagte, dabei verdien ich aber ganz schön!

Er sagte, aber Sie dürfen nicht schreien, wenn Sie Lust dazu haben, und die Minister, die dürfen es!

Herr Fränzi sagte, dann lass ich es eben bleiben! Frieden ist nur möglich, wenn man sich immer beherrschen kann!

Er sagte, und die P.f.F. verhielt sich undemokratisch, weil sie den Nahrungsmittelengpass schaffte, um an die Macht zu kommen — und das darf Ihnen nicht egal sein, Herr Fränzi. Eine solche Regierung darf nicht unterstützt werden, eine solche Regierung ist gefährlich, einer solchen Regierung dürfen keine Menschenleben geopfert werden!

Herr Fränzi sagte, die P.f.F. will aus uns richtige Menschen machen, Herr Busner, Menschen, die in ewigem Frieden miteinander leben, sie will den dauernden Frieden auf der Welt schaffen, den Weltfrieden. Die P.f.F. selbst gibt zu, dass sie das nicht kann ohne Opfer, weil es keinen Fortschritt ohne Opfer gibt, in der Geschichte.

Er sagte, Quatsch, Herr Fränzi — die Regierung will doch diesen Fortschritt gar nicht, sie will ihre Schulden sofort zurückbezahlen, nichts anderes!

Herr Fränzi sagte, oho, Herr Busner, da sind Sie aber schön falsch gewickelt, diesen menschlichen Fortschritt gibt es nämlich bereits in Kattland! Ich als Polizist sehe das ja wohl am besten: Es gibt nämlich keine Streitereien mehr, keine Verkehrsunfälle, keine Diebstähle, keine Prügeleien — und warum nicht? Weil jeder den andern achtet als ein Mitglied in der menschlichen Gemeinschaft und ihm mit Achtung begegnet, und das ist ja wohl wichtig im Leben und die Voraussetzung dafür, dass die Menschen sich nicht mehr ausrotten!

Busner sagte, das alles, mit den Streitereien und so, wird eines Tages wieder kommen, Herr Fränzi! Auf die Dauer ist es ganz unmöglich, sich immerzu zu beherrschen!

Herr Fränzi sagte, die, die das nicht können, sollen gehn! Die brauchen wir nicht in Kattland! Und für uns andere gibt es ja diese Opferungsfeste, wo der Mensch aus sich herauskommen darf und mal ...

Er sagte, die Opferungsfeste sind ein Verbrechen, Herr Fränzi! Wenn es Tote braucht, um das Volk im Zaum zu halten, so ist das ein Verbrechen!

Herr Fränzi sagte, wie ich sagte, gibt es eben keinen Fortschritt ohne Opfer!

Er sagte, aber, Herr Fränzi, sehn Sie denn nicht, dass die P.f.F. versucht, aus uns Unmenschen zu machen! Wir dürfen nicht mehr spontan sein!

Bevor Herr Fränzi antwortete, reichte ihm ein Herr das Mikrophon. Herr Fränzi prüfte es, indem er langsam bis fünf zählte.

Während er es ihm überreichte, sagte er, in Ordnung — Sie dürfen bloss nicht zu nahe rangehen, Herr Busner, mit dem Mund mindestens dreissig Zentimeter Abstand halten, viel Glück!

Herr Fränzi entfernte sich.

Er sagte, Leute, eben war ich beim Präsidenten. Der Präsident sagte mir, dass die P.f.F. ein Unternehmen ist wie irgendein Unternehmen! Wir alle arbeiten für dieses Unternehmen, damit die P.f.F. ihre Schulden zurückbezahlen kann! Ich schwöre, dass ich die Wahrheit sage! Der Präsident selbst hat mir gestanden, dass die P.f.F. einen Nahrungsmittelengpass konstruierte, um die Wahlen zu gewinnen!

Er wandte sich zum „Weissen Haus" und rief, der Präsident soll hierher kommen und sagen, ob ich lüge oder die Wahrheit sage! Ihr alle, die ihr aus den Fenstern des „Weissen Hauses" schaut, wisst, dass ich die Wahrheit sage! Einer von euch soll hierherkommen und beweisen, dass ich lüge!

Er wandte sich wieder nach vorne und rief, ihr seht, niemand bestreitet, dass ich die Wahrheit sage! Das ist der Beweis dafür! Ihr müsst mir glauben! Die P.f.F. zieht diese Opferungen auf, um die Aggressionen abzufangen, welche entstehen, weil wir unsere Gefühle nicht mehr äussern dürfen, weil wir nicht mehr spontan sein dürfen! Weil wir uns fortwährend beherrschen müssen! Aber die Minister selbst beherrschen sich nicht: Sie sprechen laut! - Und weshalb verlangt es die P.f.F. von uns? Deshalb, damit alles reibungslos abläuft! Damit kein Widerstand da ist, damit wir alle für die P.f.F. arbeiten, ohne nachzudenken! Deshalb sagt sie doch, die P.f.F. denkt für dich! Die P.f.F. hat ja alles so aufgezogen, dass jeder von uns den andern überwacht! Denkt doch darüber nach! Es wird euch ein Licht aufgehn, wenn ihr darüber nachdenkt! Die Regierung ist eine Verbrecherbande! Ihr dürft nicht zulassen, dass sie unschuldige Menschen hinrichtet! Die ganze Welt protestiert gegen meine Hinrichtung und auch der Papst! Der Präsident persönlich sagte mir das! Die P.f.F. soll für ihr Tun Rechenschaft ablegen! Fordert Rechenschaft von der P.f.F.! Fordert den Rücktritt der Regierung!

Er hielt inne. Er sah die Leute nach wie vor gelassen dastehen. Er rief, wir müssen etwas tun! - Glaubt Ihr nicht, was ich sage? Ich schwöre, dass ich die Wahrheit sage! Der Präsident soll sich hier vor uns verantworten! - Wir werden betrogen! Wir müssen Rechenschaft fordern von der Regierung!

Es fiel ihm ein, die Leute hätten wohl Angst, hier auf dem GESELLSCHAFTS-Platz etwas gegen die Regierung zu unternehmen. Hinterher dachte er, wir sind zu wenige, das ist es! Das ganze Kattländer Volk muss nach Rask kommen und Rechenschaft von der P.f.F. fordern! Ich muss die ganze Bevölkerung hinter mich bringen!

Er legte das Mikrophon hin, sprang die vier Stufen hinunter, drängte sich in die Menge und rief, ich sage die Wahrheit! Die Regierung betrügt uns! Aber wartet nur, ich werde ganz Kattland mobilisieren! Wir sind noch zu wenige! Ich weiss, dass Ihr Angst habt, weil wir zu wenige sind!

Er sah die Fenster der GESELLSCHAFT und diejenigen des „Weissen Hauses" sich schliessen.

Er rief, seht dort — sie verschanzen sich! Sie fürchten sich! Sie fürchten den Volksaufstand!

Während er sich durch die Leute zum Taxistandplatz drängte, rief er immer wieder, ganz Kattland wird hinter uns stehen! Wartet hier, bis die Bevölkerung eintrifft!

Er schlug die Wagentür zu und sagte, ins Fernsehstudio, schnell!

Der Fahrer sagte, jawohl, Herr Busner.

Er sagte, fahren Sie, fahren Sie — es geht um die Freiheit! Ich muss dort sein, bevor sie mich verhaften!

Während er ausstieg, sagte er, warten Sie hier, bis ich zurückkomme! Ich brauche Sie noch!

Der Dame am Empfangsschalter erklärte er, sein Name sei Heinz-Harry Busner, er habe augenblicklich eine äusserst wichtige Mitteilung, die ganz Kattland betreffe, bekanntzugeben, er müsse unbedingt Sprecherlaubnis erhalten!

Nachdem die Dame den Hörer aufgelegt hatte, sagte sie, es wird Sie gleich jemand holen, Herr Busner.

Er sagte, es eilt, wissen Sie!

Der Herr, der ihn in den Schminkraum führte, antwortete, ja, wir erteilen Ihnen Redeerlaubnis.

Zum Maskenbildner sagte er, machen Sie es so rasch wie möglich!

Der Herr führte ihn in den Senderaum und wies ihm einen Stuhl an.

Die neben ihm sitzende Sprecherin sagte, meine Damen und Herren, wir unterbrechen unser Programm für einen Augenblick. Eben traf unser Heinz-Harry Busner im Studio ein, um eine Mitteilung an Sie zu richten.

Er sah den Herrn hinter der Kamera, mit dieser auf ihn zufahren. Gleichzeitig hörte er jemanden sagen, sprechen Sie, Herr Busner!

Abschliessend sagte er, nur ein vereintes Kattland ist stark! Wir Kattländer müssen zusammenstehen, wenn wir uns nicht betrügen lassen wollen! Die P.f.F. muss uns Rechenschaft ablegen! Kommt deshalb alle nach Rask und fordert Rechenschaft von der Regierung! Wir dürfen nicht zulassen, dass unschuldige Menschen für diese Regierung hingerichtet werden! Kommt nach Rask auf den GESELLSCHAFTS-Platz! Lasst euch nicht betrügen! Wir fordern, dass die Regierung sich öffentlich rechtfertigt!

Beim Abschminken sagte er zum Maskenbildner, wenn die Regierung sich nicht rechtfertigen kann, wird das Volk ihren Rücktritt fordern!

Der Maskenbildner sagte, das glaube ich nicht.

Er sagte, wieso?

Der Maskenbildner sagte, es besteht kein Grund dazu.

Er sagte, es bestehen mehrere Gründe dazu!

Der Maskenbildner sagte, weil es uns gut geht.

Er sagte, haben Sie denn nicht gehört, was ich eben sagte? Die Regierung betrügt uns!

Der Maskenbildner sagte, man wird sagen, Herr Busner, dass Sie der Regierung böse sind, weil die Regierung Sie der Gemeinschaft opfert.

Er sagte, ach was, es geht mir nicht um mich! Es geht um die Wahrheit!

Der Maskenbildner sagte, ich meine, man könnte annehmen, Sie versuchen der Opferung auf diese Weise zu entgehen.

Er sagte, Unsinn! Verstehn Sie denn nicht? Sie verstehn das nicht!

Als er aus dem Fernsehgebäude trat, sah er die Menge, wie immer, ihre Fähnchen schwenken.

Er rief, wir fordern Rechenschaft von der P.f.F.! Ihr braucht euch nicht zu fürchten, ganz Kattland ist auf dem Weg nach Rask! Wir werden Millionen sein! Wir haben nichts zu befürchten! Auch die Armee wird auf unserer Seite stehn!

Als der Taxifahrer fragte, wohin er ihn bringen solle, musste er eine Weile überlegen, bevor er sich darüber klar wurde, dass ihm im Augenblick nichts zu tun bleibe und er am besten nach Hause kehre, um abzuwarten, bis die Leute in Rask eingetroffen seien.

Der Chauffeur antwortete, nein, er komme sich nicht ausgenutzt vor, wenn er sich ausgenutzt vorkäme, wäre er längst ins Ausland gegangen; er glaube, dass die, welche sich ausgenutzt vorkamen, ins Ausland gegangen seien. Es gelang ihm nicht, dem Fahrer beizubringen, dass Menschen, die sich immerzu beherrschen müssten, krank würden mit der Zeit, weil der Fahrer daran festhielt, dass die P.f.F. dazu die Opferungen eingerichtet habe. In diesen wollte der Fahrer kein Verbrechen sehen.

Als sie zum GESELLSCHAFTS-Platz gelangten, stellte er fest, dass sich bloss einige wenige Leute hier aufhielten.

Er sagte zum Fahrer, wenn erst die ganze Bevölkerung nach Rask strömt, wird es losgehen! Man muss abwarten, bis die ganze Bevölkerung in Rask ist! Denn die Rasker trauen sich nicht, allein etwas gegen die Regierung zu unternehmen!"

Der Fahrer sagte, seine Ansicht sei, die Bevölkerung werde nicht nach Rask kommen.

In seiner Wohnung versuchte er seine und Herrn Julians Möbel derart zu plazieren, dass es ihm möglich wurde, wenigstens einige Schritte im Raum auf und ab zu gehen. Aus Wut darüber, dass er es nicht fertigbrachte, warf er die antike Kommode Herrn Julians zu Boden, brach ihr die Beine ab und schleuderte sie gegen Herrn Julians Kasten.

Längere Zeit sass er mit gekreuzten Beinen auf seinem Bett, kaute an den Fingernägeln und versuchte kühl zu überlegen, ob die Bevölkerung etwas gegen die Regierung unternehmen oder, wie der Fahrer gesagt hatte, gar nicht nach Rask kommen werde. Er gelangte zum Schluss, dass die Bevölkerung, wenn er die Situation vollkommen nüchtern und sachlich betrachte, genausowenig etwas gegen die Regierung unternehmen werde wie die Rasker.

Dann überlegte er vergeblich, wie es ihm gelänge, sich den Umstand, dass die Weltöffentlichkeit und der Vatikan gegen seine Hinrichtung protestiere, zunutze zu machen. Schliesslich sagte er sich, es könne nicht sein, dass die Bevölkerung sich die Betrügereien der P.f.F. gefallen lasse. Die Bevölkerung werde ganz gewiss nach Rask strömen! Hinterher ertrug er es nicht mehr, untätig in der Wohnung zu sitzen.

Als er den GESELLSCHAFTS-Platz verlassen vorfand, sagte er sich, die Rasker warten eben, bis die Bevölkerung aus den andern Landesteilen eintrifft. Unvermittelt kam ihm in den Sinn, das „Weisse Haus" werde von Scheinwerfern beleuchtet und die GESELLSCHAFT werde von Scheinwerfern beleuchtet und es geschehe nichts.

Er liess sich zum Autobahnkreuz bringen, musste aber feststellen, dass nicht mehr Wagen in Rask einfuhren als gewöhnlich.

Auch auf dem Bahnhof vermochte er keinen regeren Reiseverkehr auszumachen als sonst.

Aus einer Zelle rief er unter einem falschen Namen die Bahnhofsauskunft an und fragte, ob die Züge normal verkehrten, was man ihm bestätigte. Die Zelle verlassend, dachte er, sie werden bei Tag kommen. Ich muss bis morgen warten.

Er erwog, nach Lapps, der nächsten grösseren Stadt, zu fahren, um sich ein Bild von der Situation ausserhalb Rasks zu machen, verwarf diesen Gedanken aber wieder.

Hinterher kehrte er in die Zelle zurück und rief seinen Bruder an, um Aufschluss über die Stimmung auf dem Lande zu erhalten.

Der Knecht teilte ihm mit, der Bruder wohne noch immer in Rask, er sei noch nicht auf den Hof zurückgekehrt.

Auf seine Frage antwortete der Knecht, ja, er habe die Fernsehrede im Dorfwirtshaus gehört, aber es habe niemand gesagt, er wolle nach Rask fahren, um etwas gegen die Regierung zu unternehmen, von denen, die im Wirtshaus gewesen seien.

Er sagte, und Sie selbst?

Der Knecht sagte, er verstehe nichts von Politik.

Er sagte, aber wir werden betrogen, das verstehn Sie doch?

Der Knecht sagte, nein, er kümmere sich nicht um die Politik.

Die Rasker Adresse seines Bruders, nach der er fragte, war dem Knecht nicht bekannt.

Busner sagte, sollte mein Bruder Sie anrufen, so richten Sie ihm bitte aus, er solle gleich zu mir kommen!

Im Telefonverzeichnis versuchte er die Adresse des Bruders zu ermitteln, stellte aber fest, dass der Name des Bruders nicht aufgeführt sei, und dachte, der Bruder werde in Untermiete wohnen. Bevor er die Zelle verliess, sagte er sich, die Hände seien ihm zur Zeit gebunden, es bleibe ihm nichts anderes übrig, als abzuwarten, was morgen geschehe.

Vor einer Apotheke liess er den Fahrer anhalten und stieg aus, um eine Schachtel Schlaftabletten zu kaufen, da er befürchtete, vor Aufregung keinen Schlaf zu finden.
 Zu seinem Erstaunen erklärte der Apotheker, er sei durch ein Rundschreiben angewiesen worden, ihm keine Medikamente auszuhändigen. Dafür autorisiert sei einzig ein Herr Dr. Gorgol.
 Er sagte, zeigen Sie mir dieses Schreiben!
 Nachdem er es durchgelesen und festgestellt hatte, dass es von seinem Ausschuss unterzeichnet sei, sagte er, das verstehe ich nicht.
 Der Apotheker zuckte die Achseln.
 Er sagte, ich brauche bloss zwei Schlaftabletten, verstehn Sie? Ich befürchte, nicht einschlafen zu können!
 Der Apotheker sagte, tut mir leid, aber Dr. Gorgol wird Ihnen die Tabletten sicher aushändigen.
 Noch von dort aus rief er an und bat ihn, ihm zwei Schlaftabletten zu bringen.

Auf der Heimfahrt versuchte er herauszufinden, aus welchem Grund der Ausschuss diese merkwürdige Anweisung erlassen habe, fand aber keine Erklärung dafür.
 Kaum hatte er in seiner Wohnung den Mantel ausgezogen, überreichte ihm einer der Wachposten die Tabletten.
 Nachdem er sie eingenommen hatte und ihm, als er einen Augenblick sein Gesicht im Spiegel betrachtete, einfiel, er hätte bloss noch den morgigen Tag zur Verfügung, um der Opferung zu entgehen, überkam ihn ein derart heftiges Zittern, dass er seine Hände längere Zeit nicht vom Waschbecken zu lösen vermochte.

FREITAG, 19.

Als ihn der Wecker um sieben Uhr aus dem Schlaf riss, glaubte er einen Augenblick, nicht mehr sprechen zu können, stellte dann aber fest, dass er bloss heiser sei, weil er gestern seine Stimmbänder überbeansprucht habe. Das dumpfe Gefühl, das er im Kopf verspürte, schrieb er den Schlaftabletten zu.

Unter der Brause kam er zum Schluss, dass die Bevölkerung nichts gegen die Regierung unternehmen werde und er versuchen müsse, der Hinrichtung auf eine andere Weise zu entgehen.

Während er sich trocknete, war er davon überzeugt, dass das Volk Rechenschaft von ihr fordern oder zumindest sein Leben schützen werde.

Ohne gefrühstückt zu haben, liess er sich zum GESELL-SCHAFTS-Platz fahren. Als der Chauffeur in die Vorkstrasse einmündete, begann er heftiges Herzklopfen zu verspüren. Er sah sie nicht stärker belebt als gewöhnlich.

Der Fahrer antwortete, er wisse es nicht, er sei heute noch nicht über den GESELLSCHAFTS-Platz gefahren.

Es dauerte einen Augenblick, bis er realisierte, dass sich auf dem GESELLSCHAFTS-Platz bloss wenige vereinzelte Menschen befanden, die überdies unterwegs zu sein schienen. Er hiess den Chauffeur anhalten. Er dachte, es sei noch zu früh. Die ersten würden nicht vor neun Uhr eintreffen. Einen Moment blieb sein Blick auf seiner Fotografie am GESELLSCHAFTS-Gebäude haften.

Er sagte, es ist noch zu früh. Die ersten werden nicht vor neun Uhr eintreffen. Glauben Sie nicht auch, dass es noch zu früh ist?

Der Fahrer sagte, zu früh für was?

Er sagte, dass die Bevölkerung nach Rask kommt, um Rechenschaft zu fordern von der Regierung!

Der Fahrer sagte, ach so!

Er sagte, fahren Sie zum Bahnhof!

Als er auch hier wenige Menschen antraf, sagte er sich, er müsse eben warten. Er müsse mindestens bis zwölf Uhr warten.

Wieder bestätigte man ihm, dass die Züge normal verkehrten.

Während er durch die Menge schritt, die ihm gefolgt war, rief er einige Male, fordern wir Rechenschaft von der P.f.F.! Lassen wir uns nicht für dumm verkaufen! Bald wird die Bevölkerung aus allen Landesteilen nach Rask strömen! Wenn wir erst viele sind, schlagen wir los! Wir müssen jetzt nur Geduld haben!

Er stellte fest, dass die Leute ihn bloss anlächelten.

Eine Frau hörte er sagen, es ist eine Prüfung!

Am Kiosk kaufte er sich den „Rasker Tagesspiegel" und stieg in den ersten Stock eines Cafés, von dem aus er den Hauptausgang des Bahnhofs zu überblicken vermochte sowie die Kirschstrasse, durch die der grösste Teil der Leute, die mit ihren Wagen kämen, fahren müssten.

Die Schlagzeile des Tagesspiegels lautete „Heinz-Harry Busner stellt die Gemeinschaft auf die Probe". Er las, die Vorwürfe, die er gegen die Regierung erhebe, soweit sich überhaupt von Vorwürfen sprechen liesse, äussere er nicht in böser Absicht, obgleich er versuche, diesen Anschein zu erwecken. In Wahrheit bezwecke H.H.B., die Gemeinschaft auf ihr Zusammengehörigkeitsgefühl zu prüfen. Jedermann wisse, dass eine Regierung notgedrungen eine Unternehmung, also ein Unternehmen sei. Was die Schaffung des Nahrungsmittelengpasses anbelange, so habe die P.f.F. diesen unter grossen Opfern zum Heil Kattlands herbeigeführt und, wie nunmehr jeder einzelne an sich selbst erfahre, zum Nutzen der gesamten Kattländischen Bevölkerung. Der Bevölkerung sei es einerseits noch nie so gut ergangen wie seit der Regierungsübernahme der P.f.F., andererseits sei die P.f.F. ihrem Ziel, den Weltfrieden zu verwirklichen, einen entscheidenden Schritt nähergekommen. Die reaktionären Ansichten gewisser Länder über die Kattländische Innenpolitik fielen, am Fortschritt Kattlands gemessen, nicht ins Gewicht.

Seine Knie begannen zu zittern, als er darunter las, Heinz-Harry Busner hat ein Anrecht darauf, zu erfahren, wofür er stirbt. Es steht ihm zu, die Gemeinschaft auf ihre Solidarität zu prüfen. Niemals aber wäre er imstande, die Integrität der Regierung anzuzweifeln. Dass er die Regierung verehrt, hat Heinz bei verschiedenen Gelegenheiten bewiesen. - Die Redaktion konnte sich nur deshalb entschliessen, Kattland über Heinz-Harry Busners wahre Absichten aufzuklären, weil sie weiss, dass im Gemeinschaftskörper keine undichten Stellen vorhanden sind. Das hat die Gemeinschaft nun auch Heinz bewiesen.

Er rief, das ist nicht wahr!, das ist nicht wahr!, drängte sich durch die Leute im Café, lief auf den Platz, wo die Menge wartete, schwenkte die Zeitung und schrie, das ist nicht wahr! Das ist nicht wahr, was da drin steht! Ich will die Gemeinschaft nicht prüfen! Ich will, dass die P.f.F. Rechenschaft ablegt! Denn die P.f.F. betrügt uns! Ich will, dass die P.f.F. die Wahrheit sagt!

Seine Stimme begann zu versagen. Er strengte sich an, um nochmals zu schreien, das ist nicht wahr! Wir werden betrogen! Betrogen!

Er bahnte sich in die Menge und versuchte einzelnen Leuten beizubringen, dass sie von der P.f.F. betrogen würden.

Als er wieder im Café sass, wurde ihm klar, dass die Bevölkerung nichts gegen die Regierung unternehmen werde. Lange Zeit wehrte er sich dagegen, zu glauben, dass die Partei ihn wieder überlistet habe und die Bevölkerung aus den übrigen Landesteilen genausowenig wie die Rasker Rechenschaft von ihr fordern werde — dass sie selbst dann keine Rechenschaft gefordert hätte, wenn die P.f.F. nicht verbreiten würde, er wolle die Gemeinschaft lediglich prüfen.

Er beschloss, bis zwölf Uhr zu warten und sich währenddessen zu überlegen, wie er es fertigbringe, der Opferung zu entgehen, falls die Bevölkerung tatsächlich nichts gegen die Regierung unternehme.

Es wurde ihm klar, dass er alles auf eine Karte setzen müsse, da mit grösster Wahrscheinlichkeit bloss noch der heutige Tag zur Verfügung stehe, um zu entkommen.

Als er sich wieder Rechenschaft darüber ablegte, dass er niemanden finden werde, der ihm eine Waffe besorge, und sein Bruder mit grösster Wahrscheinlichkeit in Vorbeugehaft sitze, erwog er, mit dem Fleischmesser den Richter zu kidnappen, liess die Idee danach aber fallen, weil ihm in den Sinn kam, man werde ihn jetzt, wo man entdeckt habe, dass er versuche, sich eine Waffe zu beschaffen, nicht mehr zum Ausschuss vorlassen, ohne ihn zu durchsuchen.

Nach einiger Zeit gelangte er zum Schluss, es existiere eine einzige Möglichkeit, sein Leben zu retten, die, einer Person auf seinem Treppenvorplatz, einem Wachposten eventuell, von hinten das Messer an die Kehle zu setzen, ihn in die Wohnung zu schleppen und telefonisch die Bereitstellung eines Hubschraubers zu fordern, in den er mit der Geisel über eine Strickleiter gelangen könne, was, wie er in einem Film über die Rettungsflugwacht gesehen hatte, durchführbar sei. Später korrigierte er seinen Plan dahin, dass er, anstatt jemandem auf dem Treppenvorplatz das Messer an die Kehle zu setzen, eine Person in seine Wohnung locken und sie dort überwältigen wolle, was entschieden weniger Risiken in sich berge.

Längere Zeit malte er sich aus, Herr Julian sei die gekidnappte Person. Es fiel ihm ein, der Umstand, dass man in der von Julians Möbeln verstellten Wohnung sich kaum rühren könne, komme ihm nun gelegen.

Während er mit der Hoffnung auf den Bahnhofplatz blickte, dass doch noch ein Teil der Bevölkerung nach Rask ziehe, um Rechenschaft von der Regierung zu fordern, durchdachte er seinen Plan mehrere Male, wobei sich sein Glaube verstärkte, dass er auf diese Weise nach Benwaland entkommen werde, insbesondere, wenn er darauf achte, den Weg vom Fenster zum Hubschrauber möglichst kurz zu halten.

Als der Kellner gegen halb zwölf meldete, der Ausschuss wünsche ihn am Telefon zu sprechen, erschrak er. Zum Apparat gehend, sagte er sich immer wieder, von seinem neuesten Vorhaben könne der Ausschuss nichts wissen.

Sein Verteidiger erklärte, er habe bloss mitteilen wollen, dass sämtliche Zuschauerkarten für die Direktteilnahme an der Opferung innerhalb einer knappen Stunde ausverkauft gewesen seien.

Er sagte, so? - Das wird Sie freuen!

Der Verteidiger sagte, Sie nicht?

Er sagte, doch. Ich weiss ja jetzt, dass absolut keine Aussicht besteht, der Opferung zu entgehen.

Der Verteidiger sagte, nun, eh — der Präsident wird heute abend am Fernsehen zu dieser Frage sprechen, Herr Busner, gegen zwanzig Uhr, bevor der Film über Ihre Affäre mit Herrn Garsen gezeigt wird.

Sofort sagte er, was wird er denn sagen?

In der Zeit, die der Verteidiger verstreichen liess, bis er antwortete, schoss Busner durch den Kopf, er wird mich begnadigen!

Der Verteidiger sagte, das darf ich Ihnen leider nicht verraten, Herr Busner — überdies kenne ich die integrale Rede des Präsidenten nicht. Ich weiss bloss von ihrem ungefähren Inhalt.

Busner sagte, und worin besteht der?

Der Verteidiger lachte und sagte, ich darf nicht, Herr Busner — Sie werden es früh genug erfahren, haben Sie noch etwas Geduld!

Er sagte, bitte, Herr Kehrer, ungefähr die Richtung ...

Der Verteidiger sagte, tut mir leid, Herr Busner. Auf Wiedersehen.

An den Tisch zurückgekehrt, gelangte er mehr und mehr zur Überzeugung, der Präsident werde ihn also doch begnadigen. Er antwortete sich, wohl deshalb, weil der Druck der Weltöffentlichkeit auf die P.f.F. so sehr angewachsen sei, dass die P.f.F. es nicht mehr wage, die Opferung durchzuführen. Längere Zeit fragte er sich, auf welche Weise die P.f.F. denn die Aggressionen der Bevölkerung auffangen werde. Er kam zum Schluss, um die Gemeinschaft nicht zu betrügen und ihre Aggressionen doch aufzufangen, müsse der Präsident zumindest einen Mörder oder einen Gewaltverbrecher öffentlich hinrichten lassen.

Später, als er sich gestand, der Verteidiger habe nichts von der Begnadigung gesagt, obwohl er die Möglichkeit einer Begnadigung irgendwie angedeutet habe, kam er zum Schluss, der Präsident werde ihn doch hinrichten lassen. - Er überlegte, dass er den Angaben des Ausschusses noch nie habe trauen dürfen, viel weniger dürfe er einer Angabe trauen, die der Ausschuss nicht gemacht habe, sondern müsse, um sicherzugehen, die Geiselnahme in jedem Fall möglichst gleich durchführen.

Er bezahlte, stand auf, drängte sich durch die Menge zum Taxistand und liess sich nach Hause bringen, nachdem er gesehen hatte, dass nicht mehr Leute auf dem GESELLSCHAFTS-Platz anzutreffen waren als gewöhnlich.

Der eine Wachposten teilte ihm mit, Herr Julian und dessen Freund seien in der Wohnung gewesen.

Als er aufschloss, stellte er fest, dass diejenigen Möbel, welche Herr Julian im Korridor plaziert hatte, verschwunden waren. Einen Augenblick befürchtete er, Herr Julian habe sämtliche Möbel ins Wohnzimmer geschaffen, fand zu seiner Überraschung aber auch dieses von Herrn Julians Möbeln geräumt.

Seine Frage, weshalb Herr Julian dies getan und wohin er die Möbel gebracht habe, wusste der Wachposten aber nicht zu beantworten.

Längere Zeit bereitete er sich innerlich auf die Geiselnahme vor. Bevor er zur Küche ging, um das Fleischmesser zu holen, kontrollierte er, ob niemand in der Wohnung versteckt sei. Dabei beschloss er, den einen kleingewachsenen Wachposten als Geisel zu nehmen.

Während einiger Sekunden vermochte er nicht zu fassen, dass die Besteckschublade seines Küchentisches verschwunden war.

Hinterher gelangte er zur Überzeugung, Herr Julian oder Herrn Julians Freund hätten sie irrtümlicherweise mit Herrn Julians Möbeln weggetragen.

Bevor er seinen Ausschuss anrief, um sich zu erkundigen, wohin Herr Julian seine Möbel gebracht habe oder — falls der Ausschuss dies nicht wisse — wo er Herrn Julian erreiche, durchsuchte er die Wohnung gewissenhaft nach dem Besteck.

Sein Verteidiger sagte, wir haben Herrn Julian angewiesen, seine Möbel aus Ihrer Wohnung zu entfernen, Sie werden noch erfahren, weshalb.

Auf seine Mitteilung, sein Besteck sei verschwunden, er nehme an, Herr Julian habe es irrtümlicherweise mit den Möbeln weggeschafft, und möchte nun wissen, wo Herr Julian zu finden wäre, entgegnete der Verteidiger, wozu brauchen Sie denn jetzt noch Besteck, Herr Busner?

Er sagte, um damit zu essen, selbstverständlich!

Der Verteidiger sagte, Sie essen doch seit längerer Zeit nicht mehr zu Hause!

Er sagte, aber ich muss doch mein Besteck haben, um Himmels Willen, was soll ich denn ohne Besteck! Gerade heute wollte ich nämlich zu Hause essen! - Übrigens habe ich es bereits einem Erben vermacht!

Der Verteidiger sagte, der Erbe Ihres Bestecks kann dasselbe nach Ihrer Opferung bei uns abholen.

Er sagte, wie kommt mein Besteck denn zu Ihnen?

Der Verteidiger sagte, nun, Herr Busner, offen gesagt, wir befürchten, dass Sie im letzten Augenblick eine Dummheit begehen könnten. Sie besitzen beispielsweise ein sehr grosses Messer ... Es schien uns angeraten, sämtliche Instrumente, die irgendwie zu einer Waffe umfunktioniert werden könnten, aus Ihrer Wohnung zu entfernen — Ihr Besteck also und Ihre Werkzeugkiste.

Er sagte, das ist ja Unsinn! Ich sagte Ihnen, dass ich jetzt den Sinn meiner Opferung einsehe, und ich muss doch essen, irgendwie!

Der Verteidiger sagte, Sie versicherten uns schon mehrere Male, dass Sie den Sinn Ihrer Opferung erkannt hätten! - Im übrigen bezweifeln wir nicht, dass Sie das nun wirklich getan haben. Sie hätten ja auch längst dahinterkommen sollen, dass es keine Möglichkeit gibt, uns zu entwischen, obschon wir Sie nicht einsperrten! - Gleichwohl — wenn es sich auch so verhält, dass Sie zur Zeit die Notwendigkeit Ihrer Opferung erkennen, so könnte doch der Augenblick eintreten, in dem Sie erneut an ihrem Sinn zweifeln und zu entkommen suchen. Deshalb, um allen Eventualitäten vorzubeugen, liessen wir besagte Gegenstände aus Ihrer Wohnung entfernen. - Übrigens verrieten Sie uns noch immer nicht, was Sie mit der Pistole beabsichtigten, die Ihre Mutter Ihnen zuzuschieben versuchte. - Was wollten Sie denn damit?

Er sagte, nichts Besonderes, ich ...

Der Verteidiger sagte, ja, was?

Er sagte, die Pistole ist eine Erinnerung an meinen verstorbenen Vater ...

Der Verteidiger sagte, und?

Er sagte, ... und ich wollte ein Andenken an ihn haben.

Der Verteidiger sagte, jetzt versuchen Sie doch nicht dauernd, uns an der Nase herumzuführen, Herr Busner — war denn die Munition, die wir bei der Pistole fanden, auch eine Erinnerung an Ihren Vater?

Er sagte, gewiss, auch die Munition war eine Erinnerung an meinen Vater.

Der Verteidiger sagte, machen Sie Schluss, Herr Busner! Halten Sie uns für so einfältig? Wir wissen doch genau, was Sie mit der Pistole bezweckten!

Er sagte, was? Ich bezweckte gar nichts damit!

Der Verteidiger sagte, kidnappen wollten Sie jemanden, um auf diese Weise Ihre Ausreise zu erzwingen!

Er sagte, das stimmt nicht! Nein, das stimmt wirklich nicht!

Der Verteidiger sagte, Sie werden verstehn, dass wir im Hinblick auf Ihre Opferung absolut kein Risiko eingehen wollen noch dürfen! Anlass, Ihnen zu misstrauen, haben Sie uns ja leider genügend gegeben! Das hat uns bewogen, Sie seit heute beständig überwachen zu lassen! Im weiteren heisst man mich, Ihnen mitzuteilen, dass wir Sie einsperren oder in einen Bleianzug stecken werden, wenn Sie noch einmal versuchen sollten, Ihre Opferung zu hintertreiben! - Es tut mir leid, so offen zu Ihnen reden zu müssen, Herr Busner!

Er sagte, aber Herr Kehrer, glauben Sie mir doch — ich habe absolut nicht mehr die Absicht, der Opferung zu entgehen! Ich habe ihren Sinn jetzt wirklich eingesehen!

Der Verteidiger sagte, hoffen wir, dass es sich so verhält, Herr Busner!

Lange Zeit blieb er reglos im Sessel sitzen und spürte immer wieder den Gedanken „Es ist aus" gegen seinen Kopf hämmern.

Schliesslich bekam er sich soweit in die Hand, dass er wieder zu überlegen begann, ob es ihm nicht doch gelinge, zu einer Waffe zu kommen.

Nach zwei Stunden stand er auf, ging in die Küche und spähte einige Minuten durch den Rolladen in die Dunkelheit. Längere Zeit weinte er am Küchentisch. Weil ihn fror, zog er den Mantel an und setzte sich wieder ins Wohnzimmer.

Eine Weile spielte er mit dem Gedanken, sich mit dem Telefonkabel zu erdrosseln. Hinterher dachte er, er lasse sich nicht opfern! Er bringe sich nicht um, noch lasse er sich von irgendwelchen Schweinen hinrichten! Wiederholte Male dachte er den Satz, wo ein Wille sei, sei ein Weg.

Später, als er sich wieder gestand, dass tatsächlich keine

Möglichkeit existiere, sein Leben zu retten, gelangte er mehr und mehr zur Überzeugung, der Präsident habe irgendeinen Plan, um die Opferung so umzufunktionieren, dass er doch nicht getötet werden solle.

Er schaltete den Fernseher ein, stellte den Lautstärkeregler aber auf den Anschlag zurück. Während er sich die Werbespots ansah, überlegte er aufs neue, wie der Plan aussehen werde, den der Präsident zur Verschonung seines Lebens ausgedacht habe.

Später, als er die Ansagerin auf dem Bildschirm erscheinen sah, drehte er den Lautstärkeregler auf. Nachdem er sie den Film über seinen Fluchtversuch ankünden gehört hatte, dem eine Rede des Präsidenten vorausgehe, begann er zu zittern. Er sah das unbewegte Gesicht des Präsidenten den Bildschirm einnehmen. Er dachte, er muss mich begnadigen!

Der Präsident sprach langsam und mit kaum vernehmbarer Stimme: Guten Abend, meine Damen und Herren — Sie werden sogleich einen Film sehen über die Bemühungen Heinz-Harry Busners, seiner Opferung mit dem Beistand eines Fluchthilfeunternehmens zu entgehen, eines Fluchthilfeunternehmens, das sein Ausschuss ins Leben rief. Sie werden feststellen müssen, dass Heinz-Harry Busner die Erwartungen, die wir an einen Gemeinschaftsfreund stellen, enttäuscht hat, denn er beabsichtigte tatsächlich zu flüchten. Bis zu einem gewissen Grade ist dies allerdings entschuldbar, wenn ein Mensch so sehr in Versuchung geführt wird, wie Heinz-Harry von diesem Pseudofluchthilfeunternehmen.

Als der Präsident danach den Kopf senkte, dachte er, jetzt sagt er, dass er mich begnadigen wird!, hörte den Präsidenten aber fortfahren, inzwischen hat unser Heinz sich wieder aufgefangen. Er hat seine Pflicht der Gemeinschaft gegenüber wieder klar erkannt, so wie er dies früher tat.

Er sagte, nein! nein! nein! und biss sich auf die Daumen, als er den Präsidenten hinzufügen hörte, so steckte auch hinter seinem Versuch, die Gemeinschaft gegen die P.f.F. aufzuwiegeln, keine böse Absicht; es ging Heinz-Harry darum, den Gemeinschaftskörper auf seine Ganzheit zu prüfen. Dazu hat H.H.B. ein Recht! Er hat Anrecht darauf, zu wissen, wofür er stirbt! Nun weiss er es! Beruhigt hat er festgestellt, dass der Gemeinschaftskörper ein einheitliches Ganzes ist, lückenlos zusammengefügt! Um so bereitwilliger lässt er sich jetzt opfern, um so mehr ist er vom Sinn seiner Opferung überzeugt! - Meine Damen und Herren, Heinz hat die Gemeinschaft einer harten Prüfung unterzogen. Die Gemeinschaft hat die Prüfung bestanden!

Als er den Präsidenten den Kopf senken sah, wurde ihm klar, dass der Präsident die Begnadigung *jetzt* ausspreche; er sah den Präsidenten den Kopf wieder heben und hörte ihn sagen, ich möchte nochmals kurz zusammenfassen, weshalb Heinz-Harry Busner sich opfern lässt.

Der Präsident sagte, er geht mit der Partei für Fortschritt darin einig, dass er ein einzelner ist, dem Selbstbeherrschungsfähigkeit und damit Gemeinschaftsfähigkeit mangeln. Anstatt nun in einem Schweigelager diese Eigenschaften zu erwerben, hat er den Plan der P.f.F., sich als warnendes Beispiel opfern zu lassen, gutgeheissen, weil er dazu beitragen möchte, das grosse Wort Frieden, das alle Regierungen im Munde führen, in unserer Gemeinschaft Wirklichkeit werden zu lassen — weil er uns mit seiner Opferung daran erinnern will, dass wir einen einheitlichen Körper bilden, dessen Fortbestehen für Kattland und die freiheitlich gesinnte Welt, den Lebenssinn und das Lebensziel eines jeden Kattländers ausmacht. - Meine Damen und Herren, aus einem Schuldgefühl heraus, dass Heinz wegen der Affäre mit dem Fluchthilfeunternehmen der Gemeinschaft gegenüber empfindet, nimmt er es überdies auf sich, in seinen letzten Lebenstagen den Gemeinschaftsfeind zu spielen, denn er weiss, dass ein gemeinsamer Feind eines Gemeinschaftskörpers die einzelnen Teile dieses Körpers noch lückenloser zusammenfügt. Damit erweist sich Heinz-Harry Busner wieder als echter Gemeinschaftsfreund. In der Bereitschaft, die eigene Existenz für das Vorankommen der Gemeinschaft auszulöschen, völlig mit den Interessen der Gemeinschaft eins zu werden, steckt die erhabenste Gesinnung. Im Einverständnis mit den Regierungsmitgliedern meine ich, dass Heinz-Harry seine Schwäche, die er in der Affäre mit dem Fluchthilfeunternehmen vorübergehend zeigte, damit mehr als vollständig wettmacht! - Morgen und übermorgen wollen wir unseren Heinz gebührend feiern. Den Opferungstag, den Tag der P.f.F. also, wollen wir schweigend, selbstbeherrscht und im Sinne der Gemeinschaft begehen. Nach dem Ableben unseres Heinz werden wir der Enthüllung eines Obelisken beiwohnen, der von Montag an auf dem GESELLSCHAFTS-Platz stehen und die Namen der einzelnen tragen soll, die sich für das Fortbestehen der Gemeinschaft opfern. Meine Damen und Herren, es wird ein Tag kommen, wo es nicht notwendig sein wird, dass einzelne ihr Leben der Gemeinschaft opfern. An diesem Tag wird unser Ziel vom ewigen Frieden erreicht sein. Zum morgen beginnenden Fest wünsche ich Ihnen viel Vergnügen.

Als er wieder zu sich fand und feststellte, dass er die Beherrschung über seinen schweissgebadeten, zitternden Körper verloren hatte, war er nicht sicher, wie lange er ohnmächtig im Lehnstuhl gesessen war.

Es gelang ihm nicht, zu fassen, dass die Person, die auf dem Bildschirm im Raum Herrn Weckers sich mit Wecker unterhielt, er selbst sei und es seine eigene Stimme sein müsse, die aus dem Fernsehlautsprecher dringe.

Immer wieder nahm er sich vor, den Apparat auszuschalten, blieb aber sitzen, weil es unmöglich schien, seinen Körper zu einer Bewegung zu veranlassen. - Eine geraume Weile sah er sich deutlich tot auf dem Teppich liegen.

Lange Zeit danach brach er in heftiges, anhaltendes Weinen aus. Da er befürchtete, hinzufallen, wenn er aufstehe, liess er sich auf die Knie nieder, rutschte zum Fernseher und schaltete ihn aus.

In der nun eingetretenen Stille erfasste er erst, dass der Präsident ihn nicht begnadigt habe, dass an seiner Hinrichtung nicht mehr zu zweifeln sei und dass keine, absolut keine Aussicht bestehe, ihr noch zu entgehen.

Auf den Knien bewegte er sich zur Hausbar. Weil er zu sehr zitterte, um in der Lage zu sein, sich ein Glas einzuschenken, hob er die Kognacflasche an den Mund.

Zum Stuhl zurückgekehrt, schüttelte ihn wieder ein heftiger Weinkrampf.

Nach einiger Zeit rang er sich zu der Überzeugung durch, wenn er schon sterben müsse, so wolle er sich wenigstens nicht von der P.f.F.-Verbrechern umbringen lassen, sondern den Augenblick seines Todes selbst bestimmen. - Er dachte daran, in der Wohnung Feuer zu legen, so dass mit ihm das ganze Haus verbrenne, gestand sich aber gleich, dass er der erste wäre, der gerettet würde. Eine Weile hing er der Eingebung nach, sich mit einer Scherbe die Pulsader zu öffnen. Als er diesen Einfall aus der Befürchtung heraus wieder verwarf, vor Eintreten des Todes gerettet zu werden, durchzuckte ihn der Gedanke, er werde doch in seiner Wohnung beobachtet; sein Verteidiger habe ja erklärt, man werde ihn nicht mehr aus den Augen lassen. Er versuchte herauszufinden, auf welche Weise man ihn in der Wohnung wohl überwache, sagte sich dann aber, dies sei gleichgültig — im Augenblick sei alles gleichgültig, ausser dem Nachdenken darüber, auf welche Weise er sich umbringen wolle.

Wieder überkam ihn die Hoffnung, der Präsident werde ihn, entgegen allem Anschein, begnadigen. Längere Zeit war er versucht, lieber den Opferungstag abzuwarten, anstatt sich umzubringen, da der Präsident über die Möglichkeit verfüge, ihn selbst dann noch zu begnadigen, wenn man ihn bereits auf den Elektrischen Stuhl geschnallt habe. - Er rang sich zum Bekenntnis durch, dass er ehrlich sein müsse, dass er jetzt in diesem Augenblick völlig ehrlich zu sich sein müsse, und wenn er ehrlich sei, müsse er zugeben, dass der Präsident ihn nicht begnadigen werde, weil der Präsident seine Opferung für die Zwecke der P.f.F. brauche und das Volk seinen Tod aus Sensationshunger wolle. Die einzige Möglichkeit, über die er verfüge, um sich gegen die P.f.F. aufzulehnen und sich der Gemeinschaft zu entziehen, sei die, sich umzubringen — und zwar jetzt, jetzt gleich.

Er gestand sich, dass die sicherste und schmerzloseste Tötung darin bestehe, sich hinauszustürzen. Schliesslich stand er auf und tastete den Wänden entlang zum Fenster. Längere Zeit blieb er davor stehen. Es fiel ihm ein, nein, in der Wohnung werde ich nicht überwacht. Er beschloss das Fenster zu öffnen, kehrte dann aber auf den Stuhl zurück, ohne dies getan zu haben. Als er sich sagte, mein Gott, ich muss es tun, befiel wieder ein heftiges, andauerndes Schütteln seinen Körper. Immer wieder sagte er sich, er müsse es tun, er müsse es tun oder es sei zu spät!

Wieder vermochte er nicht von der Vorstellung loszukommen,

dass der Präsident ihn im letzten Augenblick begnadigen werde, und wieder wusste er dann, dass der Präsident dies niemals tue. Schliesslich entschied er, nicht mehr ans Fenster zu treten, bevor er den Mut, sich hinauszustürzen, gefunden habe, weil dies, falls man ihn in der Wohnung wider allen Erwartens überwache, Argwohn erwecken könnte. Er rief sich die Erklärung des Verteidigers ins Gedächtnis, man werde ihn einsperren oder in einen Bleianzug stecken, falls er nochmals versuche, der Opferung zu entgehen. Wieder fühlte er die Kraft erlahmen, die er benötigte, um sich zum Selbstmord zu überwinden. Längere Zeit überlegte er, ob er Schmerz empfinden oder den Augenblick, in dem sein Körper unten aufschlage, gar nicht wahrnehmen werde. Eine Weile befürchtete er, den Sturz zu überleben, weil einzelne Leute aus der Menge versuchen würden, ihn aufzufangen.

Plötzlich glaubte er den Mut, sich umzubringen, gefunden zu haben, dachte nochmals, während er aufstand, ich bin entschlossen!, fühlte aber auf dem Weg zum Fenster den Mut entschwinden und blieb untätig davor stehen. Während einigen Minuten suchte er nach der Festigkeit, die er eben noch gefühlt hatte. Schliesslich glitt er wieder in den Sessel. Er stellte fest, dass es fünf nach zehn sei.

Von der Toilette zurückgekehrt, versuchte er sich vorzustellen, was der Tod sei, was nach dem Tod sei und was man beim Eintritt des Todes empfinde. Schliesslich versuchte er zu beten.

Abermals glaubte er den Mut gefunden zu haben, blieb dann aber im Sessel sitzen. Weil er hinterher glaubte, es falle ihm leichter, sich im Dunkeln ein Herz zu fassen, löschte er das Licht. Als er erkannte, dass es auf diese Weise noch schwieriger sei, schaltete er es wieder ein. Dabei fiel ihm ein, er müsse sich selbst überraschen: Er müsse zum Fenster gehen, als beabsichtige er bloss hinauszusehen, es zu diesem Zweck öffnen, den Rolladen hochziehen und tatsächlich hinausschauen — wenn er dann für einen Augenblick den Mut fände, so wie er ihn jetzt zweimal gefunden habe, müsse er diesen Moment gleich nutzen und sich hinausstürzen. Um soweit zu kommen, dies auszuführen, begann er sich einzureden, der Tod auf dem Elektrischen Stuhl werde ihm unerträgliche Schmerzen bereiten — dass er diesen Schmerzen aber entgehe, wenn er aus dem Fenster stürze, ganz abgesehen davon, dass er sich so gegen die P.f.F. auflehne, anstatt sich ihrem Willen zu unterziehen. Er dachte an den Filmhelden, von dem er damals der Holb erzählt hatte: Wie der Held furchtlos zum Galgen geschritten sei und gerufen habe, lange lebe die Freiheit. Es fiel ihm ein, seine Freiheit sei die Freiheit zu sterben, wann er wolle. Eine Weile versuchte er, sich in die Person des zum Tode Verurteilten im Film zu versetzen, um ebenso gelassen zu sterben, dachte dann aber, dass ihm dies deshalb nicht gelinge, weil er sich sei und nicht jener Mensch im Film.

Wieder glaubte er, die Entschlusskraft gefunden zu haben, und wieder überkam ihn entsetzliche Angst, als er sich sagte, jetzt! Er verfiel darauf, die Menge werde ihn lynchen — die P.f.F. werde gar nicht dazu kommen, ihn zu opfern, weil die Menge ihn zuvor lynche, was bedeute, dass er langsam und unter furchtbaren Schmerzen zu Tode komme. Schliesslich legte er den ganzen Vorgang zurecht: Er werde jetzt zum Fenster gehen, den Rolladen hochziehen, er werde das Fenster öffnen, er werde sich aus dem Fenster stürzen.

Er dachte, eine Notiz! Ich will eine letzte Notiz hinterlassen, eine Mitteilung an meine Mutter!

Zum Stuhl zurückgekehrt, schrieb er schliesslich, Mutter, ich habe gesiegt, weil ich in Freiheit sterbe. Alles, was ich besitze, gehört Euch. Dein Heinz.

Er fühlte sein Herz bis zum Halse klopfen, als er abermals beschloss, sich ans Fenster zu stellen, um dort den Augenblick abzuwarten, in dem er den Mut zum Sturz finde.

Wieder dachte er, der Präsident werde ihn vielleicht doch begnadigen, im letzten Augenblick vielleicht, und wieder gelangte er zur Überzeugung, der Präsident werde dies nicht tun.

Als er erneut erwog, ob man ihn in der Wohnung überwache, beschloss er, das Schicksal über seinen Selbstmord entscheiden zu lassen: Sollte man ihn daran nicht hindern, werde er sich im Augenblick, in dem er sich überwunden habe, hinausstürzen. Er setzte die Kognacflasche an den Mund und trank einige Schlücke. Schliesslich fand er den Mut, ging zum Lichtschalter, löschte die Lampe, trat ans Fenster, zog den Rolladen hoch, öffnete es und blickte hinaus. Nur undeutlich gewahrte er die Menge unten, vernahm aber klar das Raunen, das von ihr ausging. Er dachte, das

Meer. Als er jemanden eine Lampe schwenken sah, malte er sich aus, das Licht rühre von einem Fischerboot her. Er trank mehrere Schlücke. Eine Weile horchte er, ob seine Wohnungstür gehe, vermochte aber keine Geräusche zu vernehmen und dachte, ihr kriegt mich nicht. Während einiger Sekunden musste er lachen. Wieder trank er Kognac. Als er in die Wirklichkeit zurückfand, nachdem er eine Zeitlang tatsächlich geglaubt hatte, er stehe auf einer Klippe über dem Meer, erschrak er. Er stellte fest, dass er den Kognac bald ausgetrunken habe. Während einiger Zeit sagte er sich bei angespannter Bauchmuskulatur, jetzt, jetzt, jetzt, jetzt, jetzt!, um auf diese Weise keinen andern Gedanken ausser demjenigen an den Sprung in sich aufkommen zu lassen. Um mit dem Gefühl vertraut zu werden, das er in jenem Augenblick empfände, in dem er sich entschieden habe, lehnte er während einigen Augenblicken weit aus dem Fenster. Er dachte, er müsse den Eindruck in sich wachrufen, er beabsichtige zum Fenster hinauszusegeln, um von den Fluten des Meeres weich aufgefangen zu werden. Wieder trank er und wieder horchte er zur Tür. Als er abermals hinausblickte, schien der Boden einmal näher zu kommen, dann wieder sich zu entfernen. Sogleich sagte er sich, ich kann den Boden ja gar nicht sehen! Was ich sehe, ist das Meer! Ich sehe die Meeresoberfläche! Er dachte, dass man ihn nicht überwache, weil ihn sonst schon längst jemand vom Fenster zurückgeholt hätte. Wieder sagte er sich während längerer Zeit, jetzt, jetzt, jetzt, jetzt, jetzt! Er lehnte sich hinaus, beugte den Oberkörper allmählich immer weiter nach unten und sagte sich fortwährend, er vermöge die Brandung des Meeres ausserordentlich deutlich zu vernehmen. Er dachte, jetzt noch einige Zentimeter und ich springe — verharrte aber in der eingenommenen Stellung.

Während er fiel, dachte er ganz klar: Hab ich mir das Übergewicht gegeben oder hab ich das Gleichgewicht verloren? Er gewahrte das Auffangnetz, dachte aber, dass er es sich einbilde.

Von weither nahm er Stimmen wahr. Nach einiger Zeit hielt er den Gedanken fest, ob es denn nach dem Tod ein Weiterleben gebe. Hinterher stellte er fest, er verspüre heftige Kopfschmerzen. Er öffnete die Augen einen Spalt weit, schloss sie aber gleich wieder.

Er hörte jemanden sagen, er ist erwacht!

Er spürte, dass ihm ein feuchtes Tuch auf die Stirne gelegt wurde. Gleichzeitig hörte er dicht an seinem Ohr, Herr Busner!, Herr Busner!

Er dachte, ich habe mich umgebracht! Ich bin tot!

In seiner Vorstellung tauchte das Fangnetz auf.

Lange Zeit wehrte er sich dagegen, zu glauben, dass er nicht tot sei. Dabei bemühte er sich, seinen Körper vollkommen reglos zu halten. Abermals hörte er dicht an seinem Ohr seinen Namen. Er verfiel auf den Gedanken, wenn er gänzlich bewegungslos liege, werde er mit der Zeit in den Tod hinüberschlummern.

Er hörte jemanden sagen, können wir ihn jetzt interviewen? und eine Stimme antworten, nein, er muss in Ruhe gelassen werden, wenn er den Anforderungen des morgigen Tages gewachsen sein soll.

Danach hörte er jemanden sagen, ach, Sie wissen doch, dass er den Volksfeind spielt! Er fühlt sich schuldig wegen diesem Fluchtversuch; bevor er aus dem Fenster stürzte, hat er sich selbstverständlich vergewissert — heimlich natürlich — , dass das Sprungnetz noch immer gespannt ist. Dass er den Sprung gewagt hat, und sogar in der Dunkelheit, zeugt von seinem Mut.

Hinterher hörte er jemanden sagen, weshalb hat er das Bewusstsein verloren?

Später hörte er einen Herrn erklären, ich werde ihm gleich etwas spritzen, damit er ruhig schläft und morgen bei Kräften ist.

Er murmelte, nein, nicht spritzen! und fühlte im selben Moment die Nadel im Gesäss.

Er hörte den Herrn sagen, schlafen Sie, Herr Busner.

SAMSTAG, 20.

Als er im Halbschlaf von weither einen faschingsartigen Tumult wahrnahm, trat im Augenblick, in dem er vollends erwachte, gleich der Gedanke in sein Bewusstsein, er sei nicht tot und müsse übermorgen sterben.

Am Tisch sah er vier Wachposten im Schein seiner Nachttischlampe Karten spielen.

Er juckte auf und sagte, was ist los?

Einer der Wachposten sagte nach einer Weile, Ihr Opferungsfest hat begonnen.

Ein anderer fügte hinzu, ja es ist vier, und begann die Karten einzusammeln. Der erste stand auf und schaltete die Deckenbeleuchtung an.

Er rief, was geschieht jetzt?

Einer der Wachposten sagte, die Gemeinschaft holt dich jetzt, Heinrich. Hör doch mal, man hört sie schon schreien!

Ein zweiter rief, juhu, das Fest hat begonnen, wir dürfen wieder schreien, Leute! und schlug mit beiden Fäusten auf den Tisch.

Die übrigen Wachposten stimmten in das Gebrüll des ersten ein. Als er die Leute vor seiner Tür ebenfalls in Geschrei ausbrechen hörte, begann er zu zittern.

Einer der Wachposten trat auf ihn zu und brüllte, ich an deiner Stelle würde mich eiligst bereitmachen!

Gegen seinen Willen sagte er, ich habe Angst!

Hinterher war er froh, dass der Wachposten seine Worte nicht verstanden haben konnte. Aber als dieser brüllte, Angst wovor? und die Hand auf Busners Rücken klatschen liess, gewahrte er, dass er sich getäuscht hatte.

Während er aus dem Bett schlüpfte, sagte er sich, ich darf nicht verraten!, ich darf nicht verraten!, dass ich mich umbringen werde!

Er sah die Wachposten ihre Namensschilder von den Jacken lösen und sie in die Westentaschen stecken. Erst jetzt bemerkte er, dass man ihn gestern abend angekleidet zu Bett gelegt habe. Während er sich im Badezimmer kämmte, hörte er trotz des

Gebrülls im Treppenhaus den Radau von der Strasse immer näher rücken. Als er aus dem Lärm der Trommeln und Blechinstrumente mit einem Mal heraushörte, dass die Silben, welche die Leute fortwährend schrien, Ha-Ha-Harry-Heinz lauteten, begannen ihm die Beine zu versagen, so dass er sich auf den Badehocker fallen liess. Mit einem Mal musste er sich übergeben. Er hörte die Leute im Treppenhaus in die Ha-Ha-Harry-Heinz-Rufe einstimmen. Plötzlich hatte er das Gefühl, nicht mehr in der Lage zu sein, sich fortzubewegen, dachte aber, weil er auf die Idee verfiel, im Wohnzimmer könne ihm nichts geschehen, ich muss unbedingt ins Wohnzimmer zurück! Der Wand entlang tastete er sich voran.

Von der Tür aus rief er den Wachposten zu, lassen Sie niemanden herein! Bitte, lassen Sie niemanden herein!

Einer der Wachposten schrie, wieso? Ist doch dein Fest heute!

Er rief, ich fürchte mich! Ich kann mich kaum mehr auf den Beinen halten!

Er vernahm Schläge gegen seine Tür.

Er rief, niemanden reinlassen! Bitte, niemanden reinlassen!

Einen Augenblick wurde ihm schwarz vor den Augen.

Er rief, ich kann nicht mehr! Ich bin fertig!

Einer der Wachposten brüllte, leg dich ins Bett, Scheisser!

Er rief, helfen Sie mir hin!

Während der Wachposten ihn am Arm packte und auf das Bett stiess, brüllte er, und du willst ein Volksheld sein?

Er rief, ein Becken, ich muss erbrechen!

Der Wachposten brüllte, leck mich am Arsch!

Während er den ohrenbetäubenden Lärm und die Ha-Ha-Harry-Heinz-Rufe das Treppenhaus hochkommen hörte, übergab er sich auf den Teppich.

Danach versuchte er den Wachposten verständlich zu machen, dass sie ihn beschützen müssten, weil man ihm nichts tun dürfe.

Der Wachposten brüllte, wisch deine Kotze auf, du Schwein! und warf den Mantel auf das Bett.

Er dachte daran, zum Fenster zu eilen und sich hinauszustürzen, vermochte sich aber nicht zu rühren.

Er sah zwei der Wachposten verhalten in die Ha-Ha-Harry-Heinz-Rufe einstimmen und dazu in die Hände klatschen.

Er rief, ich habe doch nichts getan! Ich will das Beste für die Gemeinschaft! Ich bin ein Freund der Gemeinschaft!

Der Wachposten brüllte, sieh mal, wie weit der die Augen aufreissen kann!

Er nahm sich vor, nicht mehr so stark zu zittern.

Einer der Wachposten brüllte ihm etwas zu, aber der Lärm vor der Tür war inzwischen derart angewachsen, dass er es nicht verstand.

Er rief, niemanden hereinlassen! Bitte, niemanden hereinlassen!

Er zog den Mantel über und schlüpfte unter die Decke. Immer wieder sagte er sich, sie werden mir nichts tun, sie brauchen mich ja noch! Meine Rettung ist, dass sie mich noch brauchen!

Obwohl er eben uriniert hatte, fühlte er wieder Harndrang, wagte aber nicht, das Bett zu verlassen. Er hörte, wie seine Wohnungstür aufgestossen wurde. Während er die schreiende, zum Teil kostümierte Masse sich hereinwälzen sah, dachte er andauernd, er habe nichts zu befürchten, rief aber gleichwohl fortwährend, beschützt mich, beschützt mich!

Ein Mann mit einem Tamburin glitt in seinem Erbrochenen aus und fiel über ihn. Als er den Mann vom Bett stiess, schleuderte ihm jemand Konfetti ins Gesicht. Er drehte sich gegen die Wand und versuchte diejenigen auszuspeien, die in seinen Mund geraten waren.

Hinter sich hörte er die Leute Ha-Ha-Harry-Heinz brüllen. Abermals fiel jemand über ihn. Jemand hielt ihm den Schalltrichter einer Trompete ans Ohr und blies hinein. Als er die Trompete wegzustossen versuchte, schlug jemand mit einem Gegenstand auf seinen Kopf.

Einige Leute packten ihn, zogen ihn unter der Decke hervor und lehnten seinen Oberkörper an die Wand.

Es fiel ihm ein, er dürfe sich nicht wehren, um die Leute nicht noch mehr zu reizen; er müsse sich totstellen, wie gewisse Tiere das täten, damit ihre Feinde nicht in noch grössere Wut gerieten. Er versuchte ein Lächeln zustandezubringen.

Jemand setzte ihm einen steifen Narrenhut auf und zog das Gummiband unter sein Kinn.

Er versuchte anzuzeigen, dass er mit allem einverstanden sei und sich obendrein bemühe, seinen Teil zum Gelingen des Festes beizutragen. Er sah jemanden, der in sein Erbrochenes getreten war, sich die Schuhe an der Bettdecke abwischen.

Es fiel ihm ein, vielleicht würden die Leute aufhören zu lärmen, wenn er sich aussergewöhnlich freundlich verhalte.

Jemand brüllte ihm ins Ohr, hei, Harry, hei, hei, hei — Opferung, hei!

Jemand hob einige Male seinen Hut in die Höhe und liess ihn zurückschnellen. Lächelnd versuchte er den Hut auf dem Kopf festzuhalten. Jemand riss ihn weg. Er sah eine Frau mit einer Schere, deren Schneideflächen sie hin und her bewegte, auf sich zutänzeln.

Er schrie, nein! Das ist kein Spass mehr! Wir wollen den Spass nicht übertreiben! und versuchte die Frau von sich fernzuhalten, aber ein Herr packte seinen Arm und hielt ihn fest. Die Frau trat dicht an ihn heran. Als er den andern Arm zu Hilfe nehmen wollte, setzten sich einige Leute auf seine Beine und hielten auch den andern Arm fest. Während er die Arme freizubekommen versuchte, küsste die Frau sein Haar.

Als sie ihm eine Strähne wegschnitt, schrie er, nein, das dürfen wir nicht tun!

Er sah sie die Schere an einen Mann weitergeben und die Strähne in ein Papier wickeln.

Als der Mann in sein Haar griff, schrie er, nein, ich muss ganz bleiben für die Opferung! Der Ausschuss hat angeordnet, dass ich ganz bleiben muss!

Er sah den Herrn die Schere weitergeben und seinen Haarbüschel einwickeln.

Er sagte sich, nein, nicht wehren! Nicht wehren, sonst lynchen sie mich! Die Haare wachsen ja wieder. Er bemühte sich, den Kopf möglichst ruhig zu halten. Die Vorstellung überkam ihn, wenn die Leute erst Blut sähen, würden sie ihn umbringen, deshalb müsse er seinen Kopf unter allen Umständen stillhalten, während die Leute ihn scherten.

Die Männer liessen seine Arme los. Er fuhr sich über den Kopf. Er dachte, nein, es macht nichts, dass sie mich kahlgeschoren haben, es ist ja Fasching. Die Haare wachsen wieder!

Jemand setzte ihm den Narrenhut erneut auf. Er sah die

Wachposten sich durch die Menge zwängen, sich bücken und sein Bett mit ihm in die Höhe heben. Er versuchte herauszufinden, was man nun mit ihm beabsichtige. Er stellte fest, dass die Leute seine Wohnungseinrichtung vollständig demoliert hatten und gerade dabei waren, die Kommode zu zerlegen. Den Inhalt der Schubladen vermochte er nirgendwo zu entdecken — selbst die Vorhänge waren, wie er bemerkte, abgerissen worden. Er sah, dass ein grossgewachsener Mann versuchte, mit einem seiner Lehnstühle, den er über seinem Kopf hielt, in den Korridor zu gelangen, aber andere Leute hängten sich an seine Arme, um ihn daran zu hindern. Als er am Badezimmer vorübergetragen wurde, bemerkte er in der Menge zwei Frauen, die sich um eines seiner Handtücher stritten.

Da das Bett, wie sich herausstellte, zu breit war, um waagrecht durch die Wohnungstür zu gelangen, hoben ihn die Wachmänner heraus und trugen ihn langsam durch die schreiende, konfettiwerfende Menge nach unten.

Draussen empfing ihn beim Schein ihrer Fackeln eine entflammte, dicht zusammengepferchte Masse, die er nicht zu überblicken vermochte. Es dauerte eine Weile, bis die Leute draussen und die, welche sich aus dem Haus wälzten, ihre Ha-Ha-Harry-Heinz-Rufe aufeinander abgestimmt hatten. Er sah mehrere Raketen in die Luft steigen. Die Wachposten hoben ihn in die Höhe, um ihn der Menge zu zeigen.

Er dachte immer wieder, noch lebe ich, noch bin ich nicht tot, ich lebe noch!

Die Wachposten liessen ihn auf den Boden nieder und setzten ihn wieder ins Bett, dessen Kopfende sie hochgeklappt hatten. Einer von ihnen schob ein Kissen in seinen Rücken. Er bemerkte, dass die Wolldecke fehlte. Bevor die Posten ihn hochhoben, steckte ihm jemand eine Schlangenpfeife in den Mund. Er versuchte zu lächeln. Die Wachposten setzten sich langsam durch die zögernd zur Seite weichenden Leute in Bewegung. Er sah berittene Männer, die grössere, heller brennende Fackeln trugen als die übrigen Leute, sich um sein Bett und die Wachposten stellen.

Nachdem ihm aufgefallen war, dass sie als einzige sich nicht an den Ha-Ha-Harry-Heinz-Rufen beteiligten, dachte er, es seien Ordnungshüter und er fühle sich durch ihre Anwesenheit deshalb erleichtert, weil sie wohl den Auftrag hätten, für einen ordnungsgemässen Ablauf des Festes zu sorgen, was bedeute, dass sie ihn vor allzu groben Ausfälligkeiten der Leute beschützen würden, und auf diese Weise noch eine Instanz existiere, die sich um sein Befinden sorge. Es fiel ihm ein, so werde er den heutigen und den morgigen Tag bestimmt erleben. Während einiger Augenblicke verspürte er ein solches Gefühl der Geborgenheit, dass er für mehrere Sekunden eine Begnadigung durch den Präsidenten nicht ausschliessen mochte.

Schliesslich, um etwas zu sagen, brüllte er einem der Reiter zu, wohin er eigentlich gebracht werde. Der Reiter hielt die Hand ans Ohr. Er stellte seine Frage zum zweiten Mal, wonach er den Reiter eine vage Handbewegung nach vorne ausführen sah.

Er sagte sich, es sei ja ganz klar, dass man ihn zum GESELLSCHAFTS-Platz bringe.

Er sah einen grossen Wagen sich den Weg durch die Menge bahnen, auf dem er nach einigen Augenblicken mehrere Männer, etliche Kameras, Scheinwerfer und Mikrophone erkannte. Nachdem seine Träger sich dicht an den Fernsehwagen angeschlossen hatten, fuhr dieser ebenfalls vorwärts.

Er sah die Austrasse beidseitig dicht von fackeltragenden Menschen gesäumt — ebenso die Vorkstrasse, durch welche er hinterher getragen wurde. „Hunderttausend", fiel ihm ein, als er zu schätzen versuchte, wieviele Leute wohl unterwegs seien.

Er sah eines der Pferde wegen einem in seiner unmittelbaren Nähe explodierenden Feuerwerkskörper scheuen. Wieder sagte er sich, noch lebe er und solange er lebe, bestehe Hoffnung, dass er am Leben bleiben werde. Er verfiel darauf, die einzige Möglichkeit, die ihm bleibe, um das Geschehen zu beeinflussen, bestehe in der zufriedenstellenden Gestaltung der Rolle, die ihm die P.f.F. zugedacht habe. - Er bemühte sich, die Schlangenpfeife unauffällig aus dem Mund zu nehmen. Eine Weile hielt er sie in der Hand, um sie schliesslich, wie unbeabsichtigt, fallen zu lassen.

Jemandem gelang es, ihn über die Reiter hinweg mit Konfetti zu bewerfen. Weil ihn zu frieren begann, steckte er die Hände in die Manteltaschen. Längere Zeit versuchte er sich ein Bild davon zu machen, was ihm noch alles bevorstehe. Während einigen

Augenblicken war er überzeugt, dass der Präsident ihn begnadigen werde.

Mitten auf dem GESELLSCHAFTS-Platz sah er ein etwa vier Meter hohes Gerüst stehen. Weil er annahm, es handle sich um den Elektrischen Stuhl, erschrak er. Obwohl er sich einredete, die Hinrichtung werde frühestens am Montag stattfinden, begann er zu zittern.

Er sagte, schneller! Geht doch schneller!

Als er entdeckte, dass weder unter dem Gerüst noch sonstwo auf dem GESELLSCHAFTS-Platz der Elektrische Stuhl zu sehen sei, fühlte er sich erleichtert. Während ihn die Männer einmal um den GESELLSCHAFTS-Platz trugen und dann auf das Gerüst zuschritten, verfiel er auf den Gedanken, das Fehlen des Elektrischen Stuhles sei der Beweis, dass er nicht hingerichtet werde. Als die Träger das Bett niedersetzten, gewahrte er neben dem Gerüst Herrn Julian. Herr Julian hob die Hand. Einen Augenblick wunderte er sich über Julians nachdenkliches Aussehen und über den Umstand, dass Herr Julian sich nicht an den Ha-Ha-Harry-Heinz-Rufen beteiligte. Der Gedanke durchfuhr ihn, man hat ihm mitgeteilt, dass ich begnadigt werde! Herr Julian zwängte sich zu ihm und reichte die Hand. Nach einem Augenblick hob er seinen Hut hoch, guckte darunter und brüllte ihm etwas zu, das er nicht verstand. Nachdem er die Achseln gezuckt hatte, hielt Herr Julian den Mund an sein Ohr und brüllte, einen Friseur brauchen wir nicht mehr, Sie sind schon kahl!

Obwohl ihm nicht klar war, was Herr Julian damit meinte, nickte er.

Er sah einen Ordnungshüter eine Leiter an das Gerüst lehnen. Ein anderer gab zu verstehen, er solle die Leiter hochsteigen. Oben bemerkte er, dass ein weisser, bequemer Sessel in das Gerüst eingelassen war. Er kletterte hinein. Unter sich sah er den Ordnungshüter die Leiter entfernen. Er dachte, wahrscheinlich werde er eine Zeitlang hier bleiben müssen.

Als auf einmal von allen Seiten auf ihn gerichtete Scheinwerfer aufflammten, fuhr er zusammen, da er einen Augenblick glaubte, erschossen zu werden. Er kniff die Augen zu. Er hörte die

Menge in ein ohrenbetäubendes Geschrei ausbrechen und danach, noch gellender als zuvor, ihre Ha-Ha-Harry-Heinz-Rufe anstimmen.

Mit einem Mal verebbten die Rufe. Als es völlig still wurde, begannen seine Beine zu zittern. Er versuchte herauszufinden, was vor sich gehe, vermochte aber wegen der blendenden Scheinwerfer nichts zu erkennen. Als in seiner unmittelbaren Nähe eine Stimme aus einem Lautsprecher drang, erschrak er heftig. Nach einem Augenblick erkannte er die Stimme seines Anklägers.

Er hörte ihn sagen, Kattländer! Als verantwortlicher Organisator der Opferung Heinz-Harry Busners und als Vorsteher des Ausschusses für die Opferung Heinz-Harry Busners erlaube ich mir, Ihnen einige Empfehlungen zu erteilen, um den reibungslosen Ablauf unseres Festes zu garantieren: Um einem möglichst grossen Kreis der Kattländer Bevölkerung zu ermöglichen, sich den Opferungsmenschen leibhaftig anzusehen, haben wir angeordnet, dass Heinz-Harry Busner heute Samstag und morgen Sonntag, jeweils bis zum Einbruch der Dunkelheit, auf dem GESELLSCHAFTS-Platz ausgestellt wird sowie am Montag bis zwölf Uhr auf dem Billy-Pack-Platz. - An der Stelle, wo sich jetzt das Gerüst mit unserem Heinz befindet, wird ab Montag der Opferstein stehen, in den im Anschluss an den Tod unseres Heinz sein Name gemeisselt wird. - Ich begrüsse auch die Kattländer herzlichst, denen es nicht möglich war, nach Rask zu fahren. Für sie wird das Opferungsfest seit heute früh bis zum Abschluss der Feierlichkeiten am Montag durchlaufend von Fernsehen und Radio übertragen. - Wir bitten die Anwesenden, unter Benutzung der Strassen um den GESELLSCHAFTS-Platz im Uhrzeigersinn zu zirkulieren, um jedermann Gelegenheit zu geben, sich Heinz aus nächster Nähe anzusehen. - Im Namen der Partei für Fortschritt wünsche ich Ihnen frohe Festtage.

Wieder hörte er die Menge in einen betäubenden Lärm ausbrechen und danach die Ha-Ha-Harry-Heinz-Rufe anstimmen.

Er sagte sich, er schwitze nicht, weil er fürchte, er schwitze wegen der Scheinwerfer. Wieder versuchte er vergeblich zu erkennen, was nun vor sich gehe.

Später nahm er sich vor, darüber nachzudenken, ob nicht doch eine Möglichkeit existiere, der Hinrichtung zu entgehen, falls der

Präsident ihn nicht begnadigen werde. Er gelangte zum Schluss, es stehe nicht mehr in seiner Macht, die Opferung zu hintertreiben, alleine die menschliche Gesinnung des Präsidenten werde ihn davor bewahren — selbst entschiedenster Druck anderer Länder werde die P.f.F. nicht umstimmen.

Er redete sich ein, dass der Präsident ihn sicherlich begnadigen werde: Vor die Wahl gestellt, human oder nicht human zu handeln, werde der Präsident human handeln, denn das wesentlichste Anliegen der P.f.F. sei die Verwirklichung des Weltfriedens, das wiederum sei ein humanes Anliegen, mit dem sich lediglich grosse Philosophen und Humanisten beschäftigt hätten — weil die P.f.F. also human sei, werde sie ihn freilassen.

Hinterher sagte er sich, der Ausschuss und die Minister hätten doch oft gesagt, das alles sei bloss ein Spiel. Ein Spiel unterscheide sich aber vom Ernst dadurch, dass es kein tragisches Ende nehme. Das wiederum heisse, man werde ihn nicht hinrichten.

Weil ihm einfiel, hier oben könne ihm nichts geschehen, hier sei er vor der Menge geschützt, fühlte er sich eine Zeitlang behaglich in seinem Sessel.

Als die Scheinwerfer erloschen, dachte er, es wird ein schöner Tag werden. Er sah den GESELLSCHAFTS-Platz von einer sich langsam auf ihn zuschiebenden, brüllenden Masse vollgestopft. Als ihm dabei das Wort „Beängstigend" einfiel, erinnerte er sich, dass die Leute ihn kahlgeschoren hatten.

Als er den Fernsehwagen auf sich zukommen sah, versuchte er sich heiter zu fühlen, um in die Kamera zu lächeln, und damit anzuzeigen, dass er bemüht sei, seine Rolle den Anforderungen gemäss zu spielen.

Es fiel ihm ein, dass er, wäre jemand anders das Opfer, sich niemals so benähme wie diese Leute, die zu vergessen schienen, dass das Opfer letzten Endes noch immer ein Mensch sei.

Hinter dem „Weissen Haus" sah er die Sonne hochkommen. Er beschloss, nun genau zu beobachten, wie ein Sonnenaufgang vor sich gehe.

Auf einmal sah er sich als Sechzehnjährigen im Speisesaal der Pension Grossmann, in der er damals gewohnt hatte, mit einem Verwaltungsangestellten beim Mittagessen sitzen. Er sah sich als kaufmännischen Lehrling bei der Rasker Lebensversicherung

Akten ordnen. Im Schulzimmer des Erziehungsheimes, in das die Eltern ihn für zwei Jahre gesteckt hatten, sah er sich über Rechnungsaufgaben brüten. Er sah, wie er seinen Bruder verprügelte, weil dieser verraten hatte, er habe Geld aus der Haushaltskasse gestohlen. Er sah die Mutter in Stiefeln aus dem Stall kommen, sich auf dem Weg zur Haustür die Hände an der Schürze abwischen, die Schuhe abstreifen und in die Küche treten. Er sah sich seine Kaninchen füttern und danach mit dem Ranzen auf dem Rücken die Strasse zur Schule entlanggehen. Er sah sich als Vierjährigen mit Wiesenblumen den Weg zum Hof entlangkommen und den Strauss der Mutter zeigen, die am Küchenfenster stand.

Nachdem er eine Weile gegen die Tränen angekämpft hatte, liess er ihnen freien Lauf. - Als er sich sagte, dass die Sonne nun vollends aufgegangen sei, fiel ihm das Wort „Ewig" ein. Er dachte, ja, die Sonne wird ewig scheinen. - Er dachte, dass er sein Leben falsch angepackt habe, dass er besser auf dem Lande hätte bleiben und ein Bauer werden sollen, auf diese Weise hätte er im Leben Frieden gefunden.

Mit einem Male glaubte er zu wissen, dass der Präsident ihn nicht begnadigen werde und er übermorgen sterben müsse. Er sagte sich, nein, er wird mich begnadigen! Er wird mich begnadigen! Es ist ein Spiel — alles ist ein Spiel! Er sagte sich, wenn der Präsident mich begnadigen wird, werde ich aufs Land ziehen! Er langte an seinen obersten Mantelknopf und murmelte, er begnadigt mich. Er blickte geradeaus und sagte sich, wenn der Mantel drei Knöpfe aufweise, werde er freikommen. Er blickte an sich herunter. Als er feststellte, dass der Mantel tatsächlich drei Knöpfe aufwies, weder vier noch zwei, sondern drei, fühlte er sich erleichtert. Er sagte sich, es werde alles zu einem guten Ende kommen! Der Präsident werde ihn begnadigen, und er werde auf dem elterlichen Hof zu arbeiten beginnen.

Er fühlte sich gezwungen, sich die Begnadigung vom Schicksal nochmals bestätigen zu lassen. Schliesslich verfiel er darauf zu versuchen, ob es ihm gelinge, zwischen zwei Ha-Ha-Harry-Heinz-Rufen laut bis drei zu zählen — sollte er dies fertigbringen, sei an der Begnadigung in keiner Weise mehr zu zweifeln.

Bevor er dazu kam, sich ein drittes und letztes Mal davon zu überzeugen, dass er begnadigt werde, sah er eine Leiter neben sich auftauchen und einen Wachmann mit einem Tablett die Sprossen hochklettern.

Der Wachmann brüllte ihm ins Ohr, Frühstück!, stellte das Tablett auf seine Knie und verschwand.

Die Urinflasche, die er zwischen der Kaffeekanne und dem Milchkrug stehen sah, erinnerte ihn an das Krankenzimmer, in dem seine kleine Schwester gestorben war.

Nach dem Essen schob er sie unter den Mantel und pinkelte hinein.

Als der Wachmann das Tablett wieder geholt hatte, fühlte er sich abermals dazu gezwungen, Wetten abzuschliessen, ob er begnadigt werde oder nicht. Später fiel ihm auf, wie wenig ängstlich er sich fühle angesichts der schreienden Menschenmassen und der Ungewissheit seines Schicksals — wie fröhlich sogar seine Stimmung sei.

Als die Sonne ihn zu wärmen begann, zog er den Mantel aus und legte ihn über die Stuhllehne. Es fiel ihm ein, sein Gesicht werde eine braune Hautfarbe annehmen. Er beschloss, in seinem Buch festzuhalten, beim Anblick der aufgehenden Sonne habe er gewusst, dass man ihn nicht opfern werde, weil die Sonne unvergänglich sei — oder so.

Als er zu schwitzen begann, erinnerte er sich an seine Tage in Gausen-Kulm. Nachdem ihm eingefallen war, dies alles habe die Dicke ihm eingebrockt, sah er sich die Dicke mit einem Kinnhaken niederschlagen und sie unter die Bank fallen, bei der er jeweils auf sie gewartet hatte. Hinterher sagte er sich, nicht die Dicke habe ihn in diese Lage gebracht, sondern die P.f.F., indem sie den an sich harmlosen Vorfall in Gausen-Kulm derart überdimensioniert aufgebauscht habe. - Er antwortete sich, eben, weil sie ein Opfer brauchte. Nachher kam er darauf, dass die Dicke gleichwohl die ganze Schuld alleine trage: Hätte die Dicke ihn nicht verraten, hätte die P.f.F. auch nicht von den Begebenheiten in Gausen-Kulm erfahren.

Wieder zweifelte er daran, freizukommen, und wieder überzeugte ihn der Ausgang der Wetten, die er mit sich abschloss, dass der Präsident ihn begnadigen werde. Es gelang ihm, eine zusammengerollte Papierschlange abzuwehren, die ein Herr, der auf den Schultern eines anderen Herrn sass, nach ihm warf. Er sah einen der Reiter sich zu den beiden durchdrängen und nach einem Augenblick den Herrn von den Schultern des andern Herrn gleiten. - Aufs neue fühlte er Angst in sich hochsteigen. Da er starken Drang verspürte, Wasser zu lassen, versuchte er die Aufmerksamkeit der Reiter, die um sein Gerüst standen, durch Brüllen auf sich zu lenken, aber es wurde bald klar, dass sie ihn nicht hören konnten. Schliesslich setzte er seinen Hut ab und liess diesen auf einen der Reiter fallen.

Er war froh, dass der Wachmann nachher die Urinflasche leerte und sie ihm zusammen mit dem Hut wieder aushändigte.

Später brachte man das Mittagessen. Obwohl er sich sagte, da er bei Kräften zu bleiben habe, müsse er sich zwingen zu essen, nahm er bloss einige Bissen zu sich.

Die Kopfschmerzen, die er nachher zu verspüren begann, schrieb er der Sonne und dem ungeheuren Lärm zu. Abermals fühlte er sich vollkommen mutlos. Er dachte, es sei alles gleichgültig ... Es sei völlig gleichgültig zu sterben; man erweise ihm sogar einen Gefallen, wenn man ihn töte. Wieder liess er seinen Tränen freien Lauf. Hinterher stellte er sich die Frage, was das Leben sei — und gelangte zum Schluss, das Leben sei, sterben zu müssen.

Später hegte er aufs neue Hoffnung, begnadigt zu werden, und schliesslich war er sicher, mit dem Leben davonzukommen.

Er beobachtete, wie der Fernsehwagen sich wieder näherte, neben dem Gerüst stehenblieb, ein Reporter eine Leiter anstellte und mit dem Mikrophon hochkletterte.

Der Reporter brüllte ihm ins Ohr, wie fühlen Sie sich? und hielt ihm das Mikrophon vor den Mund, während ein anderer Reporter vom Wagen aus die Kamera auf ihn richtete.

Er brüllte, gut.

Der Reporter brüllte, haben Sie damit gerechnet, dass die Opferungsfeier solche Ausmasse annimmt?

Er schüttelte den Kopf.

Der Reporter brüllte, ob er glaube, dass das Fest den Gemeinschaftszusammenhalt fördere.

Er nickte.

Der Reporter brüllte, möchten Sie irgend etwas sagen? Eine

Mitteilung an die Gemeinschaftsmitglieder vor den Fernseh- und Radioapparaten vielleicht?

Er schüttelte den Kopf.

Der Reporter brüllte, fühlen Sie noch irgendwelche Widerstände gegen den Tod in sich?

Er dachte, mitspielen — und schüttelte den Kopf.

Der Reporter brüllte, auch keine Furcht?

Er verneinte.

Der Reporter brüllte, haben die Menschenmassen und die Ha-Ha-Harry-Heinz-Rufe Sie zu keinem Zeitpunkt ängstlich gestimmt?

Er schüttelte den Kopf.

Der Reporter brüllte, Heinz, Sie haben gestern einen Selbstmordversuch vorgetäuscht — befürchteten Sie nicht, dass etwas hätte schiefgehen können und Sie vor Ihrem von der P.f.F. bestimmten Todestag umkommen?

Er schüttelte den Kopf.

Der Reporter brüllte, danke, Heinz! Wir werden Sie später nochmals interviewen.

Abermals fühlte er sich niedergeschlagen. Da er zu frieren begann, zog er den Mantel über. Es fiel ihm ein, es gebe keine Hoffnung mehr. Wieder wünschte er, es wäre alles vorüber und er bereits hingerichtet.

Einige Augenblicke hing er der Vision nach, es fliege ein benwaländischer Helikopter heran, hebe seinen Sessel aus dem Gerüst und trage ihn hoch über den Menschenmassen hinweg nach Benwaland. Da er sich derart in diese Unwirklichkeit verlor, dass er das Gefühl des Fliegens empfand, wurde ihm schwindlig, so dass er sich an den Armlehnen festkrallen musste.

Eine Weile versuchte er herauszufinden, ob eigentlich dauernd neue Leute vorüberzögen oder ob es sich immer um dieselben handle, die in gewissen Abständen wiederkehrten. Mit einem Male begann sein Kopf zu zittern.

Obwohl er starken Urindrang verspürte, bedeckte die Menge, die er ausschied, nicht einmal den Boden des Gefässes.

Lange Zeit suchte er eine Antwort auf die Frage, ob es ein Leben nach dem irdischen Tod gebe. Hinterher versuchte er zu Gott zu beten. - Schliesslich murmelte er, ich empfehle mich dir, lenke du mein Schicksal. Mache, dass alles so geschieht, wie es muss. Mache, dass ich nicht leide.

Hinterher fühlte er sich besser. Es kam ihm wieder in den Sinn, solange er lebe, sei noch nichts verloren; solange er lebe, könne er jederzeit auf irgendeine Weise gerettet werden.

Abermals erschrak er heftig, als auf einmal wieder die Scheinwerfer aufflammten und er nichts mehr zu erkennen vermochte. Im Rot hinter seinen geschlossenen Lidern sah er nachher das „Weisse Haus" brennen.

Als ihm jemand ins Ohr brüllte, das Abendessen, Heinz!, fuhr er zusammen. Er spürte das Tablett auf seinen Knien.

Der Wachmann brüllte, hier, setzen Sie diese Brille auf, Sie können damit ruhig ins Scheinwerferlicht blicken!

Tatsächlich sah er nun die Scheinwerfer nicht stärker brennen als Strassenlaternen. Er trank das Glas Milch, das man gebracht hatte, liess die Speisen aber unberührt.

Später, als die Scheinwerfer unvermittelt erloschen, setzte er die Brille ab. Während er sie in die Manteltasche steckte, bemerkte er, dass die Leute wieder Fackeln trugen. Er sah einen Herrn die Leiter hochklettern. Der Herr brüllte ihm ins Ohr, er solle vorsichtig hinuntersteigen, er werde nun in seinem Bett nach Hause getragen; er solle die Beine erst ein bisschen hin und her bewegen und eine Weile auf der Leiter stehenbleiben, bevor er heruntersteige.

Als er den einen Fuss auf die erste Sprosse aufsetzte, begann sein Körper zu zittern. Längere Zeit verharrte er in der eingenommenen Stellung. Auf einmal empfand er das Gefühl, sich nicht mehr daraus lösen zu können. Schliesslich brachte er es fertig, den zweiten Fuss neben den ersten zu stellen. Unten angelangt, hielt er sich am Gerüst fest, um nicht zu Boden zu fallen. Die Leute um ihn herum begannen zu den Ha-Ha-Harry-Rufen zu tanzen und rhythmisch in die Hände zu klatschen.

Zwei der Wachmänner ergriffen seine Oberarme, führten ihn zum Bett und liessen ihn darauf nieder. Die Reiter gruppierten sich um ihn herum. Die Wachmänner hoben ihn mit dem Bett in die Höhe und setzten sich in Bewegung. Wie am Morgen sah er die Strassen mit schreienden Menschen zum Bersten vollgestopft.

Eine grosse Müdigkeit überkam ihn. Es fiel ihm ein, er habe

doch noch unbedingt den Präsidenten sprechen wollen, um Anhaltspunkte dafür zu finden, ob der Präsident beabsichtige, ihn zu begnadigen. Hinterher dachte er, es sei ihm alles egal, man solle tun, was man wolle.

Für einige Augenblicke musste er eingenickt sein. Er fuhr auf, weil er Konfettis gegen sein Gesicht klatschen spürte. Einen kurzen Moment sah er den grinsenden Herrn Fränzi neben sich, dann beobachtete er, wie Herr Fränzi von den Reitern in die Menge zurückgedrängt wurde. Hinterher zweifelte er daran, dass es sich um Herrn Fränzi gehandelt habe.

Vor seinem Haus hoben ihn die Wachmänner aus dem Bett und trugen ihn das Treppenhaus hoch. Jemand schlug ihm mit einem harten Gegenstand derart heftig auf den Arm, dass er schrie.

Er sah seine Wohnung vollkommen von Leuten vollgestopft. Als die Wachmänner ihn hineintrugen, bemerkte er, dass sie restlos ausgeräumt worden war, dass jemand sogar das Telefonkabel entzweigeschnitten und den Apparat mitgenommen hatte. Die Wachmänner setzten ihn in der vor der Tür am weitesten entfernten Ecke nieder. Er sah mehrere grossgewachsene, uniformierte Wächter sich durch die Menge drängen. Nachdem sie sich um ihn herum aufgestellt hatten, bemerkte er, dass sie mit Knüppeln ausgerüstet waren.

Nach einer Weile rappelte er sich hoch, berührte die Schulter des einen Wächters und brüllte ihm ins Ohr, mein Bett!, mein Bett steht noch unten!

Der Wächter nickte.

Nachdem er sich wieder in seine Ecke gelegt hatte, dachte er, sie behandeln mich wie einen Hund.

Während er später die schwarzen, blankgewichsten Schuhabsätze des einen Wächters betrachtete, sagte er sich, er müsse versuchen einzuschlafen — trotz des ungeheuren Lärms müsse er versuchen, Schlaf zu finden. Gerade in den letzten Phasen seines Kampfes mit dem Todesurteil müsse er im Vollbesitz seiner Kräfte sein. So müsse er sich morgen unbedingt auch zum Essen zwingen.

Er redete sich ein, er brauche nichts zu befürchten, solange die Posten ihn bewachten, und könne deshalb sorglos einschlafen;

denn die Posten seien ja beauftragt, dafür zu sorgen, dass er der P.f.F. am Opferungstag unversehrt übergeben werde.

Schliesslich brachte er den Mut auf, sich gegen die Wand zu drehen.

Den Kopf in die eine Handfläche gebettet und den Narrenhut auf das Gesicht gelegt, dachte er längere Zeit darüber nach, ob eine Möglichkeit existiere, die Wächter dahin zu bringen, das Licht auszuschalten — ob er sie vielleicht nicht einfach darum bitten solle. Darüber schlief er ein.

SONNTAG, 21.

Als er erwachte, hatte er das Gefühl, nicht länger als eine Stunde geschlafen zu haben, stellte aber fest, dass seine Uhr ein Viertel nach zwei zeige. Augenblicklich war er hellwach. Es fiel ihm ein, der Präsident werde ihn begnadigen, weil er nun genügend gelitten habe. Als er sich mit dem Gesicht gegen die Beine der Wärter drehte, fühlte er einen Stich durch seinen ganzen Körper gehen. Während er in der Bewegung innehielt, dachte er, sein Körper sei wie zerschlagen vom Liegen auf dem harten Fussboden. Behutsam drehte er sich vollständig um. - Eine Weile wunderte er sich darüber, dass die Intensität der Ha-Ha-Harry-Heinz-Rufe um nichts nachgelassen hatte. Als er sich aufzusetzen versuchte, brachen die Leute in ein Geheul aus. Jemand warf mit einer Trillerpfeife nach ihm. Er beobachtete, wie einer der Wächter die betreffende Person beutelte. Um die Steife von sich abzuschütteln, stand er auf.

Nachdem er einem der Wächter ins Ohr gebrüllt hatte, er müsse zur Toilette, nahmen ihn vier von ihnen in ihre Mitte und bahnten sich den Weg zu seinem Badezimmer, aus dem sich mehrere Leute herausdrängten. Er bemerkte, dass sogar die Badezimmertür fehlte. Die Wärter blieben dicht neben ihm stehen, als er sich vor die Schüssel stellte. Da ihre Gegenwart und die der Leute ihn störte, benötigte er etliche Zeit, um seinen Urin loszuwerden.

Erneut in seine Ecke gebracht, sah er sich wieder gezwungen, zu wetten, ob der Präsident ihn begnadigen werde. Später fand er in seiner Manteltasche ein Geldstück. Er schloss es in die Faust und sagte sich, wenn er nun die Hand hervorziehe, sie öffne und der Kopf der Münze oben liege, brauche er nie mehr an der Begnadigung zu zweifeln. Längere Zeit betrachtete er seine geschlossene Hand, gab sich dann einen Ruck und öffnete sie. Obwohl er sich gesagt hatte, dass er nun, wo der Kopf oben gelegen sei, nicht mehr an der Begnadigung zu zweifeln brauche, sah er sich immer wieder gezwungen, aufs neue zu wetten, wobei er sich jedesmal vornahm, es jetzt zum letzten Mal zu tun. Erblickte er oben die Zahl, holte er die Hand gleich aus der Tasche und öffnete sie, während er, wenn der Kopf oben lag, längere Zeit wartete, bis er abermals spielte.

Als einer der Wächter ihm mitteilte, es sei gleich vier Uhr und das Festprogramm sehe vor, dass er um diese Zeit wieder zum GESELLSCHAFTS-Platz gebracht und ausgestellt werde, hatte er einundachtzig Mal den Kopf und zweiundsechzig Mal die Zahl aufgedeckt. Als er sich aufrappelte und die Leute wieder in ein Geheul ausbrechen hörte, sagte er sich, an seiner Begnadigung sei nicht mehr zu zweifeln und er brauche nun wirklich nie mehr zu wetten. Während ihn die Wachmänner hinaustrugen, dachte er, er müsse mitspielen, als ob er daran glaube, geopfert zu werden. Er versuchte ein Lächeln aufzusetzen und hob die linke Hand in die Höhe.

Draussen wunderte er sich erneut darüber, dass die Leute, nachdem sie in der Nacht sicherlich nicht geschlafen hatten, in keiner Weise ermattet seien, sondern wie gestern herumtanzten und ihre Harry-Heinz-Rufe mit derselben Intensität schrien. Es überraschte ihn, inmitten der Reiter, die sich dicht vor der Haustür aufgestellt hatten, sein unversehrtes Bett zu sehen.

Wie gestern sah er die Strassen von fackeltragenden Menschen vollgepfercht. Weil er fror, zog er die Decke bis ans Kinn. Er sah einige Jugendliche auf zwei Schreikabinen stehen, von wo aus sie ihn mit kleinen, harten Kartonkugeln zu treffen versuchten. Es fiel ihm ein, Leute die sich so benähmen, seien keine Gemeinschaftsmenschen.

Später gelang es ihm nicht mehr, seine Tränen zurückzuhalten. Mit zusammengepressten Lippen weinte er lautlos vor sich hin. Er dachte, er sei fertig, die Leute hätten es dahin gebracht, ihn fertigzumachen, und wenn der Präsident ihn nicht bald von der Begnadigung unterrichte, werde er vor Kummer sterben.

Als er im Sessel auf dem Gerüst sass und durch die Schutzbrille ins Scheinwerferlicht sah, das er nun als angenehm wärmend empfand, fasste er neuen Mut. Wieder vermochte er sich nicht mehr vorzustellen, dass er morgen sterben müsse.

Nachdem die Scheinwerfer erloschen waren, langte er nach der Münze und spielte. Man brachte das Frühstück und die Urinflasche. Da er sich in gehobener Stimmung fühlte, ass er alles auf.

Hinterher versuchte er sich vorzustellen, in welchem Augenblick der Präsident seine Begnadigung aussprechen werde: Nachdem er bereits auf dem Elektrischen Stuhl Platz genommen habe oder im Moment, in dem er aus dem „Weissen Haus" trete; oder ob der Präsident ihn zum Schlussakt gar nicht auftreten lasse. Anschliessend dachte er darüber nach, auf welche Weise der Präsident das Fest zu Ende bringen werde. Am wahrscheinlichsten hielt er die Version, man werde ersatzweise eine Plastikpuppe auf den Elektrischen Stuhl setzen, die ihm möglicherweise ähnle und von den Stromstössen zum Schmelzen gebracht werde.

Später schwanden seine Hoffnungen auf Begnadigung erneut. Wieder weinte er längere Zeit. Mit einem Mal schien ihm, sein Körper sei bereits tot, bloss sein Hirn funktioniere noch. Geraume Weile atmete er möglichst langsam und erwog, ob ein Mensch es fertigbringe, sich dermassen intensiv einzureden, er sei tot, dass er wirklich sterbe.

Vom Fernsehwagen aus stellte einer der Reporter eine Frage, aber er reagierte auch nicht, nachdem der Reporter die Frage einige Male wiederholt und ihn angestossen hatte.

Später gelangte er zum Schluss, er höre *tatsächlich* nichts, der andauernde Lärm und die Harry-Heinz-Rufe hätten sein Gehör dermassen strapaziert, dass er taub geworden sei und die Ha-Ha-Harry-Heinz-Rufe, die er vernehme, existierten lediglich in seiner Einbildung.

Gegen Abend begann er abermals Hoffnung zu schöpfen. Als die Scheinwerfer eingeschaltet wurden, suchte er im ersten

Augenblick vergeblich nach der Schutzbrille, fand sie aber dann in der linken Manteltasche. - Nach dem Abendessen war er wieder vollständig überzeugt, dass der Präsident ihn freisprechen werde.

Im Halbschlaf registrierte er, dass jemand ohne Unterlass, dicht an seinem Ohr, seinen Namen rufe. Neben sich nahm er die allmählich deutlicher werdenden Umrisse eines Herrn wahr. Er streifte die Schutzbrille ab. Es dauerte einige Augenblicke, bis er begriff, dass der Herr ihn aufforderte, herunterzusteigen.

Er sagte, werde ich denn schon hingerichtet?

Er hörte den Herrn brüllen, herunter, Heinz, vom Gerüst — wir bringen dich heim, es ist Zeit!

Er schüttelte den Kopf. Als er nach einer Weile wieder nach dem Herrn sah, vermochte er diesen nicht mehr wahrzunehmen.

Später sah er sich von einigen auf Leitern stehenden Männern umringt, die sich bemühten, ihn aus dem Sessel zu heben. Der Wachmann, auf dessen Rücken er schlussendlich geladen wurde, trug ihn in sein Bett.

Als man eine Ecke seiner Wohnung von den Leuten freigeräumt hatte, ihn wieder auf den nackten Fussboden gelegt und die uniformierten Wächter sich vor ihn gestellt hatten, sah er — ohne dass er darüber erstaunt gewesen wäre — seinen kleinen, weissen Hund, den er als Junge besessen hatte, sich durch die Leute zwängen. Er streckte die Hand nach ihm aus, aber jemand musste den Hund verscheucht haben, jedenfalls war er plötzlich verschwunden.

MONTAG, 22.

Wieder erwachte er gegen zwei Uhr, und wieder war er sofort hellwach. Er dachte, mein Hinrichtungstag! Er konstatierte, dass er bei diesem Gedanken keine Angst empfunden habe noch, dass er sich jetzt fürchte. Sofort fiel ihm ein, das heisse, dass er begnadigt werde! Sein Unterbewusstsein habe bereits registriert, dass er begnadigt werde — deshalb sei er nicht erschrocken. Er rappelte sich auf, lehnte sich in die Ecke und langte nach der Münze. Als er die Hand öffnete und den Kopf der Münze erblickte, lachte er längere Zeit vor sich hin.

Wieder brachten ihn die Wächter durch die noch immer Ha-Ha-Harry-Heinz schreienden Leute zur Toilette. Auf dem Rückweg versuchte ein Herr, ihm den Narrenhut wegzunehmen, aber der eine Wächter stiess diesen zurück, bevor es ihm gelang.

In der Ecke zog er die Münze abermals hervor. Er erinnerte sich, gestern in eine Art Dämmerzustand verfallen zu sein. Als er in der geöffneten Hand den Kopf der Münze erblickte, sagte er sich, dass er mit dem heutigen Tag alles überstanden habe, alle Schrecknisse, alle Prüfungen, alle Schikanen, dass er nach der Begnadigung bestimmt in Kattland bleiben werde, dass er, falls er doch nicht beschliesse, auf den elterlichen Hof zu ziehen, sogar in Rask bleiben könnte, um es den Leuten zu zeigen — selbst dann, wenn er den Aufbau seiner Karriere als Schuhputzer beginnen müsste. Es fiel ihm ein, Mensch ist Mensch.

Hinterher, als er dreimal nacheinander die Zahl aufgedeckt hatte und in der eben geöffneten Handfläche nach einigem Sträuben zum vierten Mal die Zahl erblickte, fühlte er aus all seinen Poren den Schweiss ausbrechen. Er registrierte, dass er die Toilette aufsuchen müsste, danach verschwamm alles vor seinen Augen zu einer rötlichen Teigmasse. Damit sein Oberkörper nicht umkippe, stemmte er die Hände kräftig gegen den Boden. Eine Weile glaubte er, keine Luft mehr zu bekommen.

Später gelang es ihm, den Wächtern klarzumachen, dass er defäkieren müsse. Sie trugen ihn zur Toilette und stellten sich mit dem Rücken vor ihn hin. Den Umstand, dass er die Därme sich krampfhaft zusammenziehen fühlte, schrieb er der unregelmässigen Ernährung der letzten Tage zu.

Kaum sass er wieder in der Ecke, sah er, gefolgt von mehreren Kameramännern, den lächelnden Herrn Julian sich durch die ihn feiernde Menge drängen. Er sah einige Herren Herrn Julian in die Höhe heben, um ihn den hinten Stehenden zu zeigen. Eine Weile schrien die Leute Ju-Ju-Julian — um dann wieder ihre Ha-Ha-Harry-Heinz-Rufe aufzunehmen. Die Wächter liessen Herrn Julian zu ihm treten.

Herr Julian hob die Hand und brüllte, hallo!

Er registrierte, dass Herr Julian unter dem offenen Mantel einen Frack trug und sein Haar pomadisiert hatte, während Herr Julian ein Taschentuch hervorzog, es ausbreitete, auf den Boden legte, sich neben ihn setzte und brüllte, wie geht's?

Er antwortete nicht.

Herr Julian brüllte, schauderhaft, wie meine neue Wohnung jetzt aussieht! Sogar Türen fehlen! Und die ganzen Wände müssen frisch tapeziert werden! Aber nicht auf meine Kosten! - Sie sehn unheimlich schlecht aus, mein Lieber!

Als Julian brüllte, in zehn Stunden haben Sie ja alles überstanden!, dachte er, er weiss, dass ich begnadigt werde! Müsste ich sterben, hätte ich es nachher ja nicht überstanden!

Er lächelte und nickte.

Herr Julian brüllte, ja, heute geht's nicht auf den GESELL-SCHAFTS-Platz, du weisst es ja!

Es fiel ihm ein, dass er als erstes mal richtig Ferien machen wolle, um wieder zu Kräften zu kommen.

Er hörte Herrn Julian brüllen, auf dem GESELLSCHAFTS-Platz sind bereits die Tribünen und der Elektrische Stuhl aufgebaut, ein nigelnagelneuer Stuhl, das heisst, das Volk kann dort nicht rotieren! Deshalb wirst du heute bis zwölf Uhr auf dem Billy-Pack-Platz ausgestellt, und um halb eins werden wir beide vom Präsidenten empfangen! Der Ausschuss hat mich beauftragt, dich ins „Weisse Haus" zu bringen!

Da er die Kraft nicht aufbrachte, um zu brüllen, ich weiss schon, die Begnadigung!, begnügte er sich damit, Herrn Julian lächelnd anzusehen, indes Herr Julian brüllte, der Präsident veranstaltet für alle an der Opferung Beteiligten eine kleine Feier! - Wir müssen übrigens gleich aufbrechen, es ist vier — hast du die Lockerungsübungen immer schön gemacht? Es darf nichts schiefgehen, heute, Heinz! Nicht wahr? Du versprichst mir, dass nichts schiefgeht?

Er nickte lächelnd.

Die Wachmänner hoben ihn hoch. Während er durch seine Wohnung und das Treppenhaus getragen wurde, sagte er sich, es werde so sein, dass der Präsident die ganze Opferung abspielen lasse und ihn durch eine Puppe ersetze, da er sonst die Installation des Elektrischen Stuhles nicht angeordnet hätte. Als er plötzlich dachte, der Präsident veranstalte den Empfang selbstverständlich, um mit ihm die Begnadigung zu feiern, fühlte er eine wohltuende Leere in sich. Er sagte sich, nun sei er vollkommen entspannt, denn alle Zweifel seien vorüber.

Später dachte er, nun gehe ihm ja auch ein Licht auf, weshalb Julian seine Möbel wieder aus der Wohnung geschaffen habe: Weil er die Wohnung nicht kriege!

Während die Wachmänner ihn unten in sein Bett legten, es hochhoben und sich in Bewegung setzten, überlegte er sich, der Ausschuss habe Julian von seiner Begnadigung unterrichtet und davon, dass er selbstverständlich in seiner Wohnung bleiben werde — Julian dürfe sich aber nicht verraten, da sonst der Effekt der Opferung verlorenginge; weil man Julian mitgeteilt habe, er kriege die Wohnung nicht, sei er doch letzthin auch so niedergeschlagen gewesen!

Auf den Billy-Pack-Platz gelangend, stellte er fest, dass hier dasselbe Gerüst stand wie in den vergangenen Tagen auf dem GESELLSCHAFTS-Platz.

Plötzlich ging ihm auf, wie die P.f.F. den Schlussakt des Spiels gestalten werde: Julian werde ihn auf den Elektrischen Stuhl schnallen, als beabsichtige die P.f.F. tatsächlich, ihn zu töten, der Präsident werde ihm aber während der Feier mitteilen, der Stuhl stehe nicht unter Strom und er müsse den Sterbenden mimen, wenn Herr Julian vortäusche, den Strom einzuschalten — nachdem man ihn dann in den offenen Sarg gelegt habe, werde der Präsident der Gemeinschaft eröffnen, dass alles bloss ein Spiel gewesen sei, auf das Stichwort „Spiel" habe er sich vor den Sarg zu stellen, um vor der gesamten Kattländischen Bevölkerung die Gratulationen des Präsidenten zur hervorragenden Interpretation seiner Rolle entgegenzunehmen. - Vor Freude überkam ihn ein unbändiges Lachen.

Nach dem Frühstück verfiel er wieder in Halbschlaf. Den Augenblick, in dem die Scheinwerfer ausgeschaltet wurden, registrierte er zwar, setzte die Schutzbrille jedoch nicht ab, um auf diese Weise ungestörter vor sich hin zu dämmern.

Mit einem Mal überkam ihn der Gedanke, er werde doch nicht begnadigt. Sogleich war er hellwach und streifte hastig die Brille ab. Einen Augenblick hatte er das Gefühl, sein heftig schlagendes Herz sitze in seinem Hals. Nach und nach kehrte seine Gewissheit zurück, dass er selbstverständlich freikomme und der Schlussakt genauso gespielt werde, wie er es sich ausgerechnet habe. Er langte nach der Münze. Als er die Zahl aufdeckte, sagte er sich sofort, es existierten Beweise für seine Begnadigung: der Empfang beim Präsidenten, wo dieser ihm mitteile, die P.f.F. habe niemals im Ernst daran gedacht, ihn zu opfern, vielmehr sei das Ganze bloss ein Spiel gewesen, und er werde, nachdem er während eines von der P.f.F. bezahlten Ferienaufenthalts wieder zu Kräften gekommen sei, aufs neue voll in die Gemeinschaft eingegliedert und erlange die Position zurück, die er vor seiner Kündigung bei der GESELLSCHAFT innegehabt habe — der zweite Beweis sei der Umstand, dass Herr Julian die Wohnung nicht kriege.

Gleichwohl spielte er weiter, bis die Zahl der gewonnenen Wettgänge drei Punkte mehr aufwies als die Zahl derjenigen, die er verlor.

Nachher fiel ihm ein, der Zweck, den die P.f.F. mit dem Aufziehen seiner Opferung verfolgt habe, sei ja bereits erreicht: Die Leute hätten sich in den beiden vergangenen Tagen vollständig ausgetobt, womit ihre Aggressionen aufgefangen seien — so wäre es vollkommen nutzlos, ihn jetzt noch zu töten.

Er wunderte sich, dass er nicht früher hinter diese Finte der P.f.F. gekommen sei.

Später, als er feststellte, dass die Ha-Ha-Harry-Heinz-Rufe an Intensität nachzulassen begannen und die Menge nicht mehr so dichtgedrängt an ihm vorüberzog, dachte er, die Leute gingen sich umkleiden für die Feier auf dem GESELLSCHAFTS-Platz. Er überlegte, wo die Leute sich umzögen, die nicht in Rask wohnten, und gelangte zum Schluss, die Stadtbevölkerung werde ihnen ihre Wohnungen zur Verfügung stellen, wie es sich in einer Gemeinschaft gehöre.

Er beobachtete, wie um Viertel vor zwölf die Strassen rund um den Platz nicht mehr beansprucht wurden und um fünf vor zwölf ungefähr noch eine solche Menge den Platz füllte, wie sie jeweils vor seinem Haus gewartet hatte.

Um zwölf Uhr stellten die Leute ihre Ha-Ha-Harry-Heinz-Rufe ein. Trotzdem er sich einredete, gleich werde man ihn von seiner Begnadigung unterrichten, begann er sich in der plötzlich entstandenen Stille zu ängstigen. Noch immer tönten die Harry-Heinz-Rufe in seinen Ohren, obwohl er bemerkte, dass die Leute nicht mehr schrien, sondern sich lautlos verzogen.

Er sah Herrn Julian die Leiter hochklettern. Eine Zeitlang blieb Herr Julian schweigend neben ihm stehen und verfolgte den Abzug der letzten Leute. Nachher hörte er Herrn Julian sagen, es sei soweit. Er nickte.

Herr Julian sagte, die letzten Tage waren schlimm für Sie?

Er sagte, manchmal.

Herr Julian sagte, das Fest hat Ausmasse angenommen, die selbst von offizieller Seite nicht erwartet wurden, habe ich gehört. - Können Sie von alleine runtersteigen?

Herr Julian hielt ihn fest, bis er auf der Leiter stand. Es fiel ihm ein, dass er jetzt, wenn er sich töten wollte, die Kraft dazu nicht mehr aufbrächte, jetzt, wo die Gelegenheit bestünde, sich umzubringen. Auf dem Boden angelangt, stellte er fest, dass ausser ihm und Herrn Julian sämtliche Menschen verschwunden waren.

Er sagte, ich bin körperlich völlig fertig, Julian!

Herr Julian teilte mit, gleich würden sie vom Regierungswagen abgeholt.

Er sagte, ich kann mich kaum auf den Beinen halten, und mein Kopf!

Herr Julian sagte, setzen Sie sich doch hin! - Sagen Sie, Herr Busner, haben Sie die Lockerungsübungen immer schön gemacht? Es gilt ernst, in zwei Stunden!

Er sagte, hören Sie auf, ich weiss, dass ich begnadigt werde!

Herr Julian rief, sind Sie verrückt? Sie werden keinesfalls begnadigt! Geben Sie sich keinen Illusionen hin! Bereiten Sie sich auf Ihren Tod vor! Es gilt ernst!

Er sagte, ich weiss doch, was gespielt wird! Weshalb kriegen Sie denn meine Wohnung nicht?

Herr Julian sagte, ich kriege Ihre Wohnung!

Er sagte, ich weiss nicht, weshalb man Ihnen nichts von der Begnadigung gesagt hat, der Präsident wird es Ihnen gleich sagen.

Während er beobachtete, wie die schwarze Regierungslimousine auf den Platz fuhr und sich ihnen näherte, sagte Herr Julian, Sie sind tatsächlich verrückt geworden! Ich habe gelesen, dass es das manchmal gibt bei den zum Tode Verurteilten; dass sie sich an die letzte Hoffnung klammern, an den letzten Strohhalm, dass sie sich unheimliches Zeugs vormachen — aber Sie werden nicht begnadigt, Busner! Hören Sie? - Sie werden nicht begnadigt! Nie und nimmer! Sie versauen uns höchstens den Auftritt durch Ihr unrealistisches Denken! - Sie müssen sterben, Herr Busner, hören Sie? Sie müssen sterben, und wir müssen zusammenarbeiten, damit alles klappt!

Er sagte, gleich wird Sie der Präsident von der Begnadigung unterrichten, Herr Julian.

Er sah den Chauffeur aussteigen.

Herr Julian sagte, setzen Sie mal diesen närrischen Hut ab, der Fasching ist vorüber! Und lächeln Sie nicht dauernd so somnambul, Mensch, Sie machen mich verrückt!

Er nahm nur einen Teil der Mitteilungen auf, mit denen Herr Julian ihn während der Fahrt bedrängte, wozu Herr Julian sich fortwährend den Schweiss von der Stirne wischte. Den Chauffeur hörte er sagen, wir müssen von hinten an das „Weisse Haus" ran, vorne komme ich nicht durch, wegen den Tribünen und dem Elektrischen Stuhl.

Herr Julian rief, hörst Du? Der Elektrische Stuhl, Busner! Der Elektrische Stuhl steht bereits dort!

Er sagte, selbstverständlich steht er dort, aber ist er an den Strom angeschlossen?

Ohne dass der Fahrer und Herr Julian ihn gestützt hätten, wäre es ihm nicht gelungen, die Treppe hochzusteigen.

In der Präsidentenetage wurden sie von zwei Damen erwartet, die Herrn Julian mitteilten, sie hätten den Auftrag, Herrn Busner für die Hinrichtung zurechtzumachen. Sie führten ihn in ein Badezimmer. Während die eine seinen Kopf von den Blutkrusten reinigte, zog die andere seine Schuhe und Socken aus.

Er sagte, ich kann mich schon selbst waschen!

Nachher, als sie ihn in einen ähnlichen Frack, wie Herr Julian ihn trug, gekleidet hatten, brachten sie ihn zu Herrn Julian zurück.

Herr Julian rief, die Minister erwarten uns bereits!

Während er beobachtete, wie die Metalltür zum Präsidentenzimmer sich öffnete, befiel ihn der Gedanke, er werde nicht begnadigt. Sogleich sagte er sich, weshalb stecken sie mich denn in einen Frack? Vor seinem Tod wird keiner umgezogen!

Er hörte den Präsidenten rufen, da kommen unsere Freunde! Er erblickte die feierlich gekleideten Minister und die Angehörigen des Ausschusses. Als ihn ein heftiges Zittern überkam, sagte er sich immerzu, nicht zittern, nicht zittern!

Herr Julian griff ihm unter den Arm, hielt ihn fest und führte ihn zu dem langsam auf sie zuschreitenden Präsidenten, der ein Glas Sekt in der einen Hand hielt. Lächelnd streckte ihm der Präsident die andere Hand entgegen.

Während er nach der Hand des Präsidenten langte, stiess er gegen seinen Willen hervor, ich werde begnadigt, nicht wahr? Ich werde begnadigt, nicht wahr, Herr Präsident? Sagen Sie es! Sagen Sie jetzt, dass Sie mich begnadigen!

Der Präsident sagte, aber Herr Busner ...

Er rief, sagen Sie es! Los, sagen Sie es!

Der Präsident tat einen Schritt zurück.

Er sah die übrigen Herren sich nähern.

Er schrie, sagen Sie es!

Er riss sich von Herrn Julian los, liess sich vor den zurückweichenden Präsidenten fallen, rutschte ein Stück vor, umklammerte die Beine des Präsidenten und schrie, sagen Sie es!, sagen Sie es!

Wie von ferne sah er die übrigen Herren herbeieilen. Der Präsident stürzte zu Boden. Jemand riss ihn von ihm weg. Er schlug um sich. Zwei Leibwächter hielten ihn derart fest, dass er sich nicht mehr zu rühren vermochte. Er hörte sich schreien. Er sah den Präsidenten mit Hilfe zweier Minister aufstehen und sich die Hose abwischen, während der Ankläger das Sektglas des Präsidenten aufhob. Er hörte jemanden sagen, verzeihen Sie vielmals, Herr Präsident, das hatten wir nicht erwartet!, und jemanden entgegnen, er ist verrückt geworden!

Ein dritter Leibwächter knöpfte ihm die Hose auf. Er versuchte ihn durch Treten fernzuhalten, aber das gelang nicht. Die ihn festhaltenden Leibwächter verlagerten ihren Griff derart, dass er den Oberkörper nach vorne beugen musste.

Hinter sich hörte er jemanden rufen, lockerhalten, Herr Busner, lockerhalten!

Gleich nachdem die Spritze aus seinem Gesäss entfernt worden war, sah er den Raum sich drehen. Die Leibwächter zogen ihm die Hose hoch, knöpften sie zu und setzten ihn in einen Lehnstuhl.

Nach einigen Augenblicken fühlte er sich ruhig und gelöst. Er erblickte den Ankläger.

Er hörte ihn sagen, wie geht es, Herr Busner?

Er sah jemanden mit einem Silbertablett Sektgläser sich nähern. Der Ankläger reichte ihm eines. Jemand klopfte ihm auf die Schulter. Er sah auf. Er dachte, es war der Richter. Er sah den Richter ihn anlächeln.

Er hörte den Produktionsminister sagen, meine Herren, ich möchte Ihnen, die Sie alle am Aufziehen dieser Opferung beteiligt waren, zu ihrem glatten Ablauf gratulieren und Ihnen für Ihre Mitarbeit danken. Schon jetzt lässt sich sagen, dass wir das Ziel, welches wir mit der Durchführung unserer ersten Opferung anstrebten, erreicht haben. Sie erlauben, dass ich zuerst mit unserem Hauptbeteiligten, Harry Busner, anstosse.

Er sah den Produktionsminister auf sich zutreten. Die übrigen Herren stiessen ebenfalls mit ihm an.

Mit einem Mal erkannte er, dass gar nicht er es sei, der in diesem von den Ministern und Ausschussangehörigen umgebenen Sessel sitze, sondern eine Person, mit der er nichts zu schaffen habe und deren Reaktionen er beobachte.

Herr Julian und der Minister für Gemeinschaftswesen geleiteten ihn an den gedeckten Tisch.

Der Produktionsminister sagte, ich nehme an, Herr Busner, Sie haben nichts dagegen einzuwenden, dass wir Ihnen ein Beruhigungsmittel spritzen liessen? Sie sterben entschieden leichter auf diese Weise — uns Organisatoren ist insofern gedient, dass der Tötungsvorgang reibungslos verlaufen wird, drittens wird dem Volk gegenüber der Anschein gewahrt, dass Sie sich gerne opfern lassen, viertens haben wir die Gefahr ausgeklammert, dass Sie uns im letzten Moment in Ohnmacht fallen und bei Bewusstlosigkeit getötet werden müssten.

Er hörte den gegenüber sitzenden Ankläger auf eine Frage des Ministers für Gemeinschaftswesen antworten, ja, es kam alles so heraus, wie wir es vorausberechnet hatten — wissen Sie, Herr Busner, wir haben Ihre Reaktionen seit der Fällung des Todesurteils auf die von uns konstruierten Umstände, in die wir Sie manövrierten, vorausberechnet, und es scheint, dass unsere Prognosen sich bis ins Detail erfüllt haben, mal abgesehen von dem eben eingetretenen, etwas peinlichen Zwischenfall. Wir haben nämlich ausgerechnet, dass Sie zum jetzigen Zeitpunkt über keinerlei Hoffnung mehr verfügen würden, Ihrem Schicksal zu entgehen, und uns darin getäuscht, wie festgestellt werden musste! Die Verabreichung eines Medikaments vor der Hinrichtung hingegen war wieder vorgesehen.

Er hörte den Innenminister sagen, in Anbetracht der Tatsache, dass es sich um den ersten derartigen Versuch handelt, würde ich das Ergebnis als ausserordentlich befriedigend bezeichnen.

Er hörte den Produktionsminister erwidern, und doch muss bei den nächsten Opferungen dafür gesorgt werden, dass sie sich noch selbständiger abspielen, ohne dass wir dem Opfer irgendwelche künstlichen Widerstände in den Weg setzen müssen, um die Sache in Gang zu halten. Ich meine Widerstände, wie im jetzigen Fall beispielsweise die Sache mit dem fiktiven Fluchthilfeunternehmen oder dem Stoppen des Zuges auf freier Strecke oder dem Fangnetz ... Das Geschehen muss bei zukünftigen Opferungen mehr von alleine abrollen, meine ich, ohne dass wir in das Prozedere eingreifen! Wenn wir im jetzigen Fall den Verlauf des Geschehens teilweise manipuliert haben, dann geschah das deshalb, weil wir insgeheim befürchteten, dass das Opfer uns doch auf irgendeine Art entkommen könnte. Das heisst: Die Gegebenheiten in Kattland müssen bis zur nächsten Opferung derart organisiert werden, dass alles selbständig spielt und eine Hoffnung auf Entkommen von seiten des Opfers selbst theoretisch nicht mehr denkbar ist. Ich würde sagen, unsere zukünftige Arbeit besteht in der Herbeiführung dieses Zustandes.

Später sah er den Präsidenten ihn am Arm fassen und hörte ihn sagen, es wird langsam Zeit für Sie, sich auf Ihren letzten Gang vorzubereiten, Herr Busner. Er sah den Präsidenten aufstehen, ihm die Hand reichen und hörte ihn sagen, ich danke Ihnen für alles, Herr Busner. Was Sie taten, taten Sie für eine menschenwürdigere Zukunft.

Er sah die übrigen Anwesenden einen nach dem andern näher kommen, ihm die Hand drücken und den Saal verlassen. Er sah

Herrn Julian sich nähern und ihn am Arm fassen.

Er sah sich mit Herrn Julian durch die Gänge des „Weissen Hauses" gehen. Er sah vor dem Hauptportal einen Herrn warten und Herrn Julian eine weisse, zusammengerollte Fahne überreichen, welche Herr Julian ausbreitete und ihm in die Hand drückte.

Er hörte Herrn Julian sagen, ich bin schrecklich nervös! Hoffentlich geht nichts schief!

Er sah sich mit Herrn Julian aus dem Portal des „Weissen Hauses" treten und, die weisse Fahne haltend, neben ihm langsam die Stufen hinuntersteigen. Er sah die vollgestopften Tribünen, die unzähligen Scheinwerfer und Kameras. Er vernahm kein Geräusch ausser ihrem Surren und seinen sowie Herrn Julians Schritten.

Er hörte Herrn Julian zischen, setzen Sie sich doch endlich hin, Mensch!

Er sah sich auf dem Elektrischen Stuhl Platz nehmen. Er sah, wie Herr Julian ihm die Fahne wegnahm, sie in eine am Stuhl angebrachte Halterung steckte, seinen Körper anschnallte und eine Metallhaube über seinen Kopf stülpte.

Er hörte die Stimme des Präsidenten sagen, ein Mensch muss sterben, weil er kein selbstbeherrschungsfähiger Mensch ist, weil auch wir erst auf dem Weg dazu sind, wirkliche Menschen zu werden.

Er entdeckte den Präsidenten gegenüber auf der Tribüne und stellte fest, dass der Präsident ebenfalls eine weisse Fahne in der Hand hielt.

Er hörte den Präsidenten fortfahren, Mensch ist, wer seine Gefühle, seine Wünsche unter Kontrolle hat. Wer fähig ist, seine Emotionen zu lenken. Wer das Tier in sich getötet hat. Es wird eine Zeit kommen, in der der Mensch Mensch geworden ist und keiner sich mehr zu opfern braucht, um andern als Beispiel im Guten — und als Warnung im Schlechten zu dienen.

Er sah den Präsidenten sich mit der Fahne setzen.

Er hörte Herrn Julian flüstern, locker, Harry!, locker bleiben!

Er sah ihn zum Elektrowagen gehen. Er sah ihn sich umwenden, ihm zunicken und sich mit zusammengepressten Lippen am Stromrad zu schaffen machen.

EINE GEPLANTE TRILOGIE
Nachwort

Während andere gegen acht Uhr morgens Büros und Banken füllten, Cafés und Geschäfte stürmten, die Strassen mit ihren Autos verstopften, stopfte er sich mit Wachs die Ohren zu, schlüpfte in die blaue Arbeitskleidung, betrat das Arbeitszimmer, das in der letzten Zeit in München sogar mit Isolierplatten gegen den Lärm ausgekleidet war, schaltete die Lampe an, verdunkelte die Fenster, nahm aus dem Tresor in der Mitte des Zimmers die Notizblöcke und die laufenden Arbeiten hervor und begann zu schreiben.

„Jeden Tag fünf Stunden—und sonntags zwei", wie er in einem Brief an einen damaligen Suhrkamp-Mitarbeiter bemerkte.

Das einzige, was er in diesen Stunden wohl hörte, war sein Atem, das einzige, was er ausser seinen Blättern sah, waren die schwarzweissen Männerporträts, die er aus Zeitschriften herausgeschnitten und an die Wand vor seinem Pult aufgeklebt hatte. Mindestens zwanzig dieser Männerköpfe schmückten das Zimmer, es waren fünfzig- bis siebzigjährige Herren mit kurzgeschnittenen, meist grauen Haaren, blassen Gesichtern, dunklen Anzügen und ernsten Mienen. Sie dienten ihm als visuelle Vorlagen für die alptraumhaften Figuren des zweiten Teils der „Opferung": Politiker, Direktoren, Manager, Technokraten. Sie hingen auch da, als er auf einem Zettel, der ursprünglich als Arbeitspapier für neue Dialoge zwischen Harry Busner und seinen Widersachern vorgesehen war, einen Gedanken festhielt, der nicht in den Romantext eingebaut werden sollte. Einen Gedanken nämlich über die äusserste Konsequenz einer Symbiose: *„Mein Leben ist der Weg durch die „Opferung". Ihr Ende wird — wenn nicht eine neue Perspektive sich eröffnet — auch das meine sein."*

Das war 1979 in München. Sieben Jahre hatte Lorenz Lotmar bisher intensiv an der „Opferung" gearbeitet, vier integrale Fassungen waren dabei entstanden, er schrieb bereits an einer fünften. Doch sein Werk bestand damals nicht nur aus diesem Prosatext, sondern es umfasste neben den Romanen „Irgendwie einen Sonntag hinter sich bringen" und „Die Wahrheit des K. Bisst" ein Theaterstück, zwei Hörspiele, mehr als zwanzig Kurzgeschichten sowie unzählige Entwürfe, Gedichte und Aphorismen. Alles in allem über zehntausend Seiten. Weshalb also eine solche Identifikation mit der „Opferung", weshalb erwähnt Lotmar ein Jahr vor seinem Freitod nur diesen einen Roman?

Der Weg durch die „Opferung"

Schon die Vorläuferin der „Opferung", eine bisher unveröffentlichte, Fragment geliebene Erzählung aus den sechziger Jahren, stellte für Lotmars Schaffen einen Wendepunkt dar. Sie trägt den Titel „Märchen von der Schneestadt" und schildert eine Gesellschaft, die mit Dekreten, Gesetzen und Paragraphen jede menschliche Regung ihrer ohnehin apathischen Mitglieder vernichtet. Immer wieder treten roboterhafte Protagonisten auf, welche das Geschehen um sie herum verinnerlicht haben. Kernstück der Geschichte sind die Folterszenen, bei denen sich frostig lächelnde Zuschauer und frostig zurücklächelnde Gefolterte gegenseitig beschauen. Grund der Folter: Die Gefolterten haben sich des höchsten Vergehens schuldig gemacht, sie haben ihre Selbstbeherrschung verloren.

Nicht nur thematisch hebt sich diese Erzählung vom Frühwerk ab — sie nimmt das grosse Thema der späten Romane, Absurdität und Fremdbestimmung, vorweg — , sondern auch formal. Im Gegensatz zu fast allen frühen Texten, die der ehemalige Schauspielschüler Lotmar entweder als Theaterstücke, als Gedichte oder als Hörspiele entwarf, sollte das „Märchen von der Schneestadt" ein *episches* Werk sein. Seine Konzeption lässt den Schluss zu, dass es sich um ein grossangelegtes Projekt handelte,

---

Gegenüberliegende Seite: Ölpastell für „Die Opferung" von Hartmut Gürtler, Koblenz

das bis anhin grösste des jungen Autors. Nach etwa fünfjähriger Planung gab er es auf, als er im Innerschweizer Dorf Morschach an der „Opferung" zu schreiben begann.

Es war nicht das einzige, was Lorenz Lotmar damals aufgab.

Bis zu diesem Zeitpunkt arbeitete er, obwohl ihm das Schreiben schon längst zum Lebensinhalt geworden war, als Berufsschlagzeuger in Tanzorchestern und reiste durch die Schweiz und den süddeutschen Raum. Tagsüber schrieb er, abends spielte er. Aber im Unterschied zum Schreiben, das ihn erfüllte, erlebte er seine musikalischen Auftritte als Belastung, das Herumreisen als Ablenkung von seiner eigentlichen Aufgabe. Da ihm die Unterhaltungsmusik ohnehin nichts sagte, hatte er mit der Zeit das Interesse am Spielen verloren — in einem solchen Masse, dass er zuletzt während des Schlagzeugspielens mitgebrachte Lektüre gelesen haben soll. (Den wohl deutlichsten Kommentar Lotmars zu jenem Lebensabschnitt stellt die Figur des Beppo im ersten Teil der „Opferung" dar, der versucht, eine Musikmaschine zu konstruieren, die ihn als Musiker ersetzt.)

Nach Morschach kam er im Sommer 1972. Er hatte dort ein mehrwöchiges Engagement in der Bar eines Kurhotels. Das abendliche Publikum bestand aus zwei bis drei Kurgästen, die Unternehmungsmöglichkeiten am Tag — will man bei der Figur des Beppo bleiben, der in Gausen den ganzen Tag schläft — müssen eher bescheiden gewesen sein. Doch anstatt wie sein Held der Umgebung den Rücken zu kehren und sich im Zimmer einzuschliessen, packte Lotmar plötzlich das Interesse für alles, was ihn umgab; das Interieur seines Hotels, der Speisesaal, die Uniformen der Angestellten, die Architektur des Dorfes, die Fahrpläne der Bahn, die Öffnungszeiten der Post, die Namen der Geschäfte, die Gewohnheiten der Dorfbewohner: Alles war mit einem Mal beachtenswert, und er begann, jedes Detail auf Notizblöcken festzuhalten.

Die „Opferung" war im Begriff zu entstehen. - Lotmars Entschluss, den Schlagzeugerberuf endgültig aufzugeben, fest nach Zürich zu ziehen und nur noch schriftstellerisch tätig zu sein, fiel zeitlich mit ihrer ersten Niederschrift zusammen.

Die neue Lebenssituation setzte ungeheure schöpferische Energien frei. In nur einem Jahr hatte er die ganze Geschichte des Werks niedergeschrieben, ein Jahr später stand bereits die zweite Fassung. Dazwischen und wie ganz nebenbei schloss er den Roman „Irgendwie einen Sonntag hinter sich bringen" ab und entwarf „Die Wahrheit des K. Bisst".

Doch dann setzte etwas ein, das bezeichnend ist für die Art, wie er an seinem späten Werk — das nach Morschach in Anlehnung an das „Märchen von der Schneestadt" nur noch epischen Charakter hatte — arbeitete. Etwas, was meiner Ansicht nach nur im Zusammenhang mit seinen nun einsetzenden Versuchen, publiziert zu werden, betrachtet und verstanden werden kann.

„Beschämend und peinlich ist es, den eigenen Mist selbst zum Verkauf anbieten zu müssen. - Mit dem mit eigenem Mist beladenen Karren auf dem Markt vorzufahren", steht hierzu in seinem Tagebuch, und *„Gute Literatur ist Literatur, durch die der Verleger 'einen schönen Batzen' verdient"*.

Nein, Glück hat er nicht gehabt auf dem Literaturmarkt, obwohl ihn sehr oft Kontakte — darunter zu Literaturmagnaten — zu Plänen und Höhenflügen mitreissen liessen. Die nachgelassene Korrespondenz ist nicht nur Zeugnis davon, wie berechtigt angesichts der Versprechungen und Zusicherungen seitens der Verlage sein zeitweiliger Optimismus gewesen war, sie ist ebenfalls Zeugnis eines sich über Jahre hingezogenen Wechselbades zwischen Hoffnung und Kollaps. (Das einzige seiner Bücher, das zu seinen Lebzeiten publiziert worden ist, war „Die Wahrheit des K. Bisst", und das in einem Verlag, der, welch bittere Ironie, kurz nach dem Tode Lotmars einging.)

„Unkommerzialisierbar" — mit diesem Wort könnte man das Urteil der Verlagsfunktionäre zu seinem Erzählstil und seinen Thematiken, insbesondere aber zum Umfang der „Opferung" zusammenfassen, das am Schluss einer Reihe von Bemühungen stand und ihnen immer wieder ein abruptes Ende setzte. Und vielleicht war es die Unmöglichkeit zu veröffentlichen, die, kombiniert mit diesem Urteil, ihn ab etwa Mitte der siebziger Jahre auf eine fast manische Art dazu trieb, seine Manuskripte dauernd umzuschreiben, statt, wie sein damaliger Literaturagent sagte, *„seinem Bauch, seiner ersten Intention zu vertrauen"*.

Fest steht, dass er ab etwa 1975 begann, seine Werke in einen „unpublizierbaren" Schwebezustand zwischen fertig und unfertig überzuführen, indem er sie gleichsam in den Prozess seiner Entwicklung als Autor miteinbezog, die Werke mit sich zusammen verwandelte. Ob sie ausgeführt waren oder nicht: Immer wieder legte er ihnen neue Konzeptionen zugrunde, machte er aus den entstandenen Fassungen Entwurfsfassungen, um sie bald darauf zu verwerfen und zu demontieren zugunsten von neuen Versionen und Projekten.

Während er „Die Wahrheit des K. Bisst" nach neun (!) Fassungen veröffentlichen konnte, wurde die „Opferung", deren Länge in keinem Verhältnis zu jenem kurzen Roman stand, am meisten von dieser Umschreibewut betroffen. Kaum eine Zeit, in der er sie aus den Händen liess, dauernd erweiterte er sie oder strukturierte sie um im Spiegel seiner sich entwickelnden literarischen Orientierungen. Er strich aber auch an den bereits geschriebenen Passagen, änderte die Namen der Orte und der Figuren (Kattland zum Beispiel hiess einmal Nurland, einmal Sonnland; Gausen Freisein, Arp oder Gerten, ja sogar die GESELLSCHAFT sollte am Schluss „Systemat" heissen), sonderte Stellen aus, die er in selbständige Kurzgeschichten umwandelte, und veränderte vor allem den Erzählstil, der ganz im Gegensatz zu den wohlmeinenden Empfehlungen der Verlage immer schnörkelloser, eigensinniger, unkonventioneller und dadurch immer faszinierender, zugleich aber auch „unkommerzialisierbarer" wurde. Als er die vierte Fassung abschloss, war die „Opferung" kein gewöhnlicher Roman mehr. Sie war für ihn das Werk, auf das er immer wieder zurückgeworfen wurde, mit dem er seine Identität als Schriftsteller verknüpfte. Wie kein anderes, stellte es eine Gegenhaltung zum Zeitgeist und zum vorherrschenden Publikumsgeschmack dar. Und obwohl das Schicksal dieses Werks so eng mit Lotmars Lebensumständen verknüpft war, hatte es nichts, aber auch gar nichts mit der Nabelschauliteratur der siebziger Jahre gemeinsam, nichts mit den damals gefragten, möglichst ausschweifenden Reisen zum eigenen Ich. Lediglich der Umfang liess, wenn man so will, auf die Leidensgeschichte des Autors schliessen: Er stand da wie ein Kommentar zur Situation Lotmars als „unpublizierbarer" Schriftsteller.

Dass Lotmar diese Situation bewusst in Kauf genommen hatte, weil sie einem grundlegenden Widerspruch entwachsen war, der schliesslich massgebend wurde für die Qualität seines Werks, zeigt folgende frühe Tagebucheintragung: „*13.4.1973: Marktgerechte Literatur soll einen fröhlichen, unbeschwerten Unterton haben. Ich scheisse drauf. Ich sage es mir nochmals: Nie werde ich um der Gesellschaft oder um des Überlebens in dieser Gesellschaft willen eine Konzession machen. Musizieren ist das Äusserste! Niemals werde ich irgendeine andere Geldarbeit verrichten. Ich bin in der Lage, den Tod in die Waagschale zu werfen. Mal sehen, was mehr Gewicht hat. Ich denke auch nicht im entferntesten daran, in irgendeiner Weise marktgerecht zu schreiben.*"

Aber dann kam „Die Wahrheit des K. Bisst" heraus. Das war ein Ereignis, welches den Status des „Unpublizierbaren" zwar änderte, wahrscheinlich aber um fast zehn Jahre zu spät eintraf. Dennoch scheint die Tatsache, dass Lotmar nunmehr publiziert war, die weitere Entwicklung der „Opferung" mitbeeinflusst zu haben. Denn die fünfte Konzeption des Werks, die zeitlich mit den Vorbereitungen für die Veröffentlichung der „Wahrheit des K. Bisst" zusammenfiel, war im Kern nichts anderes als der Versuch, dem Problem des Umfangs beizukommen. Die Lösung dafür, sie hätte eleganter nicht sein können, hiess *Trilogie*: Lotmar sah eine Umgestaltung des Romans in drei eigenständige Werke vor. Die ohnehin zu lang geratene „Öffentlichwerdung" sollte umgearbeitet werden in eine Hälfte mit dem Titel „Selbstkontrolle", die ausschliesslich Busners Prozess zum Inhalt gehabt hätte, und in eine zweite Hälfte — Titel: „Gemeinschaftsfähigkeit" — , die Busners Fluchtversuche und das Opferfest hätte schildern sollen. Damit steckte die „Opferung" zwar wieder in einer Anfangsphase, die Trilogiekonzeption hätte es Lotmar allerdings ermöglicht, das Werk, ohne wesentlich am Gesamtumfang zu kürzen — die begonnene fünfte Fassung des ersten Teils weist sogar mehr Typoskriptseiten auf als die vierte — , zu drei verschiedenen Zeitpunkten herauszubringen. Der erste Band war für Ende 1980 vorgesehen.

Es kam nicht dazu. An der „Opferung" arbeitete Lotmar letztmals im Winter 1979. Mit einer Kraft, die an den Zeitabschnitt nach Morschach erinnert, entwarf und schrieb er im Frühling 1980 in nur drei Monaten sein vielleicht persönlichstes Buch, den „Handlinienmann". Noch im gleichen Sommer nahm er sich in München das Leben.

Der vorliegende Band

Die „Opferung", wie sie heute vorliegt, ist kein vollendetes Werk. Sie besteht aus mehr oder weniger ausgearbeiteten Segmenten, die zwar als einzelne Teile eine Zeitlang der Intention des Autors entsprochen haben mögen, es als syntagmatisches Ganzes jedoch nie taten. Trotzdem — so „ungerundet" sich diese Momentaufnahme des Werks auch präsentieren mag: Es war Werner Bucher und mir ein Anliegen, gerade sie und nicht etwa eine frühere, vielleicht einheitlichere Fassung herauszugeben, weil wir der Ansicht waren, dass gerade in diesem letzten Stand die Richtung zu erkennen ist, in die sich die „Opferung" entwickelt hätte, dass nur in ihm Wandlungen und Tendenzen sichtbar werden, die dieses Werk immer weiter vorwärts brachten und von denen es immer gelebt hat.

Der abgedruckte Text ist ein Relief aus verschiedenen Zeiten, ein Spiegelbild auch der Entwicklungsstadien des Autors. Während die erste Hälfte des ersten Teils (bis und mit Dienstag, 7.) die begonnene fünfte Fassung aus dem Jahr 1979 ist, stammt der ganze zweite Teil aus der vierten Fassung des Romans und wurde gegen 1976 geschrieben. Ebenfalls aus der vierten Fassung stammt die schätzungsweise zwischen 1975 und 1977 entstandene zweite Hälfte des ersten Teils. Im Vergleich zum restlichen Text scheint hier der Entwurfscharakter stärker durch.

Für das Lektorat hatte die Entscheidung, drei so heterogene Textsegmente wie die vorliegenden zusammenzustellen, erhebliche Konsequenzen. Damit beim Lesen keine unnötigen Irritationen aufkommen, mussten die stellenweise variierenden Namen der Figuren und der Orte angeglichen werden. Massgebend war die begonnene fünfte Fassung. Die Angleichungen machten aber dort halt, wo es unklar war, ob Lotmar nicht vielleicht bewusst, um zum Beispiel die Eigenständigkeit des zweiten Teils des Romans zu betonen, für manche Figuren die Nachnamen verwendete statt wie im ersten Teil die Vornamen. Ebenfalls angeglichen wurden Orthographie und Interpunktion; gewisse Wiederholungen, die sich aus der Überlagerung der verschiedenen Fassungen ergaben, wurden herausgenommen. Ein besonderes Verfahren und die grössten Eingriffe ergaben sich aus dem starken Entwurfscharakter der zweiten Hälfte des ersten Teils. Ohne am Ablauf der Geschichte etwas zu ändern, ohne umzustellen oder zu kürzen, waren wir dort wegen Unvollständigkeit und stilistischer Mängel vieler Passagen gezwungen, stellenweise auf die dritte Fassung des Romans zurückzugreifen oder neuzuformulieren. Aber auch hier, wie überall, waren wir bestrebt, so wenig wie möglich in den Text einzugreifen und die Eingriffe klein zu halten.

So beliessen wir beispielsweise manche Ungereimtheiten, die sich teils aus den Überlagerungen der Fassungen ergaben (der ohne Vorgeschichte auftauchende weisse Stein am Freitag, 10., gehört dazu ebenso wie Busners divergierende Sprache als Ganzes), teils auf Lotmars Unaufmerksamkeit beruhten (hier wäre unter anderem der Spiegel zu nennen, den Busner am Sonntag, 12., vergebens im Schlafzimmer sucht, und der am Vortag unübersehbar über dem Bett hängt. Ein weiteres Beispiel, bei dem es sich allerdings fragt, ob es nicht vielleicht Absicht war, ist das Gespräch zwischen Busner und dem Posthalter am Montag, 6., der hier, anders als in der ganzen fünften Fassung, Mundart spricht).

Was man bei all diesen Ungereimtheiten aber bedenken sollte, ist, dass der gesamte vorliegende Text den Charakter einer Arbeitsfassung hat, da Lotmar zu keinem Moment an einer Schlussredaktion arbeitete. Uns ging es darum, obwohl wir uns innerhalb des Spannungsfeldes Lesbarkeit und Identität des Textes mehrmals für die Lesbarkeit entschieden haben, den letzten Stand dieses 1979 jäh abgebrochenen Werks möglichst unverfälscht wiederzugeben.

Harry Busner

Inmitten der schwarzweissen Männerporträts in Lotmars Arbeitszimmer hing ein Bild, das sich deutlich von den restlichen unterschied. Es zeigt einen etwa fünfunddreissigjährigen Mann, dessen Art zu posieren sozusagen komplementär ist zur Art der grauhaarigen Herren. Während jene auf Wirkung aus sind, bemüht sich der Abgebildete auf diesem Bild sichtlich darum, möglichst kein Interesse auf sich zu lenken, möglichst nichts zu verraten, was an einen persönlichen Zug erinnern könnte. Er tut es absichtlich, denn er posiert im Gegensatz zu den gewichtigen Herren nicht für sein eigenes Image, sondern für eine Reklame. Nicht er wird darin das Zentrum sein, sondern das, was nachträglich über seinen Kopf montiert oder geschrieben wird. Denkbar ist, dass der Abgebildete zum Zeitpunkt der Aufnahme nicht wusste, wofür er abgelichtet wurde; seine Haltung spricht eher dafür, dass die Werbeagentur das Bild von vornherein „neutral" inszenierte, um es später so polyfunktional wie möglich einsetzen zu können.

Wesentliches von diesem Bild, das Lotmar für die Figur Harry Busners inspirierte, floss in die „Opferung" ein. Lorenz Lotmar erschuf einen Helden ohne eigentliche Charakterzüge, der Teil ist eines Ganzen, das er von seiner Position aus naturgemäss nicht überblicken kann. Wie einen Blankoscheck vermacht dieser Held seine Existenz den Interessen eines beliebigen Kontextes, weil er nur eine einzige Eigenschaft besitzt. Man kann diese Eigenschaft „Opportunismus" nennen oder euphemistisch „Flexibilität"; es ist die Bereitschaft zu funktionieren, sich blindlings gebrauchen zu lassen. Verknüpft mit dieser Bereitschaft ist sein unterentwickeltes Selbst: Um überall und jederzeit einsetzbar zu sein, um mitmachen zu können, kann und darf er nichts Eigenes entwickeln und muss er als „potentielles Etwas" durch die Welt gehen. Bis plötzlich diese Welt der Möglichkeiten nicht mehr da ist, stattdessen ein gespenstischer Ort namens Gausen, an dessen Dorfrand ein irritierender Wegweiser das Ende der Welt anzeigt. Und dann geschieht's: Wie eine Seifenblase zerplatzt angesichts der äusseren Starre die „Flexibilität" des Helden und hinter ihr offenbart sich das schreckliche Antlitz der Bestie: Der Sexist, der Faschist, der Rassist, der Vergewaltiger Harry Busner: „Homo homini lupus". Durch die Ausarbeitung des Individualuniversums Busner beschwörte Lotmar bereits im ersten Teil des Romans eine Schreckensansicht unserer Zeit herauf.

Doch damit nicht genug. Ausgehend von seinem unheimlichen Helden, schuf Lotmar im zweiten Teil eine utopische Gesellschaft, die aus lauter solchen Figuren besteht. („Öffentlichwerdung" bezeichnet ja nicht nur Busners Entwicklung zur öffentlichen Person, sondern auch die Übernahme seiner Wesenszüge durch die Öffentlichkeit). Es ist eine Gesellschaft ohne Entwurf und ohne Vision; sie besitzt weder eine Opposition, noch gibt es gegen sie Widerstand. Sogar aufkommende widersprüchliche Regungen artikulieren sich in ihr als Übereinstimmung mit dem Bestehenden. Im gleichen Masse wie diese Gesellschaft erstarrt und blutleer sein will, braucht sie Blut. Sie lebt davon, dass sie die Existenz ihrer Mitglieder aussaugt. Im Alltag und, symbolisch, in den Opferfesten. Und Harry Busner, das repräsentativste aller Gesellschaftsmitglieder gibt sich hin, auf seine Weise. Zum einen, indem er als Typus diese gleichgeschaltete Gesellschaft überhaupt ermöglicht, zum anderen, indem er seine Todesangst mit jenem opportunistischen Denken koppelt, das er von seiner Karriereplanung her kennt: Je länger er durchhält und mitmacht, desto eher könnte er von seiner unerträglichen Situation profilieren, desto eher begnadigt und, wer weiss, sogar befördert werden. Und eigentlich, so das böse Ende, geht diese Kalkulation, zumindest, was den zweiten Punkt betrifft, auf: Am Schluss steht Harry Busner auf der höchsten Stufe der Karriereleiter. Auf einer Stufe allerdings, die er sich naturgemäss so nicht vorgestellt hatte.

Dimitris Depountis, Herbst 1990

Irgendwie einen Sonntag hinter sich bringen

„Die Welt der totalen Verfügbarkeiten, der unsinnigsten technischen Machbarkeiten hat vielzählige Strategien zur Verdrängung und Übertünchung der Frage nach dem Sinn des Lebens entwickelt. Dass sie von Autoren wie Lorenz Lotmar mit einer solchen Radikalität immer wieder thematisiert werden, kann nur von Vorteil sein."
(Neue Zürcher Zeitung)

Der Handlinienmann

„Der Roman beginnt mit mythischer Grossartigkeit. Auch hier setzt Lotmar seine gestalterischen Mittel zurückhaltend, fast geizig ein ... Der Physiker Gottfried Merk wird auf seinem Spaziergang von zwei Zigeunerinnen angehalten; sie wollen ihm aus der Hand lesen. Merk lässt sie stehen. Da aber schlägt in seiner Nähe sozusagen aus heiterem Himmel der Blitz ein. Der Druck schleudert ihn zu Boden, doch glaubt er sich unversehrt. Auf dem Rückweg sitzen die Zigeunerinnen noch da – aber gealtert. Jetzt sträubt er sich nicht mehr gegen das Handlesen: doch seine Handlinien sind verschwunden."
(Tages-Anzeiger)

Die Wahrheit des K.Bisst

„Bisst wie Loeb und Merk in den anderen Romanen halten sich am Rand der Gesellschaft oder werden dorthin abgedrängt. An ihnen vollzieht sich der jähe Einbruch des Irrationalen."
(Tages-Anzeiger)

Der Roman wurde von Rolf von Sydow verfilmt (Drehbuch Günter Kunert).